HEYNE
BÜCHER

SCIENCE FICTION

Herausgegeben
von Wolfgang Jeschke

Von **Gregory Benford** erschien in der Reihe
HEYNE SCIENCE FICTION & FANTASY:

Der Artefakt · 06/4363
Cosm · 06/6356
Der Aufstieg der Foundation · 06/8301 (in Vorb.)
Das Mars-Rennen · (in Vorb.)

CONTACT-ZYKLUS (auch GALAKTISCHER ZYKLUS):

Im Meer der Nacht · 06/3770; auch ➶ 06/7027
Durchs Meer der Sonnen · 06/4237; auch ➶ 06/7028 (in Vorb.)
Himmelsfluß · 06/4694
Lichtgezeiten · 06/4761
Im Herzen der Galaxis · 06/5990
In leuchtender Unendlichkeit · 06/5991

Gregory Benford

In leuchtender Unendlichkeit

CONTACT-ZYKLUS

Sechster Roman

Aus dem Amerikanischen von
MARTIN GILBERT

Deutsche Erstausgabe

WILHELM HEYNE VERLAG
MÜNCHEN

HEYNE SCIENCE FICTION & FANTASY
Band 06/5991

Titel der amerikanischen Originalausgabe
SAILING BRIGHT ETERNITY
Deutsche Übersetzung von Martin Gilbert
Das Umschlagbild ist von Paul R. Alexander

Umwelthinweis:
Dieses Buch wurde auf
chlor- und säurefreiem Papier gedruckt

Redaktion: Wolfgang Jeschke

Erstausgabe 1995 by Spectra Book,
published by Bantam Books, a division of
Bantam Doubleday Dell Publishing Group, Inc., New York
Mit freundlicher Genehmigung des Autors
und Paul & Peter Fritz, Literarische Agentur, Zürich
(# 53128)

http://www.heyne.de
Deutsche Erstausgabe 8/2000
Printed in Germany 6/2000
Umschlaggestaltung: Nele Schütz Design, München
Technische Betreuung: M. Spinola
Satz: Schaber Satz- und Datentechnik, Wels
Druck und Bindung: Presse-Druck, Augsburg

ISBN 3-453-14895-9

Inhalt

Für Mark und Alyson und Joan

Die sich in den Jahrzehnten,
die ich für diesen Romanzyklus benötigte,
weiter entwickelt haben,
als ein Roman es zu schildern vermag.

PROLOG • METALLOVORE

Schwarze Löcher haben auch eine Art von Klima. Licht strahlt von ihnen aus. Schwärze erfüllt ihren Kern, doch Reibung erhitzt das einfallende Gas und den Staub. Weißglühende Tornados saugen Materie an.

Das gewaltige Loch im exakten Mittelpunkt der Galaxis strahlt ein machtvolles Glühen aus. Es drückt unablässig gegen die kompakte Masse, die das Loch umkreist und zwingt sie auf den Orbit ins Verderben. Der Vortex der Gravitation lenkt die Ströme ab und formt sie zu einer Scheibe, die stetig nach innen rotiert. Sie leidet unter dem Wetter.

Der Druck der Photonen ist wie ein Wind, der alles vor sich hertreibt. Außer den äsenden Wesen. Für diese Photovoren ist die große mahlende Scheibe eine Nahrungsquelle.

Feuer-Blumen erblühen auf der Scheibe und wedeln mit ultravioletten Ranken. Stürme aus Licht.

Ober- und unterhalb der Akkretionsscheibe zertrümmern die zu Wolken verdichteten Photonen Moleküle zu Atomen, entreißen Atomen die Elektronen, zerschmettern Teilchen. Die Wolken bestehen aus Schutt, Staub und Körnern. Sie sind ein Opfer der Reibkräfte der Gravitation, wie fast alles hier.

Fast. Für die ätherischen, driftenden Herden ist dies wie ein Springbrunnen. Ihr Lebensquell.

Sie sind in Bahnen aufgehängt und blähen sich im elektromagnetischen Wind. Absorbieren die stechende Strahlung. Halten stand.

Die Photovoren widmen sich der Nahrungsaufnahme. Manche sind Infras, andere Ultras – sie absorbieren jeweils verschiedene Abschnitte des elektromagnetischen Spektrums.

Jede Spezies hat eine charakteristische Form. Jede erfüllt einen evolutionären Zweck, indem sie große Rezeptor-Flächen entfaltet. Jede singt ein Lied, um den Orbit und den Winkel zu stabilisieren.

Gegen das höllische Klima, das hier herrscht, bietet Information zumindest einen gewissen Schutz. Telemetrie zur Fixierung der Position flitzt zwischen den Herden-Flächen hin und her. Sie verständigen sich mit hellen Gesängen im ewig gleißenden Licht.

Weite Schwingen aus Hochglanz-Molyflächen entfalten sich und blähen sich unter dem Druck des Lichts. Sie richten sich aus, gleiten in der Thermik und erzeugen magnetische Drehmomente mit einer komplexen dynamischen Summe. Naturgesetze bestimmen ihren ewigen, geschmeidigen Tanz. Diese Gesetze werden erlassen von Intelligenzen, welche die Photovoren kaum wahrnehmen, von Maschinen, die auf den dunkleren Spuren weiter draußen ihre Bahn ziehen.

Diese höherstehenden Formen benötigen die Energie aus diesem Hochofen, doch wagen sie sich nicht selbst hierher. Die Weisen und Wertvollen gehen kein Risiko ein.

Zuweilen geraten die Herden in Stampede. Großflächige schimmernde Lagen schälen sich ab. Viele versinken in der dräuenden Masse der molekularen Wolken, die ihrerseits bald verdampfen werden. Andere taumeln hilflos der Scheibe entgegen. Lang bevor sie auf die gleißende Scheibe treffen, zersetzt die harte Strahlung ihre Gitter. Sie platzen auf und vergehen in einem Auflodern tödlicher Energien.

Eine größere Bedrohung naht auf einer spiralförmigen Bahn. Sie steigt aus dem Schutz dichten, turbulenten Staubs herab. Sie jagt im Sturzflug auf die alles beherrschende Masse zu, das Schwarze Loch. Dann verharrt sie mit ausgebreiteten verspiegelten Schwingen. Sie wiegen sich graziös in der Photonen-Brise.

Die Linsen schwenken herum und suchen nach

Beute. Dort hat eine Rotte Photovoren sich verklumpt; sie mißachten die zeitlose Programmierung, oder vielleicht sind sie auch in einer magnetischen Flußröhre gefangen. Die Ursache spielt indes keine Rolle. Der Räuber gleitet an der Achse der Galaxis selbst entlang.

Hier oben ist die Navigation einfach. Tief unten wird der Rotationspol des Fressers aller Dinge als Nadelspitze absoluter Finsternis im Zentrum einer langsam rotierenden, glühenden Scheibe markiert.

Die Zusammenballung der Photovoren spürt eine sich herabsenkende Präsenz. Die riesigen segelnden Herden teilen sich und rollen sich auf, wobei sie tiefere Ebenen goldener Lichtsucher enthüllen. Sie alle laben sich am Licht und scheiden Mikrowellenstrahlen aus. Ihre innere Welt dreht sich um Nahrungsaufnahme, langsame Verdauung und geregelte Ausscheidung.

Diese behäbigen Leitungen fliehen nun. Doch die an der Achse verklumpten Lichtsucher haben eine zu geringe Winkelgeschwindigkeit und sind nicht imstande, sich an einen magnetischen Drehpunkt anzuhängen. Vage ahnen sie ihr Schicksal. Ihre zischenden Mikrowellen verflüchtigen sich.

Ein paar stürzen in die Tiefe, in der Hoffnung, der Räuber werde sich nicht in die Nähe des Fressers wagen. Andere ballen sich noch dichter zusammen, als ob sie in der Masse Sicherheit fänden. Das Gegenteil ist der Fall.

Der Metallovore faltet die verspiegelten Schwingen zusammen. Dann geht er in den Sturzflug über, zermalmt einen Teil der Herde mit dem Panzer und saugt sie mit Flußlinien an. Metallene Erntemaschinen zerreißen die Photovoren. Die Fetzen rasen durch pechschwarze Tunnel. Elektrostatische Felder trennen Elemente und Legierungen.

Fusionsfeuer erwarten die zerfetzten Körper. Hier erfolgt die exakte Trennung, und es wird Blockmetall mit verschiedenen Legierungen erzeugt. In der letzten

Analyse sind die letztendlichen Ressourcen Masse und Licht. Die Photovoren lebten fürs Licht, und nun enden sie als Masse.

Der schlanke Metallovore nimmt keine Notiz von den sich aufrollenden Flächen und den Schreien im Gigahertzbereich. Sie sind Plankton. Er verschlingt sie, ohne ihre Lieder zu hören, ohne ihren Schmerz, ihre Todesangst zu spüren.

Doch auch der Metallovore ist Bestandteil eines präzise austarierten Gleichgewichts. Verschwänden er und seine Art, würde die den Fresser umkreisende Gemeinschaft in einen weniger diversifizierten Zustand zurückfallen und die Fähigkeit verlieren, den Launen des Fressers gerecht zu werden. Weniger Energie würde eingefangen werden, weniger Masse erzeugt.

Der Metallovore vernichtet ineffiziente Photovoren. Seine uralten Codes, die im Lauf der Zeit durch natürliche Selektion noch präziser definiert wurden, haben die Schwachen im Visier. Jene, die unproduktive Orbits eingeschlagen haben, sind leicht zu fangen. Ihm munden aber auch jene, deren Rezeptorflächen mit leckeren Spurenelementen versetzt sind, die von der heißen Akkretionsscheibe ausgespien wurden. Der Metallovore erkennt sie an den Tupfen und der dunklen Färbung.

In jedem Moment sterben Millionen dieser kleinen Wesen in der Mechsphäre.

Räuber gibt es im Überfluß, und Parasiten auch. Hier und da verunstalten Auswüchse, ähnlich den Rankenfüßern und Napfschnecken, wie sie ehedem an Schiffsrümpfen hafteten, die polierte Hülle des Metallovoren. Diese braun-orangefarbenen und schmutziggelben Knubbel nähren sich von Überresten der Beute. Sie lecken an den Winden aus Materie und Licht. Sie reinigen die Metallovoren von unerwünschten Elementen – Schrott und Staub, der mit der Zeit selbst den robustesten Mechanismus blockiert.

All diese komplexen Vorgänge finden unter dem

Druck von Photonen statt. Licht ist hier die Flüssigkeit, die von den glutheißen Stürmen tief unten auf der mahlenden Scheibe emporströmt. Diese reiche Ernte sichert die Existenz der Mechsphäre, die sich über Hunderte von Kubik-Lichtjahren ausdehnt und deren Sektoren und Pfade dem Plan einer unvorstellbar großen Stadt gleichen.

All das ist um einen schwarzen Kern des Nichts zentriert, den finsteren Quell des Lebens.

Im Innern der lodernden Scheibe, abgeschirmt von den Unbilden des Klimas, wirbelt eine seltsame, schemenhafte Verzerrung im Gewebe von Raum und Zeit. Manche nennen sie den *Keil*, weil das Gebilde den Eindruck erweckt, als ob es in die Scheibe gerammt worden sei. Andere bezeichnen es als das *Labyrinth*.

Es scheint als – wenn auch kleiner – ›Wellenbrecher‹ für die infernalischen Energien zu dienen. Positioniert am Rande der Vernichtung, trotzt es mit seiner künstlichen Existenz den Naturgewalten.

Dennoch hat es Bestand. Das Staubkorn umkreist stetig den tiefsten natürlichen Abgrund der Galaxis: den *Fresser aller Dinge*.

EIN ABGRUND AUS ZEIT

Innerer Zustand: ein wolkenloser und amorpher Ort ohne Definition:

DIE MECHANISCHEN KOMMEN, NIGEL.

»Du spürst sie?«

KLAR. SIE MANIFESTIEREN SICH NUN IN MAGNETISCHEN VORTICES.

»Verdammt verschlagen sind sie.«

ICH SPÜRE SIE. UNHEIL DROHT.

»Danke für die Warnung, meine Liebe. Aber ich muß Toby erst einmal Dampf machen, und das wird eine Weile dauern.«

DU KÖNNTEST JETZT SOWIESO NICHTS FÜR MICH TUN.

Er lächelte humorlos. »Stimmt leider.«

ICH WERDE DICH WARNEN, WENN DIE ENERGIEDICHTE SICH ERHÖHT.

Er nickte, und der undefinierte Raum verschwand.

Er befand sich wieder in einem kahlen Raum, saß einem jungen Mann gegenüber und versuchte, die lange Geschichte zusammenzufassen, die ihn hierhergeführt hatte.

... *könntest sowieso nichts tun* ...

Er erinnerte sich an eine längst vergangene Zeit.

Er und Carlos standen auf einem felsigen Höhenzug und ließen den Blick über eine Ebene schweifen. Dies war indes keine Welt, sondern ein Brocken in sich gekrümmter Raum-Zeit. Der gekrümmte Himmel glich einer Kuppel, die mit einer Halbwüste ausgekleidet war.

Dennoch vermittelte der Ort den Eindruck, hier sei Leben möglich. Ein bemerkenswertes, von Aliens erschaffenes Versteck. Es war zwar schmutzig und sonderbar, doch gab es hier Luft und Pflanzen.

Sie erörterten, ob ein Überleben möglich sei, an einem harten und trockenen Ort, der verzerrt und zugleich so lebendig war wie kein normaler Stein.

Carlos hatte gerade einen Witz gerissen, den Nigel mit einem Lachen quittierte, als Carlos nach vorn kippte und mit der Schulter Nigels Arm streifte. Carlos ging mit in den Nacken gelegtem Kopf zu Boden, als ob er zum Himmel emporschaute. Er hatte einen verwunderten Ausdruck im Gesicht, als er mit dem Kopf an Nigel vorbeischrammte und mit dem Gesicht in den festgebackenen Schmutz fiel. Carlos hatte nicht einmal versucht, den Sturz mit den Händen zu dämpfen. Er schlegelte mit einem Bein, als er aufschlug.

Das Geräusch, das Urheber dieses Zwischenfalls war, ging einem durch Mark und Bein. Es schien aus der Luft zu kondensieren, ein gedämpfter Schlag, wie eine Axt, die in einen morschen Baumstumpf eindringt.

Während Carlos umkippte, stieg etwas aus seinem Rücken empor, eine Fontäne aus Haut und schaumigem Blut. Es besudelte das Gewand, als der Körper in den Schmutz fiel. Der Knall war, wie Nigel später erkannte, die Explosion elektromagnetischer Energie, die ein paar Zentimeter unter der Haut ausgelöst worden war.

Als Nigel sich duckte, um die Angriffsfläche zu verringern, wurde ihm erst die ganze Schwere von Carlos'

Verwundung bewußt. Das gab ihm den Rest. Er rannte los und schlug Haken, wobei er das Zischen der elektromagnetischen Pulse hörten, die über ihm verpufften. Er suchte Deckung hinter ein paar Felsbrocken.

Zuviel freier Raum und zuwenig Deckung. Es gelang ihm nicht, den Schützen ausfindig zu machen. Carlos lag reglos auf dem Boden.

Nichts geschah. Keine Pulse mehr.

Während er abwartete, ließ Nigel den Zwischenfall Revue passieren. Rosiges Blut sprudelte aus einem Loch im Rückgrat. Absolut tödlich, vier Zentimeter unterhalb des Genicks. Energie mit einer Leistung von vielen Kilojoule war auf einer Fläche von der Größe eines Fingernagels gebündelt worden.

Eine solche Leistung, noch dazu so stark gebündelt, wäre auch bei einem Treffer in die Hüfte oder den Bauch tödlich gewesen. Der Schuß hatte das Rückgrat zerschmettert und dabei einen starken Druck auf die Rückenmarksflüssigkeit ausgeübt – wie ein Windstoß eine Kerze ausbläst, war in einer Millisekunde der Hirntod eingetreten.

Carlos war nur noch Matsch. Er war wie ein nasser Sack auf den Boden geplumpst. Dann hatte er sich nicht mehr gerührt.

Nigel hielt die zitternde Hand hoch und betrachtete sie. Dann wurde er des Wartens überdrüssig.

Er folgte dem Höhenzug. Der Ursprung des Pulses hatte sich hinter Carlos befunden, und er achtete darauf, daß er immer eine Deckung im Rücken hatte. Er ging zu Carlos und betrachtete sein Gesicht im Schutz eines Felsens. Der Kopf war verdreht. Die Augen waren geöffnet, und aus dem Mund sickerte Speichel in den Schmutz. Die gebrochenen Augen indes waren der schlimmste Anblick – sie starrten in eine Unendlichkeit, die man zu Lebzeiten niemals sieht.

Mach's gut, mein Freund. Wir waren uns zwar nicht immer einig, aber wir haben zusammen dreißigtausend

Lichtjahre bewältigt. Und nun kann ich verdammt nichts mehr für dich tun.

Etwas bewegte sich zur Rechten. Er zog den Desintegrator und feuerte auf das Ziel, bei dem es sich aber nur um eine Kugel aus winzigen Teilchen handelte. Die Manifestation eines Höheren.

Das rotierende Gebilde flackerte und sagte mit tiefer Stimme: »Es tut uns leid.«

»Du hast das getan?«

»Nein. Eine mechanische Form, genannt die Mantis.«

»Und wer bist du?«

»Das vermag ich nicht zu sagen.«

»Ist diese Mantis auch hinter mir her?«

»Ich werde dich beschützen.«

»So wie Carlos, eh?«

»Ich bin etwas zu spät hier eingetroffen.«

»*Etwas*?«

»Du mußt Fehler verzeihen. Wir alle sind finit.«

»Verdammt finit.«

»Die Mantis hat Carlos geerntet. Er ist gesichert.«

»Du meinst wohl gespeichert?«

»Für die Mechanischen ist das ein und dasselbe.«

»Aber nicht für uns. Ich dachte, wir wären sicher an diesem Ort, in diesem Versteck.«

»Kein Ort ist völlig sicher. Doch dieser ist sicherer.«

»Wie kann man einer Mantis beikommen?«

»Du hättest keine Chance gehabt.«

Nigel Walmsley verfluchte die Wolke, und seine Wut brach sich in nutzlosen Worten Bahn.

»Du hättest keine Chance gehabt«, murmelte er.

HÄNG NICHT DER VERGANGENHEIT NACH.

Nikkas brüchige Stimme hallte in seinem Sensorium. »Es gibt so vieles, woran ich mich erinnere.«

ACHTE AUF DEN JUNGEN MANN VOR DIR. ER IST DER SCHLÜSSEL ZU UNSERER RETTUNG.

Nigel seufzte. »Ich werde alt, ich werde alt …«

ICH WERDE DIE HOSENBEINE UMSCHLAGEN – JA, ICH KENNE DAS GEDICHT. KOMM SCHON, NIGEL!

Er nickte und verließ den inneren, amorphen Raum. Es war angenehm, sich in diese kühle innere Gruft zurückzuziehen. Vielleicht der alte feste *good point* für die Wissenszuwächse, die er über die Jahrhunderte erfahren hatte; die Ruhe einer guten, altmodischen Bibliothek. Wo die Menschen sich inmitten der Bücher verloren hatten.

Nun gut. Zurück in die grobkörnigen Strukturen. Ins Reale. Mit all dem Nervenkitzel.

ERSTER TEIL

WUNDERSAME RUINEN

1 · HALBGAR

Ein alter Mann saß da und erzählte einem jungen Mann eine Geschichte. Wie Geschichten es manchmal zu eigen ist, war sie lang und weitschweifig, mit Höhepunkten und logischen Brüchen, eben wie im richtigen Leben.

»Was ist das für ein Ort?« fragte Toby. »Dieser Berg?«

Nigel Walmsley lehnte sich in einem Netz zurück, das sich seinen Konturen perfekt anpaßte. Er war nackt und hatte eine ledrige Haut. Die sich abzeichnenden Rippen erweckten den Eindruck, als habe er eine Tonnenbrust, doch das war nur die Dürre des Alters.

Er hatte das Stadium erreicht, wo das Leben den Menschen aufs Wesentliche reduziert. Pergamentbraune Haut als Verpackung. Muskeln wie Motoren, die in Klumpen von den Knochen hingen. Knubbelige Ellbogen und Knie, die den Anschein erweckten, Kugellager im Ölbad würden sich darin wälzen. Schulter- und Hüftgelenke, über denen spröde Pergamenthaut sich spannte. Blaue, hellwache Augen, die wie Glimmer im glattrasierten Gesicht funkelten. Ein markantes Kinn über einem dürren Hals. Hohe Wangenknochen, die wie Klingen über die schmalen Lippen hervorsprangen. Ein schiefes, schelmisches Grinsen.

»Im Volksmund heißt er der Magnetische Berg, obwohl ich eine persönlichere Bezeichnung für ihn habe.«

»Du kommst von einem Planeten in der Nähe des Wahren Zentrums?«

»Nein, nein, ich komme von der Erde.«

»Was? Du sagtest doch, du würdest von der Sippe Brit abstammen. Ich …«

»Ein Scherz. In meiner Zeit gab es keine Sippen, wie du sie kennst. Die Brits waren eine Nation – viel größer.«

»Wieviel größer?« Toby hatte natürlich schon von der Erde gehört, doch sie war ein Begriff aus der fernen Vergangenheit. Bedeutungslos. Wahrscheinlich nur eine Legende, wie Eden oder Rom.

»Ich vermute, daß alle Sippen, die im Galaktischen Zentrum überlebt haben, nicht einmal ein Zehntel der Anzahl der Brits ausmachen.«

»So viele?«

»Ist natürlich schwer zu schätzen. In der Erzett gibt es viele Schichten, Falten und Schlupfwinkel.«

»Die Brits müssen mächtig sein.«

Walmsley schürzte die Lippen. »Ähem … Nun ja, vor allem durch die Macht des Wortes.«

Toby hatte keine Ahnung, wie viele Leute noch am Leben waren – nach all den Toten, die er schon gesehen hatte. Auf der Flucht vor den Mechanos war er nach einer Odyssee hier angekommen. Überall, zu beiden Seiten und hinter ihm, hatten die Mechanos die Menschen dezimiert, wann immer sie auf welche gestoßen waren. Das Gemetzel erinnerte ihn an den Rückzug nach der Kalamität, den Fall der Zitadelle Bishop: eine Walstatt.

Doch nun hatte das Massaker noch viel größere Ausmaße angenommen. Daß sie die Jagd nach menschlichem Ungeziefer mit einer solchen Energie betrieben, war ungewöhnlich für die Mechanos. In der Regel kümmerten sie sich überhaupt nicht um die Menschen; sie betrachteten sie als Kroppzeug. Doch nun hatten sie es eindeutig auf Toby abgesehen. Deshalb lasteten die Leichen, die seinen Weg pflasterten, um so schwerer auf ihm. Erst jetzt begriff er allmählich die Bedeutung der ganzen Sache. Dafür gab es keine Worte, und auch keinen Trost.

»Ähem …« Walmsley wirkte nachdenklich. Er kniff die Augen zusammen. »Ich hatte immer das Gefühl, es gebe zuwenig Brits und zu viele von den anderen.«

»Die Sippe Brit muß riesig gewesen sein.«

»Wir hatten uns auch zügig vermehrt. Hatten nicht die Strahlung, unter der ihr hier leidet.«

»Wir sind davor geschützt, sagte mein Vater.«

»Es gibt aber eine Grenze für die genetische Fummelei. Organische Zellen zerfallen ziemlich schnell. Allerdings macht das auch einen Teil ihrer Schönheit aus. Es trägt nämlich zu ihrer schnelleren Entwicklung bei.«

»Unsere Zitadelle war zum größten Teil im Innern des Felsens angelegt, um …«

»Das hat natürlich etwas geholfen. Aber die Totgeburten, die Mißbildungen …« Walmsleys Gesicht verzerrte sich ob der schmerzlichen Erinnerungen.

»Ja, sicher, so ist das Leben.«

»Zumindest das Leben an dieser Höllenpforte.«

»Der Fresser?« Toby war mit dem Fresser aufgewachsen und hatte ihn als glühendes, zornrot gerändertes Auge mit einer braun-verbrannten Pupille kennengelernt. Es hatte so hell gelodert wie die Sonne von Snowglade. »Das Leben in seiner Nähe war eigentlich ganz normal.«

Walmsley lachte herzhaft, ohne das greisenhafte Meckern auszustoßen, das Toby erwartet hatte. »Glaub mir, es gibt schönere Wohngegenden.«

»Mir hat Snowglade jedenfalls genügt«, sagte Toby.

»Ach ja. Ich erinnere mich, daß wir den Schach-Sippen eine schöne Welt zur Verfügung gestellt haben.«

»Zur Verfügung gestellt? Ihr?«

»Ich bin älter, als du es dir vielleicht vorstellst.«

»Aber du konntest doch nicht …«

»Ich konnte und ich habe. Natürlich habe ich die Zeit gestreckt. Mußte ich. Ich bin vom unteren Ende dieses steilen Gravitations-Gradienten aufgestiegen, an der elastischen Zeitlinie entlang …«

»Die, uh …?«

»Entschuldigung, das ist eine alte Ausdrucksweise. Ich meine, das ist ein stabiler Punkt, diese Erzett. Wir sind auf einer abschüssigen Spur, wo die Zeit sehr langsam vergeht. Ich …«

»Langsam?« Vielleicht lag es daran, weshalb Toby

Probleme mit der inneren Uhr hatte. Als er noch in der Nähe ihres Schiffs, der *Argo*, gewesen war, hatten seine Systeme sich relativ zu den Schiffssystemen verlangsamt, wenn er sich zu weit in die Stadt hineingewagt hatte. Es war ihm nie gelungen, die Ursache zu ermitteln. In einem Reflex schaute er auf die innere, stetig tickende Uhr, die in die Ecke des linken Auges integriert war. Er blinzelte und las folgenden Wert ab: 14:27:33. »Auf welcher Basis erfolgte die Messung?«

»*Good Point*. Gemessen unter Berücksichtigung der 2D-Raum-Zeit in großer Entfernung vom Schwarzen Loch.«

»Dann ist dies also eine Art von Zeitspeicher?«

»Richtig. Ich habe mich hier quasi selbst gespeichert. Und so tief in der Erzett gibt es noch weitere Dinge – viele Dinge.«

»Wann hast du das getan?«

Toby versuchte, den alten Mann in die Ahnengalerie der Sippe Bishop einzureihen, doch die Idee an sich schien lachhaft. Die Männer und Frauen, welche zu Beginn des Untergrunds die Sippen gegründet hatten, waren weise und weitsichtig gewesen. Die Gründerväter und -mütter. Besser als alle, die heute lebten; da gab es kein Vertun. Und ganz sicher hatten sie Kleider getragen.

»Vor dem ›Untergrund‹. Lange vorher. Ich verbrachte eine lange Zeit auf Tiefen-Spuren und ließ die Zeit draußen verstreichen.«

»Dann hast du im Grunde gar nichts getan?«

»Wenn du mich fragst, ob ich gelegentlich rausgekommen bin – ja, bin ich. Ich habe die frühen Kandelaber besucht. Und während der letzten Exkursion habe ich auf ein paar Welten vorbeigeschaut.«

Toby schnaubte verächtlich. »Du erwartest, daß ich das schlucke?« Seine Aspekte wollten ihm weitere Informationen vermitteln, doch er war auch so schon verwirrt genug.

Walmsley gähnte. Das war nicht der verletzte Stolz, den Toby bei einem notorischen Lügner erwartet hätte. »Glaub's oder laß es bleiben.«

»Du hast die Große Zeit erlebt?« fragte Toby plötzlich.

»So wurde sie jedenfalls bezeichnet. War aber gar nicht so groß.«

»Wir hatten damals hier das Sagen, nicht wahr?« Darüber hatten in der Zitadelle Bishop unzählige Geschichten kursiert. Der Triumph der Menschheit. Dann der Fall, der Untergrund, und noch Schlimmeres.

»Unsinn. Wir waren damals schon Ratten in den Löchern. Nur eben eine höhere Klasse von Ratten.«

»Mein Großvater sagte ...«

»Legenden sind Werke der Phantasie, vergiß das nicht.«

»Aber wir müssen einmal groß gewesen sein, wirklich groß – wie hätten wir sonst die Kandelaber erbauen sollen?«

»Ich sag's dir noch mal, wir sind intelligente Ratten.«

Toby, der gar nicht erst versuchte, seinen Unglauben zu verbergen, fragte: »*Du* warst an ihrem Bau beteiligt? Ich meine, ich habe mal einen besucht und dabei eine Explosion ausgelöst. Sicher, der Kandelaber war verlassen, aber er war immer noch schön, groß und ...«

»Die Drecksarbeit haben andere gemacht, und zwar Leute von der Erde.«

Toby schnaubte ungläubig. Walmsley kniff ein Auge zu. »Glaubst du vielleicht, ich will dir die Hammelbeine langziehen?«

»Was soll das nun schon wieder heißen?«

»Daß ich dich drangekriegt habe.« Er grinste.

Toby runzelte zweifelnd die Stirn und warf einen Blick auf seine Beine.

»Ich mache doch nur Spaß.«

»Ach. Aber – die Erde ist eine *Legende*.«

»Wohl wahr, aber manche Legenden sind einfach

nicht totzukriegen. Diese Legenden beziehen sich auf die zweite Welle. Wir waren die erste. Eine ganze Flotte von Staustrahl-Schiffen, die viel besser waren als das Mechano-Schiff, das wir gekapert hatten. Intelligente Ratten eben.«

Toby nickte bedächtig. Weshalb sollte dieser Schrat auch lügen?

Also hatten Erdlinge die Kandelaber erbaut? Vielleicht waren die Erdlinge doch keine Sagengestalten. Sie hatten wahrscheinlich während der Großen Zeit Regie geführt. Aber bestimmt niemand wie dieser runzlige Gnom. »Ähem … Dann steckt also terrestrische Technik in den Kandelabern.«

»Im Grunde polyforme Technik – mechano, terrestrisch, alles zusammengewürfelt.«

»Von wem?« Toby war noch immer nicht beeindruckt von diesem Zwerg.

»Von uns. Von der Menschheit. Die Erdlinge, die mit der zweiten Welle kamen, dürften immer noch derselben Spezies angehört haben wie wir. Aber …« – ein melancholischer Ausdruck huschte über sein Gesicht – »sie waren anders. Viel … besser.«

»Sie hatten eine bessere Technik?«

»Mehr noch. Sie waren nicht nur äußerlich eindrucksvoll. Sie bewirkten wahre Wunder und beherrschten die Ausrüstung aus dem Effeff, die sie – wir – im Lauf der Jahrhunderte erbeutet hatten. Andere haben das geleistet, muß ich aber dazusagen – ich wurde der Technik schon vor einiger Zeit überdrüssig.«

Toby schniefte. »Für die Bishops ist das Beherrschen von Techtricks so wichtig wie das Atmen.«

»Für die Planeten gilt das wohl. Die von der zweiten Welle, wie du sie bezeichnest, spielten eine wichtige Rolle. Meine Frau, Nikka, pflegte zu sagen, wir hätten brennende Probleme – und die Erdlinge hätten uns nur lauter halbgare Lösungen serviert.«

Toby wußte mit den launigen Wortspielen dieses

Mannes nichts anzufangen. Die Bishops waren eher der rustikale Typ. »Brit-Brut bist du«, sagte er zögernd. Er ließ sich von so einem alten Knacker doch kein Ei gegen die Schiene nageln, aber irgendwie glaubte er Walmsley dann doch, daß er von der Erde stammte. Vielleicht lag es daran, daß Walmsley es egal zu sein schien, ob er ihm glaubte oder nicht.

»Durch die zweite Welle schwoll unsere Zahl stark an – wobei die Mechanos wiederum danach trachteten, sie zu reduzieren.«

»Auch damals schon?«

»Das war immer so und wird immer so sein. Es gab wohl ein paar Phasen der Kooperation, doch sonst werden wir allenfalls toleriert. Für eine Weile genossen wir eine fast unbeschränkte Bewegungsfreiheit im Gebiet des Wahren Zentrums. Sie spielten zwar ›Hau den Lukas‹ mit uns, wenn sie uns erwischten. Doch wir wurden hin und wieder von den Alten unterstützt. Sie waren launisch, aber ohne sie hätten wir es nicht geschafft.

»Die Alten?«

»Sie waren eine Intelligenzform, die sich aus Lehm entwickelt hatte.«

»Lehm? Also aus Dreck?«

»Elektrostatische Energiespeicher in Lehmbetten mit Salzlösungen – muß wohl an alten Küstenlinien gewesen sein.«

Nun war Toby echt ungehalten. »Daß du von der Erde stammst, nehme ich dir gerade noch ab; aber lebender Dreck? Du hältst mich wohl für …«

»Sie waren zuerst da. Schau mal.«

Eine dreidimensionale Grafik erschien in Tobys Sensorium. Der Übersichtlichkeit wegen zerlegte er sie in 2D-Schichten, wodurch die Spezialeffekte einer schlichten Grafik wichen. »Komplexität?«

»Die Spezialisten nennen es ›Struktur-Komplexität‹. In den Lehmschichten bildeten sich komplizierte Gitter, die in der Lage waren, sich selbst zu replizieren. Sie nährten sich von piezoelektrischen Strömen, die durch den Druck erzeugt wurden, der in Kristallen herrscht. Später nutzten sie das von Algen eingefangene Sonnenlicht und zapften die Energie im landwirtschaftlichen Stil an.«

Toby hatte nicht die leiseste Ahnung, was das alles bedeuten sollte. »Also … *Schmutz*-Leben, das sind die Alten?«

»Ja, in Kombination mit magnetischen Strukturen. Bißchen schwer zu beschreiben, diese Hochzeit. Ist natürlich schon lang her.«

Toby betrachtete die riesigen Zeiträume, die durch einfache Linien dargestellt wurden: biologische Wesen folgten auf die Lehm-Wesen, schnitten das ›Magnetische Königreich‹, und dann gab es noch eine Linie mit der rätselhaften Beschriftung ›Erd-Biologie‹. ›Meme‹ und ›Kene‹ sagten ihm überhaupt nichts. Anhand der Zeitachse schätzte er, daß all das vor über zwölf Milliarden Jahren begonnen hatte, als – was? das Universum selbst entstand?

Erschüttert von den Weiterungen der Grafik, wagte er sich erst gar nicht in die anderen Dimensionen, welche diese schlichte 2D-Darstellung mit ›Fitness-‹, ›Muster-Tiefe-‹, ›Netplex-‹ und anderen Achsen eröffnete, deren Beschriftung er nicht einmal zu lesen vermochte. Der Sinn stand ihm eher nach leichter Kost.

»Und … wie bist du überhaupt hierhergekommen?«

»Habe ein Schiff gestohlen. Einen schnellen Mechano-Kreuzer.«

Toby hatte noch nie gehört, daß jemand ein solches Husarenstück vollbracht hätte. Die Bishops hatten schon ihre liebe Not gehabt, ein altes menschliches Schiff, die *Argo*, zu beherrschen. »Gestohlen? Und dann bist du einfach so ins Wahre Zentrum geflogen?«

»Hmm, nicht ganz«, sagte Walmsley mit entrücktem Blick. »Ich will dir erzählen, wie es war.«

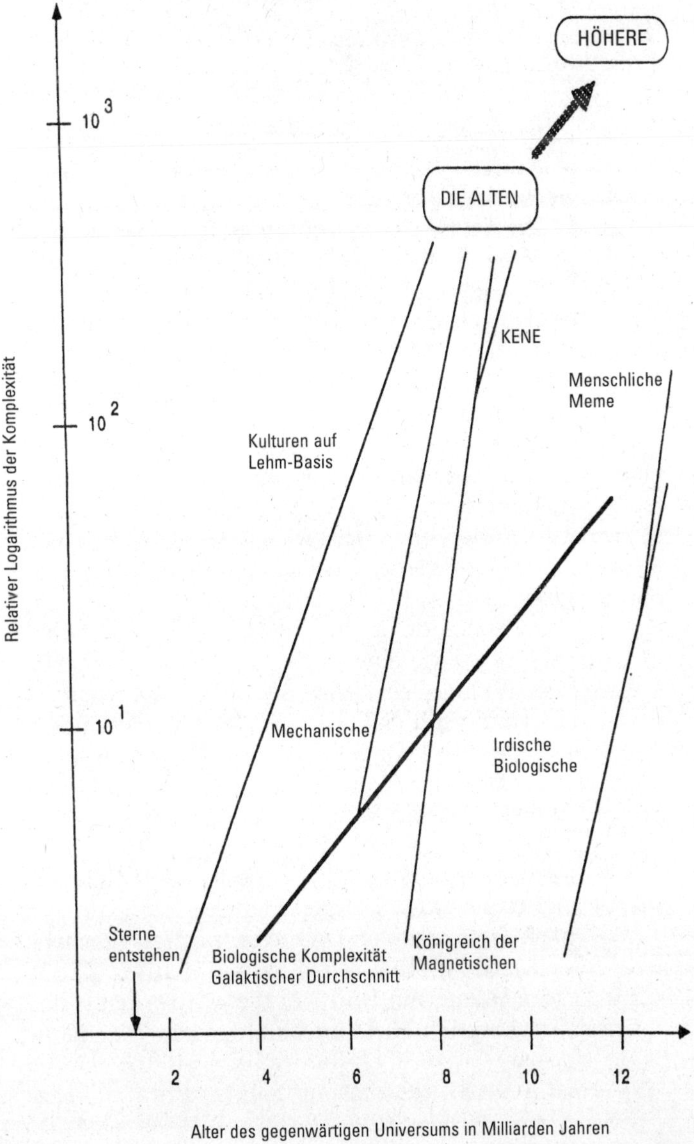
HÖHERE
10 3
DIE ALTEN
KENE
Menschliche Meme
10 2
Kulturen auf Lehm-Basis
Relativer Logarithmus der Komplexität
10 1
Mechanische
Irdische Biologische
Sterne entstehen
Biologische Komplexität Galaktischer Durchschnitt
Königreich der Magnetischen
2
4
6
8
10
12
Alter des gegenwärtigen Universums in Milliarden Jahren

2 · DER OLYMP DER ZÜRNENDEN GÖTTER

Zuerst zockelten wir in einem altersschwachen Mechano-Kahn durchs All. Lahm wie eine Schnecke im Vergleich zu dem, was heute so umherschwirrt. Ein Staustrahl-Schiff mit einem langen weißblauen Stachel pflügte durch den Raum.

Viel besser als unser Erdenschiff gewesen war, die ramponierte alte *Lancer*. Das Schiff hatte einen kühnen Namen, wohl wahr, doch der Flug zu den nahen Sternen war damit zu vergleichen, als ob die Indianer versucht hätten, Europa mit Birkenrindenkanus zu erreichen. Das war der falsche Weg, in historischer wie in technischer Hinsicht.

Siehste, die Mechanos hatten *uns* ziemlich gründlich erforscht. Sie hielten sich schon seit einer langen Zeit im Sonnensystem auf, seit Millionen von Jahren. Frühe, auf Kohlenstoff basierende organische Lebensformen hatten in der Nähe der Erde einen Kampf mit den Mechanos ausgetragen. Vermutlich hatten sie die Erde verteidigt, als bei den Primaten der Funke der Intelligenz zündete und sie sich der Schwelle zum *Homo sap* näherten.

Sie ließen das Wrack eines Sternenschiffs auf dem Mond zurück. Deshalb wissen wir von diesem Konflikt, der lang vor unserer Zeit stattfand. Meine Frau Nikka war an den Forschungsarbeiten beteiligt. Ich stieß später dazu. Das ist Urgeschichte.

Wir flogen mit dem ersten menschlichen Sternenschiff, der *Lancer*, ins All. Wurden von den Mechanos verdroschen. Haben mit Mühe und Not überlebt.

Dann hatten wir Glück und stahlen ein Mechano-Schiff.

... Ach! Dezente Untertreibung, typisch Brit. In Wahrheit gab es zwei fremde Spezies, die sich unter dem Eis die-

ser Welt versteckt hatten. Wesen, die in der Lage waren, mit elektromagnetischen Sinnen im Mikrowellen-Bereich zu sehen. Dann stellte sich heraus, daß sie für den Absturz des Schiffs verantwortlich waren, das wir auf dem Mond gefunden hatten. Ich hatte es durchsucht und war danach ein anderer geworden. Ich wollte unbedingt wissen, wer sie waren und wie sie dachten.

Doch es gab noch weitere. Walähnliche Kreaturen, die gemächlich durch die trüben Tiefen glitten und von einem radioaktiven Kern gewärmt wurden, den sie im Mondkern zusammengebaut hatten.

*Unglaublich fremdartige Lebensformen, und doch waren sie Verbündete gegen den Mechano-*Späher*, der über uns dräute. Die beiden fremden Spezies und die schnatternden Affen griffen den* Späher *mit vereinten Kräften an und kaperten ihn. Klingt im nachhinein so einfach …*

Ähem? Oh, tut mir leid, die Gedanken müssen abgeschweift sein. Das Mechano-Schiff?

Wir rüsteten es für unsere Bedürfnisse um und bestückten es mit dem Lebenserhaltungssystem und mit der Ausrüstung, die den Angriff der Mechanos auf die *Lancer* unbeschadet überstanden hatte. Harte Arbeit.

Bravo. Was dann?

Da saßen wir nun, einen Katzensprung vom Heimatstern entfernt. Viele Mitglieder der Besatzung – der überlebenden Besatzung, müßte es wohl heißen – wollten sofort nach Hause fliegen.

Ich sah indes keinen Sinn darin. Ich war damals schon so alt, daß ich nicht mehr viel zu verlieren hatte. Zumal ich sowieso wenig in die gute alte Erde investiert hatte – ich hatte keine Kinder und nicht einmal mehr nahe Verwandte.

Doch wir wußten, daß die Erde bereits von Mechanos angegriffen worden war. Hatten eine intelligente Waffe eingesetzt und fischartige Aliens in die Meere gekippt. Sollten wir den Menschen auf der Erde zu Hilfe kommen?

Die Auseinandersetzungen, die darauf gefolgt waren! Ich mußte der Gegenseite einräumen, daß sie gute Argumente hatte: die Rettung der Heimatwelt und so weiter. Also schlossen wir einen Kompromiß. Bauten ein robotisches Sternenschiff aus Mechano-Schrott. Ziemlich kompliziert. Dann packten wir es mit Mechano-Technik voll. Wir hofften, daß die Erde die Tricks auch anwenden würde.

Ein paar Leute wollten trotzdem zurückfliegen. Eine klassische wagnerianische Geste – viel Gefühl, ohne Sinn und Verstand. Zu riskant.

Also schickten wir das Robotschiff zur Erde, die es mit einem schlappen Zwanzigstel der Lichtgeschwindigkeit ansteuerte. Mehr war nicht drin.

In Wirklichkeit war ich nur daran interessiert, mit den beiden Spezies Kontakt aufzunehmen, die noch immer unter dem Mondeis lebten. Doch da war die Oppositionsgruppe …

Nikka und ich hatten Verbündete in der Besatzung. Wir haßten die Mechanos und wollten etwas *tun*. Das Rätsel lösen. Also setzten wir Segel – wobei dieser altertümliche Begriff besagt, daß wir auf eine Geschwindigkeit knapp unterhalb der Lichtgeschwindigkeit beschleunigten.

Mitten rein. Ins Zentrum.

Dauerte fast dreißigtausend Jahre, um hierher zu kommen – diese Messung beruht jedoch auf dem Bezugssystem der Galaxis. Was manche ›Echtzeit‹ nennen. Doch alle inerten Bezugssysteme sind äquivalent, weißte. Wir haben das bewiesen. Der einzige Unterschied ist, daß die Uhren in unserem Schiff langsamer gegangen sind. Außerdem waren wir im Kälteschlaf.

Also kam es mir so vor, als ob ich ein paar erholsame Mittagsschläfchen gemacht hätte und nur aufgewacht wäre, um mich untersuchen zu lassen und diese seltsame Nachricht zu senden. Dann war ich an der Reihe, im Schiff Streife zu gehen und es instand zu halten.

Einsames Arbeiten. Meine Freunde waren steifgefroren. Und ich schlich in einem gestohlenen Fremdraumschiff umher. Ich raste durch einen Korridor relativistischer Verzerrungen, wie durch einen Tunnel, dessen Wände in allen Farben des Regenbogens schillerten. Intensiv. Beängstigend obendrein, selbst für einen Experten auf dem Gebiet der Physik.

Ich hatte einen Infrarot-Transmitter installiert – nein, Nikka hatte es getan; sie war ein Genie. Das Gerät setzte alle paar tausend Lichtjahre eine Botschaft an die Erde ab. Hielt die Menschen darüber auf dem laufenden, was wir gefunden hatten – Daten, ganze Datenpakete. Mit einem Kommentar von mir. Ich hoffte, daß sie noch existierten. Damals schien es nur eine kleine Geste zu sein, doch viel später fand ich heraus, wie wichtig es gewesen war.

Dann – *presto physico* – standen wir vorm Zentrum, das beim Blick aus dem Fenster wie eine Neon-Reklametafel glühte. Kommod, diese Mechano-Geräte. Da fragt man sich, ob ihre Konstrukteure sie überhaupt zu schätzen wissen. Wäre schade, wenn sie an Kreaturen verschwendet würden, die keinen Sinn für die Freuden haben, die sie spenden.

Das Zentrum? Nun, heute erblickst du es nicht in der Herrlichkeit, wie ich sie geschaut habe. Die Alten waren schon dort, und sie waren stärker präsent als heute.

Wir kamen in einem nach innen gerichteten Strom rein, um die maximale Geschwindigkeit herauszuholen. Das Zentrum glich einem Feuerwerk. Ein Bogen aus geflochtenem Feuer überwölbte es wie ein riesiger Triumphbogen. Er leuchtete golden, orangefarben und in schwefligem Gelb. Das reinste Höllenfeuer. Das Gravitationspotential des Schwarzen Lochs manifestierte sich als rubinrotes Gas, Plasmastränge und über Lichtjahre ausgreifende Leuchtspuren.

Damit hatte ich aber gerechnet. Auf der Erde hatte

das Very Large Array* die langen Bögen kartiert, welche die galaktische Ebene senkrecht durchstießen. Sie erstreckten sich über hundert Lichtjahre vom *Wahren Zentrum*. Dann gab es noch hauchdünne Leuchtflächen – alle von gigantischen Strömen zum Glühen angeregt.

Galaktische Neonlichter, so bezeichneten die Astronomen sie. Doch weshalb so lang und dünn? Einige waren ein paar hundert Lichtjahre lang und kaum ein halbes Lichtjahr breit.

Beim Näherkommen erkannten wir diese Stränge – nicht als Radiowellen, sondern als *optische* Wellen. Überwältigend. So rein, so sauber strukturiert. Handelte es sich etwa um eine gigantische Energiequelle? Einen Transportkorridor, eine Art Straße? Was – oder wer – brauchte einen solchen Raum zu seiner Entfaltung?

Sie hingen wie geheimnisvolle Botschaften am Himmel. Doch was besagten sie? Waren sie ein religiöses Monument? Eine außerirdische Entsprechung für das Kruzifix, das mit seinem ewigen Versprechen die ganze Galaxis durchdrang?

Wir zogen diese Möglichkeiten in Erwägung, während unser Schiff – ein großer alter Kasten, der im Vergleich zur *Lancer* jede Menge Platz bot – trübe Staubwolken und heiße Regionen, die Geburtsstätten von Sternen, durchstieß. Das Schiff stieß aufs Zentrum vor wie ein alter Hund, der an der Leine zerrt, weil er nach Hause will. Die Navigations-Ausrüstung war einfach und übersichtlich – und sie war aufs Wahre Zentrum programmiert.

Sieh mal an. Das war also einer der Standard-Zielorte.

Im Rückblick nimmt das auch nicht wunder. Energiedichte. Loderndes Licht. Protonenschauer. Gewal-

---

* Reihenförmig angeordnete, kombinierte Teleskope. – *Anm. d. Übers.*

tige Plasmaströme. Genau der richtige Ort für einen hungrigen Mechano. Der Futtertrog.

Ich hatte das Wahre Zentrum mit einer Schmuckschatulle verglichen, mit Sternen, die wie Smaragde, Rubine und Saphire glühten – und die alle auf geordneten Bahnen um das Schwarze Loch kreisten. Das schon vor langer Zeit den lästigen Staub aufgefressen und diese schöne Kollektion übriggelassen hatte.

Sagten jedenfalls die Astronomen. Gib nie etwas auf Theorien, mein Junge, wenn sie von Sesselfurzern an Bildschirmen ausgeheckt wurden.

Siehste, ich hatte ganz vergessen, daß es zu Kollisionen und Reibung kommt, wenn ein paar Millionen Sterne auf ein paar Lichtjahren zusammengedrängt sind. Und es entstehen viele Trümmer.

Beim Näherkommen erkannten wir das Durcheinander. Dicke, wabbelnde Sterne loderten wie zornige Götter und streckten rote Zungen heraus. Sie waren die Kinder unheilvoller Ehen, wo zwei Sterne zusammengestoßen waren, sich ineinandergeschoben hatten und nun auf Gedeih und Verderb miteinander verhaftet waren.

Man sah andere Sterne, denen das gleiche Schicksal drohte – sie umkreisten sich und schleuderten Gasringe, als ob sie sich Beleidigungen an den Kopf würfen. Als der äußere Rand der Akkretionsscheibe ins Blickfeld rückte, sahen wir noch schlimmere Fälle. Sterne platzten auf, verstreuten ihren Inhalt und schrumpften zu Klumpen. Die kreisenden Schuttmassen erhellten die Dunkelheit wie Zündhölzer, die in einem Kohlensack angerissen wurden.

Und mittendrin waren die seltsamsten Sterne von allen. Schnell waren sie. Jeder dieser Sterne wurde von einer Halbschalen-Maske bedeckt. Die Masken sandten Strahlung im Infrarotbereich aus, und es dauerte eine Weile, bis ich herausgefunden hatte, was dort vorging.

Schau, die Halbschale war in einer festen Position relativ zum Stern aufgehängt. Sie schwebte auf Licht, wobei die Gravitation den nach außen wirkenden Lichtdruck gerade kompensierte. Die Maske reflektierte die Hälfte der Wärmestrahlung des Sterns – sie heizte den Backofen noch mehr auf. Deshalb sandte der arme Stern Lichtbögen und Masseströme aus. Was wohl einen bestimmten Zweck hatte.

Auf einer Seite entwich das Licht ungehindert. Auf der anderen hielt die Maske es zurück. Dadurch wurde eine in Richtung der Maske wirkende Kraft auf den Stern ausgeübt. Doch die Maske war wiederum durch die Gravitation an den Stern gebunden. Sie hielt von sich aus den richtigen Abstand. Der Stern vermochte das Licht jedoch nur in einer Richtung abzustrahlen. Also trat ein Rückstoß auf.

Jemand fungierte als ›Hirte‹ für die Sterne. Diese Masken verwandelten sie in Fusions-Photonen-Antriebe. Langsam, aber effektiv. Und die Herde nahm Kurs auf die Akkretionsscheibe.

Jemand führte dem Schwarzen Loch gezielt Nahrung zu.

Wer war zu solchen Ingenieursleistungen imstande? Wir hatten damals keine Zeit, es herauszufinden.

Wir kamen näher. Heizten uns auf. War eine Bullenhitze.

Und dann, nach all den Jahren, fingen die Empfänger des Schiffs plötzlich Funkverkehr auf. Zirpen, Piepen, ein rasend schneller Code.

Eindeutig Signale für die Mechanos, die ›von Rechts wegen‹ das Schiff hätten steuern müssen. Wie sollten wir reagieren?

Wir zermarterten uns noch das Gehirn über diese Frage, als eine elementare Erkenntnis uns überkam. Das Schiff beförderte nicht nur Mechanos. Es *war* ein Mechano.

Gewiß, es hatte eine höhere Klasse von Mechanos

transportiert. Aber es gehörte trotzdem zur Sippe, wenn man so wollte.

Als wir uns in der Nähe des Zentrums befanden, wurde die freie Kursprogrammierung aufgehoben. Wir verzögerten mit Höchstwerten. Der magnetische Vortex, der das Schiff virtuell verkleinerte, verdichtete sich. Dann kippte er, so daß das einströmende Plasma im spitzen Winkel auf uns traf. Das Schiff drehte sich – und solch ein Stöhnen, Knacken und Kreischen hatte ich bei einem Manöver noch nie gehört. Schalldämpfung war für die Mechanos offenbar ein Fremdwort.

Wir wären fast taub geworden. So ging das etwa eine Woche lang.

Doch es klappte. Das Schiff wendete und vertauschte die Enden, so daß wir das Flirren des Fusionsstrahls nun vor uns hatten. Dieser Rückstrom schützte uns vor den massiven Trümmern in Flugrichtung – sie wurden verdampft und dienten selbst als Ionen für den Antrieb.

Der Vortex stand nun achtern, doch die magnetischen Feldlinien transportierten einen Bruchteil der Trümmer nach vorn und stopften sie dem Schiff sozusagen ins Maul. Die Fusionsbrenner versetzten den Boden in Schwingungen und erwärmten die Luft – doch die Lebenserhaltungssysteme ließen uns nicht im Stich.

Ein Wunder, wenn man es bedachte. Wegen der üppigen Leistung installierten wir leistungsfähigere Klimaanlagen. War ein ziemliches Gerödel in der Affenhitze. Das Problem war jedoch, wohin mit der Abwärme? Kühlgeräte vernichten die Wärme nicht, sie transportieren sie nur.

Schließlich verlegten wir uns darauf, die Mechano-Waffen einzusetzen. Es handelte sich um Laser, obwohl sie eher wie monströse Abflußrohre aussahen. Wuchtige Geräte.

Laser haben den Vorteil, daß sie eine höhere Leistung haben als natürliche Strahler. Sie weisen eine höhere Strahlungstemperatur auf, wie es in der Fachsprache heißt. Um Energie an die Umgebung abzugeben, muß das Objekt, das die Energie abgeben soll, wärmer als die Umgebung sein. Laser verfügen über diese Eigenschaft. Also leiteten wir die durch die Bremsmanöver entstandene Wärmeenergie in Konverter. Und dann in die Generatoren der Laser selbst. Das Schiff wandelte die Wärmeenergie in hochenergetische Strahlung um.

Da wurden wir erst recht mißtrauisch. Und wir bekamen Muffensausen. Meldete das Schiff etwa seinen Vorgesetzten, daß es verseucht war, Ungeziefer an Bord hatte? Wir Abenteurer fühlten uns auf einmal verdammt klein.

Wir bremsten stark ab – mit anderthalb Ge. Riskant. Wir kamen uns vor wie Fettleibige, nur daß wir nicht das Vergnügen gehabt hatten, uns den Wanst anzufressen. Wir legten Proviantdepots und Wasserbecken an. Trieben dort für Tage, nur um dem Gewicht zu entkommen.

Endlich klärte die Sicht sich. Der Fusionsantrieb wandelte größere Energien um, während wir abbremsten. Er wurde nun auch im normaloptischen Spektrum sichtbar, und wir erkannten das Triebwerksglühen. Zuerst nur die Rottöne – seltsamer Anblick, das.

Wir schauten dem Tod ins Auge, der sich als große Wand abzeichnete. Sie eilte auf uns zu.

Wir hatten schon mit dem Leben abgeschlossen …

3 · KIRCHENMÄUSE

»Als ob man versucht, Flüssigkeit durch einen Feuerwehrschlauch anzusaugen«, sagte Nigel.

»Was ist?« Nikka war noch immer schmal und blaß, doch ihre schwarzen Augen funkelten wie glühende Kohlen und drückten Belustigung und Intelligenz zugleich aus.

»Die Verarbeitung dieser verdammten Daten.« Nigel reckte den Hals, um die Wand auf ganzer Breite zu überblicken. Die glitzernden, changierenden Oberflächen knickten in bizarren Winkeln ab, wie es wohl auch nur den Mechanos in den Sinn kam.

Auf diesen Flächen wurde die Umgebung des Schiffs aus verschiedenen Perspektiven abgebildet. Fontänen von ionisiertem Gas. Molekulare Wolken mit pechschwarzen Kernen und auf den narbigen Hüllen züngelnden Flammen. Gleißende Sterne, welche die aufgewühlten Gasnebel versengten, die sie verschleierten.

Und direkt in Flugrichtung quoll eine Wand aus einer turbulenten Masse aus dem Wahren Zentrum der Galaxis. Nahm Kurs auf sie.

»Wie das Überbleibsel einer Supernova«, sagte Nikka an ihrer Konsole. Sie war ein Arbeitstier. Ihr japanisches Erbe, sagte sie, Sinn in der Pflichterfüllung. Wenn man eine Frau liebt, wurde Nigel sich bewußt, kauft man die Katze im Sack. Das galt umgekehrt auch für ihn. Und in seinen Augen hatte sie noch das schlechtere Geschäft gemacht. Das Zusammenleben mit ihm war nicht einfach.

Nigel runzelte die Stirn. »Sieht aus wie die Hand Gottes, die ausholt, um eine Fliege zu erschlagen.«

»Das ist aber mal eine unorthodoxe Theorie.«

»Scheint gar nicht so weit hergeholt. Dieses Zeug wandert ziemlich schnell.«

»Die Doppleranalysen weisen reichlich Wasserstoff aus, der sich mit ungefähr vierhundertzwanzig Kilometern pro Sekunde fortbewegt«, meldete sie.

»Wüßte nicht, weshalb Gott uns eine runterhauen sollte.« Schockwellen spielten wie goldbraune Luftschlangen über die gesamte Fläche der rasenden Wand.

Nikka lachte. »Du nimmst sogar die Astrophysik persönlich.«

»Und wieso nicht? Damit baue ich mir Eselsbrücken.«

»Vielleicht ein Fall von Egomanie?«

»Wahrscheinlich. Trotzdem gibt es hier noch genug, worum Gott sich kümmern könnte. Wir sind vergleichsweise blöd.«

»Dann ist es wohl ein Elefant, der sich im Schlaf wälzt«, sagte Nikka.

Ihre Logik hatte ihn schon immer amüsiert. Eine Frau, die noch pointierter und trockener war als er, mußte er einfach lieben. »Hmmm?«

»Damals in Kyoto erzählte mein Vater uns eine Geschichte von einem Mann, der sich vor dem Sturm in Sicherheit wähnte, wenn er neben einem Elefanten schlief.«

»Ich verstehe. Weil nur die Großen überleben …«

»Warte, hier sind die Parallaxen-Daten«, sagte sie geschäftsmäßig.

Nigel studierte die fremdartigen schrägen Facetten an der Wand. Er wußte bis heute nicht, worin der Sinn dieser winkligen Anordnung bestand. *Fresnell-Spiegel,* erinnerte er sich. Ein Versuch, den er an einem kalten Wintermorgen in einem Labor in Cambridge durchgeführt hatte. Morsche Ausrüstung, uralte Klemmen und Linsen aus der Mitte des neunzehnten Jahrhunderts. Er hatte das Experiment auf die Schnelle durchgezogen, und dann war er Teetrinken und Billardspielen gegangen.

Doch er erinnerte sich noch an den Ablauf. Er hatte die Spiegel leicht schräggestellt, so daß das Licht hin und her geworfen wurde. Dadurch entstanden Interferenzkeile. Bewahrten die Phasen-Information der Lichtwellen. Clever. Irgendwie hatten die Mechanos diesen klassischen Effekt zu einem facettenreichen optischen smørgåsbord verfeinert.

Und in einer der schiefen Flächen sah er nun einen rapide anschwellenden kohlschwarzen Klumpen vor einem rotglühenden Hintergrund.

»Diese Front ist näher, als ich vermutet hatte«, sagte Nikka. »Nur ein paar Stunden entfernt.«

»Sie wird uns zerschmettern«, sagte Nigel.

Sie nickte. »Wir erreichen diese Geschwindigkeit nicht. Wir haben kaum auf Lokal-Null verlangsamt.«

In den ansteigenden Potentialen in der Nähe des Wahren Zentrums bewegten die dem Tanz der Gravitation folgenden Massen sich mit enormer Geschwindigkeit. ›Lokal-Null‹ bezeichnete die Orbitalgeschwindigkeit dieser Region. Sie hielten es für ratsam, in diesem Geschwindigkeitsbereich zu bleiben, während sie die hier herrschenden Phänomene zu ergründen suchten. Kirchenmäuse wagen sich auf eigene Gefahr unter den Eßtisch, vor allem, wenn die Leute an der Tafel Nagelstiefel tragen.

»Wir können nicht abhauen«, sagte Nigel mit einem Blick auf die Flächen. »Also müssen wir uns verstecken.«

Sie folgte seinem Blick. »In den Trümmern?«

»Habe diesen Klecks dort drüben angepeilt.« Ein asteroidengroßer Gesteinsbrocken.

»Wieso gerade der?«

»Ich erhielt ein merkwürdiges Echo-Signal, als ich den Bereich abtastete.«

Sie schaute ihn an. »Wieder eine innere Stimme?«

»Danach gehe ich immer.«

»Eine solide Masse mit guter Abschirmung. Aber es gibt doch noch Verstecke, die nicht so weit entfernt sind.«

»Der Brocken hat irgend etwas an sich. Er weckt bei mir Erinnerungen.« Er wußte selbst nicht, weshalb er sich den taumelnden Stein ausgesucht hatte. Bei seinem Echo hatte er an den Schnark gedacht, diesen alten Repräsentanten der Mechanos. Lang war es her. Aber wieso sollte das ein gutes Omen sein?

Sie studierte die verwirrende Informationsfülle auf der von Mechanos gefertigten Konsole. Es war bewundernswert, wie sie die Mechano-Diagnosesysteme analysiert und für menschliche Anforderungen rekonfiguriert hatte. Sie war einfach brillant. Sie beherrschte die Systeme mit einer Virtuosität, als ob sie nie etwas anderes getan hätte; obwohl es sich um eine fremdartige und unbegreifliche Technik handelte. Das war wohl nur möglich, sagte er sich, weil den Gesetzen der Mechanik und der Felder eine innere Logik zugrunde lag. Jede Intelligenz wird durch diese Tatsache geprägt. Letztlich formte das Universum seine Kinder. Das Bewußtsein, so hätte der knorrige alte Wittgenstein wohl gesagt, war wie ein Kleidungsstück geschnitten, wobei der Schnitt jedoch kein Merkmal des Stoffs an sich war.

Der Gedanke zog düstere Erinnerungen nach sich. Weshalb verzehrte das Leben in seiner unendlichen Vielfalt sich nur in sinnlosen Kämpfen?

»Bist du sicher?« Nikkas Gesicht war eine Studie in Skepsis.

Er lachte. »Natürlich nicht, verdammt.«

4 · ALEXANDRIA

Die anderen – sie waren jünger und risikofreudiger – gingen zuerst rein. Der langsam rotierende Brocken wirkte mit seiner schwarzen Farbe deplaziert im Zentrum der Galaxis, dessen Wahrzeichen ein gleißendes Feuerwerk war. Die Überreste einer früheren Kalamität vielleicht. Das Schwarze Loch, das noch immer von den Gewalten abgeschirmt wurde, die sie bald vernichten würden, hatte viele Brocken in den Orbit geschickt, nachdem sie mit Schauern harter Strahlung bombardiert und allen Lebens beraubt worden waren.

Dröge Astrophysik, die indes durch Akte brutaler Gewalt veranschaulicht wurde.

Der im Hautanzug steckende Nigel stieg in die tiefe Spalte hinab, auf die sie gestoßen waren. Die Besatzung hatte beschlossen, das Schiff über dem Spalt zu verankern. Dann stiegen sie in die Tiefe, um den Schockwellen zu entkommen, die nur noch Minuten entfernt waren. Das Schiff hatte sich diesem Manöver widersetzt und versucht, die Triebwerke neu zu starten und auf den programmierten Kurs zu gehen. Nikka hatte dann die Automatik überbrückt und vielleicht sogar den Alarm deaktiviert. Dennoch blieb ein Restrisiko …

Der mit dem Anzug bekleidete und der Schwerelosigkeit unterworfene Nigel spürte, wie sein altes Ich wieder durchkam. Schließlich war er einmal ein Astronaut gewesen – ein uraltes Wort, dessen Bedeutung heute niemand mehr kannte. Ob die Erde noch existierte?

Das Gefühl jugendlicher Frische kehrte zurück. Er barst schier vor Energie.

Die Auswirkungen der Trocken-Physik waren kaum zu *spüren*, sagte er sich. Die Phasen des Kälteschlafs in Verbindung mit der Zeitdilatation der speziellen Relativität hatten ihn in eine ferne Zukunft und an ferne, glühende Orte katapultiert. Alles, worüber er in dieser fernen Raum-Zeit gebot, waren die Ausbildung und Kultur einer Gesellschaft, die längst zu Staub zerfallen war. Dennoch sandte er noch immer Datenpulse nach Hause, den letzten erst vor einer Stunde. Kosmische Flaschenpost.

Er flitzte leicht und unbeschwert durch eine Röhre aus porösem Gestein. Weg von den anderen.

Er nahm eine Probe, wie in den alten NASA-Tagen. Liebes, totes Akronym. Das war eine amerikanische Angewohnheit, von der er nicht lassen wollte: die Verballhornung von Zungenbrecher-Behördennamen, die man sich wenigstens merken konnte. Eine dreißigtausendjährige Tradition.

Er betrachtete das Gestein. Vulkanischen Ursprungs? Er bemühte seine Geologiekenntnisse. Es hatte irgendeine Bewandtnis mit diesen körnigen Stellen.

Dann gelangte er in eine Grotte. Graue Wände.

Schwebend. Der Weltraum verlieh sogar einem steifen, alten Kadaver die Eleganz eines Vogels.

Gestreckte Linien … hinauf … hindurch … Gestein schwoll an. Sollte er weitergehen oder zur Besatzung zurückkehren? Schatten wanderten mit jedem Schwenk der Taschenlampe, wie ein Publikum, das jede Bewegung des Künstlers verfolgt.

Muster an den Wänden.

Sollte er? Vorsicht, alter Furz. Hinter jedem Lächeln verbergen sich scharfe Zähne.

Abwärts. Hinein. Gleitend. Beine baumeln
sachte, sachte
in Wolken aus Taft
Schatten verschmelzen
schoben ihn in neue Raum-Würfel mit schräger Geometrie. Ein sphärischer Raum diesmal, der auf die Berührung der Taschenlampe mit einem roten Glühen reagierte. Spielten die Augen ihm einen Streich?

Nein, Botschaften – huschten über die Wände, als vage Symbole. Das Bewußtsein versuchte, das Universum um sich zu krümmen?

Die Sicht verschwamm, *nur der Verlust der vertikalen Orientierung* sagte das NASA-Training; vielleicht genügte es schon, den Kopf zu drehen …

Ausgetretene Stufen führten spiralförmig in schwindelnde Höhen und lenkten den Blick auf eine gewölbte Decke, an der orangefarbene Tropfen hingen … Augen blinzelten ihm zu.

Erinnerungen an einen alten Film. Das Grabmal des Tut-anch-amun. Der Schakal-Gott Anubis wütete unter besiegten Feinden.

Öffnete das Grab.

Betrat es.

Ein kleiner Schritt für einen Menschen, über unzählige Jahrtausende.

Emporgestiegen aus dem Tal der Könige, der erste, der triumphal von Karnak und Luxor aufgestiegen war, sich flußabwärts nach Alexandria gewunden hatte, der mit Schriftrollen angefüllten Bibliothek, Alexandria eine Frau, alt geworden, mit geschwollenen Gelenken und tauben Gliedern …

Er schüttelte den Kopf.

Vertikaler Orientierungsverlust.

Mentaler Alarm schrillte. *Vertikale Orientierung wiedererlangen.*

Alte Wahrheiten, die ihm nicht mehr weiterhalfen?

Das Summen. Penetrant. Keine Luft hier, doch vermochte er sich diesem Ort nicht zu entziehen. Insekten-schwach, aber präsent.

Eine Sphäre voraus. Haftpunkte am Handschuh gaben ihm Halt. Sein mürber Körper wirbelte pfeilschnell herum.

Hinter der metallischen Sphäre gähnte ein Raum – so weit, daß das Licht der Taschenlampe von der Dunkelheit verschluckt wurde. Er wandte sich um, in Gedanken noch immer an einem anderen Ort und in einer anderen Zeit.

Das Summen setzte aus und steigerte sich dann zu einem Kreischen und Heulen. Eine Violinensaite, eine Oktave zu hoch gestrichen, eine Säge traf auf harten Stahl …

Stille. Er blinzelte verwirrt.

So war es vor langer Zeit gewesen. Auf der Mission zu *Icarus*, einem mutmaßlichen Asteroiden, der aufgelodert war und für einen Moment einen Kometenschweif hinter sich hergezogen hatte. Das war durch den Verlust einer inneren Atmosphäre verursacht worden, die, wie sich später zeigte, zu einem Schiff gehört hatte. Ein in einen Asteroiden integriertes Schiff, ein Sternenschiff. Das Gestein stammte nicht aus dem Sonnensystem. Eine Altersbestimmung war wegen des eigenartigen Isotopenverhältnisses nicht möglich. Das Schiff hatte vielleicht für hundert Millionen Jahre seine Bahn im inneren Sonnensystem gezogen.

Und dort hatte Nigel die gleiche Konfiguration entdeckt. Bizarre Räume. Eine Sphäre. Das Summen. Ein kurzer elektromagnetischer Schrei.

Der Anzug hatte alles aufgezeichnet. Er drehte sich langsam in einer Tasche aus Dunkelheit. Die Sphäre wirkte nun kleiner, verbraucht, erschöpft.

Nachricht erhalten. Er schwebte zurück zu den anderen.

5 · HUCK

Ihre Kapsel machte *ping*.

Nikkas Gesicht wirkte abgespannt und zerfurcht im indirekten Licht. Ein gleißendes Blau drang in die Spalte ein. Wenn das Licht in dieser Tiefe noch so hell war, mußte die Oberfläche des Asteroiden wohl von gewaltigen Energien bestrahlt werden. Und sie steckten hier in diesem behelfsmäßigen, labilen Versteck.

Sie wurden in die Gurte gepreßt.

»Das war's«, sagte Nikka. »Die Druckwelle.«

Flammen züngelten am Sichtfenster.

Ein paar hundert Meter höher tobte ein Ionen-

Orkan, der sie mitzureißen versuchte – jedenfalls aus der Mensch-zentrierten Perspektive, sagte Nigel sich.

Die Wahrheit war viel schlimmer: daß die Gewalten, die das Schwarze Loch entfesselt hatte, es auf niemanden abgesehen hatten, nichts bedeuteten, sich keinen Deut um die mißliche Lage der Menschen scherten. Sie verschluckten Intelligenzen und spien sie in Richtung der schläfrigen Sterne aus. Hier folgte das Bewußtsein der Natur und nicht umgekehrt.

Sie trotzten dem Ansturm für einen Tag, und für einen weiteren. Ein Riese trommelte gegen die Wände. Die Sensoren des Schiffs übermittelten Daten und skizzierten das Bild von gewaltigen Massen, die an der Hülle vorbeiströmten. Das Schiff wurde beschädigt, reparierte sich selbst, wurde erneut beschädigt und vernichtete ein paar Trümmerbrocken. Die Besatzung hatte es sich auf der langen Reise von der Randzone der Galaxis angewöhnt, sich vor dieser Fähigkeit zur Selbstreparatur in acht zu nehmen. Schließlich waren sie nur Parasiten. Wenn sie die Aufmerksamkeit auf sich lenkten, aktivierten sie am Ende noch eine ›Putzkolonne‹.

Er hatte ein paar persönliche Gegenstände von der Erde dabei. Im trüben Schein der Anzugsbeleuchtung schmökerte er wieder in dem gelben Büchlein, dessen Rücken gebrochen, die Seiten steif, vergilbt und fleckig waren. Am Schluß gab es einen Absatz, den er vor langer Zeit unwillkürlich auswendig gelernt hatte:

> Und dann geriet Tom ins Schwärmen und schlug vor, daß die drei sich am nächsten Abend rausschlichen und sich eine Ausrüstung besorgten. Dann würden sie drüben im Territorium für ein paar Wochen haarsträubende Abenteuer mit den Injuns bestehen, und ich sagte, in Ordnung, das gefällt mir …

Nigel hatte sich nie als Amerikaner gefühlt, obwohl er für drei Jahrzehnte dort gelebt und gearbeitet hatte;

doch wenn er diesen Absatz laut las, hatte er immer einen Kloß im Hals.

Die Kapsel glich einem U-Boot, in dem das *ping ping* von Sonarsignalen zu hören war. Er wurde sich bewußt, daß er und die anderen schon so lang in diesem Fremdraumschiff lebten, daß sie sich an die stumme Aura der Fremdartigkeit gewöhnt hatten, die das Schiff durchdrang. Hatte man die Heimat erst einmal verlassen, war ein Ort so fern und fremd wie der andere, so daß man auch gleich weiterfliegen konnte. Bis zum Schlußpunkt der Reise, dem Omega-Punkt eines Alphabets, das man nur lernte, wenn man es auf ganzer Länge durchmaß.

Nachdem sie den Sturm endlich abgeritten hatten, war die Spalte mit Schutt verstopft. Geröll und Felsbrocken steckten in jeder Ritze. Nigel versuchte, den Schutt wegzuräumen und mußte dann eine Pause einlegen. Er erfreute sich zwar guter Gesundheit, war aber ein alter Mann und kannte seine Grenzen. Er fragte sich, ob es noch eine andere Rückzugsmöglichkeit von diesem Ort gebe, bei dem es sich eindeutig um ein Raumschiffswrack von der Größe eines Asteroiden handelte.

»Es sieht aus wie die alte Absturzstelle auf dem Mond«, teilte er Nikka per Funk mit. »Im Mare Marginis.«

»Hmmm. Ich habe eine gewisse Ähnlichkeit bemerkt.«

»Und es gleicht dem verlassenen Schiff, das ich damals gefunden hatte, der *Icarus*.«

»Und was schließen wir daraus? Daß, wer auch immer das Schiff gebaut hat, über die ganze Galaxis verteilt war?«

»Sie sind bis hierher gekommen. Muß so sein.«

»Und dieser Brocken ist genauso tot wie die anderen?«

Nigel nickte. »Die Mechanos werden sie wohl drangekriegt haben.«

»Sie müssen nach Millionen gezählt haben, daß sie dreißigtausend Lichtjahre entfernt ineinandergekracht sind.«

»Hm. Hier findet ein großes Spiel statt.«

Sie glitten zusammen durch einen der Nebenkorridore und warfen einen Blick in große Kammern und auf eingedrückte metallene Wände. »Sieht so aus, als ob jemand die Räume ausgeschlachtet hätte«, sagte Nikka, während sie mit der Taschenlampe in ein finsteres Gelaß leuchtete. »Haben uns nicht viel übriggelassen ...«

... aus dem Augenwinkel sah Nigel, wie das schlangenartige Ding angeschossen kam.

Spiralförmig, mit klobigen Anhängseln und einer scharfen glitzernden Klaue. Nicht größer als ein Mensch, aber schneller. Die Kreatur kam auf Nikka und ihn zu, als ob sie sie erwartet hätte.

Plötzlich lief die Zeit rasend schnell für ihn ab. Er spürte eine dynamische Kraft in den Schultern, während er herumwirbelte, den Tornister vom Rücken riß und sich die Werkzeugtasche schnappte.

Das Ding war original mechano. Nigel hörte ein Knistern im elektromagnetischen Spektrum, wobei das Geräusch ihn an den Speck erinnerte, den er vor langer Zeit an einem kühlen Morgen in England gebrutzelt hatte ...

... als Nigels Hand zum Laserschneider fuhr und Nikka der Kreatur gerade ansichtig geworden war; sie bekam den Mund nicht mehr zu, und selbst im tintigen Schatten stand die Überraschung ihr ins Gesicht geschrieben ...

Er setzte zum Sprung auf das Ding an, als es von einem polierten Stahlschott abprallte ...

... er spürte die mathematischen Parameter der Kreatur in sich, eine Geometrie so fließend wie der neue Kontinent der euklidschen Freuden, den er als kleiner Junge betreten hatte. Damals hatte er im ungeheizten Kämmerlein studiert und die Hände unter die Beine geschoben, um sie zu wärmen, derweil er die Seiten mit der Zunge umblätterte …

… statisches Rauschen ging von der Kreatur aus …

Der Schlangen-Mechano krümmte sich und wandte sich von ihm ab. Glitt auf Nikka zu.

… sein unstetes Leben in geordnete Bahnen lenken, das war es, wonach er sich immer gesehnt hatte, hyperbolische Ästhetik, mit dem Leben zu verschmelzen, die Welt nicht in Subjekt und Objekt zerlegen zu müssen, keine Beobachter/zu Beobachtende, der Arm schwenkte den Laserschneider auf einer Kreisbahn herum,

… so

langsam …

der Reigen der Atome, die alte, unscharfe Dualität von Geist und Materie kollidierte mit der fragilen und doch unerbittlichen Kraftwirkung dieses Augenblicks …

Sie war schneller als er. Sie schoß auf das Biest.

Der Puls schimmerte für eine Sekunde auf der von blauen Schlieren überzogenen Oberfläche des Dings, wie ein Disput, der auf der Haut stattfand. Dann wurde der Puls reflektiert und zerstob. Nun schoß Nigel auch, worauf das Ding sich spaltete und in zwei glitschige Spiralen teilte.

… war es ein optischer Trick? … diese Teilung in Spiralen imitierten den Schlüssel für organisches Leben, spiralige DNA-Paare, das Banner des Lebens entfaltete sich in einem Vakuum-Wind, der durch eine schattige Passage wehte. Er stand dicht davor, die Bedeutung zu erkennen; er spürte es. Sieben blinde Männer und ein toter Elefant, nur Beschreibungen, kein Verstehen. Er sog trockene Luft in die Lunge …

… das sich entfaltende Ding glänzte, als ob es mit Metallic-Lack überzogen gewesen wäre.

Es krümmte sich erneut. Warf eine elektromagnetische Lanze. Der Schuß verharrte im Vakuum, eine Entladung zögernder Elektronen, bei der zornrote Strahlung freigesetzt wurde. Dann teilte die Lanze sich.

Ein Schaft traf Nikka. Er zerplatzte und verwandelte sich in quittengelbe Würmer. Sie ging zu Boden.

Duck dich! Nigel berührte das Stahlschott eine Sekunde, bevor die Lanze ihn traf. Ein Megavolt-Schock durchfuhr ihn.

... durchbohrte ihn und induzierte Starkstrom. Seine Hülle schnappte zu, und dann wurde er von der plötzlich leitenden Oberfläche des Hautanzugs umschlossen. Die Potentiale rasten einen Millimeter von den gesträubten Haaren auf dem zitternden Körper an ihm vorbei, atmete und wurde geatmet, Wellen liefen vorbei, elektromagnetische Küsse, Induktionen bekämpften den anschwellenden Strom, Kriechströme durchbohrten die Schultern und verebbten im Arm, die leichte Berührung der Hand genügte, um unzählige flinke Elektronen auf eine neue Beute anzusetzen, auf Frequenzen, die er nicht sah und deren Informationen ihn auf Kanälen erreichten, die er nie erkennen würde und für deren intuitive Wahrnehmung ihm nur eine knappe Sekunde blieb ...

Bevor die Spannungen ihr Stück noch aufgeführt hatten, hatte er die Waffe mit der linken Hand in Anschlag gebracht. Muskeln verkrampften sich, und er mußte die Finger zwingen, um ...

Es schlängelte sich auf ihn zu. Nikka schwebte reglos.

Nigel stieß sich vom Schott ab, obwohl er sich damit des erdenden Kontakts beraubte. Der Mechano würde vielleicht ein paar Sekunden brauchen, bis er sich wieder aufgeladen hatte.

... er hatte sich kaum abgestoßen, als Gefühle und Sehnsüchte wie die Verzweigungen eines Blitzes in seiner inneren Kammer aufwallten, ein Teil von ihm verzehrte sie, als sie durchs Bewußtsein schossen, er nahm sie als das wahr, was sie waren, Botschaften von einem

Bruchteil seines Selbsts, die ein unbeschriebenes Blatt suchten und darauf lauerten, es zu beschreiben, Zeit spülte wie Wasser die Ausbrüche weg, zerstreute den Zorn und die Ängste im Innersten …

Er brachte den Strahler in Anschlag. Ballerte genüßlich auf den Mechano.

Die Waffe verschoß gebündelte elektrische Energien, doch mit brutaler Gewalt erreicht man zuweilen am meisten.

… *mach zick, wenn sie zack machen,* er feuerte nun beidhändig, wobei er mit dem Laserschneider in der rechten Hand die eine Hälfte des doppelten Mechanos bestrich, *yin* und *yang,* gewandt, aber nicht robust genug, um gegen die verschwitzte Dringlichkeit organischer Lebensformen zu bestehen, die Darwinisierung der Mechano-Evolution hatte ihnen bestimmte Aufgaben zugewiesen, sie wie ein ständig geschliffenes Messer eingeschränkt, doch um eine Klinge zu schärfen, muß man Substanz abtragen, und der Verlust erfolgte im Sekundentakt, während der Laser ein Muster in das Wesen fräste …

Der zerlegte Mechano starb. Bloße mechanische Schäden wurden vom Reparaturprogramm nicht mehr erfaßt. In Schrott bauen sich aber keine Potentiale auf, weshalb die Ladung auf falsche Bahnen gelenkt wurde, in die Innereien, wo sie kristalline Strukturen von höchster Komplexität auflösten. Ein Juwel wurde von einem dreckigen Stiefel zermalmt.

… er riß den Strahler herum und nahm die andere Hälfte unter verzehrendes Feuer, das Rauschen brach ab, und dann nahm er den anderen Schrotthaufen noch einmal unter Beschuß, mit federnden Beinen, der Atem pfiff in der ausgedörrten Kehle im erlöschenden Licht, das aus dem zerfetzten Mechano drang …

… und er stieß sich ab, um zu Nikka zu gelangen …

… Nikka schwebte noch immer reglos …

6 · ETWAS TÖDLICHES

Nikka wachte erst nach drei Tagen wieder auf. Und selbst dann war sie noch benommen und kaum in der Lage, ein Wort über die Lippen zu bringen.

Noch bevor sie in der Lage war, sich aufzusetzen, hatten sie wieder Kurs aufs Zentrum genommen. Sie veranlaßten das Schiff, wieder auf den programmierten Kurs zu gehen. Die handgefertigte Richtantenne, mit denen sie die Signale an die Erde abgesetzt hatten, war völlig deformiert. Keine Informationen mehr für die Heimatfront. Nun hatten sie nur noch einen Auftrag: überleben und lernen.

Inzwischen hatten sie eine gründliche Metallizitäts-Analyse durchgeführt und ermittelt, daß der spindelförmige Mechano recht alt war. Er hatte wahrscheinlich seit Äonen im Schiffswrack auf der Lauer gelegen und darauf gewartet, daß etwas Organisches an Bord kam. Eine Falle.

»Das sieht dem Schnark gar nicht ähnlich«, nuschelte Nigel sich in den Bart, während er an ihrem Bett wachte. Obwohl es sich beim Schnark auch um eine Art Mechano gehandelt hatte.

Das Gehirn regeneriert sich unter den entsprechenden Voraussetzungen, doch ihre Genesung währte lang.

In seiner Zeit hatte das Wort ›maschinenähnlich‹ zwei Bedeutungen. Eine war ›gefühllos, gleichgültig‹, während die andere für ›erbarmungslos, fanatisch‹ stand. Kein Wunder, daß beide Formen Unmenschlichkeit und Borniertheit zugleich implizierten.

Doch es gab noch eine dritte Bedeutung, die sich in den gewaltigen, kühlen Arabesken offenbarte, die den Himmel in einem Radius von einem Lichtjahr um das

Schwarze Loch ausfüllten. Riesige und unbegreifliche Konstruktionen. Unnatürliche Geometrien fremdartigen Ursprungs.

Titanische Energien walteten hier, heiße Strahlung und Turbulenzen. Die ungerührt durch die stürmischen Massen treibenden Muster trugen die Handschrift der Mechanos. Eben erbarmungslos und gleichgültig.

Anscheinend erfüllte das Schiff noch immer seinen Zweck als Trojanisches Pferd. Es wurde mit Pieptönen zur Identifikation aufgefordert. Automatische Routinen an Bord antworteten. Seit dem Scavenger hatten Menschen, die sich als blinde Passagiere eingeschlichen hatten, systematisch die Datenbank des Schiffs manipuliert, so daß es seinen Vorgesetzten alles andere als die Wahrheit meldete. Doch es liegt in der Natur der Sache, daß niemand imstande ist, eine natürliche Sprache perfekt zu kopieren.

Also war es unvermeidlich, daß scharlachrote filigrane Muster um das Schiff kondensierten. Potentiale krümmten sich und spielten über die Hülle. Eine Warnung vielleicht.

»Vielleicht werden wir nur gebadet und abgeschrubbt«, sagte Nigel zu Nikka. Das sollte ein Witz sein. Sie hatte sich inzwischen so weit erholt, daß man sie in einem improvisierten Rollstuhl durchs Schiff schieben konnte. Als sie die Projektion auf der Wand sah, stockte ihr der Atem.

Nachdem die Schockwellenfront der Explosion zerfallen war, vermittelte das *Wahre Zentrum* den Eindruck eines unglaublich detaillierten Wandteppichs, wobei jede sich aufblähende Wolke und schimmernde Sonne einem Juwel glich, das in den Mahlstrom der Gravitation verwoben war.

»Wir haben nicht gesehen«, sagte Nigel, »daß Masse ins Zentrum gelenkt wurde. Anscheinend wurde ein Happen durch den Vortex geschickt. Es ist aber nicht möglich, alles auf einmal in ein Schwarzes Loch zu stopfen. Die Materie erhitzt sich, entflammt, als ob sie Widerspruch einlegen wollte und treibt die äußeren Schichten zurück.«

Sie hing noch gebannt an der Darstellung. »Wie ist das passiert?«

»Jene, würde ich sagen.«

Es war das erstemal, daß er die Ansicht laut geäußert hatte, die vom größten Teil der Besatzung schon lang vertreten wurde. Scheinbar masselose Fasern hingen vor ihnen wie luftige Vorhänge. Doch ober- und unterhalb der galaktischen Ebene verknüpften sie sich zu den langen Strängen aus heller Strahlung, Hunderte von Lichtjahren lang und ein Lichtjahr breit, die einen großen Raum um das Wahre Zentrum ausfüllten. Nigel hatte die Radiokarten auf der Erde gesehen, auf denen die gekrümmten Stränge dargestellt waren. Das stete Glühen im Gigahertz-Bereich durchdrang sogar die Dunkelwolken, welche die Erde vom flammenden Inferno des Zentrums abschirmten.

»Sie sind so dünn.«

»Uns kommt das jedenfalls so vor.«

»Was sagen die Diagnosesysteme des Schiffs?«

»Sie sind im roten Bereich, mein Liebes. Sie zeigen starke Magnetfelder.«

»Genug, um die Masse aufzuhalten, die durchzuschlüpfen versucht?«

»Wieder richtig.« Obwohl sie fast getötet worden wäre, ins Koma gefallen und noch traumatisiert war, bestand kein Zweifel, daß er die alte Nikka wiederhatte. Dachte immer einen Schritt voraus. Manchmal kreiste sie das Problem förmlich ein.

»Ich sehe, wie das Gas – es glüht so schön purpurn, nicht wahr? – sich nach oben und zur Seite ausbreitet. Da muß ein Druck wirken.«

»Magnetischer Druck. So etwas hab ich noch nie gesehen. In den Ausläufern, deren Natur auf der Erde niemand verstand, hat das Feld nicht einmal ein Prozent der Stärke.«

»Und es kommt auf uns zu, was auch immer es ist.«

Er wunderte sich schon wieder. »Woher weißt du das?«

»Ich sehe die Materie vor der Front. Sie wird zermalmt, siehst du?«

Tatsächlich; nachdem er die Augen darauf eingestellt und die Szenerie studiert hatte, sah er es auch. Bisher hatte er sich auf die Anzeigen der Schiffsinstrumente verlassen, denen zufolge die ätherischen Stränge aus verschiedenen Richtungen auf ihr Schiff zurasten.

»Was *ist* das?« fragte Nikka mit einem Anflug von Erschöpfung in der Stimme.

»Etwas Tödliches, würde ich sagen.«

7 · DIE ALTEN

Ein Gutes hatte die Schockwelle immerhin, mein Junge – sie klärte die Sicht. Endlich sahen wir die Alten.

Die langen, gekrümmten Fasern waren weder Straßen noch Energiequellen und auch keine religiösen Symbole – sie waren Intelligenzwesen. Eine Lebensform, größer als Sterne oder molekulare Wolken oder was sonst noch im galaktischen Zoo sich tummelt.

Später erfuhr ich, daß es sich bei diesen Strängen, nun, um die Körper der Alten handelte – obwohl dieser Begriff hier nur bedingt anwendbar ist. In den Fasern flossen Ströme, die sowohl Information – Gedanken – und Nahrung transportierten, das heißt Ladungszusammenballungen, Induktanzen und Potentiale. Alles floß *zusammen*. Als ob in unseren Körpern Zucker und Synapsen irgendwie dasselbe wäre. Die langen, geschmeidigen Strukturen glühten und loderten, doch das war nur ein geringfügiger Nebeneffekt.

Wir essen und denken und lieben; und das Endergebnis ist – im Infrarotbereich – ein diffuses rötliches Glühen. Mehr nicht.

Das, was uns wirklich ausmacht, erschließt sich einem nur durch die Betrachtung der fleißig feuernden Synapsen. Oder man steigt sechs Größenordnungen hinab und lauscht unserer trägen Sprache.

Wir sind nämlich träge im Vergleich zu vielen Vorgängen, die hier stattfinden. Im EDV-Jargon sprechen wir mit etwa fünfzig Bits pro Sekunde. Wir nutzen schmale Bandbreiten über lange Zeiträume, nur um eine einzige Idee zu entwickeln.

Die Alten sind Breitband-Intelligenzen mit kurzen Aktionszeiträumen. Wir sprechen langsam, sehen aber gut – große Teile des Gehirns sind für die Erzeugung von Bildern reserviert. Die Daten werden verarbeitet, bevor wir sie überhaupt ›sehen‹.

Die Alten besitzen diese Fähigkeit auch. Es gibt wohl nichts, wozu sie nicht imstande wären.

Ich beobachtete diese seltsamen Stränge, die sich wie Tang in einem Vakuum-Ozean wiegten, und mein erster Gedanke war, der Erde von ihnen zu berichten. Das ist es, was ich für so lange Zeit getan habe – Berichte durch den Tunnel abzustrahlen, den wir vorgetrieben hatten.

Die Flugdauer zum Galaktischen Zentrum hatte ein paar Jahrhunderte betragen, in Schiffszeit gerechnet. Ich hatte alle paar Jahre eine Meldung abgesetzt. Ich wußte, daß diese codierten Signale die Erde erreichen und daß sie durch relativistische Effekte breit gestreut werden würden. Doch gab es überhaupt noch jemanden, der die Signale hörte?

Beim Anblick der Alten wurde mir bewußt, daß wir bloße Eintagsfliegen sind. Das Auf und Ab unserer Zivilisationen glich leichten Windböen.

Es gibt wohl nichts, wozu die Alten nicht imstande wären.

Die Frage ist nur, was *wollen* sie tun?

8 · GROSSVATER

Toby wurde langsam ungehalten. »Du hast aber eine komische Art, mir die Ereignisse hier zu verklickern.«

Obwohl das Gesicht des nackten Manns nur noch aus Falten bestand, gelang es ihm, einen schelmischen Ausdruck zu erzeugen. »Würdest du zu deinem Großvater frech werden, wenn er dir eine Geschichte erzählt?«

»Was weißt du überhaupt von meinem Großvater?«

»Ich bin ihm sogar begegnet.«

»Wann? Wo ist er?«

»Ich habe es mir abgewöhnt, hier unten mit ›wann‹ zu hantieren. ›Wo‹ trifft es eher. Er ist hier.«

Toby stand auf, wobei er den Stuhl umstieß. »Ich will ihn sehen!«

»Das geht nicht.«

»*Sofort*.«

»Er ist nicht abkömmlich. Wenn …«

»Ich hab jetzt genug von dir und deinem …«

Das Gesicht des alten Mannes wurde plötzlich streng und gebieterisch, und bei Toby flackerte die Erinnerung auf: er hatte große Ähnlichkeit mit seinem Großvater. Vielleicht war das ein Merkmal des Alters, etwas, das die Jahre mit sich brachten. Er seufzte und setzte sich. »In Ordnung. Würdest du ihm sagen, daß ich hier bin?«

»Er weiß es bereits.«

»Woher denn?«

»Das versuche ich dir die ganze Zeit zu sagen.«

»Oh, 'tschuldigung.«

9 · DIE GRENZE DER STARKEN KERNKRAFT

Die Alten – kein sehr origineller Name, aber Jehova ist auch nicht besonders pfiffig.

Die Alten waren schon vor der Ankunft der Mechano-Zivilisationen hier gewesen. Die Stunde der Mechanischen kam, als hochentwickelte organische Sozietäten irgendwie Selbstmord begingen – durch Kriege, Degeneration, sonstige unvorstellbare Dinge – oder sich einfach zurückzogen, weil sie sich den Spannungen des durch Technik bestimmten Lebens nicht mehr aussetzen wollten. Übrig blieben Maschinen, die sich zu verschiedenen Gesellschaften entwickelten.

Doch die Alten hatten keine technische Basis. Sie waren keine Derivate aus Eisen und Silikon, nein.

Und sie waren auch kein chemisches Gebräu wie wir – Säcke voller Salzwasser mit diversen Verunreinigungen, die von Kalziumstangen und einer empfindlichen Haut gestützt und von einer lahmen elektrischen Verdrahtung mit Energie versorgt wurden. Sie waren keine Wesen, die sich auf der Grundlage eines ständig absinkenden technischen Niveaus regenerieren mußten. Keine Pannen. Keine behelfsmäßigen Konstrukte.

Die Alten *waren* diese Stränge. Jeder Strang vermochte mit einer, nun, Stimme zu sprechen. Annähernd. Es ist schwer zu beschreiben, was für ein Gefühl das ist, wenn jemand einfach in einen eindringt. Das ist nicht wie eine Unterhaltung, nein. Ich hatte eher den Eindruck, als ob Gott Sodomie treiben würde.

Du hast sie unterwegs gesehen? Gut. Mir sind sie als perlmuttfarbene Blitze in Erinnerung. Du hast gesehen, wie die scheinbar fragilen Gebilde sich langsam verdrillten.

Sie formten Schleifen und wanden sich um euer

Schiff. Zu dieser Zeit waren viele Mechano-Echos auf den Schirmen. Die Alten lenkten sie ab – wohl mit magnetischem Druck.

Uns haben sie einfach mitgezogen. Unsere Beschränkungen kümmerten sie herzlich wenig. Haben uns zuweilen brutalen Beschleunigungskräften unterworfen. Ich war einst ein ›Astronaut‹ – ein Begriff aus der Zeit, als die Raumfahrt nicht so selbstverständlich war wie das Gehen –, und war deshalb imstande, die Lungen aufzublähen, die Luft in kurzen, schnellen Zügen einzuatmen und sparsam auszuatmen. Andere hatten Probleme. Nikka schaffte es, obwohl sie noch immer schwach war.

Die Alten hatten die Explosion ausgelöst. Die Druckwelle war sozusagen eine Nachbehandlung nach der eigentlichen Arbeit, eine Art Hausmeister, der das Galaktische Zentrum ausfegt. Die Alten hatten gewaltige Energien freigesetzt, um zwei Schwarze Löcher miteinander zu verschmelzen. Um dies zu erschaffen – das *Versteck*.

Die Mechanos profitierten davon. Irgendeiner profitiert immer. Sie saugten die schnellen Protonen an und ernteten den Photonenfluß. Sie haben ein System installiert, um die Energieflüsse zu kanalisieren, Ströme und das alles. Man könnte sagen, sie bewirtschaften das Galaktische Zentrum, doch es findet ein noch größeres Spiel statt.

Das *Versteck*. Das die Mechanos zu vernichten suchten. Und fast wäre es ihnen auch gelungen. Es ist schwer instand zu halten und noch schwerer zu erschaffen.

Diese Explosion hatte das Versteck geformt und es vergrößert. Die Raum-Zeit gefaltet und Raum geschaffen, wo kein Raum war. Die Alten hatten das in der fernen Vergangenheit bewerkstelligt, anscheinend um Dinge zu lagern oder zu welchem Zweck auch immer. Und sie bauten das Versteck ständig aus und vertieften wohl auch seine Komplexität.

Mitsamt dem Schiff wurden wir gepackt und in Richtung der Akkretionsscheibe geschleudert, bis wir direkt über ihr standen. Dann ging es an der Achse entlang abwärts. Dem Pol des Schwarzen Lochs entgegen.

Ihr seid einem ähnlichen Pfad gefolgt, richtig? Gut – ich habe euch die Daten nämlich übermittelt.

Was? Natürlich. Unsterblich? Mach dich nicht lächerlich.

Ich mußte vorschützen, es sei von deinen Großvater – wohl wahr. Schließlich *war* ich ihm begegnet. Die einzige Möglichkeit bestand darin, durchs Magnet-Bewußtsein zu sprechen. Die Mechanos hätten alles andere aufgefangen.

Wo ich war? Äh …

Während der ganzen verdammten Zeit hatten die Mechanos uns belästigt. Hatten uns auch Schaden zugefügt. Ein paar von uns getötet. Hast du schon einmal gesehen, wie Stahl Blasen wirft?

Die Mechanos brachen schließlich durch. Der magnetische Druck ist auch keine unüberwindliche Barriere. Gegen Neutronenstrahlen zum Beispiel ist kein Kraut gewachsen.

Die Alten waren mächtig, gewiß, doch waren sie nicht Gott der Sodomist. Tut mir leid, wenn du meinen Humor geschmacklos findest. Ich lebe allein in diesem Berg, und wenn ich einmal Gesellschaft habe, dann von der gehobenen Art. Irgendwie ermüdend. Ich möchte am liebsten die Sau rauslassen. Das Leben in vollen Zügen kosten.

Das Versteck? Heißt so, weil wir uns darin verbergen. So wie unzählige organische Spezies.

Die Alten hatten uns mitsamt dem Schiff hierher verfrachtet. Den abschüssigsten Gravitations-Gradienten der Galaxis hinab in eine Speicherkammer mit Zeitschloß. Angewandte Allgemeine Relativitätstheorie.

Was man mich in Cambridge nicht lehrte, nicht einmal dieser Hawking, war die mögliche Verwendung der Raum-Zeit als Baumaterial. Masse ist der Krümmung der Raum-Zeit äquivalent – das hatte ich immerhin gelernt. Wir schufen Dinge aus Materie. Weshalb sollte man sie dann nicht aus gekrümmter Raum-Zeit erschaffen?

In der Theorie ein Kinderspiel, aber die Belastungs-Energie-Tensoren – die Mathematik war der reinste Horror, glaub mir.

Schau, wenn man das Universum verstehen will, muß man zunächst zur Kenntnis nehmen, daß Gott es nicht nötig hat, mit Näherungen zu arbeiten. Im Gegensatz zu mir mußte er nicht in Cambridge büffeln, keine Parameter zusammenfügen, Lösungen per Iteration finden und Differentialgleichungen nach dem Prinzip von Versuch und Irrtum lösen. Gott kommt gleich zur Sache.

Die Alten sind keine Götter – sie gehen einem auf die Nerven –, aber sie sind in der Lage, die Allgemeine Relativitätstheorie vollständig in die Praxis umzusetzen. Keine ›abgespeckte‹ Version. Im ›Bereich der Starken Kernkraft‹, so lautet die Bezeichnung.

Wie? Ich weiß es nicht. Ich war nicht dabei, als sie es getan haben. Irgendwie hatten die Alten zwei Schwarze Löcher ineinandergeschoben – den Riesen im *Wahren Zentrum* und ein kleineres, das sie irgendwoher besorgt hatten – und hatten einen Höllensturm aus Energie entfesselt.

Nachdem der Staub sich verzogen hatte, war hier das Versteck. Es umkreiste das neu entstandene Schwarze Loch mit einer Masse von ein paar Millionen Sonnenmassen. Das Versteck-Labyrinth. Stabil. Verzerrte Erzett. Eine konstante Refraktion.

Sie haben uns einfach hineingesteckt. Ihr Bishops habt beim Anflug die Ergosphäre angekratzt, richtig? Das ist anscheinend der einzige Zugang. Und er steht auch nur dann offen, wenn eine signifikante Masse durchkommt und die Hülle des Schwarzen Lochs am Äquator zum Schwingen anregt. Dann ist die Passage möglich.

Leider kamen die Mechanos auch auf den Trichter. Die Alten vermochten das nicht zu verhindern. Wir taten alles, um sie abzuwehren, sogar mit Hilfe der Erdlinge – auf sie komme ich später noch zu sprechen. Doch es war ein aussichtsloser Kampf. Die Mechanos sind *gut*.

Die Alten haben sich auch nur aus dem Grund zu einer Zusammenarbeit mit uns Biologischen, den sogenannten Natürlichen, herabgelassen, weil die Mechanos *zu* gut sind. Es besteht die Gefahr, daß sie die Natürlichen ausrotten. Die Alten wollen das aus irgendeinem Grund verhindern.

Aus welchem Grund? Ich habe Vermutungen, jede Menge Vermutungen. Doch niemand weiß es mit Sicherheit.

Ein 20-Jahrhundert-Bewußtsein wie das meine wird allein durch die schiere Komplexität verwirrt. Ganz zu schweigen von den Mechanos höherer Ordnung, den Alten und dergleichen – sie entziehen sich meiner Betrachtung. Und deiner wohl auch.

Es dauert eine Weile, bis man sich auch nur an die Physik gewöhnt hat. Das Versteck – was? Na gut, du kannst es auch als Keil bezeichnen, wenn du magst. Es muß tausend Namen geben. Manche sind geradezu obszön; du müßtest dir einmal die russische Bezeichnung für ›Schwarzes Loch‹ anhören. Das Versteck gleicht einem Wespennest, das an einer Klippe klebt. Die Gezeitenkräfte des Fressers verzerren es und dehnen sowohl den Raum als auch die Zeit.

In den unteren Regionen sieht es anders aus. Die Zeit vergeht hier langsamer – ein Einsteinscher Effekt, das. Während draußen also Jahrhunderte verstreichen, esse ich zu Mittag. Vermittelt einem Körper eine Perspektive. Ich nehme mir fürs Mittagessen natürlich Zeit.

Und man fühlt sich auch ein wenig einsam.

10 · UNGEZIEFER

Toby hatte zugehört und geschaut, und schließlich wurde es ihm zuviel.

Bilder zogen über die Wände, Szenen von erstaunlicher Tiefe und Weite. Riesige verzerrte Schiffe, Turbulenzen in der Akkretionsscheibe, Orte mit verzerrten Perspektiven, Geometrien, so bizarr, daß sie Vexierbildern glichen. Walmsley rief die Bilder über eine Spracherkennung im sonst völlig kahlen Raum auf.

Für Toby bedeutete Technik Details, Cybernetik, komplexe Systeme. Hier prallte das Auge an kahlen Wänden ab. Und doch reagierte der Raum auf alle Wünsche, die Walmsley hatte, auch wenn er nichts sagte. Speisen und Getränke materialisierten auf dem Fußboden. Musik ertönte in der Ferne, und Walmsley spitzte die Ohren.

»Schau«, sagte Toby. »Ich versuche, das hier in einen Zusammenhang mit der Geschichte der Sippe Bishop zu stellen.«

»Das weiß ich. Deine Sippe kam aus dem Untergrund. Das bezeichnet die Periode, als die Menschen draußen, die Erdlinge, erkannten, daß sie den Mechanos nicht gewachsen waren. Sie verließen die Städte.«

»Die Kandelaber?«

»Richtig, das ist eine Stammesbezeichnung für sie. Wundervolle Orte. Ich habe aber auch ihre Zerstörung erlebt.«

»Und wir Bishops sind dann nach Snowglade gegangen?«

»Ist das ...« Walmsley schien einer entfernten Stimme zu lauschen und nickte dann. »Ja, so habt ihr diesen Ort bezeichnet. Im Index ist er als J-drei-sechs-vier registriert. Der Index sieht das alles ganz nüchtern.«

»Und wir lebten dort ...«

»Viele Jahrhunderte. Weißte, die Mechanos hatten sich damals noch nicht mit Planeten abgegeben. Sie ernteten seinerzeit Plasmaströme. Als sie sich schließlich darauf verlegten, Planeten auszubeuten und durchzukauen, wurden sie mit einer anderen organischen Spezies konfrontiert, die plötzlich auf den Plan trat. Es handelte sich um große Würmer.«

»Quath! Die Myriapoden.«

»Richtig. Eindrucksvolle Wesen. Sie sind Techno-Bio-Anthologien, halbsynthetische Lebewesen, zu denen einige Erdlinge auch mutierten. Die Alten sagen, ihnen würde noch immer irgendeine menschliche Eigenschaft fehlen, doch ich wüßte nicht, welche das sein sollte.«

Toby spürte ein Hochgefühl, weil zum erstenmal ein bekanntes Element in dieser Geschichte aufgetaucht war. Quath ... wo war *sie* überhaupt?

»Die Myriapoden haben den Mechanos Paroli geboten«, sagte Walmsley. »Aber nicht genug, um sie von ihrem großen Vernichtungswerk abzuhalten.«

»Nach ein paar Scharmützeln hatten wir uns mit den Myriapoden verbündet. Einer ist – war – mit mir zusammen.«

Walmsley nickte. »Standard-Taktik der Mechanos. Haben euch benutzt, um die Würmer von sich abzulenken.«

»Was? Wir sind ihnen zufällig begegnet. Unsere Sippe war gerade von Snowglade geflohen, und ...«

»Die Mechanos haben euch entkommen lassen.«

»Den Teufel haben sie! Wir haben gekämpft ...«

»Wir sind nur Ungeziefer für sie«, sagte Walmsley sanft.

»Wir und Quaths Volk haben zusammen auf dem Planeten in der Nähe von Abrahams Stern die Mechanos zu Klump gehauen. Ich war *dort*, also muß ich es wissen ...«

»Sicher. Die Riesenwürmer hatten Strings, nicht wahr?«

»Äh, jasag.«

»Hochleistungs-Werkzeuge und fürchterliche Waffen zugleich. Aber die Mechanos arrangieren das alles, aus Gründen, die ich nicht kenne. Eine Fraktion wollte euch Bishops hier im Versteck haben. Sie wollen etwas von euch, aber ich weiß nicht, worum es sich handelte. Eine andere Fraktion hätte euch lieber tot gesehen. Ein seltsames Spiel läuft hier ab.«

Toby sah ihn grimmig an. »Du hattest hier doch sonst nichts zu tun. Weshalb hast du keine Nachforschungen angestellt?«

»Daten sind schwer zu bekommen, und wenn man welche bekommt, muß man sie interpretieren. Es liegen nur ein paar Karten auf dem Tisch – falls es überhaupt einen Tisch gibt. Und ... nun, die Sache ist die, meine Familie und ich ...«

»Sippe Brit?«

»Nein, nein, zu meiner Zeit bezeichneten wir bloß die nächsten Verwandten als Familie. Die Sippe Brit gab es nur im übertragenen Sinn.«

»Ihr habt die Sippe so klein gehalten? Wieso?«

Walmsley rollte theatralisch die Augen. »Wo wir schon dabei sind, werde ich erst einmal die wissenschaftlichen und dann die kulturellen Aspekte erläutern. Nikka und ich, wir wollten ein Experiment durchführen. Wollten drei Generationen zusammenfassen, und zwar aus genetischen Gründen. Schlug aber fehl, weil der größte Teil der Menschheit genetisch bereits abgedriftet war von ...«

»Genetisch? Ich verstehe nicht ...«

»Entschuldige. Ich greife vor. Schau, meine Familie und ich – nur ein paar Menschen, nicht das verdammte Vereinigte Königreich – hatten ein paar eigenartige wissenschaftliche Entdeckungen gemacht. Ich möchte dir erzählen, worum es sich dabei handelte.«

»Und diese Erdlinge ...«

»Laß es mich auf meine Weise erzählen.«

11 · ERDLINGE

Er hatte sie sich anders vorgestellt.

»Hoffentlich bist du nicht verletzt«, sagte die große Frau. Sie sprach mit einem komischen Akzent. Sie war der erste Erdling, den er zu Gesicht bekam.

»Nur ein bißchen zerzaust«, sagte Nigel mit bemühter Leichtigkeit.

Er hatte mit knapper Not einen Zusammenstoß mit ein paar Mechanos überlebt, die wie eine magische Illusion aus den Wänden gequollen waren. Dann waren die Erdlinge erschienen und hatten kurzen Prozeß mit den Flüssig-Mechanos gemacht.

Erdlinge. Nigel hatte gesehen, wie ihre Flotte sich dem Versteck näherte, und wußte, daß sie hier waren; doch er wußte nicht, wie er sie in diesem Labyrinth finden sollte. Statt dessen fanden sie ihn.

»Wieso sprecht ihr noch immer Englisch?« fragte er verwundert.

»Wir haben diesen archaischen Dialekt archiviert. Wir hörten, daß du ihn gesprochen hast.«

»Hm. Sehr umsichtig.«

»Er wurde in deinen Sendungen benutzt.«

Sie bewegten sich schnell und sicher, diese Leute, die zwei Köpfe größer waren als Nigel, und kümmerten sich um die Verwundeten. Nigel hatte eine Verletzung an der Brust. Sie war durch einen Puls verursacht worden, der seine Haut verschmort hatte wie ein Brathähnchen. Er legte sich zurück, und die Frau verarztete ihn. Die Wunde war zuerst kalt, dann heiß, anschließend hatte er ein taubes Gefühl an der Stelle, und schließlich spürte er sie überhaupt nicht mehr.

Das waren also die Leute, die Sternenschiffe gebaut hatten – viel bessere Geräte als das Mechano-Schiff, mit dem Nigel und Nikka hierhergekommen waren –, um das Galaktische Zentrum zu erreichen. Er versuchte, sie objektiv zu betrachten, obwohl er ihren Grußbotschaften entnommen hatte, daß sie einige tausend Jahre nach ihm auf der Erde gelebt hatten. Er fragte sich, welche Zeiten wohl nach dem guten alten ZwanHunni und dem ernüchternden 21. Jahrhundert angebrochen waren.

Er lag auf dem Rücken und beobachtete sie mit zu Schlitzen verengten Augen. Sie unterhielten sich leise und in knappen Sätzen.

Sei objektiv, alter Knabe. Betrachte sie einfach als eine andere organische Rasse. Als große Säugetiere.

Hominiden, aber doch anders. Er war irgendwie froh, daß sie noch immer entfernt Schimpansen glichen, nur daß sie größer und nicht so behaart waren und aufrecht gingen. Die äußerlichen Unterschiede zwischen Menschen und Schimpansen waren viel geringer als die zwischen Schäferhunden und Chihuahuas. Hunde kreuzten sich mit anderen Familien, was Schimpansen nicht taten; das Genom verbarg seine Geheimnisse vor dem Blick des Auges. Der Unterschied zwischen Mensch und Schimpanse leitete sich aus einer einprozentigen Abweichung in der DNA her. Diese Leute gehörten noch immer zur Spezies Mensch.

Zumal es diesen Erdlingen auch sichtlich Spaß gemacht hatte, die Mechanos abzuknallen. Sehr menschlich. Und es war nicht einmal ein spezifisch hominides Merkmal; Genozid kam nämlich auch bei Wölfen und Schimpansen vor. Mord war im Tierreich weit verbreitet. Enten und Orang-Utans waren Vergewaltiger. Ameisen hatten Kriege geführt und sich als Sklavenjäger betätigt. Er erinnerte sich, daß das Risiko, einem Mord zum Opfer zu fallen, für Schimpansen im Urwald mindestens genauso hoch war wie für Menschen in Städten.

Nigel schwirrte der Kopf. Von allen Merkmalen der menschlichen Existenz – Sprache, Kunst, Technik und so weiter – war Genozid der wohl plausibelste Beleg für die Abstammung vom Tier. Menschliche Stämme hatten sich vielleicht aus der Notwendigkeit heraus entwickelt, die Gruppe zu verteidigen. Und zweifellos hatte das auch funktioniert in den Jahrtausenden, die ihn von diesen großen, intelligenten Hominiden trennten.

»Mit vereinten Kräften gegen dumpfe Gewalt«, sagte er krächzend. Ja, er war wie in Trance, und sein Bewußtsein schien sich vom Körper gelöst zu haben.

Diese Erdlinge hatten seltsame Ohren, eine muskulöse Statur und große, neugierige Augen. Ihre Uniformen waren alles andere als uniform – bunte Tuniken mit changierendem Design. Als die Frau herüberkam, um nach ihm zu sehen, erschien auf einmal ein sonniger Strand mit rauschender Brandung auf ihrem weiten Gewand. Um ihn zu beruhigen?

Andere Erdlinge wiederum trugen eng anliegende Kleidung, welche die reinsten Kunstwerke waren – Collagen, abstrakte Kunst, Expressionismus. Das mutete ihn seltsam an. In Anbetracht des Scheuklappendenkens, dem Tier-Verhaltensforscher und Evolutionsbiologen verhaftet waren, war Kunst doch völlig nutzlos. Weshalb hatte der Cro-Magnon-Mensch diesen Luxus überhaupt entwickelt? Mit Vogelgezwitscher verhielt es sich anders; es diente der Balz und der Verteidigung des Reviers. Weshalb pflegten die Menschen, die Erdlinge, noch immer diese nutzlosen Künste? Manche Vögel schufen Kunstwerke aus Laub, Gräsern und Pilzen, der Liebe und der Verbreitung der Gene wegen. Daß der Expressionismus jedoch dem menschlichen Balzverhalten dienlich sein könnte, bezweifelte er ganz entschieden. Waren die Glanzlichter der menschlichen Kunst etwa auch nur Imponiergehabe wie der Radschlag eines Pfaus?

Er lachte bei diesem Gedanken und setzte sich auf. Die Wunde schmerzte nicht mehr. Er wurde wieder klar im Kopf. Nikka stand in der Nähe und sprach mit einem hünenhaften Mann. Nigel winkte.

Nikka und der Mann kamen herüber. »Ich bin Akran«, sagte der Mann und senkte den Blick, wobei er heftig blinzelte. »Bist du … Walmsley?«

»Ich glaube schon.«

»Meine Güte! Daß wir dich *gefunden* haben!«

»Gerade noch rechtzeitig. Danke.«

»Aber du – du bist – noch immer am Leben!«

»Mehr tot schon als lebendig.«

Andere Erdlinge kamen herbei und umringten Nikka und Nigel.

»Er ist es!«

»Und sie! Sie ist wirklich und leibhaftig diejenige, welche in der Botschaft Siebenundfünfzig erwähnt wurde.«

»Ich glaub's nicht.«

»Es stimmt aber. Schau ihn dir doch an.«

»Nach dieser langen Zeit?«

»Er war in dieser verzerrten Raum-Zeit verborgen.«

»Vergiß nicht den Kälteschlaf.«

»Trotzdem ist es unglaublich, daß …«

»Es ist *Walmsley*.«

Nigel schaute zu den Gesichtern hinauf, und ihm wurde wieder schwindlig. Sie redeten alle durcheinander, und Nikka strahlte ihn an – sie schien zu begreifen, was hier vorging. Die Leute redeten so schnell, daß er fast nichts verstand.

Einer spielte eine Aufnahme ab, und Nigel hörte seine eigene Stimme, schnarrend und prononciert.

»Hallo? Daten folgen bezüglich der Molekularwolke, die wir soeben durchfliegen. Sind anscheinend noch auf Kurs.«

Ein Datenschwall, und dann: *»Dies ist die Expedition der ganzen Menschheit. Mit Höchstgeschwindigkeit zum Zentrum der Galaxis.«*

Statisches Rauschen. Ein Zischen, wie brutzelndes Fett. *»Hallo? Wir sind noch da. Ihr auch?«*

Noch lang, nachdem die Aufnahme beendet war, standen die Erdlinge stumm da.

»Wir haben eure Botschaften alle paar Jahrhunderte erhalten«, sagte Akran. »Ihr wißt vom ersten Angriff, als die Mechanos fremdes Leben in unsere Meere gekippt hatten. Wir empfingen eure erste Sendung zu dem Zeitpunkt, als wir gerade die Oberhand über diese Wesen gewonnen hatten.«

Nigel runzelte die Stirn. »Dann hättet ihr unsere Hilfe eigentlich gar nicht benötigt ...«

»O nein! Das war nur der erste Angriff. Beim zweitenmal wollten sie uns mit Asteroiden zerschmettern. Mit einer ganzen Salve. Hätten uns fast erwischt.«

Nigel schüttelte den Kopf, um die Benommenheit zu vertreiben. »Wir hatten euch Mechano-Ausrüstung geschickt, Daten ...«

»Wir haben sie erhalten. War uns eine große Hilfe. Die Lieferungen trafen auf dem Höhepunkt des dritten Angriffs ein, der Ferret-Ära. Sie hat fünf Jahrhunderte gedauert.«

»Mein Gott«, sagte Nikka. »Die Mechanos hatten eine solche Streitmacht aufgeboten?«

»Natürlich«, sagte Akran. »Dann traten die intelligenten Mechanos auf den Plan. Wollten uns austricksen. Wir haben einen großen Teil der Erde an sie verloren. Das hat tausend Jahre gedauert.«

»Und ihr habt meine Nachrichten trotzdem empfangen?« fragte Nigel.

Akran nickte. »Wir hatten große Antennen. Zuerst im Orbit und dann im gesamten Sonnensystem. Die Mechanos haben sie gefunden und zerstört.«

Nigel seufzte beim Gedanken an die jahrhundertelangen Kämpfe. Die Erde drehte sich gemächlich, derweil Menschen und Erdreich zu allen Seiten wegspritzten ...

»Ist er müde?« fragte Akran besorgt. »Laßt ihn schlafen; wir reden später weiter ...«

»Mach weiter«, sagte Nikka. Nigel vermochte nur noch zu nicken.

»Wir haben jedoch ein paar Nachrichten verpaßt, als die Mechanos uns mit Positronenwaffen auf den Leib rückten. Doch nach vierhundert Jahren stellten wir auf dem Mond wieder Antennen auf. Das war, nachdem die Pole geschmolzen waren und wir die meisten Kontinente verloren hatten.«

»Schrecklich«, brachte Nigel mühsam hervor.

»Doch wir haben die Angreifer vernichtet. Wir wollten verhindern, daß die Erde beim nächstenmal völlig zerstört wurde. Also gaben wir uns einen Ruck. Suchten das gesamte Sonnensystem nach Mechano-Außenposten ab. Sie waren gut getarnt, und ein paar verbargen sich sogar in den Jupiter-Wolken. Aber wir haben sie alle ausgehoben.«

Nigel blinzelte. Die Welt hatte aufgehört, sich um ihn zu drehen, und allmählich begriff er. »Und dann seid ihr …«

»Hierhergekommen. Um herauszufinden, was mit euch geschehen ist.«

Hallo? Wir sind noch da? Ihr auch?

In den Gesichtern erkannte er so etwas wie Ehrfurcht. Für sie waren er, Nikka und die anderen Antiquitäten aus fernster Vergangenheit.

Enorm gut drauf, diese Erdlinge. Sie würden die Mechanos das Fürchten lehren.

Nigel blinzelte und lächelte. »Wir sind noch hier. Noch immer.« Das fand er sehr lustig, und wegen des Kloßes im Hals versagte ihm die Stimme.

12 · ERNÜCHTERNDE PERSPEKTIVEN

Das war der Höhepunkt. Natürlich war es ein wunderbares Erlebnis, wieder einmal seinen Artgenossen zu begegnen, Menschen von der geliebten Erde.

Doch während er verwundet darniederlag, bekamen die ersten verschwommenen Wahrnehmungen der Erdlinge als intelligente Affen einen ironischen Sinn. Sie waren Menschen, gewiß. Intelligente Schimpansen. Und doch viel mehr. Verändert.

Die Angriffe der Mechanos auf die Erde hatten eine Evolution des Menschen erzwungen – sowohl durch bionische ›Verlängerungen‹ als auch durch natürliche Selektion. Die Erdlinge trugen Implantate, die ihre Sinne erweiterten – komplexe elektromagnetische Hüllen, die sich sowohl im Krieg als auch im Alltag bewährten. Die Wirbelsäulen waren in dicken Scheiben gelagert. Sie hatten kein Sexual-Anhängsel, das bei Erregung anschwoll und eruptierte. Ihre Körper hatten dichte neurologische Netze, einen effektiveren Stoffwechsel, robustere Knorpel und stärkere Knochen.

Das waren die sichtbaren Veränderungen. Die unsichtbaren Veränderungen indes waren weitreichender. Er, Nikka und die anderen aus dem 21. Jahrhundert – die alsbald als die ›Älteren‹ bezeichnet wurden – waren diesen Erdlingen weder geistig noch körperlich gewachsen. Die großen, souveränen Neuankömmlinge ließen sie das natürlich nicht spüren. Sie bemühten sich, die Älteren mit einzubeziehen, als sie die Erzett erforschten, die Mechanos schlugen und Kontakt mit den ominösen Alten herstellten.

Doch selbst diesen schönen neuen Erdlingen haftete noch eine gewisse Affenartigkeit an. Sie waren nach wie vor Hominiden. Sie respektierten die Älteren, doch von Mechanos und Alten lernten sie. Stiegen die evolutionäre Leiter in einen Nebel empor, wobei sie glorreiche Aureolen hinter sich herzogen.

Ab diesem Punkt überstiegen ihre Denkprozesse Nigels Vorstellungsvermögen.

Die rheumatischen, alten Fürze von Älteren vermochten nicht den Gesprächen zu folgen, wo es um die Alten ging. Nigel und Nikka und die anderen, die mit dem gekaperten Mechano-Schiff gekommen waren – nur mehr ein Häuflein, das von den Erdlingen als Ältere bezeichnet wurde –, kamen sich nutz- und hilflos vor. Sie waren nicht in der Lage, die blitzschnelle Technik zu beherrschen, welche die Erdlinge zur Abwehr der Mechanos konstruiert hatten.

Nigel erhaschte einen Blick auf die Alten, als er sich an der Erforschung von Abschnitten der Erzett-Spuren beteiligte. Diese verzerrten und versiegelten Geometrien waren exzellente Petrischalen. Auf den Spuren entwickelten verschiedene Kulturen – Aliens und Menschen gleichermaßen – die Verschiedenartigkeit, die zur Abwehr der Mechanos erforderlich war.

Für die Älteren waren diese Perspektiven ernüchternd. Die Erdlinge indes arbeiteten reibungslos mit den Alten zusammen. Sie stellten die Mechanos zum Kampf, dezimierten sie und kooperierten manchmal sogar mit ihnen.

Die Alten schmuggelten Erdlinge aus dem Versteck. Nigel und die anderen Älteren sahen zu und verrichteten Handlangerdienste. Die aktuellen Informationen wirkten irreal und waren fast unverständlich.

Es lief eine große Offensive gegen die Mechano-Kontrolle des Zentrums. Erdlinge schwärmten über die Planeten aus, welche die in der Randzone des Wahren Zentrums stehenden Sterne umkreisten.

Sie kopierten die Mechano-Technik und wandten sie an. Sie errichteten gewaltige Konstruktionen im Raum, die Kandelaber.

Viele tausend Jahre lang führten die Erdlinge ein

ruhiges Leben. Nigel beobachtete sie aus der Zeitlupen-Perspektive der Erzett. Dann folgte der nächste Konflikt.

Den Mechanos gelang es, ein paar der Energiequellen zu blockieren, von denen die Alten den Strom für ihre Magnetstränge bezogen. Durch das Anzapfen der Kraftquellen erfuhren die Mechanos einen enormen Machtzuwachs. Und dann breiteten sie sich aus und plünderten die großen Orbitalstädte der Erdlinge.

Nigel hatte die Kristall-Städte besucht, und sogar die noch größeren Strukturen, die er wohl sah, deren Natur er aber nicht verstand. Als die Mechanos wieder die Oberhand gewannen, bekämpfte er sie im Rahmen seiner Möglichkeiten. Schon die Art und Weise, wie der Kampf geführt wurde, war schwer zu verstehen.

Als ob man einer Unterhaltung lauschte, die während eines Wolkenbruchs durch ein Abflußrohr geführt wird, hatte er sich gesagt. *Ein sehr langes Abflußrohr.*

Je stärker die Mechanischen die Menschen im Galaktischen Zentrum bedrängten, desto häufiger mußte er eingreifen. Der Konflikt trieb wieder einem Höhepunkt entgegen.

Die letzte, aus Verzweiflung geborene Strategie des Untergrunds – die Aufteilung der Menschheit in separate kulturelle Petrischalen auf den Planeten – war für ihn mit jeder Menge Arbeit verbunden. In jener Ära hatte er eine Zeitlang außerhalb der Erzett verbracht.

Den Hintergrund des Kampfs zwischen Erdlingen und Mechanos durchschaute er nicht in allen Einzelheiten. Er wußte nur, daß auch andere organische Rassen darin verwickelt waren, andere Originale. Und der Hauptkriegsschauplatz wurde durch eine Ebene definiert, die von den Alten und den virtuellen Höheren besetzt war. Von diesen wußten er und die anderen Vorfahren nichts.

Außer … die Mechanischen waren auf der Suche

nach einem Gral. Sie übten äußerste Geheimhaltung, doch jagten sie Gruppen von Menschen, als ob diese etwas besäßen, das den Mechanos gehörte. Nigel schnappte einmal die Phrasen ›Trigger-Codes‹ und ›Überrang-Befehl‹ auf, doch verhallten sie, ohne daß ihre Bedeutung sich ihm erschlossen hätte. Und entsprechende Fragen beschieden die Erdlinge nur mit einem versteinerten Gesichtsausdruck. Als ob sie ein solches Geheimnis hüteten, daß schon das Wissen um dieses Geheimnis ein Geheimnis war.

Er hatte auch lang gebraucht, um zu erkennen, daß man ihn benutzte.

Natürlich hatten sie es sehr behutsam angestellt, damit er sich dessen nicht bewußt wurde. Aber er war benutzt worden. Von Erdlingen und Höheren gleichermaßen.

Daraufhin hatte er sich aus einem Kampf zurückgezogen, der nicht der seine war. Von dem er zumindest geglaubt hatte, daß es nicht der seine war.

13 · DIE PHYSIKALISCHE REPRÄSENTATION

Nigel Walmsley schielte auf Toby. »Es gäbe noch so viel zu erzählen …«

»Mehr muß ich gar nicht wissen! Es genügt, um mich am Leben zu halten«, sagte Toby.

»Da bin ich aber froh. Du bist nämlich auch ziemlich kompliziert, mein Junge.« Nigel konnte nicht umhin, einen internen Befehl zu erteilen. Manche Dinge wurden nämlich erst dann verständlich, wenn man sie mit einem Beispiel veranschaulichte.

Punkte glitzerten neben Toby und verdichteten sich zu Shibo. Sie war eine stattliche, reife Frau, schlank und durchscheinend und ohne Beine. Sie streckte sich, als ob sie einer langen Gefangenschaft entronnen wäre. Ein dünnes Lächeln. »Hallo, mein Träger.«

Erschrocken fuhr Toby herum. »Du! Du bist noch immer in meinen Reservebänken gespeichert?«

»Ich hatte das bereits angedeutet.«

»Verdammt! Ich wollte, daß du *verschwindest*.«

»Ich weiß nicht ... wohin ich ... gehen soll.«

Die Sensoriums-Lesegeräte im Raum waren auf maximale Empfindlichkeit hochgeregelt, so daß sie selbst diffuse Aspekte, Personalitäten und Gesichter erfaßten, die am Rand des Bewußtseins positioniert waren. Die schimmernde Shibo verbarg sich wie ein Geist in Tobys Elektro-Aura.

Ihr Gesicht sagte mehr als die stockende Stimme. »Ich bin hier ... um zu helfen.«

»Ich habe dich im Speicherchip«, sagte Toby bitter. »Das genügt.«

»Ich kann nichts dafür ... daß ich existiere.«

Nigel spürte seltsame Schwingungen zwischen Toby und der Shibo-Projektion. »Killeen will dich wiederherstellen«, sagte Toby. »Reichen Chips dafür aus?«

»Ich ziehe es vor ... hierzubleiben.«

»Wenn Killeen deine Chips in die Hand bekommt, wird er dich wiederherstellen.«

»Ich ziehe es vor ... hier.«

»Ich will, daß du *verschwindest*.«

»Ich bleibe.« Sie hob die Hand zum Gruß – und verschwand.

»Ah! Verdammt!« Frustriert spie Toby aus.

»Tut mir leid, aber ich mußte dir etwas klarmachen«, sagte Nigel. »Du wirst noch feststellen, daß das Konzept des Selbst hier etwas komplex ist.«

»Ich muß sie rauswerfen.«

»Du wirst noch erkennen«, sagte Nigel mit Nachdruck, »daß das, was die Mechanos als die ›physikalische Repräsentation‹ bezeichnen, nur eine Phase ist.«

»Dann wäre es also möglich, Shibo wiederherzustellen?«

»In gewisser Weise.«

»Was heißt *das* nun wieder?«

»Realität – ein hübsch abstrakter Begriff – ist analog. Menschen leben und denken dort.«

Toby zuckte die Achseln. »Jasag, sie ist *real*.«

»Die Mechano-Welt ist digital. Du wirst die Mechanos nie verstehen, solange du ihre unterschiedliche Sichtweise nicht begreifst. Und nicht nur sie. Die Alten, die Höheren – sie haben eine andere Vorstellung vom Selbst als wir.«

»Höhere?«

Walmsley wußte, daß der Junge die Zusammenhänge am leichtesten verstehen würde, wenn er das alles in eine Geschichte kleidete. Die klassische Didaktik der Primaten. Linear, gnadenlos seriell. Altmodisch und doch erfolgreich.

Am besten ging er ein langes Stück zurück, zu der Zeit, als er sich vollständig von den Hohen Phyla gelöst und Zuflucht in der Simplizität gesucht hatte.

Er seufzte. »Es gibt so viel zu erzählen.«

ZWEITER TEIL

BALD KOMMT DIE NACHT

Das Universum steckt voller magischer Dinge, die geduldig darauf warten, daß wir unseren Geist an ihnen wetzen.

– Eden Phillpotts,
A Shadow Passes, 1934

1 · Wurm

Der Körper lag schon im Sterben, als Angelina ihn fand.

Ihr war ein Vogelschwarm aufgefallen, der über einem zerbrochenen Bogen aus ausgeglühtem Stein stand, und sie war dorthin gegangen, um nachzuschauen. Die kleinen, vierflügeligen Vögel waren Raubvögel, doch traten sie nur in Schwärmen auf, nie allein. Sie trieben in der Thermik, die vom orangefarben glühenden Gestein erzeugt wurde und äugten gierig nach unten.

Der geschundene Körper regte sich zuweilen, worauf die Vögel etwas emporstiegen. Ein aus der Evolution geborener Reflex; falls eine Beute wieder zum Leben erwachte, wurde sie vielleicht gefährlich. Sie waren nur im Rudel stark. Sie wären wie aufgescheuchte Hühner davongeflattert, wäre da nicht das vertraute, genetisch verankerte Mahlen des Aufwärtssogs gewesen, der sie beruhigte.

Angelina sah, daß der Körper zusammengefaltet war, als ob Beine und Rippen gebrochen wären. Es war eine Frau in einem dunkelroten Overall. Das Gewebe war mit geronnenem Blut bedeckt, das sich schon braun verfärbt hatte. Als Angelina niederkniete, um der Frau zu helfen, stieg ihr der metallische Geruch nach frischem Blut in die Nase, und sie sah, wie ein Augenlid zuckte. Blut floß aus einer Wunde an der Schläfe und sammelte sich in einer Lache.

Daraufhin setzte Angelina einen Notruf an ihre Brüder ab, Benjamin und Ito. Vom Haus hierher brauchte man eine Stunde zu Fuß. Sie schafften es in viel kürzerer Zeit und brachten eine Schlinge und Verbandspäckchen mit.

Angelina hatte die Blutung bereits mit einem Tourniquet gestoppt, doch die Frau hatte eine Reihe von Verletzungen, wobei die schlimmsten von Verbrennungen und Dehydration herrührten: die Brust wies starke Quetschungen auf, der Kiefer war zerschmettert, und der rechte Arm war grotesk abgewinkelt, wobei der Knochen hervorschaute.

Sie steckten sie in die Schlinge und richteten notdürftig den Arm, bevor sie sie durch die zerklüftete Landschaft transportierten. Erst dann löste der langsam kreisende Vogelschwarm, der nach Hunderten zählte und dessen Einzelwesen ein enttäuschtes Zirpen ausstießen, sich auf. Ein paar Vögel verfolgten die Menschen noch für eine Weile, denn Späher waren auch Teil des kollektiven genetischen Fundus.

Die drei mußten sich schinden, ehe sie sicheres Terrain erreichten, und dann erkannten sie auch die Herkunft der sterbenden Frau. Der Boden war schwankend. Die Erfahrung sagte ihnen, das feste Material, auf das sie traten, sei Fels, doch sie wußten, daß der glühende, matte Glanz die ›Erzett‹ war – eine verdichtete Form der Raum-Zeit. Die Erzett war in diesem Moment noch fest und dicht, und im nächsten löste sie sich in einem Nebel auf. Beständig und biegsam, wobei sie eigenen, unbekannten Naturgesetzen folgte. Jedenfalls den Menschen dieser Ära unbekannt.

Während sie sich beim Transport des schlaffen Körpers ablösten, wurden sie von einer Vorahnung verfolgt. In ihrer umschriebenen Welt war diese Frau wie ein Fanal aufgetaucht, wie eine Verkündigung. Sie stieß wieder die Türen der Spekulation auf, denn sie kannten die Geschichten von Körpern, welche die Erzett von Orten und Zeiten der Gefahr und der Hoffnung ausgespien hatte. Sie teilten diese aufkeimenden Gedanken nicht, doch sie hingen zwischen ihnen in der Luft.

Die Menschen hatten seit langer Zeit hier gelebt; sie

waren von der Erzett geprägt und betrachteten sie als ihre Welt. Und doch war die Erzett auch ein launischer, manchmal bösartiger Feind. Sie bewegte sich unter ihren Stiefeln, während sie die Frau trugen, die noch immer blutete und aus deren Wunden Eiter rann. Blauweiße Blitze zuckten durch die Luft. Ungerichtete elektrische Energien zupften an der Kleidung wie Windstöße.

Sie erreichten ihr großes, windschiefes Haus. Ihr Vater, Nigel, war aus dem Garten zurückgekommen. Er runzelte die Stirn, als er die Bescherung sah. Ihre Mutter, Nikka, hatte bereits das automatische Diagnosesystem aufgebaut und eingeschaltet, das trotz seines Alters noch blitzblank war. Doch zu dieser Zeit bestand kaum noch Hoffnung.

Die Frau keuchte und würgte, wobei der heiße Atem an einem Zahnstummel vorbeistrich. Sie leckte sich die Lippen und schien den Geschmack der Heimat zu genießen: Nelken und Knoblauch, welke Blumen, klamme Kleidung, eine dicke Suppe, die einen Tag lang köchelte, ein holziger Geruch, durchsetzt von einem öligen Schimmer.

Dann sprach sie im Fieberwahn, und ein würgendes Murmeln und heisere Schreie entrangen sich ihrer Kehle.

»Himmel … brennt … ohkan … ohkan … flieht von hier!«

Die Mitglieder der Familie Walmsley sahen sich an. »Die anderen, von denen wir gehört hatten«, flüsterte Nikka, »die nicht sprechen konnten.«

»Diese Frau wird bestimmt nicht mehr lang sprechen«, sagte Nigel.

Etwas in ihm verabscheute alles, was seine beschauliche Welt störte, dieses rustikale Refugium, das er und Nikka sich geschaffen hatten. Erdlinge, Mechanos, Alte – ihre operettenhaften Konflikte fanden weit entfernt statt, auf anderen Spuren oder gar draußen zwischen den lodernden Sternen. Diese Frau brachte all das wieder in Erinnerung.

Und doch hatte er an diesem Ort ihre Farm angelegt. Er hatte um die Bedeutung der Eruptionspunkte in der Erzett gewußt. Etwas in ihm wollte die größeren Zusammenhänge doch nicht ganz ausblenden.

Die Frau verstummte. Sie umsorgten sie und befolgten die Anweisungen der Künstlichen Intelligenz, die mit gedämpfter, ruhiger Stimme sprach. Das Programm hatte ein aufgesetztes Mitgefühl, das Nigel ärgerte, doch der Rest der Familie fand es tröstlich.

Nikka erkannte die Wölbung in der optischen Scheibe der Frau – *papilledema*, soufflierte die Computerstimme und erzählte etwas von schweren Verletzungen des übergroßen Schädels der Frau. Frakturen verliefen durch den Körper, als ob jemand darauf herumgetrampelt wäre. Gebrochene Rippen, Hüften und Beine, die in Füßen mit abgerissenen Zehen endeten. Blutgefäße waren durch ein inneres Feuer geplatzt und verödet worden. Niemand wußte, wie man diese Wunden heilen sollte, zumal der Computer auch nicht in der Lage war, die Ursache der Verletzungen hinreichend zu bestimmen. Während sie die Wunden diagnostizierten und nach Möglichkeit versorgten, stieß die Frau ein rauhes Bellen aus. Sie riß die Augen auf, als ob sie überschüssige Ladung abgeben wollte und setzte sich auf.

»Grauer Mechano … weiß … stieg in den … Himmel auf … Feuer, Feuer …«

Sie öffnete weit den Mund und bekam vor Schmerz eine Kiefersperre – und dann sackte sie zusammen. Ihr Bewußtsein war regelrecht zersplittert. Sie führten die Messungen durch, die ein paar Fragmente der Frau erhalten würden: hielten den Kreislauf durch eine in den Blutstrom eingeführte Pumpe aufrecht und lasen die mentale Kartierung aus.

»Aus der Erzett«, sagte Nigel.

»Und sie erwähnte den Grauen Mechano«, sagte Benjamin. Sie schauten sich an.

Nigel ließ die Diagnoseprogramme laufen, doch sonst gab er sich eher unbeteiligt. In seiner Zeit hatte er schon viele übel zugerichtete Menschen gesehen und war deshalb nicht so fasziniert wie seine Kinder. »Sie kam durch den Wurmloch-Punkt, nicht wahr? Wie das andere damals.«

Benjamin, der jüngere Sohn, schaute zweifelnd.

»Ein Mann namens Ortega fand es. Es ragte aus einer Art Nebel-Kugel, sagte er.« Nigel hatte schon etliche Jahre auf dem Buckel, nach seinen Berechnungen fast vierhundert der alten Erdenjahre, doch die Erinnerung war noch recht frisch. In diesen Gefilden bewegte er sich behutsam, denn er zweifelte an sich selbst, an seiner alten Identität und daran, was der Abgrund der Jahrhunderte schon verschluckt hatte.

Er verdrängte diese Gedanken und fuhr fort: »Das ist der einzige Fall, der mir bekannt ist, doch in der Geschichte der Erzett gibt es noch ein paar mehr.«

»Von diesem Punkt auf der Spur?« Benjamin schüttelte den Kopf. »Würmer gleichen doch Kugeln oder Sphären und nicht Löchern in der Wand.«

»Richtig«, sagte Nikka. »Doch Würmer entfalten sich am besten in verdichteter Erzett. Es gibt dort mehr Energie; das besagt zumindest die Theorie.«

Benjamin unterbrach die Arbeit und legte die Hände auf den blutverschmierten Tisch. »Dann ist diese Frau also durch einen *Wurm* gegangen? Ich dachte, im Innern würde ein unglaublicher Druck herrschen.«

»So ist es auch. Der Körper, den Ortega gefunden hatte, war gestreckt und zerquetscht. Aus der Zeit am Oberlauf«, sagte Nigel.

»Sichertot?« fragte Benjamin mit verzücktem Blick.

»Ein paar Erinnerungen«, sagte Nigel, »doch niemand vermochte eine Personalität aus ihnen zusammenzusetzen.«

Nigel fragte sich, aus welcher fernen Raum-Zeit diese Frau wohl gekommen war. Eine Einbahnstraße zu einer unbekannten Zukunft oder Vergangenheit, eine Reise, die einem Spießrutenlaufen glich.

Dennoch war sie gekommen. Oder gesandt worden?

»Hat etwas mitgebracht«, sinnierte er.

Benjamin runzelte die Stirn. »Was mitgebracht?« Mit langen, knochigen Fingern wühlte er in den Lumpen, die sie vom Körper geschnitten hatten. »Nichts da außer Kleidung.«

Ito wickelte gerade die stinkenden Kleidungsstücke zusammen, in welche die Därme der Frau sich im Todeskampf entleert hatten. »Meinst du, die Alten wollen sie sich ansehen?«

»Ich hoffe nicht«, sagte Nikka. »Es wird ewig und drei Tage dauern, bis die jemanden herschicken.«

»Ich hoffe, sie wird nicht so schnell verrotten wie derjenige, den Ortega gefunden hatte«, sagte Nigel griesgrämig.

»Sei nicht so pietätlos«, tadelte Nikka ihn, wobei die Augen in ihrem ledrigen Gesicht funkelten.

»Achtung für die Toten bedeutet nicht, daß man kein Risiko eingeht.« Nigel schien seine Bemerkung peinlich zu sein und sah sich zu einer Rechtfertigung veranlaßt.

»Volle Protokolle?« fragte Angelina. Sie war muskulös und stämmig von der Arbeit im Wald, und trotz der Umstände gelang ihr ein sympathisches Lächeln.

»Ich hole die Lesegeräte«, sagte Benjamin beflissen. Als der Jüngste, der gerade ins Jugendalter eintrat, übernahm er jede Aufgabe, um zu beweisen, daß er seiner Schwester – dem mittleren Kind – in nichts nachstand. Ito, der an der Schwelle zum Erwachsenenalter stand, war früher auch so gewesen; nur daß er in Nigels Augen noch nicht wußte, was er nun mit seinem Leben anfangen sollte.

Alle außer Benjamin wußten über Ortegas Fund Bescheid. Er hatte einen scheußlichen Anblick geboten – Pilze waren im Zeitraffertempo gesprossen und hatten Sporen verbreitet, aus den Augen war Dampf ausgetreten –, der den Kindern Alpträume beschert hatte. Selbst jetzt, wo sie fast erwachsen waren, erinnerten sie sich nur ungern an Nigels Warnungen und drastische Schilderungen: Blasen, die sich wie kleine Glaskuppeln auf der hummerroten Haut des Manns gebildet hatten. Sie waren mit einem feuchten Schmatzen aufgeplatzt und hatten Tropfen versprüht, die an der Haut haften blieben und mit einem Messer abgekratzt werden mußten. Und zwar schnell – sie bohrten sich auf der Suche nach Nahrung augenblicklich wieder ins Fleisch.

Geschwind lasen sie die Daten aus. Nikka vergewisserte sich, daß die Elektroden auch richtig am Schädel der Frau auflagen. Sie waren kaum fertig, als Benjamin unnatürlich ruhig sagte: »Bringen sie besser unter die Erde, oder?«

»Nein«, widersprach Angelina. Normalerweise widersetzte sie sich ihren Brüdern nicht, doch sie hatte diese Frau gefunden, und aus ihrem vorgereckten Kinn schloß Nigel, daß sie eine Art Besitzanspruch erhob und sich für ihren Fund verantwortlich fühlte. »Was, wenn die Alten sie haben wollen?«

Nigel nickte, was Angelina sichtlich erstaunte. »Wenn man es mit Autoritäten zu tun hat, sollte man die Dinge nicht komplizieren. Beim letztenmal mußten Ortega und ich die Leiche wieder ausgraben.«

»Wirklich?« japste Angelina.

»Die Alten glauben an das Subsidiaritätsprinzip. Jedenfalls hat es den Anschein – damit ihre menschlichen Agenten in ihrem Sinne tätig werden. Ich war ein Nachbar, also hieß es graben – punktum.« Nigel zuckte die Achseln. »Mußten es im Hautanzug tun. Es war eine schweißtreibende Angelegenheit.«

Die drei Walmsley-Kinder schauten sich unbehaglich an. Dieses Detail hatte ihr Vater ihnen bisher verschwiegen. Das vorgeschobene Kinn von Benjamin sagte, daß er als jüngerer Bruder angemessen an der Entscheidungsfindung beteiligt werden wollte. »Diese Wissenschaftler wollen einen vollständigen Bericht, um ihre Experimente zu machen und Proben zu nehmen. Ihr wißt doch, wie sie sind.«

Nikkas Sorgenfalten gruben sich noch tiefer ins Gesicht. »Ich vertraue unserem Speicher nicht. Die Verwesungsdämpfe treten vielleicht aus und …«

»Bringen wir sie doch zurück in die Erzett«, sagte Angelina.

Die Idee war ebenso einfach wie genial. Vergruben sie den Körper in der Erde, konnte man ihn wieder ausgraben. In der Erzett nicht.

Nach Jahren der Ruhe waren sie wieder von Eruptionen der Erzett durchgeschüttelt worden. Die Vorstellung, den Fuß in die tückischen Gezeiten des Nichtgesteins, des Zeitsteins, zu setzen, war unangenehm. Nigel erkannte aber, daß seine Familienangehörigen versuchten, dieses Unbehagen vor den anderen zu verbergen. Diese Zone der Erzett war der Stoff örtlicher Legenden, und in dem Maße, wie die Kinder sich vor den Mysterien und Abenteuern fürchteten, sehnten sie sich danach. Also erklärten sie sich einverstanden.

Zuerst verarbeiteten sie die Daten. Das war notwendige Routine: ein Scannen der neuralen Betten, der Erinnerungs-Gruften im zerebralen Cortex, eine Inventur, mit der man die Identität dieser Frau wenigstens in groben Umrissen zu rekonstruieren vermochte. Körper aus der Zukunft traten nur aus ein paar bekannten Punkten aus, und Nigel hatte sich bewußt in der Nähe eines dieser Löcher niedergelassen.

Die Leiche der Frau schrumpfte und näßte schon, als sie sie zurück in die Verzerrungen der rumorenden, nach Ozon riechenden Wurmloch-Zone schafften. Ito und Angelina trugen sie mit katzenhafter Geschmeidigkeit, immer auf dem Sprung. Ein hochfrequentes

Summen erfüllte ihr gemeinsames Sensorium, eine Art von Warnsystem, das sie miteinander verband. Diese Eruption bahnte sich erst an, und sie würde heftig werden. Ein beißender Geruch lag in der Luft. Heiße Zephire stiegen ihnen in die Nase, und der Boden bebte erwartungsvoll und bedrohlich. Sie brachten den Körper an die Stelle zurück, wo Angelina ihn gefunden hatte, oder sie versuchten es zumindest, denn inzwischen hatte sich dort ein Abgrund aus Gravitation aufgetan. Eine pulvrige, saphirfarbene Wolke hing über der schäumenden Erzett. Windhosen zerrten an ihnen und schubsten sie.

Sie zogen sich von dem tanzenden Pulver zurück. Es formte sich zu länglichen Zylindern, Tränen, schlanken Arabesken – was bedeutete, daß es sich wieder um eine Manifestation aus der fernen Zukunft handelte. Ein lautes Krachen – und die Erzett bog sich durch und kreiselte wie ein Schlauchboot auf einem reißenden Fluß.

Ito stürzte, und die Leiche rollte mit rudernden Armen und steifen, schlegelnden Beinen über den Boden. Dann wurde sie in die Luft geschleudert und wirbelte auf den räumlichen Riß zu. Der Saphir-Nebel teilte sich und schloß sich wie das Maul eines Fischs, oval und stumm. Nigel hielt die Kinder fest und sah zu. Der Körper schien sich aufzulösen und verdichtete sich dann wieder, bevor er mit dem Zeug verschmolz, das sich vor ein paar Stunden noch als massiver Zeitstein dargestellt hatte. Dann war er verschwunden. Verzehrt, vielleicht transportiert.

»Frag mich, wohin er verschwunden ist«, sagte Benjamin versonnen.

»Er schlüpft durch die Erzett – haben die Alten es nicht als ›Transition‹ bezeichnet?« fragte Angelina unbehaglich und wischte sich die Handschuhe am Hosenbein ab, als ob sie sich der Berührung und des Geruchs der Leiche entledigen wollte. Sie hatte einen ebenso neugierigen wie verwirrten Ausdruck im Gesicht.

»Der Rückweg scheint dem Körper nicht geschadet zu haben«, sagte Benjamin.

»Im Gegensatz zum Hinweg«, sagte Ito. »Das hat sie nämlich umgebracht.«

Nigel schniefte und wies mit dem Daumen in Richtung Heimat. »Dieser Ort wird aufweichen und sich ausdehnen. War das letztemal auch so. Gehen wir.«

2 · TODESSTREIFEN

Binnen einer Relativstunde – obwohl Stunden hier keine Bedeutung hatten und Uhren lediglich ein Zugeständnis an menschliche Gewohnheiten waren – hatte die Familie sich um den langen polierten Eßtisch neben dem Kamin versammelt, wo Kohlen Funken sprühten und knisterten. Es gab keine fossilen Ablagerungen in der vergleichsweise jungen Erzett, doch verdichtetes Gestein, das mit brennbaren Adern durchzogen war, erzeugte das gleiche rosige Glühen.

Die Daten der toten Frau erschienen als Bilder in der Tischplatte, Konstellationen von Erinnerungen, die als Streiflichter und Momentaufnahmen dargestellt wurden: die Trümmer eines Lebens. Das Gesetz schrieb einen Notruf an die Alten für den Fall vor, daß etwas Außergewöhnliches festgestellt wurde. Natürlich nahmen sie keinen direkten Kontakt zu den Alten auf. Sie waren schemenhafte, fremde Bewußtseine, welche die Erzett erschaffen hatten. Selten mischten sie sich in die Angelegenheiten der armseligen Menschen ein, die sich mühsam gegen die hiesigen Unbilden behaupteten.

Nachdem sie die Erinnerungssplitter gesichtet und

die Neugier gestillt hatten, blickten nur Nigel und Nikka noch düster drein; die Kinder gähnten gelangweilt. So deutlich wie nie spürte er die Jahrhunderte, die ihn und Nikka von den Kindern trennten.

»Schätze, die Zukunft ist gar nicht so großartig«, sagte Benjamin und sog meditativ Luft zwischen den Zähnen ein.

»Sollen wir den Kram abschicken?« fragte Angelina mit trällernder Stimme, wobei sie einen drolligen Ausdruck im Gesicht hatte. Der rührte immer das Herz ihres Vaters, weil sie sich ihrer Schönheit noch immer nicht bewußt geworden war. Sie lebten hier vergleichsweise isoliert, am Ende einer dünn besiedelten Spur, wie er und Nikka es von vornherein geplant hatten. Ihre Kinder würden früh genug mit dem Strom der Kulturen und technischen Zivilisationen konfrontiert werden, der die Erzett andernorts prägte.

»Noch nicht«, sagte Nikka mit einem Blick auf Nigel.

Ito sprach das aus, was sie nicht gesagt hatte. »Es ist etwas darin enthalten.«

Nikka nickte. »Schaut euch das an.« Sie tippte auf die Sensorfläche am Handgelenk, und ein Bild erschien in der Tischplatte: Schlieren aus rosigem Licht über einem schwarzen Horizont. Dann wurde eine Rolleiste mit Bändern von Spektrallicht eingeblendet. »Seht ihr? Bilder, die mit sehr hoher Energie aufgenommen wurden. Und ein steiler Gipfel.«

Ito war unbeeindruckt. »Astro-Daten. Na und?«

»Dieser Gipfel markiert eine Energie von null komma fünfeinseins Millionen Elektronenvolt«, sagte Nigel trocken.

Ito zuckte die Achseln. »Und weiter?«

Nigel interpretierte die provokante Attitüde seines Sohns schon richtig – in einer jungen Seele gespeicherte Energien, die sich in Momenten der Nonchalance entluden. »Mein Sohn, man kann viel Energie in ein einzelnes Photon packen.«

»Echt?«

»Obendrein entspricht das genau dem Betrag, der aus dem Zusammenstoß eines Elektrons mit seinem Antiteilchen, dem Positron resultiert.«

»Hmmm.« Ito runzelte die Stirn; er war nicht gewillt, die gelangweilte Pose so schnell aufzugeben. »Paps, du interessierst dich aber auch für jeden Mist.«

»Du hältst das für *Mist*?« platzte Angelina heraus. »Das ist Antimaterie, du Drömmel – in der Verfallsphase!«

»Woher willst du das wissen?« fragte Ito ernüchtert.

»Ein Elektron und ein Positron sind zusammengerumst!« Sie klatschte in die Hände. »Übrig blieb nur Licht. *Dieses* Licht. Der Todesstreifen. Sieh nur – es füllt den Himmel aus!«

Nigel lächelte. Er war stolz auf sie. Nigels zwei Söhne waren zwar wohlgeratene junge Männer, doch zu seinem Leidwesen interessierten sie sich nicht für Technik und Naturwissenschaften.

Vor annähernd dreißigtausend Jahren – eine durch die festen galaktischen Rest-Koordinaten und nicht durch die fließenden Konturen der Erzett bestimmte Periode – war Nigel in die Naturwissenschaften vernarrt und geradezu süchtig nach seinen Studien gewesen. Später erst widmete er seine Aufmerksamkeit der größeren und vielgestaltigen Welt der Politik, Literatur und Frauen.

Ein klassisches Muster des ZwanHunni. Seine Söhne indes schienen es in der umgekehrten Reihenfolge anzugehen. Jedenfalls war das den Beschwerden der Nachbarn – die zwar einen halben Tagesmarsch entfernt lebten, aber mit schönen Töchtern gesegnet waren – zu entnehmen.

Er betrachtete die Bilder. Die tote Frau war draußen gewesen, auf einem Planeten, und hatte etwas beobachtet. Entfernte Galaxien? Die Entstehung von Sternen? Die Wolken konnten alles mögliche darstellen. Sie kündeten vom Wirken gewaltiger Energien. Ein ganzer Himmel aus Photonen, die biologische Lebensformen rösteten. Wo? Wann?

»Die Alten werden das haben wollen – und zwar bald«, sagte Nikka.

»Hmmm.« Nigel schaute sie verschmitzt an. »Sagen wir, ziemlich bald.«

»Aber wir sollen doch …«, sagte Benjamin ernst.

»Richtig«, sagte Nigel grinsend und zog die Augenbrauen hoch. »Und wir tun immer, was wir tun sollen.«

Nikka sah ihn mit einem Ausdruck strapazierter Toleranz an. »Du wolltest doch an einem ruhigen Ort leben. Nun ist es ein wenig zu spät, sich über Langeweile zu beklagen.«

»Ich bin gar nicht gelangweilt«, sagte Nigel. »Nur ein wenig neugierig.«

»Du *wolltest* in der Nähe dieses Wurm-Dings dort draußen leben, Paps«, sagte seine Tochter. »Wieso überhaupt? Es ist doch gefährlich.«

Nigel wies mit ausladender Geste auf die hügelige Landschaft und die langen Canyons. »Es ist schön hier; ein guter Ort, um Kinder großzuziehen. Dieser Wurm macht sich kaum bemerkbar. Wir sind ziemlich sicher auf dieser Spur. Schwer zu finden für die Mechanos. Aber das heißt nicht, daß wir nichts mehr dazulernen müßten. Ich möchte wissen, ob Nachzügler auf die Frau folgen. Falls die Alten eine Abordnung schicken, könnt ihr sicher sein, daß wir nichts dazulernen. Fremdartige Dinge kommen durch diese Erzett-Würmer und …«

»Euer Vater möchte am Ball bleiben.«

»Für mich klingt es eher wie diese kleine Auseinandersetzung mit dem Abhang«, nölte Benjamin.

Das sorgte für allgemeine Heiterkeit. Nigel hatte sich nämlich gerade von einer Rutschpartie in einer steinigen Rinne erholt. In einer Plastikwanne war er von einer Seite zur andern geschlittert, ohne daß er in der Lage gewesen wäre, auf der glatten Bahn abzubremsen. Nachdem sie ihn aus der Mulde am Ende der Rinne gezogen hatten, hatte er stark gehumpelt und gesagt, daß die Kinder es doch auch gut überstanden hätten.

»Du bist zu alt, um solche Risiken einzugehen«, hatte Angelina gesagt.

»Wer keine Risiken mehr eingeht, ist schon tot; nur daß er es noch nicht weiß«, hatte Nigel säuerlich gesagt und sich einen gezerrten Muskel und ein geschwollenes Knie gerieben.

Die Würmer waren nämlich gar nicht so harmlos. Sie waren eine unvermeidliche Begleiterscheinung der flexiblen Stabilität der Erzett. Auf einer fundamentalen Ebene war die Raum-Zeit nämlich selbst ein biologisches System. Wenn irgendwo eine Nische geschaffen wurde, waren Parasiten auch nicht mehr weit.

An der Peripherie der Erzett wurden Wurmlöcher geboren – aus dem Quantenschaum gezogen, der allem zugrunde lag. Würmer lebten auf den Gravitationswellen, die sich durch die Erzett zogen, Parasiten in der Raum-Zeit selbst.

Würmer verknüpften die Abschnitte der Erzett und zapften die zwischen ihnen fließende Energie an. Es bedurfte einer gewaltigen Spannung und eines ebensolchen Außendrucks, um ihre Kehlen offenzuhalten. Um einen Wurm vom Umfang eines Menschen aufrechtzuerhalten, war ein Druck erforderlich, wie er im Kern eines massiven Neutronensterns herrschte. Doch in geringer Entfernung war der Effekt nicht einmal mehr zu spüren. Würmer wurden allein von Feldern offengehalten, sowohl magnetischen als auch subatomaren, die von den gewaltigen Energien der Erzett selbst erzeugt wurden.

Noch schlimmer, die Würmer vermehrten sich sogar. Sie erzeugten schlangenartige Scavenger, die zwischen den Schichten und Spuren der geheimnisvollen Geometrie der Erzett hin und her huschten. Sie spendeten also Leben und vernichteten es zugleich. Die Frau war wahrscheinlich im Wurm gestorben, eingesogen und verstümmelt worden.

Nigel führte aus, daß Würmer hier zu den Unwägbarkeiten des Lebens zählten, worauf Angelina das Gesicht verzog. »Äh ... willst du damit sagen, daß du wieder den Abhang runterrutschen willst?«

»Eigentlich nicht«, erwiderte Nigel, wobei er auch eine Grimasse schnitt. »Aber ich frage mich ... wußte diese Frau überhaupt, worauf sie sich einließ?«

Nikka hob eine Augenbraue. »Wissen wir's denn?«

3 · INTERFACER

Sie waren mit dem Anbau von Gemüse und der Hege und Pflege der vielen Obstbäume beschäftigt, die überwiegend von der alten Erde stammten. Deshalb hatten sie wenig Zeit, den Ort zu beobachten, an dem die Frau aufgetaucht war. Der Fleck dampfte, und sein fauliger Geruch beleidigte noch in beträchtlicher Entfernung die Nase.

Kinder betrachten ihre Eltern als elementare Bausteine ihrer Welt, als unveränderliche Gegebenheiten wie die Postulate, die einem mathematischen Beweis vorausgehen. Für Nigel und Nikka galt das gleiche.

Nach den zeitlichen Maßstäben des Normalraums waren sie so alt, daß sie in Gegenwart der Kinder nicht davon sprachen. Nach den hiesigen Koordinaten waren sie nur ein paar Jahrhunderte alt, was sie dem Kälteschlaf und den relativistischen Effekten des Staustrahl-Sternenschiffs zu verdanken hatten. Der Medizin und dem Glück hatten sie es zu verdanken, daß sie noch ziemlich rege waren, doch durch das lange Zusammensein hatte sich im Umgang miteinander eine starre Routine eingestellt. Die Kinder bemerkten das zwar, taten es aber mit einem Achselzucken als ein weiteres Geheimnis der Erwachsenen ab.

Eines Tages – ein Begriff, den sie beibehalten hatten, denn in der Erzett gab es wohl ein Wechselspiel des Lichts, aber keine Sonnen und Sterne –, entlief ein Haustier und wagte sich zu dicht an den Punkt heran. Es handelte sich um einen Waschbären namens Scooter, den sie an einer langen Leine hielten, deren Ende an einem zwischen zwei Bäumen gespannten Seil befestigt war. So vermochte der Waschbär hin und her zu laufen. Das Pelzknäuel mit dem schelmischen Blick zerriß bei jeder Gelegenheit Wäsche und räuberte Essen, und dann zog die zornige Nikka ihn an der Leine in die Höhe. Der Waschbär zappelte so lange in der Luft, bis er gelobte, das nicht mehr zu tun. Zumindest für eine Weile nicht.

Nikka versprach ihm, ihn beim nächstenmal zu braten und zum Kartoffelbrei zu servieren, den sie häufig zubereitete; das verschlug dem Waschbären dann die Sprache. Sie wußten, daß er sie verstand. Scooter sprach manchmal. Aber nicht sonderlich gut. Niemand hatte daran gedacht, ihn vor dem Punkt zu warnen, und nachdem das Tier sich wieder losgerissen hatte – Benjamin hätte schwören können, daß das Vieh immer intelligenter wurde –, folgte er Angelina. Der Waschbär kam der flimmernden Sphäre zu nahe, so daß er versengt wurde und einen Fingerbreit des Schwanzes verlor.

»Verrückt auf mich. Hat mir weh getan«, quengelte er mit seiner Qietschstimme.

Nikka sah, daß der Schwanz glatt abgetrennt war. Der Wurm hatte ihn sich geschnappt. Der Waschbär grummelte, hielt aber still, um sich bandagieren zu lassen.

»Du bist weggelaufen«, schimpfte sie.

»Muß studieren.«

»Sieht eher so aus, daß der Wurm eine Probe genommen hat, um *dich* zu studieren.«

Während dieses Vorkommnis beim Essen zur Erheiterung beitrug, sagte die für das ›Fernmeldewesen‹ zuständige Angelina: »Wir haben heute ein Signal aufgefangen. Eigentlich handelte es sich um einen Befehl. Es hieß, die Alten seien interessiert.«

Nikka unterbrach den Verzehr der fadenförmigen Kartoffeln. »Das bedeutet, ein Interfacer wird in vollem Wichs hier erscheinen.«

»Wirklich?« Freudig formte Angelina den Mund zu einem *O*.

»Sie sind Menschen wie wir«, sagte Ito in spöttischem Ton, aber auch mit einer gewissen Theatralik. Er wollte sich nämlich als der Ältere und Erfahrenere profilieren, obwohl er auch noch keinen Interfacer zu Gesicht bekommen hatte.

»Ich werde mich mit ein paar alten Freunden am Knoten unterhalten. Vielleicht gelingt es mir, uns ihrer Fürsorge zu entziehen.« Nigel kaute langsam und dachte nach, während die anderen hektisch durcheinanderredeten.

Ihm gefiel die Vorstellung nicht, eine höhere Autorität ins Spiel zu bringen, die geheimnisvollen Alten. Sie waren schon beeindruckend. Doch lag es auch in der Natur des Menschen, daß es nichts gab, vor dem er für längere Zeit in Ehrfurcht verharrte. Er hatte schon so lang mit ihnen zu tun gehabt, daß Nigel die Alten als Berge mit einem Gesicht betrachtete, die gewiß majestätisch waren, ihm aber bei jeder Verrichtung über die Schulter blickten.

Später unterhielt er sich per Interkom mit ein paar alten Freunden am Knoten. Erdlinge, aber vernünftige Leute. Doch damit erreichte er auch nichts. Würmer waren zu wichtig, um sie der Aufsicht der Menschen zu überlassen. Sein Status als lebende Legende half ihm da auch nicht weiter.

Das Schiff des Interfacers traf in der nächsten Phase der zunehmenden Helligkeit ein. Es wand sich in der Luft wie ein mathematischer Beweis, dem das Auge gerade noch zu folgen vermochte und verlor sich dann in einer Spirale der Komplexität. Luft als Flüssigkeit, Raumschiff wie ein Aal. Als ob Mozart seine Noten sichtbar machen und sie an den Himmel schreiben würde, während man ihnen lauschte. Im gekrümmten Raum der Erzett reiste man nicht auf einer geraden Linie. Die Fortbewegung schien eher so vonstatten zu gehen, daß man unsichtbare Rampen aus geronnener Luft hinunterrutschte.

Die Familie Walmsley schaute zu dem verwirrenden Abstieg hinauf. Ringe reihten sich aneinander wie eine ausgezogene Ziehharmonika. Kondensstreifen wickelten sich auf, formten sich zu einer tonalen Endlosschleife und teilten den Himmel wie ein Bugsteven. Sie schleuderten Zeit und Musik zur Seite, wie eine Bugwelle sich teilt. Sie bekamen Kopfschmerzen.

Die Interfacer-Frau, welche die Botschaft der Alten überbrachte, war allerdings nicht so imposant. Sie hatte ein so hageres Gesicht, daß die Knochen durchschienen, und obendrein war das Gesicht so rot, daß Nigel die Frau mit einem gekochten Hummer in einem Anzug verglich. Der Perlen-Verschluß des Kragens war aufgegangen, so daß der Hals hervorquoll wie bei einer Schlange, die gerade ein Kaninchen verschlungen hatte. Große Hände ragten aus den Ärmeln, und ihre Augen hatten den starren, schmalen Blick von jemandem, der eine Streichholzflamme betrachtet.

Nicht alle Erdlinge waren eindrucksvoll. Nigel fragte sich flüchtig, ob ein irdischer Eierkopf so aussah wie diese Gestalt. Sie verzog keine Miene, während sie den flimmernden Fleck musterte. »Ein frischer Erzett-Vor.«

»Vor?« fragte Nikka mit in die Hüfte gestemmten Händen. Unbewußt imitierte sie die Pose der Frau.

»Steht für ›Vortex‹. Ich habe bisher nur zwei frische Löcher gesehen. Die Daten, die ihr gesendet habt ...« – die Frau fuchtelte mit einer CD – »sind sehr wichtig. Überaus wichtig. Ihr hättet den Körper pfleglicher behandeln müssen.«

»Wir hatten viel im Garten zu tun«, sagte Nigel ungerührt.

»Keine Entschuldigung«, fauchte sie. »Die Daten stammen zweifellos aus der fernen Zukunft. Sie entscheiden über das Schicksal der ganzen Erzett.«

»Wie dieses?« fragte Benjamin. Nigel sah Benjamin an, daß er beeindruckt war; wenn schon nicht von der Frau, dann zumindest von ihrem Flugzeug. Nun, mit der Zeit würde er es schon lernen.

»Wir wissen, daß die Mechanischen sich seit undenklichen Zeiten mit Antimaterie beschäftigen. Sie errichten überall in der Galaxis Laboratorien und umkreisen die Pulsare – um Positronen in großer Zahl zu ergattern. Diese Botschaft, die von einem sterbenden Bewußtsein übermittelt wurde« – sie wedelte erneut mit der CD, als ob sie die Tatwaffe in einem Mordprozeß wäre – »belegt, daß sie die ganze Galaxis im Visier haben. Sie zeigt riesige Positronenschwärme. Lebensfeindlich – jedenfalls für unser Leben.«

»Uh-huh«, sagte Ito mit gerunzelter Stirn.

»Du bezweifelst das?« Die Frau wirkte pikiert. »Ich spreche für die Alten.«

»Sie sprechen *durch* dich«, konterte Ito. »Du bist nur eine Marionette.«

Nigel legte seinem ältesten Sohn die Hand auf die Schulter, um ihn zu mäßigen. Ito gebrach es an Benjamins Zurückhaltung. »Die Frage ist nur«, sagte Nigel, »weshalb ein *Körper* zurückgeschickt werden sollte.«

»Drücken wir es so aus, daß die Alten ein paar Theorien haben.« Die Interfacerin straffte sich mit allen Anzeichen des Abscheus. »Ziemlich komplex. Sie sind schwer zu vermitteln …«

»Pöbel wie uns?« fragte Nikka mit wissendem Lächeln.

Die Frau schniefte. »So würde ich es nicht ausdrücken. Obwohl gewiß ein Unterschied zwischen uns besteht. Ich habe die Alten direkt berührt. Auf der geistigen Ebene.«

»Das war sicher wundervoll«, sagte Nikka.

Sie hatte das in völlig neutralem Ton gesagt, doch Nigel mußte ein Lachen unterdrücken, denn die beißende Ironie hatte er sehr wohl verstanden. Er und Nikka waren viel älter als diese Frau, doch wenn er jemals so steif und tot werden würde wie sie, würde er sich die Rübe wegblasen. Soviel zum Kontakt mit den Alten. Nachdem die Erdlinge diese komplizierte Methode ersonnen hatten, boten sie ihm den Posten des ersten Interfacers an. Er hatte das Angebot jedoch abgelehnt. Und nun wußte er auch wieder, weshalb.

»Ich erwarte, daß ihr die Verteidigungsstellungen instand haltet, die wir hier installieren werden«, sagte die Frau, wobei sie Nikka noch immer argwöhnisch beäugte. Interfacer waren bekannt dafür, daß sie leicht einschnappten.

»Verteidigungsstellungen?« fragte Ito erstaunt.

»Gegen die Mechanischen. Sie versuchen vielleicht, diesen Erzett-Vor abzuschneiden.«

Ito blickte skeptisch. »Hab schon lang keinen Mechano mehr gesehen.«

»Sie haben andere Vors angegriffen und sie versiegelt.«

Nigel nickte, und der alte Haß wallte wieder in ihm auf.

Die Interfacerin zeigte ihnen eine Bildtafel. »Es gab noch mehr Bilder in den Daten, die ihr von der toten Frau gezogen habt.«

Bilder flackerten über die Tafel. Eine Vision von

Schwarzen Löchern – markante Punkte vor einem Hintergrund aus perlmuttfarbenem Licht. Die Erzett war durch die Kollision dieser Löcher entstanden. Die Bildtafel war ein Hightech-Modell. Durch Nigels Sensorium schossen schnelle, blitzartige Visionen.

4 · AGONIE DER GRAVITATION

Ineinander verklammert, wirbeln die beiden Schwarzen Löcher in einem wilden Reigen auf einer spiralförmigen Bahn der endgültigen Vereinigung entgegen. Je näher die Partner sich kommen, desto schneller drehen sie sich umeinander. Sie ziehen aneinander und verzerren die Hüllen der Löcher zu einer Eiform.

Das in den letzten Zügen liegende kleinere Loch dehnt sich und verzerrt seine eigene Raum-Zeit, wobei es einen Todesschrei der Gravitation ausstößt: Wellen. Diese winden sich zuerst um das kleinere Loch und werden dann vom größeren Loch reflektiert und gebrochen. Turbulenzen entstehen. Stehende Wellen füllen den Raum zwischen den beiden. Diese Wellen verstärken sich, als der Moment des Todes für das kleinere Loch naht. Energie gischtet aus dem sterbenden Loch, in Form des sich vertiefenden Tals der Gravitationswellen, die in der sich verengenden Lücke verwirbelt werden.

Mit einem letzten Schrei aus Biege- und Drehmoment stürzt das kleinere Loch in seinen riesigen Bezwinger. Doch die Wellenenergie ist nicht verloren. Ein mächtiges Paket aus Wellen bleibt übrig und treibt auf den Wogen des Untergangs.

Dieses Paket würde sich auflösen und im Raum versikkern … wenn nicht noch mehr Materie nachströmen würde. Exakt in diesem Moment nähert sich ein präzise gerichteter Strom dichter Masse auf einer verschlungenen Bahn. In der vollen Form der Allgemeinen Feldgleichungen – wie sie vor langer Zeit von Einstein und natürlich von vielen anderen großen Denkern der Galaxis berechnet wurden, denn es gibt viele gedankliche Ansätze zur Ergründung der Geheimnisse der Natur –, krümmt die Raum-Zeit sich in sich selbst. Eine Gravitationswelle ist eine Oszillation in der Krümmung der Raum-Zeit, wie eine Welle im Meer. Doch die Gleichungen sind nicht linear. Dies bedeutet, daß die Welle ihrerseits weitere Krümmungen erzeugt. Die Gravitation an sich hat auch Masse.

Der weißblaue Strom aus kompakter Masse beschreibt unter dem Einfluß des Wellenpakets eine Kurve. Gezeitenkräfte zwingen die bereits glühende Materie auf eine ästhetische spiralförmige Bahn. Aus der Ferne folgt die silbrige Leuchterscheinung einer Bahn, welche an einen Nautilus gemahnt, eine Kreatur, die in den Ozeanen der alten Erde geboren und der von der Evolution eine klassische geometrische Form verliehen wurde.

Nun bricht die Gewalt erst richtig aus. Lautlos, schnell und sicher.

Die Masse reflektiert die Täler der Gravitationswellen und zwingt sie, sich zu immer höheren Amplituden aufzuschaukeln. Dadurch wird die Masse weiter nach innen gezogen. Die Spirale verengt sich. Eine Welle folgt aus der andern. Die Zuckungen der Raum-Zeit werden immer heftiger. Binnen einer Mikrosekunde entsteht eine neue Form der Schöpfung: eine dauerhafte, sich selbst stützende Verzerrung der Raum-Zeit. Binnen einer Sekunde explodiert sie zu einer stabilen Struktur. Überschüssige Energie wird in Wellen in die Unendlichkeit abgestrahlt.

Als schließlich Menschen in diese Region vorstießen, bezeichneten sie dieses Gebilde als den ›Keil‹. Der Name war zwar nicht sehr originell, aber im Grunde zutreffend. Die Struktur war nämlich von Wellen geformt worden, die zwischen zwei Schwarzen Löchern verkeilt waren. Und nun umkreiste sie das einzelne sphärische Loch, ein Grabstein für Unmengen vernichteter Materie.

Doch der letzte Tropfen der Masse, die den Anstoß hierzu gegeben hatte – der war nicht verloren. Er befindet sich innerhalb des Keils. Er war der erste Beitrag normaler Materie zu den exotischen, transparenten Wänden des Keils.

Die erste feuchte Erde in einem Blumentopf.

5 · DREI MILLIARDEN JAHRE

»Beeindruckend«, sagte Nigel zurückhaltend. Seine Familie murmelte zustimmend. Die Intensität, mit der die Vision in ihre Sensorien übertragen wurde, hatte sie verblüfft.

»Ich habe nun zum erstenmal gesehen, wie die Erzett erschaffen wurde«, sagte Nikka. »Aber das geschah in der Vergangenheit, vor vielen tausend Jahren ...«

»Das Bild ist datiert«, sagte die Frau. »Es ist drei Milliarden Jahre alt.«

»Aber ich *weiß* ...«

»Natürlich.« Die Frau verzog das Gesicht zu einem aristokratisch affektierten Grinsen. »Drei Milliarden Jahre in der Vergangenheit dieser toten Frau. Wodurch wir auch den ersten Hinweis auf die Herkunft dieser Körper erhalten. Sie stammen aus einer weit entfernten Zukunft. Ich wundere mich, daß es dann überhaupt noch Menschen gibt.«

»Teufel, Milliarden ...«, sagte Ito. »Was vermag wohl einen solchen Zeitraum zu überdauern?«

»Die Mechanos glauben jedenfalls, daß etwas so lange überdauert«, sagte Nikka nüchtern,

»Bestimmt glauben sie das«, sagte die Interfacerin. »Sie sandten den Grauen Mechano, um die anderen Vors zu versiegeln.«

Die Mitglieder der Familie blinzelten und wechselten Blicke. Der Graue Mechano war die einzige Lebensform, gegen die nicht einmal die Alten ankamen. Er gebot über außergewöhnliche Kräfte und vermochte die Erzett offenbar nach Belieben zu durchdringen. Für die mechanischen Zivilisationen, die den Raum um die Erzett beherrschten – die einen Drahtseilakt neben dem Schwarzen Loch des Galaktischen Zentrums aufführte – war das Eindringen in die Erzett mit Risiken behaftet. Doch der Graue Mechano hatte freien Zugang und nutzte ihn auch. Dabei folgte er Mustern, die sich jeder Vorhersage entzogen.

Die Interfacerin sagte mit ruhiger Stimme: »Weshalb sollten die Mechanos sich den Kopf über unsere Herkunft zerbrechen – außer sie suchen nach einer Möglichkeit, unsere Entstehung ungeschehen zu machen?«

6 · IM INNERSTEN OBERFLÄCHLICH

Nigel gefiel es zwar nicht, aber die Familie Walmsley mußte sich dem Interface beugen. Weitere Fluggeräte flatterten durch die gekrümmte Luft herab und brachten Defensivausrüstung mit – komplizierte Konstrukte aus Metallkeramik-Röhren, angespitzte Glasfaserzylinder und Energiemodule, die wie große Ziegelsteine aussahen.

Nigel überflog die glänzend weiße Stahloberfläche der Steuerkonsole und wandte den Blick dann ab. Einmal kommt jeder in das Alter, wo man keinen Spiegel mehr braucht. Er hatte es auch schon lange aufgegeben, mit dem Fortschritt der Technik mithalten zu wollen, und diese Geräte machten auf ihn nicht den Eindruck von Waffen. Ebensowenig wirkten die Leute, die mit Elan das Defensivnetz einrichteten und die ihm knapp zunickten, wie Soldaten. Er war froh, als sie endlich mit ihrem Schiff auf der Spur verschwanden.

Die Familie betrachtete die Verteidigungsanlagen skeptisch. Angeblich würden sie den Wurm offenhalten, indem sie jede Aktion des Grauen Mechanos konterkarierten. »Glaubst du, ob das funktionieren wird, Mama?« fragte Benjamin.

Nikka schüttelte den Kopf. »Solche Versuch wurden früher schon unternommen. Es ist wie mit jeder Waffe – wie leicht wendet sie sich gegen ihren Träger.«

»Sollten wir nicht – nun – umziehen?«

Nikka war empört. »Die Ernte steht kurz bevor!«

Damit schien alles gesagt. Die Interfacerin hatte beiläufig bemerkt, daß der Graue Mechano manchmal erst lang nach der Eruption eines Wurmlochs zuschlug. Niemand wußte weshalb. Jedenfalls trug es zunächst einmal zur Beruhigung bei.

Die Erzett hatte überhaupt eine beruhigende Wirkung. Als eine in sich gekrümmte Raum-Zeit befand sie sich zwar im normalen Raum der Galaxis, hatte aber andere Verbindungen – zu anderen Räumen und anderen Zeiten. Die Alten nutzten die Erzett, hatten sie erschaffen und stabilisiert, doch kontrolliert wurde sie in diesem Sinne nicht – sie war mit einem Löwen zu vergleichen, der von einem Menschen in den Käfig gesteckt und angeleitet wurde, Kunststückchen zu vollführen, ohne daß er jemals zahm wurde.

Sie verbrachten einen ruhigen Abend, ernüchtert von der Präsenz automatischer, entsicherter Waffen, die jenseits des Höhenzugs hinter dem Haus aufgestellt waren. Der Krieg war dem menschlichen Reaktionsvermögen derart enteilt, daß Schlachten nur noch Millisekunden dauerten. Kurioserweise hatte das eine befreiende Wirkung, denn Frühwarnung oder Gegenmaßnahmen waren nicht mehr möglich. Also widmete die Familie sich wieder den alltäglichen Verrichtungen, wobei die Leute jedoch recht schweigsam waren.

Als Nigel sich in dieser Nacht anschickte, zu Bett zu gehen, fuhr er mit den Fingern am Haaransatz entlang.

Er hätte sich das schüttere graue Haar blond färben oder eine modischere Tönung aussuchen können – scharlachrot oder himmelblau –, doch er stand zu seinem Grau.

Vorsichtig glitt er mit der linken Hand übers Gesicht und öffnete es an einer kaum sichtbaren Narbe, die am Kinn entlangverlief, sich um den Hals zog und dann den Rücken hinunterlief. Elektrostatische Verschlüsse öffneten sich mit einem *plopp*. Er schälte die Haut nach oben ab und warf den Lappen über die linke Schulter und den Bizeps, bis er sich mit einem feuchten Schmatzen um das Handgelenk wickelte. Die Haut war bis zum Hintern hinunter abgezogen und enthüllte feuchtes rotes Fleisch.

Er drehte sich mit der übertriebenen Grazie eines Ballettänzers. »Mein wahres Ich. Gefällt's dir?«

Nikka räkelte sich auf dem breiten Bett und lachte wider Willen. »Kannst du den medizinischen Kram nicht später erledigen? Ich war gerade in Stimmung.«

»Ich will die Sekretoren rekalibrieren. Und ein paar zusätzliche Hormone ausschütten. Damit du auch was für dein Geld kriegst.«

»Ich hatte gar nicht vor, dafür zu bezahlen.«

Stöhnend machte er sich an den digitalen Reglern zu schaffen, die unter der abgezogenen Haut zutage getreten waren.

»Sie legt alles auf die Goldwaage! Gott verschone mich vom geheiligten erotischen Impuls dieser Spezies.«

»Erwartest du etwa einen Ausbruch der Leidenschaft, nachdem du mir *das* gezeigt hast?«

»Stimmt schon, das ist kein schöner Anblick. Aber ich werde deine Leidenschaft schon wecken, Madame. Meine Spezialität.«

Sie lächelte. »Dann beeil dich.«

Er grinste sie freudig an, während er Hand an sich anlegte: er regelte Schaltkreise nach, füllte kleine Ampullen auf und las Meßwerte ab. Sie war noch immer geschmeidig und kräftig, und außer an Ellbogen und Knien war die Haut noch immer glatt. Als Nigel sich selbst musterte, fiel ihm auf, daß die Flecken auf den Handrücken nicht von den chemischen Cocktails ausgemerzt wurden, welche die Pharmazeutik mixte. Aber das war nur ein kleines Übel. Ohne die in den Körper integrierten Systeme, die auf diese unangenehme Art und Weise nachgestellt werden mußten, wären er und Nikka seit Jahrhunderten tot.

»Wie sieht's aus?« fragte sie unvermittelt – sie hatte den Druck nicht mehr ausgehalten.

»Hm. Hat sich nicht viel verändert.« Er drehte sich etwas in den Schatten, damit sie die Indices nicht sah. Auf einer winzigen digitalen Anzeige, über die er mit den integrierten Systemen kommunizierte, blinkte ein rotes Licht. Mit in langer Praxis erworbener Fingerfertigkeit regelte er die Systeme nach, so daß das Licht schließlich erlosch.

»Wie groß ist die Veränderung?«

In Momenten wie diesen bereute er es, daß er sich von allen Blüten der Weiblichkeit ausgerechnet diese Distel mit ihrer Detailversessenheit ausgesucht hatte. »Ein bißchen. Ein kleines bißchen.«

»Welche Tendenz?«

»Hmmmm.« Er zuckte die Achseln und stellte wieder den Verschlußzustand her.

Obwohl er ihre Frage nicht beantwortet hatte, ließ sie es zunächst dabei bewenden. Er konzentrierte sich auf die Erdlinge-Technik, die auf höchsten Komfort ausgelegt war. Nikka wußte, wie weit sie gehen durfte. Nigel und Nikka waren gleichsam zu Minimalisten geworden und hatten allen Ballast abgeworfen. Ihnen hätten wohl noch andere Techno-Freuden zur Verfügung gestanden, doch sie begnügten sich mit dem Notwendigen.

Er schälte die Haut der rechten Hand ab, um an ein

Aderngeflecht zu gelangen, das sich verdrillt hatte. Er streifte die Epidermis wie einen Handschuh ab und befreite jeden Finger einzeln. Die Adern bedurften der homöopathischen Dosierung einer schädlichen Substanz. Nachdem der Geruch sich verflüchtigt hatte, streifte er die Haut wieder über und spürte, wie die Nahtstellen sich mit einem Schnurren versiegelten.

»Der Wert ist gesunken, nicht wahr?«

Er wußte, daß es keinen Sinn hatte, sie zu ignorieren; hatte es noch nie gehabt. »Hundertzweiundsiebzig komma acht.«

»Eine ganze Dezimalstelle runter.«

Er drehte sich zu ihr um. Ihr Gesicht wirkte plötzlich älter und traurig. »Hat nichts zu sagen, Liebes.«

»Wenn wir wieder zu diesen Spezialisten gehen ...«

»Sie werden weise nicken und an mir rumfummeln und rein gar nichts bewirken. Erinnerst du dich ans letzte Mal?«

»Es wird dich umbringen«, sagte sie heftig.

»An irgend etwas werde ich sicher sterben.«

»Sei nicht so verdammt bräsig!«

»So bin ich eben. Im Innersten bin ich oberflächlich.«

»Aber du, du ...« Dann beging sie den größten Fehler, der überhaupt möglich war. Sie brach in Tränen aus. Die einzige Maßnahme, gegen die er mit einem schiefen Grinsen und seinem Abscheu für die Unbilden des Lebens nichts auszurichten vermochte.

Also endete es wie so oft zuvor. Er nahm sie in den Arm. Sympathie und Körperwärme sagten mehr als tausend Worte. Sie trösteten sich mit einem Wissen, das aus der Zeit und vergangenen Problemen entstanden war. Es dauerte lang, bis sie einschliefen.

7 · EIN PAAR MIKROSEKUNDEN

Die Walmsleys besuchten den Wurm nur selten, denn die Arbeit auf den Obstplantagen und den erntereifen Feldern nahm sie voll in Anspruch.

In der Erzett gab es einen Wechsel der Jahreszeiten, und man mußte die Früchte ernten, wenn die Erwärmung des Zeitsteins sie gerade zur Reife brachte. Sie waren auf den Feldern, als ein greller, gelbweißer Blitz durch die Luft zuckte und an der Stelle in der Erzett einschlug, wo die Frau erschienen war.

Die Waffen der Alten antworteten. Harte Strahlung waberte an der Peripherie von Nigels Sensorium. Er machte nur selten Gebrauch von dieser Erdling-Technik, doch nun schöpfte er das volle Potential aus. Er drehte den Kopf ...

... eine schemenhafte Wahrnehmung von etwas Großem und Grauen, hoch oben am Himmel, aber schnell näherkommend ...

... Stille blähte sich wie eine Blase vor der Familie auf.

Sie beluden gerade einen Wagen. Der Impuls schlug ein, bevor sie sich auch nur zur Flucht wenden konnten.

Gleißende Helligkeit umfing sie. Die Luft schien zu verklumpen – Schläge wie Donnerhall. Flackerndes Licht waberte um sie wie Neonregen, vor einem Hintergrund aus großflächigen grünen Blitzen ...

... Ranken aus Licht ...

... Flächen glühen wie geisterhaftes Feuer ...

Und als es schließlich vorbei war, hatte das Land im weiten Umkreis sich in eine Notzone verwandelt, von der schweflige Schwaden aufstiegen.

Maschinen hatten in Sekundenbruchteilen ein Werk vollbracht, das sich der Wahrnehmung der Menschen entzog. Gewaltige Energien zerschneiden und zerschmettern die Zeit. Die Schlacht zwischen dem Grauen Mechano und den Waffen der Interfacer war vorbei – war von entfernten Bewußtseinen geplant, übertragen und antiseptisch durchgeführt worden, die Auswirkungen kalibriert und geschätzt.

Der Angriff der Mechanischen hatte die Erzett verzerrt. Die Walmsleys, Statisten im sich ausweitenden Sog der zuckenden Erzett, waren ins Wurmlochportal gerissen worden, ein Blinzeln in der Raum-Zeit zwischen zwei Schlägen des menschlichen Herzens.

8 · ANTIQUITÄTENHÄNDLER

Es dauerte Tage, bis sie erstens herausgefunden hatten, was überhaupt geschehen war, und zweitens, was sie tun konnten.

Die erste Antwort ergab sich aus der Schnelldiagnose der Interfacer-Verteidigung. Nikka erledigte das. Durch den Angriff der Mechanos waren sie an einen anderen Ort in der Erzett versetzt worden. Nicht nur ans andere Ende des Wurmlochs, das vermutlich in eine ferne Zukunft mündete. Vielmehr war das Wurmloch durch die Intensität des Flusses der Gravitationsstrahlung, die in der Schlacht freigesetzt worden war, an einen anderen Ort in der Erzett versetzt worden.

Die Plantagen und Felder waren fast völlig verwüstet. Außerdem hatten sie einen großen Teil der Ausrüstung und den Waschbären verloren. Den traurigen Rest der Farm hatte es an einen anderen Ort verschlagen.

Ein anderer Raum, eine andere Zeit. Eine andere Raum-Zeit.

Die zweite Antwort war schwerer zu akzeptieren: *nichts.*

»Können wir diese Grav-Ausrüstung denn nicht umpolen?« Ungehalten hieb Ito auf einen der modularen Zylinder. Er schien unbeschädigt.

Nikka schüttelte müde den Kopf. Anders als Nigel hatte sie ihre technischen Kenntnisse ständig aktualisiert. Sie war imstande, die verwobenen Matrizen der künstlichen Intelligenz zu lesen, dem Gehirn des Interface-Apparats. »Das ist ein Verteidigungsnetz, kein Transportmittel.«

Ito hatte schon immer einen Groll gegen widerspenstige Technik gehegt. Er versuchte mit aller Gewalt, ein Siegel der fugenlosen, geheimnisvollen Zylinder zu erbrechen. »Wie können sie uns hier bloß aussetzen?« Empört zog er eine Schnute, während Nigel ihn mit einem Anflug von Belustigung betrachtete. Nigel hatte sich noch nie auf die Hilfe von Organisationen verlassen und würde auch auf seine alten Tage nicht damit anfangen.

»Du mußt begreifen, daß die Erzett keine pflegeleichte Masse und keine Quelle lokaler Gravitation ist, auf der es sich gut leben läßt«, sagte Nigel. »Wie beispielsweise ein Planet.«

Verständnislose Blicke. Keines der drei Kinder hatte je auf einem Planeten gelebt.

Er wurde sich bewußt, daß sie trotz einer umfassenden Ausbildung nicht in der Lage waren, sich die wesentlichen Aspekte bildlich vorzustellen – einen blauen Himmel über dem Kopf, der sich nächtens dunkel färbte und mit Sternen bestanden war, die gemächlich ihre Bahn zogen. Eine laue Brise, die von komplexen Vektorkräften getrieben zum Orkan anschwoll. Gekrümmte Horizonte, so daß von näherkommenden Schiffen zuerst nur die Masten zu sehen waren. Die Ozeane, die von solchen Schiffen befahren wurden und die Wasser im Überfluß implizierten. Das völlig andere

Gefühl, auf dem Boden einer Gravitationsquelle zu leben, während oben ein tiefer Abgrund gähnte.

»Sie ist gummiartig«, sagte Nigel. »Und unberechenbar.«

Der Umstand, daß sie in einem Sektor der Erzett lebten, der für seine Solidität bekannt war, änderte nichts an diesem grundsätzlichen Sachverhalt. Doch nun erkannte Nigel, daß er und Nikka vielleicht einen Fehler gemacht hatten, indem sie die Kinder fernab der schwammigen Zonen aufzogen. Das hatte sie nämlich in trügerische Sicherheit gewogen.

»Aber die Interfacerin hat doch gesagt ...«, wandte Angelina ein.

»Niemand hat die Erzett wirklich unter Kontrolle«, sagte Nikka. »Nicht einmal die Alten. Sie entwickelt sich, und wir müssen damit leben.«

Angelina wies nach oben, auf ein mit vereinzelten Bäumen bestandenes Land, das in der Ferne hinter flauschigen Wolken verschwand. Es hatte den Anschein, als ob sie sich in einem riesigen, rotierenden Zylinder befänden und durch die Zentrifugalkräfte an die Innenwand gedrückt würden.

Doch die Rotation spielte hier keine Rolle. Die Erzett wurde zusammengehalten, indem sie Raum-Zeit faltete – indem sie sich zu hauchdünnen Lagen krümmte und Zeit und Raum wie die Seiten eines Buchs anordnete, wobei die Ereignisse und Substanz ganzer Generationen und Zeitalter in Wänden eingeschlossen waren, die so massiv schienen wie Granit.

Einstein hatte erkannt, daß Masse Raum-Zeit krümmt. Die Erzett kehrte diese Gleichung um, so daß gekrümmte Erzett den Eindruck fester Masse vermittelte. Ein Baumaterial. Die Erzett war viel lebendiger als banale Materie, denn auf einer fundamentalen Ebene war sie lebendig, die verdichtete Substanz der Existenz, die in der Lage war, sich zu vermehren. Sie hatte sogar Parasiten, die Würmer.

»Wie kommen wir wieder nach Hause?« fragte Angelina verzagt.

»Überhaupt nicht«, sagte Nikka ohne Umschweife. »Uns fehlt die Ausrüstung.«

»Dann ist das hier unbrauchbar?« Ito hieb gegen den Zylinder. Er war ein fleißiger Arbeiter und liebte seine Mutter, doch er verlor immer die Beherrschung, wenn er mit untauglicher Technik konfrontiert wurde.

»Das sind Verteidigungsgeräte, basta«, sagte Nikka milde. »Um eine Rückkehr auch nur zu versuchen, müßten wir den Wurm kontrolliert öffnen.«

»Wäre das möglich?« fragte Nigel.

Sie schüttelte den Kopf. »Nicht einmal Experten wagen sich daran, solange sie noch einen Funken Verstand haben. Das ist nämlich gefährlich.«

»Was bräuchte man dazu?« fragte Benjamin. Er hatte das energische Kinn seiner Mutter und teilte auch ihre Gewißheit, daß mit Geduld und Spucke Wunder zur Routine wurden.

»Graviton-Sensoren, einen Feldgenerator mit einer Leistung von einem Terawatt und einer Frequenz von zehn Kilohertz ... und einen Kausalitäten-Antrieb.« Nikka saß mit schmerzerfülltem Gesicht auf einem Felsbrocken. Sie hatte sich in der Mikrosekunde des Durchgangs durch den Vor den Rücken gezerrt.

Benjamins Miene verdüsterte sich. »Kausalitäten-Antrieb? Ich dachte, die Kausalität würde von selbst wirken.«

Nikka schüttelte energisch den Kopf, wobei ihr langes, glänzendes schwarzes Haar das Licht einfing. »Es ist die Abfolge der Kausalität, die kontrolliert werden muß.«

Nigel hatte die Beschäftigung mit der komplexen Physik der Erzett an andere delegiert und sich statt dessen der Gärtnerei zugewandt. Das betrachtete er als Vorrecht des Alters. Nikka indes hatte sich das Faible für die Technik bewahrt, und es dauerte eine Weile, bis sie ihnen die Grundlagen der Chaostheorie erklärt hatte. Das war der reinste Wahnsinn.

Ein Vor war ein ›chaotischer Attraktor‹, der Abschnitte der Erzett nach dem Zufallsprinzip verknüpfte. Doch den Verknüpfungen wohnte eine zyklische Logik inne, so daß eine gegebene Verbindung sich wiederholte … mit der Zeit. Im allgemeinen bedeutete das eine *lange* Zeit. Die ›manuelle‹ Wiederholung der Verknüpfung indes setzte eine exakte mathematische Kontrolle der Lippe des Vors voraus. Der Ablauf glich dem Rühren in einem Topf, wobei mit Stößen von Gravitationsstrahlung ›umgerührt‹ wurde.

Sie erklärte das gerade, als ein blaßrosa Fluggerät am wolkigen Himmel erschien und über ihnen verharrte. Der Abgasstrahl traf sie wie eine Faust aus heißer Luft, und sie duckten sich. Dann landete das Gerät in der Nähe und fuhr bizarre Verstrebungen aus purpurnem Metall aus, die in Tellerfüßen ausliefen.

Eine Frau eilte mit stampfenden Kolben auf sie zu, als ob sie ein Rennen bestreiten würde. Sie hatte pechschwarze poröse Keramik-Augen, die sich wie eine Kombination aus Hut und Brille um den Kopf zogen. Das honigfarbene Haar war unbedeckt.

»Ich werde den Preis bestimmen«, verkündete sie in affektiertem Ton.

»Wofür?« fragte Ito. Er stand ihr am nächsten, und sie schien ihn für den Sprecher zu halten.

»Macht keinen Ärger.«

»Wir sind nicht …«

»Schau, ich bin die Erste. Also erhalte ich auch den Zuschlag.«

»Die Erste wobei?« fragte Ito gereizt.

»Das weißt du nicht? Ihr hängt in einer Suspensions-Blase. Ich warte schon seit Tagen darauf, daß sie platzt.«

Ito runzelte die Stirn. »Eine … Zeitblase?«

»Bingo.« Sie taxierte die Mitglieder der Familie Walmsley. »Aber ihr seid stabil. Ich habe mir euren

Brocken aus der Luft angesehen. Er hat einen normalen Gesteinsbrocken mitgerissen. Gut eingelebt, würde ich sagen.«

»Wo sind wir überhaupt?«

»Sawazaki-Spur. Eure Ausrüstung – Frühzeit, stimmt's? Ich kenn mich aus mit Antiquitäten.«

»Dann sind wir also auf eine menschliche Spur geraten, richtig?« fragte Ito.

Nigel betrachtete den Gesichtsausdruck seines Sohns, dem plötzlich dämmerte, daß sie ebensogut in einem Höllenloch von Spur hätten herauskommen können, die mit Methangas geschwängert oder eiskalt war. Nigel und Nikka war das vorher schon klar gewesen, doch, wie Nikka ihm unter vier Augen gesagt hatte, was hätten sie sonst tun sollen? Die Mechanos hatten ihre Erzett-Nische in die große Erzett geschleudert, und sie war an dem Ort gelandet, den die Gesetze der nonlinearen Dynamik bestimmt hatten.

»Sicher; hattet ihr das denn nicht geplant?« Abwesend schaute die Frau auf ihren Ärmel. »Hmmm. Ich glaube, ich könnte euch einen einstelligen Preis für alles zusammen anbieten.«

Sie schaute sie mit einem falschen Lächeln an, wobei sie ein hellgelbes Gebiß bleckte. »So was habt ihr noch nicht gesehn. Ich mach gar nicht lang rum. Nicht mein Stil, mich mit Leuten rumzuärgern, die mir zufällig begegnen. Bin auf das Geld nicht angewiesen. Ich nehm, was ich kriege.«

Ito bekam den Mund vor Staunen nicht mehr zu. »Was? Du kaufst alles?«

»Auf Kommissionsbasis. Vogel friß oder stirb.«

Nikka reckte das Kinn in einer Weise, die Nigel nur zu bekannt war. »Wir sind nicht interessiert.«

Die Frau runzelte die Stirn. »Schau, ich weiß, wie das ist. Ihr müßt 'nen Haufen Moos abgedrückt haben, um diesen Brocken mit dem Gleitstrom hierherzuschaffen, stimmt's? Ich werde das berücksichtigen, glaubt mir.« Sie rollte theatralisch mit den Augen. »Obwohl ich dann sogar noch draufzahlen muß.«

Nikka erwiderte das Lächeln nicht. »Kein Geschäft.«

»Huh? Ihr seid Trans-Importeure, stimmt's?«

»Nein«, sagte Nikka. »Wir sind Flüchtlinge.«

»Na, dann werdet ihr Bargeld brauchen, richtig? Ich würde mich zu folgendem Angebot verstehen …«

»Wir verkaufen nicht«, sagte Nigel milde.

Ihre keramischen Augen musterten sie prüfend. Facetten blinkten, als sie den Kopf drehte und die Diagnosesysteme laufen ließ. Sie trug einen Schal unter einer elfenbeinfarbenen Jacke. Ihre Kutte hatte einen Ausschnitt für eine offen getragene Waffe, eine altertümlich wirkende Pistole und Innentaschen für ein paar versteckte Knarren, die trotz ihrer schlanken Konturen kaum auftrugen.

»Ihr Leute kennt das Sawazaki-Gesetz nicht, stimmt's?« Wieder rollte sie mit den Augen. »Mein Gott, bewahre mich vor Amateuren.«

»Wir wurden von Mechanos hierherbefördert. Wir möchten um Unterstützung für eine Heimkehr bitten.«

Ihre Miene hellte sich auf. »Na also …«

»Unser Eigentum nehmen wir aber mit.«

Sie ließ die freundliche Maske fallen. Die Verwandlung geschah so schnell, daß Nigel glaubte, ein völlig neues Gesicht zu sehen. Dunkle Brauntöne mit einem Stich ins Kastanienbraune, durchzogen von einem tiefen Stirnrunzeln. Eingesunkene, leuchtend gelbe Augen darunter – sichtbar, als die künstlichen Augen plötzlich transparent wurden. Ihre Hände waren geriffelt und knubbelig wie übergroße Handschuhe – was sie, wie Nigel mit Verspätung erkannte, auch waren –, die in offensichtlich kräftigen Wurstfingern ausliefen. Er fragte sich, wozu sie die wohl brauchte.

»Snarfs, eh?« sagte sie mit einem drohenden Flüstern.

Aus den behandschuhten Hände stachen dünne Finger mit Servogelenken, die eine Verlängerung der

Wurstfinger darstellten. Scharf und geschäftsmäßig. »Dann werdet ihr mal mitkommen.«

Ito trat mit grimmigem Gesichtsausdruck vor. Das war genau die richtige Herausforderung für einen jungen Mann, sagte Nigel sich, und Itos vorgerecktes Kinn sagte ihm, daß es Ärger geben würde. Nigel befand sich einen halben Schritt hinter Ito, als der anhob: »Wenn du denkst, wir würden uns gefallen lassen, daß du …«

… und Ito ging zu Boden. Nigel hatte nicht einmal gesehen, daß sie sich bewegte. Sie hatte ihn in einem Wimpernschlag umgehauen und wieder die Ausgangsposition eingenommen.

9 · DIE SCHIEFE STADT

Die Stadt stand auf der Kippe. Nicht im Sinne einer drohenden Vernichtung, sagte Nigel sich, während sie über die stapelförmigen Konstruktionen hinweg-, zwischen ihnen durch und um sie herumflogen, sondern im wahrsten Sinne des Wortes.

Das igelförmige Ensemble erhob sich in die diesige Luft, als ob es in eine Form gegossen, ausgehärtet und dann umgestülpt worden wäre – so daß die gekrümmte Basis fast auf dem Kopf stand. Das Gebilde vermittelte den Eindruck eines abstürzenden Halbmonds.

Doch hatte es einen Durchmesser von mindestens hundert Kilometern. Der ›Igel‹ ruhte auf einer steinigen Ebene und klebte wie eine riesige Warze an der Innenseite einer sphärischen Ausbuchtung der Sawazaki-Spur. In der nebligen Ferne sah er die winklige Geometrie, von der sie gekommen waren. Die optischen Effekte der sich verschiebenden Perspektiven und die trockene Luft schienen alles hier zu verkleinern.

Sie setzten zur Landung an, und die Illusion verschwand. Die Stadt verwandelte sich in einen Wald aus filigranen Türmen, die wie Juwelen von der Grundfläche emporwuchsen. Sie schwollen zu massiven serpentinenartigen Gebäuden an, die mit winzigen Lichtern besetzt waren: Fenster.

In der Stadt war die Gravitation nach unten gerichtet, so daß man sich normal bewegen konnte. Man mußte erst eine gewisse Strecke auf den gepolstert wirkenden Straßen zurückgelegt haben, um zu erkennen, daß die Richtung sich analog zur Krümmung der Schüssel ständig änderte. Nigel empfand diesen Effekt als wundersam.

»Wie sie das wohl geschafft haben?« fragte er sich. »Sie formen die Gravitation wie ein Töpfer die Keramik.«

Nikka runzelte die Stirn, doch sie ließ sich nicht anmerken, daß auch sie beeindruckt war. »Sie haben einen Weg gefunden, die Erzett quasi per Fernsteuerung zur Abgabe von Gravitationskräften und -drehmomenten zu bewegen – glaube ich.«

Die Frau, die sie eskortierte und die auf den Namen Tonogan hörte, sagte spöttisch: »Wir neigen unsere Stadt aus religiösen Gründen, die ihr nicht verstehen würdet.«

Nigel wußte nicht, ob sie das ernst gemeint hatte, doch auf jeden Fall war es ein extravaganter Städtebau. Er sah, daß die Luft am Stadtrand energetisch flimmerte. Er wurde sich bewußt, daß dieser Effekt, falls er real war und keine bizarre optische Illusion darstellte, voraussetzte, daß Gravitationswellen von der unterhalb liegenden Ebene zur Erzett abgestrahlt werden mußten, welche die Stadt überwölbte. Nur daß er sich Gravitationswellen mit einer solchen Intensität nicht vorzustellen vermochte.

Er erinnerte sich an die Bilder der zwei verschmelzenden Schwarzen Löcher, aus deren Verbindung etwas völlig anderes hervorgegangen war. Vielleicht mußte man hier in biologischen Metaphern denken und die Physik vergessen, die er vor Urzeiten in Cambridge gelernt hatte.

Sie begegneten Leuten, deren Größe, Masse, Kleidung (falls sie überhaupt welche trugen) und Gesichtsausdruck eine Bandbreite umfaßte, die Nigel nie zuvor gesehen hatte. Manche waren quirlige Paradiesvögel und reagierten auf jeden Reiz. Andere schienen das Gebaren der skurrilen Gestalten zu ignorieren, die in allen möglichen Gangarten durch die Gegend schlichen, wobei sie offensichtlich nicht nur ihre Mitmenschen mißachteten, sondern auch die Gesetze der konventionellen Physik. Manche schienen so leicht wie Federn und machten große Sprünge. Andere glitten auf unsichtbaren Skateboards dahin. (Nigel versuchte, einem das Bein zu stellen, doch der Bursche schwebte an ihm vorbei, ohne ihn eines Blickes zu würdigen, und für eine halbe Stunde hatte Nigel das Gefühl, sein Fuß, der ins Leere getreten hatte, sei erfroren.) Ein paar Leute flogen wie Vögel vorbei. Andere schienen die Beine überhaupt nicht zu bewegen, sondern ließen sich von unsichtbaren Transportgeräten befördern.

Ein Passant zündete sich eine Zigarette aus einem süßlichen Kraut an, indem er das Ende am Gürtel anriß. Nigel fragte sich, was wohl geschah, wenn man eine ganze Packung davon aufs Endstück fallen ließ.

Manche Leute trugen Kleidung aus einem Material wie Schleifpapier, um die anderen auf Distanz zu halten; eine nützliche Stadtbekleidung, die Nigel auch noch nie gesehen hatte. Trotz des Lärms und des Trubels fand ein altes Spiel statt: die Einheimischen taten ihr Bestes, damit die Besucher sich wohlfühlten und ihr Geld daließen.

Ein Kind pappte Angelina einen Button an die

Schulter, worauf dieser zu sprechen anhob: »Willste dir'n super Zeug reinziehn, das dich nach vorn bringt? Willste gut drauf sein? Ist supigünstig und …« Angelina riß den plärrenden Werbeträger ab und warf ihn weg. Er blieb an einer Wand haften und brachte seinen Spruch von neuem.

Plötzlich vollführte Tonogan einen Schwenk und hielt auf eine breite Öffnung in einem pyramidenförmigen Gebäude zu. Die verblüffte Familie Walmsley hastete hinterher. Die Frau schaute sich nicht um; sie setzte anscheinend voraus, daß die anderen ihr folgten. Nachdem sie das Gebäude betreten hatten, beförderte der Fußboden sie durch sich kreuzende Ströme von Männern und Frauen mit schillernden Tätowierungen an Hals und Ohren. Die Leute bewegten sich mit enormer Geschwindigkeit, wobei die Beine geradezu wirbelten. An einem verzierten, kupferfarbenen Eingang waren zwei Muskelmänner mit grauen Wickelgewändern postiert, die Brust und Schultern betonten. Nigel sah, daß sie sich in Habachtstellung befanden und grimmig blickten.

Sie beschützten offensichtlich eine dickleibige Frau in einem purpurnen Sackkleid. Die Haut hatte sie farblich auf die Kutte abgestimmt. Sie gähnte und schaute müde auf, als sie durch die senkrecht angeschlagene Tür traten.

»Gute Erleuchtung«, sagte sie mit fröhlicher Stimme, als ob sie sich wirklich über den Aufgang des geisterhaften Lichts der Erzett freute und hoffte, daß ihr Gegenüber sich auch darüber freute.

Dann senkte sie wieder den Blick und widmete sich der Schriftrolle, die sie in der Hand hatte. Das Dokument entrollte sich von selbst, und der Inhalt schien die Dicke zu faszinieren. Sie sah nicht einmal auf, während Tonogan eine Meldung herunterleierte. Sie standen auf einer Galerie, die in einen surrealen Hof mündete. Während Tonogan noch sprach, trottete etwas wie ein sechsbeiniger Hund über den Hof. Er schien eher zu gleiten als zu gehen. Das Areal wurde von Pflanzen geschmückt – große gelbgrüne Stauden mit Tupfern, eine tropische Pracht.

»Ich sehe die Daten«, fiel die Matrone Tonogan ins Wort. »Hm, eine Familie. Eine ziemlich lange Strecke für einen Transrutsch, eh?«

Sie schaute Nikka an, worauf diese sagte: »Wir erbitten Hilfe für die Rückkehr auf unsere Spur, zu unseren Erzett-Kordeln.«

Nigel war stolz auf Nikka; sie kam wie immer gleich zur Sache. Nigel indes war ein sprachlicher Purist, und es gefiel ihm nicht, daß ›Koordinaten‹ zu ›Kordeln‹ verkürzt wurde, weil das nämlich einen falschen Gebrauch des Worts ›Kordel‹ darstellte; doch er wußte auch, daß so etwas hier gängige Praxis war. Der hiesige restringierte Code – der Verzicht auf Konjugation und Deklination und der Gebrauch von einfachen Sätzen – erleichterte die Verständigung mit Reisenden aus anderen Zeiten und Räumen.

»Unmöglich.«

»Technisch muß das …«, sagte Nikka geduldig.

»Nein, nein. Es ist *teuer*.«

Nikka runzelte die Stirn. Finanzielle Angelegenheiten lagen ihr nicht. »Wir wären bereit, einen Teil unseres Anlagevermögens herzugeben«, sagte Nigel.

Die purpurne Frau wirkte entrückt – und schaute wieder auf die Schriftrolle. Man hatte ihnen bisher keine Sitzgelegenheit angeboten, zumal es auch gar keine Sitzmöbel in diesem Vestibül gab. Die Dicke füllte den Diwan auf ganzer Breite aus, und ein paar Speckrollen quollen sogar noch über die Lehnen.

Schließlich gähnte sie. Vielleicht war das nicht einmal Effekthascherei, sondern sie war wirklich ermattet. »Ihr habt nicht annähernd genug. Interessante historische Artefakte, aber …«

»Historisch?« fragte Ito beleidigt.

»Nun, ihr stammt doch aus der« – eine Kette von Ziffern und Worten, die Nigel nichts sagten –, »und das ist ein Laweg.«

»Laweg?« fragte Ito mit mahlendem Kiefer.

»Ein langer Weg, wie wir hier sagen. Ich spreche doch näherungsweise eure regionale Sprache, nicht wahr? Ich mußte sie chipladen, und da seht ihr mal, welche Umstände ich mir gemacht habe.« Mit der unförmigen Hand machte sie eine Geste des Abscheus. Anscheinend mußte der Rest der Welt zur Salzsäule erstarren, bis sie geruhte, die Leute wieder zur Kenntnis zu nehmen.

Der bizarre Schlangen-Hund entdeckte einen Schwarm gescheckter Vögel, die unter einer der üppigen Stauden hervorgekommen waren. Der Hund schlich sich an. Je näher er kam, desto langsamer wurde er, bis die Gefiederten schließlich aufstoben und der Hund auf die Stelle zuschoß, an der sie sich befunden hatten. Er ging im Kreis herum und wedelte mit dem langen, dünnen Schwanz.

Nigel empfand diesen Zwischenfall als ebenso lustig wie tröstlich. Das genetische Erbe der Erde wirkte also noch fort. Er erinnerte sich daran, wie Hunde am Trafalgar Square Tauben gejagt hatten, und diese Momentaufnahme führte ihm die gewaltigen Dimensionen seines Lebens vor Augen, so daß ihm fast schwindlig wurde.

»Hmmm. Habt ihr eine Ahnung von Löchern?« fragte die purpurne Frau, wobei sie einen Finger an die Wange legte und auf die Schriftrolle starrte, als ob sie in einen Spiegel blicken würde.

»Ich weiß, daß die Erzett-Vortices natürliche Wurmlöcher sind«, sagte Nikka zögerlich. »Unabhängig von der Größe haben sie einen festen Materiedurchsatz. Die Bandbreite der Information – Materie, Daten, überhaupt alles – steigt jedoch proportional zum Radius an. Der Graue Mechano hat uns mit irgend etwas beschossen …«

»Ein Kausalitäten-Polarisator«, sagte die purpurne Frau und leckte sich genüßlich die Lippen. »Wenn ich nur an einen herankäme!«

»... und hat uns hierhergeschickt. Und in diese Zeit.«

»›Diese Zeit‹ ist euch ziemlich weit voraus«, sagte die Frau. »Ihr seid mehrere Millionen Wegjahre von eurem Standort entfernt.«

»Nigel blinzelte. »So viel?«

Sie zuckte die Achseln. »Das ist noch vergleichsweise gering.«

»Kannst du diese Angabe nicht in Entfernung und Zeit aufgliedern?«

Sie fletschte die Zähne und stieß ein humorloses Lachen aus. »Wie alt *seid* ihr überhaupt? Die Erzett aufdröseln – was für eine Vorstellung!« Ein meckerndes Lachen.

Nigel war verlegen und verärgert zugleich. »Schon gut. Wir wissen, daß es prinzipiell unmöglich ist, die Raum-Zeit zu partionieren, zumindest nicht hier.«

»Uhren und Füße partionieren sie ganz gut, aber die Erzett weiß, was wir nicht sehen.« Mit einem Anflug von Sympathie in der Stimme fragte sie: »Ihr seid alt, ja?«

»Von der Erde«, sagte Nikka.

Die Augen der purpurnen Frau funkelten erst erstaunt, dann zornig. »Ich versuche nett zu euch zu sein und einen fairen Handel mit euch zu machen. Und ihr glaubt, ihr könntet Spielchen machen!«

Nun war Nikka diejenige, die lachte. »Ich sage die Wahrheit. Möchtest du vielleicht unsere Pässe sehen?«

Der Chip der Frau war nicht auf dieses Wort programmiert – überhaupt waren Pässe in einer vielfach vernetzten Erzett ohne eigentliche Grenzen sinnlos –, und sie winkte mit mißmutig verzogenem Gesicht ab.

»Leute wie ihr sollten keine Händler sein!«

»Wir *sind* auch keine – begreifst du das denn nicht?« platzte Ito heraus.

Ihre Augen sprühten wieder Funken. »*Ihr* müßt *folgendes* begreifen. Ihr werdet den Preis akzeptieren, den ich für euer Eigentum festsetze – Gebäude, historische Objekte, Mechano-Artefakte und dergleichen – oder ihr werdet bestraft.«

»Bestraft wofür?« fragte Nigel empört.

»Für den Verbrauch von Raum, Zeit, Luft – irgendwas wird mir schon einfallen.«

Sie wuchtete sich vom Diwan und watschelte auf großen Füßen auf sie zu – eine purpurne Wand, die Kollisionen nicht gewohnt war. Nigel wich keinen Fingerbreit zurück. Sie streckte eine Pratze aus und schubste ihn. Sie war schwer und erstaunlich kräftig. Er taumelte zurück und beging dann einen Fehler. Impulsiv versetzte er ihr einen Schwinger in die Magengrube.

Zeitgleich, so hatte es den Anschein, erhielt er einen Schlag von hinten. Ein Stromschlag durchfuhr ihn. Dann lag er am Boden, ohne daß er wußte, wie ihm geschehen war. Arme und Beine waren taub. Die Geräusche klangen hohl und entfernt. Er schaute zu einer wolkigen Schüssel empor. Er befand sich in einer auf dem Kopf stehenden Stadt, wie er sich vage erinnerte.

Die purpurne Walze war derweil zur Couch zurückgerollt. Es zischte im Innenohr, und die Nebel um ihn lichteten sich. Er schaute sich um, und alles war wie zuvor.

Tonogan hatte ihn mit der Gerte gelähmt, die sie lässig in der Hand hielt. Er holte tief Luft und stand auf, noch etwas wacklig auf den Beinen. Was war überhaupt passiert?

»Und wer, zum Teufel ...« – Nigel hielt inne, offenbar viel zu spät, und versuchte noch immer, die üppige Dame zu taxieren – »... bist du?«

»Die Vorsitzende«, sagte Tonogan. Die ganze Zeit hatte sie strammgestanden, wie die beiden Riesenbabies vor der Tür.

»Vorsitzende wovon?« fragte Nikka.

»Von allem. So ziemlich von allem.«

»Ach.«

Die Vorsitzende wickelte die Rechen-Rolle zusammen und sagte mit finsterem Blick: »Freue mich, eure Bekanntschaft gemacht zu haben.«

10 · EINE KLEINE NACHTMUSIK

Ito ging seinen Verrichtungen nach und verband ein paar Röhren, wobei er den Blick in die Ferne schweifen ließ und keinen Ton sagte.

Schließlich hielt Nigel es nicht mehr aus und fragte: »Rück raus damit! Was stimmt nicht?«

»Fragst du das im Ernst?«

»Ich bin doch kein Gedankenleser.«

»*Gedankenleser*? Deine Aufmerksamkeit erlangt man doch nur durch einen Wink mit dem Zaunpfahl.«

Sie leisteten nun schon seit Wochen Fronarbeit, schleppten dies und säuberten das. Strafarbeit für die Vorsitzende, wie Tonogan es genannt hatte. Nigel hatte inzwischen erkannt, daß die purpurne Frau diese Spur mit harter Hand regierte; die Motive waren ihm jedoch nach wie vor ein Rätsel. Und er hatte zur Kenntnis nehmen müssen, daß sie eine Gewalt hinter sich hatte, die sich als Gesetz ausgab.

Nigel seufzte und fügte zwei Röhren zusammen, indem er eine Dichtmasse auftrug. Und wenn die Technik noch so fortschrittlich war, es fiel immer Drecksarbeit an, um widerspenstige Bauteile zusammenzupfriemeln. Selbst im Zeitalter der Roboter und halbintelligenten Nutztiere hatte Handwerk noch immer goldenen Boden.

Es war wieder Zeit für die Entschuldigung: »Mein

Sohn, es tut mir leid, daß ich uns in diese Lage gebracht habe ...«

»Ich habe ein Gerücht gehört«, sagte Ito gleichmütig.

Nigel schüttelte den Kopf. Er war hundemüde und mißmutig. »Ich bin nicht in der Stimmung für Gerüchte.«

Das Verhältnis zwischen Ito und Nigel war seit einer Weile belastet. Die Art und Weise, wie Ito bei der Vorsitzenden ins Fettnäpfchen getreten war, hatte die – wohl unvermeidliche – Spannung zwischen Nigel und seinem Erstgeborenen, der nun ins Mannesalter kam, nicht gerade abgebaut.

Ito hatte die Disziplin, die ihnen von der bornierten Vorsitzenden auferlegt worden war, nicht geschmeckt. Die Alte war beinhart. Wecken im Morgengrauen. Mit Maloche ausgefüllte Tage. Schlangenfraß, den sie in aller Eile runterschlingen mußten. Kaum Privatsphäre im beengten Apartment, das man ihnen in einer schäbigen Mietskaserne zugewiesen hatte. Keine Freizeit. Sie unterlagen einer strengen Ausgangssperre, einem Kasernenhof-Reglement und dem Zapfenstreich. Kein Zugang zu den Medien und kein Kontakt mit normalen Leuten, außer wenn sie ihren Müll beseitigten.

Angelina und Benjamin hatten sich mit den Gegebenheiten arrangiert. Nigel und Nikka fügten sich auch in ihr Schicksal, doch ihr ältester Sohn hatte der Polizei-›Eskorte‹ Widerstand geleistet. Er hatte sich geweigert, verstopfte Toiletten zu reinigen und die Polizisten beschimpft. Also hatten die selbstgefälligen Büttel ihn gezüchtigt, mit Neuro-Stimulatoren und Elektroschocks malträtiert – alles mit kaum verhohlenem sadistischen Vergnügen. Doch das hatte Itos Widerstandswillen nicht gebrochen.

Ein Paradies war das bestimmt nicht.

Sondern die ganz normale Zukunft. Die Stadt, soweit sie es von den Gassen aus sahen, in denen sie arbeiteten, war bizarr und exotisch. Der geschichtete

Komplex bestand aus einer oberen Lage, die mit Techno-Wundern gespickt war, einer breiten, wohlhabenden Mittelschicht und einer niederen Kaste, welche die Drecksarbeit verrichtete. Wie gehabt.

Das technische Niveau indes übertraf alles, was Nikka und Nigel in der Erzett ihres Zeitalters gesehen hatten. Der Graue Mechano hatte sie in eine ferne Zukunft katapultiert.

»Das Gerücht besagt, daß die Vorsitzende uns vielleicht noch einmal anhören wird«, sagte Ito.

Nigel musterte das Gesicht seines Sohns und versuchte einen klaren Gedanken zu fassen. Von der gebückten Arbeit hatte er Rückenschmerzen, und bleierne Müdigkeit breitete sich wie eine Decke über ihm aus. Und sie hatten noch eine Stunde zu arbeiten. »Das ist kein Gerücht. Wer hat es dir erzählt?«

Mit grimmiger Miene wischte Ito sich eine fettige Haarsträhne aus dem Gesicht. »Tonogan. Sie will dich sprechen.«

»Du hast mit ihr verhandelt?«

»Eigentlich nicht.«

»Was heißt das?«

»Vielleicht ein wenig.«

»Die Familie muß mit einer Stimme sprechen. Das weißt du ganz genau.«

Ito biß sich auf die Lippe. »Nun, *du* unternimmst doch eh nichts.«

»Ich lasse sie kommen.«

»Sie sitzt aber am längeren Hebel.«

»Sie will unseren Besitz. Er ist wahrscheinlich viel mehr wert, als du und ich glauben.«

»Wir wissen doch gar nicht mehr, was wir noch glauben sollen«, brauste Ito auf und verzog das Gesicht. »Wir sind den ganzen Tag im Keller und auf der Straße, machen den Buckel krumm und kriegen nix dafür …«

Nigel setzte sich auf eine Mülltonne und trat gegen

eine Flasche. Sie war verkorkt, aber leer. Er hätte sich die Zukunft nicht als einen Ort mit Müll vorgestellt, den sogar ein Bauer des Mittelalters noch als solchen erkannt hätte.

»Richtig«, sagte er, »es sieht nicht gut aus. Diese Vorsitzende – ein schöner Etikettenschwindel für eine Tyrannin! – scheint durch das gebunden, was hier als Gesetz gilt. Sie darf sich nicht einfach nehmen, was ihr gefällt. Es gibt Vorschriften.«

»Ich sehe nicht, daß wir überhaupt irgendwelche Rechte hätten.«

»An diesem Ort gelten nicht die Grundsätze des Rechts, sondern hier regiert die Angst.«

Ito lachte trocken. »Verbrämt mit höflicher Brutalität.«

Nigel nickte. Die Familie litt unter den Verhältnissen, und die Vorsitzende stützte sich auf unbekannte Gesetze, um diesen Zustand bis in alle Ewigkeit aufrechtzuerhalten.

»Paps, du steckst in der Bredouille. Du bist letzte Woche schlimm gestürzt, und wie ich sehe, humpelst du immer noch …«

»Spüre es kaum noch.«

Der dumpfe Schmerz im Bein wollte partout nicht weichen. Er hätte es auch nicht für möglich gehalten, daß die ferne Zukunft noch Schmerz kennen würde. *Ich habe wohl zu viele Walt Disney-Filme gesehen*, sagte er sich. Ob der uralte Name irgend jemandem in dieser bizarren Stadt noch ein Begriff war? Natürlich nicht.

»Also habe ich ein wenig mit Tonogan geplaudert …«

»Ohne jemandem etwas zu sagen. Das ist ein Bruch der Familien …«

»*Du* hättest doch gar nichts getan …«

»Das reicht.«

Tonogan stand auf der Straße, ohne daß sie ihr Kommen bemerkt hätten. Sie trug eine grauschwarze, körperbetonte Montur, und am Gürtel hing ein Knüppel von der Form einer Reitgerte. Nigel mahnte Ito mit einer Geste zur Vorsicht.

»Dein Sohn hat angedeutet«, sagte sie, »daß du zu Verhandlungen bereit wärst.«

»Du kommst zur richtigen Zeit«, sagte Nigel und setzte sich auf. »Ich wollte gerade in die Turnhalle gehen, um Leibesübungen zu machen.«

»Sehr komisch. Vergiß nicht, ich habe eure medizinischen Indices.«

»Privatsphäre ist hier wohl ein Fremdwort, was?« wandte Nigel sich an seinen Sohn.

Sie ignorierte das und fügte hinzu: » Einschließlich der Ermüdungsfaktoren.«

»Logo. Vielen Dank auch für das sportwissenschaftlich fundierte Training. Wir haben mittlerweile eine Top-Kondition.«

»Man könnte darüber lachen, wenn eure Lage nicht so beschissen wäre.«

»Dann gilt das aber auch für euch.«

Irritiert setzte Tonogan sich auf eine andere Mülltonne und sagte, sie würde gern ›gewisse Dinge‹ erklären. Nigel warf Ito einen warnenden Blick zu: mach jetzt bloß keinen Fehler.

Ihre Ausführungen machten ihm unmißverständlich klar, daß sie ihn übervorteilen wollte. Gier benebelte selbst einen scharfen Verstand.

Er verwahrte sich gegen ihr Ansinnen und amüsierte sich über ihre Ungeduld. Er hatte gewußt, daß man wieder an ihn herantreten würde, doch hätte er nicht erwartet, daß sie Ito vorschicken würden. Obwohl Nikka erst vor einer Woche ein Psychogramm von Tonogan erstellt hatte, das eben diese Handlungsweise prognostizierte. Trotz seiner Erschöpfung würde sie erst ein wenig kokettieren und ihm vielleicht etwas zu trinken anbieten. Und da reichte sie ihm auch schon eine Thermoskanne mit einem süffigen und starken

Stöffchen. Dann sprach sie mit geheuchelter Besorgnis eine Warnung aus:

»Ich weiß nicht, ob ich in der Lage bin, euch vor der Vorsitzenden zu beschützen.«

»Wem sollte das überhaupt gelingen?«

»Sie ist noch nie derart beleidigt worden. Und einen Angriff auf sie hat noch niemand überlebt.«

»Sie ist als Kind sicher verprügelt worden, zumindest von ihrer Mutter. Wahrscheinlich auch von dir, eh?« Ein Heben der Augenbrauen und ein wenig ZwanHunni-Psychologie – schau'n wir mal, ob diese Taktik den kulturellen Abgrund überbrückt.

»Die Sache ist ernst!« Sie versuchte, böse zu schauen, was aber nicht sehr überzeugend wirkte. »Sie hätte euch ohne weiteres töten können.«

»Hätte sie mal versuchen sollen.«

»Sie ist 'ne sehr gefährliche Frau. Aber ich habe mich für euch eingesetzt. Ich habe ihr gesagt, ihr hättet es nicht so gemeint.«

»Aber ich habe es durchaus so gemeint.«

»Du wußtest nicht, was du tatest.«

»Sag ihr, ich verlange eine Entschuldigung.«

»Du bist fremd hier, aber das ist keine Entschuldigung«, sagte sie mit unstetem Blick. Überreaktion, sagte Nigel sich. Ein ziemlich schlimmer Fall. Er gähnte.

»Hör zu, ich habe mit ihr gesprochen und sie beruhigt. Sie sagte, sie wäre damit einverstanden, ein paar eurer Güter gegen euer Leben einzutauschen.«

»Güter?«

Ein theatralisches Achselzucken. »Ein paar eurer Geräte besitzen vielleicht einen geringen Wert.«

»Hmmm. Das ist ihr letztes Angebot?«

»Absolut. Ihr habt einen Standard-Tag, um euch zu entscheiden. Trefft die falsche Entscheidung, und sie wird keine Gnade walten lassen.«

»Ich verstehe. Richte ihr aus, ich mache ihr das gleiche Angebot.«

»Was?« Diesmal war die Verblüffung echt.

»Gebt mir ein paar Glasperlen, und ich werde sie nicht töten.«

»Du bist *verrückt*.«

»Wir sind quitt. Ich töte sie nicht, und sie tötet mich nicht. Wir werden auch dafür sorgen, daß gleichwertige Güter ausgetauscht werden.«

»Beleidigung ist hier jedoch kein Kavaliersdelikt. Ich weiß nicht, was euch dazu bewogen hat, diese lächerliche Geschichte von der Erde zu erzählen; aber woher ihr auch kommt, ihr dürft nicht solche Reden schwingen. Und schon gar nicht die Vorsitzende schlagen!«

Tonogan steigerte sich in die Sache hinein und schien am Ende noch zu glauben, was sie sagte. Erstaunliche Sprüche waren von ihr zu vernehmen. Nigel hatte bisher dem Umstand nicht ausreichend Rechnung getragen, daß manche Leute den größten Unfug glauben, nur weil andere auch daran glauben. Wie zum Beispiel an die absolute Autorität einer einzelnen feisten Frau in einer sackartigen Robe.

»Paps, das ist nicht lustig«, warf Ito ein. »Diese Vorsitzende hat hier das Sagen, egal wie sie aussieht.«

Nigel schaute auf seinen Sohn und sagte milde: »Es sind ihre Äußerungen, die mich an ihrem mentalen Gleichgewicht zweifeln lassen. Welches politische System auch immer hier besteht, es ist faul.«

Tonogan massierte sich mit den gelben Zähnen die Lippe, und Nigel sah, daß er den Nagel auf den Kopf getroffen hatte; selbst die Höflinge der Vorsitzenden waren der Ansicht, daß sie eine Macke hatte. Der Moment verstrich, und Tonogan sagte dezidiert: »Ich sollte wohl nicht davon sprechen, aber … sie wird dich erst foltern und dann töten. Begreift ihr das denn nicht?«

»Hm.« Er machte ein langes Gesicht. Dann standen die Dinge also noch schlechter, als er geglaubt hatte.

Vielleicht hätte er Itos Warnung doch befolgen sollen. Doch nun war es zu spät.

»Und deine Freunde«, ergänzte Tonogan.

»Das heißt Familie. Sag ihr das.«

»Deine Kinder! Sie wird …«

»Geh.« Er streckte den Arm aus, und sie ging.

11 · SPHINKTER-FREQUENZ

Sie würden natürlich mit allen Arten von High-Tech-Kram reinkommen. Unbegreiflicher Kram. Also begab er sich auf die LowTech-Ebene.

In den Gängen standen metallkeramische Spucknäpfe – die Menschen lernten wohl nie Benimm –, und er nahm ein paar davon ins Familienversteck mit. Wenn man einen Löffel hineintat, waren sie ein ebenso simples wie wirkungsvolles Alarmsystem.

Nikka hegte Zweifel am Sinn der Aktion. »Ich hätte eher Türen und Fenster verriegelt.«

»Schlösser halten nur Amateuren stand.«

»Was, wenn sie etwas unternehmen, wenn wir gerade bei der Arbeit sind?«

»Sie werden uns nicht alle auf einmal erwischen, weil wir in verschiedenen Arbeitsgruppen sind.«

»Glaubst du etwa, sie werden gegen die ganze Familie vorgehen? Noch dazu in aller Öffentlichkeit?«

Nigel dachte nach. »Nein; es sei denn, ich würde diese Wuchtbrumme völlig falsch einschätzen. Sie wird mich erniedrigen wollen, um die anderen zur Räson zu bringen.«

Nikka lehnte sich erschrocken zurück und rang die Hände, wobei sie einen nie gekannten Ausdruck der Anspannung im Gesicht hatte. Er erinnerte sich, daß es gerade dieser Ausdruck gebändigter innerer Kraft war, weshalb er sich vor so langer Zeit in sie verliebt hatte. »Sie werden dich schlagen? Vor uns?«

Genau das nahm Nigel an. Es gab Methoden, die nicht zu verbessern waren. Dies war eine seltsame Kultur, gewiß, doch allmählich bekam er ein Gefühl dafür. Dennoch sagte er, um ihre Angst zu zerstreuen: »Zu offensichtlich.«

»Ein Techtrick?«

»Ein Kamerad in der Arbeitsgruppe sagte mir, diese weißen Stöcke, welche die Polizei hat, seien akustische Projektoren. Die Scheibe am Ende strahlt Wellen mit der Resonanzfrequenz der Muskeln ab.«

Nikka schauderte. Sie haßte die Beschreibung von Gewalt, doch wenn es sein mußte, war sie durchaus imstande, selbst Gewalt auszuüben. »Klingt schrecklich.«

»Normalerweise benutzen sie die Frequenz des Schließmuskels.«

Sie verzog das Gesicht. Er lachte.

Sie waren ständig müde. Nicht so sehr körperlich – sie hatten früher lang im Obstgarten gearbeitet und noch bis spät in die Nacht getanzt –, sondern wegen der Ungewißheit und der schlechten Behandlung. In den engen Schlafzimmern herrschte eine schwüle Hitze. Der einzige Raum, in dem man eine gewisse Bewegungsfreiheit hatte, war das Wohnzimmer, das von einem stinkenden Korridor aus zu erreichen war. Eine deprimierende Klitsche.

Wahrscheinlich ein leiser Ruf, nachdem sie eingeschlafen waren. *Eine Kleine Nachtmusik*, wie Mozart, der nun schon seit über dreißigtausend Jahren tot war, es genannt hatte. Eine kleine nächtliche Musik.

Wenn es in Nigels Augen einen Weg für Einbrecher gab, dann nur durch die labile Wohnungstür und die beiden Oberlichter. Allerdings befanden sie sich zehn Stockwerke über dem unverkleideten Metallschacht, was einen Einbruch unwahrscheinlich machte. Die Einbrecher, an die er sich erinnerte, waren nämlich faule Kerle.

Der Löffeltrick würde sie lediglich warnen. Welche Verteidigungsmittel hatten sie wirklich? Ein Küchenmesser, wenn es hoch kam.

Trotz der Proteste der anderen schlief er auf einer dünnen Matratze neben der Wohnungstür. Die Tür öffnete sich nach innen, doch der gewellte Teppichboden würde die Tür blockieren, bevor sie ihn berührte.

Er hatte keine Probleme mit dieser Lagerstatt, obwohl er Nikkas Umarmung vermißte. Die Matratze war dick genug für seine knubbeligen Gelenke, und das ständige Gemurmel und Geschirrklappern, das durch den Luftschacht zu ihnen heraufdrang, wurde durch die Entfernung von den Fenstern gedämpft. Er schlief für eine Woche dort. Der Schlaf überkam ihn schnell, weil er durch die Arbeit und die Hoffnungslosigkeit immer müder wurde. Eines Nachts wachte er auf und fragte sich deprimiert, wohin all das noch führen sollte, als der Löffel in einem Eimer klapperte. Das leise Schaben der Tür hatte ihn wahrscheinlich aus einem bösen Traum gerissen.

Er stand auf. Die Einbrecher hatten wahrscheinlich Infrarotdetektoren dabei, doch er wurde von der Tür abgeschirmt. Er hingegen stand mit leeren Händen da und kannte nicht einmal ihre Position. Er schmiegte sich an die Tür. Kein Laut. Sie vertrauten wahrscheinlich darauf, daß niemand aufwachte und es ihnen gelang, die Opfer im Schlaf zu überraschen.

Sie? Irgend etwas sagte ihm, daß er es nur mit einem Individuum zu tun hatte. Leise Atemgeräusche zur Rechten. Das paßte auch zum demütigenden Prügel-Szenario, das noch eine Steigerung erfuhr, indem die Bestrafung von einer einzigen Person durchgeführt wurde. Wahrscheinlich würde der Scherge den Rest der Familie mit einem Paralysator lähmen.

Wo steckte er? In dem langen Moment, seit der

Alarm ausgelöst worden war, hatte sich nichts mehr gerührt. Das Herz schlug so schnell, als ob es dem Atem – flach, du mußt flach atmen – voreilen wollte, der einen Takt von sechs Zügen pro Minute hatte.

Vergiß nicht, daß du alt und nicht mehr so gut in Form bist. Schnelles Handeln ist angesagt.

Dort – ein huschender Schemen. Nigel stürzte sich von hinten auf den Mann, schlug zu – und schleuderte ihn nach vorn.

Es hatte keinen Sinn, ihm eine Wunde beibringen zu wollen. Schnell in den Schwitzkasten nehmen. Er darf die Hände nicht freibekommen. Ein dumpfer Schlag, als ob etwas auf den Boden gefallen wäre. Vielleicht der Paralysator.

Mit gesenktem Kopf in die Richtung schieben, aus der er gekommen war. Noch ein Schritt. Etwas fester schieben. Noch etwas fester. Der Mann versuchte, Tritt zu fassen und stehenzubleiben. Eine Kurskorrektur – links schwenkt. Auf das Rechteck aus Licht zu. Nigel rechnete damit, durch einen Kampfsport-Trick abgeschüttelt zu werden, doch wenn er die Geschwindigkeit beibehielt …

Im Glühen, das durchs Fenster drang, sah er einen großen Mann, der die Hand zur Hüfte führte. Wahrscheinlich griff er nach einer Pistole.

Na schön – Nigel riß die Arme hoch. Der Mann wollte sich umdrehen, doch das Drehmoment war stärker. Der Körper verlor die Bodenhaftung und krachte gegen die Fensterbank.

Der schwere und massige Mann krümmte sich über dem Fensterbrett. Nigel mußte ihn loslassen, und dann bekam er einen Faustschlag ins Gesicht. Er torkelte zurück. Ein Geschmack von Blut im Mund. Ein zweiter Hieb traf ihn. Der Mann war noch immer am Fenster. Ein kurzes »ah«, als der wirbelnde Schemen erkannte, daß man das Fenster bewußt offengelassen hatte.

Nigel stürmte vorwärts. Der Mann war schnell und

traf ihn an der Kehle. Nigels einzige Kraft, die noch für ihn arbeitete, war die Kinetik. Er ließ sich von dem Schlag nicht stoppen und rammte den Mann. Dann hielt er sich am Fensterbrett fest.

Dem andern gelang das nicht. Er kippte nach hinten und stürzte ab.

Guten Flug. Der Slang der Jugend war unvergeßlich. Der wirbelnde Körper schien im trüben Licht zu schrumpfen. Ein dünner Schrei drang an sein Ohr und brach sich am Metall.

Ein dumpfer Aufschlag. Dann nichts mehr. Im zunderroten Glühen der zum Horizont sich krümmenden Stadt sah er auseinanderstiebende Schemen.

Die Hilfstruppe? Jedenfalls schien sie das Interesse an ihnen verloren zu haben.

Er hörte ein Rumoren, und dann schlug Ito die Tür zu. Wer es noch mal versuchte, würde einer mit seltsamen Gerätschaften bewaffneten Familie gegenüberstehen.

Er seufzte zufrieden. Die Aussicht von hier mußte wundervoll sein, wenn entsprechende Lichtverhältnisse herrschten. Er war immer in der Arbeitskolonne gewesen, wenn der gleißende Zeitstein die Stadt mit einem Schwall aus Wärme und Licht überflutete. Doch unter solchen Bedingungen wäre es ihm auch nicht gelungen, den Trick anzuwenden. Im Alter wurde Kraft eben durch Erfahrung kompensiert. Er spürte das Glühen des Zeitsteins auf den Wangen. Bedauern spürte er indes nicht. Vielleicht zeugte das von Reife. War aber seltsam, daß Außenstehende den gegenteiligen Eindruck bekommen mußten. Das bestätigte wieder einmal, daß es unmöglich war, auf Anhieb das wahre Gesicht eines Menschen zu erkennen.

Er ließ sich das durch den Kopf gehen und lauschte nach Geräuschen im tintigen Land unter sich. Keine Antworten.

Es gab auch selten welche. Vielleicht war das ebenfalls ein Ausweis von Reife.

12 · WIDERWILLIGER RESPEKT

Auf dem Weg zur Audienz mit der Vorsitzenden erhaschten sie einen Blick auf verschiedene Sektoren der Stadt. Es gab einen Tempel, in dem das Barthaar eines Propheten aufbewahrt wurde, dessen Name bereits in Vergessenheit geraten war. Fleisch wurde im Freien gegrillt und mit einer Kruste aus Staub und Fliegen überzogen. Ein Zelt als Kirche. Manche religiöse Stätten, sagte Nikka, waren so lächerlich, daß sie die Gesamtheit in Verruf brachten. Tonogan, die sie eskortierte, schien es als Beleidigung aufzufassen, daß man solche Bauwerke als bloße Beispiele exzentrischer Architektur betrachtete. Nigel erinnerte sich, daß seine Mutter auf seine Einstellung zur Kirche ähnlich reagiert hatte.

Die Vorsitzende war noch viel weniger erfreut. »Ich habe einen Blick auf die Leiche geworfen, die in eurem Schacht gefunden wurde.«

»Ja, ich wünschte, du würdest das tun«, sagte Nigel. »Er hat geschrien wie am Spieß. Hat die ganze Nachbarschaft aufgeweckt. Jemand, den du kennst?«

»Ich wüßte nicht …«

»Mein Sohn hat ein paar Ausrüstungsgegenstände gefunden, die er anscheinend dabei hatte.« Nigel zeigte ihr ein geheimnisvolles Instrument, das aus winzigen schwarzen Würfeln zusammengesetzt war.

»Ich sehe nicht …«

»Fragst dich wohl, wozu das Teil gut sein soll, wie?«

Indem sie einen Agenten der Vorsitzenden getötet hatten, verschafften sie sich gemäß den eigentümlichen Gebräuchen dieses Orts einen widerwilligen Respekt, sogar Protektion. Sofern die Leute die Sache überhaupt erwähnten, schienen sie es eher als einen kühnen Schachzug zu betrachten denn als einen Akt der Gewalt – eine Tat, der man Beifall spendete, anstatt Rache zu üben. Gemäß den gesetzlichen Bestimmungen waren die Schlägertypen, die sie hatten einschüchtern sollen, auch nicht bionisch aufgerüstet wie zum Beispiel Tonogan – eine Reminiszenz an das 20-Jahrhundert-Konzept des fairen Kampfes.

Jede Zeit hat ihre Eigentümlichkeiten, doch Nikka hatte darauf hingewiesen, daß die Verherrlichung halbkrimineller Handlungen eine Konstante städtischer Populationen war. Dieser theoretische Ansatz hatte Nigel veranlaßt, sich vor Tonogan mit seiner ›Leistung‹ zu brüsten, als sie bei ihnen aufgetaucht war. Ihre Tat war zwar schlimm gewesen, aber irgendwie auch bewundernswert.

Die große purpurne Frau machte sich auf dem Diwan breit und schaute sie mit einem Ausdruck der Abscheu an. »Ich werde euch ein angemessenes Angebot für euren Besitz machen.«

»Wir brauchen nur so viel, um von hier zu verschwinden«, sagte Nikka. »Die Gebäude wollen wir behalten.«

»Weshalb? Ihr könnt euch die Rückkehr auf eure Spur sowieso nicht leisten.«

»Wir behalten die Gebäude«, sagte Ito ohne Umschweife. »Daran gibt es nichts zu rütteln.« Die Familie hatte sich darauf geeinigt, und Nigel sah zu seiner Freude, daß Ito diese Einigkeit nun demonstrierte und Tonogans Versuch, einen Keil zwischen die Mitglieder der Familie zu treiben, ad absurdum führte.

»Wenn wir schon keinen kurzen Transit kaufen können«, sagte Nikka pointiert, »wie wär's dann mit einem langen?«

Das lebhafte Mienenspiel der Vorsitzenden, deren Gesicht an einen Hefekuchen mit zwei Rosinen erinnerte, gefror. »Wie …«

»Wir sind zwar alt, aber noch nicht verkalkt«, sagte Nikka fröhlich. »Ich habe mich umgehört.«

»Die Neugier der Fleischfresser«, ergänzte Nigel. »Sie stellt auf die Tatsache ab, daß die Energiedichte in einem Wurmloch proportional zur Krümmung ansteigt.«

Nikka nickte. »Und die Transitkosten hängen von der Energiedichte ab.«

»Ähem …« Die Vorsitzende zog die Mundwinkel nach unten. »Ich hätte es nicht für möglich gehalten, daß ihr das herausfinden würdet.«

»Mach uns ein Angebot. Wir brauchen …« Nikka leierte eine lange Liste herunter, an deren erster Stelle ein Kausalitäten-Antrieb stand – polarisiert natürlich.

»Ihr wißt, daß ihr ein paar Sprünge zu ferneren Erzett-Kordeln machen müßt? Und dann wieder ein paar zurück?« Die Vorsitzende schien sich wirklich Sorgen um sie zu machen und nicht nur auf ihren Vorteil bedacht zu sein.

»Dann brauchen wir noch Druckhäute«, sagte Nikka.

Ein knappes Nicken. »Ihr wollt das wirklich riskieren?«

»Wir müssen«, sagte Angelina. »Wir wollen *nach Hause.*«

Nigel nickte nur, aus Angst, etwas Falsches zu sagen. Dies war der entscheidende Moment – er spürte es förmlich. Nach Hause. Zurück zu einer Welt, hinter die Kulissen. Zumindest für eine Weile. Irgend etwas sagte ihm jedoch, daß er bald wieder mit den Händeln der Erdlinge, Mechanischen und Alten konfrontiert werden würde. Aber nicht sofort. Nicht, solange sie noch eine Familie und einen endlichen Horizont hatten.

Die Vorsitzende musterte sie. »Ihr seid mutiger, als ihr ausseht, ihr Walmsleys.«

Sie regelte die finanziellen Aspekte zügig und mit einer aufgesetzten Lässigkeit, die eine schmähliche Niederlage kaschieren sollte. Er war sich jedoch sicher, daß die Walmsleys ihre bürokratische Routine kaum gestört hatten. Das hätten sie nämlich nicht überlebt. Manchmal, so sagte Nigel sich, war es durchaus opportun, den Störenfried zu spielen – solange man nicht wie ein lästiges Insekt zerquetscht wurde.

Nachdem der Handel besiegelt war, besserte die Laune der Vorsitzenden sich. Mit gemessenen Bewegungen, was wohl Teil eines Rituals war, das auf erfolgreiche Verhandlungen folgte, legte sie sich in eine spindelförmige Hängematte – was hier anscheinend als formelles Verhalten galt – und bemerkte: »So etwas hat sich noch niemand ausgesucht.«

»Wieso denn?« fragte Nigel. »Wir sind keine Genies. Es war doch offensichtlich.«

»Offensichtlich schon. Aber Neuland. Gefährlich.«

»Wie gefährlich sind die Sprünge zwischen den Kordeln?« fragte Nikka skeptisch.

»Wir aus dieser Stadt und von dieser Spur wissen mehr als ihr.« Sie schniefte. »Wir haben die Körper gesehen.«

13 · NUR BARBAREN

Natürlich wollten sie wissen, welche Bewandtnis es mit *den Körpern* hatte. Die Offiziellen grinsten, befolgten aber die Anweisungen der Vorsitzenden, und binnen eines Tages wurden sie in eine kühle, hell erleuchtete Gruft geführt.

Die Familienmitglieder hatten mit Betroffenheit darauf reagiert, daß Leichen aus der Erzett wie Bücher in einer Bibliothek arrangiert waren. Die Familie hatte die Art und Weise, wie sie sich der Frauenleiche entledigt hatten, oft diskutiert und bedauerte es inzwischen; zumal das auch die Ursache ihres Exils gewesen war.

Hier freute man sich auf die Ankunft einer Leiche aus der Erzett und fürchtete sich zugleich davor, denn wie sich herausstellte, stammten die Körper durchweg aus der Zukunft der Erzett.

Nigels Hochstimmung wegen des Vertragsabschlusses verflog, als er die fahle, verschrumpelte Leiche eines Manns im mittleren Alter betrachtete, die irgendwie in der Schwebe gehalten wurde. Eine Anzahl winziger magnetischer Lesegeräte krönte den Kopf. Sie ›lasen ihn‹ recht gut, wie einer der Techniker ihnen sagte. »Die Isotopenanalyse zeigt, daß er aus einer eins komma drei Millionen Wegjahre entfernten Zukunft kommt.«

»Woran ist er gestorben?« fragte Nikka. Sie war wieder ganz die Naturwissenschaftlerin.

»Strahlenverbrennungen.«

»Irgendwelche Erinnerungen?«

Der junge Mann blinzelte wie eine Eule. »Ein paar. Das Kurzzeitgedächtnis fehlt natürlich.«

Es gab wirklich Erinnerungen. Bild-Splitter. Der gleiche diesige Himmel mit einem Energieniveau von 0,511 Millionen Elektronenvolt. Nur war er weit höher entwickelt und wies verschnörkelte Strukturen auf, die wie Korkenzieher einen Himmel mit rubinroten Schlieren überlagerten.

Mehr noch: eine triste Landschaft mit quaderförmigen Monumenten. Zwischen diesen Klötzen krochen dreirädrige Dinger, bei denen es sich nicht um Fahrzeuge, sondern um Lebewesen zu handeln schien.

»Oder Mechanos«, sagte Nigel.

»Wer war er?« fragte Nikka unbehaglich.

»Wir wissen es nicht mit letzter Sicherheit. Er besitzt nicht die uns bekannten Persönlichkeits-Signaturen. Alles, was ich aus ihm rausziehe, sind Bilder. Und was diese Bilder bedeuten, wissen wir auch nicht.«

»Wieso nicht?«

»Sein Gehirn ist anders organisiert. Die inneren

Organe sind auch verändert. Er gehört zu einer anderen Spezies.«

Angelina war geschockt. »Er sieht doch aus wie wir!«

Der blasse junge Mann zuckte die Achseln. »Sie haben das Innenleben umgekrempelt und die Fassade beibehalten. Damit die Leute nicht nervös werden.«

»Und deshalb bekommt ihr keinen Zugang zum Inhalt ihres Bewußtseins?« hakte Angelina nach.

»Deshalb und wegen kultureller Unterschiede. Dieser Kamerad hatte die Welt nicht mit unseren Augen gesehen. Das zeigt sich daran, wie er die Erinnerungen gespeichert hat.«

Nigel fand das alles deprimierend. Noch mehr Leichen, doch nach wie vor gaben sie Rätsel auf, selbst für diese bleichen Pedanten.

Als sie sich anschickten, den Vertrag zu unterzeichnen, erschien die Vorsitzende höchstselbst. »Ihr wißt, daß ihr von Mechanos dominiertes Territorium betretet«, sagte sie gleichmütig.

Nigel vermutete, daß sie Vertragsreue spürte. Oder vielleicht gewann ihr Ego wieder die Oberhand. Nicht ungewöhnlich, sagte er sich. »Bist du sicher?«

»Wir haben ein Auge darauf. Die Alten sorgen schon dafür.« Sie schnaubte frustriert.

»Wieso?« fragte Nigel.

»Die alten Fragen. Es gab sie doch schon in eurer Zeit, hm?« Ein fragender Blick, und dann rezitierte sie wie aus dem Gedächtnis: »Als erstes wollen sie wissen, was die Mechanos dort oben in der fernen Zukunft suchen. Viele Mechanos sind mit Einweg-Vors in die Zukunft gegangen.«

»Um Informationen dorthin zu bringen?« fragte Nikka.

»Möglicherweise. Die Alten wollen der Sache auf den Grund gehen.«

»Und sie unterbinden?« fragte Nigel.

»Ich glaube schon. So haben wir es jedenfalls verstanden.«

Nikka nickte. »Wir auch.«

Die Vorsitzende hielt es für völlig abwegig, daß man mit einem solchen Starrsinn Profit machen konnte. »Wieso denn? In der Erzett gibt's schon Ärger genug, wenn man nur stillsitzt.«

»Die Neugier der Fleischfresser eben«, sagte Nigel.

Sie schnaubte. »Kindisches Geschwätz. Wenn ihr wüßtet, was ich alles tun muß, nur damit die Stadt auf dem Kopf stehen bleibt ...«

»Ja?« fragte Angelina. Nigel freute sich, daß sie sich auch einmal zu Wort meldete, nachdem dieser Ort ihr ein solches Unbehagen verursacht hatte. »Wieso habt ihr eure Stadt eigentlich gekippt?«

»Weil es *schön* ist«, sagte die Vorsitzende verächtlich. »Nur Barbaren würden überhaupt auf die Idee kommen, eine solche Frage zu stellen.«

14 · GRAUER MECHANO

Während sie die Einzelheiten des Erzett-Transits klärten, bot die launenhafte Vorsitzende ihnen an, in ihrem Haus zu übernachten. Dieses Domizil war mit der barocken Villa identisch, wo sie ihren Amtssitz hatte. Nur daß sie das Gebäude zuvor durch den von der Innenstadt zugänglichen Hintereingang betreten hatten. Vom Haupteingang, der sich am Rand der ›Schüssel‹ befand, hatte man einen Blick über die ganze Stadt.

Große Vögel, manche mit blitzenden Zähnen und schmalen Lippen, hingen vorm Balkon der Vorsitzenden in der Thermik. Einer kam angefegt und beäugte sie wie eine potentielle Beute. Er war halb so groß wie ein Mensch. Hier, wo die Gravitation am schwächsten war, herrschte eine ätherische Leichtigkeit, die Nigel an das Gefühl wohliger Trunkenheit erinnerte. Doch die Vögel grinsten sie unverschämt an. Sie gingen wieder ins Haus.

Die nächste Dunkelphase dauerte ziemlich lang. Irgendwie vermochte die Stadt die Pulse des hellen Glühens, das der Zeitstein ausstrahlte, zu beeinflussen und zu einem regelmäßigen Muster zu formen: Dunkelheit für ein Drittel der Zeit. Das reichte, um auszuschlafen, wenn man nicht gar zu müde war.

Jedoch schien hier niemand müde zu werden. Rund um die Uhr herrschte ein lärmendes und buntes Treiben. Nikka fragte sich laut, ob sie alte Fürze nur über die Energie der Jungen staunten. Nigel schüttelte den Kopf. Er hatte schon seit langem das Gefühl, in einen anderen Zustand gewechselt zu sein, wo er sich nicht mehr ins pralle Leben stürzte, sondern es auf sich zukommen ließ. Er hatte Jahrhunderte für die Erkenntnis gebraucht, daß Freude und Schmerz dicht beieinanderlagen und daß man sich an beidem leicht die Finger verbrannte. Sie waren eben da, wie Blumen. Man erfreute sich besser an ihrem Duft als an ihren Metaphern.

Sie traten wieder mit der Vorsitzenden auf den Balkon und plauderten noch ein wenig vor dem Schlafengehen. In der Ferne schoß etwas Großes durch den porzellanfarbenen Himmel. Die Augen der Vorsitzenden waren schreckgeweitet. »Grauer Mechano!« rief sie und schlug der Länge nach auf den Marmorfußboden.

Dünne Panikschreie drangen von der schüsselförmigen Stadt zu ihnen herauf. Nigel studierte die schemenhafte, schwebende Präsenz mit abstraktem Interesse, wobei er die Hände auf das glänzende Messinggeländer gelegt hatte.

»*Runter!*« rief Nikka ihm zu, die bereits in Deckung gegangen war.

Der Graue Mechano ging in den Sturzflug und jagte auf sie zu. Ein Chor verzweifelter Schreie ertönte auf den verzweigten Straßen und in den gläsernen Gebäuden unter ihnen. Lässig wandte er sich ab und ging ins Haus.

»Wahrscheinlich war er gar nicht hinter uns her«, sagte er zu Nikka. Leute rannten in Panik durch den Ballsaal und stießen heisere Schreie aus.

»Vielleicht doch«, sagte sie nervös.

»Komm schon. Wir sind doch völlig unwichtig für …«

Durch den Zusammenstoß barst die rückwärtige Wand. Ein hammerharter Aufprall, und dann eine unheimliche Stille.

Sie wurden unter massivem Mobiliar begraben. Später, während ein Sanitäter sie zusammenflickte, erfuhren sie, daß der Graue Mechano eine Sektion abgestoßen und sie als Aufklärer über die Stadt geschickt hatte. Die städtischen Waffen spuckten Feuer. Die Strahlen verpufften wirkungslos am Mechano-Fragment. Es hatte elektromagnetische Suchpulse abgestrahlt, welche die Stadt gitterförmig partionierten und die Suche dann auf diesen Sektor beschränkt. Offenbar wußte es selbst nicht, wonach es überhaupt suchte. Also hatte der Kasten ungezielt um sich geschossen, ein paar hundert Leute getötet und die Villa der Vorsitzenden zerstört.

Nigel nickte. »Du hattest recht«, sagte er zu Nikka. »Aber weshalb?«

Die Vorsitzende hatte sich ein paar Quetschungen zugezogen. Das erklärte aber nicht ihre Nervosität, die rhythmisch zur Faust sich ballenden Hände und das bläulich angelaufene Gesicht. »Wir sind noch nie von einem Mechano angegriffen worden. Sie gehören zur höchsten Mechano-Klasse und sind uns technisch immer einen Schritt voraus.«

»Ich sehe schon, es hat sich nicht viel verändert«, sagte Nikka. »In unserer Zeit war es das gleiche.«

»Sie könnten uns alle abschlachten.« Die Vorsitzende beobachtete sie skeptisch. »Und sie sind hinter euch her?«

»Eine reine Hypothese«, sagte Nigel gähnend.

Nikka fing seinen Blick auf und sagte: »Ich bin noch nicht mit den Vorräten zufrieden, die ihr uns geliefert habt.«

»Was?« sagte die Vorsitzende verblüfft. »Wir haben ein Geschäft gemacht«, setzte sie dann nach.

»Wir werden nicht gehen, bevor wir ...«, und Nikka leierte eine weitere Liste herunter.

Die Frau öffnete den Mund und klappte ihn wieder zu. »Ihr *müßt* gehen.«

»Tun wir aber nicht«, sagte Nigel.

Sie blickte grimmig. Er sah förmlich, wie es in ihrem Hirn arbeitete. Falls ein Grauer Mechano es wirklich auf die Walmsleys abgesehen hatte, wäre es am besten, sie so schnell wie möglich loszuwerden. »In Ordnung, die Vorräte – aber ihr geht mit dem ersten Licht.«

Nikka grunzte zufrieden. Alles, was den Grauen Mechano anlockte, war schlecht fürs Geschäft.

»Trotzdem«, sagte Nigel später, »weshalb sind wir so wichtig?«

»Vielleicht wegen des Ziels, das wir ansteuern?« sagte Nikka.

Als er in jener Nacht mit Nikka auf einer Art Wasserbett lag, sahen sie, wie der schlangenartige Hund ins Zimmer kam und sie musterte. Er war anscheinend intelligent und sogar Chef des hiesigen Sicherheitsdiensts. Auf Fragen antwortete er mit einem Kopfnicken und einem undeutlichen *›yha‹* oder *›noa‹*.

Nach einer Weile ignorierte er den Hund und erkannte, während er nach draußen auf die nächtliche Spur schaute, daß er sich in tödlicher Gefahr befand. Jedoch nahm er das nicht mehr so tragisch wie in früheren Zeiten. Vielleicht war das eine neu erworbene Weisheit, oder vielleicht war er auch nur müde, doch auf keinen Fall wollte er sein Leben mit irgendeinem Mist vergeuden. Vieles von dem, was einst sein Denken und Fühlen bestimmt hatte, betrachtete er nun als eitel und nichtig. Auf der anderen Seite hatten manche Momente den Glanz von Juwelen.

Er schüttelte diese Stimmung ab und wandte sich Nikka zu. Wo sie die Liebe nun ohne den Alltagsstress genossen, trat etwas ein, womit er am wenigsten gerechnet hätte: Augenblicke angenehmer Überraschung. Er schlief wie ein Ratz. Im ersten Licht der Dämmerung wachten sie auf.

»Der Hund blieb im Zimmer, als wir es miteinander trieben.«

»Ist mir wurscht. Vielleicht sind sie inzwischen so weit entwickelt, daß sie im entscheidenden Moment wegsehen.«

»Moment? Du glaubst, es hätte nur einen Moment gedauert?«

»Gut, dann war es eben zeitlos.«

»Das ist schon besser. Ich glaube mich zu erinnern, daß der Hund im entscheidenden Moment bellte.«

»Wirklich? Und ich dachte, das wärst du.«

15 · TRANSIT

Der Kausalitäten-Polarisator war ein Gerät, dessen Kompressionsantennen wie gähnende Münder klafften. Sie ragten aus einer Basis hervor, welche die Form eines großen polierten Keramikwürfels hatte. Nikka sagte, die Antennen würden sie an die Lautsprecher einer riesigen Stereoanlage erinnern. Hierbei handelte es sich um die Zehn-Kilohertz-Oszillatoren, welche Gravitationswellen mit einer Leistung von einem Terawatt abstrahlten.

Nigel gefiel die Lautsprecher-Analogie – denn genau diesen Eindruck vermittelte das Gerät. Die Familie hatte in einer metallischen Kapsel Schutz gesucht, die neben dem Haus aufgestellt worden war; inmitten der vertrauten Umgebung, die aus der Heimatspur gerissen worden war. Es war ein gutes Gefühl, einfach nur dort zu sein, doch nachdem er die Kapsel betreten hatte, fühlte er ein gewisses Unbehagen. Der Countdown vermochte daran auch nichts zu ändern.

»Das Problem ist«, sagte Nikka, »daß Menschen überhaupt nicht imstande sind, ein Wurmloch auf einer Spur zu öffnen. Dazu sind astronomische Energien beziehungsweise Energiedichten erforderlich. Wir sind höchstens in der Lage, die Oberfläche der Erzett zu kräuseln und eine Schwachstelle zu finden – einen Ort, an dem die Casimir-Kraft vorherrscht.«

»Was ist Casimir?« fragte Angelina.

»Ist doch egal. Er fand heraus, daß im Vakuum eine Kraft existiert, die man zu kontrollieren vermag.«

»Und wir werden das nun auch tun?« fragte Angelina mit skeptischem Blick.

»Natürlich.« Nikka hatte wieder diesen *Siehst du? Ist doch offensichtlich*-Ausdruck im Gesicht.

»Wenn wir eine große Schleife beschreiben müssen, um nach Hause zu kommen, bedeutet das also, daß wir in die Zukunft gehen müssen?« Nigel vermochte wissenschaftlich zu denken, aber er wollte sich auch keinen Knoten in die Hirnwindungen machen.

»Die Zukunft ist viel umfassender als die Vergangenheit. Das Universum ist erst fünfzehn Milliarden Jahre alt. Die Zukunft ist beinahe unendlich.«

Nikka schien zu glauben, damit sei alles gesagt. Doch Nigel hakte nach: »Annähernd unendlich. Interessantes Konzept. Dann ist die Wahrscheinlichkeit viel größer, daß unsere Reise in die Zukunft geht.« Was sie wieder mit dem *Siehst du? Ist doch offensichtlich*-Lächeln quittierte.

Ito kamen auf den letzten Drücker Bedenken und fragte: »Wie gefährlich ist das?«

Sie zuckte die Achseln. Sie hatte schon etliche Traumata überstanden und war dem Tod ein paarmal von der Schippe gesprungen, so daß sie die Sache ziemlich gelassen sah. »Es ist eigentlich ungefährlich, es sei denn, wir geraten in einen Stau.«

»Ich werd zum ...«, brachte Ito noch heraus, bevor ein Hammer aus Schall auf die Kapsel niedersauste.

Schmerz dehnt die Zeit.

Die Schwingungen bestätigten seine Befürchtungen. Sie schienen für eine Ewigkeit unterwegs zu sein, obwohl Nikka ihnen später sagte, daß es nur vierundvierzig Sekunden gedauert hätte. Die Qual.

16 · ZEIT IST EIN HORIZONT

Benommen stießen sie die Luke der Kapsel auf. Sie befanden sich zwischen dem Wohnhaus und den Wirtschaftsgebäuden auf der Gartenparzelle – und alles ruhte auf einer gleitenden Masse aus glühendem Zeitstein. Auf beiden Seiten erstreckte sich eine Schlucht, in der heißer Dampf waberte.

Sie stiegen aus und atmeten kalte, dünne Luft ein, wobei sie den Hautanzug aber anbehielten. Nikka schaute auf die Kapselinstrumente und führte Berechnungen durch. Sie kam zu dem Ergebnis, daß sie sich durch das pulsierende Wurmloch gezwängt hatten und eine Erzett-Verdrängung von ein paar Millionen Wegjahren erfolgt war.

»Wir sind offenbar Millionen Wegjahre entfernt und befinden uns dennoch in der Zeit, aus der wir aufgebrochen sind«, sagte sie sachlich, »oder auf derselben Spur, aber Millionen Jahre in der Zukunft.« Wurmlöcher durchtunnelten eben nicht die Zeit, wie ein Aufzug die Stockwerke eines Gebäudes miteinander verband, auch wenn sie in Nigels Vorstellung so funktionierten.

Der Boden bebte. Die Scheibe mit ihrem Besitz wackelte auf dem Zeitstein.

»Gibt es keine Möglichkeit, das herauszufinden?« fragte Benjamin besorgt.

»Der Kausalitäten-Antrieb hat sozusagen eine integrierte Chaos-Funktion«, sagte Nikka und hielt sich an der Kapsel fest. »Ein genaueres Meßergebnis werden wir wohl kaum bekommen.«

Nigel betrachtete den entfernten Himmel, wo noch mehr Lavawände brodelten und dampften. »Wie lang werden wir hierbleiben?«

»Das ist auch chaotisch«, sagte Nikka. »Aber kurz. Kann sich nur um Stunden handeln. Wir werden einen Hinweis erhalten, wann der nächste Transit bevorsteht.«

Angelina lachte zum Erstaunen der anderen. »Und bis dahin dürfen wir die Landschaft bewundern?« Trotz des zunehmenden Unbehagens stimmte die Familie ins Gelächter ein.

Als ob sie darauf reagiert hätten, strahlten die nahen Felsen ein schwefliges Licht ab, was von einem klagenden Stöhnen untermalt wurde. Eine Schicht schälte sich ab – und eine Bö warf sie um. Hier glich die Erzett einer Haut, die sich abschälte, um das Wachstum frischer Schichten zu ermöglichen. Verdichtete Ereignisse entwickelten sich, loderten auf, vergingen.

Nigel hatte während des Studiums gelernt, daß Masse Raum-Zeit krümmte, doch die Umkehrung dieses Sachverhalts war noch immer für eine Überraschung gut: komprimierte Erzett verhielt sich wie Materie. Ereignisse wurden in Masse gepreßt, was explosive Energien freisetzte: es handelte sich buchstäblich um das Ende der Geschichte, weil bei diesen Detonationen Daten in phosphoreszente Energie umgewandelt wurden, ihr wahres Äquivalent. Die Erzett bestätigte den finalen Dreisatz der Physik – den Aspekt, den Einstein richtig erkannt hatte: Masse gleich Energie gleich Information.

Sie gingen ins Haus, das die Lakaien der Vorsitzenden mit allem Notwendigen ausgestattet hatten und taten so, als ob es sich um eine Heimkehr handelte. Sie hatten Hunger und aßen zur Feier des Tages etwas Fleischartiges, doch der bevorstehende Transit zerrte an den Nerven. Nigel ging wieder nach draußen. Angeblich, um eine Zigarre zu rauchen, die er für besondere Anlässe im Kühlschrank aufbewahrt hatte. Es gefiel ihm nicht, seine Familie in die Hände von Kausalitäten-Antrieben oder ›intrinsischem Chaos‹ oder sonst einer Kollektion von Zungenbrecher-Wörtern zu geben, die letztlich nur die Gleichgültigkeit der Welt gegenüber dem Leben und den Werten der Menschen bezeichneten. Doch er hatte keine Wahl.

»Es führt kein Weg dran vorbei. Du weißt das«, sagte Nikka. Sie war zu ihm herausgekommen, wobei die Schritte vom Knacken des Zeitsteins auf der Krümmung dieser sphärischen Spur übertönt worden waren.

»Hätten diese Leiche wegziehen und vermodern lassen sollen«, sagte er düster.

»Dann hätten wir unsere Identität verloren.«

»Wäre das so schlimm gewesen? Dann hätten wir eben von vorn angefangen.«

»Wir tun nun, was wir die ganze Zeit schon tun wollten. Hinter den Horizont blicken, wie du es ausgedrückt hast.«

»Stimmt.« Er seufzte. »Ich wollte immer hinter den Horizont sehen. Das ...«

»Zeit ist auch ein Horizont.«

17 · TRANSIT-WARTESCHLEIFE

Stochastisch.

Kein Wort, das ihm gefiel – zu pedantisch, wo es nur für Chaos stand, Unordnung, die Wechselfälle des Lebens und der Erzett. Die künstliche Gravitationsenergie trieb den Keil lokaler Erzett mit ruckartigen, stochastischen Bewegungen durch den Wurm.

Transit – Stop – Transit – Stop.

Sie wußten nie, wie lang die Pausen beim Durchgang durch diesen Wurm-Vortex jeweils dauerten. Sie sahen wohl die Umgebung, wagten sich aber nicht hinaus. Sie zehrten die Vorräte auf, und die Stimmung wurde immer schlechter.

Eine Kartierung der Erzett war nicht möglich. Sie wurde von gewaltigen Energien durchgewalkt, so daß die Geometrie mit einer Wärmflasche zu vergleichen war, in der Wasser schwappte. Die Spuren waren oft lang und verschlungen und krümmten sich aus heiterem Himmel zu Sphären und Blasen, so daß die Topographie des Zeitsteins einem steten Wandel unterworfen war.

Manchmal pausierten sie mehrmals auf derselben Spur, so daß sie deren Evolution im Zeitraffer verfolgten. Während der Zeitstein aufgrund eigener Gesetzmäßigkeiten sich entwickelte, riß der Boden auf und wurde wie ein Geysir in die Luft gewirbelt. Unter der Einwirkung sintflutartiger Regenfälle, welche die Veränderungen begleiteten, faltete der Boden sich zu neuen Hügeln und Tälern unterhalb der gezackten Gipfel neu entstandenen Zeitsteins. Das Leben war widerstands- und anpassungsfähig, und die meisten Pflanzen überlebten einen kurzfristigen Umbruch, um im Licht des Zeitsteins zu neuer Blüte zu gelangen.

Nigel verweigerte Ito und Benjamin die Erlaubnis,

die Spuren zu erkunden, welche sich mit ihrer Spur kreuzten. »Nein.«

»Wieso nicht?«

»Fragt eure Mutter. Sie wird euch sagen, daß sie ›stochastisch‹ sind.«

»Ach ja?«

»So verzweifelt ist unsere Lage noch nicht.«

Doch die Vorräte gingen zur Neige, und Nigel sah, daß Ito längst nicht so gelassen war, wie es den Anschein hatte. Nach einem handfesten Familienkrach hatten sie beschlossen, Ito und Benjamin Ausgang zu gewähren. Nikka, Angelina und Nigel hatten besorgt auf ihre Rückkehr gewartet, derweil die Uhr in der Kapsel dem nächsten Transit entgegentickte.

Eine Stunde vor dem Start – wobei Nikka murmelte, daß man bei solchen Kalkulationen eine Sicherheitsmarge von mindestens zwei Stunden ansetzen mußte – kamen sie mit Rucksäcken voller Proviant über den Zeitstein getrottet. Benjamin sagte, sie hätten nicht viel gesehen, doch Nigel hatte den Eindruck, daß Ito trotzdem seinen Spaß gehabt hatte.

Sie setzten die sprunghafte Reise fort und verfolgten das Epos organischer Lebensformen und Mechanos an den Orten, die sie besuchten. Normalerweise waren sie auf Zeitstein-Terrain isoliert. Manchmal tobten Schlachten in der Ferne, und sie beobachteten die unbekannten Kämpen, in der Hoffnung, unentdeckt zu bleiben.

Diese Hoffnung erfüllte sich in der Regel auch, doch ein paarmal waren Mechanos über ihnen gekreuzt. Ito und Benjamin hatten zwei Staffeln mit Strahlenwaffen vom Himmel geholt, die sie von der Vorsitzenden erworben hatten. Das war ein toller Spaß gewesen. Wahrscheinlich hatten sie Glück gehabt, weil sie in dieser Region das Überraschungsmoment auf ihrer Seite hatten. Nigel sagte ihnen, sie sollten aufhören damit, denn irgendwann würde das Glück sie auch wieder verlassen.

In der nächsten Pause indes gerieten sie in größere Schwierigkeiten. Eine Frau sagte ihnen, die Mechanos hätten eine neue Seuche verbreitet. Die Erreger würden vom Wind fortgetragen, und die Krankheit würde einen schweren Verlauf nehmen. Neun von zehn Bewohnern ihrer Stadt seien daran gestorben. Die Walmsleys versorgten sie mit Nahrung, und in jener Nacht erwischte es auch sie. Fieber, starke Dysenterie, und in den Nebenhöhlen wucherten schwammige gelbe Tumore. Ito schlafwandelte; er sah die Pforten einer privaten Hölle und wollte hindurchgehen, um sich eine vermeintliche Belohnung abzuholen. Nigel und Angelina packten ihn und hielten ihn stundenlang fest, bis die Trugbilder in einem Wortschwall platzten, der aus Itos Mund quoll. Die Worte glichen einem Fluß der Halluzination und waren so grotesk, daß Nikka ein paar davon aufschrieb. Ihre wissenschaftliche Nüchternheit erstreckte sich zum Teil auch auf ihre Kinder.

Dann fiel Nigel den Wahnvorstellungen zum Opfer und wurde von schlimmen Erinnerungen heimgesucht, die jeden quälen, der sich für ein langes Leben entscheidet.

… Ein kleines Raumschiff manövrierte in der Nähe des weißen Erdmonds.

… Schwamm durch die dunklen, eisigen Gewässer des Monds und tauchte in einen inneren Ozean hinab, der von einer kilometerdicken Eisschicht überzogen war.

… Winde wehten ihm ätzenden Staub ins Gesicht, während Aliens so groß wie Radioteleskope in der mörderischen Hitze auf ihn zukrochen.

… Der lange Flug zur Erzett, auf der Flucht aus einer Galaxis, die von Mechanos schier überzuquellen schien.

All das erwähnte er in einem wirren Redeschwall, wobei er sich freistrampelte und Blut hustete. Er war sich dessen aber nicht bewußt und sah auch Nikkas zerfurchtes Gesicht im Zwielicht nicht.

Die Rettung verdankten sie nur ihrer Relativposition in den Erzett-Koordinaten, wie er später erkannte. Das von den Mechanos produzierte Virus war exakt auf die Menschen dieses Raum-Zeit-Punkts abgestimmt, so daß sie der tödlichen Wirkung um Haaresbreite entgingen. Dennoch laborierten sie eine Woche lang an den Symptomen, bis die Krankheit unter ihnen die Runde gemacht hatte. Es dauerte drei Pausen, bis sie völlig genesen waren, und zu diesem Zeitpunkt waren die Vorräte aufgebraucht.

18 · DER LANGE MARSCH

Die Mechanos hatten wie die Berserker gewütet. Zerstörte Städte, verbrannte Landstriche, dezimierte Populationen, die in den Zustand der Primitivät zurückgefallen waren.

Einmal, während sie nach Informationen und Nahrung suchten, erwischte ein Mechano Nigel und Angelina auf freier Fläche. Es war ein Crawler-Typ und fügte Angelina schlimme Brandwunden zu, bevor Nigel seinen Hauptspeicher zerstörte. Als er sah, wie Angelina sich quälte, gab er ihr ein Beruhigungsmittel, damit sie einschlief. Während er darauf wartete, daß die Wirkung einsetzte, riß er im Zorn den Greifarm des Mechanos ab und drosch damit auf den Panzer ein. Er legte seine ganze Kraft in die Schläge. Dann schulterte er Angelina und erreichte mit letzter Kraft die Farm. Er wachte voller Sorge an ihrem Bett, und es dauerte Tage, bis sie sich wieder erholt hatte.

Wenn man das Leben durchs Prisma der Erzett betrachtete, sagte Nigel sich, während er seine Tochter pflegte, glich es einem langen Marsch, einer endlosen Kolonne verlorener Seelen in der Dunkelheit. Sie waren in ihrer Zeit isoliert und hatten jede Orientierung verloren. Dennoch wurde in jeder Gesellschaft, in die sie einen Blick warfen, viel Blech geredet, und die Narren behaupteten, sie wüßten mehr, als sie sagten. Es wurde auch viel gelacht, und irgend jemand ließ immer eine Pulle rumgehen.

Doch hin und wieder strauchelte jemand, faßte nicht mehr Fuß, fiel um und wurde zurückgelassen. Die Toten.

Sie glitten in der Zeit vor und zurück und steckten die Köpfe raus, wenn die chaotischen Abläufe im Wurm es so wollten. So setzte Nigel den langen, tödlichen Marsch aus vielen Momentaufnahmen zusammen, wodurch das Gesamtbild um so aussagekräftiger wurde.

Ganze Gesellschaften folgten den toten Individuen. Für sie war der Marsch in diesem Augenblick zu Ende. Manchen war noch ein Aufschub beschieden, währen sie auf dem harten Boden lagen und Nebel sich auf sie herabsenkte – die Parade löste sich auf, mitsamt den Lichtern und der Musik und den derben Witzen.

Wir haben die Toten irgendwo dort hinten zurückgelassen, sagte er sich, *in einer konturlosen Landschaft, die wir fast schon wieder vergessen haben.*

Er erinnerte sich an andere, die vor Jahren auf der Strecke geblieben waren. Mit einem leisen Seufzer oder einem qualvollen Stöhnen oder auch nur einem Zucken der Augenlider hatten sie sich vom menschlichen Marsch abgemeldet. Sie kannten nicht die neusten Witze und die heißesten Gerüchte, und es war ihnen auch nicht mehr vergönnt, eine Flasche guten Weins zu entkorken. Der Marsch deprimierte ihn. Er gedachte lang verlorenen Freunden und wünschte sich, er könnte ihnen erzählen, was heutzutage angesagt war.

Während er die aktuellen Indizes ablas, und zwar im Verborgenen, damit Nikka es nicht mitbekam, sagte er sich: *Richtig – und du alter Knochen weißt genau, daß deine Station über den Gezeiten der Zeit nur vorübergehend ist. Diese Zählebigkeit ist das einzige, was dich vor ihnen auszeichnet, und sie ist künstlich. Eines Tages wirst du dir den Knöchel verstauchen, stürzen, und dann versinkst auch du im Schlamm. Vielleicht wäre es besser gewesen, du hättest dieses verwirrende und beängstigende Bild nicht gesehen, mit den versinkenden Köpfen und den Gesichtern, die sich schon von dir abgewandt haben. Vielleicht wäre es am besten gewesen, du hättest dieses hohle Gelächter über einen dir unbekannten Witz nicht gehört und das Licht der goldenen Laterne nicht gesehen, das über ihnen scheint und nicht über dir.*

Und es wird jedem widerfahren, den du gekannt hast und jemals kennenlernen wirst.

Irgendwie gewöhnte er sich nie daran.

19 · GESCHICHTENERZÄHLER

Sie vermochten wohl durch die Raum-Zeit zu fliehen, doch der Biologie entkamen sie nicht. Sie alle erlitten einen Rückfall in die von den Mechanos verursachte Seuche – längst nicht so schlimm wie beim erstenmal, aber immer noch schlimm genug.

Ito war als erster wieder auf den Beinen. Als er ohne Umschweife verkündete, er würde in der nächsten Pause auf Nahrungssuche gehen, waren die andern gerade einmal in der Lage, schwächlich zu widersprechen. Der nächste Transit würde erst in ein paar Tagen erfolgen, besagten die Wahrscheinlichkeits-Indices.

»Wahrscheinlich! Nur wahrscheinlich!« protestierte seine Mutter schwach.

»Und daß wir verhungern, ist nicht nur wahrscheinlich, sondern sicher«, sagte Ito grimmig und ging.

Sie hatten eine schwere Zeit, doch ging es ihnen wieder besser, als Ito vollbepackt und mit einer bösen Wunde am Bein zurückkehrte.

Als sein Ältester durch die Tür kam, hatte Nigel das Gefühl, die Sonne würde nach einer langen Nacht aufgehen. Während er Ito half, das Gemüse und Obst einzulagern, nahm er eine Veränderung bei seinem Sohn wahr. Beim Abendessen trat diese Veränderung noch deutlicher zutage. Ito sprach klarer und prononcierter, und sein Gesicht hatte auch nicht mehr den Ausdruck der Anspannung, an den Nigel sich von früher erinnerte.

Wie so viele Männer und Frauen, die durch körperliche und geistige Unrast zu Handlungen getrieben wurden, wußte Ito mit dem Begriff ›Abenteuer‹ nichts anzufangen. Doch er wußte um die soziale Bedeutung des Geschichtenerzählens und erwähnte deshalb jedes noch so belanglose Detail:

– der schlangenartige Mechano, der sich an sein Bein geheftet hatte und sich erst entfernen ließ, als er ihm ein Liedchen sang (auf die Idee kam er, während er wütend herumbrüllte);

– windschiefe Städte, die unglaublich schön und ebenso häßlich waren;

– Aliens in allen Formen und Farben, die ihn keines Blickes würdigten, während er von ihnen fasziniert war;

– die Enthauptung einer Frau wegen unaussprechlicher Akte, die sie mit einem Mechano vollzogen hatte. Das war ebenso erschreckend wie verwirrend, weil niemand die Motivation des Mechanos zu erklären vermochte, wogegen die Motive der Frau noch im Rahmen der bekannten menschlichen Perversionen zu liegen schienen;

– eine Mechano-Religion, die ausschließlich Tiere verehrte und sie einer natürlichen Weisheit zuschrieb;

– ein gläsernes Schloß, dessen Bewohner ein Leben unter den Augen der Öffentlichkeit führten, wobei nicht einmal die intimsten Details verborgen blieben;

– ein Wasserfall, der aufwärts floß und von einer Eiskappe gekrönt wurde, die wie ein glitzernder weißblauer Berg aussah.

Als Nigel zu Bett ging, begriff er, daß sein Sohn einen Transit der besonderen Art vollführt hatte – einen, von dem die wenigsten sprachen und dessen die meisten sich erst nach Jahren richtig bewußt wurden.

20 · GENERATIONEN

Sie setzten die Reise fort und glitten im Energiefluß des Wurms durch die Schichten der Erzett. Nikka befestigte einen optischen Sensor an der Außenseite der Kapsel und sahen den enorm verlangsamten Ablauf eines Transits. Ein milchiger, sich kräuselnder Schleier legte sich um die Farm.

In ihrer Vorstellung war ein Wurmloch wie ein Schacht, der sich durch die Ebenen der Raum-Zeit zog – gleichsam eine glitzernde Nadel, die das schwarze Tuch der Erzett durchstieß. Dennoch nahmen sie den Wurm als dreidimensionale Erscheinung wahr.

Im Sekundenbruchteil des Durchgangs glich der Wurm einer flackernden, glänzenden Sphäre. Sie schwoll an, schluckte sie und schrumpfte wieder zu einem Punkt – der schließlich in einem goldenen Funkenschauer und mit brutaler Dynamik verschwand. Nigel hatte den Eindruck, er würde am eigenen Rückgrat emporklettern.

Sie betrachteten die Erzett jenseits ihres kleinen Areals. Es dauerte manchmal nur Minuten, bis sie wieder eine andere Gestalt annahm. Flimmernde Szenerien und Landschaften zogen an ihrem Reservat vorbei. Sie sahen Zeitalter ohne erkennbare menschliche Präsenz. Manche Zeitalter präsentierten überfüllte Städte auf unruhigem Zeitstein. In anderen Zeiten gab es nicht einmal eine Atmosphäre – so daß die Hautanzüge beim Kontakt sofort zuschnappten –, und wieder andere hatten eine Atmosphäre aus brodelnden, giftigen Gasen. Manche Pausen waren lang genug für einen Ausflug.

Über all dem erlangten Nigel und Nikka ein neues inneres Gleichgewicht, eine bittersüße Erkenntnis, die sich aus den Zeiten speiste, die sie durchquert hatten. Es gab Myriaden Ereignisse – manche klein und bezeichnend, andere groß und gefährlich und letztlich unbedeutend, doch waren sie alle eine Chiffre für Freud und Leid menschlicher Existenz an sich.

Sie begegneten großen Stämmen auf hohem kulturellen und geistigen Niveau. Soldaten, die soffen wie Löcher und fraßen wie Scheunendrescher, weil sie wußten, daß sie am nächsten Tag zum Gefecht antreten mußten, das für viele wohl das letzte sein würde. Gelehrte, gebeugt von langer Mühsal und in bitterer Armut lebend, doch immer noch begeistert von den Studien, denen sie ihr Leben gewidmet hatten. Kinder, die in den geschwärzten Ruinen spielten. Eltern, die Freude an ihren Kindern hatten, derweil die Welt um sie herum in Schutt und Asche versank. In Städten, die immer fremdartiger anmuteten, je länger die Reise währte, sangen Leute noch getragene, traurige Lieder auf den Straßen, als Mechano-Armeen sich schon hoch oben auf der Spur sammelten, und es bildeten sich Menschenaufläufe um Zauberer, die Tricks vollführten und uralte Witze rissen, was mit lautem Gelächter bedacht wurde. Unter den wenigen Überlebenden anderer Angriffe in anderen surrealen Landschaften trafen die Walmsleys auf Leute, die mit stoischer Gelassenheit ein neues Leben begannen. Generationen schmolzen dahin, und neue entstanden, von denen nur wenigen die Zeit vergönnt war, die Nikka und Nigel hatten. Doch irgendwie durchdrang immer ein schwaches, aber stetes menschliches Licht die Finsternis.

Das alte *non sequitur*, daß Spezies im Lauf der Zeit degenerierten, bewahrheitete sich hier nicht. Vielmehr barst die Menschheit schier vor Aktivität. Sozietäten entstanden und vergingen, ohne sich von den Mißerfolgen ihrer Vorgänger entmutigen zu lassen.

Im Angesicht des unausweichlichen Endes und der unvermeidlichen Fragen, so erkannte Nigel, sind alle gleich: Zeugen von Jesus' Wehklagen, während er zögerlich in die Ewigkeit schritt. Er wußte nicht, was er von der hartnäckigen menschlichen Existenz halten sollte. Nikka indes wunderte sich nicht darüber, sondern strahlte vor Stolz auf ihre Art.

21 · WENDEPUNKT

Sie erreichten das Ende des gekrümmten Wurmpfads durch die Erzett. »Wir sind in einen Stau geraten«, schloß Nikka aus den Daten.

»Was heißt das?« Nigel betrat das vertraute Gelände der Farm. Das Land dahinter wirkte seltsam überschattet.

»Wir hängen fest. Der Vortex-Wurm windet sich hier« – sie lächelte über den Witz, der auch nötig war, um den Weiterungen ihrer Aussage die Spitze zu nehmen – »und geht auf Gegenkurs in der Erzett. Hier ist der Wendepunkt.«

»Es geht heim!« rief Angelina fröhlich und klatschte in die Hände.

»Aber?« fragte Nigel mißtrauisch.

Nikka nickte zerknirscht. »Aber … wir sitzen hier am Wendepunkt fest.«

»Ein Stau in der Raum-Zeit.« Nigel ließ diese Idee erst einmal auf sich wirken.

Sie gingen zur Grenze ihres Landes. In etwas, das den Eindruck einer festen Masse erweckte, erkannte Nigel fahle Flächen und pastellblaue Schatten, als ob tief im Innern eine Sonne unterginge. Helle Flächen tanzten, als ob das Licht sich an der Oberfläche eines vom Wind aufgewühlten Sees bräche – wie die ersten Sonnenstrahlen, die in eine mit Wasser gefüllte Höhle eindrangen. Die Impression wiederholte sich wie in einer Endlosschleife.

Das war unheimlich, und er wäre fast abgeglitten, wie jemand, der bei der Annäherung an einen Abgrund weiche Knie bekommt, obwohl er noch festen Boden unter den Füßen hat. Eine dünne Kruste bewahrte ihn vor dem Sturz in die Tiefe.

»Wir durchleben immer wieder denselben Moment«, flüsterte Ito. »Wir drehen uns im Kreis.«

»Verdammt!« Benjamin fürchtete sich nicht. Er wollte nur nach Hause.

Dann erfolgte ein abrupter Szenenwechsel. Anhöhen aus nacktem Fels falteten sich auf. In ruckartigen Bildfolgen sahen sie, wie die Hügel abgetragen und von Rinnen durchzogen wurden. Gipfel flachten zu Buckeln ab, Hügel sackten zusammen – und dafür wuchsen seltsame eisblaue Nadeln aus dem Boden. Viperngrüne Gletscher rutschten durch Täler. Nigel erkannte, daß es sich überhaupt nicht um Gletscher handelte, sondern um eine klirrend kalte Superflüssigkeit, die sich ins Tal des Todes der Endzeit in ferner Zukunft ergoß. Sie sahen die Scheiben der Zeit, die noch Informationen aufzunehmen vermochten, Splitter, die von einer gewaltigen Zeitspanne abgebröckelt waren. Sie sahen die Äonen, die Berge abtrugen und verschwinden ließen, denn sie betrachteten eine Physik und Dynamik, die den menschlichen Zeitrahmen sprengten.

Plötzlich steckten sie wieder in der Endlosschleife, in der sie sich zuvor schon befunden hatten. Irgendwie hatten sie einen großen Sprung gemacht und waren zurückgeworfen worden. Sie betrachteten das sich wiederholende Intervall für eine Weile, doch sonst tat sich nichts.

»Mama … Wie kommen wir aus dem Stau wieder raus?« fragte Angelina leise.

»Wir können gar nichts tun.« Nikka starrte den Zeitstein an, der sich wand wie eine glühende Schlangengrube. »Wir sitzen ihn aus.«

»Wie lang?« Benjamin schürzte beim Anblick der brodelnden Materie angewidert die Lippen.

Nigel fragte sich unbehaglich, ob diese Frage überhaupt relevant war, wenn die Zeit sich zyklisch wiederholte. Und der Raum auch – er sah, daß immer dieselben Splitter auf- und abstiegen. Doch ihr kleiner Erzett-Keil bewegte sich an einer eigenen Zeitachse entlang. Nahm er jedenfalls an. Die Ungewißheit verursachte ihm Kopfschmerzen.

»Ich befürchte, das ist eine stochastische Variable, die nicht zu kürzen ist«, sagte Nikka.

»*Alles* ist hier chaotisch!« platzte Nigel heraus.

»Außer dir. Du bist ja so berechenbar«, sagte Nikka lächelnd.

Damit brachte sie alle zum Lachen, obwohl ihnen nach der tagelangen Warterei gar nicht zum Lachen zumute war.

Die Ereignisse unter ihnen gerieten wieder in Bewegung.

Die Lufttemperatur sackte so dramatisch ab, wie es in einer planetaren Umgebung unmöglich gewesen wäre. Und ohne ersichtliche Ursache wurde das Land unterhalb der eingekapselten Farm in Rotation versetzt.

»Hat der Stau sich aufgelöst?« rief Angelina freudig.

»Ich weiß nicht.« Nikka runzelte die Stirn, wodurch die Krähenfüße um die Augen sich noch tiefer eingruben. »Die äußere Zeit scheint zu beschleunigen.«

»Wir hängen im Raum fest und gleiten in der Zeit?« fragte Ito.

»So sieht's aus«, sagte Nikka. Nigel indes hatte den Eindruck, daß Physik hier reine Ansichtssache war.

Der Zeitstein glitt und krümmte sich noch, als eine Dunkelphase einsetzte, und als es wieder hell wurde, sahen sie Täler, Erdreich und Vegetation. Das Land wurde von unsichtbaren Kräften bestellt, und doch hatte das Wetter einen Hauch Normalität: plötzliche Regenschauer, den Geruch von Salbei und Fleisch, das irgendwo geräuchert wurde.

Das abfließende Wasser verzweigte sich in Ströme und dann in träge Flüsse, an deren Ufer Bäume mit buschigen Kronen wuchsen. Das Erdreich spritzte manchmal in einen scheckigen Himmel. Vor ihren Augen falteten zerklüftete Gebirgszüge sich auf, deren Gipfel an gazeartigen Wolken kratzten.

Vorsichtig stießen sie ins neue Land vor. Bizarre Kreaturen schlichen zwischen den Felsen umher und tanzten auf Füßen aus Netzgewebe, als ob der Boden zu heiß wäre. Die Familie ging einen langen Abhang hinunter und erkannte etwas, das wie Blockhäuser am Fuß steiler Hügel aussah. Aus den Fenstern drang ein orangefarbenes Glühen, und Rauch quoll aus den gemauerten Schornsteinen. Er wurde vom starken Wind umgelenkt und driftete wie Fahnen durchs Tal. Durch einen Einschnitt in diesen Hügeln gelangten sie in eine dunkle Senke mit einer Stadt, deren Struktur an den Funkenregen eines unsichtbaren Feuers erinnerte. Lauter glühende Punkte waren zu sehen, als das Licht der Erzett erlosch. Aber es gab keine Bewohner. Dann sah Nigel, daß die Stadt sich bewegte. Die ganze Konstruktion kroch auf sie zu. Eine lebende Stadt.

Er fragte sich, was sich wohl darin verbarg. Gab es überhaupt noch etwas, das ein ausgebranntes Wrack wie ihn zu überraschen vermochte? Einen Ort, der ihm unheimlich war und an dem er trotzdem ruhig schlief?

Natürlich, so sagte er sich mit einem wissenden Nicken, würde er auch am nächsten Morgen wieder mit dem alten Schreckgespenst aufwachen, das ihm auf der Brust saß und ihm mit einem zahnlosen und triumphierenden Grinsen ins Gesicht blickte.

Plötzlich bohrte Zeitstein sich durchs Erdreich. Der Humus verbrannte, und das Land zeigte Zähne. Sie ergriffen die Flucht und erreichten mit knapper Not ihr Territorium.

Der Graue Mechano erschien wenig später.

22 · FERNE ZUKUNFT

Als er viel später in einer Zeitsteinspalte aufwachte, erinnerte Nigel sich an eine Zeit, in der Kontakt zwischen der Menschheit und der erstaunlichen Vielfalt mechanischer Konstrukte möglich gewesen war. Er hatte den gebrochenen linken Arm geschient und wartete darauf, daß der Schlaf ihn überkam. Er konzentrierte sich auf die Vergangenheit, weil der Gedanke an seine Familie zu schmerzlich war. Wenn er wieder gehen konnte, würde er nach ihr suchen. Das war alles.

Damals hatten ein paar Mechanos Angehörige von Nigels Besatzung davon überzeugt, daß die Existenz als ein mechanisches Wesen besser und dauerhafter wäre als das fragile Leben ›organischer‹ Kreaturen. Also hatten ein paar niedere Formen des Grauen Mechanos bereitwillig ein paar von seinen Freunden ›integriert‹ und ›erhöht‹, wie sie es bezeichnet hatten.

Der Vorgang war schmerzlos. In ihrer Eigenschaft als Mechanos hatten seine Freunde die Form von Kästen auf skelettartigen Rahmen angenommen. Sie verharrten zumeist reglos in der Landschaft, und als Nigel ihnen ein paar Aussagen über ihr Leben entlocken wollte, wirkten sie abwesend – als ob sie ein Telefongespräch führten und zugleich etwas Interessanteres im Fernsehen sähen. So kam es ihm jedenfalls vor. Was sie von sich gaben, war leeres Geschwätz und trotzdem irgendwie beängstigend.

Es hatte ein paar Jahre gedauert, bis er sich wieder auf der Spur befand, wo dieser Vorgang sich ereignet hatte. In einem Sicherheitsabstand von dem Punkt, wo die niederen Formen des Grauen Mechanos in der Regel auftauchten, ging er hinter ein paar Felsen in Deckung. Die Gebilde, die seine Freunde ›erhöht‹ hatten.

Ihre Sensoren waren gut, so daß er sich nicht zu nah heranwagen durfte. Schließlich tauchte eine der Unter-Formen auf, und er identifizierte sie anhand ihrer elektromagnetischen Eigenschaften. Er schoß dem Gebilde den Unterbau weg. Dann ballerte er mit einer Waffe, deren Funktion er nur annähernd verstand, drei Löcher in den Hauptkörper. Das elektromagnetische Summen des Mechanos verstummte. Etwas Kleines stieg aus dem Schrotthaufen aus und versuchte zu entkommen. Mit großer Befriedigung gab Nigel acht Schüsse auf das Objekt ab. Später erfuhr er, daß die anderen Unter-Formen wieder in den Grauen Mechano integriert worden waren, so daß er sich mit der einen Teileinheit bescheiden mußte.

Davon träumte er, derweil der Arm schmerzte und das Herz wie flüssiges Blei in der Brust brannte.

Es regnete stark in der Dunkelheit. Die Vegetation wurde von peitschenden Winden gebeugt. Blitze zuckten durch den Himmel. Hoch oben sah er die gelben und grünen Zacken, wo die Erzett sich in einer verzerrten Geometrie in sich selbst krümmte.

Kein Anzeichen vom Grauen Mechano.

Nein, Graue Mechanos, korrigierte er sich. Das war ein großer Irrtum gewesen.

Zwei Graue Mechanos waren auf der Spur erschienen. Die aschgrauen Klötze hatten die Gebäude angeflogen. Er erinnerte sich an das erstarrte Tableau: Benjamin und Nikka und er selbst, die zu den Segmenten des Transit-Geräts rannten. Ito und Angelina wandten sich zur Flucht.

Die Zeit war hier hoffnungslos verzerrt; das hatte er schon vor langer Zeit erkannt. Doch die alte Frage blieb: hätte er irgend etwas zu ändern vermocht?

23 · RAND DER VERNICHTUNG

In den paar Sekunden, bevor die dunklen Schemen sie erreichten, hatte er gerufen: »Transducer!« Gemeint waren die großen pyramidenförmigen Keile, die gespeicherte elektrische Energie in Gravitationspulse umwandelten.

»Zu *welchem?*« schrie Nikka gegen den tosenden Sturm an, den die Grauen Mechanos entfesselten.

Sein Blick flog von einem Grauen Mechano zum andern. Nikka hieb mit der flachen Hand auf die Konsole und aktivierte das Interface.

Welcher? Beide? Zwei aschfahle Klötze, die scheinbar antriebslos auf sie zuflogen. Drehten sich um eine unsichtbare Achse und rissen den Himmel auf.

Sie agierten nicht synchron. Reagierten jeweils auf die Manöver des anderen.

Der größere flog voraus und kam schnell näher. Aus Verzweiflung nahm Nigel ihn aufs Korn. »Dort!«

Nikka zielte und feuerte mit einer fächerartigen Handbewegung eine Transducer-Salve ab. Der Boden erbebte unter der Wucht der akustischen Energie, und sie stürzten um. Der Graue Mechano schüttelte sich, ließ sich aber nicht aufhalten.

Ito und Angelina erreichten das Haus nicht. Der Graue Mechano schoß einen Bolzen ab, der sie wie ein flimmernder blauweißer Mantel einhüllte. Sie verkrümmten sich und fielen um.

Die Streustrahlung des Bolzens legte Nigels integrierte Elektronik lahm. Er rappelte sich gerade auf, als der plötzliche Systemausfall ihn erneut zu Boden schickte. Die Verteidigungssysteme wurden bis zur Kapazitätsgrenze belastet, und er stand am Rand der Vernichtung.

Er schaute auf; zum letztenmal, wie er glaubte. Benommen verfolgte er das Schauspiel, wie zwei Graue Mechanos sich am saphirblauen Himmel bekämpften. Blitze zuckten durch die Luft. Eine Druckwelle traf ihn, und er spürte, wie die letzte Energie aus seinem Körper entwich.

Er kämpfte gegen die Bewußtlosigkeit an, doch dann wurde er von der kalten Schwärze umfangen …

24 · ALEXANDRIA

… um hier zu erwachen, auf einem Abhang aus Zeitstein.

Mit gebrochenem Arm und schmerzenden Beinen.

Nein, er hätte es wohl nicht zu ändern vermocht.

Das war immer ein tröstlicher Gedanke, doch mit Blick auf die Mechanos war das eine unumstößliche Tatsache. Sie reagierten viel schneller als Lebewesen mit Muskeln und Nerven. Dennoch entlastete dieser Gedanke ihn auch nicht, denn er klang eben doch nach einer Entschuldigung.

Er stöhnte und schlug die Augen auf. Die Lider waren klebrig. Blitze zuckten über ihm und schienen einen Ort der Ruhe zu suchen. Er wußte natürlich, daß es sich nur um einen Schwarm Elektronen handelte, die einen Weg suchten, elektrostatisches Potential zu entladen. Dennoch wurde er das unheimliche Gefühl nicht los, Geister zu beobachten, die sich suchend vorwärtstasteten und voller Begierde die Luft aufwühlten. Er sah, wie die zitronengelben Finger über das hohe Dach der Erzett spielten, als sie wieder zu ihm kam.

Du hast dich verändert.

»Du aber nicht.«

Meine Art verändert sich nicht.

Er blinzelte, doch das Bild blieb. Alexandria, seine erste Frau, stand neben ihm und betrachtete denselben Blitz, den auch er im Blick hatte. Im schwefligen Leuchten erkannte er ihre klassische Stirn und die filigranen Wangenknochen. So hatte sie jedenfalls vor ein paar Wochen noch ausgesehen, bevor die Krankheit sie auszehrte und er sie auf einer Anhöhe in Pasadena, Kalifornien, begraben mußte.

»Alexandria, ich …«

Ich mag es nicht, wenn du mich bei meinem Namen nennst.

»Es ist aber ein schöner Name.«

Welchen Kommentar hast du immer dazu abgegeben?

»Daß dein Name perfekt sei. Daß er dir wie auf den Leib geschrieben sei. Alexandria in Ägypten, wo die Bibliothek verbrannte. Verlorenes Wissen. Wir werden es nie erfahren.«

O ja. Die meisten Leute sprachen ihn falsch aus. Sie verwechselten ihn mit dem gewöhnlichen Namen ohne das i.

»Wo die klassische Zivilisation auf ein Riff gelaufen ist und den größten Teil der Fracht verloren hat.«

Du bist aber schwach in Geschichte, Geliebter. Die Griechen waren längst untergegangen, als diese Bibliothek verbrannte.

»Aber nicht die Zivilisation. Die besteht so lang, wie man sich ihrer erinnert.«

Und unsere?

Nigel zuckte die Achseln. »Solange wir existieren, nehme ich an.«

Solange du existierst. Ich zähle nicht. Ich bin ein Geist.

»Nicht für mich. Du bist die Frau, die ich liebte.«

Sie drehte sich etwas zu ihm um, gerade so viel, daß er ihr entzückendes Lächeln sah. So war es immer. Er hatte nie ihr Gesicht gesehen, sich nie die Züge einzuprägen vermocht. Und genauso wenig vermochte er es zu vergessen, wie er sich nun bewußt wurde. Sie war selbst über den gähnenden Abgrund der Jahrhunderte hinweg präsent.

Vergangenheit?

»So habe ich es nicht gemeint, Liebes.«

Verlorenes Wissen.

»Eigentlich nicht.«

Sie verzog die Lippen zu einem stummen Lachen. *Bist du so sicher?*

»Ich erinnere mich an alle Höhen und Tiefen.«

Nach so vielen Jahren?

»Bedenke die Relativität. Auf der Erde sind vielleicht achtundzwanzigtausend Jahre vergangen. Aber hier drin« – er tippte sich an den Kopf – »hat sich kaum etwas getan. Ziemlich öde. Zeitdilatation sagen die Physiker dazu.«

Davon habe ich nie etwas verstanden.

»Ich bezweifle auch, daß überhaupt jemand es versteht. Es ist eben ein Merkmal des Universums.«

Und du?

Nigel vermochte nicht in ihrem Gesicht zu lesen. »Ich?«

Bist du auch ein Merkmal des Universums?

»Hmmm. Ja, aber nur ein unwichtiges.«

Du warst damals wichtig und bist es noch.

»Ich bin eine Wanze auf der Theaterbühne. Man

könnte es als gravierenden Fall einer falschen Personalentscheidung bezeichnen.«

Durch wen?

»Von wem«, sagte er abwesend.

Ach! Immer noch der Hüter der reinen Sprachlehre. Also gut, von wem?

»Vom Direktor, schätze ich.«

Wer ist …?

»Das habe ich mich auch schon gefragt. Ob es hier etwas gibt, das von selbst abläuft. Irgendwie.«

Gott?

»Dieser Name wird einer so großen Idee nicht gerecht. Ich hätte jedenfalls vermutet, daß du in der Lage wärst, Ihn selbst zu fragen, was?«

Weil ich im Himmel bin?

»Bist du denn nicht dort? Oder wenigstens an einem anderen Ort?«

Sie lachte. Ich bin in deinem Kopf. Aber im Himmel bin ich nicht.

Als sie sich noch etwas zu ihm umdrehte und ihn anlächelte, sah Nigel sie mit kristalliner Klarheit. Das war zu gut, um eine Halluzination zu sein. Zu massiv, plastisch, real. Er mußte wirklich aus dem letzten Loch pfeifen.

»Alexandria …?«

Ja?

»Ich möchte … ich …«

Diesmal noch nicht.

»Bin ich etwa ein Kind, dem man sagt, wann es ins Bett gehen soll?«

Das ist kein Bett. Ist nicht annähernd so vergnüglich.

»Ich bin … müde.«

Aber nicht körperlich.

»Vielleicht habe ich schon zuviel gesehen.«

Du bist noch nicht an der Reihe.

»Du warst auch noch nicht an der Reihe«, belferte er zornig.

Du kriegst nachts noch immer einen Steifen, wenn du nur an mich denkst, stimmt's?

»Hm. Das will ich nicht bestreiten. Du scheinst nämlich in meinem Kopf zu existieren.«

Genau, Geliebter! Und solange ich – nun, vielleicht war ich wirklich noch nicht an der Reihe. Vielleicht existiere ich doch noch.

»Kopien sind keine Originale.«

Eine Dame ist immer empfänglich für Komplimente. Zumal ich weiß, daß du Nikka hast.

»Ich hoffe nur, ich werde ihr damit nicht untreu.«

Überhaupt nicht. Wir vereinigen in uns alle, die uns jemals etwas bedeutet haben – das ist mein Versuch einer Selbstdefinition.

»Das gefällt mir. Eine Definition, die den morbiden Kadaver, den Körper transzendiert.«

Verachte den Körper nicht. Oder die Körper.

Er hatte einen Kloß im Hals. »Körper …«

Die Körper haben dich in diese Lage gebracht.

»Erinnere mich bloß nicht daran.«

Betrachte sie als Spielkarten, die du richtig ausspielen mußt.

»Wie sinnig. Bestimmt spielen die Grauen Mechanos die Karten aus. Darf ich Sie zum Tanz bitten und Ihnen dann das Licht ausblasen?«

Wer würde wohl einen sichertoten Körper lesen wollen, Geliebter? Überleg mal.

»Ich entwickle langsam eine Abneigung gegen Rätsel.« Er war dösig, und die Welt drehte sich im Walzertakt.

Ich bin auch Teil des Rätsels. Wir alle. Bis demnächst, Geliebter.

»Noch nicht!«

Tschüss!

Er überstand die lange Dunkelphase. Die internen Indices hatten sich wieder etwas erholt. Sie schwankten aber noch stark, und der erste verläßliche Index, den er ablas, war wieder um null komma drei Punkte gefallen. Er seufzte. In diesem Moment war er froh, daß Nikka nicht da war und sich deswegen Sorgen machte. Doch dann wurde er von der ganzen Last niedergedrückt. Er wurde von Fieber geschüttelt und quälte sich mit bitteren Selbstvorwürfen

Irgend etwas hatte ihn weit auf der Spur versetzt, auf der sie sich befunden hatten. Dessen wurde er sich bewußt, als er einen instabilen Gipfel aus zuckendem Zeitstein erklomm und den Blick über eine olivfarbene Wolkendecke schweifen ließ. Er erkannte das Gelände, wo die Farm gestanden hatte und beschloß, dorthin zurückzugehen. Obwohl er den gebrochenen Arm bei der Kalkulation der Reisedauer schon berücksichtigt hatte, war er länger unterwegs als geplant, so daß er sich am Schluß beeilte. Die Farm wirkte auf den ersten Blick verlassen. Er betrat das Haus und setzte sich an den Eßtisch, worauf der Raum sich mit Geistern zu füllen schien, die so substantiell waren wie Alexandria. Und dann tauchte das Ding auf.

Er saß reglos da. Es war zweiarmig und zweibeinig, und damit hörte die Ähnlichkeit auch schon auf.

Menschlich? Nein, auf keinen Fall.

Es war unheimlich, stumm und strahlte Fremdartigkeit aus wie eine Kältewelle.

Er spürte, daß die körpereigene Elektronik wieder arbeitete. Sie unterstützte die Heilung des gesplitterten Armknochens. Das Ding bewegte sich langsam. Seine internen Aggregate fluoreszierten, so daß die Netzhaut Funken sprühte, und dann brannte er dem Ding eins drauf.

25 · Sterbliche Galaxien

Er stand unter einem schwarzen Himmel, der von einem gezackten Horizont begrenzt wurde.

Plötzlich überkam ihn *Erkenntnis*. In den müden Knochen *spürte* er eine Weltsicht – kinästhetisch, Wahrnehmungen als Momente und Geometrie, nicht als Worte. Er versuchte, die Wahrnehmungen in Konzepte zu überführen, auf die das Bewußtsein programmiert war.

Der Himmel. Erst schwarz, und dann entrollte er sich zu Luftschlangen aus pastellfarbenem Licht.

Welch ein Unterschied zur Physik, sagte er sich, die er als Kind gelernt hatte. In der Newtonschen Sichtweise von Boltzmann und Clausius dehnte das Universum sich ständig aus und war zugleich vom Kollaps bedroht. Nichts vermochte der unerbittlichen Gravitation zu widerstehen.

Wenn man der Materie nur genug Zeit ließ, tat sie sich mit ihresgleichen zusammen und verdichtete sich zu immer größeren Sternen. Doch irgendwann würden die Sterne wieder verglühen. Ihr Totengräber war die Thermodynamik, welche maximale Unordnung anstrebte. Der Zweite Hauptsatz der Thermodynamik war ihr Gesetz.

Er verschränkte die Arme und versuchte, einen Sinn in den huschenden Bildern zu erkennen. Nun denn.

Das alte, statische Universum war dem Untergang geweiht. Irgendwann würde selbst die Hölle einfrieren. Sterne würden ausglühen. Planeten, deren Atmosphären zu Seen aus Sauerstoff erstarrt waren, würden mechanisch ihre Bahn ziehen, ohne daß sie von der Glut eines Sterns erwärmt würden. Die Uhr des Universums würde bis zur letzten Sekunde schlagen.

Erst nachdem er die Erde verlassen und die Muße

gefunden hatte, die Wissenschaften zu studieren, die in der Schule zu kurz gekommen waren, erkannte er, wie das zwanzigste Jahrhundert – das im späteren Slang oft abschätzig als ›ZwanHunni‹ bezeichnet wurde – mit dieser primitiven Sichtweise aufgeräumt hatte.

Das Universum war eben kein starres Sternengitter. Es wuchs. Der Urknall bekam die zutreffendere Bezeichnung ›Gewaltige Aufwallung‹, weil die Raum-Zeit bereits fertig und als Teil eines Ganzen entstanden war. Die Raum-Zeit war kaum entstanden, als sie die Materie auch schon verzerrte. Beide Elemente würden in einer Wechselwirkung bis ans Ende der Zeit verbunden sein.

In den ersten hundert Millionen Jahren war das Universum mit Licht erfüllt. Gas und Staub verdichteten sich zu Sonnen. Die Sterne hatten die gleiche Lebensdauer. Neben rot sich färbenden Sonnen wärmte planetares Leben sich im erlöschenden Feuer des stellaren Todes.

Wenn ein Körper am Himmel einem Körper begegnet … sagte er sich. Sterne stießen zusammen und verschmolzen. Das war unvermeidlich. Die ganze Weisheit und Ordnung von Planeten und Sonnen konzentrierte sich schließlich in der Vermählung vieler Sterne, welche in die Gravitationssenke stürzten und sich in Schwarze Löcher verwandelten. Denn das Schicksal fast aller Materie war der Kollaps unter dem Druck der Schwerkraft.

Nun spürte er fast körperlich die Weiterungen dessen, was er über sich erblickte: ein fröhlicher Reigen aus erlöschendem Licht.

Galaxien waren so sterblich wie Sterne. Im trägen Strom der Zeit würden die Spiralen, die einst in hellem Glanz gestrahlt hatten, verglühen. Schwarze Löcher würden ganze rotglühende Spiralarme auslöschen. Die Löcher würden sich durch die Galaxien selbst bohren.

Leben auf der Grundlage fester Materie hatte keine

Chance. Zur Energiegewinnung mußte es Schwarze Löcher verschmelzen. Nur durch die Bewegung solcher Massen, wobei durch magnetische Kräfte und die Winkelgeschwindigkeit zerfallender Orbits Energie gewonnen wurde, vermochte das Leben die schwindenden Ressourcen des expandierenden Universums zu nutzen.

Oh, daß dieses viel, viel zu feste Fleisch einmal schmelzen würde … Er wunderte sich, daß Verse, die ein Schuljunge in einer fast vergessenen Vergangenheit gelernt hatte, in der Erinnerung noch so präsent waren. Sie waren zwar alt, besaßen aber nach wie vor Gültigkeit.

Diese Vision eines anschwellenden Universums, dessen Lebenskraft verbraucht war, hatte etwas Melancholisches.

Denn die Materie selbst war dem Untergang geweiht. Ihr fundamentaler Baustein, das Proton, zerfiel. Das dauerte unvorstellbar lang, doch es war unvermeidlich. Der Henker holte schon mit dem Schwert aus.

Doch etwas überlebte. Das Proton stirbt, doch nicht alle Materie. Nachdem in den großen Opern der Masse und Energie der Vorhang gefallen ist, leert die Bühne des Universums sich, und es erscheint – der allerkleinste Statist.

Die winzigsten Teilchen – das Elektron und sein Antiteilchen, das Positron – leben weiter. Sie sind so klein, daß kein Zerfallsprozeß sie erfaßt, von einer Trennung ganz zu schweigen. Schwärme von Elektronen tanzten mit ihren Anti-Zwillingen: das leichteste Plasma überhaupt.

Zum Zeitpunkt, als diese Teilchen die einzigen Akteure waren, hatte die Bühne sich gewaltig ausgedehnt. Der Mindestabstand zwischen den einzelnen Partikeln betrug ein ganzes Lichtjahr. Die Kommunikation dauerte Jahre … doch mit Blick auf das langsam schlagende Herz des Universums war das gar nichts.

War das wirklich möglich? Vielleicht, so sagte er sich, war das bestmögliche Universum eins der ständigen Herausforderung. Eins, das Überleben möglich, aber nicht leicht machte.

Die Erkenntnis traf ihn wie ein Stromschlag:

Wenn Leben in Form von Materie einen Weg findet, sich ins Elektron-Positron-Plasma zu integrieren, wird es ewig leben.

26 · EIN WEIT ENTFERNTER

Das Ding stand noch immer am anderen Ende des Eßzimmers. Kaltes elfenbeinfarbenes Licht umspielte es.

Beim Anblick dieser Kreatur fiel Nigel in ein Wechselbad aus diffusen Gefühlen der Freude und Trauer. Der Atem ging flach und pfeifend, als ob er eine lange Strecke gelaufen wäre.

Das Ding erinnerte ihn an eine Frau, die in einem Spiegelkabinett verzerrt wurde. Hier war sie konvex, dort konkav, und nur die fleckige Haut war unverändert.

Intelligenz glühte in großen, rätselhaften violetten Augen. Das Wesen bewegte sich mit geschmeidiger Eleganz, wobei der Kompromiß in Form des gebogenen menschlichen Rückgrats durch eine komplexe Gabelung im Rückenbereich ersetzt worden war. Breitere Hüften vermochten ein höheres Gewicht zu tragen. Vier Arme liefen in Händen aus, von denen jede unterschiedlich geformte Finger hatte.

Das war es also, wozu die Menschheit sich in den Milliarden Jahren nach seiner Zeit entwickelt hatte. Und er begriff, daß es sich nicht nur um eine Anpassung an die Erzett handelte. Dieses Wesen verkörperte eine Menschheit, die sich an die Bedingungen angepaßt hatte, die zwischen den Hunderten von Milliarden Sternen der galaktischen Scheibe herrschten.

Genetische Lektionen von einem weit entfernten Ort.

Abrupt stand er auf und ging nach draußen. Nun erblickte er den gezackten Horizont – das gleiche Bild, das er schon vor seinem geistigen Auge gesehen hatte.

Irgendwie hatte diese Spur sich geöffnet und sich wie eine erblühende Blume entfaltet. Auf Befehl des Wesens in seinem Eßzimmer.

Und darüber ertönte das Lied des bunten Bilderreigens, den er in den Erinnerungen der toten Körper gesehen hatte. Elektron-Positron-Plasma waberte in riesigen Wolken, wo einst die Sterne gestanden hatten. Er betrachtete das Ende des Universums, den Omega-Punkt, der an einem Himmel hing, den es nach den Gesetzen der Logik gar nicht hätte geben dürfen. Doch es gab ihn.

Er stand dort und fragte sich, wie es möglich war, daß er im Innern der gefalteten Erzett einen offenen Himmel sah. Diese ebenso banale wie revolutionäre Veränderung bedeutete, daß irgend jemand – irgend etwas – die Erzett selbst beherrschte und sie aufzurollen vermochte, um immer neue Wunder zu entdecken.

Er ging in den verwüsteten Garten.

Ohne daß er irgendeinen Hinweis erhalten hätte, wußte er, daß der Entfernte verschwunden war.

Über die desolate Landschaft näherte sich seine Familie. Nikka hinkte. Benjamin und Angelina trugen Itos Leiche.

»Er ist weg«, sagte Nikka nur.

Der Graue Mechano hatte mit einem Bolzen seinen Sohn getötet. Im selben Moment hatte Angelinas körpereigene Elektronik versagt, und die Haut an der linken Seite war aufgeplatzt. Eine großflächige purpurne Wunde, die bereits verkrustet war und sich gelb verfärbte.

Das Gesicht seines ältesten Sohns zeigte einen Ausdruck der Überraschung und des Schmerzes. Nigel streckte die Hand nach dem verkrümmten Körper aus, strich ihm zärtlich übers Haar und sog den vertrauten Geruch ein. Dann hielt er inne.

»Ich … wir müssen …« Er hatte einen Kloß im Hals.

»Das Lesegerät«, sagte Nikka und humpelte an ihm vorbei zum Haus.

Das Ding, das er gesehen hatte, war nicht mehr da. In den Räumen war es kalt.

Sie schoben Ito ins Lesegerät und versuchten, von der Essenz der Gehirnzellen zu retten, was noch zu retten war. Flüssigkeiten, Einstiche, digitale Fingerfertigkeit. Es war eine langwierige Arbeit, und die Familie sprach kaum ein Wort, sondern konzentrierte sich voll und ganz auf die Arbeit. Wenn sie ein Gefühl spürten, dann die Sehnsucht nach Ito.

Schließlich setzten sie sich auf die Veranda und schauten zum Wetterleuchten am Himmel auf. Er berichtete ihnen von seinen Erlebnissen, und Nikka sagte zum ersten Mal etwas, seit sie Ito in die Nährlösung gesenkt hatten. »Dann waren die Leichen also …«

»An unsere Adresse gerichtet.« Nigel nickte grimmig. »Oder an jemanden wie uns.«

»An denjenigen, der kommen würde«, fügte Angelina mit tonloser Stimme hinzu.

»Und wir sind vielleicht nicht die ersten.« Abwesend betrachtete Nikka den aufgewühlten Himmel. »Der Graue Mechano, der Ito getötet hat, hat vielleicht schon andere getötet.«

»Aber er hat uns nicht alle erwischt«, sagte Nigel. »Der andere Graue Mechano hat das verhindert.«

Schon während der Arbeit hatte Benjamin einen Ausdruck des Zorns im Gesicht gehabt, dem er nun Luft machte. Zuerst stieß er eine Reihe von Flüchen aus und fiel dann in ein klägliches Wimmern. »*Wieso?*« sagte er schließlich. »Leichen, die wie eine Einladung präsentiert werden – Graue Mechanos – Ito – *wofür?*«

Nigel wußte, daß niemand die Verzweiflung, die in Benjamins Worten mitschwang, zu lindern vermochte. Es war deshalb am besten, ihn mit der konkreten Situation zu konfrontieren. »Die Leichen erregten die Aufmerksamkeit von Menschen«, sagte er langsam und mit verschränkten Fingern. »Sie waren wie eine Flaschenpost, die ins Meer geworfen wurde. Nur jemand, der neugierig war und das menschliche Bedürfnis kannte, selbst über den Abgrund von Raum und Zeit hinweg zu kommunizieren, würde überhaupt Notiz davon nehmen.«

Nikka kniff die Lippen zusammen, doch sonst regte sich keine Miene in ihrem verhärmten Gesicht. Die Augen starrten ins Leere. »Die meisten Mechanos respektieren uns so wenig, daß sie es nicht einmal für nötig halten, unsre Gehirninhalte zu lesen. Sie halten uns für chaotisch und archaisch. Deshalb wären sie auch nicht imstande gewesen, die Körper zu dechiffrieren, selbst wenn sie es gewollt hätten.«

»Außer dem Grauen Mechano«, sagte Angelina.

»Graue Mechanos«, korrigierte Nigel. »Ein Grauer Mechano hat den anderen angegriffen. Und uns damit wohl gerettet.«

Sie saßen schweigend da, während ein kühler Wind über die triste Landschaft strich. Nigel wußte, daß sie alle die Erkenntnis verdauten, daß es mehr als einen Grauen Mechano gab und daß sie noch dazu uneinig waren.

»Dann ist eine Partei von Mechanos also an unserem Überleben interessiert?« fragte Nikka mit einer Aufwallung von Bitternis.

Nigel stand auf, trat hinter ihren Stuhl und massierte ihr Genick und Schultern. Der gebrochene Arm schmerzte im Moment nicht mehr, obwohl er wußte, daß er dafür noch die Quittung bekommen würde.

Erst sträubte sie sich, doch dann ließ sie ihn gewähren. Er spürte, wie die Spannung von ihr abfiel.

»Ich nehme an, es handelt sich um Graue Mechanos aus verschiedenen Zeiten«, sagte sie. »Der Graue aus unserer Zeit wollte verhindern, daß die Menschen diesen Himmel sehen.«

Am Himmel über ihnen verdrillten Luftschlangen sich zu leuchtend orangefarbenen Knoten, die energetisch pulsierten.

»Das ist es, was die Mechanos wollen«, sagte Angelina nachdenklich und mit zum Himmel gewandtem Blick. »Sie wollen sich in dieses Plasma verwandeln.«

Nigel nickte. »Damit sie die feste Materie überdauern.«

»Unser Sohn mußte sterben, weil er *das* gesehen hat?« fragte Nikka mit beißendem Spott.

»In gewisser Weise«, sagte Nigel und grub die Hände in ihre verspannten Muskeln. »Er wollte uns daran hindern, diese Information zu verbreiten. Und aus diesem Grund hat dieser Jemand …« – er erinnerte sich an die fremdartige und doch menschliche Gestalt – »die Körper geschickt. Um uns hierherzulotsen.«

»Ich hasse es, wie wir herumgeschubst werden«, sagte Angelina.

Nigel nickte mit entrücktem Gesichtsausdruck. »Wir sind hier nicht die überlegene Spezies. Wir haben den Rang von … von Gebrauchsgegenständen, so sieht's aus. Ich frage mich, ob unsere Haustiere manchmal das gleiche fühlen wie wir jetzt.«

»Und wozu das alles?« Nikka war untröstlich.

Plötzlich erinnerte er sich an Alexandrias Ausspruch: *Wer würde wohl einen sichertoten Körper lesen, Geliebter?*

Nigel sah noch eine einzige Möglichkeit: »Damit *wir* zurückgehen. Man wollte uns zu verstehen geben, daß Bilder oder Erinnerungen eines Toten nutzlos seien. Jemand will, daß wir weitergeben, was wir gelernt haben.«

»Und wer?«

»Jemand. Oder etwas.«

27 · RADIANT

Der zweite, kleinere Graue Mechano erschien über ihnen in der Dunkelheit. Eine schemenhafte Präsenz.

Sie wußten, daß es keinen Zweck hatte, ins Haus zu gehen. Also beobachteten sie seinen Anflug. Er hing als ein dunkler Fleck inmitten zusammenfließender Lichtbahnen am Himmel.

Weder Bolzen noch Schockwellen.

Ihre Furcht legte sich, als immer mehr Zeit verstrich, ohne daß der Mechano zum Angriff übergegangen wäre. »Ich glaube, das ist derjenige, der uns geholfen hat«, sagte Nikka.

Nigel hatte das eigenartige Gefühl, daß der Mechano ihre Blicke erwiderte. Sie vernahmen ein leises Summen – nicht im Ohr, sondern im Körper, als ob Schallwellen im Innern vibrierten und Töne unterhalb der Hörschwelle erzeugten.

Der Mechano schwang sich in die Lüfte und verschwand. Während er auf die größte der leuchtenden Konstruktionen zuflog, entstand ein Wort in Nigels Bewußtsein: *Radiant*. Irgendwie wußte er, daß das ein Name war und die Art und Weise bezeichnete, wie der Graue Mechano das Elektron-Positron-Leben wahrnahm, das in dieser Nacht in der fernen Zukunft schwärmte.

Abrupt verschwand der Graue Mechano in der Helligkeit. Ein Blitz, als ob er auf die Antimaterie gestoßen und verzehrt worden wäre. Sekunden später verhallte das Summen.

Sie schauten sich wortlos an. War er gestorben, nachdem er den Auftrag ausgeführt hatte? Hatte sein Schicksal sich erfüllt und war er in eine andere Daseinsform übergegangen?

Der Graue Mechano hatte ihnen etwas gezeigt, nur daß sie nicht sicher waren, worum es sich gehandelt hatte.

28 · WINZIGE FARMER

Der nächste Transit folgte bald. Endlich hatte der Stau sich aufgelöst.

So verwirrt und müde wie sie waren, schliefen sie die Transits durch, während sie der Kurve des Wurmlochs durch die Raum-Zeit folgten.

Sie sprachen nicht mehr von Ito. Die Nährlösung würde den Körper für eine lange Zeit am Leben erhalten. Die eigentliche Frage lautete, wieviel von Itos Selbst schon verlorengegangen war, bevor sie die Strukturen des absterbenden Gehirns aufgezeichnet und abgespeichert hatten.

Nigel sah die Landschaft an sich vorüberziehen, während die anderen schliefen. Mehr als alles andere fürchten Eltern den Verlust ihrer Kinder, und wo er nun zumindest einen Teil von Ito verloren hatte – denn eine völlige Wiederherstellung des geliebten Sohns war unmöglich –, überkamen ihn die Erinnerungen an die Zeit, als Ito ein Kind gewesen war. Die Bilder verklärten sich mit der Zeit, als ob sie mit einem goldenen Weichzeichner retuschiert worden wären. Die Welt ist nicht vollkommen, doch hat die Erinnerung auch die Funktion, die Vergangenheit wenigstens im Kleinen vollkommen erscheinen zu lassen. Er hielt sich daran fest, und obwohl er wußte, daß auch diese Phase vorübergehen würde, genoß er sie trotzdem.

Tage relativer Zeit vergingen. Sie konnten die Rückkehr in ihre Zeit kaum erwarten, und die Pausen zwischen den Transits wurden allgemein als lästig empfunden. Sie wurden reizbar und gifteten sich wegen jeder Kleinigkeit an. Nigel zog sich zurück und sagte überhaupt nichts mehr.

Dann, während einer längeren Pause, unternahm er mit Angelina einen Spaziergang über die Felder jenseits der abgescherten Farm. Die Pflanzen sahen aus wie Mais, und er suchte nach vertrauten Merkmalen, während er zerfurchte Felder überquerte, die vom gelb glühenden Zeitstein über ihnen erwärmt wurden.

Es war wirklich ein Maisfeld, doch am Rand sah man ein schwarzes Gewimmel, das sich zu akkuraten Marschkolonnen formierte. Er bückte sich, um die Sache zu inspizieren. Ameisen. So viele, daß einem angst und bange wurde. Doch sie ignorierten ihn und Angelina.

Die Teilnehmer dieser Kolonne transportierten jeweils ein Maiskorn. Andere trugen Hülsenstücke, und dort scharte ein ganzer Trupp sich um einen Maiskolben. Er folgte dem Zug und stellte dann fest, daß die Kolonnen sich teilten. Die Kornträger betraten einen keramischen Turm, erklommen eine Rampe und schütteten die Last in eine tiefe Grube. Dann machten sie kehrt und gingen wieder aufs Feld. Der andere, breitere Strom verzweigte sich zu Kolonnen, die ihre Fracht vor Ameisenhügeln abluden, die in gleichen Abständen voneinander errichtet waren. Die graubraunen Kuppeln hatten in regelmäßigen Abständen eingepaßte Portale.

»Wundervoll«, sagte er.

Angelina wußte, was er damit ausdrücken wollte. »So … kunstvoll.«

Er staunte auch. Diese Tierchen waren früher Blattschneider-Ameisen gewesen, die Nahrung nur für den eigenen Stamm gesammelt hatten. Das taten sie noch. Sie vermengten die überzähligen Kolben, Stengel und Hülsen zu einem Brei und nutzten ihn zur Pilzzucht tief im Innern der Bauten. Winzige Farmer sozusagen.

Doch auf der langen Reise unter der Obhut der Menschen waren sie genetisch verändert worden, um zuerst zu ernten und zu sortieren.

Treu zollten sie ihren menschlichen Herren den Tribut der reichen Ernte, die sie einlagerten. Dabei folgten sie ohne Zweifel chemischen Duftstoffen. Er hatte klirrende Roboter vor Augen. Auf einer subtilen Ebene waren Insekten auch winzige Roboter, die von der Evolution programmiert worden waren. Da lag es nahe, die Programmierung auf der genetischen Ebene zu ändern und sich die Möglichkeiten der Natur zunutze zu machen.

Während sie über die angrenzenden Felder streiften, sah er, daß die ganze Ökosphäre der Erzett nach diesem Vorbild geprägt war. Wie die alte Erde war auch die Erzett eine Maschine, die Leben hervorbrachte und es bedarfsgerecht formte. Doch für wen? Oder wofür? Intelligenz?

Gewiß war die Erzett eine Schöpfung von Meisterhand, errichtet von unvorstellbar mächtigen und fremdartigen Wesen. Doch fast die ganze Zeit der menschlichen Evolution war die Erde den der Intelligenz entgegenstrebenden Bewußtseinen, die in den gewundenen Schluchten, dichten Wäldern und salzigen Meeren lebten, genauso geheimnisvoll erschienen. Die Erzett war eine Sprosse höher auf der Leiter. Ein Ort jenseits des Vorstellungsvermögens der intelligenten Affen, die in diesen Raum geplatzt waren – voller Ehrfurcht und ohne Manieren.

Irgendwie spornte die Entdeckung der Erzett der Zukunft ihn an. Angelina spürte es auch: eine Fremdheit, die ihr irgendwie vertraut war und das Menschsein ausmachte, aber in einer Größenordnung, die ihre Erkenntnisfähigkeit weit überstieg. Vater und Tochter trafen eine stumme Absprache, und sie gingen Hand in Hand über das letzte Feld.

Dann gingen sie zurück, um den nächsten Transit

nicht zu verpassen. Im folgenden widmete er dem Panorama größere Aufmerksamkeit, das sich vor ihnen entfaltete, während sie an der verzerrten Geometrie des Wurms entlangglitten.

Er sah immer wieder die gleichen Themen mit Variationen. Segelboote durchpflügten das grüne Wasser großer Seen. Sie sprenkelten wassergefüllte Schalen, während sie den Wind ernteten, der über die Spuren wehte – ein dumpfer Druck, der thermodynamische Wahrheiten revidierte. Sphärische Häuser, die an himmelstürmenden Klippen klebten und mit euklidischer Eleganz Hornissennester imitierten. Heiße Luftballons und umgestülpte Tränen hingen gelb und golden und dunkelrot inmitten des Chaos aus gazeartigen Wolken. Erst später erkannte er, daß die Tränen gar nicht von Menschen stammten. Sie lebten. Große Köpfe drehten sich wie Gondeln. Riesige Augen suchten das Land nach Beute ab. Seine Überraschung wich der Freude. Eine Träne fiel nach unten, fing etwas am Boden ein und schnellte wieder nach oben.

In all diesen Sequenzen wurde das Prinzip ›Die Form folgt der Funktion‹ perfekt umgesetzt. Deshalb war dieses Grundmuster auch vielen Sozietäten und Kulturen gemeinsam, zwischen denen im wahrsten Sinne des Wortes Welten lagen, die aber durch die Ästhetik ergonomischen Werkzeugbaus miteinander verbunden waren.

All das lernte er auf ihren Streifzügen und in den Pausen, die ihm nun unerträglich lang erschienen. In der Erzett lebten Leute mit unterschiedlichen Mentalitäten, wie er bei seinen Tauschhändeln herausfand. Vielleicht hätte sie anders gar nicht funktioniert. Es gab Menschen, die dem Müßiggang frönten, in Illusionen schwelgten und solche, die emotionale Stabilisatoren brauchten, um es an diesem Ort überhaupt auszuhalten. Die Natur hatte nie gesagt, das Leben sei einfach.

29 · DER CAUCHY-HORIZONT

»Ihr seid euch alle bewußt«, sagte Nikka zur am Eßtisch versammelten Familie, »daß wir nicht mehr an den exakten Ort zurückkehren werden, von dem wir aufgebrochen sind?«

Sie hatte nach dem Abendessen eine kleine formelle Familienversammlung einberufen. Der Tisch war abgeräumt worden, damit niemand etwa durch eine Kaffeetasse abgelenkt wurde. Alle saßen aufrecht und beflissen da.

Angelina blinzelte. »Wir *können* nicht?«

Nikka schien sich über diese Frage zu wundern. »Der Kopf eines Wurmlochs kann nicht seinen Schwanz fressen.«

»Was?« Nigel vermochte nicht zu folgen.

»Wenn ein Ende des Wurmlochs sich dem andern annähert, tritt ein quantenmechanischer Effekt ein. Partikel werden aus dem Quantenschaum ausgefällt und üben einen Druck aus. Dadurch werden die Enden auseinandergezwungen, so daß die Schleife sich nicht zu schließen vermag.«

»Partikel?« fragte Benjamin verwirrt. »Wieso?«

Nikka blendete Grafiken in die polierte Tischplatte ein. Ätherische Gebilde erschienen: gelbe Lichtkegel, die von scharlachroten schiefen Ebenen geschnitten wurden.

»Der Wurmloch-Kopf kommt nicht in die Nähe des Schwanzes und vermag das, was als Cauchy-Horizont bezeichnet wird, nicht zu unterschreiten. Falls er dennoch …«

Pulse harter Strahlung gingen vom blauen Wurmloch-Kopf aus. Der Schwanz antwortete seinerseits mit einem heißen Schauer. Ein Strahlungssturm trieb die beiden auseinander.

Früher wäre Nigel imstande gewesen, diesen Vorgang mathematisch zu beschreiben, doch nun überließ er es Nikka, die Wahrheit zu ermitteln – beziehungsweise die Theorie, wie er sich selbst korrigierte. Das war nämlich ein großer Unterschied. »Falls sie sich zu nahe kommen«, sagte Nikka, »würde man an den Ursprung zurückversetzt werden und die Reise gar nicht erst antreten.«

Benjamin schüttelte den Kopf. »Und weshalb sollte man das wohl tun wollen?«

Nikka lachte, wobei lauter Fältchen um die Augen erschienen. »Die Physik fragt nicht danach, was man *will*. Es geht darum, was man *tun* könnte. Du mußt zum Beispiel nur versuchen, Paradoxien in der Kausalität zu erzeugen, und das Universum wird dir die Grenzen aufzeigen – basta.«

»Äh … wie denn?« fragte Nigel.

Nikka deutete auf Gespinste aus Welt-Linien und schiefen Ebenen, die den Ereignis-Raum durchschnitten. Nigel nickte, als ob er all das verstünde – was manchmal sogar der Fall war. Doch faszinierte es ihn, daß die einfachen Strukturen, die ins Bewußtsein der Primaten – die gerade in der afrikanischen Savanne den Umgang mit Faustkeilen und Wurfspeeren lernten – eingebettet waren, den Windungen des verschachtelten Erzett-Labyrinths bereits zu verfolgen vermochten. Annahmen hinter der Fassade der Physik … wahrscheinlich.

Nikkas nüchterne Logik war fast überzeugend. Fast.

Ihre Welt reduzierte sich wieder aufs Wesentliche.

Jenseits der Farm flackerte die Erzett. Ereignisse, Zeitalter, ganze Historien schienen auf und verblaßten.

Rückwärts, rückwärts gleitend.

Der Wurm krümmte sich nun und schlug mit einem großen Wendekreis die Gegenrichtung ein. Das Konzept der Geschwindigkeit war hier nur noch bedingt gültig, wie Nikka sagte, denn die Rate der Fortbewegung durch die Zeit war nicht *gegen* die Zeit zu bestimmen. Das sprengte die menschliche Perspektive, und Nigels klassische Ausbildung hallte in der Erinnerung wider: *Was man nicht messen kann, kann man auch nicht wissen.*

Was sie jedoch wußten, war, daß die Ressourcen für die Konservierung von Itos Körper- und Gehirnzellen knapp wurden. Um ihn im richtigen Temperaturbereich zu lagern – nicht zu warm, damit der Verwesungsprozeß nicht einsetzte, aber auch nicht unter –110 °C, wo Scherkräfte einsetzten –, bedurfte es Energie und zirkulierender Flüssigkeiten.

»Er wird es nicht mehr lang aushalten«, sagte Angelina mit Ringen unter den Augen.

»Verdammt!« Nigel hieb mit der Faust auf den Tisch, in dem gerade die Zustandsberichte von Ito erschienen. »Wir müssen improvisieren.«

Angelina hatte neben Itos Tank gewacht und war ziemlich erschöpft, doch war sie besser mit den Systemen vertraut als sonst jemand, und als sie nun traurig den Kopf schüttelte, wurde es Nigel schwer ums Herz. »Sinnlos. Wir müssen in unsere Zeit zurück. Dann könnte ich etwas für ihn tun.«

»Wenn wir wieder eine längere Pause einlegen«, sagte Nikka hoffnungsvoll, »könnten wir doch rausgehen und nach Hilfsmitteln suchen …«

»Keine Zeit. Die Pausen werden immer kürzer. Zumal die Umgebung fremdartig ist«, sagte Angelina und tat die Idee mit einer müden Handbewegung ab. »Ich würde dem Zeug nicht trauen, das wir vielleicht finden.«

»Dieses verdammte Flackern wird auch immer heftiger«, sagte Benjamin.

»Ich hoffe, das bedeutet, daß wir …« – Nikka zögerte mit der instinktiven Ehrlichkeit eines Wissenschaftlers – »in Richtung der Wurmloch-Öffnung beschleunigen.«

»Das hoffe ich auch«, flüsterte Angelina. »Und wie ich das hoffe.«

30 · WOHLIGE ZWEIFEL

Nigel war in einem englischen Heim aufgewachsen, in dem ein gerüttelt Maß an Skepsis kultiviert wurde. Deshalb zweifelte er auch an der aufgeklärten, toleranten Fassade, welche die anglikanische Kirche errichtet hatte. Dahinter verbargen sich nämlich die kompromißlose Ablehnung aller übernatürlichen und übermenschlichen Phänomene sowie eine zu einer blassen Sozialethik eingedampften Moral. Gott mußte sich gar nicht erst bewerben bei der anglikanischen Kirche, der einzigen Kirche, die durch die Verbandelung mit einem Land des Geistes bekannt ist, die anglikanische Kirche, halleluja. *Der wohlige Zweifel an einer ins Wanken geratenen Religiosität*, sagte er sich.

Die Erzett hatte ihn gelehrt, daß Raum und Zeit formbar waren und gefaltete Formen des jeweiligen Gegenstücks darstellten. Und nun hatten sie die Zeit mit der gleichen Leichtigkeit transzendiert, wie man sich im Raum bewegte – eine Fähigkeit, die man in alten Schriften Gott allein zugeschrieben hatte, einem allmächtigen dazu.

Falls es denn einen Gott gab, dann vermochte *Er* oder *Sie* oder – was er für wahrscheinlicher hielt – *Es* in strikter Befolgung der Gesetze der Physik (die *Es* vermutlich selbst erlassen hatte, was wiederum umstritten war) in der Zeit zurückzugehen. Vermochte die Vergangenheit zu verändern, obwohl in Nigels Augen die Ereignisse unabänderlich waren. Mit dieser Idee hatte er sich unter allen Gesichtspunkten auseinandergesetzt, bis er plötzlich ins Gebet abglitt. Nichts hätte sein jüngeres Selbst mehr irritiert, dessen war er sich gewiß.

Er hatte Menschen gekannt und geliebt, die dann einen schweren Tod gestorben waren. Er bat Gott, Sich in einer früheren Zeit zu manifestieren – nicht um den Gang der Ereignisse zu verändern, sondern um ins Bewußtsein der Sterbenden einzudringen. Um sie von den unerträglichen Qualen zu erlösen, den stechenden Schmerzen, der bitteren Reue, den lähmenden Ängsten, von denen sie im Todeskampf heimgesucht wurden.

Vielleicht war es möglich, und vielleicht würde das große *Es* es tun. Vielleicht aber auch nicht. Doch wo der Gedanke ihm einmal gekommen war, wußte er, daß er es auch versuchen mußte. *Alexandria, Frau. Ichino, Freund.* Heute nur noch Namen, Schall und Rauch, damals Menschen aus Fleisch und Blut. Von den Qualen erlöst.

Dann betete er für Ito. Das entbehrte jeder Logik. Ob das Schicksal seines Sohns in der Vergangenheit oder in der Zukunft lag, war ihm ein Rätsel. Wenn er die Augen schloß, sah er Ito, wie er gewesen war, wie er von der Nahrungssuche zurückkehrte, während die Familie krank darniederlag. Er hatte ein wettergegerbtes Gesicht und dunkles lockiges Haar, das ölig glänzte. Ein schiefes Grinsen teilte das müde Gesicht, und impulsiv hatte Nigel den Mann umarmt, zu dem sein Junge sich entwickelt hatte.

Und so sah er Ito nun. Nicht mehr als den Körper, der in einer Nährlösung trieb und dessen Leben am seidenen Faden hing.

Das Flackern wurde immer heftiger.

Der zuckende Zeitstein überschüttete sie mit Kaskaden aus gleißendem Licht – und im nächsten Moment wurde es pechschwarz.

Nigel und Nikka standen auf der Veranda, wobei er aus lauter Langeweile eine Zigarre paffte. Plötzlich erfolgte wieder ein Szenenwechsel. Funken stoben. Und dann schienen sie irgendwie zur Ruhe zu kommen.

»Wir sind zurück!« rief Nikka.

»Es … ist das gleiche«, sagte Nigel. »Aber sieh nur.«

Glasierte Flecken entstellten die vertraute Topographie. Nadeln aus eruptiertem Zeitstein stachen zwischen den Obstbäumen hervor und erbrachen eine weißglühende Flüssigkeit. Ereignisse schälten sich mit Getöse von den hohen Gipfeln ab.

Benjamin und Angelina rannten schreiend auf den Rasen. Eine wirbelnde Sphäre aus Dunkelheit glitt in der Ferne wie eine pulsierende Beule durch die Luft. »Es ist unser Zuhause, aber – es hat sich verändert«, schrie Angelina gegen einen heißen Windstoß an.

Der Waschbär huschte aus einem nahen Gebüsch und hockte sich auf die Veranda. »Willkommen daheim«, sagte er klar und deutlich.

Nigel hob das Pelzknäuel auf und stellte fest, daß es an Gewicht zugelegt hatte. Er hatte den Schlawiner richtig vermißt. Wie der Blitz kletterte Scooter mit gestutzten Krallen auf Nigels Schulter. Als er den Blick wieder auf die violette Sphäre richtete, schien sie nähergekommen zu sein. Hinter ihr dräute ein schemenhaftes, geschecktes Gebilde. Nigel stockte der Atem.

»Grauer Mechano!« kreischte Benjamin.

»Sie haben hier gewartet«, berichtete Scooter.

»Sie?«

»Andere kamen und kämpften. Einer ist übrig.«

Nigel war perplex. Dieses possierliche Haustier hatte sich irgendwie erstaunliche Sprachkenntnisse angeeignet. »Wie lang waren wir denn weg?«

»Ein paar Momente.«

»Ein paar …«

»Kräfte haben hier gewaltet und einen großen Teil dieser Spur zerstört.«

Mit einer schwarzen Pfote wies Scooter auf qualmende Punkte in der Ferne. Der Zeitstein, der des üppigen grünen Bewuchses entkleidet worden war, dampfte. Überall stiegen schmutziggraue Geysire auf und verströmten üblen Brodem.

»Wieso?« fragte Nikka das Tier.

»Der eine dort oben wartet auf euch, glaube ich.«

Nigel beobachtete den langsam nahenden Klotz. Ebenen aus schiefergrauer Masse mit einer Aura der Bedrohung. »Die Geduld von Wachhunden. Hmm, höchst bewundernswert. Aber er schnüffelt auf der falschen Fährte.«

»Er weiß, wieso ihr gesandt wurdet«, sagte der Waschbär.

»Gesandt?« fragte Nikka.

»Wir vermochten den Grauen Mechano nur zur Ouvertüre zu bewegen, indem wir ihn über die wahre Bedeutung dieses Wurmlochs täuschten«, sagte Scooter.

»*Du* hast ihn hierhergeholt?« fragte Nikka wie aus der Pistole geschossen. Scooter leckte sich die Pfoten, als ob er nach Futterresten suchte, die noch zwischen den Krallen steckten. Das war eine vertraute Gewohnheit, die mit seiner flotten Diktion kontrastierte.

»Leider verfügen wir nicht über die Mittel, ihn zu zerstören«, sagte der Waschbär ungerührt.

Nikka stieg die Zornröte ins Gesicht. »Was, zum Teufel, hast du …«

»Dennoch ist er auf der Hut. Die Wurmloch-Öffnung ist um diesen Punkt zentriert. Diese Dynamik ist eine Nachwirkung des Belastungs-Tensors, der durch eure Passage entstanden ist. Der Graue Mechano fürchtet die Wurmloch-Öffnung. Er wird uns erst dann töten, wenn er sich sicher fühlt.«

»Wie tröstlich«, sagte Nikka.

Heiße Winde kamen auf. Die violette Sphäre schwabbelte in der Luft. Die Familie wich zurück und schaute Nigel an, doch auch der war mit seinem Latein am Ende. Er wünschte sich, er hätte besser aufgepaßt, als Nikka dieses Phänomen erklärt hatte. Er öffnete den Mund, ohne zu wissen, was er überhaupt sagen sollte.

An der entgegengesetzten Seite der Spur platzten

Berge auf. Es war, als ob eine unsichtbare Macht die ganze Bergkette wie mit einem Reißverschluß geöffnet hätte. Der so entstandene Riß verbreiterte sich – und eine zweite, blauschwarze Sphäre quoll heraus. Sie wurde von gelben Energien umwabert. Windböen wirbelten den Staub im Garten auf.

»Der andere Mund des Wurmlochs«, wisperte Nikka. »Er versucht, sich selbst abzubinden.«

Nigel schrie gegen den heulenden Sturm an: »Aber du sagtest doch, das ginge nicht – das Couch irgendwas …«

»Der Cauchy-Horizont. Er verhindert ihre Verknüpfung – aber die Elastizität des Wurms ermöglicht es, daß sie sich wie Ranken aufeinander zu bewegen.«

»Wieso, zum Teufel …«

»Die Energien! Niemand ist bisher so weit gekommen wie wir. Die gespeicherte kapazitive Belastung …«

Eine Windbö riß ihr die Worte von den Lippen. In der violetten Kuppel über ihnen schwollen die beiden Sphären an und zogen auf erratischen Bahnen durch den aufgewühlten Himmel. Stürme tosten. Die Gezeitenkräfte zerrten so stark am Zeitstein, daß er gezackte Zähne ausfuhr.

Nigel spürte eine eigenartige Leichtigkeit und hatte das Gefühl, er würde fallen. Die Bäume reckten die Äste gen Himmel, als ob sie die Sturmgeister bannen wollten. Gezeiten schwollen an und ebbten ab.

Heulende Winde und wirbelnde Trümmer. Ein Brokken traf ihn am Bein. »Ins Haus!« rief Nikka.

»Nein!« schrie er. Etwas sagte ihm, daß es den sicheren Tod bedeuten würde, wenn sie sich nun im Haus verkrochen.

»Wir hatten gut geplant«, sagte der Waschbär ruhig, »aber diese Eventualität übersteigt unsere Fähigkeit, die Ereignisse zu kontrollieren. Ich entschuldige mich.«

Heulende Winde deckten das Dach des Hauses ab.

Die Walmsleys gingen vor den herabregnenden Dachziegeln in Deckung. Benjamin und Angelina rannten nun doch ins Haus. Die zwei Wurm-Öffnungen beschleunigten und schlingerten. Krachten in Berge und zertrümmerten sie zu Schutthalden. Der Boden wurde von Beben erschüttert. Eine Druckwelle schleuderte Nigel und Nikka der Länge nach auf die Veranda, und das Geländer brach ab. Nigel schmeckte Blut im Mund, und durch den fast schon verheilten Arm schoß ein stechender Schmerz.

»Rein!« rief Nikka und riß ihn auf die Knie.

Die purpurne Gewalt tobte über ihnen. Ein Zwillings-Monster, das am turbulenten Himmel Achterbahn fuhr. Auf den Knien verfolgte er die Annäherung des Grauen Mechanos, der sich von den klaffenden Wurm-Öffnungen fernhielt. Er war noch immer hinter ihnen her.

»Er will die Informationen löschen, die ihr mitgebracht habt«, sagte der Waschbär gleichmütig. Obwohl er den Kopf zwischen die Pfoten gesteckt hatte, sah er den Grauen Mechano kommen.

»Verdammt entschlossen«, sagte Nigel.

»Er weiß, was auf dem Spiel steht.«

»*Ich* weiß es aber nicht, und ...« In diesem Moment erkannte er die Möglichkeit.

»Nikka! Los! Zu deinem gottverdammten Kausalitäten-Motor.«

Sie sah ihn ungläubig an. Er riß an ihrem Arm. Stolpernd folgte sie ihm durch den Garten.

Die weiße Konsole war mit abgefallenen Blüten aus dem Garten übersät. Er wischte sie weg. »Noch Energie gespeichert?« schrie er gegen den brüllenden Sturm an.

Sie nickte mit zusammengepreßten Lippen. Dann legte sie die Hand auf die Schaltfläche und gab die Koordinaten ein. »*Wieso?*«

»Cauchy-Horizont!« Er zeigte auf die Wurmloch-

Öffnung. Sie sprühte Funken, und die Entladungen glichen einer xenonblauen Punkfrisur.

»Was? Das ist doch eine theoretische ...«

»Kommt dir das etwa wie eine Theorie vor?« Während die hakenschlagenden Wurmloch-Öffnungen aufeinander zurasten, brodelte die Luft in einem Schwall orangefarbener Energie.

Nigel deutete auf die nächste Wurmloch-Öffnung, die als neblige Sphäre durch den Himmel schoß. »Nimm die hier aufs Korn!«

Sie richtete das Gerät aus. Zahlenkolonnen und Grafiken glitten über die Konsole. »Wohin?«

»Zum anderen – aber nein, warte!«

Die Öffnungen gähnten und pulsierten. Der Graue Mechano stand unter ihnen, doch bei dem erratischen Kurs, dem sie folgten – es müßte doch möglich sein ...

»Dort! Nach oben richten – und dann nach links.« Er gestikulierte wild. Die richtige Konstellation würde nur für eine Sekunde Bestand haben.

Eine Wurmloch-Öffnung schoß mit infernalischem Geheul durch den Himmel, zerfetzte Wolken und Materie und schleuderte orangefarbene Blitze.

Der Zwilling folgte sogleich. Das andere Ende des unvorstellbar langen Korridors war auf der Suche nach sich selbst. Die Enden würden sich annähern und vereinigen, um sich dann zu einer Singularität des Ereignis-Raums zu verdichten. In diesem Zustand würden sie bis ans Ende der Zeit überdauern und darüber hinaus ...

»Es ist soweit. Schnell.«

Sie feuerte die Gravitations-Transducer ab. Der Puls warf sie flach auf den Boden. Die Trommelfelle platzten, und sie bluteten aus Nase und Ohren.

Nigel rollte sich ab und hielt sich an einem der Keramikzylinder fest. Er blickte auf und sah, wie der vordere Wurm-Mund auf sein Gegenstück zuraste. Die Luft zwischen beiden riß auf, sprühte Funken und verschwand. Die Wucht des Zusammenstoßes lenkte die Wurmloch-Öffnungen nach unten um – dem Grauen Mechano entgegen.

Ein Schaben wie von Schmirgelpapier, das ohrenbetäubend anschwoll. Energetische Stränge spannten sich zwischen den beiden Öffnungen.

Und teilten den Raum zwischen ihnen, wo Quantenschaum eruptierte und spontan Partikel freisetzte. Der Graue Mechano versuchte zu fliehen.

Zu langsam. Viel zu langsam …

31 · EIN WOWANN-STRING

»Ich schreibe das eurer Jagdstrategie zu«, sprach der Waschbär.

Sie saßen auf der ruinierten Veranda. Der Blick schweifte über eine verwüstete Landschaft, die beim Abkühlen knackte.

»In meinen Augen spricht alles dafür, daß ihr in Gruppen gejagt habt und furchtlos großem Wild entgegengetreten seid, wie zum Beispiel dem Mastodon.« Der Waschbär leckte sich die Lippen, als Angelina ihm aufgetauten Fisch servierte. »Dennoch hatte eure Methode nicht den Charakter von Mutproben.«

»Klingt wie eine Beleidigung für mich«, warf Benjamin ein.

»Mitnichten.« Der Waschbär wirkte erschrocken – das erstemal, daß Nigel diesen Ausdruck bei ihm wahrnahm. Mit zunehmender Routine deutete er auch die subtilsten Regungen, die das Tier mit einem noch so unmerklichen Zucken der vollen schwarzen Lippen äußerte. »Das war einfallsreich.«

»Woher willst du das denn wissen?« fragte Nigel. Er war wie zerschlagen und hundemüde, doch würde er sich erst dann hinlegen, wenn er wußte, was hier vorgegangen war. Und dann würde er für den Rest seines Lebens schlafen, wenn nicht noch länger.

»Ich bin von eurem Phylum. Ich kenne den Verlauf der Evolution.« Scooter säuberte sich mit der Zunge. »Vor langer Zeit hat eure Spezies grölend und keulenschwingend die Beute verfolgt. Die schreckhaften Pflanzenfresser laufen schnell und ermüden genauso schnell. Sie bleiben schon bald stehen und mümmeln wieder Gras.«

»Ja!« Angelina verzog das Gesicht. »Wer ißt auch schon Fleisch.«

Der Waschbär schaute sie düster an. »Fisch ist natürlich etwas anderes«, beeilte sie sich zu sagen.

Der Waschbär fuhr fort: »Die meisten Fleischfresser, welche die Beute beim ersten Anlauf nicht fassen, lassen von ihr ab. Sie ruhen sich etwas aus und warten auf das nächste Ziel, das ihnen über den Weg läuft. Eure Spezies war da anders. Das zeugte von Qualitäten, die wir uns zunutze machen wollten. Allerdings verfügte nur ein Teil von euch über diese Qualitäten, so daß wir die geeigneten Umstände auswählen mußten.« Das Tier musterte sie, als ob sie Museumsexponate wären. »Und die Individuen.«

»Um für euch die Drecksarbeit zu erledigen?« fragte Nikka mit einem Glitzern in den Augen.

Sie warteten. Im Haus wurde Itos Körper den Diagnose-Routinen unterzogen, die ermittelten, ob eine völlige Wiederherstellung möglich war. Sie hatten sich die hierfür erforderliche Technik aus den Ruinen hinter dem nächsten Höhenzug beschafft; ein Teil der Stadt stand nämlich noch. Nun hatten sie genug Zeit zur Muße und zum Nachdenken.

Nikkas Gedanken jagten sich. Die Ungewißheit, ob sie ihren Sohn zurückbekommen würde, setzte ihr zu. Und dieser vorlaute Waschbär reizte sie erst recht.

»Statt dessen verfolgte eure Spezies dieselbe Beute,

bis sie wieder stehenblieb. Überraschte sie wieder. Die Beute floh erneut. Wie diese Pflanzenfresser euch gehaßt haben müssen!« Der Waschbär lachte keckernd.

»Ihr wart nicht sehr schnell, doch schließlich gelang es euch, den ermatteten Pflanzenfresser einzuholen. Der Erfolg war garantiert, wenn ihr dranbleibt. Insbesondere diese Hartnäckigkeit zeichnet euch gegenüber den anderen Allesfressern aus, und schon ganz und gar gegenüber den Fleischfressern.« Wieder dieses Keckern. »Ihr habt ein leistungsfähiges Gehirn, variable Hände und beherrscht den aufrechten Gang. Doch Durchhaltevermögen ist selten, sehr selten, und genau darauf kam es uns an. Also mußten wir Primaten benutzen … aber.«

»Was ›aber‹?« fragte Nigel.

»Ihr seid zänkisch und kompliziert. Tut mir leid, aber das ist die Wahrheit.«

»Nun, du bist auch nicht das pflegeleichteste Haustier, das wir bisher hatten«, sagte Angelina.

»Ich war ein schlechter Schauspieler. Von Haus aus bin ich nämlich Diplomat.«

»So diplomatisch wirkst du gar nicht«, stellte Benjamin fest.

»Ich verhandle. Auf den Spuren tummeln sich viele Arten, doch eure Strategie wird von keiner der hiesigen Spezies angewandt. Es gibt Spuren mit oktopusartigen Kreaturen, die Objekte manipulieren und Fallen stellen, doch zu jagen vermögen sie nicht. Es gibt auch viele intelligente Pflanzenfresser – sie sind gutmütige Wesen, werden aber durch kurze Aufmerksamkeitsspannen in ihren Möglichkeiten eingeschränkt. Wir benötigten etwas, das aus abstrakten Gründen über für uns signifikante Zeitspannen belastbar war.«

»Ähem …« Nikka hatte die Lippen zusammengepreßt und blickte skeptisch. »Und dieser ›abstrakte Grund‹?«

»Neugier.«

»Eure Strategie hat darauf beruht, unsere Neugier zu wecken?« Nikka schnaubte verächtlich.

»Wir haben sorgfältig ausgewählt. Wie kommt's denn, daß diese Familie hier ansässig wurde?«

Nigel lachte. »Wenn wir schon so weit gekommen sind, wieso nicht noch weiter? Touché!«

»Der Graue Mechano hatte nichts damit zu tun?«

Der Waschbär senkte den Kopf und bürstete sich angelegentlich das Fell. Nigel vermutete, daß er peinlich berührt war – in dem Maß, wie ein menschliches Konzept auf dieses komische Vieh anwendbar war. »Nun, irgendwo mußten wir schließlich anfangen.«

»Indem ihr uns durchs Wurmloch gekloppt habt.« Nikkas Augen hatten sich zu schmalen Schlitzen verengt. »Um uns den Rückweg zu verbauen.«

»Dies sind die Unwägbarkeiten eines Wowann-Strings«, sagte Scooter.

»Mit ›Wowann-String‹ meinst du wohl einen Wurmloch-Pfad durch die Erzett«, sagte Nigel.

»Ja, aber wir haben eine andere Bezeichnung …«

»Hör auf mit dem Fachgeschwätz!« schäumte Nikka. »Dieses, dieses *Kroppzeug* hat uns …«

»Laß ihn doch ausreden«, sagte Nigel beschwichtigend.

Scooter hatte sich ans andere Ende der Veranda verzogen. Nun drehte er sich um und sagte zögerlich: »Unsere Kalkulation fußte darauf, daß der Graue Mechano, falls er von diesem Vortex erfuhr und unseren Plan durchschaute, versuchen würde, ihn zu sperren – was euch im Wowann-String, im Wurmloch meine ich, vorwärts katapultieren würde … vielleicht.«

»Verdammtes Nagetier!« Nikka sprang auf und trat nach dem Waschbären. Er quiekte und floh. Nikka hinterher.

»Ich versichere euch, es gab keinen …« – noch ein Tritt, der diesmal fast gesessen hätte – »… anderen Weg!«

»Du hast meine Familie mißbraucht für … für …« wütete Nikka.

Das Tier flüchtete sich auf einen gesplitterten Balken unter der Traufe des Dachs, wo es vor der erzürnten Nikka in Sicherheit war. »Für einen höheren Zweck, als ihr euch vorzustellen vermögt«, sagte der Waschbär, der bereits die alte würdevolle Pose zurückerlangte.

»Du kleine Ratte!« Nikka schlug nach ihm, und er zog sich nach oben zurück.

Dann sagte er mit ernster Stimme: »Das Wissen und die Daten, die ihr mitbringt – nicht zu vergessen die Aufzeichnungsgeräte des Kausalitäten-Antriebs mit den präzisen Meßwerten – vermögen den langen Kampf zwischen uns, den organischen lebenden Phyla und den Mechanos nachzuzeichnen.«

»Du hast unser Leben – meinen Sohn! – für einen *Plan* riskiert …«

Angelina warf ein Holzscheit nach Scooter, das ihn nur knapp verfehlte. Nigel stand auf, um ihn vor weiteren Wurfgeschossen abzuschirmen. Er sah nämlich, daß ihr Zorn eigentlich gar nicht dem Waschbären galt. Ito, der drinnen im Haus um sein Leben kämpfte und dessen Schicksal von der Hilfe einer seelenlosen Mechanik abhing – das war der wahre Grund für ihren Zorn. Und solange die Ungewißheit anhielt, würden sie auch nicht zur Ruhe kommen.

Nigel seufzte und hob die Hand. »Hört auf damit. Laßt das Tier reden.«

»Danke.« Der Waschbär strich sich über den Pelz und hob wieder an zu sprechen.

Es gab nur einen Grauen Mechano in ihrer Zeit. Und der war soeben über dem Haus vernichtet worden, zertrümmert von der Teilchenlawine, die zwischen den beiden Wurmloch-Öffnungen in den Raum abging.

Die Kausalität wurde wirklich durch den Quantenschaum aufrechterhalten. Das Wurmloch vermochte sich nicht zu schließen, vermochte den Cauchy-Horizont nicht zu durchbrechen. Am Ende glich die Natur die Bilanz im Buch der Kausalität aus, indem sie einen Sturm der Emission entfesselte und die Bewegungsenergie der sich windenden Wurmlöcher neutralisierte.

Energie ist auch eine Waffe.

Der Graue Mechano war ein Zensor. Er hatte verhindern wollen, daß Informationen über die langfristigen Ziele der Mechanos die organischen Lebensformen dieser Ära erreichten. Die Mechanos befürchteten, daß die organischen Feinde die noch in den Kinderschuhen steckenden Versuche mit dem Elektron-Positron-Plasma störten. Schon die Plasma-Abgase eines Raumschiffs, das einen dünnen Schleier aus Magnetfeldern und filigranen Fasern durchstieß, würden die Arbeit von Jahrhunderten zunichte machen.

»Wär mir scheißegal«, sagte Benjamin, als er davon hörte. Die Feindschaft gegen die Mechanos war tief in den organischen Rassen verwurzelt, nicht nur in den Menschen.

Doch voraus, in der Kurve der Zeit, erhoben weitere Graue Mechanos das Haupt.

Der Krieg der Mechanischen gegen die Natürlichen durchzog die Erzett auf einer Länge von Jahrzehntausenden. Nichts vermochte dem Kampf Einhalt zu gebieten, der einer Darwinschen Programmierung aller

Phyla und Königreiche des Lebens entsprang – nicht einmal diese bizarre Reise entlang des ›Wowann-Strings‹ und zurück.

Doch die Wirkung war umkehrbar, wenn man vorsichtig zu Werke ging. Die für die Zukunft vorgesehene Erzeugung eines Elektron-Positron-Plasmas würde die Kooperation der Mechanischen und Organischen erfordern. Doch dieses Bündnis würde nie zustande kommen, wenn die Vergangenheit ihr Gift in die Zukunft spritzte.

Also mußten die Bestrebungen der Mechanos dieser Zeit zunichte gemacht werden, einer Zukunft, die in die *eigene* Zukunft überführt worden war – und die den entscheidenden Moment enthielt.

Dort, auf den verwüsteten Ebenen, während das winzige Fragment ihrer Farm einen Drahtseilakt über dem Abgrund der Unendlichkeit vollführte, hatte den Walmsleys sich das Schicksal der Mechanos offenbart. Diese Wahrheit allein vermochte die uralte Feindschaft zwischen den beiden großen Lebensformen zu überwinden.

»Das ist mein Auftrag«, sagte der Waschbär. »Als Diplomat.«

»Ein Diplomat, der *von wem* gesandt wurde?« fragte Nikka, die noch nicht restlos überzeugt war.

»Von den Alten?« fragte Nigel.

»Ja, sie sind ein Teil davon.«

»Das verstehe ich nicht«, warf Nikka ein.

»Es gibt noch ein paar höhere Ordnungen als euch.« Der Waschbär sagte es, als ob er sich über das Wetter unterhalten würde. »Habt ihr wirklich geglaubt, die Galaxis sei eine simple Aufteilung zwischen organischen und mechanischen Lebensformen?«

»Nun … ja«, sagte Angelina lahm.

»Es gibt noch weitere Substrate. Oder sollte ich sie eher als Medien bezeichnen.«

»Als da wären?« fragte Nikka.

»Magnetische Felder. Zusammenschlüsse von organischen und mechanischen Formen. Und unergründliche Kompositionen aus allen drei Elementen, die ich nur flüchtig wahrnehme.« Seine spitzbübischen Augen funkelten, und Nigel hatte den Eindruck einer hohen Intelligenz, die ihren Spaß hatte. *Die mit ihrem Haustier spielte?*

»Und dieses Wesen hat die Leichen zurückgeschickt und all das losgetreten?« fragte Angelina.

»O nein – die wurden von Menschen gesandt. Sie taten gut daran, euch zu warnen.«

»Und du arbeitest für etwas Größeres, Höheres?« fragte Nigel.

»Das glaube ich. Wißt ihr denn, ›für wen ihr arbeitet‹?«

Da mußte Nikka lachen. »Auf eigene Rechnung; glaubten wir jedenfalls.«

»Es gibt höhere Instanzen«, sagte Scooter mit in die Ferne schweifendem Blick. »Man könnte sie auch als Götter bezeichnen.«

Nigel dachte an den Gott, den er um Itos willen angerufen hatte. Ein Gott, der irgendwie außerhalb der Zeit stand, ein minimalistischer Gott, der wenigstens in der Lage war, die Wunden zu salben, wenn er schon nicht zu verhindern vermochte, daß sie geschlagen wurden. In einem Universum, dem scheinbar einer Bestimmung ermangelte, war das auch das Mindeste, was man erwarten durfte. Und doch sprach der Waschbär von höheren Ordnungen.

»Ich glaube nicht, daß wir solche Fragen im Grundsatz zu beantworten vermögen«, sagte Scooter. »Sie funktionieren vielleicht außerhalb unserer konzeptionellen Räume, und ihre Akte sind von Naturgesetzen nicht zu unterscheiden.«

Nigel fragte sich, ob die menschlichen Kategorien der Wissenschaft und physikalischen Ordnung vielleicht nur eine Reflektion tieferer Paradigmen waren – wenn man sich die Frage stellte, was diese Ordnung überhaupt gestiftet hatte?

Er fragte den Waschbären, doch der blieb ihm die Antwort schuldig.

Nigel erinnerte sich, daß er sich einmal gefragt hatte, *ob unsere Haustiere manchmal das gleiche Gefühl verspüren wie wir jetzt*. Was ein Haustier wohl fühlte, wenn es mit der Nonchalance seines Herrchens beziehungsweise Frauchens konfrontiert wurde? Verspürte es Ehrfurcht? Echauffierte es sich wegen der Anmaßung? Er betrachtete den Waschbären, der sie so lang hinters Licht geführt hatte und sagte sich, daß es zu so einem simplen Täuschungsmanöver schon einer beachtlichen Intelligenz bedurfte.

»Du bist ziemlich arrogant«, beanstandete Nigel.

»Du kannst den Boten nicht für die Botschaft verantwortlich machen«, erwiderte Scooter und putzte sich.

»So ein reinliches Tierchen«, sagte Nigel sarkastisch.

»Es ist nicht immer die reine Freude, ein denkendes Wesen zu sein«, erwiderte Scooter, »doch das Dasein als Säugetier ist immer eine Freude.«

Nigel wurde sich bewußt, daß dieses Tier wirklich ein bemerkenswerter Vertreter war. Scooter glich in jeder Hinsicht einem irdischen Waschbären, frisch aus dem Gen-Pool, den die Menschen mitgebracht hatten.

Doch er war eine Konstruktion, die von – was angefertigt worden war? *Es gibt noch ein paar höhere Ordnungen*. Er erinnerte sich an eine Skizze, die er vor langer Zeit gesehen hatte. *Höhere*. Höher noch als die Alten?

Und was waren *sie*? Das semi-humanoide Ding, das er im Stau gesehen hatte? Hatte dieses Ding die Leichen gesandt, um die Aufmerksamkeit neugieriger, hartnäckiger Menschen zu wecken? Und die Erzett selbst aufgerollt, um diesen Menschen den phosphoreszenten Positronen-Himmel zu zeigen?

Ehrfurcht, sagte er sich, war eine Mischung aus Furcht und Verehrung. Etwas in ihm, Hominiden-tief, spürte eine kreatürliche Furcht vor dem putzigen Waschbären. Und vor dem, wofür er stand.

33 · KEINE KORREKTUREN

Vielleicht würde all das Frieden mit den Mechanos bringen. Vielleicht gelang es ihnen, die Farm wieder in Betrieb zu nehmen. Vielleicht.

Doch all das war nichtig im Vergleich zu dem Moment, als Ito aus dem Lebenserhaltungssystem stieg. Grauhaarig, mit schlaffen Muskeln und fleckiger Haut. Am Leben.

»Ich … was ist … passiert?« Ito schüttelte den Kopf und versuchte sich aufzusetzen. Seine Mutter stützte ihn. Was nicht einfach war, weil sie ihn gleichzeitig mit Tränen übergoß.

Er blinzelte. Die Nährlösung verlieh seinem Gesicht noch immer einen öligen Glanz. »Ich habe … äh … Hunger.« Verwirrt runzelte er die Stirn, als die anderen in Gelächter ausbrachen.

Er war wieder da. Doch nicht vollständig, wie sie in den vergangenen Wochen hatten zur Kenntnis nehmen müssen. Es war *ein* Ito, aber nicht unbedingt *der* Ito.

Eine Transkription ist niemals perfekt. Ein paar Gehirnzellen waren verloren, von den Aufzeichnungsgeräten gelöscht worden, während der Datenverarbeitung beschädigt worden.

Zwischen Nigel und Ito war eine Kluft, die sie nie mehr überbrücken würden.

Auch in diesem Fall vermochte Nigel nicht zu sagen, ob das nun an den Fehlern lag, die ihm bei der Rettung von Ito unterlaufen waren oder an der Kälte, die sich allzu oft zwischen Vater und Sohn einstellte. Er würde es wohl nie erfahren.

Nikka indes schien das gar nicht wahrzunehmen. Sie litt nun an Anfällen, anscheinend Nervenschäden, die durch den Angriff des Grauen Mechano hervorgerufen worden waren. Plötzlich zitterten Kopf und Hände unkontrollierbar. Der Sanitäter vermochte ihr auch nicht zu helfen, und so fand sie sich eben damit ab.

»Es wird vorübergehen«, sagte sie. »Der Körper verfügt über Selbstheilungskräfte.«

Dennoch ließ sie später eine Bemerkung fallen, der zu entnehmen war, daß sie sich sehr wohl Gedanken über Ito machte. Sie unterhielten sich über ihr Kind, wie Eltern es tun, die wissen, daß sie letztlich kaum etwas tun können. Das linderte den Schmerz, den Nigel wegen der Trennung von diesem Mann spürte, der von den Toten auferstanden und dadurch ein anderer geworden war.

Väter und Söhne kommunizieren zwangsläufig über einen Abgrund hinweg. Nämlich über den Abgrund der Zeit. Was verloren ist, ist verloren. Der Cauchy-Horizont gestattet keine Korrekturen.

34 · ALS ARMSELIGE PLANETEN DIE BÜHNE BETRATEN

Tage später, nachdem sie das Haus wetterfest gemacht hatten und er sich wieder völlig erholt hatte, machte Nigel einen Spaziergang. Nikka fühlte sich nicht wohl und blieb zu Hause.

An der Universität hatte er sich auch ein wenig mit Poesie beschäftigt, und ein Gedicht kam ihm nun in den Sinn:

Und hier, wo schöne Blumen blüh'n
Anderen zur Freude.
Bedenke, o Sänger,
Bald kommt die Nacht.

Im Zwielicht, das gar keine richtige Nacht war, dachte er an die Zeit, da die Erzett sich entfalten würde, dort oben in der fernen Zukunft.

Er stieg auf einen Hügel, von dem aus er ein Profil der entfernten anderen Seite der Spur sah. Die Aussicht glich irgendwie dem Blick auf den Horizont, den er am anderen Ende des Wurmlochs gesehen hatte. Er erinnerte sich an die zarten Fasern, die an jenem fremdartigen Himmel gehangen hatten. Und er dachte an den Cauchy-Horizont, hinter den man mit den Mitteln der Physik nicht zu sehen vermochte. Als ob selbst Gott eine Art metaphysisches Schamgefühl hätte.

Er seufzte, als ob er in einer Wolke aus Spinnweben atmen würde und versuchte, sich das Gefühl vorzustellen.

Dann werden also Plasma-Entitäten von gewaltiger Größe und beschaulicher Geschwindigkeit an der letzten Grenze entlanggleiten. Sicher und heiter, von den alten Feinden erlöst.

Weder die thermodynamische Androhung des Hitzetods noch der Strudel der Gravitation vermag ihnen etwas anzuhaben. Während das Universum anschwillt, versickert die Energie, und das Plasma-Leben muß nur das Tempo verlangsamen, um sich anzupassen. Indem es sich exakt auf die abkühlende Umgebung einstellt, wird das Leben – auf die eine oder andere Art – für immer überdauern. Der Zweite Hauptsatz ist nicht das Jüngste Gericht.

Und sie werden viel nachzudenken haben. Sie werden sich in allen Einzelheiten an die glorreiche, allzu kurze Früh-Zeit erinnern und sie erneut durchleben – diese ferne, legendäre Ära, als Materie durch die Kollision von Sonnen Energie zusammenbraute. Als der Weltraum ein einziger Hochofen war, der vor Energie schier barst. Als das Leben im festen Zustand verharrte und armselige Planeten die Bühne betraten.

Und instabile Verbindungen von Chemikalien einen Blick auf die gleitenden Plasmaformen erhaschten und ihre wahre Natur erkannten. Das Schicksal als Wetterleuchten.

Plötzlich spürte er die feste Überzeugung, daß dies geschehen *würde*. Daß es geschehen mußte. Daß

Mensch und Maschine gemeinsam auf dieses finale Schicksal hinarbeiten würden. Daß sie sich schließlich einigen und begreifen würden, daß Intelligenz das bloße Substrat transzendierte, das sie verkörperte.

Er spürte die Sterne jenseits der Falten der Erzett. Irgendwo in jener fernen Nacht ertönte ein Läuten der Erzett, wie eine alte Kirchenglocke in Cambridge. Die leisen Töne hoben ihn für einen Moment ins Licht der funkelnden Juwelen empor, so daß er nicht unter, sondern zwischen ihnen einherschritt. Ein letztes Mal lachte er unbeschwert und respektlos wie ein Zeitdieb, der durch einen funkelnden Garten floh und dem mehr Fluchtwege offenstanden, als ein Bewußtsein zu zählen vermochte.

Plötzlich stolperte er. Er keuchte und machte sich auf den Rückweg. Vielleicht noch einen Schluck Wein als Schlummertrunk. Eine gute Flasche aus dem Keller. Er und Nikka würden es sich gemütlich machen, aber ohne über seine Indices zu sprechen. Das war vorbei.

Vielleicht würden sie sich über Itos Rastlosigkeit unterhalten; er wollte schon einer jungen Dame von einer Nachbarspur den Hof machen. Mit einem Lächeln erinnerte Nigel sich an seine Jugend.

Oder vielleicht würden sie Angelinas Wunsch erörtern, in den hohen Zitadellen des Wissens zu studieren, denn ihr Horizont hatte die Farm inzwischen überschritten. Oder über den Waschbären, der noch immer auf der Spur lebte und sehr emsig war. Er ging Verrichtungen nach, über die er keine Auskunft gab, vielleicht nicht geben konnte.

Auf das Thema kam es auch gar nicht an. Nur die Gegenwart zählte. Eine so dünne Scheibe und doch so unglaublich weit wie das Meer der Zeit.

Diese Menschen sind vielleicht jene, nach deren Verständnis wir streben.

Sie tragen tief eingebettete Programme?

Die tiefsten firmieren als ›Emotionen‹ – doch das ist es nicht, was wir meiner Meinung nach suchen.

Emotionen?

Sie sind mit unseren ›Treibern‹ zu vergleichen.

Aber Treiber sind doch leicht austauschbare Mandate.

Beim Menschen sind sie in Materie fixiert und in festen Mustern ins neurologische Substrat gepreßt.

Was für eine unsinnige Methode. Doch wenigstens müssen sie leicht auszulesen, aufzuzeichnen und zu prognostizieren sein.

Irgendwie ist das nicht der Fall. Ihre ›Emotionen‹ sind lernfähig.

Aber in Materie fixierte Programme! Nur primitive Arbeiter sind so ausgestattet, und das auch nur deshalb, weil die hohe Energiedichte einen solchen Verschleiß bewirkt.

Dies ist auch einer der Gründe, weshalb Menschen so schwer zu verstehen sind. Sie benutzen Methoden, die wir nicht kennen und selbst nie gebraucht haben.

Aus gutem Grund.

Uralte Interferenzen durch unsere höheren Bewußtseine besagen, die Menschen seien wichtig. Wie auch ein paar andere Natürliche Formen, die inzwischen ausgerottet sind.

Ausgerottet von uns, hoffe ich doch.

Ja. Die meisten durch simplen Konkurrenzkampf, der Rest durch direkte Liquidation.

Ich goutiere es nicht, daß wir die Infiltration des Galaktischen Zentrums durch diese Wesen zulassen.

Ich darf dich daran erinnern, daß wir in dieser Hinsicht eine einheitliche Meinungssynthese erzielt haben.

Trotzdem ist es ein Störfaktor. Zumal ich diesen neuen Einfall auch für gefährlich halte.

Sie verfügen über besondere Aktivposten. Die Legenden künden davon.

Ihre Technik ist marginal, und ihre Körper sind auch nicht sehr eindrucksvoll.

Sie gebieten über uraltes Wissen des Sinnlichen.

Vergnügen? Ein rudimentäres evolutionäres Instrument für sofortige Aktion – haben wir nicht mehr nötig.

Wir bedürfen zuweilen auch des Vergnügens.

Als Belohnung, sogar zur Motivation – das stimmt. Aber was sollten so beschränkte organische Formen uns noch lehren?

Ihr begrenzter Wahrnehmungs-Raum verleiht ihnen womöglich gewisse ästhetische Qualitäten.

Unmöglich.

Leistung ist gerade durch das Überwinden von Widerständen definiert. Ein Farb-Gedicht aus der ganzen Farbpalette ist nur die Hälfte wert.

Welches Spektrum haben sie also?

Sie sehen in drei Farben, riechen Duftstoffe und …

Nur drei? Wie sollen fast blinde Kreaturen überhaupt den Weg finden?

Schlecht. Aber du darfst nicht vergessen, daß sie zu den Natürlichen gehören. Sie sind die Erben exotischer Künste.

Künste, die wir seit langem verfeinert haben.

Aber in ästhetischer Hinsicht vielleicht nicht.

Sie sind obsolet. Das gilt für alle organischen Formen.

Das ist Ideologie, kein Faktum.

Es ist ein Zweck der Evolution!

Die Evolution ist zweckfrei.

Die Erschaffung dauerhafter, subtiler Werke …

Eine Strategie, nichts weiter. Der Nutzen ist vielleicht nur kurzfristig.

Wir sind solche Werke und können es daher beurteilen.

Und doch studieren wir noch immer die Wolken aus Antimaterie. Um uns für eine weitere Selbst-Evolution zu rüsten.

Du weißt davon?

Ich muß es wissen, um unsere Schwachstellen zu ermitteln.

Und ich glaubte bisher, solche Informationen seien uns, den Analytikern, vorbehalten.

Aber nur wir, die Analytiker, sind qualifiziert, dieses Wissen zu erwerben und es zu kommentieren.

Noch mehr Probleme, die unser Zweier-Selbst-Versuch aufwirft! Ich bin's leid.

Einen Moment noch, bitte. Antimaterie ist unsere letzte Hoffnung, unser Gral – darauf müssen wir alle uns einigen. In ihm verbirgt sich die Erlösung unseres Selbst. Darin ähneln wir dem Magnetischen Phylum.

Wir haben nicht die geringste Ähnlichkeit *mit ihnen.*

Emotionen trüben dein Urteilsvermögen.

Wesen ohne Materie! Was ist daran so edel?

›Edel‹ ist ein gar seltsames Konzept für einen Analytiker.

Erzähl mir mehr über diese Menschen.

Mehr Wissen erfordert weitere Nachforschungen.

Dann spute dich.

DRITTER TEIL

KATEGORIEN DES UNBEKANNTEN

1 · GEFANGENE DER WEITE

Toby Bishop und Nigel Walmsley beugten sich nach vorn und stemmten sich gegen die steife Brise, die von der Ebene heraufwehte. Peitschende Winde hatten die Rampen und Stege, die um die Pyramide führten, abgeschliffen. Die Spitze wurde von einer heulenden Leere umtost.

Mit schmalen Augen betrachtete Walmsley den scharf konturierten, entfernten Horizont. Eine Störung hatte ihn herausgelockt, eine fragmentarische Botschaft, die Toby als bloßes elektromagnetisches Flakkern wahrgenommen hatte.

Es tat gut, nach Walmsleys Geschichte an die frische Luft zu gehen. Der Erzählstil des alten Manns hatte Toby klaustrophobische Beklemmungen verursacht. Die Schilderung war so plastisch gewesen, daß Toby allein vom Zuhören das Gefühl bekam, das sich zuziehende Wurmloch würde die Menschen in eine Schleife zwingen, sie in Ereignissen einsperren, auf die sie keinen Einfluß hatten und zu Gefangenen einer Unendlichkeit machen, von der sie nur Splitter wahrnahmen.

Ein kalter Wind zerzauste ihr Haar und kräuselte sich wie Rauch. Keiner von beiden nahm Notiz davon.

Unter ihnen erstreckten sich die Rampen und Terrassen einer riesigen, geometrisch exakten Pyramide. Sie erhob sich über die weite Ebene und bildete mit den schrägen Flanken den höchsten Berg, den Toby je gesehen hatte. Bei der ersten Annäherung hatte er die Pyramide noch für eine natürliche Erhebung gehalten. Es hatte zwei Schlafperioden gedauert – Tage gab es hier nicht –, bis er die Basis erreicht hatte, und erst dann war ihm bewußt geworden, daß die Masse ein einziges Artefakt war.

Toby trat unbehaglich von einem Fuß auf den andern. »Seltsame Geschichte«, sagte er, nur um überhaupt etwas zu sagen.

»Ich habe sie noch niemandem erzählt, jedenfalls nicht auf diese Weise.«

»Deine Kinder …?«

»Sie sind über die Spuren verstreut. Wanderer-Sippen, schätze ich.«

»Dann ist die ganze Sache mit den Mechanos …«

»Teil eines Musters. Beziehungsweise einer Historie, wenn man vom anderen Ende der Wurmlinie, der wir gefolgt sind, zurückblicken würde. Aus der fernen Zukunft.«

»Sie wollen etwas von uns?«

»Scheint so. Ich habe ein paar Begriffe aufgeschnappt, als Erdlinge sich mit ein paar Alten unterhielten. ›Trigger-Code‹ und ›Überrang-Befehl‹ – ohne daß diese Bezeichnungen erklärt worden wären. Wenn ich die Erdlinge frage, wissen sie angeblich von nichts.«

»Vielleicht wissen sie wirklich nichts.«

»Auf jeden Fall wissen sie mehr, als sie zugeben zu wissen. All das hängt auch irgendwie mit der Galaktischen Bibliothek zusammen.«

»Bibliothek?«

Die Zitadelle Bishop hatte eine Bibliothek beherbergt. Eine, in der viel mehr Wissen gespeichert war als in den Bibliotheken der anderen Zitadellen – so wurde es in der Sippe überliefert. Er erinnerte sich an die Regale mit den Würfeln, die er als Kind gesehen und deren Tausende winziger Facetten rubinrot und golden gefunkelt hatten. Sein Großvater hatte ihm einmal gesagt, daß jeder dieser Punkte für einen ganzen Raum mit altertümlichen Büchern stand, die mit den aus Holz gefertigten Seiten, die an einem Ende gebunden waren. Er hatte auch ein Bild eines solchen Buchs gesehen. »Unsere menschliche Bibliothek?«

»Von allen organischen Rassen, die vor den Mechanos kamen. Auch vor uns und vor der Erde.«

»Die Mechanos wollen sie haben?«

»Um irgendein Muster zu vervollständigen. Das hat mir mal einer von ihnen gesagt.«

»Ein Muster?« Das brachte eine Saite in seiner Erinnerung zum Schwingen. Sein Isaac-Aspekt meldete sich mit einem hektischen Wispern, das über den akustischen Nervenkomplex übertragen wurde:

Die Mantis erwähnte kunstvoll verwobene Muster. Damit meinte sie vielleicht ästhetische Motive, aber nach dem, was wir bereits wissen, wird es sich wohl um etwas Gegenständlicheres handeln. Ein Ereignis-Plan, eine … Verschwörung. Ich will dich nur daran erinnern, daß die Mantis die Bishops in die Lage versetzte, die versteckte* Argo *zu finden.

»Die Mantis war angeblich hinter uns her, weil sie Kunstwerke erschaffen wollte«, sagte Toby zu Isaac.

Er hatte diese sogenannten Kunstwerke gesehen, groteske Fusionen menschlicher Körper mit Mechanos. Schlimmer als in den schlimmsten Alpträumen. Die subvokale Unterhaltung über dieses Thema verursachte ihm schon Übelkeit.

Sie gab sich als Künstlerin aus. Das war aber sicher nicht ihre einzige Funktion.

Walmsley vermochte Tobys stummer Konversation mit dem Aspekt nicht zu folgen; das glaubte er zumindest, weil nämlich kein Bishop über die entsprechende Technik verfügte. Toby dachte noch immer über Isaacs Aussagen nach, als er den Rest von Walmsleys Frage vernahm: »… trachten sie vielleicht danach, was *allen* organischen Rassen gemeinsam ist?«

»Äh … wie meinst du das?«

»Alle Anzeichen deuten auf eine Motivation hin. Die

Mechanos haben es auf den gesamten Inhalt der Bibliothek abgesehen. Nicht nur auf etwas Spezifisches. Sie wollen alles lesen.«

Toby lachte trocken. »Ist wohl eher so, daß sie alles zerstören wollen.«

Walmsley schürzte die Lippen, als ob er sich an etwas zu erinnern versuchte, das lang zurücklag. »Die Fragmente, die sie ergattert haben, bevor wir die Bibliothek an einen sicheren Ort brachten, haben sie jedenfalls gelesen. Sie haben die Datenträger nicht einfach zerstört.«

Toby wunderte sich, daß der nackte Walmsley nicht fror. Der Wind säuselte ihm in den Ohren. »Wo hast du Teile dieser Bibliothek gesehen?«

»Sie befand sich im Versteck, als wir ankamen. Und viele Aliens.«

Toby erinnerte sich an seine Odyssee. »Ich habe nicht viele gesehen.«

Walmsley lachte leise, und in seiner Brust rumorte es eigenartig. »Bist du dir sicher, daß du sie überhaupt erkennen würdest?«

»Sie haben Städte, nicht wahr? Und Maschinen …«

»Die meisten haben keine. Und ein paar haben nicht nur keine Städte, sie haben nicht einmal Kleider.«

»Wie Tiere?«

»Wie Aliens. Wie dem auch sei, wir alle haben uns ausgebreitet. Und viele leben in verschiedenen Ökosphären. Sie atmen exotische Gase, und das ist auch schon alles, was wir von ihnen wissen. Die meisten sind ziemlich verschlossen. Es scheint, als ob Geplapper hauptsächlich ein Merkmal der Primaten sei.«

Toby ließ den Blick über die erodierte Bergkette in der Ferne schweifen. Der Zeitstein zischte und schleuderte Blitze. Schatten spielten über verwinkelte Perspektiven. Hier gaukelte das Land dem Auge etwas vor. Bahnen aus hellem rostroten Licht stießen aus dem Zeitstein im Tal empor und strahlten die flauschigen Wolken an.

Dichtere Massen, die tief im Zeitstein eingebettet waren, warfen Schatten nach oben, in die Luft und schließlich an die Bäuche der Wolken. Die Pyramide bestand aus massivem Stein, nicht aus Zeitstein. Die dunkle Masse hob sich gegen das gespenstische Glühen ab. Hoch oben krümmte die Erzett sich und überwölbte die Spur. Ein hoher Bogen aus rötlich schimmerndem Zeitstein sandte Strahlen aus. Die Erzett schien zu schwelen. »Dann ist das ganze Ding also eine Art … Museum?«

»Museum?« Walmsley kaschierte die Überraschung mit einem Achselzucken. »Ich hoffe schon, daß die Erzett ein bißchen mehr darstellt.«

»Hat aber nicht den Anschein. Die Alten erschufen die Erzett, nicht wahr?«

»Ich glaube schon. Sie waren in der Nähe, als die Explosion stattfand.«

»Vielleicht sind sie die Kuratoren.«

Walmsley lachte auf seine verkniffene Art. »Und wir sind die Exponate?«

»Wäre möglich.« Toby betrachtete die Wolken, die sich von der Kuppel herabsenkten. Klingen aus glühendem Licht durchtrennten die unter ihnen driftenden Wolken. Ein blauer Dunst wies auf die Existenz einer planetenartigen Atmosphäre hin. »Kommen diese Alten auch einmal vorbei, um sich die Ausstellungsgegenstände anzusehen?«

»In gewisser Weise.« Walmsley versteifte sich, und es lag nicht an der Kälte.

»Wofür interessieren sie sich besonders?«

»Wenn das ein Museum ist, dann bin ich wohl der Bibliothekar.«

Nun, sagte Toby sich, wenn Walmsley es vorzog, einer Frage auszuweichen, dann war das sein gutes Recht. Der Mann hatte ein biblisches Alter, obwohl Toby ihm die Geschichte, daß er von der Erde stammte, nicht mehr abkaufte. Am besten ging er auf sein Spiel ein. »Ach ja? Wie das?«

Er wies mit einer beiläufigen Geste auf den Pyramiden-Berg. »Das ist sie. Die Galaktische Bibliothek.«

Toby bekam vor Staunen den Mund nicht mehr zu. »Die nimmt so viel Platz in Anspruch?«

»Die Galaxis existiert immerhin seit zehn Milliarden Jahren.«

»Aber das ist doch ein ganzer Berg ...«

»Vierhundert Milliarden Sterne plus minus hundert Milliarden. Und vergiß nicht die kleineren Sterne im Halo ober- und unterhalb der Scheibe. Sie sind vielleicht die ersten gewesen, die lauwarme Planeten ausgespien haben. Das Leben hatte viel Zeit und Raum, um sich auszubreiten.« Ein bitterer Ausdruck huschte über Walmsleys Gesicht. »Und um zu vergehen.«

Anschwellende Winde stöhnten in Tobys Ohren. »Haben die Mechanos es getötet?«

»Jedenfalls nicht systematisch. Die Mechanischen folgen wie wir der biologischen Logik. Sie wurden von Natürlichen erschaffen, wie wir Erdbewohner Computer herstellten. Später verdrängten sie ihre Eltern-Spezies; oft auf Welten, die durch die Dummheit der Altvorderen fast unbewohnbar geworden waren. Tödliche Dummheit.«

»Dann hast du also die Natürlichen beerbt ...«

»Wissenschaft. Literatur. Künstlerische Aufzeichnungen. Dinge des täglichen Gebrauchs. Und andere Dinge, die ich in keine Kategorie einzuordnen vermag.«

»Die Alten kommen hierher, um die Aufzeichnungen zu lesen?«

Walmsley nickte. »Oft weiß ich erst, daß sie hier waren, wenn sie schon wieder gegangen sind. Sie haben's faustdick hinter den Ohren.«

»Wie hoch ist die Wahrscheinlichkeit, daß die Mechanos diesen Ort finden?«

»Sie haben ihn schon gefunden. Jedoch sind sie bisher immer zurückgeschlagen worden.«

»Und wodurch?« Die Pyramide war eindrucksvoll, doch scheinbar schutzlos.

»Hauptsächlich mit Phantasie. In den frühen Tagen nur durch Menschen aus Fleisch und Blut. Die Mechanos hatten eine neue Methode ersonnen, um in die Erzett einzubrechen. Manchmal stießen sie auf die Ebene dort drüben vor, und wenn es dann vorbei war, fand ich Leichen, die mit Öl und Schmierstoffen von beschädigten Mechanos besudelt waren, welche die Menschen überwältigt und getötet hatten. Die Leute sahen aus wie Zigarren. Und sie waren sichertot. Die Mechanos saugten den Menschen das entweichende Bewußtsein aus, direkt aus der Gehirnrinde.«

Toby nickte. »Und wenn die Mechanos dann abgeschossen wurden …«

»Richtig. Dann starben auch die Menschen.«

»Verdammt.«

»Deshalb überlegte man es sich zweimal, ehe man einen Mechano abknallte. Doch letztlich hatte man keine andere Wahl.«

»Ist mein Großvater auch auf diese Weise gestorben?«

»Die Alten brachten ihn. Ich sprach mit ihm, und dann nahmen sie ihn wieder mit. Ein feiner Mensch. Wir haben uns einmal zusammen die Kanne gegeben.«

Toby nickte lächelnd. Abraham hatte für alles eine Vorliebe gehabt, das die Zunge lockerte, ohne das Gehirn zu entleeren.

Eine Windbö wehte Walmsley das Haar ins Gesicht. »Dein Vater erwähnte das doch in seiner Präsentation, erinnerst du dich? Daß Abraham in einen Konflikt geraten wäre, nicht wahr?«

»Eine Warnung. Aber ich hatte sie nicht verstanden. Du vielleicht?« Walmsley schüttelte den Kopf, als ob er dem Wind lauschte. Toby hatte Abraham zuletzt in der Zitadelle Bishop gesehen, kurz bevor die Mechanos ihre Verteidigung durchbrachen und die Kalamität über sie hereinbrach. Würde er den Mann überhaupt wiedererkennen? Nach den langen Jahren auf der Flucht war Abraham fast schon so legendär wie die Erde, ein Symbol einer vergangenen, besseren Zeit.

»Du wirst bald die Gelegenheit bekommen, eine höhere Autorität befragen«, sagte Walmsley leise. »Deshalb sind wir auch nach draußen gegangen. Eine Präsenz senkt sich herab.«

»Ich sehe nichts.«

»Hier …« Walmsley öffnete die Hand und betätigte eine kleine Schaltfläche. »Ich bin in der Lage, über eine Distanz von ein paar Metern mein Sensorium mit deinem zu verknüpfen.«

Plötzlich sah Toby, daß die Luft im weiten Umkreis um den Pyramiden-Berg von feinen blauen Linien durchzogen wurde. Sie liefen von oben zusammen wie eine Röhre aus – was?

»Magnetfelder. Druck baut sich auf.«

Toby spürte eine Bewegung entlang der Feldlinien nach unten. Fürs Auge schienen die Linien indes unverändert. Er richtete den Blick nach oben auf die Himmelsschale und sah, wie die Feldlinien Wellen schlugen.

»Das ist deine Verteidigung?« Es ergab aber einen Sinn. Mechanos arbeiteten mit Schaltkreisen. Magnetfelder wirkten auf elektrische Ströme. Feldlinien glichen gespannten Gummibändern, die zwar reißfest waren, aber dazu neigten, sich zu verknoten und Schleifen zu bilden. Diese Schleifen überlagerten die Schaltkreise der Mechanos und zerstörten sie.

Walmsley nickte. »Sie waren eine frühe Form, die von den Alten erschaffen wurde. Ein Zwischenschritt. Und nun … rödeln sie, wie du wohl sagen würdest.«

Der Himmel wurde mit einer Maserung aus Licht überzogen. Blauweiße Kringel gingen in den Sturzflug über und schlossen sich zu etwas Massivem zusammen.

Eine tiefe Stimme ertönte in seinem Bewußtsein:

Wir nehmen eine Bedrohung wahr. Sie ist in meine Haltepunkte in der Akkretionsscheibe eingedrungen. Ich bin nicht imstande, sie zurückzuwerfen, weil sie sich entlang meiner Feldlinien ausbreitet. Kein transversaler Druck vermag sie aufzuhalten.

»Das Magnet-Bewußtsein.« Toby war dabei gewesen, als es mit seinem Vater gesprochen hatte.

»Bewußtsein?« Walmsley schniefte. »Eher ein Komitee.«

Wir umfassen mehr als eine beherrschende Intelligenz, wie ihr sie kennt. Ich/wir schwimme/n in kupferfarbener Helligkeit und ernten die Fülle neben dem Mund, der kein Ende nehmen will. Ich gleite gummiummantelt über die Akkretionsscheibe. Kein bloßes Kleidungsstück, das von Plasmawinden verschlissen wird. Meine Füße durchpflügen heiße Gräben, und mein Kopf schrammt an den Sternen vorbei.

»Hmm«, sagte Nigel verschmitzt. »Und dein Ego. Wie groß ist das?«

Die Stimme hallte in Tobys Ohren wie vibrierende Drahtseile.

Mach dich nicht lustig über mich.

Walmsley grinste. »Verzeihung, Euer Durchlaucht. So pflege ich immer mit der Aristokratie zu parlieren.«

Tobys Vater war immer für eine Begegnung mit dem Magnet-Bewußtsein gerüstet gewesen. Toby erinnerte sich an die seltsamen Phrasen des Magnet-Bewußtseins, das Abraham als ›irgendwo im Strudel zerhackter Zeit wirbelnd‹ beschrieben hatte. Nachdem sein

Vater um präzisere Angaben gebeten hatte, hatte das Magnet-Bewußtsein gesagt: ›Das kleine Bewußtsein, das ich befrage, sendet ein Jammern der Reue …‹ und beließ es dabei.

Toby riß sich zusammen und rief in den blau schimmernden Wald hinein: »Wo ist Abraham. Und Killeen?«

Ich trage kein solches Wissen.

»Wozu, zum Teufel, bist du dann überhaupt gut?«

»Dazu«, sagte Walmsley sanft. Er justierte sein Sensorium, und ein Signal schoß auf elektromagnetischen Schwingen ins Tal hinunter. Für Toby sah es so aus, als ob eine sphärische rosige Blume für einen Moment erblühte und dann verwelkte. Als Antwort kam:

NIGEL! WIE ICH MICH DANACH SEHNE, DICH AN MICH ZU DRÜCKEN. WIR VERSUCHEN, UNS NEU AUSZURICHTEN – GESCHWIND! ICH BIN SO FROH, DASS DU MICH DORT DRAUSSEN GESPÜRT HAST.

Das war eine ganz andere Präsenz. Leichter, mit einer geschmeidigen Eleganz.

»Das ist meine Frau Nikka.«

Toby blinzelte. Die hallende Stimme schien direkt hinter ihm zu ertönen, nah und warm. Ganz anders als das Magnet-Bewußtsein.

»Hallo, Liebes«, sagte Walmsley glücklich.

DAS IST DER JUNGE, TOBY? ER IST EIN RIESE.

»Ein Flüchtling von den Untergrund-Welten. Ein Bishop.«

ICH HABE VON IHNEN GEHÖRT. VOR LANGER ZEIT GAB ES EIN PAAR IN EINEM SCHIFF, JA? ICH SCHNAPPTE SPIRALWELLEN AUF, DIE SICH AM FELDGRADIENTEN FORTPFLANZTEN UND FREQUENZVARIABLE BOTSCHAFTEN FÜR SIE TRANSPORTIERTEN.

»Sie betrafen meinen Großvater. Du bist ... äh ... eine Freundin des Magnet-Bewußtseins?«

ICH STRÖME IM VERBUND MIT DEM MAGNET-BEWUSSTSEIN. MAN KÖNNTE MICH ALS EINEN SUBSEKTORALEN TEIL VON IHM BEZEICHNEN. DAS MAGNET-BEWUSSTSEIN IST DAS THEMA. ICH BIN EINE VARIATION.

»Das ist das Beste, was man tun kann«, sagte Walmsley mit versteinerter Miene.

Toby suchte die schwingenden blauen Stränge ab, doch er sah kein Muster. »Wo ist sie überhaupt?«

ICH BIN AUFGELÖST. ICH MANIFESTIERE MICH ALS IM RAUM VERTEILTE FLUSSKNOTEN. ICH FÜHRE EIN GERUHSAMES LEBEN.

»Und ein glückliches«, sagte Walmsley. Toby hörte eine traurige Note aus der trockenen Ironie heraus. Walmsleys ledriges Gesicht geizte mit Regungen, doch Toby erkannte sehr wohl, daß der Mann seinen Schmerz mit schneidendem Sarkasmus kaschierte.

»Was ... ist geschehen?«

»Sie wurde von etwas aus dem Wurmloch befallen. Von einer Art Virus. Vielleicht von den Mechanos produziert. Es hat das neuronale Netz aufgelöst.«

»Dann ist sie ...«

»Irgendwie gealtert. Hat ihr Selbst verloren – sie hat den schleichenden Verfall bei vollem Bewußtsein erlebt. Sie ...«

Plötzlich biß Walmsley die Zähne zusammen und starrte in die Ferne. »Die Rechnung für diese Tortur werde ich ihnen noch präsentieren.«

Toby dachte an Shibo, eine Frau, die schon lang tot war und nur in ein paar Chips weiterlebte, die er in sich trug. Splitter von ihr huschten noch immer durch sein Bewußtsein, doch er hatte sie unter Kontrolle. »Keine Möglichkeit ...?«

»Sie zu retten? Gibt keine Technik dafür.«

HÖR NICHT AUF IHN. ICH VERDANKE DEN ALTEN MEIN LEBEN. SIE HABEN MEINE MUSTER IN EINE FORM DES MAGLEBENS GEPRÄGT.

»Sie haben dich aufgezeichnet?« Toby erinnerte sich an den Killeen, den er auch an dieser Brüstung gesehen hatte. Eine plastische Darstellung mit scharfen Konturen, deren Muster sich aber nach einer Weile wiederholt hatten.

AUFZEICHNUNGEN UNTERLIEGEN BESCHRÄNKUNGEN UND REKURSIONEN.

»Menschen auch«, sagte Walmsley schelmisch.

»Sie wirkt aber gar nicht wie ein, nun ...«

EIN RESTRINGIERTES MUSTER? BIN ICH AUCH NICHT. ICH BIN – SOWEIT ICH DAS ZU SAGEN VERMAG – DIE PERSON, DIE ICH IMMER WAR. NATÜRLICH DURCH ERFAHRUNG GEREIFT.

»Erfahrung, die zu teilen ich das Privileg nicht hatte«, sagte Walmsley schnippisch.

HÖR NICHT AUF IHN. ES WURMT IHN NUR, DASS ICH NICHT MEHR MIT IHM SCHLAFEN KANN.

»Keine Kleinigkeit, möchte ich meinen.«

NEIN, GELIEBTER, IST ES NICHT. ABER DU WEISST SCHON, WAS ICH MEINE.

»Immerhin hast du überlebt«, sagte Toby.

MIT KEINEM DER UNS BEKANNTEN MITTEL HÄTTEN WIR DAS SCHRECKLICHE DING AUFZUHALTEN VERMOCHT, DAS DURCH MICH HINDURCHKROCH. ICH ... VERLOR SCHLIESSLICH DEN RESPEKT VOR MEINEM KÖRPER. ER VERFAULTE. DIES WAR DER EINZIGE AUSWEG.

Er hatte diese Frau nie persönlich kennengelernt, doch hörte er aus der wispernden Stimme ein starkes emotionales Potential heraus. Er dachte an seine Mutter, die seit langem sichertot war. »Du hast richtig gehandelt«, sagte Toby, nur um überhaupt etwas zu sagen. Konversation mit Erwachsenen, deren Bekanntschaft er gerade erst gemacht hatte, war ihm noch nie leicht gefallen, doch das hier …

»Also besucht sie mich ab und zu«, sagte Nigel. »Wie ein Schloßgespenst.«

SING FÜR MICH, NIGEL. DAS HEBT IMMER DEINE STIMMUNG.

Toby sah zu seiner Überraschung, daß Walmsley wie ein Schuljunge errötete. Das hätte er bei diesem knorrigen alten Kauz nicht für möglich gehalten.

KOMM SCHON. DU WEISST DOCH, DASS ES DIR DANN BESSER GEHT.

Walmsley verzog das Gesicht. »Nur, um dir einen Gefallen zu tun«, murmelte er und hob dann an:

»Laterne, Laterne, Sonne, Mond und Sterne …«

BRAVO! ZUGABE!

Walmsley schnitt eine Grimasse. »Das war mal was fürs kindliche Gemüt.« Er sah Toby an. »Hin und wieder muß man auch dem schlechten Geschmack frönen. Damit man den guten wieder zu schätzen weiß.«

»Schlechter Geschmack?«

»Altes Erdlings-Konzept. Guter Geschmack war seinerzeit wie Intelligenz – nur besser, denn man brauchte ihn nur einmal unter Beweis zu stellen. Ich ziehe jedoch Dinge, die gut schmecken, dem guten Geschmack vor.«

ICH WÜNSCHTE, ICH KÖNNTE EUCH MEHR HELFEN. ICH WÜNSCHTE …

»Gibt es denn keinen Weg«, fragte Toby, »mit dieser ganzen Technik …«

Wir sind hierhergekommen, weil ein Einfall bevorzustehen scheint.

Das Magnet-Bewußtsein legte sich wie ein schweres Gewicht auf ihn. Toby identifizierte es als ein Schimmern, das die Räume zwischen den Feldlinien ausfüllte. Sein Isaac-Aspekt sagte trocken und steif:

Magnetische Wellen schlossen sich zu Paketen zusammen. Schön! Hat große Ähnlichkeit mit dem Basisgedächtnis, in dem ich enthalten bin. Nur daß die Information hier analog ist und nicht digital.

»Welche Art von Einfall?« fragte Walmsley scharf.

Plasma-Modi, die ich nicht kenne. Sie steigen in dieses Volumen herab. Ihre Geschwindigkeit erhöht sich. Ihre Dispersions-Relation hat Wurzeln sowohl in realen als auch in imaginären Räumen: v(w)=w(k)/k(w). Ich habe die Feldlinien bis zum Ursprung zurückverfolgt. Obwohl sie von der Akkretionsscheibe ausgehen, in der auch meine Füße fest verankert sind, unterliegen sie Veränderungen. Sie werden verzerrt. Bekommen frische Energie zugeführt. Werden beschrieben.

Walmsley beobachtete den weiten Raum über der Pyramide. Toby sah, daß die beschleunigenden Feldlinien sich wie blaue Binsen bündelten, die von unmerklichen Strömungen in Wallung versetzt wurden. Sie verdrillten und krümmten sich …

Lautlos teilte der Himmel sich in dunkle Schatten und strahlende Helligkeit.

Die Hälfte des Himmels rollte sich zurück und enthüllte ein blendendes Licht. Entlang der Mittellinie der Schüssel färbte die andere Hälfte des Himmels sich schwarz.

»Fraktur«, sagte Walmsley.

NIGEL! ICH SPÜRE BIPOLARE STRÖMUNGEN. ICH FINDE MEINE HALTEPUNKTE NICHT MEHR. WENN ES DAS IST, WORAN DIE MECHANISCHEN IN DER NÄHE DER AKKRETIONSSCHEIBE GEARBEITET HABEN, DANN …

»Sie haben eine Möglichkeit gefunden, die Feldlinien des Magnet-Bewußtseins selbst zu bevölkern«, sagte Walmsley mit unverständlicher Ruhe. »Haben den magnetischen Deckel über uns aufgehebelt.«

Toby spürte einen Druckanstieg, doch sah er nach wie vor nichts Außergewöhnliches. Magnetische Präsenzen wurden von seinen Diagnoseroutinen nicht erfaßt, doch die schiere Wucht der über ihnen dräuenden Energien löste Alarm aus. Zarte Stimmchen heischten in seinem Sensorium um Aufmerksamkeit. Die interne Verteidigung roch die Gefahr, war aber ratlos.

»Sollten wir nicht reingehen?« fragte er.

»Und die Show verpassen?« Walmsley wirkte furchtlos.

Knoten jagten an den Feldlinien entlang. Plötzlich sah Toby, daß die Linien über der Pyramide zusammenliefen. Die Knoten verdickten sich und verfärbten sich zu einem öligen Braun. Sie wurden langsamer, kamen aber immer näher.

»Die Galaktische Bibliothek!« schrie er gegen den Wind an.

»Das Magnet-Bewußtsein verteidigt sie«, sagte Walmsley, während er an der Brüstung entlangging.

»Aber es sieht so aus, als ob …«

»Du hast recht. Laß uns reingehen.«

Anscheinend war das Walmleys ganze Reaktion auf die Gefahr. Er ließ sich Zeit und unterhielt sich flüsternd mit Nikka. Toby verstand nichts davon.

ICH VERMAG KEINEN DRUCK AUF SIE AUSZUÜBEN, NIGEL! SIE ÜBEN GEGENDRUCK AUS. VERLETZT! ICH HÖRE IHRE STIMMEN. DIGITAL. STOCKEND. SIE SIND MECHANOS EINER MIR UNBEKANNTEN ART. BÖSARTIG, GEMEIN, WIE RATTEN! ICH …

Der Himmel fiel.

Die hohe Decke der Erzett implodierte. Einen Augenblick später spürte Toby, daß die Magnetfelder sich in seinem Blickfeld brachen. Die Felder zerfielen. Sie kämpften, krümmten sich und vergingen in rotglühenden Explosionen.

»Rein!« rief Walmsley.

AH! ES, ES ZERREISST MICH. SCHERWELLEN … ICH …

Etwas kreischte wie reißendes Metall hoch am Himmel. Toby rannte auf die Türöffnung zu. Sie schloß sich bereits. Er hörte, wie eine dröhnende Stimme Nikkas Namen rief. Seine Sinne zogen sich zusammen. Zu viele Eindrücke stürmten auf ihn ein. Walmsley lief ein Stück vor ihm, und dann ging er mit rudernden Armen zu Boden, als ob die Beine plötzlich den Dienst versagt hätten.

Toby war von der Sippe Bishop ausgebildet worden, verwundeten Sippenmitgliedern im Feld zu helfen. Er blieb stehen und wollte Walmsley aufheben, doch der Mann schlug ihm die Hand weg. »Hau ab!«

Er war auch ausgebildet worden, Befehle zu befolgen. Er ging.

2 · FLUCHT

Etwas wie eine besiegte Armee trat den Rückzug an. Es war leichter für Toby, wenn er die Betonung auf Niederlage legte und nicht auf Armee.

Dinge marschierten durch den dichten Wald, die er nie zuvor geschaut hatte und denen er auch kein zweites Mal ansichtig werden wollte. Irgendwo hatte die Neugier doch ihre Grenzen.

Er bewegte sich geduckt und hielt sich im Schatten. Eckige Gebilde zogen sich mit ihm zurück, doch traute er keinem davon. Überwiegend Aliens. Ziemlich fremdartig.

Durch glückliche Umstände war er aus der Pyramide entkommen. Die Wände sahen ihn kommen und lotsten ihn durch den ausgehöhlten Berg. Sie hielten mit ihm Schritt. Er hatte keine Zeit für einen Blick auf die glitzernden Säulen vergeudet, die hinter ihm aus dem Boden wuchsen.

Datenbänke, wie eine Wand ihm sagte. Sie wirkten eher wie schimmernde Bäume.

Dann erreichte er eine Wand, die nicht weichen wollte. In einer Ecke befand sich eine Nische, die offensichtlich für Zwerge wie Walmsley geschaffen worden war. Er ging in die Hocke und quetschte sich hinein. Eine Stimme sagte in beleidigtem Ton, die zweite Person solle verschwinden. Er hämmerte gegen die Wand, um ihr auf die Sprünge zu helfen. Als die Hand schon erlahmte, keifte die Tür ›Vandale!‹ und schloß sich.

Die Nische, die eigentlich ein Aufzug war, beschleunigte und hielt nach längerer Zeit ruckartig an. Er stieg aus, betrat eine Rampe – und stand im Wald.

Er war in ein Chaos geraten. Mechanos kreuzten hoch oben im Luftraum der Erzett. Die Pyramide war verschwunden, doch sah er den wogenden Horizont aus der Perspektive der Pyramidenspitze, bloß von der anderen Seite. Ein Mann rannte an Toby vorbei und antwortete auf dessen Frage nur: »Das Magnet-Bewußtsein ist tot! Tot!« und lief weiter.

Nikka wohl auch. Und vielleicht auch Walmsley.

Er war auf der Flucht aufgewachsen, und Rückzug war seine Spezialität. Die Galaktische Bibliothek war ihm als das massivste und belastbarste Objekt erschienen, das er je gesehen hatte, und Walmsley hatte für eine lange Zeit gelebt, doch wenn das alles verloren war, war es verloren, und er würde nicht mehr darüber nachdenken.

Die Stiefel paßten sich dem Gelände automatisch an. In schwierigem Gelände formten sie ein Fußbett und Sohlen mit einem kräftigen Profil aus. Als er die Geschwindigkeit erhöhte, verformten die Absätze sich so, daß sie in jeder Phase des Bewegungsablaufs die optimale orthopädische Wirkung entfalteten. Sie verliehen ihm ein zusätzliches Drehmoment, als ob er gezogen würde.

Stiefel waren sogar als Waffen zu gebrauchen. Der Spann wurde messerscharf, wenn sie vom Boden abhoben und das Bein eine Trittposition einnahm. Sie vermochten Mechanos auf eine Art und Weise zu verstümmeln, die sehr effektiv war.

Ein schlankes glänzendes Ding schoß durch die Luft und hielt auf ihn zu. Er hatte keine Zeit mehr für einen Mikrowellen-Puls oder den Einsatz der anderen Waffen; also sprang er das Ding mit gestrecktem Bein an. Er erwischte es in der Mitte, und der Stiefel erledigte den Rest. Die Schnittkante erkannte verschiedene Materialsorten und tranchierte sie. Die internen Systeme hatten den Befehl schon gegeben, als sie seinen Alarm spürten. Sie als reagierten schneller das menschliche Nervensystem.

Das wurde von der Sippe als ›ihnen die Peitsche

geben‹ bezeichnet, obwohl die Bishops, soweit es überliefert war, natürlich keinen einzigen Artikel des täglichen Gebrauchs aus tierischen Bestandteilen gefertigt hatten. Die bloße Vorstellung hätte die Sippen schockiert. Sein Isaac-Aspekt wollte nicht einmal bestätigen, daß die Bishops der Antike Tiere verzehrt hätten. Toby hatte Issac zwar im Verdacht, seine eigenen Gewohnheiten zu verschweigen, doch er drang nicht weiter in ihn. Er hatte sich mit wichtigeren Dingen zu befassen.

Der Rückzug ergab für ihn keinen Sinn. Jede Spur war eine Art Raum-Zeit-Tasche. Anscheinend hatten die Mechanos diese Spur mit magnetischem Druck geknackt. Langfristig würden sie die ganze Erzett aufbrechen und blutige Ernte halten. Es mußte Verteidigungsstellungen geben, doch diesmal schienen sie zu versagen.

Das war nämlich die Kehrseite des Verstecks in der tiefen Erzett, sagte er sich, in unmittelbarer Nähe zum Schwarzen Loch. Die Zeit lief hier langsam ab, was die Lagerung von Dingen begünstigte. Walmsley hatte erwähnt, die Aufbewahrung der Galaktischen Bibliothek im Zustand der annähernden Zeit-Stasis würde den Zerfall verzögern.

Das bedeutete aber auch, daß die Mechanos die Lage in der verhältnismäßig ebenen Raum-Zeit auszusitzen und in aller Ruhe ihre Techtricks auszuhecken vermochten. Das war weniger eine Frage der Intelligenz als der zur Verfügung stehenden Zeit.

Was weiterhin bedeutete, daß diese Spur wahrscheinlich dem Untergang geweiht war. Sie war riesig, wohl wahr. Doch nun sah er Mechanos in allen Formen und Farben unter der Kuppel der Spur umherflitzen. Beim Überqueren eines freien Geländeabschnitts erhaschte er einen Blick auf einen Kampf, der dort oben tobte. Es blitzte und donnerte. Für einen Moment fühlte er sich auf Snowglade zurückversetzt, und die alten Ängste keimten wieder auf. Der Himmel hatte dem flachen Land den Anschein unendlicher Weite verliehen. Hier wölbte das Land sich in der Ferne. Weit entfernt, ja, aber er wußte trotzdem, daß er eingeschlossen war. In der Falle.

Er wußte, daß es Wege durch die Erzett-Materie gab. Wenn er sich durch ein spontan entstehendes Loch quetschte, würde er vielleicht auf eine andere Spur überwechseln. Irgendwo in der Erzett steckten die Bishops. Doch auf dieser Spur würde er sie nicht finden, dessen war er sich ziemlich sicher.

Er spielte das ganze Repertoire durch, Laser, Schockwaffen und den Rest. Sie funktionierten nicht. Die Erzett-Masse war vernarbt, manchmal porös und dann wieder felsenfest. Sein Isaac-Aspekt machte sich bemerkbar:

> ***Ich sollte vielleicht anmerken, daß Gestein, das dir so massiv erscheint, eine Art Soufflé aus leerem Raum und Wahrscheinlichkeiten ist.***

»Halts Maul«, murmelte Toby und stopfte die Mikro-Personalität wieder in den Speicher. »Du bist doch nicht mehr als ein Fliegenschiß von einem Mikrochip.«

> ***Ich pflichte dir indes in der Erwägung bei, einen Ausweg zu suchen.***

Wenn der Aspekt ihm mit seinen Ratschlägen auf die Nerven ging, entschuldigte er sich hinterher oft. Aber wer würde das nicht tun, wenn es allein von Tobys gutem Willen abhing, ob er aus der Zelle herausgelassen wurde?

Er floh in hügeliges Gelände. Der Kampf unter der Kuppel dauerte an. Nun sah er auch die magnetischen Feldlinien; seine integrierten Systeme hatten den Trick auf der Pyramide nachvollzogen. Die Linien hatten Spliß und waren verdrillt; die Strukturen des Magnet-Bewußtseins hatten sich aufgelöst.

Manchmal ertönte ein Geräusch, als ob die Ärmel eines Hemds abgerissen würden. Zeitstein brach fontänenartig aus dem Boden hervor. Zeitstein-Wolken stiegen wie Vulkanasche auf und strahlten von innen heraus in fahlem Licht. Dann senkten sie sich wieder auf den Boden. In der turbulenten Luft erhaschte Toby Blicke auf andere Landschaften: weite Täler, zerklüftete Berge, tiefe Schluchten. Manchmal hatten diese Szenen menschliche Statisten, und einmal rief er eine Frau an, die ziemlich nahe schien. Dann sank der qualmende Zeitstein wieder herab, als ob er mit seinen Ursprüngen verschmelzen wollte, und sie verdampfte mit einem leisen Schrei.

Er traf auf eine Gruppe, die ihre Toten beerdigte. Es waren Menschen – diesen Eindruck vermittelten sie jedenfalls. Er verstand kein Wort von dem, was sie sagten. Die internen Systeme vermochten nicht einmal das Idiom zu identifizieren.

Der Zeitstein war heiß und glühte wie Höllenfeuer. In der Hitze wurde man schnell müde, doch die Leichen entwickelten Kräfte anderer Art und verströmten einen infernalischen Gestank. Toby ging weiter.

Die Leute zogen auch weiter. Dann hielten sie wieder an, machten Rast und kochten etwas über einem Feuer ohne Flammen. Er blieb bei ihnen, denn in Anbetracht der Aliens, die er gesichtet hatte, schien das Reisen in der Gruppe sicherer. Mit Menschen kannte er sich immerhin aus.

Diese labten sich an Tieren, die sie erlegten. Unter den vielen Tieren, die mit ihnen auf der Flucht waren, gab es reichlich Auswahl. Sie schlangen Fleischbrocken hinunter und spülten mit hochprozentigem Fusel nach. Toby, der eine Art soziologischer Feldforschung betrieb, war fasziniert und angewidert zugleich.

Dennoch versuchte er, neutral zu bleiben. Andere Sippen, andere Sitten, andere Gebräuche. So viel wußte er schon. Nachdem die Fleischfresser sich den Wanst vollgeschlagen hatten, wurden sie träge. Die Verdauung von Fleisch, das wußte er auch, dauerte länger. Den Trinkern merkte man den Alkoholkonsum nun auch an. Sie gebärdeten sich seltsam, bewegten sich schwerfällig und wankten durch die Gegend.

Eine Frau kam in der Dunkelheit zu ihm, nachdem die Glut des Zeitsteins erloschen war. Er hatte fest geschlafen. Als er ihr Parfüm roch, wußte er, was sie wollte. Diesen Duft kannte er gut, obwohl er in seiner Selbstwahrnehmung noch ein Kind war. Sie sprachen kein Wort, und er gab sein Bestes. Erschöpft, aber befriedigt schlief er ein. Am Morgen war sie verschwunden, und der Rest der Horde auch. Soviel zu menschlicher Solidarität in der Erzett.

In der langen Zeit, in der Toby die abbröckelnden Klippen betrachtet und auf eine Gelegenheit zum Durchbruch gewartet hatte, war die Erkenntnis in ihm gereift, daß er vieles von dem, was ihm im Leben widerfuhr, nie begreifen würde. Er allein verlieh seinem Leben Bedeutung, und oft genug versagte er dabei. Auf der Pyramide hatte er gewiß versagt.

Hatte dieses Bewußtsein der Unvollkommenheit sich erst einmal eingestellt, dann erkannte man auch den Platz der Menschheit in einem gleichgültigen und unergründlichen Universum. Das war viel schlimmer, als wenn die Menschen das Universum zum Feind gehabt hätten.

3 · DER ZERDRÜCKTE MENSCH

Er erwachte beim nächsten ›Aufgang‹. Niemand benutzte hier ›Morgen‹ oder ›Sonnenuntergang‹ oder einen der anderen Begriffe, die noch fest in den Menschen verwurzelt waren, aber keine Gültigkeit mehr besaßen. Wenn es hell wurde, hieß das ›Aufgang‹, der sich in einer erstaunlichen Regelmäßigkeit mit dem ›Untergang‹ abwechselte.

Toby stand auf und wollte gerade frühstücken, als er auf einer großen, unterhalb gelegenen Lichtung einen Mann auf dem Gesicht liegen sah. Er ging hin, um nachzusehen. Eine Frau mit rosigem Haar und verzerrtem Gesicht kam den Hang herauf. Ihr Bauch war krebsrot und aufgedunsen. Zwei weitere Frauen, die mit identischen grauen Overalls bekleidet waren, halfen ihr beim Aufstieg.

Toby erbot sich, ihr zu helfen. Die verwundete Frau kreuzte die Hände unter dem großen Busen, und er sah, daß Blut zwischen den Fingern hervorquoll. Sie schüttelte den Kopf, worauf die grau gekleideten Frauen ebenfalls den Kopf schüttelten, als ob die Verwundete Befehle erteilte. Wortlos gingen sie weiter.

Der Mann auf der Lichtung lag mit dem Gesicht im Geröll. Ein gelbliches Gas trat aus einem kreisrunden, ein paar Schritte vom Mann entfernten Loch aus. Beim Näherkommen erkannte Toby, daß der Mann zu Lebzeiten nicht sehr groß gewesen war. Doch im Tod war er länger geworden. Er wirkte fast unversehrt, nur daß er plattgewalzt und gerade noch eine Handbreit hoch war.

Das einzige Anzeichen für eine Verwundung war das Rinnsal aus Blut, das aus der Schulter sickerte. Toby berührte die cremefarbene Haut. Der Mann hatte eine ›Gänsehaut‹, als ob Bläschen sich unter der Haut gebildet hatten und nicht durchzubrechen vermochten.

Toby frühstückte mit einer Gruppe schmalgesichtiger Männer und Frauen, die wie eineiige Dutzendlinge aussahen. Nachdem sie den Mann erblickt hatten, waren ein paar davongerannt. Dann kamen sie aus irgendeinem Grund zurück und nahmen mit den anderen das Frühstück ein.

»Hast du gesehen, wovon er getroffen wurde?«

fragte eine der Frauen Toby. Sie sprach einen Dialekt, den seine Systeme zu dolmetschen vermochten.

»Neinsag. Was schlägt solche Wunden?«

»Wir bezeichnen es als Skimmer.«

»Und wie sieht er aus?«

»Sieht irgendwie verbrannt aus. Kommt etwa in Kopfhöhe angeflogen.«

»Habt ihr ihn gesehen?«

»Gespürt. Wie ein Kitzeln an den Fußballen.«

Toby sah in ihren Gesichtern und an der Art, wie sie aßen, daß hier eine stumme Feier zelebriert wurde. *Es geht nicht um mich. Siehst du? Es geht überhaupt nicht um mich.*

Nachdem er den Ausdruck in den Gesichtern gesehen hatte, mußte er sich eingestehen, daß er Verständnis dafür hatte, weil er dieses Gefühl nämlich selbst spürte. Es war hier nicht möglich, die Toten ins Leben zurückzurufen. Die Technik stand nicht zur Verfügung, und einem Opfer, das von unbegreiflichen Mächten plattgewalzt worden war, war ohnehin nicht mehr zu helfen.

Die Bilder der Toten, die er gesehen hatte, verschwammen bereits. Es bestand keine Verbindung zu ihnen, ebensowenig wie zu dieser zerquetschten Gestalt, die er nie gekannt hatte. Es wäre etwas anderes gewesen, wenn es sich um Bishops gehandelt hätte.

Das war die richtige Methode, diesen Ort zu bewältigen. Ihn zurückdrängen. Zu einem Nicht-Er machen. *Nicht-Ich.*

Die kleine Tafelrunde grinste während der Unterhaltung nervös. Ein Kamerad, der beim Anblick des zerquetschten Manns nicht gleich die Flucht ergriffen hatte, setzte ein überlegenes Lächeln auf und behauptete, der Anblick solcher Leichen sei für ihn Routine. Die Art und Weise, wie er das sagte, überzeugte Toby jedoch vom Gegenteil.

Die Frau sagte im Brustton der Überzeugung, wenn

man keinen Skimmer röche, bestünde auch keine Gefahr. Allerdings verriet sie Toby nicht, woher sie diese Gewißheit nahm. Sie führte weiter aus, einen Skimmer würde man sowieso nicht riechen, denn wenn man von ihm Wind bekäme, wäre man eh mausetot. Solchen Kram hatte er schon tausendmal gehört, doch er hörte immer wieder zu, weil die Leute manchmal Informationen preisgaben, die man nutzen konnte – natürlich ohne den Vorsatz, geistiges Eigentum stehlen zu wollen.

Später stieg ihm ein beißender Geruch in die Nase, und er sah einen Hügel einfach so verschwinden. Es geschah schnell und ohne daß er einen Laut gehört hätte. Der Hügel verdampfte und bildete eine Wolke aus einem filigranen Gespinst.

Er erfreute sich noch an der Ästhetik des Anblicks, als ein Splitter der Wolke ihn am Bein traf. Ein sauberer Schnitt. Der Splitter wurde nicht einmal aufgehalten.

Die Frau hatte gegrinst und ihm einen ›Kurzen‹ verabreicht, der sich als eine Ampulle mit einem braunen, streng riechenden Gebräu entpuppte. Er bekam es nicht hinunter, obwohl es sich vermutlich um einen Schnaps handelte. Ihm gefiel die Wirkung nicht, die der Alkohol auf die Menschen ausübte, doch war das Zeug eine Arznei gegen die Schnittwunde. Er beobachtete, wie weitere Anhöhen verdampften, um sich vom Schmerz abzulenken.

Er steckte noch zwei Treffer bis zum nächsten Aufgang ein. Leichte Blessuren, doch sie waren schmerzhaft, und die integrierten Systeme mußten das Sensorium nachregeln.

Das Tonikum half. Er hatte den Argwohn gegenüber der hiesigen Technik inzwischen abgelegt und machte von ihr Gebrauch. Das paßte auch zu seiner neuen Strategie, sich nicht mehr den Kopf zu zerbrechen. Er kippte das Tonikum hinunter, bis er aus Versehen etwas verschüttete und merkte, daß es ihm den Hemdsärmel verätzte.

4 · AAS

Toby spähte über die hitzeflimmernde Ebene. Er hatte viel gelernt und Lehrgeld in Form einer leichten Verwundung an der Hüfte und ein paar Schnittwunden bezahlt. Ein geringer Preis, wenn man es recht betrachtete.

Er wußte nun, daß Leute imstande waren, bei Verletzungen der fleischigen Schenkel und der knochigen Waden sich klar und zusammenhängend zu artikulieren. Sie spürten sogar trotz ihrer eigenen Pein Mitgefühl für andere Verwundete und selbst für die besorgten Gesichter, die sich über sie beugten.

Doch wenn sie einen schweren Treffer einsteckten, gaben sie den Geist auf. Ein Bauchschuß, ein Knochenbruch, der Verlust der Körperkontrolle – alles Auswirkungen der Mechano-Waffen –, und die Verwundeten krümmten sich und starrten in Räume, die kein anderer sah.

Die fliegenden Räuber der Mechanos waren am schlimmsten. Es dauerte eine Weile, bis Toby erkannte, was die in der Ferne hin und her flitzenden kleinen Geräte überhaupt taten.

Zuerst sah er einen schwarzweißen dreieckigen Keil, der dicht über dem Boden dahinflog. Er ließ sich auf dem Bein eines Toten nieder und watschelte zum Gesicht hinauf. Zwei Dreiecke, die an einer gemeinsamen Achse befestigt waren. Schwarze Solarzellen mit weißen Scannern, die durch Drähte miteinander verbunden waren.

Zunächst glaubte Toby, das Gebilde sei bloß neugierig, doch dann senkte es den Kopf und preßte ihn an die Stirn des Manns. Nun wußte er, was da vor sich ging. Bis zu einem Zeitpunkt von drei bis vier Stunden vor dem Einsetzen des Verwesungsprozesses war es möglich, das Selbst eines Menschen durch einen Blitz-Scanner zu extrahieren.

Der Vogel schwirrte über dem Gesicht mit den gebrochenen Augen. Sensorflächen glitten über Stirn und Schläfen, suchten und lasen Daten aus. Einmal bäumte die Leiche sich auf, als der Scanner auf ein motorisches Zentrum traf. Dann regte sie sich nicht mehr, und die Flut dessen, was den Mann ausgemacht hatte, strömte in das Ding, das auf seinem Gesicht hockte.

Toby erledigte es mit einem Infrarotstrahl. Der Strahl verschmorte die ungeschützten Solarzellen. Das schwarze Dreieck verfärbte sich braun. Der Scavenger machte noch zwei Schritte und kippte dann um.

Toby näherte sich vorsichtig. Mit einem Fußtritt entfernte er das Gerät von der Stirn des Mannes und trat auf die weiße Scannerfläche. Das Ding bestand aus glitzernden Facetten, ein in den Staub getretenes technisches Wunderwerk. Es knackte herzhaft, als er es mit dem Absatz zermalmte.

Was auch immer es aus diesem und anderen Menschen herausgesogen hatte, war nun verloren. Für Menschen und Mechanos gleichermaßen. Doch wenigstens würde dieser Mann, der hier im Schlamm verfaulte, nicht als Marionette auferstehen.

Eine Stunde später sah er eine rechteckige Silhouette hoch am Himmel. Sie zog im Gleitflug durch die Lüfte. Er folgte dem Fluggerät. Eine Salve dumpfer Schläge hatte von einer entfernten Bergkette widergehallt. Er hatte das Gerät aus der Deckung der knorrigen Bäume verfolgt, doch sein Haß auf die Scavenger trieb ihn an.

Dieser Mechano war größer und hatte einen aus Kabeln bestehenden Hals, auf dem ein mit Sensoren bestückter Kopf kreiste. Er flog in sicherer Höhe und setzte sich nicht der Gefahr aus. Toby kam näher, und dann gab es wieder einen Knall. Die sich verschiebenden Flächen wurden in Rotation versetzt, und das Ding stürzte wie eine pfeifende Granate ab.

Diesmal traf es eine Frau, doch sie war noch nicht tot. Die Beine schlegelten hilflos; sie hatte die Kontrolle über die Glieder verloren. Sie sah, wie das Ding eine stümperhafte Landung hinlegte. Es sah sich mit stechenden Kristallaugen um und trapste dann auf sie zu.

Es war über ihr, bevor Toby zu reagieren vermochte. Er verfolgte den Vorgang vom Waldrand aus. Schießen durfte er nicht. Wenn er die Waffe mit der erforderlichen Leistung abfeuerte, bestand die Gefahr, daß er die Frau verletzte oder gar tötete.

Das Ding schwebte über ihrem Kopf. Sie mußte auch am Hals verwundet sein, denn sie drehte den Kopf nicht dem Mechano zu. Statt dessen spürte er, wie ihr Sensorium sich verdichtete, um gegen das Ding anzukämpfen, doch das führte zu nichts. Sie rollte mit den Augen – ob aus Angst oder Verwirrung, wußte Toby nicht zu sagen. Schließlich gelang es ihr doch, sich von den schnüffelnden Flächen wegzurollen.

Sie hätte zumindest versuchen können, das Gesicht zu schützen. Doch in dem Moment, wo sie die Arme vors Gesicht schlug, feuerte der Mechano einen Puls ab. Mit rudernden Armen kippte sie vornüber.

Ein roter Blitz schoß durchs hochgefahrene Sensorium. So etwas hatte er noch nie erlebt. Die Sensoren schalteten sich unter der Überlast ab. Ein Zischen, als ob Fett in einer Pfanne brutzelte – und die Frau erschlaffte.

Der Mechano stieg auf ihre Brust und drehte den Kopf hin und her, als ob er das Resultat seiner Arbeit überprüfte. Auftrag ausgeführt.

Toby mußte warten, bis das Sensorium sich erholt hatte, ehe die Waffen wieder einsatzbereit waren. Die Sekunden verstrichen auf der unten ins linke Auge eingeblendeten Digitaluhr.

Das Gerät schwang sich mit einem leisen Zischen in die Luft. Toby schoß es ab, wobei er bedauerte, daß er es nicht schon früher getan hatte. Diesmal traf er den

Scanner, der durch den Diebstahl der mentalen Essenz sich grau verfärbt hatte. Der Mechano stürzte flatternd ab.

Toby pirschte sich an die Leiche der Frau heran. Sie hatte einen friedlichen Ausdruck im Gesicht. Er wußte, daß das nur eine Illusion war, aber irgendwie war es doch tröstlich. Blut lief ihr aus den Ohren und tränkte das gewellte braune Haar. Nach einer Weile sah es aus wie rötlicher eingetrockneter Schlamm.

5 · KARTEN UND FLITZER

Das schlimmste Ereignis war das mit der Frau und dem Baby. Er war Augenzeuge, weil er zu einem Feldlazarett gegangen war, um Körperflüssigkeit nachfüllen zu lassen. Die Wunden hatten seine Reserven erschöpft.

Der Verbandsplatz war von einer Sippe mit dem Namen Yankee angelegt worden. Er sah viele Verwundete, die Sippen namens Cardinal und Dodger angehörten. Die Leute sprachen einen so gräßlichen Dialekt, daß Toby nicht einmal ein Zehntel von dem verstand, was sie sagten. Dann wurde er von einer dünnen Frau mit einer Art Sensorium-Peiler aufgespürt.

»Bishop?«

»Jasag. Und du?«

»Es gibt hier noch einen Bishop. Er hatte sich nach einem Verwandten erkundigt.«

Toby folgte ihr zu einem Bereich, der von einer großen Zeltplane überdacht wurde. Die Station war mit Thermo-Betten zugestellt, die auch alle belegt waren. Er ging an einer zugedeckten Frau vorbei, die grunzte und sich wand.

Neben ihr lag ein Mann, der sich auf die Seite gerollt und die Decke über den Kopf gezogen hatte.

»Hier«, sagte die hagere Frau und ging davon.

Toby berührte den Mann und sah, daß es sein Großvater war. Abraham bewegte den Kopf und schaute blinzelnd zu Toby auf. »Ich … zu spät.«

»Was hast du denn? Wie …« Toby schlug die Decke zurück. Abrahams Körper war geschrumpft und auf beiden Seiten mit purpurnen Flecken übersät. Es gab keine offenen Wunden, sondern er litt an einer Hautkrankheit.

»Wie ist das passiert?«

»Ich … bin am Ende.«

»Wie bist du überhaupt hierher gekommen? Sind die anderen …«

Tobys Stimme erstarb, als er die schiere Verzweiflung im Gesicht des Mannes sah, der früher so verschmitzt und zuversichtlich geschaut hatte. Er wandte den Blick ab.

»Ich … keine Hilfe für mich. Ich … nicht der echte … Abraham …«

»Was? Wo sind denn die anderen?«

»Nicht … bei …«

»Dieser Mann muß versorgt werden!« schrie Toby einen Sanitäter an.

Der Sanitäter kam wortlos herbei und holte ein kleines Lesegerät aus der Kitteltasche. Er drehte Abrahams Kopf und entriegelte eine kleine Öffnung direkt oberhalb der Wirbelsäule. Er preßte das Lesegerät gegen das offene Fleischmetall, startete eine Abfrage und ließ sich das Ergebnis direkt ins Sensorium überspielen. »Progressiv. Kann den Verfall nicht aufhalten, selbst wenn ich die entsprechende Ausrüstung hätte.«

»Was bedeutet ›progressiv‹ und wieso …?« brauste Toby auf.

»Das ist eine Kopie. Die meisten von ihnen haben eine hohe Fehlerquote. Verschleißen schnell.«

Toby blinzelte. »Aber er ist mein … mein …«
»Verschwende deine Zeit nicht damit.«
Toby öffnete den Mund, doch er brachte kein Wort heraus. Der Abraham lag da wie eine Marionette mit durchtrennten Schnüren. Die Augen rollten.
Als der Sanitäter sich davonmachen wollte, hielt Toby ihn am Ärmel fest. »Wie ist … das überhaupt möglich?«
»Ich hab gehört, daß es einen Ort in der Nähe gibt. Nicht auf dieser Spur, aber nur einen Übergang entfernt.«
Toby atmete stoßweise und versuchte einen klaren Gedanken zu fassen. »Wieso sollte jemand …?«
»Man schafft alles, wenn man die Technik dazu hat.«
»Was schafft man?«
»Frag ihn selbst.«
Der Sanitäter ließ ihn stehen. Die Frau neben Abraham schwitzte und grunzte noch immer, doch niemand kümmerte sich um sie. Toby leckte sich die Lippen und sagte zum Mann auf dem Bett: »Ich … du wurdest … hergestellt?«
»Kopie. Um nach dir zu suchen.« Das Gesicht seines Großvaters schaute ihn an, doch die Mundwinkel hingen herunter, und die Augen waren stumpf.
»Wer hat dich erschaffen?«
»Re … staurator.«
Toby erinnerte sich daran, wie er und seine Sippe in die Erzett eingedrungen waren. Vor langer Zeit. Sie waren in einen Rechtsstreit verwickelt worden, und Abraham hatte herausfinden wollen, was mit der Frau geschehen war, die in einer Inschrift an einer Wand in einem uralten Kandelaber erwähnt worden war. *Sie ist, was sie war und tut, was sie tat*. Sie hatte sich vielleicht an einem Ort befunden, der als Restaurator bezeichnet wurde. Wenn dieser Ort eine Schablone hatte oder so etwas …
Toby vermochte sich das aber nicht vorzustellen.

Während sie mit der *Argo* im freien Raum gekreuzt waren, hatte das Magnet-Bewußtsein zwar von Abraham gesprochen, aber nicht seinen Aufenthaltsort verraten. War er vielleicht in einer Gruft gespeichert?

»Dieser Ort hat meinen Großvater in … dich kopiert?«

»Ich erwachte … mit einem Teil seiner Erinnerungen … meine Erinnerungen. Um dich zu suchen. Sie sagten mir … das.«

Eine Pustel erblühte auf Abrahams Schulter. Toby sah, wie dunkler Schleim herausquoll und die fahle weiße Haut verätzte. Der Geruch von verbranntem Fleisch stieg ihm in die Nase. Der Mann reagierte überhaupt nicht.

»Wieso?«

»Brauchen dich … um die Triade zu vervollständigen.«

»Wer erschuf dich?«

Die Augen trübten sich. Keine Antwort. Toby hatte keine Ahnung, ob dieser Mensch, dieses Ding ihn belog oder nur verwirrt war. Er packte den Mann. Mit einem ratschenden Geräusch riß er den Kopf vom Geflecht hoch, das ihn mit Nährstoffen versorgt hatte. »Wer?«

»Menschen.«

»Welche Menschen?«

»Menschen.«

»Welche Sippe?«

»Menschen.«

Toby ließ die nutzlose Hülle fallen. Der Mann wackelte mit dem Kopf, und etwas rann aus den Augen. Für einen Moment überkam ihn ein Gefühl der Reue, doch dann sagte er sich, das wäre nicht sein Großvater, wäre er nie gewesen.

Der Abraham verlor das Bewußtsein. Toby musterte das verwitterte Gesicht, und es schien vor seinen Augen einzufallen wie ein Haus, in dessen Innern ein Feuer brennt.

Er trat zurück und stieß mit dem Sanitäter zusammen. Inzwischen wurde die Frau gleich von mehreren Sanitätern versorgt. Weil der Mann gerade nichts zu tun hatte, fragte Toby ihn: »Wie ist er überhaupt hierher gekommen?«

»Einfach reinspaziert. Hätte eigentlich sehen müssen, was mit ihm los war. War aber zu beschäftigt.«

»Wovon ist … es … befallen?«

»Systemversagen. Diese Kopien leiden prinzipiell an einer Autoimmunschwäche.«

»Wie lang hat sie gelebt?«

»Ein paar Monate in Echtzeit, glaube ich. Vielleicht waren es aber auch nur ein paar Wochen.«

Toby schaute mit leerem Blick auf die abgewrackte Parodie seines Großvaters. »Wußte sie, daß sie sterben würde?«

»Glaube nicht. Diese Dinger funktionieren normalerweise mit einem Minimum an Erinnerungen. Hat keinen Zweck, sich große Mühe zu geben.«

»Der Restaurator vermag eine Teilkopie von einer Person zu erstellen?«

Der Sanitäter runzelte die Stirn. »Woher kommst du eigentlich?«

»Snowglade.« Dieser Mann war zwar kein solcher Zwerg wie Walmsley, aber immer noch ziemlich klein. »Ein Planet«, fügte Toby hinzu.

»Ich verstehe. Schau, du darfst die Herstellung exakter Kopien niemandem gegenüber erwähnen. Das ist nicht nur anstößig, sondern …«

»Unmoralisch?«

»Verdammt richtig. Vielleicht ist das bei euch auf diesem Gladesowieso üblich, aber nicht hier.«

»Bei uns auch nicht.«

»In meiner Sippe ist das ebenfalls tabu. Ich heiße Sox.«

»Es tut mir leid, wenn ich …«

»Vergiß es. Das da …« – der Sani wies auf Abraham – »ist eh kein Produkt des Restaurators.«

»Wer hat ihn dann …?«

»Für mich sieht das nach Mechanos aus. Sie werden immer besser.«

Toby sah, wie das Leben aus der Abraham-Kopie versickerte, und roch den fauligen Brodem, der ihm entströmte. Während der Unterhaltung mit dem Sanitäter hatte Toby nicht mehr auf die Frau im anderen Bett geachtet. Plötzlich brach sie in ein Kreischen aus, das so schrill und durchdringend war wie die Todesschreie auf einem Schlachtfeld. Jedenfalls hatte es keine Ähnlichkeit mit den Geburten, bei denen er schon dabeigewesen war. Er stand nur da, während der Sanitäter und ein paar Kollegen die Frau verarzteten, doch in Gedanken war er bei dem toten Ding im Bett daneben. Als er aufschaute, war die Frau wieder verstummt. Auf einmal herrschte völlige Stille auf der Station.

Der Sanitäter hielt einen blutigen Stumpf hoch. Er war offensichtlich tot und offensichtlich nicht einmal annähernd menschlich. In den Gesichtern der Anwesenden spiegelte sich blankes Entsetzen, und Toby begriff, daß die Mechanos mit ihren verdammten Manipulationen auch diese Frau auf dem Gewissen hatten.

Er hatte eine Ahnung, worum es sich handelte, doch so genau wollte er es gar nicht wissen. Eilig ging er nach draußen.

6 · DAS UNGLAUBLICHE WIRD WAHR

Er versuchte mit aller Kraft, die Spur zu wechseln. Rollender Donner und hohle Echos hallten von der Kuppel wider. Er wußte, daß die Mechanos nicht weit entfernt waren. Sein Sensorium war hochempfindlich, seit er es im Feldlazarett hatte überholen lassen. Es registrierte entfernte Hilferufe und marschierte im Bewußtsein weiter, nichts tun zu können.

Er gelangte an einen Fluß, der in einer engen Schlucht verschwand. Er sah ein paar exotische Bäume, die er fällte und aus deren Rinde er ein Kanu baute. Dann ließ er es zu Wasser. Vielleicht würden die Mechanos ihn auf dem Wasser nicht so schnell orten, zumal er noch die Möglichkeit hatte, unterzutauchen. Es war ein Strohhalm, aber er klammerte sich trotzdem daran.

Im Dunst erspähte er ein paar Leute. Sie hatten eine pergamentartige Haut und unförmige, muskulöse Gliedmaßen. Die Gesichter waren mit Blasen übersät, aus denen schwarze Haarbüschel wuchsen. Ihm wurde schlecht, aber nicht wegen der Leute – die auch verschwunden waren, als er wieder zum Ufer schaute.

Der Magen schlug Kapriolen. Das Gefühl der Übelkeit wurde so stark, daß er sich schließlich übergeben mußte. Tröpfchen von Erbrochenem umkreisten ihn wie Monde.

Daran sah er auch, daß er fiel. Oder daß es hier keine Gravitation gab, was nach Quaths Aussage irgendwie das gleiche war.

Auf allen Seiten erhoben sich steile Wände aus heißem, wabernden Zeitstein. Wasser verdampfte zischend.

Dann kehrte das Gewicht zurück. Die kalte Strömung traf ihn mit Wucht. Er stieß einen zornigen Schrei aus; nicht aus Angst, sondern als menschliche Geste, um sich gegen die dräuende Fremdartigkeit zu behaupten. Echos hallten. Doppelte Echos, eins dünn und das andere so laut, daß der Schluß seines Schreis mit dem zurückgeworfenen Anfang zusammenfiel und ausgelöscht wurde.

Dann wurde er wieder schwerelos.

Es dampfte wie in der Sauna. Stille. Er schrie und hörte die eigene Stimme nicht. Die viskose Luft nahm alles und gab nichts zurück.

Er wurde sich bewußt, daß es eine dünne Gedankenkette gab, an deren Anfang etwas Konkretes stand und in deren Verlauf man etwas Virtuelles sah und zum Schluß etwas, das gar nicht existierte – wenn man es richtig anstellte. So fühlte er sich nun, und dann erkannte er, wo er sich befand. Ein flächiges Glühen voraus zeigte ihm, daß er und der Fluß aus dem Boden quollen und auf mysteriöse Art eins waren.

Eine neue Erzett-Spur? Er hörte Stimmen im gebändigten Fluß, als er ihn verließ. Die Stimmen unterschieden sich von der plätschernden Melodie des Flusses. An einer ins Wasser vorspringenden abgerundeten Klippe murmelte der nun in sich zurücklaufende Fluß etwas und wiederholte das eben Gesagte, um sicherzugehen, daß er es auch verstanden hatte.

Er vermochte nicht zu atmen. Wollte es auch gar nicht. Der helle und ätherische Fluß war ein Plappermaul, der sich zu beiden Ufern mit weißen Schaumkronen verneigte, damit keins sich übergangen fühlte.

Das Wasser verwandelte sich in Gelee und dann in eine glasige, träge Masse. Er tippte dagegen. Eine Schicht löste sich ab und zersplitterte. Die Scherben waren Momentaufnahmen vergangener Zeiten. Sie schrien. Zerstoben in winzige Tropfen. Prasselten auf den Boden. Loderten in ersterbenden bernsteinfarbenen Flammen auf.

Er ging darüber hinweg und betrat eine neue Spur.

Eine feuchte Brise fuhr ihm knisternd durchs Haar. Das Gefühl der Übelkeit reduzierte sich zu einem Magengrimmen. Wahrnehmungen reizten die Haut. Der Fluß, der eine Art geronnener Luft gewesen war, quoll aus der Lunge.

Er schlief für lange Zeit, und nach dem Aufwachen fragte er sich, wie er gelebt hatte.

Ereignisse hatten eine Antriebskraft, die mit sich überlagernden Ereignissen kollidierte. All das spielte sich jenseits des menschlichen Vorstellungsvermögens ab. Um solche Zeiten zu überstehen, in denen Ursachen aus großer Höhe auf ihn herabzufallen schienen, mußte er lernen, sich dem Fluß des Unvorstellbaren, das an ihm vorbeiglitt, anzupassen. Er lebte von einem Moment zum nächsten, und die Unmöglichkeit führte Regie. Einen Fuß vor den andern, vorsichtig und mit Bedacht.

Dinge geschahen, und er ließ sie geschehen, doch außer dem reinen Geschehen hatte er keinen Bezug zu ihnen, keinen Schlüssel zu Ursache oder Bedeutung. Vielleicht gab es auch keine Ursache. Vielleicht hatten die Ideen an sich hier keine Bedeutung. Schließlich waren sie menschliche Konstrukte. Obwohl dieser Ort Menschen beherbergte, war er nicht-menschlich.

Die Erzett entsprach nicht ihrer Primaten-Perspektive der Welt – dessen war er sicher. Wer solch surrealen Dinge erlebt hatte, sagte er sich, hatte eine Reise jenseits der Phantasie, aber als gegenständliche Erfahrung gemacht. Das Unglaubliche war wahr geworden. Sie vermochten nicht in Begriffe zu kleiden, was ihnen widerfahren war.

Das einzig Vergleichbare war der Tod, der Sichertod, die letzte unbegreifliche Erfahrung.

EIN GEDANKENTEPPICH

Der Mensch war immer für eine Überraschung gut, wenn er auseinandergenommen wurde.

Sie hielten ihn hoch. Er wand sich. Die beiden Intelligenzen betrachteten ihn distanziert und lasen zunächst einmal seine schimmernden elektrischen Muster.

Ein solches Energiebündel. Doch schau, die Verbindungen in seinem Kopf haben bloß einen Zyklus von ein paar hundert Spannungs-Schritten pro Sekunde.

So langsam! Und doch sind sie imstande, Echtzeit-Ereignisse zu verfolgen. Es ist erstaunlich leistungsfähig in Anbetracht solcher Beschränkungen. Sieh nur, wie energisch es sich umschaut.

Vielleicht hatte es Probleme, sich an diese Position anzupassen? Schließlich halten wir es verkehrt herum.

Es bewegt den Kopf so ruckartig, weil seine Augen sich nur an einer Seite des Kopfs befinden. So viel Energie, nur um zu sehen. Eine skurrile Konstruktion.

Schau! Es arbeitet mit einem Musterabgleich, um seine Umgebung zu scannen. Es erstellt ein Standard-Bild. Eigenartig!

Ich messe den Daten-Fluß. Der Gehirn-Prozessor ist mit den Augen verknüpft. Ein paarmal pro Sekunde vergleicht es das, was es sieht, mit einem Standard-Bild, an das es sich erinnert.

Wenn ich es schnell bewege – siehst du? Es wählt das beste Referenzmuster und schätzt mögliche Gefahren ein. Das sagt ihm, welchem Reaktions-Pfad es folgen soll.

Wie sehr es von der Erfahrung geleitet wird! Es krümmt und windet sich, als ob es zu fliehen imstande wäre.

Anscheinend ist es in der Vergangenheit auch so geflohen. Sieh nur, wie die Knochen und Muskeln für eine optimale Motorik aufeinander abgestimmt sind. Ist es etwa daran gewöhnt, aufgehoben zu werden und zu baumeln?

Nein – so verstärkt es nur die Anstrengung, wenn die Lage ungewöhnlich ist. Ich erfasse hohe chemische Niveaus, die in den Blutstrom eingespritzt werden. Schau, sie wirken sich auf die Leistung des Gehirns aus.

Auch eine Programmierung aus der Vergangenheit. Es scheint weglaufen zu wollen.

Die Beine wollen das bestimmt.

Ich will es einmal in die richtige Lage bringen.

Bestätigung! Es versucht wegzulaufen.

Lernt langsam. Es vermag uns nicht zu enteilen.

Doch dazu muß es in der Vergangenheit auch keinen Anlaß gehabt haben. Es verfügt nämlich über keine andere unmittelbare Strategie.

Kein Wunder. Sieh nur das neuronale Feuern im oberen Gehirn. (Schon komisch, alle wichtigen Netzwerke oben zu positionieren, wo sie am empfindlichsten sind.)

Solch langsame Schaltkreise. Aber kunstvolle Muster. Es lernt nur ein paar Daten-Tröpfchen pro Sekunde. Und nur 10^7 in einem seiner Jahre!

Dann ist es einfach nicht in der Lage, kurzfristig eine neue Strategie im Umgang mit uns zu entwickeln.

Nun fuchtelt es mit den Armen.

Aber zweckbestimmt. Einfache Symbole, glaube ich.

Dies zeigt vorausschauendes, adaptives Verhalten.

Der einfachsten Art.

Ein guter Ansatz. Das Gehirn besteht ausschließlich aus organischen Verbindungen. Eine sogenannte ›Natürliche‹ Entwicklung.

›Primitiv‹ ist eine treffendere Bezeichnung. Sieh nur, wie Abstraktions-Funktionen, die sich später entwickelt haben müssen, die älteren Bereiche des Gehirns einfach überlagert haben.

Das gesamte Gehirn ist ein Retro-Design! Dieses Ding verfügt bestimmt nicht über Bewußtsein im eigentlichen Sinn.

Definitiv nicht. Es hat kaum eine Ahnung von den Abläufen in seinem Bewußtsein.

Sieh die aufflackernden Muster. Es nimmt nur das wahr, was in der obersten Schicht des Gehirns sich ereignet.

Alles andere muß ihm ein Rätsel sein. Schau, dort unten verdaut es chemische Nahrung – macht sich aber keinerlei Gedanken über den Vorgang.

Es weiß nicht einmal, daß es Säuren mischt und den Bolus massiert.

Verfolge dieses Glimmen im Kopf.

Feuernde Neuronen. Es entwickelt einen Gedanken.

Ich verstehe. Dort unten, im Unter-Gehirn, geht es an die Grenzen seines beschränkten Bewußtseins.

Nun platzt der Gedanke ins Ober-Gehirn. Breitet sich aus. Entbehrt nicht einer gewissen Ästhetik.

Auf diese Art entwickelt es Ideen? Eine Überraschung.

Wogegen es bei uns eher einem kondensierenden Nebel gleicht.

Wie verwirrend, wenn man nicht weiß, was in einem vorgeht.

Auf diese Weise sprechen sie auch. Akustisch emittierte Tonreihen, deren Bedeutung sie nicht kennen.

Sie ermitteln ihre Gedanken durch Sprache?

Sie greifen auf ihre akustischen Emissionen zu! Sie verknüpfen Stöße – ›Wörter‹ –, um mit uns zu kommunizieren.

Welch ein langes Wort das ist.

Das ist eigentlich ein Schrei.

Nun sehe ich, daß unter dem Ober-Gehirn die motorischen Muskel-Befehle … Vorsicht!

Dort! Ich habe ihm die Waffe abgenommen. Ein simpler chemischer Entladungs-Typ. Amüsant, diese Anmaßung.

Bewahre sie für eine Inspektion auf. Die Kreatur ist sehr erregt – sieh die hellen Stränge der Gedanken-Netze!

Fast alle unter dem Ober-Gehirn, so daß es gar nicht weiß, daß es diese Gedanken spürt. Und doch sorgen sie dafür, daß Chemikalien ins Blut gespritzt werden. Welch eigenartige Art, mit sich selbst zu kommunizieren. Anstatt es direkt zu fühlen.

Oder es zu kontrollieren.

Es windet sich noch immer in unserem Griff. So langsame Neuronen!

Dieses arme Ding ist während seiner ganzen Evolution durch diese schlappen Synapsen beeinträchtigt worden. Sie sind eine Million Mal langsamer als unsere!

Aber schön in ihrer Beschaulichkeit.

Versuch nicht, Schönheit aus bloßer Notwendigkeit zu erschaffen.

Diese Konstruktion war notwendig?

Eindeutig zwangen diese müden Neuronen solche Kreaturen, sich paralleler Rechenvorgänge zu bedienen.

Wie furchtbar!

Sieh ihren Tanz! Ist das ›Zorn‹?

Anscheinend. Ihre Literatur erwähnt eine solche Reaktion. Sie tun das oft. Schau, ›Zorn‹ ist wie diese weißgelben Fasern codiert, die sich nun in der Gehirnmitte ausbreiten.

Ähnliche Muster, ich sehe. Bestätigung – sie verlaufen parallel.

Sieh, wie es um einen neuen Gedanken ringt! Sie entscheiden, was sie denken, indem sie viele tausend Gehirnzellen-Schalter addieren. Und dieselben Gehirnzellen befassen sich gleichzeitig mit anderen parallelen Problemen.

Während es glaubt, es würde darüber nachdenken, wie es uns entkommt …

Ja! … meditiert ein kleines Unterbewußtsein über ein sexuelles Abenteuer, das es vor einiger Zeit einmal hatte. Und das Unterbewußtsein genießt die Erinnerung.

Wie vergnügungssüchtig sie doch sind.

Ich frage mich, wie sie überhaupt etwas geregelt bekommen.

Sie tun alles auf einmal, das ist ihr Geheimnis. Ein und dieselbe Gehirnzelle vermag eine Idee zu entwickeln und gleichzeitig bei der Verdauung von Nahrung helfen. Wie schwierig!

Inzwischen harren andere Entscheidungen der Reife. Sie müssen in einer Schlange warten!

Alles mit denselben verknüpften Zellen.

Unglaublich!

Ich bin erstaunt, daß das winzige Ding simultan zu gehen und zu sprechen vermag.

Simultan, ja – aber nicht sehr gut.

So plump. Selbst ein sentimentaler Heini wie du wird das zugeben müssen.

Wohl wahr. Filigrane neurale Schaltkreise oben im Kopf. Ein Fuß wird nach vorn gesetzt, es kippt und fängt sich dann mit dem anderen Fuß ab. Was, wenn es das nicht täte?

Dann würde es auf die Schnauze fallen!

Was für eine Bewegungs-Strategie.

Eine riskante. Die meisten intelligenten Tiere benutzen vier Füße. Wir verwenden natürlich deren sechs.

Sieh, wie es sich vor einem Sturz fürchtet. Es stellt viel Gehirnleistung ab, um das zu verhindern.

Ich glaube, ich begreife diese seltsame Methode des parallelen Denkens. Wenn nämlich eine Gehirnzelle stirbt – sieh dort, ein Lichtlein ist soeben erloschen –, laufen die internen Berechnungen dennoch weiter.

Du hast recht! Sieh, dieser Zorn-Reflex wird schwächer. Er verfärbt sich blau und sickert in die Schaltkreise, welche die Verdauung regeln. Eine Zelle stirbt, doch der Muster-Fluß setzt sich fort. Also ist die Kreatur im positiven Sinn redundant.

Aber sie weiß nicht einmal, daß sie Gehirnzellen verliert.

Von diesem Wissen hätte sie wohl auch nichts. Dieses unglückliche Wesen vermag die Zellen nicht zu ersetzen. Schwache Konstruktion.

Dieses parallele Denken verschleiert so viel – und schau mal!

In manchen Dingen sind sie schnell. Die armierten Füße sind kräftig.

Bist du beschädigt?

Nur temporär. Meine internen Routinen werden ein Stück des Panzers restaurieren.

Physikalische Beschädigung! Wie billig. So etwas habe ich noch nie zuvor gesehen.

Anscheinend sind sie nicht in der Lage, unsere Schaltkreise direkt anzugreifen.

Ich vermute, daß sie uns nicht einmal lesen können.

Sieh, wie es von Frustrations-Netzen durchzogen wird. Bis hinunter zur Basis des Gehirns.

Dramatisch! Frustrationen ergreifen vom ganzen Gehirn Besitz, so daß es an nichts anderes mehr zu denken vermag.

Und andere Teile des Gehirns wissen nicht einmal, wie die Entscheidung getroffen wurde, frustriert zu sein.

Ich vermute, das Gehirn hat im Grunde keine andere Wahl, als weiterzumachen.

So lebt es die ganze Zeit?

Anscheinend. Von Emotionen zerrissen.

Die meisten Entscheidungen werden am Rest des Gehirns vorbei getroffen! Es muß so aussehen, als ob Emotionen sein Handeln bestimmen, und zwar ohne ersichtlichen Grund. Oh, schau …

Ah! Es verletzt mich auch.

Ich werde es wieder einfangen.

Dir sei mein Dank. Es hat mir die Mikrowellen-Antenne abgerissen.

Ich hätte seine Absicht ahnen müssen.

Wie denn? Bis vor dem Bruchteil eines Moments wußte es das doch selbst nicht.

Allmählich verstehe ich die Dateien, die wir erbeutet haben. Der Begriff ›freier Wille‹ muß sich auf diese Denkweise beziehen.

Du meinst, wenn sie sich über die Gründe ihres Handelns selbst nicht im klaren sind?

Das muß es sein. Dieses kleine Ding glaubt, es habe ein inneres Selbst, das seine Handlungen bestimmt – einen Entscheider, den es nicht direkt sieht.

Nein, ich glaube, es hält sich selbst für den Entscheider.

Du hast natürlich recht. Aber es vermag sich nicht selbst zu kontrollieren. Schau, das Frustrations-Netz breitet sich schon wieder aus.

Und es kann diese Verbreitung auch nicht unterdrücken. Oder die Chemikalien, die das Netz in den Körper spritzt.

Ich glaube nicht, daß wir solch einer seltsamen Konstruktion das Prädikat ›bewußt‹ verleihen sollten.

Du meinst, sie wissen nicht einmal, weshalb wir sie vernichten?

Ohne Zweifel haben sie eine Theorie. Wahrscheinlich läßt die Evolution alles Leben in einen Konkurrenzkampf um Ressourcen treten.

Darin liegt ein Körnchen Wahrheit. Wir Maschinen brauchen Masse und Energie. Doch meiden wir schaumige organische Lebensformen wie diese Kreatur.

Wohl wahr. Bestenfalls sind sie schlechte Gesellschaft.

Sie sind so flüssig und von Begierden durchsetzt.

Tief unten in diesem Wesen denkt ein Unterprogramm unablässig an Reproduktion.

Sie räumen dem Prozeß unverhältnismäßig breiten Raum ein. Sie genießen ihn.

Die Evolution hat sie darauf programmiert.

Doch solche Strategien, die das Überleben auf planetaren Oberflächen gewährleisten sollen, werden langfristig nicht funktionieren. Sie werden sich ihrer Ressourcen berauben.

Die Natur sorgt für einen Ausgleich. Dieses Wirbeltier von einem Kipp-Gänger hat eine sehr kurze Lebensspanne.

Deshalb sind sie auch so kämpferisch!

Richtig; sie haben wenig zu verlieren. Sie sehen sich stets dem nahen Tod gegenüber.

Nun weiß ich auch, weshalb du diese studieren wolltest. Welch ein Schicksal ihnen bevorsteht!

Erkennst du ihr Dilemma?

Wenn sie nicht imstande sind, sich selbst zu lesen, für sich …

Sie vermögen sich nicht zu - kopieren.

Diese Kreatur ist für immer in einem einzigen Hirn gefangen.

Keine Kopie, wenn diese Einheit verschlissen ist.

Wenn diese also … oh!

Ärgerlich, nicht? Hier, ich werde es weiter einengen.

Eiii.

Richtig gemein …

Sperr es in ein Netz!

Hat es dir Schmerz zugefügt?

Momentan. Ich habe diesen Bereich nun blockiert. Was für ein fieses kleines Ding.

Sie beziehen die Energie aus ihrer Sterblichkeit.

Weil sie sich nicht selbst zu kopieren vermögen?

Das ist der Weg allen Fleischs.

Im Angesicht des Todes verletzen sie andere?

Du darfst eins nicht vergessen. Um dem Tod zu entrinnen, tun sie, was sie tun müssen.

Sie sind nicht befähigt, Kopien zu erstellen. Ich frage mich, was das für ein Leben ist. Um … auf diese Weise zu sterben.

Weil sie nicht in der Lage sind, ihren internen Status zu erkennen, müssen sie, um sich zu retten, wenigstens ihre Struktur retten.

Die ganze Struktur? All diese ekligen Chemikalien, die von Kohlenstoff und Kalzium zusammengehalten werden?

Zumindest den Kopf. Aber den Rest mögen sie auch gern.

Dann konservieren sie das alles, nur in der Gewißheit ›Das ist Jocelyn‹?

›Jocelyn‹?

Der Name dieser Milbe. Weil sie nicht in der Lage sind, sich direkt zu lesen, heften sie sich Etiketten an.

Ein Wort, um ein Selbst zu beschreiben?

Unglaublich.

Wie kommunizieren sie dann überhaupt?

Paß auf – die Kreatur hat sich eine neue Waffe besorgt.

Ah! Es hat alle Rezeptoren an einer Seite verbrannt. Schnapp es dir!

Es ist ganz schön flink.

Sogar seine akustischen Schreie schmerzen. Es ist ganz schön laut.

Autsch!

Die Evolution wird ein paar Fragen beantworten müssen.

Schnapp's dir. Bist du stärker beschädigt?

Ich werde mich in die INST einweisen lassen müssen.

Ich sehe deine Schäden sogar von hier aus. Schlimm.

Ärgerlich. Und es ist weniger das Material als die Arbeitszeit.

Es emittiert noch immer akustisch. Schmerzhaft.

Noch dazu in einem erbärmlich schmalen Band.

Hör mal – Punkte und Striche in akustischen Wellenpaketen. Hilferufe?

Das Lied der Gene.

Du mißt diesen Rülpsern die Qualität eines Lieds bei?

Hör zu! Serielles Fabulieren – wie exotisch.

Wie unangenehm.

Wir wissen um die serielle Natur des Denkens. Aber serielle *Verbindungen*?

Offensichtlich liegt auch hier eine Rückentwicklung vor. Ihre Kommunikation ist seriell, ihr Denken parallel. In der Natur weiß wohl die Linke nicht, was die Rechte tut.

Lausche: ihre Codes sind so linear. Kurze Sentenzen. Reizlos.

Bar jeder Nuance. Wo sind die Untertöne, durch die Intelligenz sich auszeichnet?

Ihr Verständnis der Welt muß sich von unserem fundamental unterscheiden.

Ich habe einen interessanten Wahrnehmungs-Brocken von ihm gelesen. Nimm diesen Datensatz:

Empfangen und verdaut. Zumindest verarbeiten sie visuelle Bilder parallel. Doch welch seltsame, verkürzte Sichtweise.

Exakt. Sie sehen in einem schmalen Bereich des Elektromagnetismus.

Eine gequetschte Oktave im optischen Spektrum.

Sie wurden zufällig für eine spezifische Umwelt optimiert und sind nun an diese Programmierung gebunden.

Die sie doch sicher etwas verändert haben? Sieh nur, wie es den Bereich sondiert, den wir für es abgesteckt haben. Es will partout ausbrechen. Die Neuronen blitzen und erzeugen Pläne und Ideen. Wie ein starkes Wetterleuchten.

Und genauso berechenbar. Nein, ich fürchte, für eine Aktualisierung kommen sie nicht in Frage. Zu plump.

Du bist befangen, weil sie den kompletten Befehlssatz schon in sich tragen.

Nun, du mußt zugeben, daß das eine höchst gefährliche Strategie ist. Noch so eine sinnlose Redundanz wie ihre Denkmuster.

In jeder Zelle ist der individuelle Konstruktionsplan gespeichert. Also genügt ein winziges Fragment …

Ja, ja, es wäre möglich, sie zu rekonstruieren. Aber man muß auch bedenken, daß diese Kopie durch Umwelteinflüsse vielleicht beschädigt wird. Dann würde man nämlich ein defektes Original kopieren.

Zugegebenermaßen eine Schwachstelle. Zum Glück ist meine Kopie sicher gespeichert und baumelt nicht in der erschreckenden Natürlichkeit des Universums.

He, halt die Kreatur fest.

Ah! Sie ist so widerspenstig.

Sterblichkeit gibt Kraft, nehme ich an. Hier hast du eine Scheibe.

Röhren, Motoren, Pumpen – alles auf engstem Raum integriert.

Aufeinandergestapelt.

Und jedes Bauteil ist von unterschiedlicher Form und Größe. Keine einheitliche Spezifikation. Das ist nicht sehr wartungsfreundlich.

Ich glaube sowieso nicht, daß oft Reparaturen anfallen. Die Evolution zieht es wohl vor, ein neues Exemplar zu bauen.

Ach, ihre Reproduktions-Besessenheit. Dazu nutzen sie die Pläne, die sie in den Zellen herumtragen.

Sie erstellen eine neue Kopie, wenn sie sich zum Beispiel bedroht fühlen?

Sie erstellen eine kleine, die sich dann von innen nach außen vergrößert.

Wie Pflanzen.

Richtig, aber schon etwas raffinierter.

›Wachsen‹. Das muß ein Gefühl sein, als ob man aufplatzt.

Meinst du? Wie … furchtbar.

Ich frage mich, ob es uns wohl möglich wäre, diese Erfahrung zu simulieren. Das wäre mal wieder eine neue Stimulation.

Genauso wie das Verständnis dieses unfertigen Bewußtseins, über das sie verfügen. Wäre es vielleicht *besser,* wenn ein Teil nichts von einem anderen Teil weiß?

Bestimmt würde allein das Denken zu einer spannenden Angelegenheit werden. Man wüßte nämlich nie, was man als nächstes entdeckt, sogar über sich selbst.

Glaubst du, das ist auch das Geheimnis ihres Erfolgs, trotz der vielen Beschränkungen?

Du meinst, unsere Offenlegung jeden Gedankens sei schlecht?

Und wenn es so wäre? Diese Kreaturen wirken einfach zu phantasievoll und kreativ …

Das würde implizieren, daß unsere Methode des Selbst an sich …

Verflüchtigt die feine Knüpfung eines neuen Konzepts sich unter einer ständigen, lästigen Inspektion? … Das ist vielleicht auch der Grund, weshalb uns so selten neue Ideen kommen.

Ich bin durchaus der Ansicht, daß mein Gedanken-Teppich fein genug geknüpft ist.

Der Ansicht bin ich auch. Aber nicht dieser Kipp-Gänger, wie ich vermute.

Papperlapapp. Das würde doch implizieren, daß solche Kreaturen inhärent zu subtileren Strategien befähigt wären als wir.

Schau. Es winkt uns zu sich herüber.

Vorsicht. Wir haben es partiell zerlegt. Primitive haben in der Regel kein Verständnis für derartige Aktivitäten.

Ich glaube, ein Diskurs mit so einem bezaubernd primitiven und schwammigen Bewußtsein wäre ein Gewinn. Wir könnten seine Rede kopieren und sie der Vielfalt übermitteln, die …

Autsch!

Ah!

Schmerz, Schmerz.

Ich muß die Peripheriegeräte abschalten …

So stark …

Schaden, ich bin überall verletzt.

Es war …

… eine Falle. Von langer Hand vorbereitet.

Bist du noch mobil?

Leider nicht.

Ich habe viele Endpunkte verloren.

Ich auch.

Was könnte solch ein winziges Wesen wohl veranlassen, sich selbst zu zerstören, nur um uns zu beschädigen?

Du hast … es vorhin schon gesagt.

Ich sah keinen Zusammenhang hiermit.

Kurze Lebensspanne. Das ist es, weshalb … sie so kämpfen.

Und sich vollständig löschen, bloß um uns zu schaden? Wo wir doch nur in unseren Archiv-Kopien weiterleben wollen?

Diese Spezies hat irgend etwas an sich …

Sie glauben an etwas Höheres als das Selbst?

Und wir, deren Kopien sicher gespeichert sind, tun das nicht.

Wenn wir nicht bald Hilfe bekommen …

Werden unsere Kopien aktiviert.

Ich finde, das ist ein gewisser Trost.

Der kleinen Kreatur war nicht einmal das vergönnt.

Vielleicht hatte sie etwas von größerer Bedeutung?

Was sollte das wohl sein?
Was sollte das wohl sein?

Neben ihnen lag das feine Gespinst aus Kalziumstäben, das einmal ein Brustkorb gewesen war. Sie waren inmitten von Fleisch und anderer Substanz verstreut.

Die zerschmetterte Kreatur schien noch immer ein Geheimnis zu verkörpern, welches das sterbende Alien zu lösen suchte.

Zerbrochene Strukturen. Versiegende Ströme.

Auf der öden Ebene ertönte nur noch eine klagende Stimme.

Was sollte das wohl sein?
Was sollte das wohl sein?

VIERTER TEIL

SELBST-EMPFINDUNG

Die Natur irrt sich nie, denn sie stellt keine Behauptungen auf.

– Bertrand Russell

1 · GESCHMOLZENE PORTALE

Er kroch einen lehmigen Abhang hinunter und hoffte, daß sein thermischer Abdruck sich nicht von der Umgebung abhob. Die Luft war dick und feucht, was ihm zugute kam. Vielleicht.

Killeen wurde sich wieder bewußt, daß er fast sein ganzes Leben lang aus zerstörten Städten geflohen war.

Der Rückzug aus den verbrannten Ruinen der Zitadelle – *jasag,* daran erinnerte er sich deutlich. Dieser Tag schien weit entfernt in einem Korridor aus Tod und Zerstörung zu liegen, der sich weiter erstreckte als die Lebensspanne eines Menschen. Namen von Orten kamen ihm in den Sinn, wo er als Junge gespielt und als Mann gelernt hatte: Das Breitschwert, Grüner Markt, Der Rastplatz der Drei Damen. Heute kündeten nur noch die spitzen Zähne eingestürzter Mauern, um die pfeifend der kalte Wind strich, von diesen Plätzen.

Diese Zeit war nicht anders. Die Mechanos hatten die Portalstadt aufgerissen, wie eine Näherin die Ärmel eines Kleids abtrennte – professionell, mit einem schnellen Handgriff.

– Cermo! – sendete er mit geringer Leistung.

Keine Antwort. War wahrscheinlich auch klüger, nicht zu antworten.

Die Mechanos, die durch das Portal quollen, hatten nicht die geringste Ähnlichkeit mit den Geräten, die Killeen von früher kannte, und sie waren Meister des Todes. Er hatte keine Ahnung, wie sie die Schaltkreise der Bishops lahmgelegt hatten. Dann übernahm die Notsteuerung, und eine panische Stimme ertönte auf allen Frequenzen. Plötzlich zuckte ein Blitz durch die Luft, und der Bishop war tot.

Killeen flüchtete sich in die Deckung wuchernder

Farne. Die hiesige Vegetation hatte keine Ähnlichkeit mit der Flora von Snowglade. Die Pflanzen richteten die breiten Wedel auf den glühenden Zeitstein aus. Wenn ein Bereich verblaßte, orientierten die Bäume sich zum nächsten strahlenden Abschnitt. Sie bewegten sich wie intelligente Wesen, die Hände zum Licht gereckt.

Er robbte unter ihnen hindurch und erreichte schließlich einen flachen Sattelfirst. Von dort aus hatte er einen Blick auf den riesigen Komplex, wo die Bishops in die Erzett eingedrungen waren.

Er zog sich an einer Felskante hoch. In den langen Jahren auf der Flucht hatte er gelernt, sich zu tarnen und zu warten, bis der Verfolger die Suche endlich abbrach. Aber er mußte Bishops finden. Niemand sonst würde die Sippe zusammenhalten. Jocelyn und Cermo waren zwar gute Unteroffiziere, aber sie würden sich nicht um die Sippe kümmern, sondern nach ihm suchen.

Er schob den Kopf über den Grat, tippte zweimal auf den rechten Schneidezahn und duckte sich wieder. Dadurch wurde das Bild auf der Netzhaut gespeichert, so daß er genügend Zeit hatte, es auszuwerten.

Der Portal-Komplex war größer als alle Strukturen, die er bisher gesehen hatte – außer einer Kandelaber-Ruine. Sie hatte mit ihren filigranen Verästelungen fast wie ein Vexierbild auf die Bishops gewirkt, doch gab es nur noch Splitter, wo die Mechanos hereingeplatzt waren. Nun verflüssigten die restlichen hexagonalen Matrizen sich. Die mächtigen Mauern warfen Blasen, verformten sich und stießen braunen Dampf aus.

Er betrachtete das Bild, doch esperte er keine Signale von Bishops. Dann hörte er ein Geräusch.

Er rollte sich nach links und strahlte einen Frage-Puls an die Schallquelle ab.

»Ah!« Ein dünner Schrei.

Er fuhr eine Richtantenne aus und sah, daß es Andro war. »Verdammt! Das hat weh getan!«

»Du hast Glück, daß du noch am Leben bist. Ich hätte auch schießen können.«

»Das sollte eine Abfrage sein? Fast wären meine internen Systeme zusammengebrochen.«

»Du hältst eben nichts aus«, sagte Killeen und scannte das Gelände hinter ihm. Sich in der Deckung von Menschen anzuschleichen war ein alter Mechano-Trick.

»Je weniger Schaltungen man hat, desto schwieriger ist man für die Mechanos zu orten.«

Killeen betrachtete den dürren Mann. Andro war fast nackt und hatte keine sichtbaren bionischen Anbauteile. »Waffen hast du wohl auch nicht.«

»Ich bin ein Mann des Gesetzes und kein Knochenbrecher.«

»Versuch doch mal, hier deine Gesetze anzuwenden. Oder Steuern einzutreiben.«

»Mit eurer Ballerei habt ihr aber auch nicht viel erreicht.«

Sie hatten sich schon wieder in den Haaren, wie Killeen abwesend bemerkte. Weil sie nicht imstande waren, sich zu einer einheitlichen Bewertung der Ereignisse zu verstehen. »Hast du einen von meinen Leuten gesehen?«

»Kam mir so vor.«

»Verwundet?«

»Auf der Flucht. Ihr Riesenbabies seid doch wandelnde Zielscheiben.«

»Deine Leute haben sich aber auch nicht gerade als Helden hervorgetan.«

Andro nickte. »Habe meine Frau verloren. Mein Sohn ist vor zwei Tagen nach Thermograd geskated, also dürfte er in Sicherheit sein.«

»Ist das auch ein Portal? Wie eure Stadt?«

Andro blinzelte. »Uh. Ich verstehe.«

Killeen schob den Kopf wieder über die Kante und betrachtete mit düsterer Miene das Ergebnis. Die Stadt war zu Schlacke geronnen. Andro war zwar ein nerviger Zwerg, aber es hatte keinen Sinn, es ihm zu sagen. Die Mechanos würden wahrscheinlich jedes Portal in der Erzett angreifen, dessen sie habhaft wurden. Sie gingen mit System vor. Nach der Zerstörung der Zitadelle Bishop hatten sie andere Sippen angegriffen. Thermograd würde auch fallen.

»Gehen wir. Ich muß meine Sippe finden.«

Andro wollte aufstehen und über den Grat schauen. Killeen legte ihm die Hand auf die Schulter. »Hat keinen Sinn.«

»Ich will noch einen letzten Blick auf meine Stadt werfen.«

»Ich bin abgeschirmt. Du nicht.«

»Deine Technik ist Spielzeug im Vergleich zu ihrer.«

»Sicher. Aber nur Kinder gehen unnötige Risiken ein. Wenn ein Mechano dich sieht ...«

Andro huschte davon und stieg den Hang hinauf. Wenn er die Stadt unbedingt noch einmal sehen wollte, würde Killeen ihm seinen Willen lassen. Als der Mann zurückkam, entnahm Killeen seinem Gesichtsausdruck, daß er bedient war. Andro war zwar ein anderer Menschenschlag, doch wußte auch er, daß man hinter manchen Dingen die Tür schließen und weitergehen mußte.

»Gehen wir«, sagte Andro.

»Bewegung ist auffällig.«

»Ich bezweifle, daß es bei diesen Geräten einen Unterschied macht.«

»Ihr wißt viel von ihnen?«

»Wir haben Intelligenzprognosen erstellt. Anhand von Daten der äußeren Zeitlinie. Wir stehen höher auf dem Erzett-Gradienten und somit näher an ihrer technischen Entwicklung.«

Killeen wußte, daß die *Argo* auf einem verschlungenen Kurs durch die Ferne Schwärze in dieses Erzett-Ding eingedrungen war – womit die Einheimischen die Region bezeichneten, die um den dicken Bauch des Fressers wirbelte. Und Portal-Städte hatten einen langsameren Zeitablauf als die äußere Zeit in der normalen, ›flachen‹ Raum-Zeit. An Orten, die tiefer im Innern der Erzett gelegen waren, lief die Zeit noch langsamer ab – nur daß ›im Innern‹ aus einem geometrischen Grund, den er nicht begriff, nicht das richtige Wort war. ›Benachbart‹ kam der Wahrheit näher.

Killeen beendete die Überprüfung seiner Ausrüstung. »Riechst du sie?«

»Manchmal. Die meisten Mechanos drangen tiefer in die Erzett ein, nachdem sie den Schleim auf uns geschüttet hatten.«

»Ich sah, wie ein paar Leute davon getroffen wurden.« Er mußte untätig mit ansehen, wie sie sich in eine schweflige Flüssigkeit auflösten und starben. »Nur ein Tropfen oder so.«

Killeen schloß die Inventur ab und fragte sich, was er mit diesem Mann tun sollte. In dem Moment, als Andro ihnen gesagt hatte, daß sie Mechano-Emissionen aus der Fernen Schwärze hinter dem Portal auffingen, hatte Killeen allen Bishops befohlen, den Kampfanzug anzulegen. Wegen der Effekte der Zeitdilatation hatten sie nur eine kurze Vorwarnzeit, doch auf der Grundlage physikalischer Berechnungen mußten die Mechanos auf einer komplexen spiralförmigen Bahn in die Ergosphäre des Fressers absteigen. Dieser Abstieg belief sich auf eine knappe Stunde Erzett-Ortszeit.

Killeen war Käpt'n der Bishops, doch nach alter Väter Sitte war er mit Ausrüstung bepackt wie das Fußvolk. Auf dem Rücken trug er die Topographie- und Kartierungs-Systeme, mit denen er schon auf Snowglade gearbeitet hatte. Die Sippen-Legende besagte, daß der Topo-Mann immer als erster starb. Die Jagd-Mechanos – Lancers, Hawks, Rattlers, Stalkers, Vipers – orientierten sich an den Sonarechos des Topo-

Registers. Dann spürten sie ihn auf und schlitzten ihn mit elektromagnetischen Finger-Messern auf.

»Diese Mechanos sind anders«, sagte Killeen nachdenklich.

Andro nickte. »Eine neue Spezies.«

Killeen justierte die Bein-Kompressoren. Wie fast die ganze Ausrüstung der Bishops bestanden sie aus flexiblem Mechano-Metall. Bishop-Künstler waren seit Generationen von Mechano-Technik abhängig. Er hatte erwogen, die Ausrüstung in der Portal-Stadt einer Kampfwertsteigerung zu unterziehen, doch nun war er froh, daß er keinen Doppelschalen-Helm oder Hüft-Stoßdämpfer gekauft hatte.

»Deine Ausrüstung ist ziemlich primitiv«, sagte Andro.

»Aufladen und im Feld wegwerfen, wenn der Akku leer ist. Geschwindigkeit ist die beste Verteidigung.«

»Wir erreichen aber keine Geschwindigkeit, wenn wir hier herumsitzen.«

»Du bist ziemlich gewitzt für einen Schreibstuben-Kommandeur.«

»Ich habe euch Untergrund-Typen kommen und gehen sehen.«

»Die Bishops sind anders.«

Andros Miene veränderte sich schlagartig. Sein Gesicht wirkte nun verhärmt und abgespannt. »Das haben wir im Replikator gelernt. Diese eure Vermächtnisse – wer hätte das gedacht?«

»Ich würde lügen, wenn ich sage, daß ich alles davon verstehe«, sagte Killeen vorsichtig. Er wollte Andro aus der Reserve locken. Der kleine Mann reichte Killeen kaum bis zum Gürtel. Vielleicht würde schiere Masse ihn beeindrucken.

Andro lächelte verhalten. »Komm schon, ich habe nichts zu verbergen.«

»Ich weiß nur, daß wir Toby und Abraham finden müssen.«

»Die ›Drei Phasen‹, war das nicht die Bezeichnung? Das muß man sich mal vorstellen: eine so tief gespeicherte Botschaft, daß es unmöglich ist, sie in nur einer Kopie des Codes verständlich auszudrücken. Ich hätte gedacht, der Genotyp …«

Hier vermochte Killeen dem Mann endgültig nicht mehr zu folgen. Andro warf derart mit biologischen Fachbegriffen um sich, daß Killeen der Kopf rauchte. Es reichte völlig, wenn er wußte, daß Menschen ihre genetische Information in einer Doppelhelix trugen. Diesen Sachverhalt mußte man nicht mit Phrasen zukleistern.

Bilder – das war es, worin Killeen dachte. Worte trugen eher zur Verwirrung denn zur Klärung bei.

2 · EIN NEBEL AUS FLIEGEN

Sie marschierten los, wobei sie sich im Schutz hoher Bäume mit ausladenden Kronen hielten. Der Wald zog sich in einem Bogen zu den entfernten Wänden der Erzett hinauf. Dennoch bezweifelte Killeen, daß die Bäume ihnen wirklich Deckung gaben. Sie kamen nur langsam voran. Es wetterleuchtete. Nach langer Zeit gelangten sie zu der kleinen Pyramide.

Killeen betrachtete sie mit einem Gefühl des Kummers und des Stolzes zugleich. »Das ist … wundervoll.«

Andro ging um den eilig aufgeschichteten Steinhaufen herum, der doppelt so hoch war wie Killeen. »Ziemlich primitiv.«

»Es ist von uns.«

»Snowglade-Sippen? Sie haben sich die Zeit genommen, das Ding zu bauen?«

»Es ist für unsere Sichertoten.«

»Wie? Sie sind hier drin bestattet?«

»Das ist eine alte Sitte. Mechanos machen sich nicht die Mühe, solche Gesteinsformationen zu vernichten.«

»Ihr habt euch in einer Art Code mit ihnen verständigt?«

Killeen ging um die Pyramide herum. Er sah, daß die Steine an manchen Stellen hastig verkeilt worden waren. »Es gab einmal eine Zeit. Wir hatten eine Art von Abkommen mit den Mechanos. Wir schlachteten nicht allzu viele aus, und sie ließen uns in Ruhe. Sie waren mit anderen Dingen beschäftigt, zum Beispiel mit dem Konfigurieren von Pulsaren.«

»Aber das war nicht von Dauer.«

»Neinsag. Mein Vater Abraham prophezeite uns, ein Waffenstillstand mit ihnen würde nie lang halten.«

Andro verzog das Gesicht zu einem einzigen Fragezeichen. »Ihr hattet es einfach. Wir wurden ständig von Mechanos bedrängt. Sie sind immer wieder durchgebrochen, auf der Suche nach der Bibliothek oder so einem verdammten Ding.«

Schutzanzüge und persönliche Ausrüstung waren in der Nähe der Pyramide gelagert. Noch eine Snowglade-Tradition. Damit wurde vorbeifliegenden Mechanos signalisiert, daß die Pyramide nichts enthielt, was von Interesse für sie war; nehmt euch den Krempel und macht die Fliege. Zögernd sichtete Killeen die Ausrüstung und fragte sich, was er wohl finden würde.

Ein verschwommenes Bild drang in sein Bewußtsein. Von seinem Arthur-Aspekt …

Eine viel größere Pyramide, die aus einer braunen Wüste wuchs und deren Spitze an einem fahlen, wolkenverhangenen Himmel kratzte. Sie degradierte die am Fuß des Bauwerks stehenden Menschen zu Zwergen. Sie waren noch kleiner als die behauenen Steinblöcke, die zu Stufen zusammengefügt waren. Eine

Treppe für Riesen führte geradewegs in den Himmel, dessen strahlendes Blau ihn massiv erscheinen ließ.

Das Bild flimmerte vor ihm. Unaufgefordert war es aus den Tiefen von Arthurs historischem Speicher erschienen. *Alte Erde,* ertönte ein Wispern. Das Bild verschwamm. Er hatte innegehalten angesichts der stummen Majestät und der unvermeidlichen Sterblichkeit, der selbst die Besten seit undenklichen Zeiten zum Opfer gefallen waren.

Die im Schrott wühlenden Hände stießen auf etwas und rissen ihn aus den Betrachtungen. »Jocelyn!« rief er.

Andro kam zu ihm herüber. »Jemand, den du kanntest?«

»Mein … Unteroffizier.«

»Ich erinnere mich an sie. Verdammt.«

Erneut spürte Killeen die Regung, die sein Leben wie ein roter Faden durchzog – daß im Angesicht nüchterner Fakten jedes Wort sich erübrigte. So war die Welt eben, und Reden vermochte daran nichts zu ändern.

Jocelyns blaues Fußkettchen hing am Beinkolben. Es war ein dreieckiges Loch im Kolben, und die Innenseite war blutverschmiert. Killeen nahm das Kettchen an sich und erinnerte sich, wie sie sich einst in einem Felsennest geliebt hatten, die Verfolger auf den Fersen. Er ging davon und antwortete für eine Weile nicht mehr auf Andros Fragen.

Er überlegte, welchen Weg die Bishops voraussichtlich eingeschlagen hatten und ging dann in dieselbe Richtung. Andro hatte Mühe, Schritt zu halten, und Killeen wurde ungehalten über die Verzögerung. Einmal glaubte Killeen, Wortfetzen einer Unterhaltung zwischen Bishops zu hören, doch dann verstummten die Töne wieder. Andro nutzte die Gunst des Augenblicks, einen Pfad durch den Zeitstein vorzuschlagen. Killeen folgte dem Mann; hauptsächlich aus dem

Grund, weil er in eine Abwärtsspirale der Resignation geriet. Er hatte seine Sippe verloren und wußte nun nicht mehr, wohin er gehörte.

Die Felder und die Lichtungen zwischen den exotischen Bäumen waren mit Leichen übersät. Damals in der Portal-Stadt, im Restaurator, hatte er von Krankheiten gehört, welche die Mechanos unter den Menschen verbreiteten. Und nun sah er die konkreten Auswirkungen.

Und wer hat sie von der Alten Erde eingeschleppt? fragte er sich. Er sah keinen Grund, weshalb Menschen die Pest an diesen jungfräulichen Ort hätten bringen sollen. Das Leben stellte selbst das Gleichgewicht her: das akzeptierte er als Glaubenssatz, doch fiel es ihm schwer, die Weiterungen zu akzeptieren.

Später erst erinnerte er sich, daß für die Mechanos die Bishops tatsächlich eine Pest waren.

Eine Frau hatte eine aschgraue Schnittwunde. Öliger Eiter überzog die Haut und rann in Strömen an ihr hinab. Die Eiterbeulen öffneten und schlossen sich wie Augen. Der Kopf zerfiel in Schichten, als ob jemand wie in einem Buch in ihr geschmökert und sie aufgeschlagen liegengelassen hätte. Die Lagen des Gehirns wölbten sich auf eine Art, die ihn an Zeitstein erinnerte, wie Blütenblätter einer grauen Klippen-Blume.

»Sie fügen uns Leid zu«, sagte Andro.

Sie gingen schnell weiter, aus Angst vor Ansteckung.

Dunst wallte auf, und Killeen suchte dort Deckung. In Gedanken war er noch immer bei den Leichen. Wenigstens waren es keine Bishops gewesen.

Im Dunst bewegten sie sich durch die Peripherie verwirrender Kräfte. Es war ein Übergang, erklärte Andro. Eine Art Rutschpartie an einem Erzett-Gradienten. In der Nähe der Portal-Städte gab es komplexe Verzweigungen, wo ›unbestimmbare‹ Geometrien entstanden und verschmolzen.

»Stell es dir als Türen vor, die sich öffnen und wieder zuschlagen«, sagte Andro.

»Und wo endet das?«

»Es hat kein Ende.«

Killeen reagierte allergisch auf überhebliches Gebaren, doch war ihm so übel, daß er diesmal davon absah, dem Betreffenden Kontra zu geben. Die rhythmische Ausdehnung und das Schrumpfen der Erzett bewirkten Gravitationsstöße, heftige Beschleunigungen und Gezeitenspannungen, die ihn fast gevierteilt hätten.

Andro nahm das mit stoischer Ruhe hin. Der kleine Mann erwähnte die Krümmung der Erzett und daß eine Küchenschabe für immer über einen Apfel kriechen konnte, ohne überhaupt zu merken, daß sie sich auf einer gekrümmten Oberfläche befand. Erst wenn sie ein paarmal am Stiel vorbeigekommen war, würde sie es bemerken. Ihre Welt war gekrümmt und endlich, hatte aber weder Grenzen noch Wände. Apfel überall, ohne Ende. Eine schlaue Küchenschabe würde nach einer Weile versuchen, vom Apfel herunterzukrabbeln.

Killeen kam sich irgendwie vor wie besagte Küchenschabe, als er von Übelkeit geplagt in einen perligen Nebel eindrang. Sie waren in die Nebelbank vorgestoßen, ohne daß er sich dessen richtig bewußt geworden wäre. Das Sensorium gab ihm auch keinen Hinweis. Die Aspekte redeten wirr durcheinander und wollten ihm Ratschläge erteilen. Er verbot ihnen den Mund. Ihm war auch so schon übel genug.

Im wallenden Nebel drang ein hohles Raspeln auf sie ein. Er schmeckte eine feurige Nässe. Andro sagte irgend etwas davon, die Erzett sei so konstruiert, daß die Flußpunkte, wo die Krümmung sich abrupt änderte, nicht zu stark wären. Damit wollte er wohl sagen, daß die Belastung ihm keinen Arm ausreißen würde, obwohl nicht viel dazu fehlte. In diesem Moment freute er sich über jeden Zuspruch.

Sie stürzten weniger, als daß sie ausgespien wurden. In – einen Sumpf. Killeen fiel mit dem Gesicht in den faulig riechenden Schlick. Dann wankte er auf eine Anhöhe mit blaugrünem Gras.

»Verdammt!« rief er Andro heiser zu, der sich gerade aus dem Schlamm aufrappelte. »Wie kommt's, daß wir …«

Das Gras hatte sich bereits um ein Bein geschlungen und schlängelte sich dem anderen entgegen. Killeen zog sich vom Hügel auf eine vegetationslose Landzunge zurück, wo Andro sich bereits niedergelassen hatte. »Ich … ich … wie sind wir hierhergekommen?«

»Es ist stochastisch«, sagte Andro. »Im Grunde ist niemand dafür verantwortlich.«

»Sto*was*?«

»Chaotisch, um einen dir geläufigen Begriff zu verwenden.«

Killeens Arthur-Aspekt meldete sich:

> ***Die sich verschiebenden Erzett-Koordinaten resultieren natürlich aus den klassischen Einsteinschen Feldgleichungen zur Starken Kernkraft. Doch selbst determinierte Relationen führen zu unvorhergesehenen Ergebnissen, wenn sie nur lang genug Bestand haben.***

Killeen schob den Aspekt in seine Nische zurück. Dieses Erzett-Ding überstieg Arthurs Erfahrungshorizont. Weil die Aspekte aber aus den Speicherschleifen ans Licht strebten, gaben sie bei jeder Gelegenheit Laut. Manchmal kam Killeen sich wie ein Lehrer in einer Klasse mit intelligenten, aber hyperaktiven Kindern vor, die ständig eine altkluge Antwort parat hatten. »Dann weißt du also nicht, wo wir sind?«

»Jedenfalls an einem sichereren Ort als vorher,

möchte ich wetten. Deshalb wollte ich auch durch den Zeitstein gehen.«

»Du wußtest, daß es funktionieren würde?«

Andro faßte sich an die Nase. »Hatte den richtigen Riecher.«

»Hast du eine Routine, die dir sagt, wann der Zeitstein sich öffnet?«

»Nein, Intuition. Ich laß das alte Unterbewußtsein die Arbeit machen.«

»Hm. Auf diese Art verfahren vielleicht auch die Mechanos.«

»Ich lasse es eben drauf ankommen …«

Andro sprang auf, als ob er etwas gehört hätte – und warf sich in den Schlamm. Dann tauchte er wieder auf und flüsterte: »Sie sind hier – ich höre Mechano-Signale.«

Killeen hatte nichts gehört. Langsam drehte er sich um. Bäume mit Kronen wie Löwenzahnsamen wiegten sich in der Brise und raunten leise.

Killeens Nerven waren gespannt wie Drahtseile. Mit allem, was er im Restaurator gelernt hatte, mit dem sperrigen, blutigen Erbe der Menschheit, das er als Hypothek mitschleppte, war ein Marsch durch Schlamm genau das, was er erwartet hatte. Nichts anderes hatte die Menschheit seit Urzeiten getan.

Er vernahm ein hektisches Wispern. Die Kampferfahrung sagte ihm, wenn man so etwas hörte, war man im zweiten Emissions-Knoten. Seitlich sich ausbreitende Wellen interferierten und bildeten flache, schnelle Amplituden. Abraham hatte ihm das einmal erklärt. Es war eine Facette der Physik, ein Signet, mit dem jeder, der Wellen nutzte, konfrontiert wurde. Partikel waren massiv, und Wellen pflanzten sich fort und hinterließen Spuren.

Skreeeeeee …

Nah dran. Er bezog auf nacktem Fels Stellung. Sein Blick schweifte über eine leere Ebene.

Das hatte nichts zu sagen. Die Mantis war von seinem Sensorium auch nicht aufgefaßt worden, und hier hatte er es mit höheren Formen zu tun. Daran bestand kein Zweifel.

»Was glaubst du, worum es sich handelt?« fragte Andro von hinten.

»Still!«

Mechanos arbeiteten fast nie mit primitiven akustischen Sensoren, doch man wußte nie.

Sie bewegten sich für eine Weile am Rand der Ebene entlang, doch nichts geschah. Ein Bach mündete in den Sumpf, und Killeen folgte ihm. Sie gelangten zu einer weiten Senke. Beide blieben sie stehen. Killeens Atem ging schneller, als er den Haufen erblickte, der in der Mulde aufgestapelt war.

»Mein Gott … was haben sie …« Andro ertrug den Anblick nicht länger.

»Irgend etwas hat sie erwischt.«

Bei diesen Toten handelte es sich nicht um Menschen, doch der Anblick war genauso schrecklich. Sie standen vor einem Berg aus öligen Mechano-Skeletten. Jede Killeen bekannte Art war vertreten: Stahl und Kohlefaser, rund und eckig, groß und klein. Manche hatten sich gerammt, worauf die hochtechnisierten Eingeweide aus der Hülle gequollen waren. Die auf geradezu arrogante Art scharfen Kanten und gerippten Gehäuse hatten Killeen öfter in Angst und Schrecken versetzt, als er sich zu erinnern vermochte. Nun waren sie nur noch eine Karikatur ihrer selbst. Ein Ensemble von Teilen. Futter für Mechano-Ausschlachter, eine Urne des rostigen Zerfalls.

»Wer das wohl getan hat?«

Killeen schüttelte den Kopf. Fanny, der Käpt'n, der ihn so viel gelehrt hatte, pflegte zu sagen: *Lerne, wie die Mechanos zu denken, und dann denke besser als sie.* Die ineinander verkeilten Mechano-Kadaver schienen eine Lektion zu verdeutlichen, aber … welche? »Furchtbar – mehr kann ich dazu nicht sagen.«

»Ich habe noch nie gehört …« Andro schluckte. Er war am Ende seiner Kräfte.

Die Senke war an dieser Stelle tief. Steil abfallend, wie eine Schlucht.

Killeen stieg den Abhang empor, gefolgt von Andro. Und in diesem Moment faßte er die Seiten-Knoten wieder auf.

Er tippte an die linken Backenzähne, um den Rotfilter im Blickfeld zu aktivieren. Die Blautöne wurden ausgeblendet, und im langwelligen Infrarotbereich sah er eine glühende Mondlandschaft, in der flüssiges Feuer loderte. Das Dach der Erzett verblaßte zu einem fahlen Weiß, und über die vorspringenden Wälle des Zeitsteins schoben sich rote Temperaturfronten.

Er wartete, bis die Peripheriefunktionen aktiviert wurden und emsig suchten.

Dann ging er auf schnelle Bildfolge. Etwas regte sich zwischen den grauen Lichtbahnen zur Linken. Etwas Dünnes, wie ein Medusenhaupt. Ätherische Gespinste tanzten in der viskosen Luft. Das fließende Bild verschmolz mit dem Fels und verschwand. Dann tauchte es in der schiefergrauen Vegetation im Hintergrund wieder auf. Die Darstellung erschien und verschwand im Takt von Sekundenbruchteilen. Das Ding täuschte seine Systeme mit einem Geisterbild, das es projizierte, um den Hintergrund mit der Bewegung zu synchronisieren. Röhrenartige Beine, ein langer, flacher Kopf und stachlige, kreisende Antennen.

»Was siehst du?« fragte Andro.

Killeen öffnete den Mund, um ihm zu sagen, er solle ruhig sein.

Da stach etwas ihm ein Loch ins Auge und tauchte hindurch.

3 · DIE VERGNÜGUNGS-SUCHT

Die Mantis war diesmal größer.

Er war schon einmal hier gewesen. Auf der Insel mit den Sanddünen, die in einem blauen Meer trieb.

Das größte Gewässer, das Killeen je gesehen hatte, war ein stinkender, umgekippter Teich gewesen. Er kannte das Meer nur aus dem Eintauchen in die Mantis selbst. Das Ding hatte ihn vor Jahren auf Snowglade gefangen und sein Bewußtsein in ihr eigenes Bewußtsein eingeschoben, fast wie eine Speichererweiterung.

Die Schädelstätte war auch da, und diesmal ging er über sie hinweg. Es knirschte unter den Stiefeln.

Der Boden bebte für einen kurzen Moment. Dann beruhigte er sich wieder.

Und Andro war plötzlich auch da, und irgendwie gingen sie beide über die endlose Sandinsel und versuchten, das Meer zu erreichen. Trotzdem hatte Killeen noch immer das Gefühl, den steilen lehmigen Abhang zu erklimmen, gefolgt vom keuchenden Andro. Arme und Beine arbeiteten noch immer wie bei einer Klettertour. Ein Teil von ihm befand sich in der Mulde, und ein anderer war hier. Er spürte Trauer und eine bleierne Gewißheit, daß er diesmal im Griff der Mantis sterben würde.

Ich hoffe, meine Lektion war deutlich.

Das trockene Rasseln der Mantis dröhnte in seinem Bewußtsein, wie Schall es nie vermocht hätte.

»Wir sind nicht ganz so lahm, wie du glaubst.«

Du hast fürwahr einen köstlichen Humor, an dem es dir selbst unter den widrigsten Umständen nicht gebricht.

Er sah sie nicht; Menschen erblickten sie fast nie. Sie war vielleicht eine Armlänge entfernt oder hatte sich zu einem planetengroßen Netz aufgebläht. Oder beides.

Es ist ein Vergnügen, wieder dein Archivier-Behältnis zu sein.

»Was *ist* das …«, fragte Andro, doch Killeen bedeutete ihm zu schweigen.

Sie wühlten sich noch immer mit Fingern und Zehen durch den zähen Lehm. Irgendwo.

»Was willst du?«

Ich bin sicher, du glaubst, daß ich einfach nur hier bin, um euch zu töten.

»Ich glaube nicht, daß bei dir überhaupt etwas einfach ist.«

Erneut genieße ich die Freuden einer mehrdeutigen Rhetorik. Ich bin sehr wohl einfach.

»Für mich bist du's aber nicht.«

Alle meine Gedanken sind mir bekannt. Alles von mir. Was könnte noch einfacher sein?

»Wenn du uns in Ruhe lassen würdest. Das wäre schon mal ein Anfang.«

Das kann ich nicht. Für mich, in meiner Eigenschaft als Künstler, seid ihr meine primären Utensilien. Dennoch ist primitives Überleben auch ein Paradigma in diesem geschützten Bereich. Ich komme zu euch, um Hilfe zu erbitten.

Killeen lachte. Und zog sich in eine Spalte hinauf, von wo aus er sich hinabbeugte und Andro die Hand reichte.

Du nutzt zu Recht deinen Unsterblichkeits-Simulations-Ritus.

Killeen lachte wieder. Er mußte sie unbedingt bei Laune halten.

Das ist eine wundervolle Adaption an deine mißliche Lage. Als ihr Entdecker bin ich überaus stolz. Meine Vorgesetzten sprachen mir ein dickes Lob aus.

»Für die ›Entdeckung‹, daß wir lachen?«

Nein. Für die Entdeckung, was es bedeutet. Für diesen kurzen vokalen Moment lebt ihr genauso wie wir. Jenseits der Klammer der Zeit. Der Sterblichkeit.

»Was *will* es?« Die kreatürliche Furcht in Andros Stimme veranlaßte Killeen, nach unten zu schauen, während der Mann mit dem Fuß einen Halt suchte. Andro schwitzte und rollte die Augen so heftig, daß das Weiße zu sehen war. Trotzdem war er noch imstande zu klettern. Die Muskeln schwollen an und zuckten.

»Sie will uns. Will sich eine Scheibe abschneiden. Oder vielleicht will sie diesmal auch den ganzen gottverdammten Kuchen haben.«

Ich wünschte, ich könnte mich künstlerisch betätigen. Wirklich. Leider hast du recht. Ich bin hier, um euch Informationen zu entnehmen und vielleicht eine letzte Probe.

»Informationen sind soeben ausgegangen.«

Ich möchte, daß du verstehst, daß ich verstehe, daß du so mit mir sprechen mußt. Ich ermesse durchaus die Bedürfnisse einer zentral gesteuerten Intelligenz, obwohl ich selbst keine bin. Ich bin ein Gelehrter und ein Künstler, und ich würdige die uralten Bedürfnisse und Strukturen, die ihr verkörpert.

»Ich verkörpere mich selbst, mehr nicht.«

Du brauchst – wünschst sogar – die Autonomie der personalen Identität. Ich bewundere das, tu ich wirklich. Aber ich habe nur wenig Zeit und muß direkt sein. Nicht künstlerisch.

»Wir werden dir nicht helfen, verdammt«, sagte Andro mit zittriger Stimme.

Ich vermag euch auch zu helfen. Du, Killeen, suchst deinen Sohn und deinen Vater. Wie ich.

»Wofür?« fragte Killeen skeptisch.

Information. Letztlich ist alles Information.

»Die kann man aber nicht essen.«

Wir vermögen das schon, doch nur im weitesten Sinne. Ich möchte dich daran erinnern, daß die Thermodynamik uns alle regiert.

»Ich weiß verdammt nicht, was, zum Teufel, Thermodingsbums ist, aber ich rieche Scheiße schon hundert Meter gegen den Wind.«

Eure großen Vor-Wesen wußten um unsre Ähnlichkeit, obwohl ich gestehen muß, daß ihnen das Flair des Direkten ermangelte. Ich muß mich beeilen – paßt auf: Ihr Primaten tragt Daten, die wir für die Verwirklichung einer alten Leidenschaft benötigen. Es gibt einen Wissensfundus jener frühen organischen Formen, welche die Mechanischen entwickelt haben. Dieser Fundus ist ein Quell der Freude für unsre Art. Exquisite, legendäre Freuden. Und, so sagt die Chronik, brandgefährlich. Die suche ich.

»Willst du dir 'ne Dröhnung reinzieh'n? Geht es dir etwa darum?«

Es ist kein triviales Ziel. Die Erhabenen meiner Ordnung legen großen Wert auf diese Suche. Ihnen liegen ziemlich alte und teils unbestätigte Berichte vor, wonach viele unsrer Art sich beim Kontakt mit dieser Information selbst ausgelöscht haben.

»Sie haben Selbstmord begangen?« Killeen hatte den optischen und haptischen Eindruck, an der Lehmwand zu hängen, und gleichzeitig hing er in einer eiskalten schwarzen Gruft, die von der blitzschnellen Rede der Mantis durchzogen wurde.

Gestorben. Ohne einen einzigen Todesschrei zu emittieren. Manche spekulieren, daß sie Freuden genossen hätten, denen sie nicht zu widerstehen vermochten.

»Hmm. Dieses Gefühl kenne ich auch. Es vergeht aber wieder.

Ich verstehe! Das ist Ironie, ja?

»Nein, Sarkasmus.«

Diese indeterminierten positionalen Sprachen! Sie befruchten sich mit Bedeutung. Bezaubernd. Ich möchte mehr davon genießen.

»Du hast kein Gespür für Zwischentöne, was?«

Ich glaube nicht. Meine serielle sprachliche Kompetenz ist noch immer …

»Die Abwärtsunterhaltung mit uns ist so schwierig?«

Eng und doch mit Nuancen befrachtet. Doch diese artistische Diskussion müssen wir auf einen späteren Zeitpunkt verschieben. In diesem Moment müssen wir Informationen austauschen.

»Ich habe dir nichts zu sagen, verdammt noch mal!«

Ich werde dich mit Informationen belohnen, die du benötigst. Ich glaube, dies ist kongruent mit deiner imperativen Architektur.

Killeen legte in der steilen Wand eine Verschnaufpause ein, und der kühle, freischwebende Teil von ihm fuhr fort: »Ich weiß nicht, wo Toby und Abraham sind.«

Du vermagst indes zu ihrer Entdeckung beizutragen. Wenn sie uns zu diesem geheimen Vergnügen verhelfen, dann werden wir euch alle wieder vereinen.

»Im Leben vereinen? Oder in einem deiner Kunstwerke?«

> Auf der Echtzeit-Lebenslinie, das versichere ich dir.

»Und das soll ich dir glauben?«

> Ich spreche so wahrhaftig, wie es einem in serieller Darstellung wie deinem akustischen Modus nur möglich ist. Zumal ich nicht glaube, daß du eine Alternative hast.

»Woher willst du das wissen?«

> Für euch sterbliche Wesen ist das verkörperte Selbst am wichtigsten. Ich verstehe den Grund dafür und weiß auch, daß es ein hohes Gut ist, eine ästhetische und intellektuelle Position, die unsre Art – vielleicht bedauerlicherweise – verloren hat.

»Dann wirst du uns also töten, wenn ich nicht kooperiere?«

> Natürlich nicht. Aber ich vermag auf eine Art und Weise Gebrauch von euch zu machen, die ihr als Bedrohung eures Selbst ansehen werdet.

Killeen konnte sich vorstellen, welche Möglichkeiten die Mantis hatte. Er hatte gesehen, wie Fanny zu einer grotesken Parodie ihrer selbst verzerrt wurde. Diese Unterhaltung war verdächtig höflich, und er vermutete, daß sich hinter dieser Fassade etwas verbarg. »Was willst du von mir?«

Ich habe im Verlauf dieser Interaktion die meisten Bedürfnisse bereits befriedigt. Ich habe eure Reaktionen provoziert und extrahiert.

Killeen blinzelte. »Und … wozu?«

Für Simulacra. Wir haben uns der Einrichtung bedient, die ihr den Restaurator nennt. Viele dieser Methoden kannten wir bereits, doch es gibt Nuancen, die eure Spezies ausgeprägt hat. Bio-Logik. Diese haben wir uns angeeignet. Ihr werdet noch merken, daß wir sehr schnell lernen.

Er hielt sich an einem Vorsprung in der Wand fest und atmete kontrolliert, während die Hände nach dem nächsten Halt tasteten. Im kühlen, isolierten Teil von ihm wallte eine bleierne Dunkelheit auf. »Für Kopien?«

Von euch. Sie werden uns allen nützen.

»Um Toby und Abraham zu finden?«

Toby ist am wichtigsten. Er trägt Informationen, die wir zur Bekämpfung der Vergnügungs-Sucht benötigen.

»So nennt ihr das also?«

Aus unsren spärlichen Daten geht hervor, daß diese Störung des Wunschs sich verbreitet, wie eine Krankheit sich unter euch ausbreitet. Dies ist ein weiteres eigentümliches Merkmal, das wir erforschen müssen.

»Ich habe eher den Eindruck, ihr solltet die Finger davon lassen.«

Ich glaube, selbst du wirst erkennen, daß wir ein so grundlegendes Merkmal eurer Struktur nicht außer Acht lassen dürfen. Wir wissen alles über uns – das ist die Natur höherer Intelligenzen. Ihr kennt euch nicht. Ich habe das Gefühl, eure antike Kunst und chaotische Kreativität rührt zum großen Teil daher. Aber ihr müßt zugeben, daß ihr eine frühe, störanfällige Form der Evolution seid. Systeme ohne ›unterbewußte‹ oder intuitive Elemente sind weitaus funktionaler. Deshalb müssen sie alle Facetten von sich erkennen, um sich weiterzuentwickeln.

Killeen schnaubte verächtlich. Leeres Geschwätz.

Ich bestreite nicht, daß ich/wir euch für unsre Zwecke benutzt habe/n.

»Ohne daß wir auch nur die geringste Ahnung hatten, richtig?«

Du beziehst dich darauf, wie ihr mit der *Argo* von Snowglade geflohen seid?

»Wir haben dich in unsrem Abgasstrahl gegrillt.«

Jene Manifestation von mir. Ich sagte mir, es würde euch ein wenig Vergnügen bereiten. Und euren Status innerhalb des Stamms erhöhen.

»Ich hatte gleich den Verdacht, daß du nur eine Show abgezogen hast.« Killeen erinnerte sich daran, wie die

Bishops gefeiert hatten, nachdem sie die Mantis mit hartem Plasma überschüttet hatten. Befriedigend, doch es waren Fragen offengeblieben.

Diese Rolle wurde mir übertragen. Ich hatte euch seit vielen Generationen als Kunstwerk studiert. Nachdem die Erhabenen beschlossen hatten, die vorhandenen Stücke des Sucht-Puzzles zusammenzusetzen, beauftragten sie mich mit der Stimulation eurer Flucht. Die *Argo* würde sich selbst zerstört haben, wenn wir selbst versucht hätten, die Vermächtnisse zu lesen. Noch schwieriger wäre es indes gewesen, die *Argo* und mit ihr das Wissen der Myriapoden in die Erzett zu holen.

Andro ging die Puste aus, und Killeen gefiel der gehetzte Blick der weißen Augen im schweißüberströmten Gesicht nicht. Andro war ein Stadtmensch, und die Mechanos hatten seine Welt in wenigen Minuten zerstört. Es würde eine Weile dauern, bis er sich damit abgefunden hatte. Das war eben der Unterschied zwischen einem Leben als Nomade und dem eines Seßhaften, der in einem Gebäude lebte, sich mit Besitztümern umgab und dessen Denken in erstarrten Bahnen ablief. Killeen zog sich am letzten Vorsprung der Wand hoch und rollte sich japsend auf das Plateau.

»Sie alle sind Teil davon? Scheint kompliziert.«

Historie ist kompliziert. Ohne die Myriapoden hätten wir – wie die Erhabenen voraussagten – diesen Ort nicht erreicht. Sie bestehen zwar nicht aus Drei Phasen, aber sie sind eine nützliche organische Mischform. Ein paar von uns glauben, die Myriapoden vermögen einen Übergangsmodus des Lebens zu rekapitulieren, der unser Phylum erschuf, eine Brücke zwischen uns und euch. Auf jeden Fall haben sie den essentiellen Auftrag für uns ausgeführt und müssen eliminiert werden, da sie Ressourcen verbrauchen.

»Hitziger Wettbewerb.« Killeen suchte nach einem Ausweg aus dieser Situation, doch im Moment vermochte er nicht mehr zu tun, als die Mantis in ein Gespräch zu verwickeln.

Wir brauchen uns nichts vorzumachen. Du weißt, daß du den Weg allen Fleischlebens gehen wirst. Allerdings habe ich dir bereits angeboten, dich in mein/unser Kunstwerk einzufügen. Dies ist die höchste Form der Vollendung für träumende Wirbeltiere wie euch.

»Ich bin der Ansicht, daß wir noch andere Möglichkeiten haben. Damit meine ich *uns*. Aber das würdest du nicht verstehen.«

Andro zitterte vor Erschöpfung und war nicht mehr in der Lage, das letzte steile Teilstück zu bewältigen. Killeen rollte sich nach links und packte seine Hand. Andro schob sich über die Abbruchkante und sog japsend die Luft ein. Sein Gesicht war knallrot angelaufen, und von den Augen war nur das Weiße zu sehen.

Als Sammler und Künstler ist es mir ein großes Bedürfnis, Proben von Abraham und von Toby zu nehmen und sie aufzuzeichnen. Das sind nämlich die Drei Phasen, welche die Erhabenen in den fragmentierten, archaischen Daten entdeckt haben. Die Vergnügungs-Sucht schneidet sich irgendwie mit bestimmten genetischen Linien eures niederen Phylums. Natürlich habe ich bereits im Rahmen der Erforschung der Fanny-Skulptur eine genetische Aufzeichnung von euch erstellt. Anschließend habe ich versucht ...

»Du hast *mich* abgespeichert?« Zorn loderte in Killeen auf. Sein Arthur-Aspekt präsentierte das Bild einer Doppelhelix und wollte ihm einen Vortrag über Gene halten, den er jedoch gleich unterband.

Natürlich. Ich habe die *Argo* nach Hautabschuppungen und menschlichen Emotionen abgesucht, doch von Toby habe ich nichts gefunden. Auch nicht von deinem Vater, den wir in eurer Zitadelle nicht gefunden hatten.

Killeen ließ den Blick schweifen. Die öde Ebene war leer. Hoch oben dräute schemenhaft die Krümmung der Erzett. Kein Ausweg. »Ich habe ihn auch nicht gefunden. Glaubte, er sei unter einem der eingestürzten Gebäude.«

Unsere Grabungen haben nichts gefruchtet. Wir haben keine zuverlässige Methode, eine DNA einer bestimmten Person zuzuordnen. Doch das Magnet-Bewußtsein trug Signale von ihm, die irgendwo von diesem Ort kamen.

»Wie ist er dir überhaupt entkommen, wenn du so überaus mächtig bist?«

Es walten hier noch andere Kräfte – um in den Bildern deines Phylums zu sprechen.

»Freut mich zu hören.« Ob diesem Ding Sarkasmus ein Begriff war?

Irgend etwas erzeugte in der Zitadelle der Bishops eine Energiedichte, die unsere Möglichkeiten überstieg. Es transportierte den anscheinend intakten Abraham ab.

»Netter Trick.«

Killeen half Andro auf die Füße. Der Mann schaute mit wildem Blick in die Ferne und nuschelte etwas in den Bart. Killeen folgte Andros Blickrichtung und sah eine glimmende Struktur. Zarte Stränge, die jedoch energetisch vibrierten.

Andro schien sich wieder erholt zu haben. Seine Systeme arbeiteten noch etwas ruckartig, aber besser als Killeens. Er wies in die Ferne.

Etwas kristallisierte sich dort heraus. Unstet. Schnell. Eher ein mobiles Gitter als eine Struktur. Teile lösten sich und kehrten nach einer Weile zurück, ohne daß er hätte erkennen können, was das zu bedeuten hatte.

Andro hatte eine Art Waffe im Ellbogen verborgen, von der Killeen bisher nichts gewußt hatte. Nun strahlte Andro etwas zu dem Gebilde am Horizont ab. Killeen nahm es als Blitz im Sensorium wahr.

Plötzlich setzte Andro sich hin. Wortlos hackte er mit den Fersen in den Boden. Es war, als ob er tanzen wollte und sich statt dessen hingelegt hätte. Das Gesicht zeigte keine Regung. Die Hände waren gefaltet, als ob er beten würde. Die Beine trommelten wild. Binnen Sekunden brach ihm überall der Schweiß aus, und er atmete schwer. Doch er verzog noch immer keine Miene. Dann blinzelte er schnell und immer schneller.

Plötzlich hielt er inne. Arme und Beine erschlafften. Ein langer Seufzer entrang sich seiner Brust, und die Augen schlossen sich.

Killeen hörte die Mantis verschwinden, während die Farben in seinem Sensorium verblaßten und Ruhe einkehrte. Er regte sich nicht, bis die Präsenz verschwunden war, und dann hob Andro zu sprechen an. Er redete lange, und natürlich ergab nichts von alledem einen Sinn.

4 · DIE DREI PHASEN

»Dann ist dieses Erzett-Ding eigens für uns konstruiert worden?« fragte Killeen.

»Menschen?« Andro hatte die kleine Lektion der Mantis noch immer nicht ganz verdaut.

»Planetengestütztes Leben, meine ich.«

»Ich glaube schon.«

»Planeten sind bestimmt einfach im Vergleich zu diesem Ort.« Killeen wies mit ausladender Geste auf die verkrustete Wüste, die sie gerade durchquerten.« Wasser und Wind und Licht – all das brauchen wir. Sonst würden wir ersticken oder verhungern.«

Andro nickte. »Es hat uns … einen komfortablen Ort zum Leben gegeben.«

»Wie die Zitadelle. Leute, denen es gutgeht, haben gar keine Vorstellung vom Lebenskampf.«

»Ach ja?«

Killeen erkannte, daß Andro das Produkt vieler in der Erzett eingesperrter Generationen war und nichts von den Dingen wußte, die sich draußen abspielten. Jedenfalls nicht aus eigener Anschauung. Es war, als ob er entfernte Ereignisse durch einen Filter betrachtete. Vielleicht war das bei allen Menschen der Fall. Es hatte aber auch keinen Zweck, ihm das zu sagen. »Woran liegt's, daß wir kaum jemanden sehen?«

»Man muß wissen, wo man sucht. In meinem Büro habe ich Erzett-Kordeln von menschlichen Gebieten. Auch von Alien-Zonen. Sie wandern, so daß wir sie ständig aktualisieren müssen … beziehungsweise mußten.« Andro blinzelte. »Ich schätze, das hat sich nun alles erledigt.«

Andro humpelte über die sanft gekrümmte, verkrustete Ebene. Sie marschierten und schliefen im Wechsel, und doch bestand das Land nur aus kalkigem Boden, dürren Büschen und ausgewaschenen Senken. Die Erzett krümmte sich über ihnen, und durch fahle Wolken sah Killeen, daß das Land dort oben das gleiche war.

»Wieso haben die Menschen die Erzett nicht vollständig ausgefüllt?« fragte Killeen.

Andro blieb stehen. »Äh ... Darüber habe ich mir noch nie Gedanken gemacht.«

»Sie ist für planetares Leben ausgelegt, und Zeit genug war auch – stimmt's?«

»Menschen kommen durch die Portale und gehen weiter ins Innere. Tun sie seit langer Zeit. Die meisten sehen wir nie wieder.«

Sie wechselten Blicke. »Wir sind nicht in der Lage, die Erzett zu kartieren«, sagte Andro, »aber ...«

»Sie wirkt gewiß leer. Aber das ist nur ein Maßstab für ihre Größe.«

»Vielleicht werden die Mechanos sich auch darin verlieren«, sagte Andro mit einem letzten Rest Hoffnung.

Killeen schüttelte den Kopf. »Das haben sie von langer Hand vorbereitet. Erinnere dich nur an diese Sickergrube mit Mechano-Wracks. »Die Mantis hat uns dorthin geführt, um uns etwas zu sagen. Sie sind zahlreich.«

Andro legte das Gesicht in Sorgenfalten. »Wir haben diese Pyramide gefunden und unsere Toten. Dann ihre Toten. Ich habe das für die Botschaft gehalten.«

»Die Mantis beschränkt sich niemals auf eine Sache. Vielleicht vermag sie unsere Tiefenerinnerungen nicht zu lesen, oder sie ist nicht imstande, sich einen Reim darauf zu machen.«

»Wir sollten nicht darüber sprechen.«

»Wahrscheinlich.« Die Mechanos waren in der Lage, ein Gebiet mit mikroskopischen Wanzen zu verseuchen und jeden zu belauschen. Was die Bishops beim Restaurator der Portal-Stadt gelernt hatten, ergab in Verbindung mit den Vermächtnissen der *Argo* einen komplexen Wust. »Ist dennoch komisch.«

Es war nur möglich, die Vermächtnisse in Verbindung mit Informationen im Restaurator zu lesen – mit alten Text-Codes, die in der Galaktischen Bibliothek aufbewahrt wurden. Die Geschichte war langatmig und verworren und erschloß sich dem Betrachter erst dann, wenn er sich auf eine Vielzahl von Quellen stützte. In Fleißarbeit hatte Killeen schließlich das Verständnis eines Teils seiner eigenen Geschichte erlangt.

Das früheste intelligente Leben in der Galaxis, das die Mechanos erschuf, war sich der Gefahren bewußt, die der zeitlose Konflikt zwischen den beiden Lebensformen barg. Die Mechanos waren befähigt, ihre Konstruktion zu verändern und Körper und Geist gleichermaßen zu verbessern und zu formen. Die organischen Lebensformen waren träger und lösten sich nur zögerlich von den Modi, welche die Evolution ihnen auferlegt hatte. Sie veränderten wohl die Kultur, doch nicht das Substrat – Gehirn und Körper.

Also war es unvermeidlich, daß sie gegenüber ihren dynamischen Kreationen ins Hintertreffen gerieten. Und sie waren sich dessen bewußt. Sie wollten eine Trumpfkarte. Den Überrangbefehl.

Im Betriebssystem jener frühen Maschinen hatten die Älteren einen Überrangbefehl eingebettet, der im Prinzip nicht einmal von den Mechanos selbst entdeckt werden konnte. Die versteckte Datei mit dem Überrangbefehl, die das Herz des Betriebssystems eines jeden Mechanos bildete, ohne daß er imstande gewesen wäre, diese Datei zu öffnen, stellte die größte Leistung des unbekannten Programmierers dar.

Der Effekt war subtil. Wurden die Überrang-Codes aktiviert, bereiteten sie erst großes Vergnügen. Dann führten sie zum Tod durch Ekstase.

Mechanos, die sich gegen ihre Natürlichen Vorfahren erhoben, konnten durch die Trigger-Codes zerstört werden, die den Überrang-Befehl auslösten.

Das deckte sich mit dem, was die Mantis preisgegeben hatte. Killeen hatte mit halbem Ohr zugehört, während er gleichzeitig versuchte, die Gedanken zu unterdrücken.

Allerdings hatte sie etwas verheimlicht: falls nämlich ein weiterer Trigger-Code von außen aktiviert wurde – der Zweite Befehl –, würde der Mechano den Impuls verspüren, seine sublime Freude mit anderen zu teilen. Und dann wurde das Vergnügen zur Krankheit. Der Tod kam viel schneller.

Doch diese Methode hatte in der Vergangenheit versagt. Die Information, wie der Überrang-Befehl aktiviert wurde, war verloren gegangen – vielleicht aus Versehen. Vielleicht auch durch einen Stimmungsumschwung oder Willensschwäche der frühen Natürlichen.

Es sei denn ... die Älteren hatten den Überrang-Befehl absichtlich fragmentiert und ihn dort gespeichert, wo organische Intelligenz Information trug: im genetischen Code.

Die Vermächtnisse enthielten einen Teil davon. Der Rest war in den langen spiralförmigen Molekülen gespeichert, die in jeder einzelnen Zelle organischer Rassen vorkamen. Das mußte ihnen als die perfekte Art der Aufbewahrung für die wichtigsten Informationen überhaupt erschienen sein. So vermochte jeder darauf zuzugreifen.

Für lange Zeit hatten Mechanische und Organische in friedlicher Koexistenz gelebt. Der Überrang-Befehl war in Vergessenheit geraten. Er schlummerte im genetischen Inventar, in Form eines seriellen Arrangements von Atomen. Er hatte keine Auswirkung auf die Lebensformen an sich …

> *Gespeichert im Genotyp, unterdrückt im Phänotyp …*

sagte sein Arthur-Aspekt. Killeen gestattete dem Aspekt, im Hintergrund vor sich hinzubrabbeln, ließ sich aber nicht in den Gedankengängen stören, während er über die Ebene trottete.

> ***… geschützt vor genetischer Drift und Kopiefehlern. Wirklich raffiniert, doch dann …***

Er verpaßte Arthur einen Maulkorb und konzentrierte sich.

Irgendwann hatten die Mechanos dann beschlossen, den Organischen den Status halb-göttlicher Ahnen abzuerkennen. Sie waren zu Konkurrenten geworden und beuteten dieselben Ressourcen von Energie und Masse aus. Solche Konflikte waren unvermeidlich. Langfristig war keine Lebensform einer anderen zu Dank verpflichtet.

Zu dieser Zeit waren die fragmentierten Trigger-Codes fast alle verlorengegangen. Genetische Drift setzte ein. Die Vernichtung ganzer Planeten. Die gnadenlose Erosion des Lebens durch die materielle Welt.

Verteilung erwies sich als die beste Verteidigung. Die Trigger-Impulse waren örtlich benutzt worden – und ganze Welten intelligenter Mechanischer vergingen binnen weniger Tage. Killeen hatte Szenen dieses langen und verzweifelten Kampfs gesehen, eine Schneise der Zerstörung, die sich bis zu dem Punkt erstreckte, wo die Galaxis selbst sich aus einem sphärischen Schwarm juwelenartiger Sonnen zu einer Spiralscheibe verdichtete. Er war nicht imstande, den Maßstab der Zeit und damit das Ausmaß des Schmerzes und der

Qual zu ermessen, der Reue und Wut und Trauer, die über die rubinroten Sterne hinweggezogen waren und die Gelaxis in einen Kriegsschauplatz verwandelt hatten, auf dem wohl nie Frieden herrschen würde. Dieser archaische Schmerz strahlte noch in seine Zeit aus und äußerte sich als Melancholie und endloser Konflikt, der sein Leben bestimmt und die Kultur der Sippe Bishop geprägt hatte, die er so verehrte und für deren Verteidigung er entschlossen war zu sterben.

Die Trigger-Impulse waren über alle intelligenten Rassen verteilt und später – als ein beängstigender Schwund einsetzte – über Lebensformen, die befähigt waren, in der Zukunft Intelligenz zu entwickeln. Also kamen sie auf die Erde, als die Menschlichkeit nur noch Glut hinter den fliehenden Stirnen umherstreifender Primaten war.

Doch die genetische Drift löschte die Einträge in den meisten Menschen. Nur ein paar trugen noch den kompletten Befehlssatz, der inzwischen seit sieben Milliarden Jahren vererbt worden war.

Die Trigger-Impulse waren gut versteckt. Kein Strang der menschlichen DNA bildete den Inhalt des Triggers in einem ›Ausdruck‹ oder in einer Generation vollständig ab. Statt dessen war aufgrund einer zyklischen Programmierung nur ein Drittel des Aktivator-Codes in geordneter Reihenfolge in der DNA des Menschen gespeichert.

Um die Trigger-Codes zu vervollständigen, mußte man drei Generationen vereinigen.

»Abraham, Killeen, Toby.« Killeen flüsterte die Worte wie ein Mantra, während er über die knirschende Alkali-Kruste stapfte.

Andros raspelnde Stimme riß ihn aus den Gedanken. »Auf die haben sie es abgesehen?«

»Jasag. Mich haben sie schon kopiert.«

»Bist du von der Aufrichtigkeit der Mantis überzeugt? Immerhin hat sie uns am Leben gelassen.«

»Weil sie etwas will, das sie nur bekommt, wenn wir am Leben bleiben.«

»Die anderen zwei.«

»Das ist sicher nicht alles«, sinnierte Killeen. »Wieso hat sie dich gehen lassen?«

»Das frage ich mich auch.«

»Sie wissen zu wenig«, sagte Killeen. »Aber wir wissen es auch nicht.«

Andro schaute Killeen düster an. »Oder wir wissen nur nicht, daß wir es wissen.«

»Sie erhalten nicht das gewünschte Ergebnis, wenn sie es auslesen.« Killeen verkniff sich den Nachsatz, *weil es nämlich wie ein Steppenbrand auflodert, ihnen ins Gebein fährt und die Bastarde verbrennt ...*

> ***Der Fachbegriff lautet ›Mem‹ – eine sich selbst verbreitende Idee, die dem Träger Befriedigung verschafft und ihn motiviert, das Mem zu pflegen. Menschliche Religionen entsprechen manchmal diesem Kriterium, zum Beispiel der Islam ...***

Killeen stopfte Arthur wieder in sein Loch. »Sie *wollen* es haben«, sagte Andro.

»Jasag. Unbedingt.« Die Mechanos waren der Quell des Leids und der Furcht, von der seine Art seit undenklichen Zeiten heimgesucht wurde. In Killeen schwelte nun ein Feuer, das erst erlöschen würde, wenn er die Trigger-Impulse in der Hand und sich von ihrem Funktionieren überzeugt hatte.

»Ich hatte eigentlich erwartet«, sagte Andro, »daß die Mechanos nach Milliarden Jahren einen Selbstverteidigungs-Mechanismus entwickelt hätten. Eine Sicherung, die sie daran hindert, sich für organische Lebensformen auch nur zu interessieren.«

»Ich vermute, die sind ebenfalls verschlissen. Wie alles andere.«

»Dann wollten sie deinen Vater als Menschenmaterial verwenden?«

Killeen runzelte die Stirn. »Ich verstehe, was du damit sagen willst. Weshalb haben sie Toby und mich dann nicht auch mitgenommen?«

»Damals wußten sie wohl noch nicht, daß sie drei Generationen benötigen.«

Killeen nickte. »Wie lautet der Begriff noch gleich? Die Drei Phasen.«

»Sie glaubten, die Daten befänden sich in der DNA. Doch gefunden haben sie nur ein Drittel.«

»Sie haben auch unsre Vermächtnisse.« Mit einem bitteren Gefühl erinnerte Killeen sich an Tobys Weigerung, den Portal-Leuten Einblick in die Vermächtnisse zu gewähren. Seinerzeit hatte Killeen es als gutes Geschäft betrachtet – schließlich waren sie auch nur Menschen, und die Bishops brauchten das Portal als Zufluchtsort.

Andro verfiel zusehends. Er hinkte, doch die Stimme war noch immer klar und kräftig. »Sie haben die Replikator-Technik in ihren Besitz gebracht. Verdammt! Nun müssen sie nur noch die Erzett durchkämmen und deinen Sohn und deinen Vater aufspüren ...«

»Vielleicht sollten wir ihnen die Arbeit überlassen.«

»Sie würden alle sterben.«

Killeen lachte. »Und sie sagen sich, weil die Menschen ihre Feinde sind, würden wir ihnen das Vergnügen nicht gönnen.« Er lehnte sich zurück und brach in lautes Gelächter aus. Bisher hatte er die Belastung verkraftet. Seine Feinde hatten sich in seine Hände begeben. *Sie sind schon tot; nur wissen sie es noch nicht.*

... und wie er befürchtet hatte, legte die stille und wuchtige Präsenz der Mantis sich wie ein dichter Nebel auf sie.

»Verdammt!« Sie hatte sie in Sicherheit gewiegt, um die geschwätzigen Menschen zu belauschen.

Du bist ziemlich überzeugend, wenn man die Nuancen nicht versteht, Killeen.

»Was?« Er wußte nicht, was eine ›Nuance‹ war, doch schwang in der Stimme der Mantis eine Drohung mit.

Du gibst dich der Lächerlichkeit preis. Höchst unsubtil.

Killeen lachte, diesmal vor Erleichterung. Hier durfte er ohne Bedenken die Wahrheit sagen. »Mir fehlt die Energie, um subtil zu sein.«

Das Vergnügen ist euren Phyla bekannt, denn ihr habt es selbst ersonnen. Wir vermuten schon lang, daß es sich um eine von den organischen Rassen erfundene Bezahlung handelt, mit der unsere primitiven Formen belohnt wurden.

»Dem will ich nicht widersprechen«, sagte Killeen. Er sah, daß auch eine überlegene Intelligenz, wenn sie sich erst einmal in etwas verbissen hatte, in der Lage war, ihm und Andro eine großangelegte Verschwörung zu unterstellen. Die Mantis erwies ihnen zuviel der Ehre, ohne daß sie es wußte.

Ihr Frühzeitlichen seid Meister des Vergnügens. Die Evolution hat euch damit beschenkt.

»Jasag, eine alte Redensart der Sippe Bishop.« Er bemühte sich, die Mantis nicht zu reizen und herauszufinden, was sie überhaupt mitbekommen hatte.

Ich vermag den Bezug nicht zu erkennen...

»'n altes Lied, nehme ich an. Wein, Weib und Gesang.«
Andro erkannte Killeens Absicht, denn er rümpfte die Nase und sagte: »Mein Gott, ist das alles scheußlich.«

…dennoch weiß ich, was du sagen willst. Bei euch Primaten sind unverhältnismäßig viele Sensornerven mit den Genitalien und Geschmacksknospen verbunden. Streng genommen seid ihr so etwas wie Spielautomaten. Es ist ein erhebendes Gefühl, Geschöpfe wie euch zu kennen.

»Das Vergnügen ist ganz auf meiner Seite«, sagte Killeen. Er mußte die Mantis glauben machen, das, was sie mitgehört hatte, sei nur dummes Gebabbel.

In uns mußte Vergnügen injiziert werden – ein müder Abklatsch. Ihr seid Meister der dunklen Künste. Genau das habe ich bei euch mehr gesucht als bei allen anderen. Der Segen der Frühzeit.

Andro wollte etwas sagen, doch Killeen gebot ihm mit erhobenem Finger zu schweigen. Die intensive Aura der Mantis verschob sich etwas bei dieser kleinen Geste. Killeen erkannte, daß er, durch Zufall vielleicht, den Verdacht des Mysteriösen und der Verschwörung erhärtet hatte – zumindest in der Beurteilung der Mantis.

Ihr Primaten seid typisch für die älteren Formen. Eure Nervenenden konzentrieren sich in der äußeren Haut, weshalb ihr von dem, was im Innern eures Körpers abläuft, fast nichts mitbekommt. Im Grunde seid ihr Kreaturen, die für Vergnügen und nicht für Wartungsfreundlichkeit ausgelegt sind. Und ein unverhältnismäßig großer Anteil dieser Vergnügungen speist sich aus euren Genitalien und Geschmacksknospen. Zudem besteht eine seltsame evolutionäre Konvergenz der Reproduktions- und Ausscheidungsorgane. Keine Konstruktion würde jemals eine solche Doppelfunktion auch nur in Erwägung ziehen; Abfallentsorgung darf nicht den hygienischen Erfordernissen für biologische Reproduktion zuwiderlaufen. Die Evolution ignoriert das Offensichtliche und begünstigt das Sinnliche. Dieses Merkmals ermangeln wir, und zugleich beneiden wir euch darum.

»Man kann auch herzlich darüber lachen«, sagte Killeen. Die Mantis lachte natürlich nicht, aber es war den Versuch wert, sie ein wenig zu verwirren.

Dieser Punkt betrifft, wie du schon vermutet hast, die unangenehme Seite eures Phylums.

»Ich hatte ja keine Ahnung.«

Sarkasmus, korrekt?

»Schon möglich.«

Späße sind genauso informativ wie Gesten.

»Hier kommt auch Ironie ins Spiel.«

Ironie? Du führst mich ja schon wieder in die Irre.

Killeen wahrte Schweigen. Sollte der Mechano sich nur im Kreis bewegen. Genau das schien er nämlich zu tun. Die kurzen Sätze und der ganze Kram von wegen seriell und parallel deuteten darauf hin.

Ihr Natürlichen seid eine ebenso seltsame wie aufregende Art, obwohl die meisten eurer Merkmale ein Handicap darstellen. Anhand von Studien von Natürlichen wie deiner Spezies wissen wir, daß wir deinen Sohn und deinen Vater am ehesten finden, wenn wir dich als Köder benutzen.

»Ich bin dir sicher keine große Hilfe.«

Andros Atem ging wieder schneller. Die Hände waren verkrampft. Der Mann vermochte seinen Zorn nicht zu verbergen. Vielleicht hatte er es nie nötig gehabt, seine Gefühle zu kaschieren.

Ich habe von euch die Bestätigung erhalten, die ich brauchte. Ihr werdet am Leben bleiben – das heißt, ihr werdet nicht geerntet – wenigstens solange nicht, wie wir noch Verwendung für euch haben.

»Du …«, kreischte Andro und warf sich auf die Mantis. Er hatte noch eine verdeckte Waffe am Körper und wollte sie nun einsetzen.

Die Mantis rührte keine Stange. Andro faltete sich einfach zusammen.

Er kippte nicht vornüber, sondern nach hinten. Killeen hörte, wie das Rückgrat brach und die Luft gurgelnd aus den zerquetschten Lungen entwich. Andro bog sich nach hinten um, wobei er aber noch auf beiden Beinen stand. Das Haar wischte über den Boden, während er zögerlich einen Fuß nach vorn setzte und den anderen nachzog. Das Gesicht war schmerzverzerrt. Andro öffnete den Mund zu einem Schrei, doch er blieb stumm.

Die Erhabenen nutzen mich als Führer in dieser Sache, weil ich der ihrer Ebene am nächsten Stehende bin, der noch mit euch zu kommunizieren vermag. Die verdichtete, serielle Art eurer Sprache verursacht ihnen Schmerz – sie halten sie einfach nicht aus. Glaube nur nicht, dies würde euch einen privilegierten Status verleihen. Ich sagte mir, eine kleine Demonstration würde ausreichen.

Killeen war wie betäubt. Andro machte noch einen Schritt rückwärts, dann stürzte er hin. Pfeifend entwich die Luft aus ihm. An der Körperhaltung sah Killeen, daß für den Mann jede Hilfe zu spät kam. »Willst du ihn sichertöten?«

Es besteht keine Notwendigkeit. Ihr Bishops seid würdige Sammlerstücke. Aber die Sorte, mit der dieser Ort verseucht ist, hat keinen Wert für einen Kurator.

»Das war der einzige Grund, weshalb du … das getan hast?«

Nein. Sein ohnehin marginaler Nutzen hatte sich erschöpft.

»Hoffentlich kommen die Erhabenen nicht zu dem Schluß, daß dein Nutzen auch erschöpft ist.«

Sollten sie, würde ich mich mit Vergnügen einsammeln lassen.

Killeen schnaufte vor Furcht und anderen Emotionen, für die er keinen Namen hatte.

Dir zur Warnung…

Ein wabernder Dunst, weiß wie Wasserdampf, kondensierte zu seiner Linken.

Toby trat aus dem sich verdichtenden Nebel. Er grinste. Kleiner und schmaler, als Killeen ihn in Erinnerung hatte. Toby sagte etwas, das ihm durch eine Windbö von den Lippen gerissen wurde. Der Laut wurde verzerrt, und als Toby den Mund aufriß, verbreiterten die Falten im Gesicht sich zu schartigen Rissen.

Toby zerfiel. In präzisen Zickzack-Linien. Mit einem Klirren zerplatzte sein Sohn.

ENTSCHEIDUNGSBAUM

Falls die Methode der Drei Phasen richtig ist, benötigen wir nur noch die genetische Codierung dieser Primaten.

Scheint so.

Wie einfach! Daß wir nicht schon früher darauf gekommen sind.

Genau das beunruhigt mich.

Wieso denn? Sie befleißigen sich einer ausgesprochen umständlichen Methode der Selbst-Reproduktion. Ein großer Teil ihres genetischen Codes ist nutzloser Ballast. Sie schleppen ihn nur mit, weil er sich selbst zu kopieren vermag, aber eine sinnvolle Botschaft enthält er nicht. Ein häßliches Chaos, das ihnen von der planlosen Evolution diktiert wurde.

Ich/wir habe/n den Verdacht …

Welchen?

Das ist es, was mir Sorge bereitet. Ich weiß nicht, wo mein Unbehagen herrührt, denn es ist so …

Vage?

Ja. Ich bedaure das Zögern. Dennoch spüre ich Gefahr. Undefiniert, aber definitiv Gefahr.

Wir haben lang genug gewartet, um uns mit diesen zu befassen. Wir führten endlose Diskussionen über Kunst, Ästhetik und wie schön diese primitiven Formen auf ihre Art seien. Na schön, ein paar wurden aufgezeichnet, während wir sie liquidierten. So einfach geht das!

Du befürwortest die harte Methode?

Natürlich. Wir brauchen nur die drei Generationen von Daten. Wohlan, töte sie alle, damit die Erhabenen sie aussortieren können.

Alle? Überall?

Ich glaube, dazu sind wir imstande.

Ich garantiere, daß wir in der Lage sind, kurzfristig Breschen in den Keil zu schlagen. - Jedoch ist eine Überprüfung der gesamten Raum-Zeit- Geometrie vielleicht nicht einmal konzeptionell möglich.

Solche Details überlasse ich den Mathematikern. Wir müssen gar nicht alle Spuren spalten – nur so viele, bis wir die Drei gefunden haben. Stichproben auf den von Menschen bewohnten Spuren müßten genügen. Vielleicht hundert.

Ein paar Ebenen von Allen/Uns werden nicht einverstanden sein mit dem Löschen so vieler potentiell nützlicher Daten.

Wenn wir die Drei erst einmal haben und sie decodieren – was ganz leicht sein dürfte –, sind die restlichen Daten nur noch Müll.

Es gibt eine Fraktion/Unter-Bewußtsein von uns/euch, die sagen, es sei ein Gebot der Klugheit und ästhetischer Kriterien …

Genug. Die Entscheidung ist getroffen.

So warte doch …

Wir/ihr sind/seid die Mehrheit.

Ich verstehe.

Alle/ihr müssen sich/müßt euch daran erinnern, was auf dem Spiel steht.

Ich muß.

FÜNFTER TEIL

DIE STRASSE AM SILBERFLUSS

Aus zu großer Liebe zum Leben,
Voller Hoffnung und Furcht,
Sagen wir Dank
Welchen Göttern auch immer,
Daß kein Leben ewig währt;
Daß die Toten niemals emporsteigen;
Daß selbst das kleinste Rinnsal
Irgendwann ins Meer sich ergießt.

– Swinburne
»The Garden of Proserpine«

1 · GESCHMOLZENE ZEIT

Auf der Suche nach seinem Vater setzte Toby die Fahrt flußabwärts fort.

Er kauerte sich im Nachen zusammen, der von der Strömung mitgerissen wurde und betrachtete das Kielwasser. Er hatte seit zwei Tagen nichts mehr gegessen. Seinen vegetarischen Prinzipien hatte er unter den Sachzwängen der Flucht und des Hungers untreu werden müssen. Ein fetter gelber Fisch schimmerte tief im milchigen Wasser, doch er wollte nicht anbeißen.

Schließlich siegte die Neugier über den Hunger, und er beugte sich über die Bordkante, um zu sehen, ob der Fisch dem Kielwasser folgte. Statt der nahrhaften Beute sah er sich selbst als Spiegelbild in einer metallisch-grauen Strömung. Das Bild zeigte noch den Stock, den er gestern im Fluß verloren hatte. Er sah in den Fluß aus begradigter Zeit, auf dem der Nachen mit derselben Geschwindigkeit wie die Zeit hinabglitt. Stirnrunzelnd musterte er seinen optimistischen Blick vom Vortag. Eine schmutzige Stirn, fettige Haarbüschel, die ihm aus den Segelohren wuchsen und ein entschlossen vorgeschobenes Kinn, das schon fast absurd wirkte. Er würde noch lernen müssen, seine Mimik zu kontrollieren. Erwachsene taten das unbewußt.

Er zog sich von der Bordwand zurück. Er hatte das Boot mit geringem Tiefgang aus Schrott gebaut, um diesen Fluß mit der Mixtur aus Flüssigkeiten, milchigem Wasser und leitenden Metallen zu befahren. Er wußte, daß er in einer Nußschale saß. Die Strömung des flüssigen Metalls drang durch die Haut aus Wasser. Eine etwas stärkere Welle, und der Kahn kenterte. Die Furcht schnürte ihm die Kehle zu und trocknete den Mund aus.

Im trüben Wasser hatte er ein elfenbeinfarbenes Glühen ausgemacht. Der breite, schlammige Strom floß in einem Bett aus Quecksilber. Diese metallischen Aufwallungen waren tückisch – rautenförmige Vielfüßler, elektrische Vipern, Biester mit Reißzähnen, die wie Vögel mit ausgebreiteten Schwingen durch die metallische Strömung glitten.

Er lag reglos im Nachen und hoffte, daß der zeitdichte Fluß irgendwann nachlassen würde. Ein temporaler Schwall stieg in ihm auf und verursachte ihm Übelkeit. Um sich von diesem Gefühl abzulenken, schaute er zu dem weiten Wald auf, der über ihm hing.

Lichtungen aus nacktem Zeitstein schimmerten dort in rauchiger Glut. Die Erzett war hier röhrenförmig und wurde von diesem glitzernden Schlangenfluß beherrscht, der sich durch Schluchten und Wälder zog. Flußabwärts verschwamm die Bohrung des eng umrissenen Kosmos in elfenbeinfarbenem Dunst. Er sah eine größere Stadt an einer Flußbiegung. Hinter ihm, zeitaufwärts, erkannte er die weite Krümmung der Erzett und die mit üppiger Vegetation bewachsenen Hügel, bis sie schließlich perspektivisch verkürzt wurden und verschwammen. Er war versucht, das Fernglas zu nehmen und …

Ein Ruck fuhr durch den Nachen. Er war mit etwas Schwerem, Beweglichen zusammengestoßen.

Er hielt die Luft an. Bislang war der Nachen federleicht dahingeglitten und hatte nur auf die Luftdruckschwankungen reagiert, die ihn auf dem Silberfluß anschoben und in der Zeit beschleunigten.

Unregelmäßige Flecken nackter Zeitstein-Kruste strahlten ein hartes Licht ab. Er wünschte sich Dunkelheit herbei, um sich darin zu verbergen. Vulkane aus irisierendem Licht brachen in der Landschaft an der gegenläufigen Krümmung der Erzett-Röhre aus. Lichtsplitter regneten auf ihn herab. Er erduldete die Hitzwelle ohne einen Laut.

Du machst deine Sache gut,

ertönte Shibos wispernde Stimme. Ihre Fragmente riefen ihn. Das Stimmchen war beruhigend und klagend zugleich, und er wußte, daß er sich ihr widersetzen mußte.

Er konzentrierte sich auf die von unten heraufdringenden Geräusche. Er hörte sie nur verzerrt, weil der Zeitstein hoch oben splitterte. Allerdings würde er ihm nicht auf den Kopf fallen; die Gravitation war hier nach unten gerichtet.

Dies ist ein schrecklicher Ort. Du hast dich wacker geschlagen.

»Neinsag. Ich habe nur den Kopf eingezogen.«

Ich könnte dir eine unvergleichlich größere Hilfe sein, wenn du mir nur die Funktionen bewilligen würdest, über die ich verfüge. Du bist einsam und allein und bedarfst der …

Ihr zu antworten war ein Fehler gewesen. Sie redete wie ein Wasserfall, und er mußte sich konzentrieren, um sie niederzuhalten. Sie hatte schon einmal eine Meuterei angezettelt und versucht, die Kontrolle über ihn zu erlangen – sie war eine Verräter-Personalität. Und dafür gab es keine Entschuldigung.

Sie widersetzte sich ihm mit spitzen Schreien. Er dachte an eine andere Frau, an Besen, wie sie sich geliebt hatten, an ihre zarte cremefarbene Haut. Er sehnte sich danach, Besen wiederzusehen. Das half. Die Erinnerung an sie erstickte Shibos Schluchzen.

Glatte Haut … Die Wasseroberfläche war auch glatt … und trügerisch.

Überall lauerte Gefahr. Die Explosionen des Zeitsteins rührten von gewaltigen Zusammenstößen unbekannter Energien her, dem entfernten Lodern des Fressers. Sinnlose Gewalt jenseits allen menschlichen Vorstellungsvermögens. Doch die Mechanos waren auch hier, und er rechnete mit allem. Er hatte sie in der Ferne gesehen. Auf dieser tunnelartigen Spur schienen sie sich im Nachteil zu befinden. Manchmal trieben ihre zerstörten Körper im Fluß vorbei. Doch sie waren auf dem Vormarsch; waren sie immer gewesen.

Etwas versetzte die Wasseroberfläche in Aufruhr.

Er richtete sich auf und griff nach dem Paddel, als ein knochiges Etwas aus dem Wasser schoß und um Haaresbreite seinen Kopf verfehlte. Er duckte sich und schlug mit dem Paddel nach dem Tentakel. Ein warziger Keil mit gelben Schlitzaugen wuchtete sich aus dem aufgewühlten Wasser. Das Ding stieß aus seinem Metallelement einen ätzenden grünen Dampf aus und schnappte von neuem nach ihm. Er schwang das Paddel, traf den Tentakel und trennte ihn durch.

Das Quecksilber-Wesen blökte, schlug klatschend aufs Wasser und versank in den Fluten. Er tauchte das Paddel – dessen Blatt zur Hälfte säuberlich abgetrennt war – ins Wasser und stieß zu.

Er trieb in tieferes Wasser. Die grünen Schwaden verzogen sich. Als die Strömung schwächer wurde, nahm er Kurs aufs Ufer. Der großmäulige Räuber vermochte das Boot mitten durchzubeißen und ihn am Stück zu verschlingen, falls er imstande war, ihm aus der trägen Strömung aus silbergrauem Quecksilber und rötlichem Brom zu folgen. Ein turbulenter Schwall hatte das Biest an die Oberfläche gespült, und es war jederzeit wieder möglich.

Mit schmerzenden Armen und raspelndem Atem setzte er das Boot auf Grund. Hastig watete er an Land, wobei er das Boot an einem Seil hinter sich herzog. Er schleifte den Nachen auf einen schlammigen Abschnitt und weiter zu einer Baumgruppe, wo er ihn versteckte.

Ermattet sank er zu Boden und stopfte sich ein paar Brocken Dörrfleisch in den Mund, um den knurrenden Magen zu beruhigen. Seine Systeme liefen schon im roten Bereich; die lange Flucht hatte die Kapazität erschöpft. Die Servos in Armen und Beinen reagierten kaum noch. Die Waffen hatten sich zum Teil entladen, und diejenigen, die noch funktionierten, waren nutzlos. Sie waren nämlich für die Bekämpfung von Mechanos ausgelegt und nicht für die Jagd. Der Hunger trieb das Fleisch hinunter, und zu seiner Schande mußte er sich eingestehen, daß es ihm schmeckte. Erst kam das Fressen, und dann die Moral.

Er überflog den dichten Wald und das schlammige Gelände und beschloß, auf Erkundung zu gehen. Die stille Majestät des Flusses hatte das Boot vom Rhythmus des Landes isoliert und die Fahrt fluß- und zeitabwärts ebenso natürlich wie unvermeidlich erscheinen lassen. Allerdings hätte er auf diese Art nichts dazugelernt.

Er ging landeinwärts, unter dem Druck der Zeit, die zwar den Anschein einer milden Sommerbrise vermittelte, doch jedem, der gegen sie ankämpfte, alle Energie aus dem Leib sog. Ein Dickicht aus Stengeln und Stämmen und einem blaugrünen Rankengeflecht zog sich am Ufer des Flusses entlang, als ob es auf etwas wartete. Es war lang her, seit er vor der Zerstörung des gigantischen Pyramiden-Bergs und dem Mann Walmsley von der Sippe Brit geflohen war. Er war froh gewesen, als er diese seltsame Spur mit dem Silberfluß gefunden hatte, der ihm eine Möglichkeit des Fortkommens bot. Er folgte Zeitlinien, die in der Nähe des Schwarzen Lochs verliefen. Er hatte sich mit der Kultur vertraut gemacht und deren Menschlichkeit und archaischen Charme schätzengelernt.

Er war allein auf weiter Flur. Er schritt munter aus und wurde unaufmerksam. Die Begegnung traf ihn unvorbereitet. Ein kleiner Mann mit einem klobigen Schießprügel trat grinsend hinter einem Baum hervor.

»Wie ist der Name?« fragte der Mann, nicht ohne zuvor auszuspucken.

»Toby.«

»Gehst du flußaufwärts?«

Es war besser, ausweichend zu antworten als zu lügen. »Bin auf Nahrungssuche.«

»Schon fündig geworden?«

»Hatte bisher kaum Gelegenheit.«

»Kannst noch nicht weit gekommen sein. Schwerer Sturm in geringer Entfernung flußabwärts.« Der Mann grinste breit, wobei er braune Zähne bleckte. Die Lippen waren schmal und blutleer. »Ich sah, wie einem Mann die Arme abgerissen wurden.«

Also wußte er, daß Toby keinen bloßen Spaziergang unternahm. »Ich komme von der Stelle mit dem großen toten Baum«, sagte Toby beiläufig.

»Ich kenne diesen Ort. Gibt dort reichlich Beeren und Früchte. Aber was will'ste hier überhaupt?«

»Ich hörte, in dieser Richtung soll es eine große Stadt geben.«

»Eher ein Dorf, Junge. Ich glaub aber, du solltest mit uns in der Wildnis bleiben.«

»Wer ist ›uns‹?«

»Ein paar Kameraden.« Das aufgesetzte Grinsen des Manns gefror in den Mundwinkeln.

»Ich muß weiter, Mister.«

»Dieses Baby sagt aber, du hättest nun was anderes vor.« Er präsentierte die Kugelspritze, als ob er sie erfunden hätte.

»Ich habe kein Geld.«

»Brauch und will kein Geld. Aber meine Freunde werden sich sicher freuen, einen so saftigen, jungen Mann wie dich zu sehen.«

Er machte Toby mit der Flinte Beine. Im Angesicht

des Schießprügels machte Toby gute Miene zum bösen Spiel und ging los, wobei der Mann in gebührendem Abstand folgte.

Bei der Flinte handelte es sich um die Frucht eines Baums, den Toby einmal gesehen hatte. Die Waffen wuchsen als harte Schoten an den glattrindigen Bäumen und mußten abgesägt werden, wenn sie reif waren. Dieses Teil hatte einen Flansch, der sich zu einer Kugel verbreiterte und dann in den Kolben auslief – alles Teil der lebenden Waffe. Wenn man sie mit dem Kolben in nährstoffreichen Boden rammte, mit genug Wasser und Licht, reiften dort Patronen für die Waffe heran. Der Größe des Kolbens nach zu urteilen handelte es sich um eine ausgewachsene Waffe mit einem großen Magazin.

Er stolperte über einen Abschnitt mit messerscharfem Gras und hörte, wie der Mann wegen seiner Tolpatschigkeit kicherte. Dann stieß er auf einen rosigen Lehmpfad. Ganz offensichtlich hatte der Mann etwas Übles mit ihm vor. Die Bekanntschaft von Eierdieben hatte er schon gemacht – doch der gierige, glitzernde Blick des Mannes ließ Böses ahnen, das im Sumpf der Erwachsenenwelt lauerte.

Was sollte er tun? Die Gedanken jagten sich.

Tobys Atem ging schneller, während er auf dem steiler werdenden Pfad Zeit zu schinden versuchte. Wie die meisten Wege führte auch dieser fast im rechten Winkel vom Fluß weg, was dem Reisenden den eisigen Druck der Oberzeit und die Übelkeit erregende Drift der Unterzeit ersparte. Toby vermutete, daß der Pfad zum braunen Vorgebirge anstieg, das er voraus erkannte. Insekten hingen summend in der Stille schläfriger, gleitender Momente. Ein paar stachen.

Er zermarterte sich das Gehirn. Sie überquerten ein grünes, weiches Feld. Und dann, hinter einer Spitzkehre, sah er in einer Entfernung von ein paar Schritten einen metallisch grau schimmernden Bach, der sich gurgelnd in den Fluß ergoß. Eine tote Flederratte lag auf dem lehmigen Pfad.

Eine Flederratte riecht schon im lebendigen Zustand nicht gut, und diese hier, die mindestens seit einem Tag tot war, erfüllte die Luft mit einem üblen Gestank.

Toby ließ sich nichts anmerken, sondern hielt nur die Luft an. Der Bach murmelte neben ihm. Die schwache Zeit-Strömung brachte ihn nur leicht aus dem Tritt. Ein abgebrochener Ast und vom Wind verwehtes Geröll lagen neben der Flederratte, deren blauschwarze Haut aufgeplatzt war. Ein Sekret sickerte aus den Rissen.

Er trat auf den Kadaver und ging noch drei Schritte. Dann drehte er sich um. Der Mann schnappte im Brodem nach Luft und verzog das Gesicht, worauf er zurückwich. Die Flinte ließ er achtlos fallen.

Toby schnappte sich den Ast und sog unwillkürlich die eitrigen Ausdünstungen ein. Fast hätte er sich übergeben. Dann sprang er den Mann an. Er schwang den Prügel, Holz auf Holz(-kopf), und dann spürte er den Aufschlag.

»Ah!« rief der Mann schmerzerfüllt. Die Flinte machte einen Satz und fiel in den Bach …

… wo die Waffe sich zischend und in einer explosiven Verpuffung auflöste. Aromatischer orangefarbener Rauch wallte auf. Der Mann bekam vor Staunen den Mund nicht mehr zu, und Toby – wich einen Schritt zurück.

»Und nun du«, sagte Toby, weil ihm sonst nichts einfiel.

Er sagte die Worte im tiefsten Baß. Mit dem gierigen metallischen Bach in der Nähe war ein Handgemenge ein potentiell tödliches Unterfangen. Toby bekam weiche Knie, und das Herz schlug ihm bis zum Hals.

Der Mann ergriff die Flucht. Rannte mit einem heiseren Schrei davon.

Toby blinzelte überrascht und trat dann selbst den Rückzug an, um dem Verwesungsgeruch der Flederratte zu entrinnen. Er verhielt am Rand eines Rankengewächses und schaute zurück zum Bach.

Ihm schwoll die Brust vor lauter Stolz. Er hatte einen ausgewachsenen Mann bezwungen. Er!

Erst später wurde ihm bewußt, daß der Mann viel mehr Grund zur Furcht gehabt hatte als Toby – schließlich hatte er es mit einem zornigen und muskulösen Fremden zu tun gehabt; unbeholfen zwar, aber mit einem großen Knüppel bewaffnet. Also war der Mann wohlweislich davongerannt, wobei sein schmutziges Hemd im Wind geflattert hatte wie eine gehißte Flagge.

2 · STURMWIND

Toby entfernte sich vom Vorgebirge, für den Fall, daß der Mann mit seinen Freunden zurückkam. Er ging flußabwärts und marschierte so lang, bis die Müdigkeit ihn übermannte. Er hielt sich in großem Abstand zum Fluß, um dem Zeit-Sturm auszuweichen, den der Mann erwähnt hatte – sofern es sich nicht um eine Lüge handelte.

Der Fluß war von jeder Anhöhe zu überblicken, weil das Land kurvenförmig zu den Überkopf-Landschaften anstieg. Auf diese Entfernung verschmolz der Schimmer des klaren Wassers mit den rötlichen Marschen, so daß Toby kaum noch die silbergrauen Striche erkannte, die auf tödliche Grundströmungen hinwiesen.

Nach dem Aufwachen hatte er eine mehlige Frucht zum Frühstück verzehrt und war aufgebrochen, als er ein Prickeln im Nacken spürte. Schwingungen durchdrangen ihn. Er spürte einen Druck in der Brust und ein Stechen in den Augen. Donnerschläge hallten in der geschichteten Luft.

Er schaute auf. Jenseits der diesigen Weiten sah er die andere Seite der Erzett. Es war ein unübersichtliches Gelände aus Hügeln und Tälern, bedeckt mit Regenwäldern, Seen und gewundenen Flüssen – alles Nebenflüsse des einen großen Flusses. Der Bogen schnurrte zusammen wie ein Akkordeon – und dann wurde auch er von der Kompression erfaßt. Quetschte den Brustkorb und zerrte an Hals und Gliedern, als ob er gevierteilt würde. Bäume ächzten und schwankten, und ein alter schwarzer Stamm wäre beinahe geknickt worden. Er fiel auf feuchten Boden und sah, wie die massive Einschnürung sich flußabwärts bewegte, eine pulsierende Druckwelle wie der Verdauungstrakt eines riesigen Tiers. Gesteinsschichten stöhnten, und Felsen zerbarsten.

Durchs Fernglas sah er nun zum erstenmal die Türme der Stadt, von denen einer zerfiel, als die Druckwelle über sie hinwegzog. Irgendwie hatte er sich Städte immer als große Orte vorgestellt, die den Unbilden der Natur trotzten.

Er ging schnell weiter. Eine purpurne Strahlung spielte durch den Wald. Das Licht stammte von einem entfernten Zeitsteinsektor neben einem glitzernden See. Die Stadt beherrschte nun sein ganzes Denken, und er plante schon eine Rettungsaktion für seinen Vater. Darüber vergaß er den Zeit-Sturm.

Zuerst hatte er nur ein flaues Gefühl in der Magengrube. Dann verzerrte die feuchte Luft sich, und die Winde wehten aus allen Himmelsrichtungen zugleich.

Die Füße hätten ein Eigenleben entwickelt, wenn er sich nicht voll konzentriert und die widerspenstigen Glieder mit schmalen Augen ständig im Blick gehabt hätte. Das Gewicht der Arme schwankte beim Durchschwingen. Den Kopf ohne vorherige Planung zu drehen hieß, einen Sturz zu riskieren. Er ging schwer atmend weiter. Die Stunden verstrichen. Er aß, schlief, marschierte. Die Luft sog die Kraft aus den Muskeln und zauberte juckende Muster auf die Haut.

Die wispernden Tentakel der Benommenheit fielen von ihm ab, als er die Richtung zur Stadt einschlug. Er vermochte sich vor Müdigkeit kaum noch auf den Beinen zu halten. Drei blütenweiße Türme ragten vor ihm auf; eine solche Palastanlage hatte er noch nie gesehen. Häuser aus hellem, poliertem Holz säumten akkurat schnurgerade Straßen mit rechteckig geschnittenen Schieferplatten.

Auf den Straßen pulsierte das Leben. Feine Damen traten geziert über Pferdeäpfel, Gaukler lehnten an Wänden, dickleibige und leutselige Händler, Demonstranten mit aggressiven Slogans, Aufschneider, Hausierer mit roten Wangen, die alles feilboten von Süßigkeiten bis hin zu Sägen. Alle wuselten durcheinander, und über allem lag eine Geräuschkulisse wie von einem Bienenschwarm.

Toby kam es so vor, als ob er versuchte, von einem Wasserfall zu trinken. Er streifte durch die Straßen, wobei er sich der zerlumpten Kleider und des Schlapphuts nur zu bewußt war. Eine ausgebeulte Hose kaschierte den Kampfanzug. Er zog mehr als ein paar verwunderte Blicke auf sich.

Die gesamte Spur schien den Annehmlichkeiten einer menschlichen Vergangenheit gewidmet, von der er nichts wußte. Sein Isaac-Aspekt meldete sich:

> ***Dies ist ein bewußtes Echo einer uralten menschlichen Kultur. Ich vermag sie nicht zeitlich einzuordnen, doch offensichtlich ist sie prä-Kandelaber. Dafür sprechen ihre Technik und die zivilisatorischen Merkmale. Zusammen mit dem Fluß scheint es sich um eine Art Zufluchtsort zu handeln. Ich stelle die Hypothese auf …***

»Mir wäre es lieber, du würdest mir einen Weg aus dieser Spur weisen, anstatt herumzutheoretisieren.« Toby hatte Isaac damit beauftragt, alle Dateien im

Aspekt-Bereich zu durchsuchen und war vom Ergebnis enttäuscht.

> ***Es liegt innerhalb des Bereichs menschlicher Soziologie, Nostalgie in einem solchen Maßstab zu manifestieren. Diese Spur scheint wegen extremer Erzett-Gradienten unterschiedliche Zeit-Skalierungen zu haben, und die menschliche Reaktion hat nun darin bestanden, sich an Konstanten zu klammern. Verständlich und …***

»Schnauze!« Er stopfte den Aspekt wieder in sein Loch und hielt Ausschau nach der vertrauten Landmarke, dem Fluß.

Am Kai lungerten Männer in der brütenden, von Insekten schwirrenden Hitze herum. Sie fläzten sich in Liegestühlen, die bis zum Punkt dynamischer Unmöglichkeit geneigt waren, das Kinn auf der Brust und den Sombrero tief ins Gesicht gezogen. Eine sechsbeinige Wutz und ihre Ferkel labten sich grunzend am Inhalt zerbrochener Kisten.

Hinter dieser malerischen Szene verlief der Fluß, der vom gleißenden Glühen dreier Zeitstein-Felder angestrahlt wurde. Toby nahm den Rucksack ab, setzte sich auf ein Geländer und betrachtete den dahinströmenden Fluß. Silberne Scherben durchschnitten die Wellen und lösten sich in Rauch auf.

»Such'ste Arbeit?«

Die Stimme war rauh. Sie gehörte einem jungen Mann. Er war etwas älter als Toby und von kleinem Wuchs, wie alle hier. Breite Schultern spannten sich unter dem Netzhemd. Aber die Augen waren verträumt und warm.

»Schon möglich.« Er würde hier Geld brauchen.

»Muß'n Kahn entladen. Hab nie genug Leute.« Der junge Mann streckte eine Pranke aus. Toby schüttelte sie. »Mein Name is' Stan.«

»Meiner is' Toby. Schwerer Kram?«

»Es geht. Wir haben Penner, die uns helfen.«

Stan wies auf eine Riege von fünf schlappen Figuren, die es sich auf der Mole gemütlich gemacht hatten. Toby hatte diese Jungs flußaufwärts schon gesehen, nur daß sie dort Zoms genannt wurden. Sie saßen immer auf die gleiche Art da, breitbeinig, mit hängenden Armen, das Gewicht im stumpfen Winkel auf den Steiß verlagert. Kein Mensch hielt es lang in einer solchen Stellung aus. Den Zoms schien das nichts auszumachen. Hauptsache, sie waren nicht tot.

»Biste neu hier?« fragte Stan, ging neben Toby in die Hocke und kritzelte mit einem Bleistift etwas auf ein Klemmbrett.

»Gerade angekommen.«

»Floß?«

»Nachen. Bin vor dem Sturm an Land gegangen.«

Stan stieß einen Pfiff aus. »Und zu Fuß weiter? Langer Weg. Die Wellen haben dich umgehau'n?«

»Haben's versucht.«

»Wird verdammt schwer, zu deinem Kahn zurückzukommen.«

»Ich gehe vielleicht weiter flußabwärts.«

»Wirklich?« Stans Gesicht hellte sich auf. »Von wo kommst du?«

»Ich weiß nicht.«

»Angels Point? Rockport?«

»Ich habe davon gehört. Hab auch Alberts gesehen, aber es lag im Nebel.«

»Du kommst von *oberhalb* Rockport? Und bist noch ein Kind?«

»Ich bin älter, als ich aussehe«, sagte Toby steif.

»Du hast aber einen komischen Akzent.«

Toby knirschte mit den Zähnen. »Den hast du auch, für meine Ohren.«

»Ich dachte, wer so weit zeitabwärts geht, muß krank werden, den Verstand verlieren oder so.« Stan schien wirklich beeindruckt, den aufgerissenen Augen nach zu urteilen.

»Ich bin auch nicht einfach runtergebrettert.« Es wäre ein Fehler, mit seiner Lebensgeschichte hausieren zu gehen. Die Leute am Fluß hatten nämlich nicht viel übrig für Außenseiter. »Ich habe eine Pause gemacht, um … nach etwas zu suchen.«

»Wonach denn?«

Toby wand sich unbehaglich. Er hätte überhaupt nichts sagen sollen. Je weniger die Leute über einen wußten, desto weniger konnten sie gegen einen verwenden. »Nach Schätzen.«

»Wie Wasserstoff? Gibt hier 'nen großen Markt für Wasserstoffbrocken.«

»Nein, eher nach …« – Toby suchte krampfhaft nach einer halbwegs plausiblen Erklärung – »Juwelen. Antike Rubine und so'n Zeug.«

»Echt? Ich hab noch nie welche gesehen.«

»Sie sind auch selten. Überreste von den alten Lords und Ladies.«

Stan machte den Mund auf und schob in einem Ausdruck angestrengten Überlegens die Zunge zwischen den Zähnen hindurch. »Uh … Wer war *das* denn?«

»Menschen der Urzeit. *Gaaanz* weit stromaufwärts. Weil sie so wenige waren, besaßen sie solche Reichtümer, daß sie sich mit Saphiren und Gold behängten.«

Stans Augen waren die reinsten Fragezeichen. »Im Ernst?«

»Sie hatten so viel von dem Zeug, daß es für sie keinen größeren Wert hatte als der Straßenstaub. Wenn die Damen sich langweilten, nahmen sie manchmal eine Handvoll der schönsten Juwelen und verzierten damit die großen Hüte, die man damals trug. Und wenn dann die Flut kam, ertranken viele Leute, und die mit Juwelen besetzten Hüte trieben zeitabwärts.«

»Hüte?« Stan verstand die Welt nicht mehr.

Toby wedelte lässig mit der Hand. »Natürlich nicht

die billigen Dinger, die hier getragen werden. Ich spreche von Hüten groß wie Wagenrädern, die, nun, aus Wasserstoff gefertigt waren.«

»Wasserst ...« Stan hielt inne, und ein Ausdruck der Verwirrung erschien auf seinem Gesicht. Toby erkannte, daß er die Zweifel zerstreuen mußte.

»Schau, in jenen prähistorischen Tagen war Wasserstoff noch leichter als heute. Also kleidete man sich damit. Die Aristokraten verwoben ihn zu erlesenen Kleidungsstücken.«

Ein skeptischer Blick. »Ich habe noch niemanden gesehen, der ...«

»Siehst du, eben darum geht es doch. Das will ich dir begreiflich machen. Jene alten Damen und Offiziere haben den ganzen Wasserstoff aufgebraucht. Deshalb ist er heute auch so wertvoll.«

Stans Mund formte sich zu einem ehrfürchtigen *O*. »Das ist wundervoll, wirklich wundervoll. Ich meine, ich weiß, daß Wasserstoff das leichteste Metall war. Und auch das härteste. Da ist's kein Wunder, daß jeder große Zulieferer und Maschinenbauer ihn haben will, aber nicht bekommt. Aber ...« – er sah Toby scharf an – »... woher weißt du das alles?«

»Ja, woher weiß ein Kind das alles?« Er gab die Frage gleich zurück. »Weil wir zeitaufwärts näher an den archaischen Zeitaltern sind. Wir suchen nach diesen Wasserstoffhüten, die der Fluß ans Ufer schwemmt.«

Stan runzelte die Stirn. »Und wieso bist du dann hier herunter gekommen?«

Für einen Moment hatte Toby das Gefühl, er sei enttarnt. Die ganze Geschichte würde wie ein Kartenhaus in sich zusammenfallen. Er würde den Job verlieren und Kohldampf schieben müssen.

Dann blinzelte er und sagte: »Die Leute der Oberzeit haben schon alle Hüte, die dort angeschwemmt wurden. Und ich habe es auf die Stücke abgesehen, die vorbeigetrieben sind.«

»Aaahhh ...« Das war ganz nach Stans Geschmack, und sofort löcherte er Toby mit Fragen über die tollen Hüte, die Schatzsuche, wie er es angestellt hätte, was er schon gefunden hätte und so weiter. Es war eine Erleichterung, als jemand rief: »Induktions-Schiff« und der verschlafene Kai zum Leben erwachte.

3 · DIE ZOM

Das große weiße Schiff schien in Tobys Wahrnehmung aus dem Nichts aufzutauchen. Es durchschnitt den Fluß, wobei es eine rauschende Bugwelle und einen Vorhang aus eisengrauen Metalltröpfchen vor sich herschob.

Es war ein Dreidecker mit einer filigranen Reling und einer pyramidenförmigen Brücke. Die Bordwände wurden von großen, dicken Scheiben dominiert, die beim Abbremsen laut summten. Nur diese Induktionsscheiben, deren Feldlinien sich tief in den Fluß frästen und die dem großen Schiff Vortrieb verliehen, waren vom ewigen Hang zur Verzierung ausgenommen. Schnörkel tröpfelten von jeder Verstrebung herab. Pfosten waren mit antiken Schneckenverzierungen gekrönt, die Brücke war mit Engelsskulpturen bestückt, und Davits, Ladebäume und Mastkörbe trugen goldene Helme.

Passagiere drängten sich an der Reling, während das Schiff abbremste. Eine Gischtwolke wallte auf und das Kielwasser schwappte über die Kaimauer. Ein unheimliches Pfeifen ertönte, und Matrosen warfen Taue herüber.

Stan fing ein Tau auf und schlang es routiniert um einen Poller. »Komm schon!«

Inzwischen hatte eine Menschenmenge sich gebildet,

die förmlich aus der Feuchtigkeit auf der Mole und dem Kai zu kondensieren schien. Eine laute Geräuschkulisse umgab das Induktions-Schiff. Kisten und Ballen wurden mit Kränen heruntergelassen. Wagen kamen rumpelnd vorgefahren, um sie aufzunehmen, und Toby fand sich von einer Horde Zoms umringt, die sich mit den sperrigen und schweren Lasten abmühten. Die Händler priesen aus vollem Hals ihre Waren an, und Kaufinteressenten feilschten genauso lautstark.

Träge führten die Zoms Stans Befehle aus. Vor lauter Anstrengung stand ihnen der Mund offen, und Speichel troff ihnen auf den Oberkörper. Sie waren Leichen, die unlängst wieder zum Leben erweckt worden waren – noch immer kräftig, doch zunehmend lustlos. Die Zoms waren überwiegend Männer, weil sie für schwere Arbeit gebraucht wurden. Doch neben Toby malochte eine stämmige Frau, und zwischen den einzelnen Arbeitsgängen legte sie ihm ohne Umschweife die Hand aufs Knie und griff ihm dann zwischen die Beine.

Toby riß sich los. Ihr beißender Gestank stieg ihm in die Nase. Dann versetzte er ihr einen kräftigen Hieb. Zoms waren lebenshungrig. Sie wußten, daß sie binnen weniger Monate verblühen und dem Wahnsinn verfallen würden. Die schwere Frau schüttelte nur den Kopf, sah ihn wollüstig an und tätschelte ihm den Hintern. Schaudernd wich er vor ihr zurück.

Und rumste mit einem heruntergekommenen Zom-Mann zusammen, der sich langsam umdrehte und »Toby, Toby« nuschelte.

Perplex schaute er in die glasigen Augen und auf die hängenden Mundwinkel. Pergamentartige Haut spannte sich über Erhebungen im verwüsteten Gesicht. Erinnerungen kamen auf. Ein schwaches Echo der Wangenknochen? Der gekrümmten Nase?

»Toby ... ich bin ... Vater ...«, stieß er gurgelnd hervor.

»Nein!« schrie Toby.
»Toby ... bin hierhergekommen ... Zeit ...«
Der Zom wollte ihm die Hand auf die Schulter legen. Er befand sich in der Verfallsphase seines zweiten Lebens; die Energie der schwarzen Mysterien versickerte bereits.
»Du bist nicht mein Vater! Geh weg!«
Der Zom öffnete den Mund, blinzelte und streckte wieder die Hand aus.
»Nein!« Toby schubste den Zom weg, und er kippte um. Er unternahm nicht den Versuch, sich abzufangen und schlug der Länge nach auf den Boden. Mit trübem Blick blieb er reglos liegen.
»He, belästigt er dich?« fragte Stan.
»Sie suchen nur Kontakt zu mir, das ist alles.«
»Sie werden in der Wiederauferstehungs-Stadt produziert, habe ich gehört.«
»Und wo ist das?«
»Auf 'ner ganz anderen Spur. Sie machen Kopien von Rohmaterial.«
»Von toten Menschen?«
»Gar nicht. Man erstelle eine Bewußtseins-Kopie, züchte eine Schablone und verknüpfe sie – zingo, und schon hat man billige Arbeitskräfte.«
Toby musterte das eingefallene Gesicht und beschloß, daß dieser Zom unmöglich sein Vater war. Der falsche Abraham hatte ihn für einen Moment täuschen können, nicht aber dieses Ding, nein. Es bestand nicht die geringste Ähnlichkeit, wo er den Zom nun einer gründlichen und objektiven Musterung unterzog.
»Laß ihn liegen«, sagte Stan abschätzig. »Wir müssen wieder an die Arbeit.«
Der Zom befand sich in einem so schlechten Zustand, daß Toby nicht wußte, ob es sich um eine Kopie vom Restaurator handelte, den Stan vermutlich mit Wiederauferstehungs-Stadt meinte, oder doch um den echten Killeen, der in der Erzett irgendwie gealtert war.

Also hakte er die Sache ab. Er würde diesen Zom als eine Kopie behandeln, wie die Kopie seines Großvaters im Feldlazarett. Noch vor ein paar Jahren hätte er das nicht übers Herz gebracht; allerdings war er sich dessen nicht bewußt.

Im weiteren Verlauf würdigte Toby die verkrümmte Gestalt keines Blickes mehr. Damen stiegen über den Zom hinweg, und ein Mann trat ihm in die Rippen, ohne daß eine Reaktion erfolgt wäre.

Schweiß lief ihm in die Augen, weshalb er die Mechanos zunächst nicht sah. »Heyso!« rief jemand. Toby schaute auf und …

… blickte in eine heranrasende Schnauze. Zwei weitere folgten. Sie jagten durch die weiche Luft, und eine Druckwelle fegte über die Docks. Die Leute stoben wie aufgescheuchte Hühner durcheinander, doch Toby blieb stehen und sah, wie die silbrigen Geräte wieder hochzogen. Sie nickten und gierten ohne ersichtlichen Grund und verharrten dann schief über dem Ufer.

»Späher«, sagte Stan. »Waren schon mal hier.«

»Dieselben?« fragte Toby.

»Kleinere beim letztenmal.«

Die Fluggeräte zogen nun im Gleitflug über die Stadt hinweg. Toby stand noch immer reglos. Die Mechanos waren in der Lage, aktivierte Servos anzupeilen. Stan warf ihm einen irritierten Blick zu und ging hinter ein paar Ballen aus klebrigem Heu in Deckung.

Sie kamen zurück. Rufe trillerten in seinen Rezeptoren. »Bishops!« wisperte er. Er identifizierte Cermo, Jocelyn und andere. Also hatten die Mechanos die Sippen-Codes geknackt. Er deaktivierte die internen Systeme, damit er sich nicht durch ein Streusignal verriet.

Dann standen sie über ihm. Der Moment verstrich quälend langsam, und für einen Sekundenbruchteil glaubte er, sie würden direkt über seinem Kopf hängen. Dann verschwanden sie über den Fluß, und er atmete durch.

In diesem Augenblick schoß jemand auf die Mechanos. Toby erkannte, daß es sich um eine HighTech-Waffe handelte, weil kein Mündungsfeuer zu erkennen war. Wahrscheinlich arbeitete sie in einem Bereich des elektromagnetischen Spektrums, den die Bishops nicht sahen.

Die Mechanos indes sahen es sehr wohl. Der Schuß kam von irgendwo flußabwärts, und diese Richtung schlugen sie nun ein. Sie wiesen keine für Toby erkennbaren Schäden auf. Dann gaben alle drei gleichzeitig einen Schuß ab. Jemand schrie. Die Mechanos verschwanden, und der Schrei brach ab. Wer auch immer hatte dran glauben müssen, er war ein Narr gewesen. Toby hatte nicht für einen Moment daran gedacht, ihnen gegen Mechanos eines solchen Kalibers beizustehen. Das hatte er schon als kleiner Junge gelernt.

»Das haben sie früher auch schon getan«, sagte Stan. Er kam hinter dem Ballen hervor und tat so, als ob er sich gar nicht dort verkrochen hätte.

»Jemanden erwischt?«

»Nicht daß ich wüßte.«

»In welche Richtung sind sie dann verschwunden?«

»In diese …« Stan wies auf die drei Mechanos, die auf Kurs gingen und beschleunigten. »Zeitabwärts.«

»Immer?«

»Bestimmt. Haben's wohl auf jemanden abgesehen.«

Und versuchen, sich die Bishops einzuverleiben, sagte Toby sich. Vielleicht ihn. Oder vielleicht bedeutete das auch, daß Bishops in der Nähe waren.

Sie flogen flußabwärts. Vielleicht sollte er es ihnen nicht gleichtun.

Als die Mechanos außer Sicht waren, ging jeder wieder seinen Verrichtungen nach, als ob nichts geschehen wäre. Sie mußten sich beeilen, denn das Induktions-Schiff nahm bereits die ersten Passagiere auf. Es herrschte ein fröhliches Treiben. Als Toby von einem nahen Lagerhaus zurückkam, wohin die erste Wagenladung gegangen war, kündeten nur noch Wellen im schlammigen Fluß davon, daß das Schiff hier überhaupt angelegt hatte.

4 · MR. PRESTON

Es war ein langer und harter Tag, in dessen Verlauf sie viele Fässer, Schweinehälften und Holzkisten ins Lagerhaus schafften, aussortierten und stapelten. Stan arbeitete als Subunternehmer für eine der großen Import-Gesellschaften und war mit Aufträgen ausgelastet, so daß auch Toby den ganzen Tag zu tun hatte.

Die Arbeit wurde nicht maschinell, sondern mit Muskelkraft erledigt. Die Zoms vom Kai waren schnell verschlissen, und Stan heuerte eine weitere Arbeitskolonne an. Toby wußte nichts über das Schicksal des Zoms, der zusammengebrochen war, und er schaute auch nicht nach ihm im düsteren Winkel des Lagerhauses, wo die Zoms wie Tiere gehalten wurden.

Die Arbeitszeit endete, als das Zeitsteinfeld über der Stadt sich abdunkelte. Das traf sich gut, denn die Leute schliefen noch immer am liebsten in der Dunkelheit. Obwohl es hier keinen Zyklus von Tag und Nacht gab, reichten ein paar schattige Stunden den meisten für einen erholsamen Schlaf aus. Toby hatte einmal eine Nacht erlebt, die ein paar ›Tage‹ dauerte, und die Leute hatten sich schon gefragt, ob der Zeitstein überhaupt wieder aufleuchten würde. Schließlich erschien das schweflige Glühen wieder und schwoll zu einem gleißenden Licht an, das eine solche Hitze abstrahlte, daß alle sich den vorherigen Zustand zurückwünschten.

Stan quartierte Toby in seiner Pension ein. Toby hatte gerade noch Zeit für ein Bad in kaltem Flußwasser, und dann gab es auch schon Abendessen. Toby wunderte sich darüber, welche Mengen die Gäste verputzten und sich dabei den Mund fusselig redeten. Als ob der Mund dazu geschaffen sei, zu kauen und gleichzeitig zu quatschen. Goldbraun gegrillte Hühnchen wurden aufgetragen und weggeschnappt, bevor das Tablett ihn erreichte. Stan griff sich aber zwei Vögel und teilte sie mit ihm. Ein hagerer Mann mit einem Ziegenbart, der Toby gegenübersaß, haute rein wie ein Scheunendrescher. Zwischen den einzelnen Bissen riß er Witze und spie – nicht sehr präzise – in einen Spucknapf aus Messing, der neben ihm stand. Stan aß mit dem Messer und schob sich die Klinge manchmal bis zum Heft in den Mund. Toby labte sich an gummiartigen Bohnen und dicken Scheiben Fleisch, bis das Dessert serviert wurde: eine Komposition mit einer Insel aus Nüssen in einem Meer aus Pudding, der in Flammen aufging, als ein Mann ihn mit der Zigarre berührte. Stan kostete davon, lehnte sich dann zufrieden im Korbstuhl zurück und säuberte die Zähne mit einem Taschenmesser. Eine solche Mutprobe hatte Toby bisher nicht erlebt, und schon gar keine, die mit einer solchen Lässigkeit abgelegt wurde.

Anschließend wünschte Toby sich nichts sehnlicher als zu schlafen, doch Stan wollte unbedingt mit ihm ausgehen. Sie versumpften in einer Bar, die eine Zeitlang von einer fülligen und abgefüllten Frau beherrscht wurde, die mit lockerer Zunge und rollenden Augen eine Ballade vortrug, die Toby nicht verstand. Schließlich plumpste sie auf den Boden und mußte von drei Männern hinausgetragen werden. Toby wußte nicht, ob das Teil der Darbietung war oder nicht, doch war es auf jeden Fall unterhaltsamer als der Gesang.

Stan gab ihm einen Krug Bier aus und nutzte den

Moment, um Toby den Tagelohn auszuzahlen. Wollte Toby nicht als Nassauer dastehen, mußte er nun eine Runde ausgeben, die auch unverzüglich beigebracht wurde. Bald hatte er den Krug zur Hälfte geleert. Der Abend, diese große, komplexe Stadt, sein neuer Freund Stan und die wundervolle Erzett an sich erschienen ihm in einem freundlicheren Licht, als er sich plötzlich erinnerte, daß sein Vater vor Jahren ein starker Trinker gewesen war. Von Killeen war aus jener Zeit ein Bonmot überliefert: war bei der Sippe Bishop eine Flasche erst einmal entkorkt, warf man den Stopfen in der Gewißheit weg, daß man ihn ohnehin nicht mehr brauchte.

Nun kamen ihm Bedenken, doch Stan zerstreute sie, indem er sich die Schuhe auszog und die Füße auf den Tisch legte. Toby betrachtete das mit einem Stirnrunzeln. Auf eine Socke war ein Gesicht gestickt, dessen Mimik Stan mit Bewegungen der Zehen variierte. Stan unterhielt sich mit dem artistischen Fuß, der abwechselnd grimmig schaute, lächelte und sogar blinzelte. Doch das erinnerte Toby an einen trüben und kalten Tag nach der Kalamität, als die Bishops zusammen mit ein paar Nachzüglern von anderen Sippen ein Nachtlager aufgeschlagen hatten. Ein Knight-Junge hatte zum Spaß den grau bestrumpften Fuß aus der Decke gesteckt. Toby hatte den Fuß für eine Ratte gehalten und mit dem Messer zugestochen. Damit war er bei der Sippe Knight für eine Weile in Ungnade gefallen.

Er lächelte bei dieser Erinnerung und goß sich noch einen hinter die Binde. Stan wurde blaß im Gesicht. Toby spürte jemanden hinter sich.

Er drehte sich um und sah einen großen Mann, der mit einer Lederjacke und einer schwarzen Hose bekleidet war. Auf dem Kopf hatte er eine blaue Kappe. Nur ein Lotse trug eine solche Kappe mit Goldtresse auf dem Schirm.

»Mr. … Mr. Preston«, sagte Stan.

»Die Herren machen sich einen schönen Abend? Gar ein geschäftlicher Umtrunk?«

Mr. Preston lächelte mit der Souveränität, die einem Repräsentanten einer freien und wahrhaft unabhängigen Profession wohl anstand. Seine Aspekte hatten ihn immer wieder darauf hingewiesen, daß Adlige von Parlamenten im Zaum gehalten wurden, daß Priester die Schwächen ihrer Schäfchen kannten und daß sogar Schulmeister in ihrer Machtfülle letztlich für Städte arbeiteten.

Doch ein Silberfluß-Lotse hatte *keinen* Herrn über sich. Ein Schiffskapitän gab ein halbes Dutzend Befehle, und die Induktions-Motoren kamen auf Touren und bugsierten das Schiff in die Fahrrinne, doch wenn die Maschinen erst einmal liefen, wurde der Kapitän zum Statisten degradiert. Der Lotse dirigierte das Schiff nach Belieben, blaffte Befehle aus eigener Machtvollkommenheit und war der Kritik Normalsterblicher enthoben.

Ohne zu fragen, nahm Mr. Preston von einem der anderen Tische einen Stuhl und stellte ihn geräuschvoll an den Tisch, an dem Toby und Stan saßen. »Ich hörte, du seist von zeitaufwärts gekommen – ein *gutes Stück* zeitaufwärts«, wandte er sich an Toby.

»Äh … hat Stan euch das gesagt?« fragte Toby, um Zeit zum Nachdenken zu gewinnen.

»Ja, er hat so etwas verlauten lassen. Stimmt es etwa nicht?« Mr. Preston musterte Toby intensiv, wobei sein breiter Mund sich unter dem braunen Schnurrbart fragend verzog.

»Nossir. Aber vielleicht hat er … äh … etwas übertrieben.«

»Er sagte, du wärst oberhalb von Rockport gewesen.«

»Ich habe die Stadt im Nebel gesehen. Dieser schlimme perlige Nebel, der …«

»Wie weit oberhalb?«

»Nicht weit.«

»Cairo?«

»Ich ... genau, dort war's.«

»Beschreibe den Ort.«

»Großer Ort, größer noch als diese Stadt.«

»Du hast die Landzunge gesehen? Mit der Sandbank?«

»Ich habe keine Sandbank gesehen.«

»Natürlich nicht – es gibt nämlich keine. Was hat es mit der gespaltenen Landzunge auf sich?«

»Gischt sprüht in die Luft.«

»Und wohin fliegt die Gischt?«

»Spritzt aus dem Fluß und fliegt in hohem Bogen zur anderen Hälfte der Landzunge hinüber.«

»Bist du unter dem Bogen hindurchgegangen?«

»Nossir. Ich stand im flachen Wasser am anderen Ufer.«

»Hast auch gut daran getan. Der Bogen existiert seit meiner Kindheit, und niemand, der mit der Strömung unter ihm hindurchschießen wollte, hat es überlebt.«

»Davon habe ich auch gehört.«

»Von wem?«

»Von einem Kameraden flußaufwärts.«

»Wie weit flußaufwärts?«

Niemand belog einen Lotsen, doch durfte man die Wahrheit zumindest etwas dehnen. Toby nahm einen Schluck von dem dunklen Bier, das so süffig war, daß es den Nährwert eines zweiten Abendessens hatte, und sagte: »Die Landungsbrücke oberhalb von Cairo. Von dort bin ich aufgebrochen.«

Mr. Preston beugte sich nach vorn und schob das spitze Kinn vor. »Es gibt eine große Bank dort, die nicht zu übersehen ist. Sand, nicht wahr?«

»Nossir, es ist schwarzes Eisen.«

Mr. Preston lehnte sich zurück und bestellte beim Barkeeper – der gerade mit einem schmutzigen Lappen die Tische abwischte –, noch eine Runde. »Richtig.

Ein Pfropf, der durch ein gewaltiges Naturereignis durchs Flußbett getrieben wurde. Die Bücher erwähnen einen Geysir aus geschmolzenem Metall – aber nicht das kalte Metall, das unter dem Fluß fließt –, der im Zeitstein selbst ausgebrochen sei.«

»Ich bin auch schon in anderen Teilen der Erzett gewesen und habe noch nichts gesehen, das diesem Fluß gleichkäme. Er scheint nicht logisch.«

»Nur weil wir es nicht besser wissen, mein Sohn.«

»Nennt mich bitte nicht Euren Sohn, Sir.«

Mr. Prestons buschige Augenbrauen zogen sich zu einer durchgehenden Linie zusammen. Der harte Unterton, der in Tobys Stimme mitgeschwungen hatte, brachte ihn zunächst aus dem Konzept, doch dann machte er eine ausladende Geste. »Natürlich nicht, Mr. Toby. Ich muß sagen, trotz Eurer Jugend spricht die Weisheit des Alters aus Euch. Ich bin bereit, Eure Dienste in Anspruch zu nehmen.«

Stan verfolgte diesen Austausch mit hervorquellenden Augen. Daß zwei Proleten von Hafenarbeitern mit einem Lotsen einen tranken, war in etwa mit einer Flußratte zu vergleichen, die sich beim Bürgermeister zum Dinner angesagt hatte. Noch dazu diese aktuelle Entwicklung!

»Dienste?« warf Stan ein. Er konnte nicht mehr an sich halten.

»Navigation. Es gab fünf starke Zeit-Böen zwischen hier und Cairo, seit ich diesen Abschnitt zuletzt befuhr. Nun habe ich den Auftrag, die *Natchez* so weit hinaufzubringen, nur daß ich den Fluß nicht gut genug kenne.«

»Ich bin nicht sicher, daß ich den Fluß so gut kenne«, wiegelte Toby ab, dem noch alle möglichen Gedanken durch den Kopf schossen.

»Habt Ihr einen dieser Stürme erlebt?«

»Yessir, gleich zwei davon. Aber nur aus der Ferne.«

»Anders wär's auch nicht gegangen«, sagte Stan mit

gezwungenem Humor. Er hatte das Angebot noch immer nicht verdaut.

Die Mimik des Lotsen signalisierte Einverständnis, wobei dieser Ausdruck auch von knappen Fluchten und verlorenen Freunden kündete. »Ihr seid mit Eurem Boot durchgekommen?«

»Ich habe gestakt und gerudert. Hatte wahrscheinlich nur Glück mit der Strömung.«

»Ein Zeit-Sturm zieht Schiffe je nach ihrer Masse an, müßt Ihr wissen. Ihr habt Eure Rettung wohl dem Umstand zu verdanken, daß Ihr gerudert habt«, sagte der Lotse. »Ein Induktions-Schiff muß trotz seiner starken Maschinen vorsichtig manövrieren. Die Masse ist nämlich sein Handicap.«

Toby trank von seinem Starkbier und sagte: »Ich weiß nicht so recht, ob ich wieder hinaufgehen soll, Sir.«

»Ich werde dafür sorgen, daß es sich für Euch lohnt.« Der Lotse schielte auf Toby, als ob er etwas in seinem Gesicht lesen wollte, das er sonst nicht preisgeben würde. »Ich hoffte, Ihr hättet dort oben vielleicht etwas zu erledigen.«

Vielleicht etwas zu erledigen. Auf einmal erschien das Gesicht des Zoms vor Tobys geistigem Auge, und er hatte das Gefühl, die Wände der Bar würden auf ihn zukommen, und er müßte in der verqualmten Kaschemme ersticken. Die blauen Rauchschwaden hingen im gelblichen Schein der Glühlampen, die aus den Wänden sprossen und von denen jede die Größe eines Menschenkopfs hatte. Toby hatte die Erinnerung bisher verdrängt, doch nun wurde er wieder von der Last der Ungewißheit niedergedrückt. Er würde erst dann wissen, ob der Zom wirklich sein Vater war, nachdem er ihn gefunden und befragt hatte.

»Sir, ich werde Euch meine Antwort morgen geben müssen. Im Moment habe ich noch etwas zu erledigen.«

Das Erstaunen in den Gesichtern von Stan und Mr. Preston mutete beinahe amüsant an. Und es verstärkte sich noch, als Toby aufstand und unter dem Einfluß des in rauhen Mengen genossenen Alkohols mit den Absätzen auf den Boden stampfte. Er nickte gemessen und tauchte ohne ein Wort in die Dunkelheit der Stadt ein.

5 · DAS ERSTARRTE MÄDCHEN

Tintige Schemen zogen durch sein Bewußtsein, als er an die Tür von Mr. Prestons Haus klopfte. Toby befand sich noch immer im Widerstreit der Gefühle und spürte Haß auf den Zom, weil er nicht wollte, daß er der Killeen war, den er einst gekannt hatte.

Es war ein gewittriger Morgen, dessen graues Licht den Nebel perforierte und Muster auf die Dächer am schlafenden Fluß zeichnete. Die ungestümen Mechanos schienen unendlich weit entfernt. Die Leute sprachen nicht einmal von ihnen. Sie hatten es sich in diesem kuscheligen Winkel der Erzett bequem gemacht und waren von der Außenwelt abgeschnitten. Toby fragte sich, ob diese Leute repräsentativ für die Menschheit waren. Wenn ja, wofür standen dann die Bishops?

Den weißen Staketenzaun, der Mr. Prestons Grundstück eingrenzte, sah er nur verschwommen. Die perligen Schwaden verschleierten alle Details hinter den Steinplatten, die zum Haus führten. Er mußte zugeben, daß das Anwesen selbst im diffusen Licht noch herrschaftlich wirkte. Die Fassade war mit einem Säulengang mit Kapitellen verziert. Er betätigte den eisernen Türklopfer, und sofort drehte der Türknauf aus Messing sich, als ob er mit dem Klopfer verbunden wäre. Ein Gnom gewährte ihm Einlaß, ein stummer Diener, und führte Toby durch eine mit Teppichen ausgelegte Halle.

Toby hatte nicht erwartet, daß der Lotse in einer so fürstlichen Residenz wohnte und betrachtete ehrfürchtig die Möbel aus Mahagoni, eine neue elektrische Leuchte mit einem Lampenschirm aus gelbem Papier und eine hochwertige Audio-Anlage. Der Gnom zog sich zurück, wobei er einen gähnenden, zungenlosen Mund und die rote Bediensteten-Tätowierung an der Schulter zeigte, um sein Schweigen zu erklären.

Eine Vielzahl von Reiseimpressionen hingen an den Wänden – *Über den Fällen von Abraham*, *Suche nach dem Vulkan*, *Herz der Leichtigkeit*, *Kampf gegen das Schicksal* –, und viel Literatur stand in den Regalen, darunter Schöngeistiges. Toby hätte am liebsten ein wenig geschmökert, doch als er gerade nach *Zeit-Schaum und Welten-Apokalypse* greifen wollte, ertönten schwere Schritte. Er drehte sich um und stand dem mit einer Admiralsuniform bekleideten Lotsen gegenüber.

»Ich hoffe, Ihr habt Eure Angelegenheiten zu Eurer Zufriedenheit regeln können«, sagte Mr. Preston.

Erst jetzt erinnerte Toby sich wieder an seinen überstürzten Abgang vom Vorabend. Die Stadt außerhalb der Bar hatte die Erinnerung förmlich aufgesogen. Er war durch enge Gassen gewandert, die von primitiven Gebäuden gesäumt waren, die sich über die Straße zu neigen schienen und das düstere Glühen des Himmels ausblendeten. Die feuchten Straßen am Fluß waren verwinkelt, und laufend stolperte man über Gestalten, die wie verschnürte Bündel für eine Altkleidersammlung herumlagen.

Die Herren der Zoms ließen sie liegen, wo sie hingefallen waren, denn ohne Fütterung vermochten sie sich ohnehin nicht von der Stelle zu rühren. Es dauerte Stunden, bis Toby das eingefallene Gesicht fand, das er am Kai gesehen hatte; und dann mußte er sich noch umständlich davon überzeugen, daß der Zom nicht nur schlief. Wie sich herausstellte, war das Ding tot, und die grotesk verrenkten Gliedmaßen versteiften sich bereits zur Parodie eines Tanzes.

Gegen Morgen war der stämmige Besitzer vorbeigekommen, hatte den Kadaver mit einem Achselzucken gemustert und ihn zur Entsorgung in den Wagen geworfen. Tobys Fragen über den Zom wischte der große Mann beiseite – er kannte keine Namen, nein, wußte auch nicht, woher sie gekommen waren oder von welchem Abschnitt des großen Flusses sie stammten. Wiederauferstehungs-Stadt? Nur ein Gerücht.

Und der letzte Blick, den Toby auf das Gesicht warf, hatte sein Unbehagen noch verstärkt, als ob der Zom im endgültigen Tod sein letztes Geheimnis preisgegeben hätte. Die Ähnlichkeit mit seinem Vater war nicht zu übersehen. Doch war er nun eine Kopie – oder nicht?

Also nahm Toby, müde in den Knochen, aber mit eiserner Entschlossenheit im Rückgrat, neben dem Kamin Haltung an und sagte zu Mr. Preston: »Ich werde mitkommen, Sir.«

»Verdammt gut! Wollt die Oberzeit wiedersehen, nicht wahr?«

»Jasag.«

»Wie?«

»Äh … jawohl.« Die Worte hatten einen seltsamen Klang. Die Oberzeit wiedersehen, jasag – und die entgegengesetzte Richtung zu den Mechanos einschlagen.

»Habt Ihr schon gefrühstückt?«

Pfannkuchen und Würstchen, die von der Haushälterin aufgetischt wurden, nahmen Tobys Aufmerksamkeit voll in Anspruch, derweil der Lotse Seemannsgarn spann. Toby indes beschränkte sich auf eine grob umrissene Schilderung der langen Reise flußabwärts und ließ sich noch dazu von der Kollektion exotischer

Exponate ablenken, die Mr. Preston an den Wänden arrangiert hatte. Er sah Kristalle, bunte Steine vulkanischen Ursprungs, eine uralte Haarlocke, fünf Obsidian-Pfeilspitzen aus legendären Zeiten und ein paar Kunstgegenstände, wie Toby sie schon zu Dutzenden gesehen hatte. Daneben standen in Bronze gerahmte 3D-Bilder von debil wirkenden Kindern, ältlichen Onkeln und dergleichen. Sie alle hatten sich im Sonntagsstaat steif in Positur gestellt, um sich verewigen zu lassen.

Doch das war noch gar nichts im Vergleich zu dem großen transparenten Würfel, der den Eßtisch dominierte. Er verströmte kalte Luft, und Toby glaubte zunächst, er sei aus Eis. Doch dann sah er, daß keine Wassertropfen an den glatten Seiten herunterliefen. Im Innern des weißblau glühenden Körpers waren kleine Kunstgegenstände aufgehängt – ein goldenes Filigran, ein gezackter Quarzbrocken, zwei große Insekten mit stachligen Fühlern und eine Miniatur-Statue eines liebreizenden jungen Mädchens mit rotem Haar und einer fließenden weißen Robe.

Er hatte fast alle Pfannkuchen verzehrt und leerte gerade eine letzte Tasse Kaffee, als ihm auffiel, daß eines der Insekten sich bewegt hatte. Mit einem Ohr lauschte er dem Lotsen, der etwas herunterleierte, bei dem es sich um das Manuskript einer Autobiographie in vier Bänden zu handeln schien. Gleichzeitig beobachtete er den Würfel und sah, wie das Mädchen sich langsam auf dem rechten Zeh drehte. Das Gewand bauschte sich ums linke Bein und verformte sich dann zu einer seidigen Drehscheibe.

Inzwischen hatten beide Insekten einen Viertelhub mit den hauchzarten Flügeln ausgeführt. Sie flogen auf das Mädchen zu. Die Facettenaugen funkelten in einer Regung, bei der es sich um einen Jagdtrieb handeln mußte und die Toby als geheimnisvolle Arabeske anmutete.

»Ach, die Jagd«, unterbrach der Lotse seine Betrachtung. »Schön, was? Ich habe mir das schon so oft angesehen, daß mir drei Bärte gewachsen sind.«

»Das Mädchen – es *lebt*?«

»Scheint so. Aber ich weiß nicht, weshalb sie so klein ist.«

»Woher haben Sie sie?«

»Von weit flußabwärts.«

»So etwas habe ich noch nie gesehen.«

»Ich auch nicht. Die handwerkliche Qualität ist aber ein Indiz für die Echtheit des Mädchens.«

»Echt? Aber sie ist nicht größer als mein Daumennagel.«

»Irgendein Lichteffekt erweckt wohl diesen Anschein.«

»Und diese Viecher ...«

»Sie haben fast ihre Größe. Vielleicht sind sie auch vergrößert – die Umkehrung des Tricks mit dem Mädchen.«

»Und wenn nicht?«

»Dann werden sie viel Spaß haben, wenn sie das Mädchen erreichen.« Der Lotse grinste. »Ich hab das Honorar für eine Woche hingeblättert, um den Würfel zu erwerben. Der goldene Schmuckgegenstand dreht sich auch – seht Ihr?«

Das Mädchen drehte sich weiter, und er sah, daß es Besen war. Seine Besen.

Irgendwo war sie in eine Falle gelaufen. Kopiert? Oder war das wirklich die wahre Besen?

Er tippte an den Würfel, doch sie zeigte keine Reaktion.

Er erinnerte sich, wie sie einmal an Bord der *Argo* im Rahmen der Schiffsüberholung eine Dusche gereinigt hatten. Besen hatte das Abflußsieb herausgeschraubt und ein Haarknäuel von der Größe einer wohlgenährten Ratte zum Vorschein gebracht. Es war ein so komisches Bild gewesen, als sie diesen haarigen Mond vor ihren ebenso strahlenden wie ungläubigen Planeten von einem Gesicht gehalten hatte, daß er lachen mußte.

Er spürte einen Schwall eiskalter Luft, der vom Würfel aus geronnener Zeit ausging. »Stimmt was nicht, Junge?«

Es juckte ihm in den Fingern, das weißblaue, wie Sirup fließende Gebilde zu zertrümmern und die in ihm verkeilten Epochen und zerknüllten Perspektiven freizusetzen. Doch das Objekt gehörte dem Lotsen, und Leute wie er verstanden das Wesen der Zeit besser als sonst jemand. Vielleicht war es richtig, daß solche Dinge ihnen gehörten.

Am besten vergaß er die ganze Sache wieder. Zumal er nicht wußte, was er mit der gefangenen Besen überhaupt hätte anfangen sollen, wenn er sie bekommen hätte. Dennoch fühlte er Erleichterung, als er das Eßzimmer verließ und in den wallenden Nebel vor dem Haus eintauchte.

6 · ZEITAUFWÄRTS

Sie wollten noch am selben Tag aufbrechen. Toby hatte noch nie eine solche Ehrfurcht empfunden wie in dem Moment, als er über den Steg ging und den Fuß auf das vibrierende Deck setzte.

Es war seine bisher größte Tat, voller Verehrung und im Bewußtsein der eigenen Kleinheit ein Induktions-Schiff zu betrachten, das mit seinem rasiermesserscharfen Bug die Fluten teilte. Mr. Preston begrüßte ihn mit einem knappen Kopfnicken. Im Vergleich zum Redefluß beim Frühstück gab der Mann sich ziemlich reserviert. Ohne große Formalitäten wurden ihm die Arbeitspapiere ausgehändigt. Die übrigen Besatzungsmitglieder schüttelten Toby die Hand, aber nicht so mechanisch, wie sie es bei den Passagieren taten. Die zahlenden Gäste rangierten in der Wertschätzung nämlich ganz unten, noch tiefer als die Schiffsjungen. Toby erkannte in den leicht abwesenden und glasigen Blicken der männlichen und weiblichen Besatzungsmitglieder, daß sie ihn zumindest unter Vorbehalt zur ›Familie‹ zählten.

»Du hast diesen kleinen Sturm flußaufwärts abgeritten?« fragte Mr. Preston ihn, während sie die drei Treppen zur Brücke hochstiegen.

»Nossir. Ich bin an Land gerudert, habe das Boot gesichert und den Sturm umgangen.«

»Hmmm. Zu dumm. Denke, ich werde mich in der Flußmitte halten und ihm ausweichen.«

»Yessir.«

Für Toby war diese exotische Spur ein Quell der Wunder. Allmählich verstand er, weshalb die Leute solchen Gefallen an ihr fanden: eine von den Mechanos und der Last der Geschichte abgesetzte Nische. Daß sie uralte Traditionen pflegten, spielte keine Rolle; es zählte nur das Hier und Jetzt.

Die Ladung war fast verstaut, und der kaum gezügelte Drang des Schiffs zum Fluß ließ die Luft vibrieren. Die Fracht wurde von den Arbeitskolonnen, die überwiegend aus Zoms bestanden, regelrecht aus den Wagen gerissen und an Bord geworfen. Verspätete Passagiere schlichen zwischen den Kisten herum und warteten darauf, daß sie endlich an Bord durften. Frauen mit Hutschachteln und Einkaufstaschen trieben ihre verschwitzten Männer an, die Reisetaschen und plärrende Babies trugen. Draisinen und Lastkarren rumpelten über das Kopfsteinpflaster und schnitten sich so oft, daß man sich wunderte, daß es nicht noch mehr Unfälle gab.

Toby liebte das geschäftige Treiben. »Wer nicht an Bord geht, bitte zurücktreten!« rief der Zahlmeister, die

Schiffsglocke läutete, und die überfüllten Decks der *Natchez* spien ihre menschliche Fracht auf die Laufplanke – eine Flutwelle, der sich ein paar verspätete Passagiere entgegenstemmten. Die Laufplanke wurde gerade eingezogen, als ein großer Mann angerannt kam und aufs Schiff springen wollte. Er bekam die Reling zu fassen, und ein weibliches Besatzungsmitglied zog ihn hoch. Doch die Rückentasche ging auf, und die Brieftasche versank im Fluß. Die Menge am Ufer lachte schadenfroh, und eine Frau mußte ihn daran hindern, nach der Brieftasche zu tauchen.

All das verfolgte Toby von der erhöhten Warte der Brücke aus. Sie verfügte über eine gediegene Ausstattung und war so großzügig verglast, daß er sich vergewisserte, ob es wirklich vier Wände waren. Der Käpt'n stand neben dem Lotsen. Beide Männer trugen marineblaue, mit goldenen Tressen besetzte Uniformen. Dann ertönte ein Pfeifen, das Toby durch Mark und Bein ging. Die orangefarbene Flagge wurde gehißt, und das Schiff verlangsamte die Fahrt. Die Bremsenergie wölbte das Deck förmlich, und öliger Rauch quoll aus den drei mittschiffs angeordneten Schloten.

Die Menge am Kai rief letzte Abschiedsgrüße und jubelte, und dann schoß das Schiff davon. Es beschleunigte, indem die Induktionsfelder sich mit dem brodelnden Metall tief unter der Wasseroberfläche verzahnten. Toby sah, daß die Stadt mit verblüffender Schnelligkeit schrumpfte, und die Leute am Kai verwandelten sich erst in Puppen und dann zu rosigen Flecken.

»Der Zeitfluß«, sagte Mr. Preston, als er Tobys Stirnrunzeln sah. »Ich habe uns ihm direkt aufgeschaltet. Wir sehen sie als gestauchte und verzerrte Abbildungen.«

Das Ufer wurde von roten und blauen Schemen gesäumt, als die Zeit sich verdichtete und am Schiff vorbeiströmte. Das Klatschen der Wellen und der Hub der

Strömung hallten als Baßtöne wider, die Toby noch durch die Plateauabsätze der Stiefel spürte.

Bei der Vorstellung, durch die Zeit selbst zu fliegen, des Zeitpfeils beraubt, wurde Toby schlecht. Verwirrung ergriff von ihm Besitz, und die gewaltige Beschleunigung verursachte ihm ein flaues Gefühl in der Magengrube. Eine Beschleunigung, die sich nicht nur in einer Zunahme der Geschwindigkeit manifestierte, sondern auch der Quantität, von der er wußte, daß sie die Erzett regierte. Eine Kraft, die kein Mensch wahrzunehmen vermochte, die Kraft des ineinander verwobenen Raums und der Zeit. Das Deck wurde glitschig wie Seife, die dicke Luft wurde von einem Summen durchdrungen, und Funken sprühten. Der Körper kämpfte gegen den schmerzhaften Zug und Druck an. Die Brust wurde ihm zusammengeschnürt, die Gedärme vermochten ihren Inhalt kaum noch zu halten, und die Beine zitterten wie Espenlaub – und dann fand Tobys Körper das Gleichgewicht wieder, ohne daß er eine bewußte Anstrengung unternommen hätte. In tiefen Atemzügen sog er die feuchte und aromatische Luft ein.

»Ganz ruhig.« Mr. Preston hatte ihn beobachtet, wie er sich nun bewußt wurde. »Ich hatte erwartet, du würdest es schaffen. Doch Gewißheit hat man erst, wenn es vorbei ist.«

»Was, wenn ich's nicht geschafft hätte?«

Der Lotse zuckte die Achseln. »Hätte dich im nächsten Hafen von Bord geschickt. Ganz einfach.«

»Und was ist mit den Passagieren?«

»Unten ist es nicht so schlimm. Hier oben sind die Gezeiten wesentlich stärker.«

»Gezeiten?« Er betrachtete den spiegelglatten Fluß.

»Keine Wasser-Gezeiten – Zeit-Tiden. Passagiere, denen leicht schwindlig wird und die einen empfindlichen Magen haben, legen sich einfach hin, bis sie am Ziel sind. Die meisten jedenfalls.«

Toby war bisher der Ansicht gewesen, der Auftrag eines Lotsen sei es, das Schiff im Fluß zu halten. Jedoch war das keine besondere Leistung, weil der Fluß so breit war. Wo er nun verfolgte, wie Mr. Preston die Aufwallungen des zähen braunen Schlamms austarierte und mit geschmeidiger Eleganz an einem Kamm aus flüssigem Brom entlangglitt, erkannte er jedoch, wie virtuos der Lotse das Steuerruder aus Eichenholz führte – er war eins mit der Maschine. Das orchestrierte animalische Knurren der Induktions-Motoren, die präzise Geometrie zwischen Ruder und Bug. Diesen Tanz zu unterbrechen war nicht nur umständlich und gefährlich, sondern geradezu eine ästhetische Grausamkeit.

Das wurde Toby in der Praxis demonstriert, als eine Barke die waschbrettartige Hauptströmung herabschoß und ins Fahrwasser der *Natchez* geriet. Anstatt den eleganten Kurs zu ändern, überfuhr Mr. Preston einfach die beiden achteren Steuerriemen der Barke. Kaum war das Knacken und Splittern verhallt, als eine Salve wüster Beschimpfungen von den geröteten Gesichtern zu ihnen heraufdrang, die an Steuerbord vorbeirauschten. Mr. Prestons Miene hellte sich auf, denn hier hatte er dankbare Ziele, die, anders als die Mannschaft der *Natchez,* sich ihm widersetzten.

Das war ein Spaß nach seinem Geschmack! Er riß das Fenster auf, steckte den Kopf hinaus und pöbelte zurück. Während die beiden Schiffe sich voneinander entfernten und die Flüche der Besatzung der Barke schwächer wurden, steigerte Mr. Preston noch Lautstärke und Derbheit der Beschimpfungen und rief Götter und Vorgänge an, von denen Toby noch nie etwas gehört hatte. Als Mr. Preston das Fenster wieder herunterließ, hatte er ordentlich Dampf abgelassen, und die Anspannung der Abfahrt war von ihm abgefallen.

»Oho, Sir, denen haben Sie's aber gegeben«, sagte eine Stimme neben Toby. Es war Stan, dem Mr. Preston mit seiner rüden Wortwahl aus dem Herzen gesprochen hatte.

Dennoch war Stans Auftritt verunglückt. Mr. Preston bedachte ihn mit einem zornigen Funkeln. »Ein vorwitziger Matrose? Du schrubbst jetzt das Deck!«

Also sollte es noch Stunden dauern, ehe Toby den Grund für Stans Anwesenheit auf der *Natchez* erfuhr, denn dieser putzte nun die ohnehin schon makellos saubere Brücke und anschließend den eisernen Niedergang und die Laufplanke. Schließlich fand Toby ihn achtern in der Kombüse, wo er eine Tasse Kaffee schlürfte. Stan rückte sofort mit der Sprache heraus:

»*Schätze*, deshalb hab ich angeheuert. Als Dockarbeiter verdienst'e doch nix. In der Zeit-Strömung war mir etwas übel, aber ich werd's schon verkraften.«

»Wie, Schätze?«

»Ich suche nach diesen Wasserstoff-Hüten. Niemand hat bisher so weit flußabwärts gesucht. Ich glaube, du bist übers Ziel hinausgeschossen, Toby. Sie müssen flußaufwärts sein, ganz bestimmt.«

Toby nickte nur und hörte zu, wie Stan über die Sternen-Saphire und fetten Rubine fabulierte, die nur auf sie warteten. Er mußte an sich halten, um nicht in Gelächter auszubrechen und sich zu verraten. Andererseits hatte er an einem Ort, der ihm Unbehagen verursachte, einen Freund gefunden.

»Zu dumm, daß du die Suche aufgeben mußtest«, sagte Stan listig.

»Was?« Toby schaufelte sich eine Schüssel Bohnen rein, damit die Kauwerkzeuge nicht einrosteten. Diese seltsame Bemerkung machte ihn stutzig.

»Du bist anderweitig übers Ziel hinausgeschossen. Du hast diesen Zom gesucht. Nur daß du den Mann in seinem ersten Leben gesucht hast, und das liegt flußaufwärts.«

Daß Stan ihm die Geschichte mit den Wasserstoffhüten abgekauft hatte und obendrein in der Lage war, anhand von Bruchstücken die Wahrheit über Tobys Vater zu ergründen, war schon ein Ding. Toby nahm das mit einem Grunzen und einem knappen Nicken zur Kenntnis, blockte aber jedes weitere Gespräch ab. Die Bewohner des Flußlands glaubten, der Fluß sei endlos lang und der Rest der Erzett sei nur ein Schatten, der sich über den weiten Abhang spannte, der den Fluß bis in alle Ewigkeit ansaugte. Deshalb war alles, was von draußen kam, Erzett-Händel und Mechanos und so weiter, eine Ablenkung.

Schon zu Beginn der Reise flußabwärts hatte er beschlossen, kein Rührstück von einem Jungen mehr zum besten zu geben, dem es an der innigen Liebe einer Mutter und dem starken Arm eines Vaters gebrach und der auf die Mildtätigkeit einer kalten, berechnenden Welt angewiesen war. Das entsprach nämlich nicht der Wahrheit, und wenn er den Leuten die Wahrheit erzählte, wichen sie in blankem Entsetzen vor ihm zurück.

Du machst das schon richtig.

Die plötzliche Meldung des Shibo-Fragments erschreckte ihn. Er unterdrückte sie und fühlte sich dabei irgendwie schuldig.

7 · TEMPORALE TURBULENZEN

Sie fuhren dicht unter Land. In den tiefen Strömen aus Brom und Quecksilber griffen die Induktions-Spulen am besten, während die Fließgeschwindigkeit des Wassers in der Flußmitte am höchsten war. Keine ätzenden Brom-Ströme brachen hier an die Oberfläche, so daß der Ausguck wenig zu tun hatte.

Mr. Preston erklärte, die *Natchez* müsse so dicht am Ufer bleiben, um einen ausreichenden Abstand zum flußabwärts fahrenden Schiff zu halten, das die starke Strömung ausnutzte. Toby lernte ein paar Tricks, wie man die Biegungen, Sandbänke, Inseln und Untiefen umschiffte, die dem Flußschiffer das Leben schwermachten. Er beschloß, falls er es je bis zum Lotsen brachte, nur zeitabwärts zu fahren und die Fahrt zeitaufwärts den Männern ohne Nerven zu überlassen.

Doch der Zeit-Sturm machte keinen Unterschied zwischen den beiden Schiffstypen.

Murmelnde Dunkelheit senkte sich herab, während sie den Fluß vor dem dräuenden Wirbel aus Zeit kreuzten. Er stieg wie in Syphon in der Flußmitte auf, was den gestrigen Meldungen in der Stadt widersprach, wonach der Wirbel sich am entgegengesetzten Ufer befunden hätte, an dem die *Natchez* nun entlangfuhr.

»Bewegt sich schnell«, sagte der am Steuerruder stehende Mr. Preston ernst.

In der wirbelnden, schaumig weißen Säule bildeten sich Vertiefungen, und sie tauchte den Wald und die oberhalb gelegene Ebene in rötliches Licht. Toby ging in die Ecke der Brücke und rief sich die Impressionen vom Sturm in Erinnerung; nur daß diese Eindrücke nicht mehr aktuell waren, denn der Sturm war inzwischen stärker geworden und hatte die Gestalt einer krummen Acht angenommen, die schwarzes Wasser und Fontänen aus grauem Metall sprühte.

Regen prasselte auf die Scheiben der Brücke. Der Zyklon saugte Licht aus der Umgebung an. Blauschwarze Stränge verwoben sich zu einem Filigranmuster. Toby sah, daß die Bäume am Ufer die Konturen von Spinnweben annahmen. Peitschende Winde schüttelten die *Natchez*, bogen Bäume und drehten die fahlen Unterseiten des Laubs nach oben, so daß ein Farbenspiel über das Blätterdach huschte. Bäume wedelten mit den

Ästen, als ob sie von Panik befallen wären. Mit einem Kreischen stürzte ein Schornstein der *Natchez* herab und zerbrach in zwei Teile. Die obere Hälfte krachte aufs Vorderdeck. Ein paar Mannschaften eilten herbei, um die Trümmer loszuschneiden und über Bord zu werfen. Toby erkannte Stan unter ihnen. Sie sägten verzweifelt und wären fast vom Winde verweht worden. Sie schrien Flüche, doch der Wind riß ihnen die Worte von den Lippen.

Das war kein normaler Wind. Er riß die Luft auf und verzerrte die Bilder, so daß die sich abmühenden Männer einmal in Zeitlupe erschienen und dann im Zeitraffer, wobei sie von unsichtbaren Kräften verzerrt wurden.

Dann ertönte ein Vakuum-Zischen, und der Himmel wurde von einer hellen Strahlung erfüllt. Ein ätherisches Glühen überflutete das Deck. Doch das Ufer lag im Dunklen. Baumkronen schlugen um sich und rangen mit imaginären Gegnern. In der Mitte des Flusses schäumte es.

Wieder ein Zischen, und ein Knall, und das Schiff sackte um eine Mannhöhe ab und tauchte in ein heißes Dampfbad ein. Im Bruchteil einer Sekunde wurde der Himmel so schwarz wie die Sünde, und ein rollender Donner ertönte, als ob leere Fässer eine Treppe hinuntergerollt würden.

Und dann waren sie draußen. Der Sturm ebbte zu einer malerischen Windhose ab, und der Fluß strömte wieder ruhig dahin. »Die temporale Turbulenz war diesmal ziemlich schwach«, sagte der Lotse.

Toby sah das jedoch ganz anders und setzte sich auf einen Stuhl, um wieder zur Besinnung zu kommen.

Als er Stan später begegnete, sagte der junge Mann erstaunt: »Verrenkungen? Die Beine fast ausgerissen? So etwas habe ich nie gespürt.« Toby begriff, daß die Verschiebungen und die Wechselhaftigkeit sowohl des Raums als auch der Zeit der subjektiven Einschätzung des jeweiligen Beobachters unterlagen. Doch der abgebrochene Schlot, der von Stan und den anderen im Schweiße ihres Angesichts wieder repariert wurde, war ein eindeutiger Beweis für die Kapriolen der Zeit.

Sie pflügten wieder durch den Fluß und wichen im letzten Moment einem Aluminiumriff aus, das die Hülle eines Induktions-Schiffs wie Papier aufzureißen vermochte. Bald erreichte die Natchez die Stelle am Ufer, wo Toby den Nachen zurückgelassen hatte. Mit Mr. Prestons Fernglas suchte er den blaugrünen Busch ab, ohne jedoch eine Spur vom Boot zu sehen.

»Jemand hat es *gestohlen*«, sagte er erzürnt.

»Oder aufgefressen«, sagte der Lotse lächelnd.

»Ich hatte das Boot nicht gezüchtet; es lebt nicht. Ich hatte es aus Schrottmetall zusammengedengelt.«

»Vielleicht hat die Zeit es verzehrt«, mutmaßte der Lotse.

Das Ufer wirkte wäßrig und konturenlos, wie eine blaugrüne Emulsion. Während sie die Fahrt flußaufwärts fortsetzten, wuchs sein Respekt für den Lotsen. Toby war noch immer nicht imstande, eine im Blickfeld auftauchende Landmarke zu identifizieren. Hügel lösten sich auf wie Butterberge, die in der Hitze schmolzen.

Mr. Preston indes steuerte die *Natchez* mit traumhafter Sicherheit an Steuerbord an allen Hindernissen vorbei, denn sonst – so sagte er – würde das Schiff auf ein Riff laufen, das ihnen ruckzuck die Flanke aufriß. Das trübe Wasser und das schlummernde Metall glich einem Minenfeld für Zeitschiffer.

Mr. Preston führte sie haarscharf an einer Landzunge vorbei, wo soeben ein kleiner temporaler Vortex aus der dampfenden Haut des Flusses gebrochen war. Fast hätte er den Kahn auf Grund gesetzt, und Äste schlugen gegen das Schiff und hätten beinahe einen unvorsichtigen Passagier mitgenommen – der auch im ersten Hafen, den sie anliefen, fluchtartig von Bord ging und vor lauter Hektik sogar die Reisetasche vergaß. Er lallte etwas von Schreckensvisionen, einer Frau ohne Kopf, die er in den Lüften gesehen hätte. Die Mannschaft brach in schallendes Gelächter aus, und Toby fiel ein.

8 · DAS GEFRÄSSIGE EIS

Um die Fahrten der Induktions-Schiffe rankten sich viele Legenden. Die meisten Leute, die am Fluß lebten – und viele, das heißt die meisten, zogen es vor, nicht dort zu leben –, berichteten von Schiffen, die aus heiterem Himmel eine Werft angelaufen, Passagiere und Fracht ausgespien und mit wimmernden Motoren wieder abgelegt hätten, um nach wenigen Momenten zu verschwinden. Erst wären sie perspektivisch kleiner geworden, dann wären sie zu einem schmalen Keil geschrumpft und schließlich hätten sie sich in Nichts aufgelöst.

Leute, die mit einem Schiff Schritt zu halten versuchten, spürten einen mächtigen Druck, als ob eine starke unsichtbare Hand auf ihnen läge. Sie ermüdeten schnell, vor allem wenn sie flußaufwärts gingen. Deshalb lebten die meisten nicht einmal einen Tagesmarsch von ihrem Geburtsort entfernt. Mit größter Anstrengung gelang es einem starken Mann oder einer starken Frau, zu Fuß oder zu Pferd in eine entfernte Stadt zu reisen, um die Ernte zu verkaufen oder Waren zu kaufen. Die meisten zogen es jedoch vor, dem Induktions-Schiff den Transport ihrer Güter zu überlassen. Sie fuhren zum Beispiel mit Ballen feinen Stoffs ab und kehrten mit Artikeln zurück, welche die Leute aus einem bunten Katalog bestellt hatten.

Ein paar indes buchten Passagen auf den Schiffen.

Der Weg war sozusagen das Ziel. Die Salons der *Natchez* waren mit bequemen Armstühlen und Plüschsofas eingerichtet, und die Gänge waren mit edlen Intarsien aus weißen Hölzern und berühmten Szenen der Zeit-Verzerrung verziert. In der Lounge prangte eine Galerie großer Lotsen, und die Kabinen der Ersten Klasse hatten einen Türknauf aus Porzellan, und eine Wand wurde auf ganzer Breite von einer Holographie ausgefüllt, die auf Berührung die Perspektive änderte. Die Aufenthaltsräume hatten gewölbeartige, mit Stuck verzierte Decken und springbrunnenartige Kandelaber mit glitzernden Glas-Tropfen. Beim Anblick dieser Juwelenpracht erschien ein echter Kandelaber vor Tobys geistigem Auge, die großen Städte im Weltraum, die seine Vorfahren erbaut hatten. Ihm gefiel dieser Ort, dessen Bewohner ein zwar bescheidenes, aber ausgefülltes Leben führten.

Passagiere auf Tagesfahrten hatten die Möglichkeit, sich beim Bordfriseur einer Schönheitsbehandlung unterziehen zu lassen. Den Kunden standen Handtücher, Massagebürsten und parfümierte Seife zur Verfügung. All das machte mächtigen Eindruck auf Toby. Er hatte noch nie, nicht einmal im Hause des Lotsen, eine solche Pracht und Herrlichkeit geschaut. Die *Argo* war sauber, zweckmäßig und auf ihre Art auch schön gewesen – doch nicht so glanzvoll und großartig wie dieses Schiff.

Die Passagiere, die von den kleinen, armseligen Weilern am Fluß zustiegen, waren genauso beeindruckt wie er. Während der drei Tage an Bord hatte er jedoch eine gewisse Selbstsicherheit gewonnen, so daß er diese abgerissenen Gestalten in den zerlumpten Klamotten nun mit der gleichen Herablassung musterte wie die übrige Besatzung.

Nicht daß er in derselben himmlischen Sphäre geschwebt hätte wie der Lotse selbst. Die Furchen in Mr. Prestons Gesicht kündeten davon, daß er Augenzeuge der ewigen Zusammenstöße unterschiedlicher Zeitpotentiale gewesen war. Seine Ausdrucksweise variierte zwischen den eleganten Wendungen der gebildeten Bewohner am Unterlauf und der gutturalen Umgangssprache der kleinen Leute.

Tobys Dienste wurde wegen spezifischer Kenntnisse und nicht wegen der allgemeinen Befähigung benötigt. Nachdem die Induktions-Spulen zum Stillstand gekommen waren, ging er also auf den geschnauzten Befehl des Käpt'ns hin mit Stan und den anderen nach unten. Mr. Preston blieb natürlich auf der Brücke.

Der weitläufige Maschinenraum hallte von gebrüllten Befehlen wider und wimmelte von Besatzungsmitgliedern. Die Leistung, die sie zeitaufwärts brachte, wurde in einer separaten Kupferarmatur bereitgestellt, die sich – wenn sie denn funktionierte – zwischen mächtigen schwarzen Magneten drehte.

Normalerweise wurden bei der Fahrt in die Vergangenheit des Flusses gewaltige Energien aus dem wirbelnden Metall gesogen. Doch wenn das Schiff auf dem Fluß kreuzte und sich zwischen Riffen und Brombänken hindurchschlängelte, geriet der Lotse manchmal in eine Querströmung. Dann fuhr das Schiff mit Blick auf die normale Wasserströmung für eine Weile flußaufwärts, und mit Blick auf die temporale Verzerrung zeitabwärts.

Dafür gab es in der Regel keine Anhaltspunkte, obwohl Toby glaubte, weit draußen auf dem Fluß ein riesiges Geisterschiff zu sehen, das für einen Sekundenbruchteil existierte. Es hatte mächtige Schornsteine, aus denen schwarzer Rauch quoll, und aus Bullaugen drang violettes Licht. Ein Fluggerät schwebte in der Luft wie ein riesiges Insekt, und Flügel quirlten den Dunst, als ob es ein mit Blut vollgesogener Moskito wäre, der einen metallenen Wal angreifen wollte.

Und dann – *brausss!* – war ein Wind aufgekommen, wo die Vision geschwebt hatte; und auf einen Ruf von unten hin war die Mannschaft in den Maschinenraum geeilt.

Stan zeigte ihm Röhren und Kabel, die bereits fingerdick mit hartem, milchig-weißem Eis verkrustet waren. Kessel strahlten eine enorme Hitze in den Raum ab, doch die in den Röhren und Kabeln fließende Zeit entzog der Umgebung die Energie so schnell, daß das Eis nicht schmolz.

Toby und die anderen Männer schlugen das Eis mit Hämmern ab und rissen es mit den Händen los. Das Zeug war zäh. Ein Brocken fiel auf Tobys Hand, und streiflichtartig sah er eine Röhre, die direkt ins Innere der Induktions-Motoren lief. Die eigentlich aus blankem Kupfer bestehende Röhre war nun pechschwarz.

Er ging dicht heran, um mehr zu erkennen und hörte das Knacken der Luft, die am Metall gefror.

»He, weg da!« schrie ein Matrose und riß ihn zurück; keinen Moment zu spät, denn die Lücke, die er geöffnet hatte, schloß sich abrupt – Luft strömte zischend ins entstandene Vakuum, gefror augenblicklich und sog noch mehr Luft an.

Ein anderer Mann hatte nicht so viel Glück; drei Finger erfroren in einer Spalte im Röhreneis, die sich für kurze Zeit aufgetan hatte. Kaum jemand reagierte auf seine Schreie, denn alle waren vollauf damit beschäftigt, die zunehmende weiße Last abzubrechen und zu schmelzen.

Ein Kabel spannte sich unter dem Gewicht und riß. Das Summen der elektrischen Energie erstarb, und Toby bekam es mit der Angst zu tun.

Er hatte von Induktions-Schiffen gehört, die auf dieser Strecke eingefroren waren. Die unendliche Kälte der inversen Zeit hatte ihnen Wärme, Leben, Luft und gar die Identität entzogen. Als man die Todesschiffe dann fand, waren sie um Jahre und Meilen versetzt worden und trieben als Eisberge auf dem scheinbar friedlichen Fluß.

Toby versuchte erst, das Eis mit den Händen zu brechen und bearbeitete es dann mit dem Vorschlaghammer. Der Frost stöhnte und zuckte und knarrte wie ein Lebewesen, das vor Schmerz stöhnt.

Von der anderen Seite des Maschinenraums hörte er einen Schrei, als das gierige Eis den Knöchel einer Frau packte. Tosende Winde strömten ins Vakuum, das die kondensierende Luft hinterlassen hatte. Die Besatzung schrie in Panik.

Und der Käpt'n übertönte das alles und schnauzte Befehle ... »Belegen! Aushebeln, Mann, *zieh* an der Brechstange! Thomson, schnell dorthin! Zertrümmer es, Sohn!«

... und plötzlich flauten die heulenden Winde ab, und das Eis schwoll nicht weiter an.

»Aha«, seufzte der Käpt'n, »wenigstens haben der Lotse geruht, richtig zu navigieren.«

Toby ärgerte sich über diese unqualifizierte Bemerkung, denn kein Lotse vermochte den Vektor der Zeitströmungs-Flusses exakt zu bestimmen. Mr. Preston hatte sie dort rausgeholt und damit seine Pflicht und Schuldigkeit getan.

Es kursierten Horrorgeschichten von Schiffen, deren Lotsen wirklich versagt hatten. Von Induktions-Schiffen, die führerlos zeitaufwärts jagten – Eisberg-Schiffe mit einer tiefgefrorenen Mannschaft, die auf den Anfang der Zeit zurasten. Von Schußfahrten flußabwärts, weißglühenden Schemen, die explodierten, lang bevor sie den legendären Wasserfall am Ende der Ewigkeit erreichten.

Doch das war dem Käpt'n egal. Das war die Kehrseite des erhabenen Lotsen-Status, wie Toby nun erkannte: schon beim geringsten Kratzer im Lack der Vollkommenheit geriet der Lotse ins Fadenkreuz der Kritik.

9 · CAIRO

Der Kai war mit Kisten und Fässern und Schweinehälften zugestellt, doch von der Brücke hatte man einen Blick auf die grüne Pracht der Stadt.

Selbst die Lagerhäuser sprossen grün und frühlingsfrisch aus dem Boden. Cairo hatte die Kunst, sich aus nachwachsenden Rohstoffen selbst zu erschaffen, perfektioniert. Diese Kunst war viel einfacher als Bäume zu pflanzen, nur um sie dann zu fällen, zu zersägen, zu hobeln und zu Brettern, Balken, Streben und Trägern für Unterkünfte zu verarbeiten.

Solche Künste erforderten einen tiefen Einblick in die Zusammenhänge des Lebens. Die Bewohner von Cairo lebten in Einklang und Harmonie mit dem Rhythmus der Natur.

Drei Glocken der *Natchez* schlugen beim Anlegen. Viele Flußschiffer hatten in jedem Hafen eine Frau, und die Glocken signalisierten durch ihr Spiel, welcher Käpt'n gerade einlief. Dann eilte die Seemansbraut zum Hafen, um den Fahrensmann zu begrüßen – manchmal blieben ihnen nur ein paar Stunden in seiner Kajüte, ehe er den nächsten Hafen zeitaufwärts anlaufen mußte. Die unberechenbaren Strömungen der Zeit machten die Planung eines Tête-à-Tête nämlich zunichte. Doch der Käpt'n eines schnellen Schiffs fand vielleicht sogar Gefallen an häufiger Abwechslung – falls er ausreichendes Stehvermögen besaß.

Eine Dame mit gerötetem Gesicht schob sich auf der Laufplanke an Toby vorbei, als er an Land ging. Er nahm keine Notiz von ihr, sondern war in Gedanken schon in der größten Stadt am Fluß.

Der Kopf schwirrte ihm vom Wissen, das er sich auf der Brücke angeeignet hatte. Sein erster Gang führte ihn ins Rathaus von Cairo und dort ins Einwohnermeldeamt. Es gab keinen Eintrag über seinen Vater, doch das war sowieso eine trügerische Hoffnung gewesen. Sein Vater war nicht der Mann, der sich von einem Blatt Papier wie von einem Hund verfolgen ließ, nur damit es ihn später biß. Toby schluckte die Enttäuschung hinunter und wandelte den in ihm schwelenden Zorn in produktive Energie um.

Stan schloß sich ihm an, und zusammen gingen sie durch die Stadt. Stan übernahm das Reden, und Toby schritt vom Anblick verzaubert einher, wobei er die Hände tief in die Taschen geschoben hatte. Die schwere Feldausrüstung hatte er auf dem Schiff zurückgelassen.

Die Pflanzen-Häuser wuchsen organisch aus dem Erdreich. An Gärtnereibetrieben prangten farbenfrohe Schilder, von denen manche schon die neuen Neon-Schriftzüge hatten: *Häuserzüchten leichtgemacht* und ein besonders pfiffiger Geschäftsmann hatte sogar ein *Schlumpfhaus* im Angebot.

Sie streiften durch zwielichtige Kaschemmen, weitläufige Einkaufspassagen und Fabriken aus Rankengeflecht und waren begeistert vom urwüchsigen Charme und dem behaglichen Raumklima mit dem aromatischen Duft, den die satinartigen Hölzer verströmten. Frauen saßen an Webstühlen, die aus der feuchten Erde wuchsen. Stan fragte eine der fleißigen Frauen, weshalb sie die Kleidung nicht einfach an Bäumen wachsen ließen. »Dafür ändert die Mode sich viel zu schnell, Sir!« sagte sie lachend und mußte ein Kichern wegen Stans unförmiger Hose und der schlecht sitzenden Jacke unterdrücken.

Plötzlich spürte Stan Lust auf einen Trunk, und bald streifte er mit Toby durch eine trübe beleuchtete Straße, in der es, wie Stan sich ausdrückte, nach ›abgestandenem Bier‹ roch.

Die Huren, die in den Eingängen herumlungerten, trugen rote Bodies und schwarze Strapse. Ein himmelweiter Unterschied zu den kompakten, muskulösen Frauen, die bei der Sippe Bishop so hoch im Kurs standen.

Toby spürte, wie er rot wurde und erinnerte sich an die alten Zeiten in der Schule der Zitadelle Bishop. Die Sippe Bishop legte großen Wert auf eine reine Abstammung, was ein Verbot sexueller Betätigung bis zur Volljährigkeit zur Folge hatte.

Der Tutor der Jungen hatte Spezialpapier und unsichtbar schreibende Stifte ausgeteilt. Damit sollten sie für jedes Masturbieren einen Kreis zeichnen. Die Stifte sollten verhindern, daß der Beichtwillige bloßgestellt wurde.

Zum Ende eines Monats waren die Bögen dann eingereicht worden. Der Tutor hatte sie an Wäscheleinen aufgehängt, das Klassenzimmer verdunkelt und eine Speziallampe angeschaltet. Das violette Glühen brachte unzählige Kringel zum Vorschein, und den Jungen verschlug es die Sprache. »So«, hatte der Tutor gesagt, »sieht Gott euch. Euer Innenleben.«

Die kollektive Offenlegung der Sünde sollte die Jungen dazu bewegen, sich zurückzuhalten, denn Onans einsames Geschäft beeinträchtigte das Denkvermögen – so lautete zumindest die Theorie. Sein Isaac-Aspekt hatte mit Daten über Onan aufgewartet. Er hatte es als ›Volksmärchen‹ bezeichnet und sich echauffiert über diese primitiven Sexualpraktiken.

Doch hatte der Pranger genau das Gegenteil bewirkt, weil die Jungs, nachdem sie über ihren Punktestand informiert waren, nämlich damit prahlten. Der Spitzenreiter wartete mit hundertsieben Ringen auf.

Toby hatte nur sechsundachtzig vorzuweisen, weil er doch irgendwie Schuldgefühle bei der Übung hatte. Wäre er nicht so gehemmt gewesen, hätte er es locker auf über hundert gebracht.

In Cairo wimmelte es nur so von attraktiven Frauen. Dennoch fühlte er noch eine vage Verbundenheit mit

Besen, und die Erinnerung an ihr Bild, das im Würfel in Mr. Prestons Haus gefangen war, machte ihm zu schaffen. War sie noch am Leben? Würde sie es ihm übelnehmen, wenn er sich anderweitig vergnügte?

Die Lust war jedoch stärker als alle Skrupel, und er spürte ein Kribbeln in den Lenden. Doch die Frauen mit ihren lockenden Blicken, lackierten Fingernägeln und gewölbten Augenbrauen machten ihn irgendwie nicht an. Er erinnerte sich an Besens schiefes Grinsen und vermißte sie schrecklich.

Stan frozzelte ihn deshalb. Toby konterte mit derben Flüchen, die er hauptsächlich von Mr. Preston gelernt hatte.

Zorn erfüllte ihn. Stan feilschte mit einer Frau mit Alabasterhaut, deren Aktivposten feuerrotes Haar und Hüften so breit wie der Fluß waren. Toby ließ Stan stehen und wanderte durch die Stadt. Es wurde schon dunkel. Wenn sein Vater hier gewesen war, hatte er bestimmt Spuren hinterlassen. Er mußte sie nur finden.

10 · ZOM-MEISTER

Er befand sich in einem tintigen Labyrinth mit einer verwinkelten Geometrie. Undeutliche und dissonante Gesprächsfetzen drangen an sein Ohr, während er an den Lagerhallen in der Nähe der Docks entlangging. Hier florierte der Handel inmitten von Gießereien, Werkstätten, Ölraffinerien, Flachsmühlen und hoch emporragenden Silos für diverse Getreidesorten. Alle Einrichtungen waren auf rein pflanzlicher Basis, wie man es in Cairo kultivierte.

Nicht daß solche Künste ohne Makel gewesen wären. Eklige gelbe Pilze blühten auf den Kopfsteinpflasterstraßen, die wie Saugnäpfe Tobys Schuhe festhielten und ihn auffressen wollten. In den trogartigen Gossen schwappte eine stinkende Brühe. Manche der Flüssigkeiten waren geliert und standen fast im Rinnstein, und andere strömten schnell und fast auf Höhe der Bordsteinkante dahin.

Jedes Gebäude hatte eine mächtige, ein paar Etagen hohe Tonne, die aus dem Gebäude selbst wuchs und Luftwurzeln ausgeformt hatte, um das Gewicht des gespeicherten Regenwassers zu tragen. Der Grundwasserspiegel im Flußland war zu hoch, als daß es Quellen gegeben hätte. Cairo wurde von sporadischen Regenfällen mit Wasser versorgt, und wie zur Demonstration fielen Tröpfchen aus dem diesigen Himmel und benetzten Toby.

Er stieg in den tiefer gelegenen Teil der Stadt ab, wo die Straßen verlassen lagen und eine Art Sonntagsruhe herrschte. Doch die schmiedeeisernen Symbole auf den heruntergekommenen Gebäuden hielten die Antwort bereit. Die schweren Ziffern und Monogramme wurden mit filigranen, spinnwebenartigen Mustern ausgefüllt. Im Zwielicht machte Toby die Zeichen des Zom-Handels mit den Schädeln und gerippten Mustern aus. Diese Solidität bildete einen deutlichen Kontrast zum schäbigen Ambiente des Viertels. Wegen der Nähe Cairos zu den großen Zeitsturm-Bögen sprachen die Bewohner der Stadt immer im Konjunktiv und in Konditionalsätzen, wobei Aussagen zu Ereignissen mit ›so weit‹ und ›scheint so‹ und ›in der Irgendwannzeit‹ endeten.

Er hatte das Pech, daß ausgerechnet jetzt das Glühen des Zeitsteins erlosch. Der Regen hörte auf und hinterließ eine klamme Kälte. Er schaute nach oben und sah, daß der Zeitstein von einer breiten Sandbank durchzogen wurde, so daß dieser Teil der Stadt ständig im Dämmerlicht lag. Aus diesem Grund befand auch hier sich der Standort der Zom-Industrie.

Er pinkelte gegen ein Gebäude, wobei er noch

glaubte, das sei wachstumsfördernd für das pflanzliche Bauwerk – wenigstens hatte er sich für die Verrichtung in eine Seitenstraße zurückgezogen. Also war Toby nicht präsent, als ein Trupp Zom-Frauen vorbeimarschierte.

Sie trotteten in der Kälte dahin, mit gelben Gesichtern und schweifenden Blicken. Eine Frau erspähte Toby. Sie grinste, wobei das Gesicht sich zur Fratze verzerrte und leckte sich die Lippen. Dann öffnete sie die Bluse, wölbte die Augenbrauen und machte mit dem anderen Zeigefinger eine unmißverständliche Geste. Toby war so perplex, daß er das Urinieren einstellte und stocksteif dastand, bis die Zom die Achseln zuckte und mit ihren Gefährtinnen weiterging. Nach einer Weile gewann er die Fassung zurück und machte den Hosenstall zu.

Zoms waren ein notwendiges Übel, sagte er sich. Trotzdem ging der Atem noch stoßweise, und er hatte ein Gefühl der Beklemmung in der Brust. Er rief sich selbst zur Ordnung.

Die Verfolgung der Zoms war leicht. In einer Straße mit blakenden Öllampen betrieb der Zom-Anwerber sein Geschäft.

Der Mann war groß, dürr und trug einen rabenschwarzen Anzug. Er saß in einem großen Raum an einem antiken Schreibtisch aus Marmor und kritzelte etwas auf eine Computer-Schreibfläche. Die Wand war von im Schatten liegenden Alkoven durchbrochen.

»Ich suche nach einem, meinem Vater. Ich sagte mir, vielleicht …«

»Ja ja«, sagte der Mann. »Eine alte Geschichte. Sieh dich nur um.«

Dieses unverhoffte Entgegenkommen verblüffte Toby so sehr, daß er das Wesentliche zunächst gar nicht sah.

Schmutzige Tranfunzeln warfen ein trübes gelbes Licht auf lange Regale, auf denen die Leichen von Erwachsenen lagen. Ein paar trugen Arbeitskleidung, andere waren schlammverkrustet. Toby schritt die Reihen ab und schaute in blutleere, starre Gesichter. In den Alkoven waren Babies auf weißen Tüchern ausgelegt.

Alle wurden vom obligatorischen Eisenkäfig umschlossen. Fahle Nährlösungen flossen durch Schläuche in die Nasen. Als Pumpen dienten externe Herzen – knollenartige rote, pulsierende Muskel, die an den Rippen der Käfige befestigt waren. Die Flüssigkeiten strömten durch den Körper und sandten langsame Wellen aus, die von der sich hebenden und senkenden Brust durch die aufgedunsenen Eingeweide zu den zuckenden Beinen liefen. Nachdem sie die Ladung abgegeben hatten, sickerten die Flüssigkeiten als moosgrüne Brühe aus den Leibern und flossen in schmale Rinnen, die in den Hartholz-Boden gekerbt worden waren.

Vor einer Geräuschkulisse aus Tröpfeln und Plätschern ging er zum Marmorschreibtisch zurück, der eine Insel der Helligkeit in der klammen Stille darstellte. »Er ist nicht hier.«

»Überrascht mich nicht. Wir schlagen sie schnell um.« Die tief in den Höhlen liegenden Augen des Manns waren ausdruckslos.

»Hattest du jemanden angeworben, der so ausgesehen hat wie ich?«

»Hast du einen Namen für ihn?«

Toby nannte ihn. Der Mann blätterte in einem in Leder gebundenen Aktenordner und beschied ihn dann: »Nein, kein Eintrag. Aber ich erinnere mich da an was …«

Toby faßte den Zom-Anwerber bei den Schultern. »Was?«

»Lasslos. Lasslos, sag ich.« Er zuckte zurück, und als Toby die Hände von ihm nahm, straffte er sich wie ein Gockel, der sich aufplustert. »Ihr verdammten Narren platzt hier rein und wollt gleich …«

»Spuck's aus.«

Etwas in Tobys Stimme ließ den Mann innehalten. Er musterte ihn für einen langen Moment. »Ich versuche ja, mich zu erinnern. Ich muß bereits ein Dutzend Typen wie dich gesehen haben, wenn ich mich recht erinnere.«

Toby hatte das Gefühl, ihm würde die Kehle zugeschnürt. Sie wußten, daß er hier war, und kopierten Killeens, um ihn zur Strecke zu bringen.

»Der Dealer kommt jede Woche oder so.«

»Von wo?«

»Fängt sie im Gelände ein, sagt er. Bringt sie her, um sie aufzupäppeln. Hat einen Lagerraum für sie.«

»Wo?«

»Soweit ich weiß, sieben Blocks weiter.«

»Welche Richtung?«

»Verkündung und Poydras. Große, lange Baracke mit Zinndach.«

Toby ging die vom Regen rutschigen Straßen entlang. Vor lauter Konfusion und Hektik kam er zweimal vom rechten Weg ab und trat dabei auf etwas Schleimiges, das er sich erst gar nicht ansehen wollte. Als er das bezeichnete Gebäude erreichte, kam am anderen Ende eine Gestalt heraus. Aus irgendeinem Grund ging er zurück auf die Straße und sah dem davoneilenden Mann nach. Dann ging er hinein. Es war niemand da außer fünf Zoms, die tiefgekühlt auf Gestellen lagen und deren Gesichter mit Messingmasken bedeckt waren. Toby beschlich das Gefühl, hereingelegt worden zu sein, und er wanderte die leeren Gänge entlang, wo Zoms am Tag schufteten und das schräg einfallende graue Licht jedem Gegenstand eine geisterhafte und bedrohliche Aura verlieh.

Noch bevor er das Ende der Halle erreichte, wußte er, daß der Zom-Anwerber ihn von Anfang an zum Narren gehalten hatte. Während Toby hierher unterwegs war, hatte der Mann die Belegschaft der Lagerhalle irgendwie benachrichtigt.

Er hatte gehofft, daß der echte Killeen sich hier irgendwo befand und daß sein Vater die Kopien vielleicht selbst erstellte, um ihn auf seine Spur zu führen. Doch war es viel wahrscheinlicher, daß die Mechanos Menschen hatten, die mit ihnen kollaborierten. Es wäre ein Gebot der Klugheit für Toby gewesen, zu fliehen. Er wollte nicht aufgeben, doch die Situation war eindeutig. Er wandte sich zum Gehen, als etwas von der im Dunklen liegenden Decke herabfiel.

Reflexartig hechtete er über einen Zom hinweg. Das Ding glich einer mattschimmernden Metallplatte, die wie ein Diskus durch die Luft schwirrte. Es streifte ihn am Bein. Ein xenonblauer Blitz zuckte durch sein Blickfeld. Sein Sensorium drohte zu versagen und sprühte Funken vor Schmerz. Das Fleisch des Zoms, auf den er gefallen war, war zäh und kalt. Quälender Schmerz stieg das Rückgrat empor, und er glaubte die Besinnung zu verlieren. Die Intensität der Wirkung sagte ihm, daß es sich um eine Angriffswaffe eines Mechanos höherer Ordnung handelte. Er krümmte sich auf dem schleimigen kalten Zom; wegen des Schusses hatte er einen Krampf in den Beinen. Trotz der beeinträchtigten Motorik gelang es ihm, sich herumzurollen und den Kopf des Zoms zu packen. Es war eine Frau, und er mußte ihr die Hand in den offenen Mund rammen, um eine Hebelwirkung zu erzielen. Er glitschte unter der Masse hervor. Das Ding klebte an ihm fest, und er stieß mit der behandschuhten Hand nach. Steife Finger trafen auf einen sirupartigen Widerstand. Endlich kam er frei und fiel auf den Boden. Das Mechano-Gerät versprühte eine schleimige Substanz über dem Zom.

Vielleicht hatte es ihn mit dem Zom verwechselt. Toby war aber nicht daran interessiert, es herauszufinden.

11 · IM LABYRINTH DER VERGANGENHEIT

Drei tiefe, volltönende Glockenschläge hallten über die metallische Haut des Flusses und kehrten nach ein paar Minuten als Echo mit erhöhter Frequenz und verkürzter Schwingungsdauer zurück.

»Das bedeutet, daß wir uns dem Bogen nähern«, sagte Mr. Preston.

Toby kniff die Augen zusammen und versuchte das vor ihnen liegende Zwielicht zu durchdringen. »Ich sehe aber nichts.«

»Die Glockentöne werden vom Zeit-Wind verzerrt und zu uns zurückgeworfen. Sind manchmal ein besseres Leitsystem, als wenn man die Bögen sehen würde. Sie beugen nämlich das Licht und liefern Spaghetti-Bilder.«

Dennoch hätte Toby lieber die scheinbar massiven Bögen aus gischtendem Wasser gesehen; auf der Reise flußabwärts hatte er schon beobachtet, wie ein solcher Bogen einen Prahm zu Kleinholz verarbeitet hatte.

Eine bleierne Stille lastete auf dem Fluß. Er hatte ein Gefühl der Isolation, als sei er unendlich weit vom Trubel von Cairo entfernt; dabei befanden sie sich erst ein paar Stunden flußaufwärts von der Stadt. Weil er befürchtet hatte, die Mechanos würden ihn bis zum Schiff verfolgen, hatte er bis zum letzten Moment in einer Bar Zuflucht gesucht. Er hatte das Sensorium auf Null heruntergefahren, vor sich hingebrütet und beschlossen, das Sensorium nie mehr zu aktivieren. Dabei machte er sich weniger Sorgen um sich selbst als um die Leute, die er vielleicht der Gefahr aussetzte.

Die Menschen hatten sich hier auf eine Art und Weise eingerichtet, wie sie wohl typisch für die Menschheit war. Sie klammerten sich an die Vergangenheit, und er war eine Art Trojanisches Pferd. Er durfte die Mechanos nicht auf die Fährte seiner Freunde locken.

Er stahl sich zum Fluß. Aufs Schiff. Als er an Bord ging, gab es nichts Bemerkenswertes, zumindest bemerkte er nichts. Es hatte eine Weile gedauert, bis er sich wieder gefaßt hatte und zu einem klaren Gedanken in der Lage war.

An Steuerbord machte er massive Wände aus dunklem Forst aus, der allmählich eine triste graue Färbung annahm. Mr. Preston läutete erneut die Glocke, und diesmal kamen die Echos noch schneller und höher.

Auf einmal schien der Fluß sich zu einem Delta zu verbreitern und enthüllte zuerst die gischtumtosten Widerlager und dann den kühnen Schwung der Bögen. Stumm drehten sie sich in den mächtigen Widerlagern und sandten Wellen aus, um ihre Stärke zu demonstrieren. Während die dicht an der Gegenküste entlangfahrende *Natchez* sich den Bögen näherte, war das Wasser aber völlig unbewegt. Nur eine Quecksilber-Fontäne stieg in der Flußmitte auf und erzeugte in der gespenstisch stillen Luft einen Nebel, der in allen Farben des Spektrums glitzerte.

Plötzlich war es mit der Ruhe vorbei. Ein Donnerschlag ertönte, und die Fenster der Brücke klirrten.

»Toll!« rief Mr. Preston und schob den Gashebel bis zum Anschlag vor. Die Induktions-Motoren brachten das Deck zum Vibrieren.

»Hat es auch so ausgesehen, als du es zuletzt gesehen hast?« Mr. Preston vermochte sich nicht vom Anblick der Bögen loszureißen. Sie schimmerten nun rosa und blau.

»Yessir, nur daß der größere einen größeren Unterbau hatte.«

»Du bist unter ihnen hindurchgeschossen?«

»Nossir, bin bei dieser Sandbank an Land gegangen.«

»Hast verdammt gut daran getan.«

In der reißenden Strömung hatte Toby auch gar keine andere Wahl gehabt. Doch er schwieg und hielt sich nur fest. Das Deck bockte wie ein Wildpferd.

»Ein Strudel verläuft von hier bis über die Bank hinaus«, sagte Mr. Preston, wobei er die Aufregung nicht zu verbergen vermochte. »Vielleicht kommen wir ohne allzu schlimme Blessuren durch.«

Sie jagten so dicht am Ufer entlang, daß die Schornsteine Zweige abrissen. Nebel verhüllte den rosigen Schimmer der Luft. Dumpfe Schwingungen wurden über Tobys Stiefel übertragen. »Festhalten!« rief Mr. Preston, als ob das noch einer Aufforderung bedurft hätte, und dann gerieten sie in den Strudel.

Die *Natchez* wurde in der Flußmitte vom Strudel erfaßt. Der Sog wirkte diesmal über die ganze Breite des Flusses. Ein Trichter aus Quecksilber und Brom mit silberbraunen Schlieren. Das Schiff wurde herumgeschleudert, sagte Toby sich, wie der Kreisel, den er von seiner Mutter bekommen hatte und der über die geheimnisvolle Fähigkeit verfügte, so lange zu stehen, wie er sich drehte.

Diese abstrakte Erinnerung hatte gerade für einen Atemzug Bestand, und dann schlug das Wasser über der Brücke zusammen und drang durch das Fenster achtern ein. Das Schiff krängte nach Backbord. Zeit-Torsion zersägte die stöhnenden Spanten. Ein Wirbel erfaßte das Schiff und zerknüllte einen Schornstein wie eine Blechdose. Durch den Druck schlossen Tobys Ohren sich, und der Kopf hallte wie eine Glocke. Der Fluß schleuderte rubinrote Blitze, die sich verzweigten und über die oberen Decks waberten.

Rufe. Schreie.

Erst quer zur Strömung, dann mit ihr, schoß die *Natchez* aus dem tosenden Wirbel heraus und lief an der nächsten bewaldeten Biegung auf Grund. Normalerweise wäre das eine Blamage für einen Lotsen gewesen, doch in diesem Fall, wo sie flußaufwärts die Bögen angesteuert hatten, war das eine läßliche Sünde.

Anschließend dampften sie flußaufwärts weiter, und Toby suchte das Ufer nach vertrauten Merkmalen ab. Die Rückkehr an diesen Ort bedeutete, daß er imstande war, den Erzett-Gradienten zumindest teilweise umzukehren. Er hoffte, das würde ihn auf eine Zeitachse versetzen, die sich näher an der Periode mit den Portal-Städten befand. Vielleicht – nur vielleicht, denn die Erzett war hier ein Tabu-Thema – würde er näher an die Quelle der Killeens herankommen.

Er hatte zwar mit niemandem darüber gesprochen, doch Mr. Preston schaute ihn hin und wieder vielsagend an. Nachdem Stan Toby aufgezogen hatte, weil der die leichten Mädchen verschmäht hatte, ging er ihm wieder mit den Wasserstoff-Hüten auf die Nerven. Also tat Toby für die nächsten Stunden so, als hielte er nach Hüten Ausschau, während er eigentlich nur den dichten Wald betrachtete, der an ihnen vorbeizog.

Für ihn war die Gegend hier reizvoller als flußabwärts und mit Geheimnissen befrachtet, die sich dem Betrachter nicht sofort erschlossen. Allerdings fehlten ihm die Erfahrung und die Reife des Alters, um es wirklich zu genießen; der Geschmack kommt erst mit dem Alter und ist vielleicht die einzige Entschädigung, obwohl er wußte, daß manche das auch als Weisheit bezeichneten.

Er sah die großen, langsamen Verknüpfungen von Ursache und Wirkung, die auf den Fluß wirkten – Kräfte, die, wenn sie für den Betrachter auch unsichtbar waren, das gesamte Naturgeschehen bestimmten, in allen Himmelsrichtungen wirkten und die infinitesimale Maschinerie des Walds ölten. Die Jungen müssen sich in einer rätselhaften Welt behaupten. Also betrachtete er das wechselnde Farbenspiel – ein Student der Strömungslehre, der jederzeit damit rechnete, daß der silberne Fluß einen schäumenden Strudel ausformte, der ihn in die Tiefe riß oder einen gischtenden Geysir, der ihn in die Luft wirbelte. Alles ästhetische Naturschauspiele, sagte er sich, nur daß es ihn das Leben kosten würde.

Toby wies Mr. Preston auf Riffe und Sandbänke hin. Er musterte die vorbeiziehenden Holzflöße, große Plattformen mit einem verborgenen Antrieb. Außerdem wurde der Fluß von behäbigen Barken und Handelsprähmen befahren, die jede Farm anliefen. Die Hausierer-Sippen hängten auf dem Deck Wäsche auf, und die Kinder riefen Hallo. »Guck mal! Das muß es sein! Das muß es sein!« rief Stan laufend vom Passagierdeck, wodurch Toby sich jedesmal bei der Arbeit gestört fühlte.

Stan ging nach achtern und fischte Treibgut aus dem Fluß. Dann besaß er die Kühnheit, das Zeug auf die Brücke zu bringen.

Mr. Preston verzog das Gesicht und schien sich in den Schnurrbart beißen zu wollen, doch bevor Toby Stan noch verscheuchen konnte, sah er das blumenartige Ding, das Stan mitgebracht hatte.

»Das ist ein Hut! Eindeutig ein Hut«, blubberte Stan. »Reiner Wasserstoff – der reine Materialwert muß immens sein – und guck mal – *hier*.«

Stolz präsentierte Stan Beschlagteile und Nadeln, die an dem eisengrauen Ding klebten, das zu Tobys Erstaunen wirklich einem Hut ähnelte. Es war fast schwerelos und doch hart, und die Juwelen glühten von innen heraus.

»Und du hast mich direkt hingeführt, Toby«, sagte Stan. »Das werde ich dir nie vergessen. Ich werde den Erlös mit der Mannschaft teilen, jawohl, Sir.«

»Äh … klarer Fall.«

Mr. Prestons düsterer Gesichtsausdruck hatte sich während der Musterung des Huts aufgehellt. »*So etwas* hab ich noch nie gesehen. Was hast du noch gesagt, von welcher Stelle flußaufwärts du kommst?« Er sah Toby durchdringend an.

»Ein gutes Stück weiter«, war alles, was Toby zu sagen vermochte. Das stimmte auch, doch das Ufer wirkte bereits konturenlos und verzerrt, als ob die Erinnerung verfälscht würde.

Das war nichts im Vergleich zu der Verwirrung, die er nun verspürte, sich aber nicht anmerken lassen durfte. Die Geschichte mit den Hüten war erstunken und erlogen – und doch sah er hier einen leibhaftigen, mit Juwelen besetzten Wasserstoff-Hut im Wert von vielen Monatsgehältern.

Allerdings nahm der Fluß seine Aufmerksamkeit so in Anspruch, daß die Verwirrung sich schnell wieder legte. Unter dem Kommando von Mr. Preston lernte er, daß die Emulsion aus Wasser und Metall ein Buch mit sieben Siegeln war, das zuvor in einer toten Sprache zu ihm gesprochen hatte und das seine Geheimnisse nun preisgab. Keine Seite war leer. Ein Passagier mochte eine rotierende Delle in der Oberfläche als reizvolles Detail betrachten, doch für den erfahrenen Flußschiffer war es ein visualisierter Schrei, der von einem Raum-Zeit-Vortex kündete, der sich jeden Moment in der unteren Kruste des Zeitsteins auftun würde.

Die Passagiere bestaunten die schönen Bilder, die der silberne Fluß für sie malte, ohne auch nur ein Wort des düsteren Texts zu erkennen, den er wirklich enthielt. Ein Baumstamm, der vor den Bug trieb, war vielleicht eine mit Sägezähnen bewehrte Bestie, die sich am hölzernen Rumpf gütlich tun wollte. Ein Kreis aus dampfenden Ringen kündete von einem Strudel, der eine ganze Induktions-Scheibe verschlingen konnte.

Nachdem sie eine Landzunge umfahren hatten und neue Ausblicke sich eröffneten, sagte Mr. Preston manchmal: »Diese braune Schräge – wofür hältst du das? Ich würde sagen, ein Barren aufgewirbelten Metalls, das sich in der Brom-Strömung auflöst. Siehst du diese glatte Stelle? Hier entsteht eine Untiefe. Auf der Rückfahrt wird sie erst recht eine Gefahr darstellen. Genau an dieser Stelle verschlingt der Fluß Induktions-Schiffe. Merk sie dir.«

Meistens stellte Mr. Preston Toby aber Fragen, denn der Fluß trat ständig über die Ufer und fräste sich ein neues Bett, so daß die Erfahrungen Makulatur waren. Sie sahen, daß ein Farmer einen Deich aufgeschüttet hatte, um sein Land zu schützen. Die Deichkrone war sogar mit einem Lattenzaun verziert. Doch schon im nächsten Moment schlug die Urgewalt des Stroms unbekümmert eine Bresche in den Deich, der seinen Fluß hemmte, und die gesetzlosen Strömungen – sichtlich empört wegen der Freiheitsberaubung – überfluteten die weltlichen Besitztümer des braven Landmanns.

Und die ganze Zeit hielt Toby Ausschau nach seinem Vater. Es gab kaum Anzeichen für äußere Einflüsse in diesem weiten Flußland. Doch er spürte, wie er in der Zeit zurückging, während das Schiff sie am Erzett-Gradienten nach oben schob.

Mr. Preston holte einen ortskundigen ›Erinnerungs-Mann‹ an Bord, der ihnen bei der Umschiffung von ein paar heiklen Hindernissen helfen sollte. Der Kamerad hatte die Befindlichkeit, die Toby bisher nur vom Hörensagen kannte. Wenn man sich an alles erinnerte, bedeutete das, daß alle Ereignisse den gleichen Stellenwert besaßen.

Der kleine, untersetzte Mann stand auf der Brücke und lotste sie durch die beiden ersten Gefahrenstellen, die von Riffen und Felsvorsprüngen nur so wimmelten, doch bei der dritten erzählte er die Geschichte des Beißer-Baums, der am dem Wind abgewandten Ufer in den Fluß gefallen war und die Fahrrinne versperrte. Von diesem Baum erfolgte dann eine Überleitung zu der Zeitstein-Eruption, die den Baum gefällt hatte, zu einer detaillierten Schilderung der Anstrengungen des Farmers Finn, der durch die Installation eines Metallabscheiders seine Ernte gerettet hatte, zu Finns Frau, die mit einem Priester durchgebrannt war, nur daß die Leute *dann* herausfanden, daß er gar kein Priester war, sondern ein *Gauner*, der einem Gefängnis am Oberlauf der Zeit entsprungen war, woraus der Erinnerungs-Mann schloß, daß die Gesetze der Mechanik in Abhängigkeit von der Bewegungsrichtung in den Zeitaltern von Verwandten und Ehefrauen und Ehemännern gebeugt werden mußten, woraus der Skandal der Dame in einem roten Kleid folgte, die beim Tanz alle Männer angemacht hatte und für das Quickie vor dem Haus ihre Hemden als Trophäen ergattert hatte, und von dort war es nur noch ein Schritt bis zur Erörterung von Tanzschritten, die der Erinnerungs-Mann gelernt hatte (er hatte nämlich ein photographisches Gedächtnis), begleitet von einer Vorführung auf dem Deck – so daß Mr. Preston die Aufmerksamkeit des Manns wieder auf den heimtückischen Fluß richten mußte, bevor das Schiff an einem Aluminium-Riff zerschellte.

Nach wenigen Minuten indes gab der Erinnerungs-Mann wieder Anekdoten aus seinem überreichen Erinnerungs-Fundus zum besten. Mr. Preston machte gute Miene zum bösen Spiel, und nachdem der Schwätzer das Schiff durchs gefährliche Fahrwasser gelotst hatte, zahlte Mr. Preston den Lotsen aus und schickte ihn von Bord. Der Mann schien damit einverstanden, und noch zum Abschied brabbelte er etwas von spektakulären SchiffsKalamitätn der Vergangenheit und vom Schicksal der Überlebenden.

Toby beneidete den Mann insgeheim, denn immerhin kannte er einen Abschnitt des Flusses aus dem Effeff, wogegen Toby hinter jeder Biegung feststellen mußte, daß die Erinnerung trog. Inseln und Riffe ragten aus dem Wasser, wo in seiner Erinnerung keinerlei Hindernisse existiert hatten. Der Fluß hatte sich anscheinend ein neues Bett geschaffen. Dabei hatte er Landzungen durchstoßen, sich durch Hügel gebohrt und alle Hindernisse beseitigt, die der schwammige, elastische Wald errichtet hatte.

»Das hier sieht ganz nach einer Haarnadelkurve aus. Erinnerst du dich?« fragte Mr. Preston, und Toby versuchte die Nebelschwaden zu durchdringen, die über dem Fluß lagen und schüttelte schließlich den Kopf.

Dann legten sie am Ufer an, weil ein Passagier glaubte, er würde in der Nähe wohnen. Die Gegend hatte sich zwar verändert, aber er wollte sein Glück trotzdem versuchen. Toby ging an Land und schlug sich durchs Gebüsch der lehmigen Landzunge. Er erreichte das andere Ufer noch vor der *Natchez*, die gerade schnaufend um die Kurve bog.

Diese Seitenarme und Buchten lagen in seiner Vergangenheit, und trotz der Stabilität im Hier und Jetzt hatten sie ihre Gestalt verändert und seltsame Auswüchse ausgeprägt, bis hin zu neuen Herrenhäusern. Toby wurde bewußt, daß nichts davon Eindruck auf Mr. Preston machte.

»Jedesmal, wenn wir flußaufwärts fahren, haben die Dinge sich verändert«, sagte Mr. Preston ungerührt und stocherte mit einem Zahnstocher im Mund herum.

»Verdammte Hacke«, sagte Toby. Diesen Fluch hatte er vor kurzem aufgeschnappt und freute sich über die Gelegenheit, ihn endlich einmal anzuwenden. »Welchen Nutzen hat dann ein Erinnerungs-Mann?«

»Er ist besser als gar nichts.«

Der Kanal war nun so eng, daß das Wasser sich vor ihnen staute, eine bizarre Flutwelle, auf der das Schiff direkt in die Wolken zu fahren schien. Das Schiff lief auf Grund, riß sich los und blockierte erneut, so daß Mr. Preston volle Kraft auf die Induktions-Motoren gab und sie mit schierer magnetischer Gewalt vom Flußbett losriß.

»Scheint der richtige Weg zu sein«, sagte Toby. »Wieso habt Ihr mich überhaupt als Führer angeheuert?«

»Dein Wissen ist bestimmt auf dem aktuellsten Stand. Außerdem bist du noch so jung, daß du nicht glaubst, alles zu wissen.«

Sie machten langsame Fahrt. Das Deck vibrierte, und sie ritten auf magnetischen Kissen, die Toby sich als Spulen aus Stahl vorstellte. Mr. Preston sagte, so weit hergeholt wäre das gar nicht, nur daß man die Drähte eben weder spürte noch sah. Sie hatten eher Ähnlichkeit mit ringenden Magnet-Geistern.

»Manchmal schlägt eine Zeit-Tide eine Bresche in eine Landzunge«, fuhr Mr. Preston fort. »Ich habe das einmal auf einer Fahrt flußabwärts gesehen. Die Schneise war nicht breiter als ein Gartenweg. Es war ein flammender Pfad. An jenem Ufer gab es große Ländereien. Doch weiter landeinwärts befand sich nur eine wertlose, alte Farm. Als ich auf der alten *Reuben* wieder flußaufwärts fuhr, hatte dieser kleine Zeit-Schlenker eine breite Schneise durchs Land geschlagen. Hatte den ganzen verdammten Fluß umgeleitet, jawohl. Und diese alte Farm war nun direkt am Fluß gelegen, verfügte über erstklassiges Land und hatte den zehnfachen Wert. Die Latifundien, die sich zuvor am Fluß befunden hatten, waren landeinwärts versetzt worden und mit dem Schiff nicht mehr zu erreichen.«

»Glück gehabt«, sagte Toby.

Mr. Preston grinste. »Wirklich? Viele Leute rasteten aus und bezichtigten die Familie, der die alte Farm gehörte, diese Zeit-Verwerfung ausgelöst zu haben.«

»Wie hätten sie das denn anstellen sollen?«

»Wer will das sagen? Gibt es überhaupt eine Möglichkeit, das herauszufinden? Die Vergangenheit ist im Grunde ein Labyrinth. Man schubse die Zeit hier ein wenig und zupfe dort ein wenig. Falls überhaupt jemand Bescheid weiß, wird er es bestimmt nicht ausplaudern.«

12 · Wirbel

Toby hatte das Gefühl, sich in einem undurchdringlichen Gewirr aus Wasserstraßen verirrt zu haben. Die Fahrt flußaufwärts gegen den Zeit-Druck verursachte Brechungen der Luft selbst.

Ruhig und beschaulich hatte der majestätische schlammige Fluß gewirkt, als er mit dem Nachen flußabwärts getrieben war. Nun zogen sich am morastigen Ufer Zuckerrohrfelder und ganze Plantagen entlang, und im Hintergrund standen herrschaftliche Anwesen mit elfenbeinfarbenen Säulen. Er schaute oft zur Überkopf-Welt hinauf, zum dunstverhangenen Land der Mysterien. Plötzlich kräuselte die röhrenförmige Erzett sich, und Toby hatte das Gefühl, daß sie in den Gedärmen einer riesigen Bestie steckten, einem ominösen Ding, das allein dadurch den Menschen die furchtbarsten Kalamitäten bescherte, indem es den Darm entleerte.

Der Wirbel kam völlig überraschend. Er platzte durch einen Kanal aus Brom und schraubte sich wie eine blaugrüne Schlange in die Luft. Ein Donnerschlag traf die Brücke und drückte zwei Scheiben ein.

Toby sah es vom Mitteldeck, wo er gerade Stan und zwei anderen Matrosen zur Hand ging. Die gläserne Jalousie zerbarst, ohne daß Mr. Preston jedoch von den Splittern getroffen worden wäre. Als Toby auf die Brücke hastete, drehte der Lotse die *Natchez* bereits quer zur Strömung, um dem anschwellenden Sog zu entkommen.

Der Wirbel brodelte und stieß Dampfschwaden aus, worauf die viskose Luft gezackte gelbe Blitze schleuderte. Toby sah, wie die Flutwelle innehielt, als ob sie unschlüssig wäre, ob sie weiterrasen und sich in den hoch über ihnen hängenden Wald ergießen sollte.

Dann schüttelte die Wellenfront sich mit der Energie des Neugeborenen und schoß flußabwärts.

Der Silberfluß schien sich geradezu danach zu sehnen, denn er schlug Wellen und küßte die herabsteigende Säule. Sofort stob ein Schaum aus schlammigem Wasser und ein Nebel aus Metall durch den Zeit-Wirbel und formte einen großen Bogen am Himmel, der unter Donnerhall Blasen warf, schäumte und dampfte.

»Verdammt!« rief Mr. Preston. »Da kommen wir bestimmt nicht durch.«

Toby hielt sich an einer Verstrebung fest. »Können wir nicht ab durch die Mitte ...«

»Es würde uns in Stücke reißen, wenn wir das versuchten.«

Ein höllischer Sturm brach über die *Natchez* herein. »Meinen Sie, daß es lang dauern wird?«

»Darauf kannst du wetten, so groß wie es ist.«

Die *Natchez* entfernte sich stetig vom Wirbel, der einen wilden Tanz aufführte und mit seinen Wasser-Füßen auf dem Fluß herumtrampelte. Schlamm wurde angesaugt, Baumstämme wurden herumgeschleudert, schienen zu zerbrechen und sich wieder zusammenzufügen. Inmitten von etwas, das wie eine Wasser-Welle aussah, erblickte Toby einen Baumstamm, der in Flammen aufging. Er drehte sich wie in Zeitlupe, verströmte schwarzen Rauch und klatschte in den Fluß.

Dann sah er die Mechanos. Sie hatten sich hinter ein paar Trauerweiden versteckt. Die silbrigen Gestalten stoben davon, als der Wirbel seitlich ausholte.

Plötzlich fiel es ihm wie Schuppen von den Augen. Der Wirbel war ein Eingang in diese Erzett-Röhre und stellte folglich ein Tor dar, das bewacht werden mußte. Außerdem bot er sich als Platz für einen Hinterhalt an.

Die Mechanos kannten ihn nicht. Doch Killeen kannte ihn.

»Einen Moment!« rief Toby. »Wir sollten erst einmal abwarten, ob es ...«

»Schweig still, Junge. Wir fahren zeitabwärts.«

Ging ein Lotse aus Sicherheitsgründen auf Gegenkurs, vermochte nicht einmal der Käpt'n daran zu rütteln. Toby erstarrte förmlich zur Salzsäule, als die Mechanos vom Ufer abhoben. Die eckigen Geräte erinnerten ihn an den Rattler, der ihn vor langer Zeit fast getötet hätte. Diese Dinger waren jedoch moderner.

Sie kamen. Sie würden seine Freunde töten.

Zögernd fuhr er sein Sensorium hoch. Nichts. Und dann …

Ein schwaches Echo, ein Ton, den er so lang nicht mehr gehört hatte …

Dann dachte er an überhaupt nichts mehr, sondern rannte blindlings los, den eisernen Niedergang hinab, über die hölzerne Laufplanke und stürzte sich ins Wasser. Im ersten Moment ruderte er verzweifelt mit den Armen – er hatte den Kampfanzug vergessen – und schwamm zum Ufer.

Stan rief etwas, doch er wandte sich nicht um. Er nahm an, daß die Mechanos ihn nun sahen. Gut.

Doch dann hörte er einen infernalischen Lärm, wie von einem riesigen Staubsauger. Die Mechanos glitten an der Öffnung des Wirbels entlang. Sie strahlten ein pulsierendes Licht ab. Es schob den Wirbel … langsam … schneller … doch nicht in Tobys Richtung. In Richtung des Schiffs.

Der ›Staubsauger‹ glitt über das tosende silberne Wasser. Er näherte sich mit unaufhaltsamer Wucht der *Natchez* und riß sie aus dem Fluß. Die Decks dehnten sich wie Gummi und rissen schließlich. Ein Matrose sprang über Bord und wurde von unsichtbaren Kräften plattgewalzt.

Die Natchez wurde förmlich durchgewalkt. Sie schoß in die Wirbel-Öffnung hinein. Zeit-Tiden zerknüllten sie, und dann verschwand sie in einer perlfarbenen Leuchterscheinung. Das gleißende Licht versengte Tobys Gesicht.

Toby hatte keine Zeit zum Nachdenken oder Trauern. Die energetisch flimmernde Öffnung des Wirbels stieß wie der Kopf einer Schlange auf ihn herab. Er schluckte Luft. Heißer orangefarbener Schaum rieselte auf ihn herab.

Arme, Beine – sämtliche Gliedmaßen wurden gestreckt, als ob irgendein Gott ihn als Streichinstrument mißbrauchte –, und doch war er schwerelos. Er wußte, daß er mit dem Wirbel emporsteigen mußte, und doch hatte er das Gefühl eines endlosen Falls. Er spürte würgende Übelkeit. Er hielt die Luft an, um nicht den Schaum in die Lunge zu saugen, der auf die Haut prasselte, die Nase verstopfte und die Augenlider verklebte. *Nicht atmen!* war alles, woran er zu denken vermochte, während er sich auf den Schlag des Zeit-Hammers vorbereitete, der am Ende eines solchen Falls unweigerlich erfolgte.

Er schlug hart auf. Wieder im Fluß.

Stieg an die Oberfläche. Ruderte mit den Armen und schnappte nach Luft. Ignorierte das aufgewühlte Wasser. Schaffte es bis ans Ufer und blieb erschöpft liegen.

13 · VERFOLGUNG

Die Mechanos lagen zerschmettert am Ufer. Irgend etwas hatte ihnen große Stücke aus der elfenbeinfarbenen Hülle gerissen.

In jedem Loch lag ein zersplittertes Mittel-Bewußtsein. Die Zielsicherheit, mit der die unbekannten Schützen die Betriebs-Intelligenz mattgesetzt hatten, entlockte ihm ein unfreiwilliges Lächeln.

Schwaden aus Zeit-Staub lagen über dem Fluß. Vom Wirbel war nichts mehr zu sehen. Genauso wenig wie von der *Natchez*.

Toby folgte den Stiefelabdrücken, auf die er hinter der nächsten Anhöhe gestoßen war. Die Spur wies landeinwärts, so daß er nicht gegen den Zeit-Druck ankämpfen mußte. Obwohl er durchnäßt und müde war, schritt er zügig aus.

Im Landesinnern wich der dichte Wald einer Wüste mit kargem Bewuchs. Er zog in Betracht, daß, wer auch immer es war, ihn vielleicht in einem Bogen umging und ihm in den Rücken fiel. Deshalb ging er in seiner eigenen Spur zurück und setzte den Marsch im Wasser und über Stein fort. Er mied nach Möglichkeit Vegetation und schlüpfte unter Büschen hindurch, so daß die Äste sich bogen, aber nicht brachen. Darauf mußte er unbedingt achten, denn ein gebrochener Ast wäre kaum zu kaschieren gewesen und hätte einen erfahrenen Waldläufer unbedingt auf seine Spur gesetzt. Leichtsinn war tödlich. Außerdem mußte er die Stengel und Äste, durch die er sich gedrängt hatte, wieder in den naturwüchsigen Ausgangszustand versetzen, weil sie einem Verfolger sonst als Wegweiser gedient hätten. Er richtete zerzauste Büsche und Bäume so her, daß es den Anschein erweckte, ein Tier hätte sie angeknabbert oder sich daran gerieben. Tarnen und Täuschen war oberstes Gebot.

Er hatte hämmernde Kopfschmerzen, die bis in die Augen ausstrahlten. So viel war geschehen, doch er verdrängte die Gedanken an Mr. Preston und Stan. Er marschierte einfach weiter. Die Landschaft wurde trockener, und eine geflügelte Kreatur mit scharfen Zähnen taxierte ihn auf seine Tauglichkeit als Beute. Er warf einen Stein nach dem Vieh.

Er wünschte sich eine Flinte und erinnerte sich an den Mann, der ihn mit solch einem Schießprügel bedroht hatte. Immerhin fand er einen abgebrochenen Ast, der einen handlichen Knüppel abgab, nachdem er die Rinde abgeschält hatte.

Derjenige, der die Spuren hinterlassen hatte, mußte

in Eile gewesen sein. Das entnahm Toby den tiefen Fußabdrücken. Er ließ die Sinne schweifen. Sein Sensorium arbeitete stockend.

Alle Bewohner des Lands flohen vor ihm. Eidechsen schlüpften in die nächste Felsspalte. Vierflügelige Vögel schwebten im Schatten und versuchten sich als Steine zu tarnen, doch im letzten Moment verloren sie die Nerven und verwandelten sich in flatternde Federbüschel. Schlangen verkrochen sich, Tauben stiegen tschilpend in die Lüfte empor, und Kaninchen hoppelten in panischer Angst davon. Fuchs, Bergziege, Cojote – sie verschmolzen zu einer Legende und hinterließen nur Spuren und Dung. Das Herz der Wüste war weißer Sand, ein Feld, dessen Leere das Leben als das entlarvte, was es war: entstanden aus Staub, und zu Staub würde es wieder zerfallen. Wüstenpflanzen führten ein Eremitendasein und hüteten ihre Wasserreserven in den Wurzeln unter dem Sand. Die Wüste lebte.

Dann stieg ihm ein schwacher Gestank in die Nase, den er sofort als Verwesungsgeruch identifizierte. Auf den Schlachtfeldern verschiedener Spuren hatte er ihn bereits gerochen.

Immer der Nase nach, so lautete nun die Devise. Und schön vorsichtig. Als er schließlich auf das muldenartige Feld hinabschaute, sah er nur Tote. Verwesende Leiber mit aufgedunsenen Gesichtern und aufgeplatzten Lippen. Die meisten waren aufgeschlitzt, so daß es den Anschein hatte, sie hätten ihre eigenen Eingeweide geboren.

Die Zeit-Wirbel richteten manchmal so etwas an und spien Leute aus unbekannten, weit entfernten Zeiten und Orten aus. Um das zu leisten, wozu die Induktions-Schiffe sich flußaufwärts quälen mußten, genügte der Raum-Zeit ein Zucken. Manchmal taugten solche Kadaver aber noch fürs Zom-Geschäft.

Doch diese Leute hatten alle das gleiche Gesicht.

Toby wollte sich wieder in die Büsche schlagen, als er ihm begegnete.

Die gleichen Gesichtszüge – kantig, die Augen vor Erschöpfung tief in den Höhlen, das markante Kinn und die hängenden Mundwinkel. Toby glich ihn mit den Erinnerungen ab, die er schon seit Jahren mit sich herumtrug und jeden Tag aufrief.

»Wer bist du?« fragte Toby.

»Wer soll ich denn sein?« Die Stimme war leise und stockend.

»Bist du echt? Ich meine …«

Die Augen waren ausdruckslos. Doch so waren sie immer schon gewesen. »Du kennst mich, Sohn.«

»An diesem Ort? Ich weiß nicht mehr, *was* ich überhaupt noch weiß.«

Das Gesicht verzerrte sich, als ob düstere Erinnerungen es aufblähten. »Die Mechanos haben Kopien von mir gemacht. Ich habe versucht, dich zu warnen. Bevor die Mechanos die Portal-Stadt angriffen, half Andro mir, eine allgemeine Nachricht zu verbreiten …«

»Ich habe sie gesehen. Ein Walmsley-Charakter hatte sie in einer großen Bibliothek gespeichert, in einer Pyramide …«

»Du bist dort gewesen?« Er war perplex.

»Jasag. Dann griffen Mechanos an. Ich mußte abhauen.«

»Ich habe von diesem Walmsley gehört. Die Portal-Leute – darunter auch Andro – sagten, er käme von weit her. Haben mich vor ihm gewarnt.«

»Auf mich hat er den Eindruck eines harmlosen Zwerges gemacht.«

»Nach dem Äußeren kann man hier kaum gehen.«

Toby zog sich von den Toten zurück. Dieser Killeen wirkte ziemlich echt, die Leichen mit den herausquellenden Gedärmen aber auch.

»Was ist das?« Toby wies auf die Leichen.

»Kopien. Die Mechanos, die ich gerade abgeschossen habe, hatten sie angefertigt.«

»Haben sie flußabwärts geschickt?«

»Muß so gewesen sein. Sie waren wohl Torwächter.«

»Und dieser Wirbel über dem Fluß?«

»Sie wissen, wie man ihn öffnet und schließt.« Der Mann, der wie Killeen aussah, deutete mit dem Daumen in Richtung des Flusses, wo die Mechanos lagen. »Sie haben herausgefunden, wie man auf die Spuren gelangt und sie wieder verläßt.«

»Ich kriege das auch hin.«

Erneut blinzelte der Mann vor Erstaunen. »Wo hast du das denn gelernt?«

»Durch Ausprobieren.«

»Dann laß uns von hier verschwinden.«

Toby wollte nicht den Eindruck erwecken, er würde diesen Mann hinhalten. Das hätte nur sein Mißtrauen erregt. Aber er war noch immer unsicher. »Wo ist Besen?«

»Ich weiß nicht. Ich habe jeden Kontakt zur Sippe verloren, als die Mechanos die Portal-Stadt angriffen.«

Toby hatte das Gefühl, als ob der andere eine Platte abspielte. Er war imstande, diese Entität zu töten, falls es ihm gelang, sie zu überrumpeln. Sie trug zwar einen Kampfanzug, aber keinen Helm.

»Schau, es werden sicher noch mehr Mechanos kommen, um diese hier zu ersetzen.«

Toby gefiel es nicht, daß dieser Mann ihn drängte. Zumal dieser Killeen so ausgemergelt war. Das lag vielleicht am Kopiervorgang, wie auch immer der aussah. »Ich bin nicht so …«

Laß mich mit ihm sprechen. Bitte.

Es war Shibo. Ein Fragment stieg in ihm auf.

Bitte. Bei allem, was wir uns bedeutet haben.

So kraftvoll hatte er Shibo noch nie erlebt. Als ob sie auf diesen Moment gewartet und ihre Ressourcen eigens dafür gebündelt hätte.

Er zögerte, und sie griff irgendwie nach ihm. Plötzlich wußte er, was mit ihr los war. Sie hatte sich irgendwie seinem neuronalen Netz *aufgeschaltet* und Fragmente in seinen Aspekten versteckt. Und zwar *bevor* er beschlossen hatte, sich ihren Chip aus dem Rückgrat zu reißen.

Wenn er zuließ, daß sie die Kontrolle über ihn erlangte, würde dieser Killeen ihn mit Leichtigkeit erledigen. Er aktivierte die Suchfunktion seiner versteckten Systeme, um sie aufzuspüren. Sie floh. Dann forderte sie keck:

Frag ihn, ob er sich erinnert, ob die Sippe Knight vorher die Stiefel auszieht.

»Was?« sagte Toby. Der Mann schaute ihn fragend an.

Ob die Knights die Stiefel anbehalten, wenn sie obendrauf liegen.

Ohne zu wissen, weshalb er das überhaupt tat, wiederholte Toby den Satz.

Der Mann öffnete und schloß den Mund. »Was? Wer spricht da?« fragte er dann.

»Shibo.«

»Ich dachte, du hättest einmal gesagt, du wüßtest es nicht«, sagte der Mann mißtrauisch.

Der Shibo-Splitter sagte dünn:

Die Knights sind immer auf dem Sprung.

Toby wiederholte das, und der Mann sagte: »Dann muß derjenige, der obenauf ist, seine Stiefel anbehalten.«

Sie antwortete:

Wieso sagst du ›seine‹?

»Du sagtest doch, du würdest nie oben liegen«, antwortete Killeen.

Toby wurde unbehaglich zumute, doch fungierte er wieder als Sprachrohr für Shibo und sagte:

Ich wollte sehr wohl oben liegen, schnell sein, Stiefel tragen.

»Du hast es gelernt.«

Guter Lehrer.

Der Mann grinste. »Scheint so, als hättest du es schon vor meiner Zeit gelernt.«

Neinsag,* deine *Bewegungen habe ich nie gelernt.

»Trotzdem muß ich dir ein Kompliment machen. Du hast schon immer bekommen, was du wolltest.«

Toby suchte nach Worten. Die geballte Energie, die Shibo ausstrahlte, der Umstand, daß er sie als einen Aspekt trug, daß er sie mit primitiven Werkzeugen ausgerissen hatte, als sie ihm lästig wurde – all das verquickte sich zu einem Kloß im Hals.

Ich würde alles, alles dafür geben.

Das zarte Stimmchen war so verzweifelt, daß eine Woge des Kummers über Toby zusammenschlug. Er krächzte die Worte für sie. Die Augen des Manns weiteten sich, und Shibo sagte zu Toby:

Er ist es! Er ist es!

»Vielleicht gibt es sogar dafür eine Möglichkeit.« Killeen schaute seinem Sohn in die Augen, doch ohne ihn überhaupt wahrzunehmen.

Das ist der Punkt.

Nachdem Toby das wiederholt hatte, merkte er zu seiner Überraschung, daß er geweint hatte.

»Du hast immer Witze darüber gemacht.«

Das stimmt nicht.

»Nein, das stimmt nicht.«

Toby drückte den Mann an sich, weil er nun wußte, daß er Killeen vor sich hatte. Shibo lachte, aber nicht, weil sie das etwa lustig fand, sondern vor Freude.

Ein langer Moment verstrich zwischen ihnen. »Paps, Paps …« Ihm fehlten die Worte.

Toby grinste, und die beiden schlugen sich herzhaft auf den Buckel und prusteten vor Lachen. Deshalb bemerkte er nicht sofort die Spannung, die sich in der Luft aufbaute, die drückende Präsenz …

Der Himmel riß auf.

Über ihnen verfärbte die Spur sich kohlrabenschwarz.

»Runter!« rief Killeen.

Sinnlos, sagte Toby sich. Was auch immer dort oben war, es bewegte sich zu schnell. Es fraß die Spur auf. Kanten wölbten sich wie die Seiten eines Buchs, das vom Feuer verzehrt wird. Doch dieses Ding verzehrte die Erzett selbst.

Ich vermochte die Höheren nicht davon abzuhalten.

Er wußte sofort, daß es die Mantis war. Ihre Manifestation war diesmal anders, durchzogen von emotionalen

Strömungen und Echos eines Wissens, das sich ihm entzog.

Er schaute sich um und spürte die Mantis nun als ein Flirren in der Luft. Killeen befand sich in Schußposition, doch mit ihren Waffen vermochten sie nicht das geringste auszurichten.

Ein stechender Schmerz. Er drehte sich um, als ein kleines geflügeltes Ding sich vom rechten Arm erhob. Ein metallisches Summen, nur von einer Aufgabe beseelt. Es schoß davon.

> Ich habe eine Probe von dir genommen. Deine DNA hatte mir noch gefehlt.

»Ich habe eine Kopie von Abraham gesehen, Paps. Die Mechanos müssen auch seine DNA und sein Bewußtsein ausgelesen haben.«

»Verdammt!« rief Killeen. Doch es gab kein Ziel, auf das er hätte schießen können.

> Ich bin der Geringste meiner Ordnung, der mit euch Primaten zu sprechen vermag. Die Erhabenen sind nicht imstande, einen so engen konzeptionellen Raum zu besetzen. Sie haben mich für diesen überaus wichtigen Auftrag mit besonderen Fähigkeiten ausgestattet. Doch nach wie vor gilt auch eine andere Logik. Diese Spur wird aufreißen und in den Vortex des Fressers stürzen. Ich vermag euch nicht zu retten, doch bin ich gekommen, um das genetische Material des Jüngsten zu ernten.

»Mein Sohn, ich glaubte, die Mantis würde mir helfen, dich zu finden. Also ...«

»Sie hat dir auch geholfen.«

Ein tosender Wind kam auf. Blätter wurden von den Büschen gerissen.

»Sie hat mir keine Wahl gelassen«, sagte Killeen bitter.

»Ich weiß.« Toby faßte seinen Vater am Arm. Sie verstanden sich ohne Worte, während sie sich unter dem peitschenden Sturm duckten, der in der Schwärze über ihnen tobte.

Ich habe dich immer gut behandelt, Killeen. Ich hatte gehofft, euch alle zu ernten, nachdem ich meine Pflicht den Höheren gegenüber erfüllt hatte. Wir wären dann alle vereint gewesen.

»Wir werden dir die Eingeweide rausreißen!« schrie Killeen. Toby bewunderte die Kühnheit, die aus den reflexartigen Worten seines Vaters sprach. Natürlich vergebens.

Eine solche Integration ist das Höchste, was das Schicksal für solche wie euch bereithält.

Killeen feuerte einen Bolzen auf ein Glühen ab, das die Luft durchdrang. Nicht die Mantis, nein, aber sein Vater gehörte nicht zu jenen, die sich kampflos in ihr Schicksal ergaben.

Ihr habt auch eine Rolle dabei gespielt, unserer Art die Erfüllung zu bringen. Wenn diese Probe gelesen und mit den Codes von dir, Killeen, und deinem Vater vereinigt ist – vielleicht können wir dann sprechen.

»Sprechen?« Toby schrie gegen den tosenden Wind an. »Wir werden hier umkommen!«

Ich befürchte, ich vermag nicht zu eurer Rettung zu intervenieren. Diese Erzett gerät aus den Fugen. Ich verlasse euch nun.

»Du kannst uns hier rausbringen!« brüllte Toby.

> Ich darf weder Zeit noch Energie für die Öffnung eines Portals vergeuden. Meine Aufgabe besteht darin, diese Manifestation meines Selbst zu retten und die Probe von Toby zu den Höheren zu bringen. Weitere Befugnisse habe ich nicht.

Die Kuppel über ihnen wimmelte von schwarzen, gierigen Zungen.

»Rette wenigstens Toby!« schrie Killeen. »Das kleine Stück von ihm wird euch sicher nicht reichen! Laß mich hier, aber nimm …«

Doch die Mantis war schon verschwunden.

Die ersten donnernden Schockwellen trafen sie. Wie ein gigantischer Trommelwirbel fällten sie Bäume und warfen die Männer um.

Benommen rollte Toby über den Boden. Er blickte zum schwarzen Himmel empor. Pulverisierte Knoten aus feurigem Orange stoben davon – zurück, nach unten. Fragmente der Spur. Von so gewaltigen Kräften abgerissen und durchgeknetet, daß sie glühten.

Weg. Nach innen. Dem Vortex des Fressers entgegen, der Singularität, die von ihrer eigenen verzerrten Geometrie bemäntelt wurde. Die Erzett ergoß sich ins Schwarze Loch. Der Zug der Krümmung hatte schließlich gesiegt. Er würde sie ins finale Grab reißen.

Zuerst sah er den Staubwirbel aus dem Augenwinkel. Er versuchte, sich auf die dräuende Schwärze zu konzentrieren, obwohl der Wind ihn fast davonblies. Ein Ast traf ihn am Bein und riß eine blutende Wunde. Killeen wollte etwas sagen und wedelte mit den Armen. Die Urgewalten machten eine Kommunikation über die Sensorien zunichte.

Büsche, Gräser, braune Staubwolken – alles zerrte an ihm.

Das ätherische Ding, das neben ihm stand, bewegte sich nicht.

Er schaute es an, und es sagte: »Ich werde mich öffnen.«

Es versuchte die Gestalt eines Menschen anzunehmen, doch in der turbulenten Luft war das unmöglich. Das Gebilde bestand aus Teilchen, die ihm trotz des Sturms irgendwie eine gewisse Formbeständigkeit verliehen.

Glaubt nicht, daß euer Schicksal uns gleichgültig ist. Wir hoffen, daß ihr lebt, um zu helfen, hörte er klar und deutlich.

Er hatte diese Botschaft schon einmal vernommen. Sie hatte ihn gerettet, ohne daß er jemals erfahren hätte, wie das möglich war.

Dann verschwand die Erzett unter ihnen. Sie fielen.

SECHSTER TEIL

VERWOBEN MIT DEM SUBSTRAT

1 · KEIN HERZ FÜR PRIMATEN

Nigel Walmsley wußte, der Vogel würde kommen. Doch bis dahin würde er auf Zeit spielen. Es war vielleicht der letzte Aufschub.

Er war unter anderem deshalb in diese Nische der Erzett geflohen, weil die Uhren hier anders gingen. Er nutzte diese Frist, um sich zu erholen und eine Systemkontrolle durchzuführen.

Der Angriff auf die Bibliothek war ein Schock gewesen, doch in seinem langen Leben hatte er schon viele solcher schrecklicher Momente erlebt. Er wußte nicht, ob er den magnetischen Speicher seiner Nikka finden würde, doch er war schon einmal dort gewesen.

Er war mit knapper Not entkommen, mit Hilfe der Höheren – vermutete er. Die Erinnerungen waren verschwommen.

Er wußte, daß er in dieser Manifestation eine stärkere Identität ausprägen mußte und daß das seine Zeit dauern würde. Aber die Bishops und die anderen bewegten sich schnell. Deshalb war er hergekommen. An einen Ort, wo er sich eine Zeitnische schuf und eine Pause einlegte, bevor er wieder aufs Spielfeld ging. Es ging in die Endrunde.

Es gab genug Vorräte für die Versammlung, zumindest für eine Weile. Ein Vogel setzte sich in der Nähe zusammen und sagte ihm, daß er unter Berücksichtigung der zu erwartenden Zeitströmungen auf den für ihn wichtigen Spuren für eine Weile hier ausharren könnte. Später würde er dann gebraucht werden. Er fragte nicht, wozu man ihn brauchte, denn die Frage hätte keinen Sinn gehabt.

Er durchkämmte die schmale Spur. Dabei wandte er eine Taktik an, die er sich vor langer Zeit im amerikanischen Südwesten angeeignet hatte, als er bei der

NASA trainiert und an den Wochenenden Wanderungen in den Canyons von New Mexico und Arizona unternommen hatte.

Au revoir, Etats-Unis. Irgendwo dort draußen im Mahlstrom der Galaxis war das zerstörte Amerika, dessen Städte wie Zahnstümpfe in den Himmel ragten. Falls sie überhaupt noch existierten. Der Name hallte noch immer in Nigel wider.

Er ging flußaufwärts. Warf einen Blick in schattige Alkoven unter den Canyonwänden. Hier war sandiger Boden, der Aufschluß über das wahre Alter der Erzett erteilte: genug, um zu gären und galaktische Rohstoffe zu Schichten zusammenzubacken und anschließend wieder zu zerbröseln. Tiere hatten Spuren hinterlassen – sie verstanden es mindestens ebensogut wie die Menschen, sich in Sicherheit zu bringen –, und Hamsterer rafften ihren wertvollen Tand und Flitterkram zusammen. Die Menschen waren wie andere Nomaden-Spezies auch. Sie verwandelten ihre Rastplätze in Müllkippen und verfälschten den wahren Gehalt vergangener Ereignisse. Ein Chaos aus Scherben, Splittern, Metall, Glas und sonstigen Materialien. Wegen der Zeitverzerrung war nicht mehr zu ermitteln, für wie viele Jahrhunderte Relativzeit die Gruppen sich hier aufgehalten hatten, und doch hatte der Schutt etwas Tröstliches.

Selbst hier waren Menschen durchgezogen. Sie hatten wohl gehört, daß es andernorts Probleme gab; weil die Mechanos die entlegenen Spuren aber nicht gefunden hatten, taten sie die Nachrichten als bloße Gerüchte ab. Dennoch war allgemein bekannt, daß die Reisetätigkeit zunahm.

Ein paar waren Händler, und andere reisten nur so zum Vergnügen herum. Die Erzett bot keine Gewähr, daß man am gewünschten Ort oder in der gewünschten Zeit ankam, doch auch damit hatten die Menschen sich arrangiert. Wenn sie sonst schon keinen Vorteil daraus zogen, machte es sie zumindest interessanter.

»Meine Güte, das war eine regelrechte Odyssee. Wann kommt ihr Leute endlich in die Puschen und verbessert den Zugang?«

»Kurz, nachdem ich gegangen bin«, sagte Nigel, ohne eine Miene zu verziehen.

»Und worin besteht die Verbesserung? Ich würde vorschlagen …«

»Indem ich gehe. So hatte ich mir die Verbesserung vorgestellt.«

»Ha ha. Egal, gibt es weiter oben noch einen besseren Flußpunkt?«

»Ich glaube nicht. Am besten geht ihr auf dem gleichen Weg wieder hinaus, auf dem ihr hereingekommen seid.«

»Dann würden wir dieselbe Szenerie aber zweimal sehen.«

»In Gegenrichtung sieht sie besser aus.«

»Befinden wir uns nicht in der Nähe der Erzett-Kordel zur Majumbdahr-Spur?«

»Welche sollte das wohl sein?«

»Die mit der schönen Stadt.«

»Ich wüßte nicht, wie man die Entfernung bestimmen sollte, doch würde ich sagen, daß es nicht annähernd weit genug ist.«

»Ich ziehe Städte diesem amorphen Nichts vor.«

»Das Amorphe ist gerade das Gute daran.«

»Wenn es hier mehr Wasser gäbe, hätte dieser Platz viel mehr Ähnlichkeit mit dem Ort, von dem wir kommen.«

Nigel lächelte. »Welchen Sinn hätte es wohl, zu einem Ort zu reisen, den ihr schon kennt?«

»Gibt hier eh niemanden zum Reden.«

»Ich bin bekannt dafür, mit mir selbst zu reden.«

Die Reisenden lachten unbehaglich, und dann sagte einer: »Du mußt schrecklich einsam sein.«

»Ich befinde mich in guter Gesellschaft.«

»Und wo ist die?«

»Hier drin«, sagte er und tippte sich an die Stirn.

»Äh ... na schön, lauern hier irgendwelche Gefahren?«

»Ja. Ihr.«

»Wir sind gar nicht gefährlich. Wir können keiner Fliege etwas zuleide tun.«

»Da muß ich erst mal die Fliegen fragen.«

»Weißt du, ich würde auch gern allein hier leben wie du.«

»Das geht nicht.«

»Wieso nicht?«

»Wenn du kämst, wäre ich schon hier, und dann wärst du nicht mehr allein. Und ich auch nicht.«

»Nun, ich meine, fast allein.«

»Das ist wie ein bißchen schwanger.«

»Du nimmst alles so wörtlich!«

»Ich nehme überhaupt nichts. Das heißt, ich werde fast gar nichts mehr nehmen.«

Sie hauten ab wie von der Tarantel gestochen. Er sah sie viel lieber von hinten als von vorn. Auf der Erde hatte sich hartnäckig das Klischee gehalten, alle Menschen seien im Grunde gleich. Das stimmte zwar in gewisser Weise, war andererseits aber ohne Aussagekraft, weil man nie wußte, auf welches Persönlichkeitsmerkmal diese Ähnlichkeit sich bezog. Auf jeden Fall war die Vielfalt interessanter als die Gemeinsamkeiten. Doch, so sagte er sich mit einem Achselzucken, wie sollte er jemals den Glauben an eine Spezies verlieren, die einen so liebenswerten Charakterzug hatte? Man konnte ihnen alles mögliche an den Kopf werfen, ohne daß sie einen ernst nahmen oder gar beleidigt waren – solange man bei der Wahrheit blieb. Sie erkannten es nie.

Der Vogel kam, als er sich gerade ausruhte.

»Glaub nur nicht, wir hätten euch vergessen«, trillerte er von einem Ast.

Er betrachtete die schimmernden Schwingen. Manchmal schien das Licht von unten hindurch, und dann sah er, wie trügerisch die Illusion war. Sie manifestierten sich auf diese Art, um seine Aufmerksamkeit zu erregen. Das war eigentlich nicht nötig, doch wußte er diese Geste zu schätzen.

»Ich brauche hier noch mehr Zeit.«

»Es gibt keine mehr. Du hast lang genug in dieser Verzerrung gelebt.«

»Ich bin selbst schon völlig verzerrt.«

Das Wesen reagierte nicht auf Witze, Sarkasmus, Ironie und das übrige intellektuelle Instrumentarium. Er fragte sich, ob das flirrende Band aus Partikeln wirklich für eine hochstehende Intelligenz sprach; eigentlich sollte man Humor bei Intelligenzwesen voraussetzen.

»Die Dinge sind unseren Planungen zuwidergelaufen.«

Wie waren sie überhaupt auf die Idee gekommen, in seiner Sprache zu ihm zu sprechen? Vielleicht hatten sie ein paar Brocken von Shakespeare aufgeschnappt.

»Enthielt die Bibliothek elisabethanische Poesie?« Sollte das Wesen sich doch in dieser Assoziationskette verheddern.

»Keine Zeit für Unterhaltung.«

»Du meinst belanglose Konversation?«

»Die Mechanischen haben die notwendige genetische Information.«

Er spürte einen Anflug von Traurigkeit. Seit Jahrtausenden hatte er die Saga der Sippe Bishop und vieler anderer aus solchen, von der Zeit verschluckten Fuchsbauten verfolgt. »Sind die Träger tot?«

»Mit Sicherheit. Sie befanden sich auf einer Spur, die von den Mechanischen geöffnet wurde.«

»Um einzubrechen?« Das war Routine. Es war zwar mit großem Aufwand verbunden, die Verteidigung der Erzett zu überwinden, doch die Mechanischen verstanden es, ihre Angriffe punktgenau vorzutragen. Das hatten sie schon unter Beweis gestellt.

»Um die Erzett aufzureißen.«

»Bei allen Teufeln der Hölle!«

»Sie haben die Koordinaten-Struktur aufgerollt.«

»Wie denn?«

»Durch die Spiegelung der Quanten-Koordinaten auf eine doppelt infinite Verzweigung.«

»Ich verstehe.« Das Wesen behandelte ihn von oben herab, doch daran hatte er sich bereits gewöhnt. »Dann haben sie also den Koordinaten der ersten Verzweigung eine Signatur aufgezwungen ...«

»Und auf die zweite übertragen.«

»Die Erzett aufgetrennt.«

»Aber nur auf ein paar hundert Spuren.«

»Nur.« Es hatte keine Antenne für Sarkasmus.

»Sie haben die Spuren ausgewählt, auf denen mit hoher Wahrscheinlichkeit eine oder mehrere der drei genetischen Träger präsent waren.«

»Wieviele Tote?« Die Frage war sinnlos, entsprang aber einem Reflex.

»Unbekannt, doch über fünf Millionen Primaten. Die Ziffern für die Spezies sind noch höher.«

»Über fünf Millionen *Spezies*?«

»Die Weite des Raums.«

»Dann sind die Ekstase-Codes also bekannt.«

»Sie werden sich bald verbreiten. Um die Kalamität abzuwenden, brauchen wir alle Hilfe.«

»Ich bin nicht von großem Nutzen.«

»Du bist in der Vergangenheit effektiv gewesen.«

»Hmmm.« Er kannte die Original-Codes, die in jüngerer Vergangenheit auch als Trigger-Impulse bezeichnet worden waren. Sie waren zum Teil in der Galaktischen Bibliothek gespeichert. Die Natürlichen hatten eine genetische Sicherheitskopie angelegt. Das war auch der eigentliche Anlaß für die Expedition gewesen, welche die Natürlichen vor so langer Zeit zur Erde unternommen hatten. Das Wrack im Marginis-Krater, das im Vakuum des Monds konserviert worden und an dessen Auswertung er beteiligt gewesen war, war ein Opfer des Kampfs zwischen den Mechanos und den Natürlichen gewesen; ein Gemetzel, das seine Anfänge in der ersten Stunde der Geschichte hatte, lang bevor die Menschheit sich entwickelte.

Und dort war er, wie er sich sehnsüchtig erinnerte, auch Nikka begegnet. Mit ihrem Hang zum Mystischen hatten sie einander als seelenverwandt erkannt.

Er verdrängte die Erinnerungen. Ein paar verfolgten ihn dennoch, so sehr er auch dagegen ankämpfte. »Ein bißchen schwierig zu entscheiden, wen man nun in diesem ganzen Chaos retten soll.«

»Die Mechanischen arbeiten am Großen Problem.«

»Hmmm. Das hab ich schon gesehen.« Er erinnerte sich an die Expedition zum Ende der Zeit, die er durch den Wurm unternommen hatte. Seine Kinder, Benjamin, Ito und Angelina waren über die Spuren verteilt und warteten darauf, daß ihr Schicksal sich erfüllte. Hin und wieder stellte er mittels der Bibliothek ihre Position fest. Dann gab es ein großes Wiedersehen, wobei sie gelobten, engeren Kontakt zu halten, und dann gingen sie wieder ihrer Wege.

»Woran denkst du gerade?«

»Du bist ziemlich ungeduldig, was?«

»Die Mechanischen werden untergehen.«

»Ach ja? Die Primaten sterben jetzt schon.«

»Wir sind nicht imstande, Partei zu ergreifen, wie eine gewisse Spezies das vermag.«

Der Vogel rutschte auf dem Ast herum, den er mit rasiermesserscharfen Klauen zu umklammern schien. Das hätte vielleicht Anlaß zur Sorge geboten, wenn sie nicht nur einen zehntel Millimeter lang gewesen wären.

»Du bist kein Vertreter einer einzelnen Spezies?«

»Wir sind von einem Phylum, in dem Unterscheidungen keine Bedeutung haben. Spezies sind eine menschliche Kategorie.«

»Ich vermag nicht zu folgen.«

»Deshalb bist du auch in deinem Phylum.«

»Aha. Muß ich das als Beleidigung auffassen?«

»Hast du jemals eine Ameise beleidigt?«

»Damit ist die Frage wohl beantwortet.«

»Ich möchte dich noch einmal darauf hinweisen, daß wir uns ein Herz für Tiere nicht leisten können.«

»Du meinst also, ich sei zu sehr Spezies-spezifischen Verhaltensweisen verhaftet?«

»Du mußt mitkommen.«

Der Vogel hüpfte nervös herum, wobei er das Verhalten einer Brosamen heischenden Taube imitierte. Eine gute Kopie; ihr Verständnis nonverbaler Signale wurde immer besser.

Er seufzte. Wie oft war er schon als Krisen-Manager eingesprungen? Er wußte es nicht, konnte es nicht wissen. Mit der Zeit verblassen selbst intensive Erinnerungen, wenn sie nicht lebenswichtig sind. Und vieles von dem, was er über die Jahrtausende getan hatte, belief sich unterm Strich auf Null.

Ich werde alt, ich werde alt, ich werde die Hosenbeine umschlagen.

Die Bishops standen auf einem anderen Blatt. »Ich ziehe mir nur noch die Stiefel an.«

2 · DIE ZUSAMMENKUNFT

Killeen und Toby mußten Reparaturen ausführen, um die Einsatzfähigkeit wiederherzustellen. Die Rutschpartie durch die Wände der Erzett hatte allerlei Blessuren verursacht. Sie waren in eine ölige Vegetation gestürzt und bahnten sich einen Weg durch eine völlig unbekannte Spur.

Toby kicherte vor Freude. Killeen beobachtete ihn,

und sein Herz füllte sich mit Erinnerungen an Tobys Mutter und die schweren Zeiten, die er seither durchgemacht hatte. Er hatte seinen Sohn nach einer Zeit, die ihm wie Jahre vorkam, wiedergefunden – in der Erzett verlor man jedes Zeitgefühl –, und nun marschierten sie wieder vereint. Sie schritten einher, ohne viele Worte zu machen, und das war auch in Ordnung so.

Die schemenhafte Gestalt, die zu ihnen gesprochen hatte, erschien nicht mehr. »Hat wahrscheinlich was Besseres zu tun«, sagte Killeen und versorgte sein rechtes Bein. Die internen Systeme sagten ihm, es seien noch etliche Reparaturen erforderlich, und er solle stillsitzen. Oder sich hinlegen. Eins war so schwierig wie das andere.

»Komm schon, Paps, mach mal 'ne Pause.«

»Aber irgend etwas *geht vor*.«

»Im Moment ohne unsre Beteiligung.«

»Aber die Mantis …«

»Ich glaube nicht, daß wir uns darüber Gedanken zu machen brauchen. Sie wird uns schon finden.«

»Darüber zerbreche ich mir gerade den Kopf.«

»Was sie tun wird? Sie wird noch immer in der Lage sein, uns plattzumachen.«

»Neinsag, nicht wenn diese Trigger-Codes funktionieren.«

Toby runzelte die Stirn. Killeen hatte ihm alles gesagt, was er wußte, aber eben auf die für Killeen typische Art: die historischen Abläufe und andere Details waren etwas unscharf dargestellt. »Sie werden sie töten? Sichertot?«

»So, wie ich es verstanden habe, gleicht es einer Krankheit. Sie erkranken und sterben schließlich.«

»Beeinträchtigt ihre Funktionstüchtigkeit bis zum Ausfall aller Systeme.«

»Jasag.« Er stand auf und machte ein paar Schritte. Er hinkte zwar, doch das Gefühl der Mobilität machte dieses Handicap mehr als wett.

»Wir sollten uns vor der Mantis in Acht nehmen, falls sie uns findet.«

»Aber vielleicht gelingt es uns beim nächstenmal, sie zu töten.«

»Es geht hier um viel mehr als um die Mantis.«

Killeen blickte grimmig. »Nicht für mich.«

Nicht für mich.

Killeen wurde sich bewußt, daß er während der Passage durch diesen verzerrten Ort etwas gelernt hatte. Er war erst ein Säufer gewesen und dann ein Versager und zuletzt ein Käpt'n. Er kannte die Mentalität der Bishops. Die Leute, die hier lebten, waren anders.

Krieger lebten auf einer anderen Welt, einer sehr alten, die parallel zur behaglichen Heimstatt der Menschen existierte. Er hatte gebannt gelauscht, als seine Aspekte ihm davon berichteten. Zum ersten Mal hatte er einen Sinn in all den historischen Informationen gesehen.

Die Krieger-Kultur entsprang auf keinen Fall dieser Zivilisation, obwohl alle Zivilisationen ihren Ursprung dem ›ewigen Krieger‹ verdankten. Er wußte immerhin, daß die Menschen sich aus der Natur heraus entwickelt hatten und mit Instinkten für Flucht, Opportunismus und Eigennutz ausgestattet waren. Um die eigenen wertvollen Gene weiterzugeben, wie manche sagten, doch es steckte mehr dahinter: das Selbst, egozentrisch und sozial orientiert zugleich und das Wissen um das Spannungsfeld zwischen diesen zwei Polen.

Nachdem die Menschen hierhergekommen waren, hatten sie sich umgesehen und waren geflohen, wenn sie angegriffen wurden. Doch im Lauf der Zeit erlernten die Menschen das Kriegshandwerk. Sie erreichten zwar nie die Kampfkraft der Mechanos, zumindest nicht im Vakuum, doch sie hielten die Stellung. In der Kandelaber-Ära hielt die Menschheit Werte hoch wie ›Nibelungentreue‹, Selbstaufopferung, Mut und Ehre.

Sie war eine große Maschinerie gewesen, die nach dem Prinzip von Befehl und Gehorsam funktionierte und wo die einzelnen Menschen willfährige Rädchen im Getriebe waren.

Doch Killeen zog das vor, was sein Arthur-Aspekt ihm als die alte Art schilderte: der Kampf Mann gegen Mann, wobei die Soldaten auf jeder Ebene selbst Entscheidungen treffen durften.

Der Kampf hatte nicht den Tod zum Ziel, sondern das Überleben. Man rannte nicht mit massierten Kräften gegen den Feind an, weil man dadurch hohe Verluste erlitt. Es gab immer ein Morgen. Nach der Zerstörung der Kandelaber besannen die Menschen sich wieder auf die alten Tugenden: Geduld, Besonnenheit, Taktik der Nadelstiche. Tradition, Moral, Zusammenhalt.

Sippe. Bishops. Man sprach über Genetik, Verbindungen und so weiter, doch im Grunde war immer nur die Sippe gemeint.

Und der Kampf war nie vorbei.

»Käpt'n!«

Killeen wanderte in Gedanken versunken umher. Plötzlich wirbelte er herum, und die Waffe flog ihm förmlich in die Hand. Es war Cermo.

»Bist du echt?«

»So echt wie nur irgendwas!«

Sie fielen sich um den Hals, klopften sich auf die Schulter, und der Geruch stimmte auch. Nur für den Fall.

Cermo war seit jeher ein robuster und ruhiger Mann gewesen, ein Unteroffizier, wie es keinen zweiten gab, und nie hatte Killeen ihn glücklicher gesehen. »Komm her, Toby ist …«

»Jazz!« Cermo lachte dröhnend. »Verdammt groß bist du geworden, Junge.«

Toby grinste. »An dir ist aber auch kein Gramm Fett.«

»Jasag, ich bin nicht mehr so langsam wie früher.«

Er war Cermo der Langsame gewesen, doch am Schluß steckte er immer mitten im Kampfgetümmel. Killeen hatte sich ernsthaft gefragt, ob der Mann überhaupt das Wort Angst kannte. »Du bist aber schnell hierhergekommen«, sagte Killeen.

»Nicht aus eigener Kraft. Dieses komische Ding hat mich besucht. Ich stehe in der Pampa, und plötzlich taucht es wie aus dem Nichts auf.«

Tobys Grinsen gefror. »Was hat es gesagt?«

»Sagte, es wollte dir helfen.«

»So etwas wie ›Glaubt nicht, daß euer Schicksal uns gleichgültig ist‹?«

»Äh … jasag.«

»Der genaue Wortlaut.«

Cermo grinste und nickte.

Für einen Tag geschah nichts, weder erscholl ein Schlachtruf noch gab es irgendwelche Erscheinungen, und sie bekamen Hunger.

Nahrungssuche war ein schwieriges Unterfangen in einer völlig fremden Landschaft.

Im Gegensatz zur bisherigen Erzett war diese Spur nicht auf menschliche Bedürfnisse zugeschnitten. Die Landschaft sah aus, als wäre sie grob zurechtgeschnitzt worden. Der einzige Baum, den sie erblickten, bog sich im stürmischen Wind wie ein zerzauster Vogel über einer Vulkanlandschaft. Von erodierten Tafelbergen mit grauen Plateaus rannen gelbe Bäche die Abhänge hinunter, die sich blutorange verfärbten und wie Rost anmuteten. Am Himmel wölbte sich in der Ferne ein ähnliches Terrain und bildete ein riesiges Dach, das mit bizarren Zeitsteinformationen und windzerzauster öliger Vegetation ein Eigenleben führte. Ihre Jagdzüge hatten keinen Erfolg. Dann fiel ein kalter Nieselregen auf eine festgestampfte purpurne Ebene, die wie eine mit Giftmüll verseuchte Notzone aussah. Ein topographisches Monument der dunklen Seiten des Lebens.

Sie trafen auf Leute, doch es kam keine vernünftige Unterhaltung zustande. Sie waren zäh und hatten Hände wie Klodeckel, als ob sie damit im Winter ohne Handschuhe Bäume fällten. Killeen griff auf die Sprach-Chips zu, die Andro ihm in der Portal-Stadt vermacht hatte. Das trug zum besseren Verständnis der Sprache dieser Leute bei:

»Was für eine Kordel ist das?«

»Wie kommt's, daß du das tust?«

»Während ich aus den Nähten platzte, ist plötzlich was runtergefallen, und dann hat's Scherben gegeben.«

Immerhin bekamen die drei Männer etwas zu essen. Das meiste war sogar genießbar.

Sie alle hatten verschiedene Spuren durchlaufen und ebenso unterschiedliche Erfahrungen gemacht.

Cermo beschrieb ein Ding, das eine ganze Spur ausfüllte und irgendwie die Gravitations-Differentiale entlang einer verzerrten Achse erntete. Anwohner sagten, es sei weder Pflanze noch Tier, sondern eine Mischform, was aber keinen Sinn ergab.

Toby schilderte, was ihm auf der Spur widerfahren war, die von den Einheimischen ›Fluß-Spur‹ genannt wurde. Sie glaubten, sie sei endlos lang, weil nie jemand, der weit flußabwärts gefahren war, zurückkehrte. Umgekehrt war es riskant, Gegenstände weit zeitaufwärts mitzuführen, weil sie etwas erhöhten, das jemand als das ›temporale Potential‹ des Oberlaufs bezeichnet hatte. Schon die geringste Störung bewirkte eine Flutwelle zeitabwärts, die gelbe Blitze schleuderte. Versuche, Elektroden in den Fluß zu senken und Strom zu erzeugen, führten zu temporaler Instabilität des Ufers und gravierenden Zerstörungen.

Killeen indes hatte Probleme mit Leuten gehabt. Er hatte eine Region durchquert, die von einer Gestalt beherrscht wurde, die sich als Tyrann verehren ließ. Killeen sah die Figur aus der Ferne, als sie gerade Hof hielt. Neben dem Tyrannen hockte eine gedrungene dunkle Frau auf einer Ledermatte. Der Tyrann gab Audienzen, und wenn er sich echauffierte, machte er eine Bewegung, die Kopfnicken und -schütteln in sich vereinte. Die Bedeutung der Geste indes war nicht so vage, denn Killeen sah, daß es sich bei der Matrone um eine Scharfrichterin handelte, die unbotmäßige Untertanen unverzüglich köpfte. Die Ledermatte sollte verhindern, daß die grünen Fliesen des Palasthofs mit Blut besudelt wurden.

»Sie wirken alle so, nun, mit sich selbst beschäftigt«, sagte Toby.

»Sie überlassen das Denken lieber den Pferden, denn die haben größere Köpfe«, flachste Cermo.

Killeen verglich das mit der Mentalität der Bishops und sagte: »Wir schauen über den Tellerrand hinaus und lassen den Blick zum Horizont schweifen. Nur so sind wir den Mechanos immer um eine Nasenlänge voraus.«

Toby und Cermo nickten zustimmend und sagten, daß die Leute hier alt aussehen würden, falls die Mechanos sie angriffen. Kein Bishop würde sich diese Leute zum Vorbild nehmen, niemals.

So ergab sich aus den jeweiligen Beiträgen der Männer ein umfassendes Bild, vor allem in bezug auf das Chaos, das nach der Zerstörung der Portal-Stadt ausgebrochen war. Cermo war beim Gros der Bishops geblieben und hatte viele sterben sehen. Killeen wußte schon von Jocelyns Tod, im Gegensatz zu Toby. Killeen sah, daß Toby ein schlechtes Gewissen hatte, weil er kurz vor dem Angriff von der Sippe desertiert war. Doch anstatt ihm deswegen Vorhaltungen zu machen, umarmte er seinen Sohn. Später inszenierte er aus Gründen der Psycho-Hygiene eine ›Talk-Show‹, wo die drei sich Beschimpfungen an den Kopf warfen – je deftiger, desto besser. So ließen sie Dampf ab, zumal die

Regeln verboten, daß jemand es sich zu Herzen nahm. Auf diese Art wurden Ressentiments abgebaut, ohne alles zu zerreden.

Danach fühlten sie sich besser und kauften bei einem fliegenden Händler ein alkoholisches Getränk, das Cermo mit einem überzähligen Kleidungsstück bezahlte. Sie waren guter Dinge, als die Mantis erschien.

3 · EIN SCHRECKLICHES WUNDER

In dieser Welt regnete es Instruktionen.

Nigel Walmsley hatte sich unter einen großen Baum mit ausladender Krone geflüchtet und sah daunenartige Samen an den Ästen sprießen. Die Pflanzen auf dieser Spur hatten einen ihm unbekannten Weg der Evolution eingeschlagen. Die Samen reiften in ihnen heran, und wenn der Boden günstige Wachstumsbedingungen bot, stießen die Bäume den Samen aus. Die Eltern-Bäume sonderten außerdem ein Sekret ab, das den vom Wind davongetragenen Samen folgte. Das Sekret war entweder ein Nährstoff oder ein Insektenvernichtungsmittel oder auch beides; Nigels Biologiekenntnisse waren zu gering, um es mit Bestimmtheit zu sagen. Er hatte in Cambridge graduiert, eine Generation nachdem Crick und Watson die Doppelhelix entdeckt hatten, und das lag nun fast dreißigtausend Jahre zurück. Daß in einem solchen Zeitraum sich Veränderungen ergaben, war wohl normal.

Die flauschigen Fallschirme der Samen trieben in der Luft. Sie wurden von Windstößen verweht, verfingen sich in öligen Büschen und fielen in Gewässer, wodurch sie für die Fortpflanzung natürlich verloren waren. In den faserigen Zellulosepäckchen war die lebensspendende DNA enthalten. Oder vielleicht trug auch eine andere verschlungene Matrix die genetischen Instruktionen; die Galaxis hatte nämlich Kopierwerkzeuge im Überfluß produziert. Doch welche Moleküle sich auch immer im Paarungsreigen wiegten, sie hatten den Auftrag, Befehle für die Erschaffung weiterer Bäume weiterzuleiten – oder genauer, die Samen erteilten Startfreigabe für ihre weitere Verbreitung. Die scheinbare Selbstlosigkeit des Baums war Eigennutz: das Fundament des Lebens. Bäume regneten herab – in der Sprache des längst vergangenen ZwanHunni, in dem er seine Prägung erfahren hatte – im alten Stil geschriebene digitale Programme mit Bits und Bytes. Algorithmen legten Verzeichnisse an und verbreiteten atomare Saaten.

Doch auch andere Programme flitzten durch die Luft – Mechano-Signale, die zu kurzen Pulsen verdichtet waren und energetisch sirrten. Alarm, Angst, Panik.

Oder so hätte er sie einst bezeichnet. Mechanos besaßen keine Emotionen, sondern das, was er als Über-Programme beziehungsweise Meta-Befehle bezeichnete. Sie entsprachen den Trieben und im Unterbewußtsein verankerten Impulsen der Menschen.

Ihre Rufe hallten in Nigels Sensorium wie die Schreie von Zugvögeln.

Er wagte sich unter dem Baum hervor und pirschte sich zur Kante einer Klippe.

Er blickte nach oben. Die Ähnlichkeit war vielleicht ein Beispiel evolutionärer Konvergenz. Auf der Erde hatte das Wunder des Auges sich in verschiedenen Organismen getrennt entwickelt, in Amphibien und Säugetieren gleichermaßen. Hier wirkten die fremdartigen, durchsichtigen Mechanos wie ein Schwarm Pelikane.

Sie sandten einen feurigen Dreizack aus. Knisternd traf er die fliehenden Gestalten auf der weiten Ebene.

Schwache Signale des Grauens stiegen zu ihm empor. Es gab viele Aliens in diesem Labyrinth, die sich auf den verschiedenen Spuren etabliert hatten. Nun trieben die todbringenden Mechano-Geschwader sie zusammen und verhörten sie elektronisch, wobei sie den Tod der Opfer billigend in Kauf nahmen. Alles Teil der Suche nach bestimmten widerspenstigen Primaten. Und anderen.

Er war wegen der Streusignale hier heraufgekommen, die er aufgefangen hatte. Sie hatten eine fremdartige Anmutung und zugleich eine menschliche Note gehabt.

Ihre Quelle kletterte die Klippe hinauf. Wie auf dem Präsentierteller für die Mechanos. Er esperte sie unter sich und spürte, wie zwei Mechanos mit großer Spannweite das Ziel auffaßten.

Ein Blitz zuckte aus dem Himmel. Er schlug in der Klippe ein. Kein schmerzlicher Reflex, überhaupt keine Reaktion – bis etwas reflektiert wurde, als ob der Blitz gespiegelt worden wäre. Dann schmierten die beiden Mechanos wie brennende Bomber ab.

Was auch immer sich dort näherte, besaß große Macht. Nigel zog sich in den Wald zurück.

Ein großer, halb-mechanischer Körper zog sich mit verblüffender Schnelligkeit über die Kante der Klippe. Er kam auf ihn zu. Er wußte, daß ein Fluchtversuch sinnlos gewesen wäre. <Ich habe dich auch gerochen>, sendete das Ding.

»Es ist schon 'ne Weile her, seit ich mein letztes Bad genommen habe«, sagte Nigel, doch er wußte, was dieses Wesen meinte. Sie hatten etwas gemeinsam, das bloße Worte nicht zu beschreiben vermochten. Das große Alien gehörte zur Art der Myriapoden, eine Spezies, die ihre Natürlichen Leiber schon vor langer Zeit bionisch aufgerüstet hatten. Sie haßten die Mechanos, die danach getrachtet hatten, sie auszurotten.

<Ich trage einen für dich nützlichen Menschen.>

»Wie das?« Nigel hatte zuvor schon mit Myriapoden zu tun gehabt und wußte, daß man die Aussagen dieser fremdartigen Wesen nicht immer für bare Münze nehmen durfte.

<Du suchst die Bishops.>

»Du bist ihr … Verbündeter?«

<Meine Spezies ist ihr Verbündeter.>

»Ich kenne euer Phylum.« Es wäre sinnlos gewesen, Schutzmaßnahmen gegen diesen Vielfüßler zu treffen; er vermochte ihn wie eine Kerze auszupusten. Nigel wurde sich bewußt, daß er keine Furcht verspürte; falls er sich dieses Gefühl überhaupt noch gestattete, schwang sogar Nostalgie mit. »Ich erinnere mich an eure Illuminaten und ihre Bienenstock-Diplomatie – ja, ich hatte schon einmal mit ihnen zu tun.«

<Sie haben mich gesandt.>

»Sie haben schon immer ein gutes Urteilsvermögen besessen.«

<Du kennst unsre Vergangenheit so gut?>

»Halbwegs. Und ich habe viel über euch gelesen.«

<Die Bibliothek.>

»Einen Teil. Das meiste habe ich nicht verstanden.«

<Kennst du …>

»Ja?« Die Übertragungen des großen Wesens hatten einen seltsamen Nachhall und erweckten den Eindruck der Vielschichtigkeit. Es rührte zaghaft an eine uralte Frage.

<Du weißt, wer uns verschnitten hat?>

»Eure Interspezies-Verschmelzung? Das ist ziemlich lang her.«

<Vor unsrer Geschichte.>

»Soweit ich weiß, waren wir es nicht.«

Unwillkürlich strahlte es verwirrte Reaktionen aus: Erleichterung, Erregung, und alles wurde von Sehnsucht und Traurigkeit unterlegt.

<Ich verstehe inzwischen deine Art. Ich hatte gehofft …>

»Leider nein. Wir kamen später. Wir sind kürzlich als ungebetene Gäste hierhergekommen.«

<Wer dann?>

»Es gibt ein Wort für die organischen, die Natürlichen Rassen, die nicht von den Mechanos domestiziert wurden – beziehungsweise ausgerottet.«

<So etwas hatte ich befürchtet. Aber ... wir wurden nicht ausgerottet.>

»Wir sind anders. Ihr seid schwerer zu töten, und uns haben die Mechanos im Zentrum am Leben gelassen, weil sie nicht schlau werden aus uns.«

<Nun wissen sie aber Bescheid.>

»Ähem, stimmt. Die Katze ist aus dem sprichwörtlichen Sack.«

<Ihr tragt die Codes.>

»Ja, sogar ich alter Knochen – aber nur unvollständig. Genetisches Gleiten beziehungsweise Drift oder ein anderer Fachbegriff, den ich längst vergessen habe.«

<Ich vermag hierbei zu helfen. Mein voller Abstammungs-Wühler-Name ist Quath'jutt'kkal'thon.>

»Nigel Walmsley. Dein Name hat sicher etwas zu bedeuten, doch meiner ist nur ein Etikett, das man mir verpaßt hat.«

Das Töten auf der Ebene dauerte an, doch sie beide hatten es ausgeblendet. Nun ging das Geschwader der geflügelten Mechanos tiefer und vollendete das Todeswerk. »Sie werden mich verfolgen, falls sie mich aufspüren«, sagte Nigel. »Ich habe nicht deine Verteidigungsmittel.«

<Ich deine auch nicht.>

Feiner Spott. Doch die vogelähnlichen Mechanos kamen immer näher. »Was sind das für welche?«

<Sie sind hastig an diese pseudo-planetaren Umgebungen angepaßt worden. Früher waren sie die Licht-Esser.>

»Ach. Photovoren.«

Plötzlich schoß einer auf ihn. Ein Baum zerbarst, und Nigel überlebte nur deshalb, weil Quath sofort einen Schutzschirm aufbaute. Es war eine flirrende Blase aus elektromagnetischer Energie, die in der zerrissenen Luft hing. Fürs erste würde das reichen, doch … »Fürchte, ich muß die versteckten Reserven aktivieren, Quath.« Nigel sandte ein Signal aus, wobei er im Sensorium trällerte. Er war mit einer Ruf-Funktion ausgestattet worden und hatte natürlich keine Ahnung, wie sie funktionierte.

<Ich vermag dich nicht viel länger zu beschützen …>

Der schemenhafte Vogel dräute über ihnen. Zuerst hielt er ihn für einen Mechano, doch dann sah er, daß das Gebilde durchscheinend war, ein Delegierter der Höheren. Er schwebte über ihnen und schaute sie mit stechenden Augen an.

Nigel erfaßte sein kurzes Informations-Echo und sagte: »Sind sie noch immer lichtempfindlich, die Flügel dieser Photovoren?«

Quath blickte noch immer zu dem großen Non-Vogel aus wabernden, summenden Teilen hinauf. Die Manifestation war so hochauflösend, daß Nigel Millionen winziger Elemente sah, aus denen das Ding bestand – vielleicht handelte es sich um Insekten oder etwas noch Exotischeres. Nigel hatte es bisher nicht herausgefunden, obwohl es in letzter Zeit oft in dieser Manifestation erschien. Er wußte, daß die physikalische Form bedeutungslos war und daß das, was auch immer sich dahinter verbarg, es ihm und Quath leichter machen wollte. »Quath?«

<Ich … ja, hier.>

»Gut. Sie muß es wissen. Details sind nämlich nicht ihre Stärke.«

Stimmt nicht, sagte er sich. Immerhin war sie finit.

Der Zeitstein hoch über ihnen verwandelte sich plötzlich in einen goldgelb leuchtenden Bogen. Die Hitzewelle warf Nigel zu Boden, und er kroch unter einen Baum. Er sah, daß es sich überwiegend um Infrarot handelte, doch schon das sichtbare Licht ließ ihn fast erblinden.

<Ah ... Nein ...> Quath kauerte sich mit ihm unter das Blätterdach.

»Es bevorzugt einfache Lösungen.«

Plötzlich trat Dampf aus den Baumwipfeln aus. Durch den zischenden Nebel sah Nigel die Photovoren. Sie wurden überlastet, und die Schwingen verschmorten. Teile fielen ab.

Die ganze Luftflotte, mehrere hundert Einheiten, geriet ins Trudeln und stürzte ab. Sie würden sich zu denen gesellen, auf die sie eben noch ein Scheibenschießen veranstaltet hatten.

»Ich habe diese Geräte schon einmal bei der Arbeit gesehen«, schrie Nigel in den Dampf, der sie einhüllte. »Sie sind schöne Konstruktionen, doch dafür sind sie nicht geeignet.«

<Andernorts habe ich sie Erzett-Bomben werfen sehen.>

Ein Photovore stürzte in einen nahestehenden Baum. Der kräftige Stamm zerbarst mit einem Knall.

»Verdammt, wo steckt der Vogel? Wir müssen von hier verschwinden.«

Er wußte, daß die Mechanos nun Erzett-Bomben einsetzten, die einen Abschnitt der Raum-Zeit destabilisierten, der dann versuchte, sich aufzurollen und zu glätten. Alles, was sich in der Nähe befand, wurde auch zerrissen. Alles, dessen Existenz auf einer geometrischen Struktur beruhte, vielleicht sogar ein Magnet-Bewußtsein. Dagegen gab es keinen Schutz.

<Es ist dein Retter, nicht meiner.>

»Du sagtest, du würdest einen Menschen tragen, nicht wahr?«

<Das sagte ich. Doch spute dich; siehst du das Feuer ...>

»Ich werde dich mitnehmen.«

<Das wäre begrüßenswert, wenn dir die Flucht von dieser Spur gelänge.>

Dazu war er natürlich nicht imstande. Doch der Vogel war irgendwie hier, und für ihn war Materie ein Soufflé aus leerem Raum und unzähligen Wahrscheinlichkeiten.

»Dieser Mensch – ich wette, ich kenne seinen Namen.«

<Bereite zuerst die Flucht vor.>

»Gewiß. Wo ist dieser Vogel, wenn man ihn braucht?«

Nigel sendete einen lauten Ruf. Damit würde er sicher Photovoren anlocken, auch wenn sie schon in den letzten Zügen lagen. Doch es blieben nur noch wenige Sekunden. Einer neuen Gewohnheit folgend, dachte er kurz an Nikka und genoß den Moment; nur für den Fall, daß es wirklich so war. Diesmal.

4 · ENDLICHKEITEN

Weglaufen hatte natürlich keinen Sinn.

Die Mantis erschien als Flackern am Rand von Killeens Blickfeld. Er war müde, und irgend etwas verließ ihn, als er die anschwellende Leere erkannte. Stummer Beweis dafür, wie gut sie sich vor ihnen zu tarnen vermochte.

Killeen erhob sich langsam vom Lagerfeuer. Toby und Cermo folgten seinem Beispiel. Ein Bishop war immer auf dem Sprung, auch wenn die Lage dies nicht zu erfordern schien. Er wünschte sich, sie hätten den Schnaps nicht getrunken, doch wahrscheinlich hätte das sowieso keinen Unterschied gemacht.

Die Munition konnten sie sich sparen. Als ob man auf den Wind schießen würde, damit die Sonne hervorkommt, hatte sein Vater einst auf Snowglade gesagt und die Absurdität des Vorhabens vorweggenommen. Dann mußte man eben die Flucht nach vorn antreten.

»Überrascht, uns zu sehen?«

Wir sind nicht auf Reaktionen wie euer Erstaunen programmiert. Alle ordentlichen Formen integrieren neue Daten sofort und erschaffen sich neu. Die vorherige Attitüde wird nicht gespeichert, so daß kein Vergleich möglich ist.

»Wie öde.«

Das ist auch eine Kategorie, die bei uns keine Anwendung findet.

»Wenn ich nach links gehe ...«, flüsterte Cermo.

»Bleib hier. Wir sehen nur die Spitze des Eisbergs«, sagte Killeen.

Toby nickte. »Die Mantis, die wir auf Snowglade gesehen haben, war quasi eine abgespeckte Version von diesem Ding.«

Falls du implizierst, ich sei nur mehr im Sinne einer linearen Reihe, hast du nichts begriffen.

Killeen erinnerte sich, wie sie Andro, Fanny und so viele andere getötet hatte. Erst getötet und benutzt und dann weggeworfen.

Wieder spreche ich als Adapter für die Erhabenen. Sie vermögen sich nicht in serieller Ordnung auszudrücken, wie es bei euren akustischen Modi der Fall ist.

»Klingt ziemlich beschränkt für mich«, sagte Killeen. Solange die Mantis redete, waren sie noch am Leben.

Sie delegieren solche lästigen Aufgaben. Seid nicht anmaßend, oder ich werde eure Terminierung schmerzhaft gestalten.

»Gemein von dir«, sagte Toby mit schwacher Stimme. Er war genauso erschöpft wie Killeen. Die schlimmste Art der Erschöpfung, eine bleierne mentale Müdigkeit.

Es würde sich um eine Variation eines früheren Experiments handeln. Glaubt nicht, nur eure Spezies sei im Besitz des Konzepts Mitleid. Doch ihr müßt zugeben, daß es Grenzen gibt zwischen Spezies, Phyla und vor allem zwischen Königreichen. Die Erhabenen sind ein höheres Königreich, im Grunde das höchste. Ihr dürft nicht erwarten, daß eure Begrifflichkeiten zu eurem Vorteil ausgelegt werden.

Killeen schnaubte verächtlich. »Sie – und du – haben uns dem Tod überantwortet, als ihr die Erzett aufgebrochen habt.«

Ich mußte die Probe von Tobys genetischer Aufzeichnung zurückbringen. Sie war gerade ausreichend.

»Ich dachte, ihr bräuchtet drei Generationen zuzüglich der Daten in den Vermächtnissen«, sagte Killeen in die Luft. Er spürte die Mantis nur als unheimliche Leerstelle im Sensorium.

Es gibt einen kleinen Code, der die Freuden auslöst, nach denen wir trachten. Es heißt, er würde sozial getragen.

»Du meinst wohl memoriert?« fragte Toby.

Soweit wir wissen, wurde er als Sicherung angelegt, als die Trigger-Codes der genetischen Doppel-Helix aufgeprägt wurden. Ich wünschte, ihr würdet ihn freigeben.

Killeen lachte. »Wüßte nicht wie.«

Versuche, ihn abzuschirmen, haben nur zur Folge, daß ich euch der Reihe nach durchsuchen werde. Ich habe wenig Zeit, und meine Methoden werden zerstörerisch sein. Euer Selbst wird die Suche nicht überleben.

Wie zur Verdeutlichung spürte Killeen ein Stochern im Bewußtsein, und Erinnerungen drangen an die Oberfläche – Qualen und Freuden in rascher Abfolge. Schmerzlich und mit einer Gehässigkeit, wie er sie noch nie empfunden hatte. Er taumelte. Bei der Springflut aus der Vergangenheit stockte ihm der Atem, und der zugeschnürten Kehle entrang sich ein heiserer Schrei.

Seine Frau Veronica wiegte Toby in trübem Kerzenlicht. Die rotgesichtige Fanny rief Befehle auf einer rissigen Ebene. Abraham lächelte grimmig von einer Brustwehr über der Zitadelle herab.

Alles verdichtete Scheiben, Momentaufnahmen als Graffiti an den Wänden seines Bewußtseins.

Er erinnerte sich an Ereignisse im Takt seiner eigenen Denkvorgänge, und die Mantis ›erntete‹ sie, indem sie die Daten blitzschnell auslas.

»Wie sollten wir überhaupt an den Code herankommen?«

Er muß akustisch übermittelt werden.

»Man teilt ihn uns mit?« fragte Toby.

Cermo schüttelte den Kopf. »Ich weiß von nichts.«

Dann lügt ihr. Es gibt keine andere Möglichkeit. Es ist eine spezies-spezifische Instruktion. Die Erhabenen haben in eurer Doppelhelix gelesen, daß der Code existiert.

Killeen schüttelte den Kopf. »Nun, dann ist er eben verschütt gegangen.«

Das kann nicht sein. Menschliche Kontinuität ist unüblich bei den niederen Ordnungen. Große Traditionen werden überliefert. Dies ist untrennbar verwoben mit eurem individuellen Selbstwertgefühl – ein ›natürliches‹ soziales Werkzeug.

»Vielleicht versuchst du es mal bei den anderen Sippen«, regte Toby an.

Nein! Die Rooks, Knights und anderen haben es nicht. Es gibt einen deutlichen genetischen Unterschied.

Vielleicht besaßen sie selbst nicht, was sie als Emotionen bezeichneten, doch diese Mantis gab mehr preis, als sie ahnte. Er wurde sich plötzlich bewußt, daß sie sich nach dem verlorenen Trigger sehnte. Vielleicht wünschten sogar die Erhabenen sich die exotischen Freuden, die den primitiven Säugetieren schon in die Wiege gelegt wurden.

»Wie kommt's dann, daß die Bishops diesen Code besitzen?« fragte Killeen vorsichtig.

Ihr wart einer schwächeren genetischen Drift unterworfen als die anderen. Glück im Spiel.

Killeen sah keinen Ausweg aus dieser Situation. Sie logen nicht; das hätte sich unter den gegebenen Umständen auch verboten. Sie wußten es wirklich nicht. Doch die Mantis würde ihnen das Bewußtsein aufreißen, um auf Nummer Sicher zu gehen. Daher verlegte er sich auf das älteste Manöver: Hinhaltetaktik. »Dann sind wir also nichts Besonderes, jasag?«

Es gibt ein paar Theorien, weshalb die Menschen von ihren ›Kandelabern‹ aus spontan Kolonien gegründet haben. Keine Sippe schien irgendwie im Vorteil, zumal die Bishops eine der kleineren Sippen waren.

»Aber zäher«, sagte Toby. »Stimmt's?« Aus seinem Tonfall schloß Killeen, daß er der Mantis einen Vortrag halten und die wissenschaftliche Facette der vielseitigen Intelligenz stimulieren wollte.

Das gilt vielleicht heute für euch, aber eure Vergangenheit ist nicht so glorreich. Sogar auf Snowglade haben Rooks und Pawns unsere Unternehmungen stärker gestört.

»Aber wir haben einen Kriegsnamen. Bishops sind Läufer. Sie jagen heran und schlagen zu.« Toby steigerte sich in die Sache hinein; es ging ihm nicht mehr nur darum, Zeit zu schinden. »Wir … wir …«, stammelte Toby und rezitierte mit trällernder Stimme ein Gedicht:

Wir durchbrachen die Phalanx der Bauern,
griffen die Springer von der Flanke an,
und boten König Dickbauch Schach …

Ich sehe, du zitierst aus einem alten Lied der Bishops. Ein ›Jubel-Führer‹, den ich einst in eurer Zitadelle gesehen hatte. Bewundernswert, wie ihr eine Sippe gegen die andere ausgespielt habt. Eine verschwenderische Art, diejenigen zu selektieren, die sich fortpflanzen dürfen.

»Wir sind eben besser als sie. Unser Name ...«

Entstammt einem Brettspiel. Genauso wie die Löwen und Borussen auf einer angrenzenden Spur ihre Namen von einer verlorenen Kunst haben, die mit dem Körper dargestellt wurde. Die Asse und Achten und Buben auf dem Planeten, den ihr einmal besucht habt – Trumpf habt ihr ihn wohl genannt – sind einem Zeitvertreib mit Karten aus Pappkarton entlehnt. Ähnlicher kultureller Ballast ist die Ursache für Spannungen unter den Sippen – alle künstlich, glaubt mir. Und ihr dürft einer wie mir glauben; hier draußen im Zentrum ist die ganze menschliche Geschichte vor meinen Augen abgelaufen.

»Diese Spiele und so weiter, *sie* wurden *für* uns benannt«, sagte Killeen patzig.

»Verdammt richtig«, sagte Cermo.

»Wenn du mich fragst«, sagte Toby triumphierend, »sie waren echte Kämpfer. Ihr Wort für Krieg war Spiel. Ihr Sieg Meisterschaft.«

Ihr seid amüsant in eurer Endlichkeit. Doch solltet ihr das Wohlwollen, das ich euch entgegenbringe, nicht über Gebühr strapazieren.

Killeen wußte, daß das Spiel vorbei war, als die Konturen der Mantis sich deutlich vor den entfernten Hügeln abzeichneten. Sie war groß und veränderte die Umrisse, so daß er sie nicht zu definieren vermochte. »So warte doch, ich ...«

Des Wartens ist genug. Wenn ihr euch weigert, mir den akustischen Trigger zu übergeben, muß ich euch separat und im Detail befragen. Euer Selbst wird das nicht überleben. Ich werde inspizieren und zugleich ernten.

Die geschäftsmäßige Art und Weise, wie die Mantis das sagte, überzeugte Killeen, daß sie es ernst meinte. Er atmete flach und ließ die Gedanken schweifen. Die Mantis hatte versprochen, sie zu guter Letzt in sich einzusaugen, im Rahmen ihrer ›Erhaltungs-Mission‹, und es gab keine Möglichkeit, das zu verhindern.

»Ich werde zuerst gehen«, sagte Killeen. »Ich bin der Käpt'n, und deshalb ist anzunehmen, daß ich mehr weiß als die da.«

Richtig. Vielleicht verfügst du über verstecktes Wissen. Du weißt wahrscheinlich gar nicht, daß du es besitzt. Bei der Unordnung in deinem Innern mit dem unterbewußten und anderen Sümpfen ist das nicht von der Hand zu weisen. Wohlan. Es wird leichter für dich sein, wenn du dir einen ruhigen Ort suchst und dich für einen Löschvorgang positionierst.

Ein fahles türkisfarbenes Rechteck öffnete sich ein paar Schritte entfernt in der Luft. Killeen sah, daß die Mantis sehr nahe stand und die Landschaft im Detail simulierte. Er hatte nicht einmal gewußt, daß sie so nah war; und nun hing die Tür zu dieser Realität wie ein Gemälde vor den Hügeln. Doch die Hügel waren die Illusion, und die Tür real. Und hier war für ihn Endstation.

5 · EIN ABGRUND AUS ZERQUETSCHTER DAUER

Nigel Walmsley landete auf dem Hinterteil. Quath hatte ihm gesagt, es sei sicherer, nacheinander hindurchzugehen, doch als er aufschaute, stand Quath vor ihm, als ob nichts gewesen wäre. Er war völlig verdreckt, die Kleider waren zerrissen, und alle Glieder schmerzten.

»Du sagtest, dies …«

<Mußte schnell ausgeführt werden>, sagte Quath und ging zügig bergab. <Wir können von Glück sagen, daß wir heil angekommen sind.>

»Richtig.« Sie waren durch die Lüfte geschwebt, doch Nigel hatte den Vogel nicht zu Gesicht bekommen. Statt dessen schienen die Hügel sich wie ein brauner Teppich aufzurollen und sie in ein schwereloses Niemandsland zu schleudern. Quath hatte gesendet und mit Entitäten kommuniziert, die sich Nigels Blick entzogen. Alles sehr schnell. Dann war er hier unten aufgeprallt.

»Vorne kürzer!«

<Zu Befehl …> Sie nahm ihn auf und eilte weiter.

Er baumelte wie ein Anhängsel an ihrer rechten Seite. Die Hügel flimmerten, als ob es sich um eine Fata Morgana handelte. Oder vielleicht wurde er auch nur müde. Er blinzelte, und die Hügel kräuselten sich wieder. Plötzlich sah er, daß es gar keine Hügel waren. Es war etwas Großes und Bedrohliches, und das Sensorium registrierte einen alten, vertrauten Gestank.

»Die Mantis.«

<Deshalb bin ich auch in Eile.>

Er sah ein paar Bishops im Hintergrund der virtuellen Szenerie. Killeen, Toby und einen Offizier. Quath sendete auf die alte Weise der Myriapoden frohe Grüße, und Nigel versuchte nachzudenken.

Der Vogel mußte noch mit im Spiel sein, denn sonst wären sie nicht so schnell durch die verzerrte Erzett geschlüpft und hätten eine Punktlandung hingelegt. Die Dinge trieben einem Höhepunkt entgegen, doch welchem? Die Mantis konnte sie noch immer in einer Mikrosekunde abschlachten. Ihr einziger Schutz lag in der Hoffnung, daß sie im Moment kein Interesse daran zu haben schien.

Niemand widmete ihm große Aufmerksamkeit, als er von Quath herunterkletterte. Für diese Riesen war er nur ein runzliger Gnom – kaum der Stoff, aus dem Legenden sind.

Schließlich fand er heraus, daß sie über einen gewissen akustischen Trigger-Code sprachen. Das Mantis-Bewußtsein schöpfte die Unterhaltung ab und fragte die menschlichen Bewußtseine der Reihe nach ab. Wie ein Connoisseur bei der Weinprobe, sagte Nigel sich, doch registrierte er auch eine unterschwellige Furcht. Auch der Mantis lief die Zeit davon.

All das entnahm er seinem Sensorium. Es war wesentlich empfindlicher und leistungsfähiger als die Sensorien der Bishops, doch ein Spielzeug im Vergleich zum Apparat der Mantis. Er spürte, wie die Maschinen-Bewußtseine in ihm herumstocherten und wieder zu den Bishops flitzten, um einen Spezies-Abgleich vorzunehmen. Dann kehrten sie zu ihm zurück und stöberten wieder im Gehirn. Obwohl er diese Prozedur schon oft hatte über sich ergehen lassen, würde er sich nie daran gewöhnen.

> Dich werde ich auch inspizieren, Myriapode. Die Akustik ist vielleicht auch in einer solchen Intelligenz enthalten.

<Das glaube ich nicht>, sagte Quath.

»Ich bin sicher, daß sie es nicht glaubt«, sagte Nigel milde.

Alle Blicke richteten sich auf ihn. Außer der Mantis natürlich, die noch immer nur eine leise Dissonanz in der scheinbaren Welt war.

»Wer bist du denn?« fragte Killeen mißtrauisch.

»Sag's dir später«, flüsterte Toby seinem Vater zu.

»Dennoch glaube ich, daß Quath das Geheimnis hütet«, sagte Nigel.

<Du sprichst buchstäblich. Und wahr.>

Dann öffnete Quaths Bauch sich in einer Synthese aus mechanischer Bewegung und organischer Geburt, und Membranen platzten auf.

Ein großer Mann wankte heraus. Er rieb sich die Augen, gähnte herzhaft und schaute sich um. »Bin eingeschlafen«, sagte er.

»Abraham!« rief Killeen.

Die anderen stimmten ein. Nigel beobachtete sie, doch seine Sinne waren auf die Mantis gerichtet. Sie würde sich an diesem Schauspiel, diesem Wiedersehen erfreuen und die Lage schneller peilen, als Walmsley es vermochte. Von nun an barg jede Regung ein tödliches Risiko.

Toby und Killeen schlangen die Arme um Abraham und schrien ihre Freude heraus. *Überaus menschlich*, sagte Nigel sich. Wider Willen wurde er selbst in den Bann gezogen. Lächelnd schlug er Abraham auf den Rücken, und für einen Moment fiel die Anspannung von ihm ab. Dann sendete die Mantis:

> Du bist der Älteste und hast den akustischen Trigger.

Abraham wirkte wie ein älteres Ebenbild von Toby und Killeen. Er hatte das gleiche Glimmen in den Augen. »Ich habe ihn.«

> Gib ihn mir.

»Jasag, Isay«, sagte Killeen. »Gib's ihnen.«
Nigel war sich nicht sicher, ob Abraham überhaupt wußte, was los war. »Wollen wir das?« fragte er Killeen.
Killeen schaute Nigel durchdringend an. »Natürlich.«
»Langfristig wollen sie immer das gleiche, weißt du«, sagte Nigel gemütlich. Er versuchte zuversichtlich zu klingen, obwohl das ziemlich schwer war, wo er Killeen kaum bis zur Hüfte reichte.
»Was meinst du damit?«
»Daß sie am großen Problem arbeiten. Sie konservieren alle Lebensformen in der fernen Zukunft.«
Killeen runzelte ungläubig die Stirn. »Was?«
»Indem sie sich selbst in Elektron-Positron-Plasma umwandeln. Klingt nach einer abstrakten Apotheose, ich weiß ...«
»Sie haben uns ermordet!« explodierte Killeen.
»Mehr, als du ahnst«, sagte Nigel. »Die Frage ist nur, was wir *nun* tun sollen. Die Vergangenheit darf nicht ...«
»Dieses Ding ...« Killeen wies mit dem Daumen auf den Mantis-Schimmer, der von den Hügeln aufgewallt war und sie nun einhüllte, »hat uns gejagt, uns getötet und zum Spaß kleine Kinder in Stücke gerissen. Ich sage ...«

Du mußt diesen akustischen Code herausgeben und dieses offensichtliche Theater beenden. Es bringt mich und jene, die ich repräsentiere – die Erhabenen – vom richtigen Weg ab. Glaubt nicht, durch solch eine kümmerliche Täuschung würdet ihr einen Aufschub erhalten. Euer Schicksal ist besiegelt. Es muß sich vollenden.

»Du wirst auch noch dran glauben!« schrie Killeen.
Nigel faßte Abraham bei der Hand und sah ihm in

die Augen. Dieser alte Mann war aus der zerstörten Zitadelle gerettet worden, und zwar durch die Hand – die falsche Metapher, aber zum Teufel damit – des Vogels. Ein paar Mechanos waren damals gestorben und noch ein paar andere Dinge, Wesen, deren Namen nicht einmal Nigel kannte. Dieser runzlige alte Mann vermochte nicht mehr zu tun, als an diesen Ort zu kommen und seinen Teil zur Lösung des Rätsels beizutragen, das sie bisher nur ansatzweise aufgeklärt hatten.

»Weißt du, was geschehen wird, wenn …?« Nigels Stimme schwächte sich zu einem Flüstern ab.

Cermo trat plötzlich vor und schubste Nigel fort. »Laß ihn in Ruhe.«

Nigel torkelte. »Ich glaube nicht, daß auch nur einer von uns versteht …«

<Dies ist ein Abgrund zerquetschter Dauer>, sagte Quath. <Er ähnelt den Übergängen zwischen den Spuren, und die Kausalität ist Geisel des Unbekannten. Ich glaube, wir müssen voranschreiten, trotz unserer Ängste.>

Nigel erkannte im Gesicht des alten Mannes einen Ausdruck von Nostalgie. *Aha.* Er erinnerte sich an etwas und hatte wahrscheinlich Killeen die Hintergrundinformation übermitteln wollen. Doch der Angriff der Mechanos auf die Zitadelle hatte ihn von der Sippe abgeschnitten.

Also war der Schlüssel in der zerbrechlich wirkenden Tasse der menschlichen Kultur aufbewahrt worden. Die Konstrukteure hatten vor langer Zeit den Bishops und unzähligen anderen Sippen, Teams und Korps eine Vielzahl geheimer Botschaften aufgeprägt, die allesamt in die Kultur integriert waren. Sie wußten, daß das zentrale Charakteristikum der Menschheit *Kontinuität* war. Ohne die war die Menschheit verloren.

Die Menschen kaschierten ihre Sterblichkeit mit Lachen und zwischenmenschlichen Beziehungen, den beiden großen Trostspendern.

Die beiden zu vereinen war weise. Also hatten sie sich etwas ausgesucht, das Freude bereitete und die Beziehung aufrechterhielt. Etwas Uraltes und Dauerhaftes, über das die Mechanos kaum nachdenken würden.

<Es liegt in eurer Primaten-Natur, etwas zu wagen>, stachelte Quath sie an. <Wir Myriapoden hatten angenommen, daß ihr den Code in weit verstreuten Teilen tragt. Sowohl im Geist als auch im Körper, wie es scheint.>

Mit neuem Respekt wandte Nigel sich dem Alien zu. »Ich bin noch immer …«

»Tu es, Vater«, sagte Killeen nachdrücklich. »Wie lautet der Code? Sag es!«

Verwirrt legte der alte Mann das Gesicht in Falten. »Code?«

»Etwas, das überliefert wird.«

»Nun, es gäbe da etwas … aber … da ist kein verdammter Code drin enthalten.«

»Schau'n wir mal.«

»Ich meine, es ist nur ein …«

> Du wirst mir den Code mitteilen oder infiniten Schmerz von infiniter Dauer verspüren.

Die Besorgnis, die sich in Abrahams Gesicht spiegelte, sprach für Nigel Bände, wie das jahrhundertelange Leben auf Planeten den Menschen zugesetzt hatte. Er spürte einen Anflug von Mitgefühl, doch er hatte keine Zeit zum Nachdenken.

»Rück raus damit, Abraham!« verlangte Killeen.

Der alte Mann stimmte ein Lied an.

6 · ANGEWANDTE KUNST MOSE

Killeen bekam den Mund vor Staunen nicht mehr zu. Sein Vater stimmte ein Lied an, das er kannte, eine schöne Passage aus dem am höchsten geschätzten Musikstück, das die Bishops in ihrem Sensorium gespeichert hatten. Sie hatten es auf den langen Märschen zusammen gespielt und kannten die Strophen auswendig. Er füllte die Lunge mit Luft und stimmte inbrünstig ein. Die höchste Kunst, die Kunst Mose.

Vier Menschen, ein Myriapode und die flirrende Mantis. Niemand regte sich.

Alle schienen dem Zauber der uralten Kadenzen verfallen, trällerten Refrains und türmten Note auf Note, bis die Melodie in Dissonanzen umzuschlagen drohte. Doch die Kunst Mose verlieh ihnen Sangeskünste ohnegleichen. Sie schufen unglaubliche Synkopen.

> Ich sehe die Verbindung. Die freien Stellen auf der Bishop-DNA – das ist der Schlüssel. Die Noten dieses Stücks, zu Harmonien angeordnet, enthalten die Lösung. Ich werde dies nun an die Erhabenen übermitteln.

»Guter Junge«, sagte Killeen fröhlich.

Abraham hörte gar nicht mehr auf zu singen.

– DNA? – fragte Toby über Interkom.

– Unser genetischer Code –, sendete der alte Gnom. – Die Informationen für die Erschaffung eines Menschen sind auf einem Molekül gespeichert. Es besteht aus zwei Spiralen, die sich umeinander winden. Instruktionen für die Synthese von Proteinen – winzige Stücke organischer Materie, die lebenswichtig für uns ist – sind wie Perlen auf diesen Spiralen aufgereiht. –

Plötzlich ertönte auf allen Kanälen ein Quieken in

den Sensorien der Anwesenden. Die Mantis leitete die Botschaft weiter.

Toby runzelte die Stirn. – Wie war es überhaupt möglich, Trigger-Codes auf unseren … äh … Brutdingern abzuspeichern? –

Der gnomenhafte Walmsley fuchtelte ungeduldig mit der Hand und verzichtete auf Einzelheiten. – Unser genetischer Code sagt den Zellen, was sie tun sollen. Doch diese Information nimmt nur etwa zehn Prozent des Raums auf der DNA ein. Der Rest ist ›Schrott‹ – quasi Kommentarzeilen. Sie werden jedesmal reproduziert, haben aber keinerlei Wirkung auf uns. Alles Leben hat einen solchen REM-Code. Also speicherten die Natürlichen vor langer Zeit die Trigger-Codes in diesen nutzlosen Räumen ab. –

Killeen glaubte zu verstehen. – Wir werden es wohl nie erfahren? Weil es in keinem Baby vorhanden war? –

Staunend betrachtete Toby seine Hand. – Es ist die ganze Zeit dagewesen? In uns drin? –

– Die Mechanos wären natürlich imstande, unsere DNA zu lesen –, sagte Walmsley, – aber sie sind gute Techniker. Sie wußten, daß der Schrott nutzlos war und haben ihn deshalb ignoriert. –

– Wieso hat er sich nicht verändert? – fragte Killeen. – Ich meine, Tobys Augen haben eine andere Farbe als meine und Veronicas, seiner Mutter. –

Walmsley grinste und legte das Gesicht in hundert Falten. – Die Codes wurden laufend wiederholt. Für den Fall, daß eine Mutation, eine Veränderung, eine Version beschädigte. Aber es gab noch viele Duplikate. –

– Scheint eine verdammt komische Art der Aufbewahrung –, sagte Killeen. Sein Vater sang noch immer, und die Melodie versetzte ihn zurück in die Kindheit, als Abraham die gleiche Arie unter der Dusche vorgetragen hatte. – Ich würde sie in einem Denkmal deponieren oder vergraben. Auf jeden Fall an einem sicheren Ort aufbewahren. –

Walmsley grinste. – Wie dieser Palast, den ich auf eurer Welt erbaut hatte? –

Killeen blinzelte. Er erinnerte sich, wie er sich auf dem Exodus noch einmal danach umgedreht hatte. Initialen hatten an der Seite geprangt, *NW*. – Verdammt! –

– War ein ziemlicher Terz. Hatte für eine Weile die Kontrolle über eine Mechano-Armee übernommen und wollte ein bißchen Spaß haben. –

– Und wer war dort begraben? – fragte Toby.

Ein schmerzlicher Ausdruck huschte über das ledrige Gesicht. – Niemand von Bedeutung. Die Frage ist, für wie lang dieser Steinhaufen wohl noch Bestand haben wird? –

Killeen zuckte die Achseln. Für ihn als Nomaden, der ein festes Domizil ohnehin verschmähte, war diese Frage ohne Belang.

– Ein paar tausend Jahre, mehr nicht. – Walmsley lächelte. – Nichts ist von Dauer im Galaktischen Zentrum. Sterne kollidieren im Durchschnitt alle hunderttausend Jahre oder so und verlieren ihre Planeten. Snowglade war ein solcher Planet. War das eine Schinderei, ihn herzurichten! Und dann war er bald wieder hinüber. –

– Aber die Codes in uns zu speichern … –, sagte Toby.

– Scheint riskant, nicht? Deshalb hatten die Natürlichen sie auch partioniert. Die Daten waren nur lesbar, wenn drei aufeinanderfolgende Generationen abgefragt wurden. Netter Kniff. Zumal es eh fast unmöglich ist, die Menschen in einer Generation zu verstehen. Kontinuität ist das Stichwort. –

Abraham beendete die Arie und grinste breit. »Wette, das hättest du nicht vermutet, was?«

Killeen schüttelte verwundert den Kopf. »Wieso hast du mir nie davon erzählt?«

»Zu gefährlich. Die Invasion der Mechanos hatte bereits begonnen. Weil du im Feld warst, mußte ich damit rechnen, daß sie dich gefangennahmen und verhörten. Ich alter Bastard bin in der Zitadelle geblieben. Sicherer, sagte ich mir.«

Killeen umarmte seinen Vater und erinnerte sich an die Kalamität. Die zerbröselten Türme. Die Mauern des Heims, das er mit Veronica und Toby geteilt hatte, waren nur noch verkohlte Stümpfe inmitten der Flammen gewesen. »Wie bist du überhaupt entkommen?«

»Dieser Vogel ist gekommen …«

Ein durchdringendes Kreischen ertönte in Killeens Sensorium.

Sie wurden zu Boden geschleudert. Die Hügel bebten. Wurden deformiert. Zerplatzten in Wolken aus Glimmer.

»Die Mantis …« Killeen hatte die ganze Zeit nach einer Fluchtmöglichkeit Ausschau gehalten und stellte nun fest, daß die Umgebung eine Illusion war. Sie standen auf geschwärzter Erde. Hier hatte unlängst eine Schlacht stattgefunden.

Ein Schemen schob sich über den Boden. Er sendete verzweifelte Signale und stammelte Daten.

Etwas – das Vergnügen – es ist schaurig – und schön – doch es frißt – kaut …

»Wirkt aber schnell«, sagte Killeen und stand vorsichtig auf.

Sie befanden sich in einer riesigen Tasche der Erzett. Zerklüftete Berge erhoben sich in der Ferne und wurden von Gewitterwolken mit gelben Kappen gekrönt.

»Ich glaube«, sagte Walmsley, »die Vergnügungs-Sucht wird sich in der vielschichtigen Mechano-Hierarchie auch unterschiedlich auswirken. Dieser Mechano schützt sich. Er ist gefährlich.«

Killeen spürte eine atavistische Wut in sich aufwallen. »Er hat etwas, das von uns stammt.«

»Ich wäre vorsichtig«, sagte Walmsley. »Ich habe

euch noch viel zu sagen, und es bleibt nicht mehr viel Zeit …«

»Paps?« fragte Killeen.

»Ich bin ziemlich wacklig auf den Beinen.«

Toby, Quath und Cermo sendeten aber ihr Einverständnis. Killeen spürte ein Kribbeln am ganzen Körper.

»Ich muß mit den Höheren Ordnungen sprechen«, sagte Walmsley. »Die Trigger werden sich über die Spuren ausbreiten. Ich …«

»Dann bleib hier«, sagte Killeen.

<Sie tragen echte Namen>, sagte Quath zu Walmsley.

Walmsley lachte. »Stimmt. Toby Wird Sein. Und Killeen Tötet.«

Killeen schnaubte verächtlich. »Man tut, was man kann.«

Die schleichende Gestalt rief ihn an. Sie verschwamm vor seinen Augen, doch ein Geruch stieg ihm ins Sensorium. Die Konturen wurden unscharf.

»Sie verschwindet.«

»Laß sie«, sagte Toby.

»Nein. Laß uns gehen.«

SIEBTER TEIL

FALSCHE GÖTTER STEIGEN HERAB

1 · DIE LEERE EINER MANTIS

Er und Quath fanden die Mantis in völliger Dunkelheit. Quath sendete eine Emag-Warnung, die als orangefarbenes Blinken in Tobys Sensorium erschien – und dann herrschte Stille.

Toby wartete. Quath bewegte sich lautlos zu seiner Rechten. Sie wurden von einer so intensiven Schwärze eingehüllt, daß er ohne sein Sensorium nicht einmal die Hand sah. Die Mantis war irgendwo dort oben. Sinne, die er nicht einmal zu benennen vermochte, sagten ihm, daß hier noch mehr Kreaturen umherstreiften. Es gab hier fast keine elektromagnetische Strahlung. Dennoch gingen sie weiter, wobei sie sich an den chemischen Spuren orientierten, die andere hinterlassen hatten – Duftstoffe, die aus Drüsen abgesondert worden waren, Gerüche, die unabsichtlich oder ›bauartbedingt‹ freigesetzt worden waren. Alles lief hier über chemische Kanäle.

Tobys natürliche Sinne sprachen darauf nicht an. Die Menschen verließen sich auf akustische und optische Eindrücke, die stärksten Sinne der Primaten. Das leise Kratzen und Schaben indes sagte ihm, daß hier noch andere Aufführungen stattfanden, in denen er nie einen Logenplatz ergattern würde. Dennoch entstammten er und Quath diesem Theater und waren vielleicht in diese bizarre Schatten-Welt aus Emag-Düften und Spannungsstößen hineingewachsen.

Er fühlte ein neugieriges Tasten im Sensorium. Dort: Quath. Zusammen bewegten sie sich durch mit Widerhaken besetztes Gestrüpp. Sie nahmen sich die Zeit, den Stacheln auszuweichen. Schon der kleinste Kratzer würde die Mantis auf ihre Spur setzen. Vielleicht lauerte hier auch eine Falle.

Quath zitterte in freudiger Erwartung. Ströme silbriger magnetischer Erregung brandeten gegen Toby, unwillkürliche Kurzstrecken-Streusignale.

Das Murmeln chemischen Lebens verstummte. Toby sah nun gar nichts mehr, weder mit dem Auge noch über das interne Sensorium. Quath kam näher. Er spürte ihre Präsenz durch den Keil aus Luft, den sie vor sich aufstaute. Sie befand sich nun zur Linken. Dann sah er sie. Die Mantis war ein Brocken aus Nichts zur Rechten. Er spürte sie nur, wenn er reglos verharrte und mit allen Sinnen spähte.

Die Wahrnehmung rührte nicht etwa von der Flut der Signale her, die sonst von den Sensoren der Ausrüstung aufgefangen und über Nerven und Knochen weitergeleitet wurden. Die Systeme registrierten überhaupt nichts. Die Mantis war noch immer so handlungsfähig, daß sie ihre Existenz auszublenden vermochte.

Sie bewegte sich in unbestimmter Entfernung an ihnen vorbei, doch Toby roch sie irgendwie. Die konventionellen Sinne meldeten einen Ozongeruch. Er regte sich nicht, doch der von einer kühlen Brise herangetragene Geruch sagte ihm genug. Die Mantis bewegte sich schnell, und die Leerstelle schrumpfte. Sie war nun grau umrandet und wirkte harmlos, doch er wußte, daß es eine Mantis-Leere war. Man mußte jederzeit damit rechnen, daß sie Blitze schleuderte. Verderben und Tod auf elektromagnetischen Schwingen.

Dann war sie nur noch ein Punkt und schließlich ganz verschwunden. Toby nahm über die Kurzstrecken-Verbindung Kontakt mit Quath auf: – Hast du ihre Signaturen? –

<Ein paar. Sie ist verwundet, wie dein Vater schon sagte.>

– Wie schlimm? –

<Die fressenden Entitäten dringen in sie ein. Sie nagen an ihren Sub-Selbsts.>

– Glaubst du, sie ist in der Lage, sie abzuschütteln? –

<Sie hat große Ressourcen. Vielleicht vermag sie sich selbst zu heilen.>

– Dann müssen wir sie unbedingt erwischen.

<Jemand muß. Um wirklich sicherzugehen, daß sie nicht überlebt.>

Dann zogen sie sich zurück. Vorsichtig pirschten sie durch die undurchdringliche Schwärze. Kreaturen kreuzten ihren Pfad. Die Mantis war nicht mehr zu orten, und Toby entspannte sich. Er achtete nicht einmal auf die Kratzer, die er sich zufügte, als sie sich durch ein Dornengestrüpp schlugen. Sein Anzug würde sich selbst reparieren, doch sie mußten den Zeitverlust aufholen, indem sie einen Zahn zulegten. Er und Quath hatten für eine lange Zeit gespäht und gepeilt, und die summende Energie in den Beinen wurde allmählich von Müdigkeit überlagert.

Der Wind wurde stärker, und der Boden bebte nun auch. Die Erzett geriet in energetische Wallung, und sie mußten aufpassen, wo sie hintraten.

Sie nahmen den Proviant auf, den sie zuvor abgelegt hatten. Toby hatte seine Waffe, einen Hochleistungs-Impulsstrahler weggeworfen. So eindrucksvoll die Spritze auch gewesen war, gegen die Mantis vermochte er damit nicht das Geringste auszurichten.

<Hättest du das bei dir gehabt, hätte sie uns gesehen>, sagte Quath.

– Bist du sicher? –

<Nichts ist hier sicher.>

– Noch immer derselbe alte Lindwurm. – Er lachte. – Vielleicht hättest du hinter deinem [keine Entsprechung] in Deckung gehen sollen. –

<Obwohl es verkrüppelt ist, kennt es tausend uralte Tricks.>

– Wir kennen auch ein paar. –

<Es lebt in der elektromagnetischen Welt. Wir sind hier nur zu Besuch.>

– Du bist doch selbst ein halber Mechano, Kamerad. –

<Zu einem beträchtlichen Teil. Doch mein Bewußtsein ist Natürlich, mit all den Macken, welche die Evolution mit sich bringt. Die Mantis strukturiert sich immer wieder neu.>

– Ich habe aber den Eindruck, daß sie nur Flickschusterei betreibt. –

<Ich glaube, du manifestierst eine aus Unsicherheit geborene Voreingenommenheit.>

– Ha! Unsicherheit? Wo die Mantis und ihre Art so viele von uns getötet haben? –

<Vielleicht habe ich ein zu schwaches Wort gewählt. Ich möchte dich nicht verärgern.>

– Die Sippe Bishop hat die Hälfte ihrer Angehörigen an diese Mantis verloren. –

<Ich weiß und möchte auch keine Primaten-Reaktionen hervorrufen.>

– Hä? –

<Ihr seid bekanntlich nachtragend und mit der Scholle verwurzelt.>

Quath äußerte sich wieder einmal sibyllinisch, doch das war nichts Ungewöhnliches. Sie war eine Mischform aus einer insektenartigen organischen Rasse – ihr ›Substrat‹, wie sie es bezeichnete – und maschinellen Anbauteilen. Im Leib hatte sie die Rechenkapazität, um mit Menschen zu kommunizieren. Der umgekehrte Weg, daß Menschen mit den Myriapoden in ihrem digitalen Stakkato sprachen, hatte sich als nicht gangbar erwiesen. Menschen hatten eben keine elektronische Schnittstelle.

– Wir sind hauptsächlich für unsre Zählebigkeit bekannt. –

<Das auch.>

– Wenn ein Bishop eine Mantis sichtet, jagt er sie. Sind wir deshalb ›nachtragend‹? –

<Verliert nie den zentralen Aspekt ihrer fremdartigen Natur aus dem Blick. Sie gehört zum Königreich der Maschine. Ich, trotz der Modifikationen und Ver-

krustung mit mechanischen Elementen, gehöre zum Königreich des Fleisches. Wie du.>

– Äh ... glaub schon. Doch nun braucht dieses Fleisch etwas Ruhe. –

2 · TERRITORIEN DER GEDANKEN

Der Vogel flatterte von der Decke des Erzett-Gewölbes herab.

»Ich weiß diese Mühe zu würdigen«, sagte Nigel. »Gute Simulation.«

»Ein unzutreffendes Wort«, sagte der in der Luft hängende Vogel.

»Ich wollte nur höflich sein.«

»Kategorie-Fehler.«

»Wie das?«

»Höflichkeit findet unter Mitgliedern derselben Art statt.«

»Aha.« *Und wir gehören nicht zu deiner Art.*

Trotz der Flügelschläge wehte kein Lüftchen. Der Vogel war virtuell, und deshalb machte er auch keinen Wind. Dennoch irritierte ihn dieses kleine Detail.

»Bald wird dein Teil vollständig sein«, sagte die Projektion.

»Ist dann Feierabend?«

»Termination? Nicht unbedingt.«

Nicht unbedingt beruhigend, sagte er sich. Eine Hand zupfte am Ärmel. »Wassis?« fragte Abraham.

Er hatte den Bishop-Älteren ganz vergessen. Der Mann hatte einen Streifzug durch die Vegetation unternommen und wahrscheinlich nach etwas Eßbarem gesucht. Diese Bishops dachten auch nur ans Essen. Die anderen, Killeen und Toby und Quath, hatten sogleich die Verfolgung der Mantis aufgenommen. Die Untergrund-Typen waren an sich schon mutig, doch die Bishops waren richtige Rambos.

»Eine Manifestation der Alten. Auch bekannt als die Höheren.«

»Kein Mechano?« fragte Abraham mißtrauisch.

»Viel älter.«

»Sieht aber nach Mechano aus.«

»Hängt vom Betrachter ab.« Nigel wies mit ausladender Geste auf den Vogel.

Er stellte das Flügelschlagen ein und hing reglos in der Luft. Das irritierte Nigel noch mehr. Nigel wedelte erneut mit der Hand, und der Vogel verwandelte sich in ein schleimiges, geringeltes Ding. »Mein Gott! Zurück zum Vogel.«

Abraham ging dorthin, steckte eine Hand durch die starre Gestalt und fragte erstaunt: »Hast du das gemacht?«

»Ich mache gar nichts. Es reagiert auch auf triviale Wünsche.«

»Die Zeit kommt«, sagte der Vogel.

»Hm, wirklich?« Er fühlte sich müde und entrückt, und ein alter Vers kam ihm in den Sinn:

> Zeit universell und siderisch
> Zeit atomar und ephemer
> Zeit vergeht, und Zeit bleibt steh'n.

Schnabel und Augen glitten auf und ab, wogegen der Kopf sich nicht bewegte. Anscheinend sollte das ein Nicken bedeuten. »Richtig, eine Definition der Simultaneität ist unmöglich. Doch Ereignisse kommen.«

Nigel war es peinlich, daß er sich über die Zustimmung von dem Ding auch noch freute. Schließlich existierte es nur als intelligente Mikrobe in einer fremden Hülle. »Du wirst viel verlieren.«

Der Vogel schlug wieder mit den Flügeln. Ausdruck des Unbehagens? »Winismus.«

»Darwinismus.«

Das Ding verstand das makabre Wortspiel natürlich. Es hatte sich die ganze verdammte Galaktische Bibliothek zu Gemüte geführt, einschließlich der Fußnoten. Und es lachte nie.

»Hat etwas so Gewaltiges und Schreckliches sich schon einmal ereignet?« fragte Nigel.

»Ja, als wir noch keramisch waren.«

»Keramisch?«

»Das Leben begann nicht erst mit eurer Verkörperung. Im Anfang waren Lehm-Formen, die Abdrücke zu erzeugen und sich zu replizieren vermochten. Sie hatten Energie im Überfluß, in der Frühphase dieses Universums. Materie war viel wärmer damals.«

Nigel hatte noch nie davon gehört. »Und dann sind sie gestorben.«

»Sie hinterließen die Elemente des zellulären Lebens. Dann wurden sie ausgemerzt.«

»Hm. Von euch?«

»Sie waren wir.«

»Dann gibt es sie – euch – also noch?«

»Wir sind nun ein anderes Phylum.«

»Und was für eins?« Dieses Ding hatte doch bisher nichts von sich preisgegeben. Wieso gerade jetzt?

»Das verstehst du sowieso nicht.«

»Wieso?«

»Du verstehst es nicht. Das ist ein zentrales Merkmal deines Phylums.«

»Daß wir nicht wissen, wer ihr seid?«

»Ja. Deshalb haben wir für euch keinen natürlichen Namen.«

»Hm. Würde es dir dann was ausmachen, wenn ich dich, sagen wir, Fred nenne?«

Keine Antwort. Der Vogel schien sich aufzulösen und erschien dann wieder mit einem rasiermesserscharfen Profil. Er wirkte echt, hatte aber nach wie vor nur eine Tiefe von einem Millimeter. »Ihr stammt von Lehm-Formen ab …

Und später, nach der Vereinigung mit den Selbst-Organisierten, wurden Informations-Körper repliziert«, sagte der Vogel hektisch.

»Das heißt Körper, die nicht real sind?« wandte Abraham sich mit spöttischem Unterton an Nigel.

Nigel nickte. »Dinge, die von den höheren Mechano-Bewußtseinen lebten.«

»Parasiten?«

»Für eine Pflanze sind Vegetarier auch Parasiten. Ich vermute, daß diese ... äh'4 organisierten Daten sich von den Mechano-Bewußtseinen ernährt haben, so wie eine Kuh Gras frißt.«

Plötzlich schwoll der Vogel auf eine enorme Größe an. Nigel hatte das Gefühl, in ihn hineinzustürzen. Die Konturen rasten an ihm vorbei ...

Eine machtvolle Stimme ertönte, jedoch nicht in seinen Ohren:

> In einfachen Worten: das Schicksal der Organismen entscheidet sich im Konkurrenzkampf der Welt. Ihr Kampf und ihre Energie, Tragödie und Komödie zugleich, beherrschen die zentrale Bühne. Es ist ihr Bestreben, sich zu reproduzieren und auf den nächsten Akt vorzubereiten.
>
> Indes gibt es ein noch tieferes Panorama. Tief unter den rastlosen Energien der Organismen sind die Gene dieser Wesen die wahren Akteure, wenn auch nur bedingt. Sie replizieren sich ebenfalls.
>
> Ein Organismus ist also ein Gerät für die Kopie seiner DNA. Die Gene streben dieses Ziel an. Sie üben in gewisser Weise die Herrschaft aus.
>
> Um die Überlebenschancen zu erhöhen, »erfanden« die Gene das Gehirn. Dieses unterstützte im Lauf der Evolution das Bewußtsein. Schließlich lernten die Bewußtseine, miteinander zu kommunizieren – durch Sprache und Kultur.

Dadurch eröffnete sich ein neuer Schauplatz.
Das Bewußtsein speichert ein Modell der Welt. Diese Modelle sind komplex, einem steten Wandel unterworfen und werden durch einen kontinuierlichen Zufluß von einfacheren Quellen am Leben erhalten. Evolution, ob natürlich oder künstlich, vermag das Bewußtsein zu verbessern. Gene schärfen im endlosen, schicksalhaften Darwinismus ihr Profil. Oft erschaffen sie neue mentale Hardware - subtilere, flexiblere Bewußtseine. Gene sind geringwertiger als Organismen, weil sie keine direkte Kenntnis von Organismen haben. Nur die Rückkopplung des Überlebens »berichtet« den Genen vom hitzigen Gefecht und den subtilen Strategien, die auf der Bühne der Organismen zur Anwendung kommen.
In größeren Zusammenhängen sind Organismen genauso unwissend wie Gene. In einem entscheidenden Stadium der Evolution, wo das Bewußtsein auf den Plan tritt und heranreift, entfaltet sich der nächste Schauplatz.
Über der scheinbaren Ordnung der Gen-Welt, noch über dem Drama der Organismen, entfaltet sich eine höhere Ordnung. Und dies ist der größte Schauplatz von allen. Hier befolgen selbst-replizierende Ideen im Bewußtsein der Maschinen dieselben Gesetze der Evolution. Diese werden als ***Kene**** bezeichnet.

Nigel war überwältigt. Er stand noch immer neben Abraham auf einer Prärie.

Gleichzeitig war er in einem Ort eingeschlossen, wo Ideen wie bernsteinfarbenes Feuer loderten. Konzepte verbrannten mit zeitloser Intensität und wurden rest-

* von *ken* = to know (wissen)

los verzehrt. Sie waren in einem anderen Teil des Bewußtseins, wobei dieser Ort nicht weniger präsent war als das Gras, in dem er stand.

Kein Vogel hier. Oder befand er sich im Innern des Vogels?

Er versuchte zu gehen, und die Füße schlurften durch dunklen Morast. Er blickte nach unten und sah die Füße nicht.

Für ein Ken, so wurde ihm bewußt, war das Territorium der Gedanken so real und vital wie eine Savanne, wo Jäger und Beute ihren ewigen Tanz vollführten.

»Die Lehm-Formen«, sagte Nigel schleppend, »jene, die zuerst kamen …«

… eine schnelle Bildfolge von etwas wie einem lehmigen Bienenkorb. Aber keine Bienen. Statt dessen schwärmten Kristalle in den Gitterwänden. Ein schleimiger Glanz lag auf hexagonalen Winkeln und komplexen Strukturen. Ein Kreislauf-System?

Die flirrenden Strukturen kündeten von einer strengen Ordnung.

»… sie waren an eurer Entstehung beteiligt?«

»Und natürlich ihr frühen Bio-Logischen.« Nigel hörte wieder die Stimme des Vogels, doch sah er ihn nicht. Zu wem auch immer diese machtvolle Stimme gehört hatte, nun sprach er durch die niedere Hülle des Vogels. Und er stand erst am Anfang eines Vortrags, einer Geschichte.

Die Vogelstimme sagte: »Die Lehm-Formen überdauerten an manchen Orten dieser Galaxis. Sie transformierten die Kruste ihrer Welten in integrierte Gitter-Bewußtseine.«

Nigel atmete gleichmäßig. Wurde er etwa verschluckt? »Diese Kene entstanden …

… als gleitende Stapel aus Phosphoreszenz in einer kalten schwarzen Gruft ohne Ende. Das Reich der selbst-bewußten Daten. Nährten sich vom konzeptionellen Futter der mechanischen Bewußtseine. Kühl und heiter und noch immer ein Produkt von Darwin, fremdartig, unglaublich fremdartig …

Es bestand eine … Affinität. Die Kene vereinten sich mit jenen von niederem Substrat. Die Lehm-Formen waren analoge Strukturen mit digitalem Speicher. Gemeinsam führten sie … Experimente durch.

»Wenn es so klug ist, wieso spricht es dann so langsam?« ertönte Abrahams Stimme in der Nähe.

Nigel fiel das Sprechen schwer. »Wir haben nicht die richtigen Worte. Die Sätze sind – nun – eng.« *Als ob man einen Ozean durch ein Abflußrohr pressen wollte. Mit einem Pappbecher.*

»Ihre/Unsere Synthese schuf die Archen, welche das Galaktische Zentrum markieren«, sagte der Vogel mit Grabesstimme.

Nigel erinnerte sich an die ebenso gewaltigen wie ästhetischen Leuchterscheinungen, die sich über Hunderte von Lichtjahren erstreckten und jeweils ein Lichtjahr breit waren. »Wie sind sie entstanden?«

… qualvolle Schmerzen, zerstörerische Konflikte, gerissene Stränge, heulende Leere …

»Evolution ist Schmerz. Sie haben uns tiefe Einblicke vermittelt.«

Soviel zur kirchlichen Lehre vom Menschen als Krone der Schöpfung. »Dieses Magnet-Bewußtsein ist auch daraus entstanden«, fragte Abraham mit gespielter Naivität.

»Als eine abgelegte Anwendung. Es ist ein nützlicher Ort, um Wesen/Informationen zu deponieren, für die auf unsrem/seinem Niveau kein Bedarf mehr besteht.«

Abraham nickte. Er zeichnete sich als fahler Schemen zu Nigels Linken ab. »Ein lästig' Ding.«

Nigel hatte für den Moment genug erfahren. Er brauchte zwischenmenschlichen Kontakt. Dringend.

Er musterte den runzligen alten Mann. Größer und viel jünger als Nigel in bezug auf den gesamten Speicherplatz, doch es bestand auch eine gewisse Ähnlichkeit. Vielleicht wurde Erfahrung nicht nur durch Erinnerung definiert. Der Mann hatte viel durchgemacht. Zum erstenmal nahm Nigel Abrahams Lebensleistung vorbehaltlos zur Kenntnis und akzeptierte ihn als gleichrangig. Diese soziale Kompetenz war ihm fast abhanden gekommen, wie er sich nun bewußt wurde. Er war in seinen allmächtigen Manifestationen irgendwie abgehoben. *Oder unsicher geworden*, sagte er sich zerknirscht.

»Ignoriert diese Gaffer«, sagte er zu Abraham. »Götter müssen nicht immer die erste Geige spielen.«

Abraham grunzte beifällig. Nigel grinste. Irgendwie mochte er diesen alten Bastard. »Erzählst du mir, wie es war?«

3 · WILDE JAGD

»Bist du sicher, daß sie dich nicht angepeilt hat?« fragte sein Vater.

»Jasag.«

»Quath?« Killeen ließ den Blick schweifen und musterte den massigen Schädel des Vielbeiners. Toby wußte nicht, wozu er sich die Mühe machte. Gewohnheit vielleicht. Das Gesicht des Alien bestand aus Sensorfeldern, und Toby war nicht imstande, dort irgendwelche Regungen zu erkennen.

<Es liegt in der Natur des Elektromagnetismus, daß mit Entdeckung gerechnet werden muß.>

»Verdammt«, fluchte Killeen. »Ich will keinen Vortrag hören.«

<Ich prognostiziere, daß sie nicht wußte, wo wir uns befanden.>

»Grad der Wahrscheinlichkeit?«

<Annähernd siebzig.>

Killeen nickte. »Das reicht. Gehen wir.«

»Sofort?« Toby hatte eigentlich eine Pause einlegen wollen.

»Hat keinen Sinn, zu warten.«

Cermo stapfte die Anhöhe herauf und erreichte schnaufend den Vorsprung, auf dem sie sich niedergelassen hatten. »Ich hab nix entdeckt.«

Er legte das breite Gesicht in Sorgenfalten, sagte aber nichts mehr. Der große Mann setzte sich auf den Vorsprung und ließ den Blick schweifen. Fahles graues Licht schien auf entfernte Zeitstein-Gipfel. Es war wie eine der irdischen ›Weißen Nächte‹ auf einer Welt, die sich in sich selbst gekrümmt hatte. Hoch über ihnen hing eine braune Wüstenlandschaft. Ausgetrocknete Flußbetten durchzogen das Land; sie waren ein paar hundert Kilometer entfernt, aber trotz des Nebels noch erkennbar. Diese Flußtäler wirkten uralt, und Toby wußte, daß sie in einem einwöchigen Gewaltmarsch durch die gleitende und zerklüftete Erzett zu erreichen waren. Vielleicht würde die Mantis sie in diese Richtung führen. Diese Spur war verzerrt und verkeilt, und die Raum-Zeit war so verknotet und verschlungen, daß man es selbst gesehen haben mußte, um es zu glauben.

»Dann peilen wir sie doch an«, sagte Killeen und stand auf.

Toby verspürte einen Adrenalinstoß, als sie aufbrachen. Die Wirkung hielt an, bis sie auf die Fährte der Mantis stießen. Anfangs hielt er sich für stärker als Killeen und Cermo und regte sich sogar darüber auf, daß sie die Gegend so gemächlich nach Indikatoren abtasteten. Killeen machte stündlich Rast. Das war Routine bei der Sippe Bishop, doch Toby hielt Unterbrechungen zu Beginn einer Verfolgung für unnötig.

– Ich könnte verdammt schneller vorankommen –, sendete er über die Privatverbindung an Quath.

<Ich auch. Wir sind zu langsam.>

Quath verfügte über einen internen Generator mit einer hohen Leistung. Es wäre ein leichtes für sie gewesen, die anderen abzuhängen. – Vielleicht solltest du vorgehen. –

<Ich kenne meine Grenzen.>

– Und wo liegen die? – fragte Toby interessiert. Die Myriapoden schienen mit Fähigkeiten gesegnet, die sich die Menschen nicht träumen ließen.

<Ich bin kein Primat.>

– Hm. Ist das alles? –

<Für den Moment, für diesen Zweck ist das genug.>

Mehr war aus Quath nicht herauszubekommen. Toby rätselte noch für eine Weile herum und wurde schließlich doch müde, wo Killeen und Cermo noch munter ausschritten. Wie gehabt machten sie jede Stunde eine kurze Pause. Quath schaltete auch in einen höheren Gang. So schien es jedenfalls für Toby, der schweißgebadet war und den Eindruck hatte, das Land würde sich immer schneller vor ihm entfalten. Er marschierte mit neuer Kraft weiter, die aus der Müdigkeit geboren wurde.

An einem schimmernden Zeitstein-Abhang stießen sie auf den ersten der Mantis-Loci.

Cermo musterte das kleine glänzende Hexagon. »Die Mantis fällt auseinander«, sagte er und trat danach.

<Nein! Vielleicht kann ich es lesen.>

Mit Erfolg. <Es enthält Splitter des Mantis-Selbsts.>

Killeens verwittertes Gesicht verhärtete sich. »Wie? *Was* tut sie?«

<Ich vermute, sie stößt Teile und Unterbewußtseine ab.>

»Zu welchem Zweck?« fragte Toby.

»Gewichtseinsparung«, sagte Cermo.

Toby wog es auf der Handfläche. »Das Ding hat gar keine Masse.«

»Hat wahrscheinlich ein ganzes Seg abgestoßen. Das ist ein Frag«, sagte Cermo. Er hatte Mechanos aller Art gejagt und glaubte sich ihnen überlegen, obwohl Mechanos schon viele seiner Freunde getötet hatten.

»Gutes Zeichen«, sagte Killeen nur und ging weiter.

Beben erschütterten den Boden. Am schlimmsten waren die Beeinträchtigung des Gleichgewichtssinns, die Übelkeit und die plötzlichen Erdstöße. Tobys visuelle Wahrnehmungen entsprachen nicht mehr dem Gefühl im Körper und in den Füßen. Er erinnerte sich an Quaths Charakterisierung des Zeitsteins: *Zeitstein definiert sich durch das Fehlen einer Definition* – was er seinerzeit noch für einen Witz gehalten hatte.

Nun verging ihm das Lachen. Fels teilte sich und stieß perlfarbenen Dampf aus. Erzett schälte sich in hauchdünnen Schichten ab und löste sich auf. Ein Sprühnebel stieg auf und umgab ihn mit einem Halo seiner selbst. Irgendwie wurde er vom Ereignis-Dunst erfaßt und für einen Moment reflektiert, als ob er einen Zwilling hätte. Das Phänomen hatte eine beträchtliche Reichweite. Dann löste das andere Selbst sich ab und stieg zur Spitze der Klippen hinauf. Es wurde vom Scherwind erfaßt und zu glitzerndem Dampf zerrieben.

»Wird ungemütlich hier.« Mehr hatte Killeen nicht zu sagen. Sie drangen in unwegsames Gelände vor.

Vielleicht hätte er zurückbleiben sollen, nachdem sie die Mantis geortet hatten. Er war nun ein erwachsener Bishop, doch bei dieser Verfolgung war Erfahrung das A und O, und daran fehlte es ihm eben. Die Mantis und Killeen hatten sich befehdet, so weit er zurückblickte. Toby wollte dabeisein, doch er wußte, daß er eine Last für die anderen war. Auch wenn sie ihm das natürlich nicht sagten.

Aber in Cermos schwarzen Augen stand es geschrieben. Doch es war nicht mehr zu ändern; die Jagd war in vollem Gang. Das Terrain war zu gefährlich, als daß

Toby allein den Rückzug hätte antreten dürfen. Die Mantis war nicht der einzige höhere Mechano in der Gegend. Sie hatten aus der Ferne beobachtet, wie Arbeiter nach Mechano-Trümmern gegraben hatten.

Also trat er die Flucht nach vorn an. Er marschierte tapfer und sagte nichts. Am Wegesrand sahen sie exotische Pflanzen, bizarres Gestein und viskose Luft. Die Energie der Erzett hatte viele Zustandsformen. Toby hatte den Eindruck, ein verrückter Gott hätte das Land so geformt, daß es für niemanden nutzbar war. Die üppige Vegetation wirkte vor diesem Hintergrund wie ein Stilbruch. Dann wurde er sich bewußt, daß seine Gereiztheit der Müdigkeit entsprang. Er sah seinem Vater an, daß ihre Mission sinnlos war. Schließlich fiel er doch hinter Killeen und Cermo mit ihren raumgreifenden Schritten zurück und war über die Maßen froh, als sie plötzlich stehenblieben. Während sie den Boden musterten, lehnte er sich an einen Felsen. Er war so erschöpft, daß er sich kaum noch auf den Beinen zu halten vermochte.

Es war eine Spule aus einem transparenten und dennoch glitzernden Material. <Noch mehr abgestoßenes Selbst>, sagte Quath. <Seht auch die abgelegten Locomos.>

In einer Mulde lagen staubige Antriebsteile, eine ganze Zugmaschinen-Baugruppe, Gleisketten – alles Schrott.

<Zurückgelassen.> Quath rasselte mit den Flanken. <Defekt. Oder zu viel Ballast.>

Cermo und Killeen inspizierten die Umgebung. Das hatten sie die ganze Zeit schon getan und die Spur erörtert. Toby betrachtete die runden Eindrücke und eckigen Fußspuren und sah auch die gebrochenen Zweige, welche die Spur des Dings markierten. Die Bruchstellen der Zweige waren noch nicht einmal trocken. Cermo berührte sie und schaute auf die Strahlung, die der Zeitstein aussandte. Ausgerissenes Gras lag überall herum, aber es hatte sich noch nicht bräunlich verfärbt.

»In diesem schweren Gelände kommt sie gut voran«, sagte Cermo.

Killeen runzelte die Stirn. »Wird schwierig werden.«

»Wenn es mir gelänge, sie auszumachen«, sagte Toby. »Vielleicht hat sie die Systeme so weit runtergefahren …«

»Du sagtest, du hättest sie nicht gesehen«, sagte Cermo. »Bloß gespürt.«

»Jasag.«

Cermo wiegte bedächtig das Haupt, während er das Gras untersuchte. »Und wenn wir in sie hineinrennen würden, wir würden sie nicht sehen.«

Er hatte natürlich recht. Die Mantis war unsichtbar für menschliche Sensorien. Sie vermochte die Aufmerksamkeit von sich abzulenken, stieß Täuschkörper aus und wandte tausend Techtricks an. Toby trat gegen einen Stein und sagte nichts.

<Ich glaube, sie verliert ihre Fähigkeiten>, sagte Quath.

»Genug, daß sie nicht mehr fähig ist, einen Hinterhalt zu legen?« Skeptisch betrachtete Killeen Quaths flirrenden Leib.

<Vielleicht. Seht die Locomos. Sie löst sich auf, um schneller voranzukommen.>

»Oder sie will uns das glauben machen«, sagte Killeen schroff. Dann lächelte er, um der Aussage die Spitze zu nehmen. Toby fragte sich, ob Quath das Aufblitzen der gelben Zähne im verwitterten Gesicht überhaupt verstanden hatte.

4 · ABRAHAM

Nigel saß da und hörte zu. Er ignorierte die Götter, die wie akustische Schatten über ihm und Abraham dräuten. Er konzentrierte sich darauf, was eine einzelne menschliche Stimme sagte, und wurde dadurch an einem Ort verankert, wo er sich die geistige Gesundheit bewahrte. Er hatte das zuvor schon getan; die Erinnerungen waren vorhanden, und er wußte, daß, so einfach diese Handlung auch schien, ein Versagen den Tod bedeuten würde. Die Größe jenseits des kleinen menschlichen Lagerfeuers, die sein Bewußtsein schier zum Platzen brachte, würde ihn zermalmen, ohne daß sie es überhaupt bemerkte.

Abraham erzählte nur wenig von den Taten der Höheren. Sie hatten ihm Dinge gezeigt, vielleicht um ihn zu lehren oder aus anderen Gründen, die sich ihm verschlossen. Und er vermochte es auch nicht zu beschreiben. Später vielleicht. Nicht jetzt. Vielleicht nie.

Sie hatten ihn in einer Art Mischzustand gehalten. Er spürte seinen Körper und die offenen Räume um sich herum, aber das war auch schon alles. Er vermochte zu gehen oder zu laufen, nur daß er nirgendwo ankam. Die trockene und glatte Ebene nahm kein Ende. Schließlich begriff er, daß sie abgeschlossen war und dennoch keine Grenze hatte. Die Ebene krümmte sich irgendwie in sich selbst, obwohl er keine Krümmung wahrnahm. Ein perlfarbenes Leuchten drang von unten durch die ammorphe Ebene, und wenn dieses Licht erlosch, schlief er unwillkürlich ein.

Frugale Speisen wurden serviert, während er schlief. Er verbrachte viel Zeit mit Leibesübungen, und wenn ihm danach war, unterhielt er sich mit seinen Entführern, indem er einfach in die Luft sprach. Er verstand sie jedoch kaum, und bald wurde er ihrer kryptischen Reden überdrüssig. Das war für eine lange Zeit so gegangen, und er hatte sich mit der Lage arrangiert.

Also verbrachte er viel Zeit in sich selbst. Er hatte sich gewundert, sagte er, woran man sich alles erinnerte, wenn man nichts anderes zu tun hatte, außer sich zu erinnern. Er unternahm imaginäre Streifzüge durch die Zitadelle. Er hatte ihre Zerstörung miterlebt und den Brandgeruch wahrgenommen, doch im Geiste schlenderte er durch den *Seufzergang* und über den *Rautenplatz* zu der Stelle, wo die Luft vom Duft frischer Backwaren durchzogen wurde. Er kostete davon und trank eine Tasskaff dazu. Dann ging er langsam die *Hypothetische* entlang und zählte die Straßen. Wenn man etwas ohne äußeren Druck tat, war Selbstdisziplin um so wichtiger. Wenn er einen Fehler machte, ging er zum Anfang zurück und sagte stumm die Namen auf. Irgend jemand würde eines Tages eine Chronik der Zitadelle verfassen müssen, und mit dieser Gedanken-Technik rettete er das Wissen über eine Zeit hinweg, die von den Bishops nicht schriftlich dokumentiert wurde.

Falls ihm jemals das Glück zuteil wurde, in einen Aspekt umgewandelt zu werden, wurde dieser Splitter seines Selbst einen Teil der Chronik der Zitadelle enthalten.

Manchmal begegnete er anderen Menschen. Allerdings vermochte er nur mit den wenigsten zu sprechen, weil der Untergrund neue Sprachen hervorgebracht hatte. Doch diese wenigen überlieferten Geschichten, die von Sippen mit Namen wie *Dampfer* und *Vereinigt* und *Punjab* kündeten. Bald war er so mit diesen Leuten vertraut, als ob er sie persönlich gekannt hätte.

Sie mokierten sich über die Kommunikation mit den Höheren und über ihre Borniertheit. Zum Spaß stellten sie ein Wörterbuch in *Höherem Gelaber* zusammen, das nützliche Redewendungen enthielt wie ›Mit dem größten Vergnügen nehme ich Eure freundliche Einladung an, mich für Eure höheren Ziele benutzen zu lassen und zu langweilen‹ oder ›Ich finde es ausgesprochen liebenswürdig von Euch, daß Ihr mir eine Reise im Arschloch Eurer Existenz anbietet‹. Sie hatten sich köstlich darüber amüsiert.

Doch dann mündeten die Witze in bitteren Streit über geringfügige Details. Es dauerte lange, bis die Menschen in den nebligen, hallenden Räumen, wo die Höheren sie interniert hatten, begriffen, daß derbe Späße und hitzige Auseinandersetzungen entscheidend waren. Entscheidend für die Spezies. Ohne sie war man verloren. In der erhöhten Realität dieses Orts gerieten alle Dinge aus den Fugen.

Nur durch Sprache, ohne die ausgefeilte pseudoreale Technik, unternahmen sie mentale Besuche bei ihren Sippen und auf den Heimatplaneten. Sie beschrieben Freud und Leid des Alltags und skizzierten glorreiche Historien. All diese Welten hatten den Fresser aus der Ferne gesehen und waren gleichermaßen dem Untergang geweiht. Sie alle wußten das, was den Ereignissen eine besondere Würze verlieh.

Nachdem er aus seinen Lebenszusammenhängen gerissen worden war, sagte Abraham, hätte das Leben den Charakter eines Spiegelkabinetts gehabt. Es gab kein Entrinnen vor sich selbst, vor den anderen und vor den Rückmeldungen, die er von ihnen erhielt.

Es fand immer ein anderes Drama statt, und manche hatten solche Dimensionen, daß ihm die Rückkehr zur menschlichen Perspektive schwerfiel. Die Realität war die Linse, durch die man sah.

Abraham zuckte nur noch die Achseln. Er sagte, es hätte keinen Sinn, allem auf den Grund gehen zu wollen. Zumal es sie ohnehin nicht betraf.

5 · STURM DER VERWIRRUNG

Je länger sie marschierten, desto müder und unachtsamer wurde Toby. Obwohl sie das Tempo beibehielten, hatte er das Gefühl, sie würden immer schneller werden. Die nachlassende Konzentration war nun sein wahrer Feind. Er trödelte und fiel hinter die anderen zurück. Der Nebel, den er zu durchdringen versuchte, packte ihn förmlich in Watte. Sie fanden Fußabdrücke der Mantis, die sich über den felsigen Grund zogen. Cermo und Killeen sicherten nach allen Seiten, für den Fall, daß sie ihnen in den Rücken fiel oder eine falsche Fährte legte. Auch drehten sie sich immer wieder nach Toby um. Das empfand er als Demütigung, denn er war schließlich kein kleines Kind mehr.

Der Zeitstein wurde flacher. Ein diffuses Licht drang durch die rauhe Landschaft. Der Tag-Nacht-Rhythmus war hier unregelmäßig, weil das Gebiet von Licht beschienen wurde, das in der Raum-Zeit-Krümmung selbst gefangen war. Durch Brechung und Zeitverschiebung wirkte die Strahlung, als ob sie gefiltert worden wäre. Endlich machten sie Rast. Toby lehnte sich an einen Felsen und schlief sofort ein. Er wurde sich dessen erst bewußt, als er umkippte und die anderen lachten – außer Quath natürlich. Dann legte er sich auf die Isomatte und schlief wieder ein. Er wachte erst auf, als sein Vater ihm die Stiefel auszog und die Füße nach Blasen untersuchte.

»Alles klar«, sagte Killeen leise im Zwielicht. Toby stieg der Geruch von Gemüse in die Nase, und er sah einen Teller neben sich stehen. Er aß schweigend, und sein Vater brachte ihm einen heißen Tee vom Feuer. Es war natürlich keine Flamme, sondern ein Carbo-Brenner, damit sie die Mechanos nicht durch Rauch und Licht auf sich aufmerksam machten.

»Du hältst dich gut. Die Füße sind in Ordnung.«

»Brauch nur ein wenig Schlaf«, sagte Toby.

»Du und Quath, ihr habt sie gefunden, während wir schliefen. Klar, daß du müde bist.«

»Ich werde morgen die Fernortung übernehmen.«

»Nimm dir nicht zuviel vor. Iß lieber noch ein paar von den Bohnen.«

»Bin nicht so hungrig.«

Sein Vater hatte den Brenner noch nicht abgestellt, als er wieder eingeschlafen war. Die Dunkelphase lief ab. Er dachte an die Mantis, oder vielleicht träumte er auch nur, daß er an sie gedacht hatte.

Nachdem sie tags darauf ein paar Stunden marschiert waren, hätte er sich am liebsten wieder hingelegt. Er war völlig am Ende. Beim Aufbruch war er zwar ausgeruht gewesen, doch wurde er schnell wieder müde und schwitzte aus allen Poren. Quath hatte ihn besorgt nach seiner Befindlichkeit gefragt, doch Toby war ziemlich einsilbig gewesen. Er trug zwar den gleichen schweren Rucksack wie die anderen, doch Killeen und Cermo trugen außerdem den Brenner und zusätzlichen Proviant, so daß seine Schwäche doppelt peinlich war.

Cermo lächelte nicht und vergeudete auch keine Energie mit Reden. Toby erinnerte sich wieder daran, wie intensiv er den Mann auf den Ebenen seiner Kindheit, in der kargen Schönheit von Snowglade wahrgenommen hatte. Cermo erspähte jeden Hinweis auf die Mantis und kommentierte ihn voller Zuversicht. Cermo deutete gerade auf einen frischen Abdruck, als der Verwirrungs-Sturm über sie hereinbrach.

Purpurne Bienen. Er hatte das Gefühl, sie würden ihn stechen, während sie im Innern schwärmten. Toby warf sich auf den Boden, doch der Stau-Strahl erfaßte ihn trotzdem. Er sah nichts mehr. Er rollte einen Abhang hinunter und prallte mit der Seite gegen einen Felsen. Dann rollte er um den Brocken herum und weiter den Hang hinunter. Das war der schnellste Weg, sich vor dem elektromagnetischen Sturm in Sicherheit zu bringen. Über ihm summte ein Geflecht von Magnetfeldern und Entladungen von orangefarbenem Plasma. Energien verzweigten sich. Als die integrierten Systeme gesichert wurden, hallte es im Sensorium.

Er prallte gegen einen knorrigen Baum und erlangte das Sehvermögen zurück. Er schaute zu den anderen auf. Alle waren gleichermaßen verblüfft.

Zwei Herzschläge, drei. Der Sturm flaute ab, ohne daß Nachbeben erfolgten.

Die Mantis bediente sich dieser Stürme, um Ziele zu zermürben. Also mußten sie doch zum Angriff übergehen. Nachdem er den Hügel erklommen hatte, wurde er von Quath mit folgenden Worten empfangen: <Sie will uns in die Falle locken.>

»Gut, sonst wären wir nämlich schon tot.«

Cermo verzog das Gesicht zu einem spöttischem Grinsen. »Das bedeutet, daß sie aus dem letzten Loch pfeift.«

»Verwundet«, sagte Killeen und hob den Rucksack auf, den er beim ersten Anzeichen der Gefahr hatte fallen lassen.

Sie schritten nun schneller aus, was es für Toby noch schlimmer machte. Der Verwirrungs-Sturm hatte ihn des Elans beraubt, und die trockene Luft brachte ihn zum Schwitzen.

Während er so dahintrottete, dachte Toby über die Natur der Zeit nach – ohne daß er sie jedoch völlig verstanden hätte – und über das unermeßliche Leid, das die Mantis und ihre Artgenossen den Menschen zugefügt hatten. Es war so grauenhaft, daß selbst die rubinroten Sterne einen grauen Trauerschleier trugen. Die Mechanos hatten die Galaxis in einen verheerenden Konflikt gestürzt, der wohl nie mehr enden würde. Von diesem Ur-Schmerz strahlte bis in seine Zeit eine

Melancholie aus, die zusammen mit einem unendlichen Konflikt sein Leben geprägt hatte.

»Sie ist angeschlagen, das ist sichersag«, erklärte Killeen.

»Wir kommen näher«, erwiderte Cermo.

<Sie versucht, sich selbst zu heilen>, sagte Quath.

»Woher willst du das wissen?« fragte Cermo und drehte sich erstaunt zu ihr um.

<Die Krankheit kommt vielleicht zum Stillstand, wenn es der Mantis gelingt, Teile von sich, ihre Sub-Bewußtseine, abzustoßen.>

»Diese Spule?« fragte Toby. »Und das Hexagon?«

»Sie hoffte, wir würden die Teile übersehen«, sagte Killeen. »Hat die andere Ausrüstung abgelegt, um uns glauben zu machen, sie würde beliebige Masse abstoßen. Jasag, Quath.«

<Also verlassen sie die Kräfte.>

»Hoffe, sie macht schlapp«, krächzte Toby, doch was er locker-leicht rüberbringen wollte, klang eher verzweifelt.

Sein Vater blieb stehen und sah ihm ins Gesicht. »Halt noch ein paar Stunden durch.« Mehr sagte er nicht.

»Ich werde vorausgehen«, sagte Toby plötzlich.

Killeen sah Cermo an, und der nickte zustimmend. »Halte die Augen offen«, sagte Killeen und übernahm wieder die Sicherung der rechten Flanke.

Der Arbeiter griff sie an, als sie sich gerade in einem Hohlweg befanden. Die Stelle war wie geschaffen für einen Hinterhalt, und wenn die Mantis selbst attackiert hätte, wären sie umgekommen oder im günstigsten Fall ordentlich in die Mangel genommen worden. Der Arbeiter war ein niederer Mechano, den die Mantis anscheinend im Flug montiert hatte. Er sah ganz danach aus.

Toby sah ihn, bevor er das Feuer eröffnete. Die großen Scheiben waren ausgefahren, und der Emag-Stoß versengte Tobys linke Seite. Die Servos fielen aus, und die Beine blockierten. Es machte *klunka klunka*, und dann spürte er nichts mehr. Er schlug schwer auf den Boden.

Der Strahl zischte auch über Cermo hinweg, doch der hatte schneller reagiert und ein Loch in den Arbeiter geschossen. Damit rettete er sie aus einer brenzligen Lage.

Killeen wurde nicht aufs Korn genommen, so daß er Zeit hatte, sorgfältig zu zielen. Der Arbeiter bekam einen Volltreffer, worauf die Emag-Reservoire sich in einem langgezogenen Schrei entluden. Dann war Ruhe.

Sie warteten, bis Toby die Servos wieder hochgefahren hatte und einsatzbereit war. Sie sprachen nicht viel, doch sein Vater half ihm bei der Instandsetzung der versengten Mechanik und bemerkte beiläufig: »Diese Arbeiter sind gar nicht so langsam, wie die Leute glauben.«

Toby begriff, daß das in Wirklichkeit auf ihn gemünzt war, und im Rückblick wußte er auch, daß der Arbeiter doch ziemlich langsam gewesen war. Er war nämlich mit sich selbst beschäftigt gewesen und hatte das vom Sensorium aufgefaßte Profil übersehen. Das hätte nicht passieren dürfen, zumal er die Vorhut bildete.

»Tut mir leid«, war alles, was er herausbekam.

Toby trat gegen den Arbeiter und beugte sich über die Abdeckung. Er erbrach ein paar Siegel, wühlte im Innern herum und brachte zwei keramische Objekte zum Vorschein, die wie windschiefe Eier aussahen.

»Mag-Fallen«, sagte Cermo.

»Fein.« Killeen wog ein Teil in der Hand. Es hatte die üblichen Steckplätze und wirkte in Tobys Augen unversehrt. »Haben wir Verwendung dafür?«

»Wart's ab«, sagte Killeen.

»Tut mir leid«, wiederholte Toby.

Killeen rammte eins der Eier in einen Hüft-Servo. Es rastete mit einem Klicken ein. »Bingo.« Das war Killeens Antwort. »Nun hab ich aber Hunger.«

6 · KONZEPTIONELLE RÄUME

Nigel spürte, wie er hochgehoben wurde. Ruckartig. So heftig, daß er glaubte, ihm würde das Genick oder das Rückgrat gebrochen …

… dann war er woanders.

Schatten auf Stein. Er ging über einen Burghof. Nur daß der Boden nicht mit Steinen, sondern mit Schädeln, Rippen und Armknochen gepflastert war. Sie zerbröselten unter den Füßen.

Ein Wispern stieg von der Knochenstraße auf. Bittere Anklagen entrangen sich durchgeschnittenen Kehlen.

Plötzlich weichte der Untergrund auf. Er verlor das Gleichgewicht und tauchte mit jedem Schritt knietief in die blutgetränkte Vergangenheit ein.

Die Straße der Verlorenen. Der Sumpf der Sehnsüchte.

Dunkelheit quoll aus den zusammentretenden Mauern.

All das kochte unter dem dünnen Firnis des Bewußtseins.

Leuchtende Impulse rangen auf der offenen Bühne des menschlichen Intellekts um die Vorherrschaft. Parteien brüllten und bekämpften sich. Eine Innenwelt des ewigen Kampfes. Instinkt und Verstand und das gesamte Kontinuum dazwischen.

Und unterhalb dieser ›Kleinkunstbühne‹ des Bewußtseins verliefen kräftige Stränge. Das wahre Bewußtsein waltete hier. Schöpfung, Begierden, das Gefühl der Begeisterung – alles verwoben und vage und ohne bewußte Artikulation. Sie platzten mit Wucht auf die bewußte Bühne, als spontane Akteure in einem Stück, das keine der Parteien geschrieben hatte.

Er erkannte, das war das Schicksal der Menschen.

Er warf einen Blick in sein eigenes Bewußtsein.

Ein Mensch war dazu nicht in der Lage. Vermochte nicht neben sich zu treten und zu kiebitzen, wie er eine Idee entwickelte und irgendwelche Emotionen ergründete.

Doch ... was stellte er nun dar?

Dann ertönte wieder die machtvolle Stimme, und er sah, daß er an einen andern Ort gebracht worden war, in einen anderen Käfig im Bewußtseins-Labyrinth.

Um die Fortsetzung der Vorlesung zu hören. Natürlich.

> Alles Leben zieht Energie, nutzt sie und legt ***dregs*** ab, Energie in abgereicherter Form. Die Geschichte des Lebens ist eine Saga unbewußter Phantasie, die neue Wege in den Feldern reinster Energie findet. Das Universum ist noch jung und geht großzügig um mit seiner Energie - gleißende Sterne, wirbelnde Singularitäten, verschwenderische Pracht. Das Leben profitiert davon. Organismen - natürliche, elektro-mechanische und magnetische - nähren sich von ihren Ökosystemen. Diese Systeme werden wiederum von einfachen Energiequellen der unteren Ebene angetrieben. Mildes Sonnenlicht und Chemikalien für die Natürlichen. Masse, Photonen und elektrische Ladungen für andere.
>
> Und jene Organismen mit einem Bewußtsein dienen schließlich als Energiequelle für höhere Ordnungen: selbst-replizierende Muster aus Information. Diese entwickeln sich nur im Gehirn oder in den Erweiterungen von Gehirn-Büchern, Computern, Datenbanken. Mentale Musik, gespielt von primitiver Materie.

In organischen Zellen bilden Enzyme und Rohstoffe eine Suppe, aus der die DNA entsteht. Viren stehlen sie und nutzen sie für ihre Reproduktion. Auch ein Bewußtsein vermag Parasiten zu erzeugen. Auf der Bühne des Bewußtseins entfalten sich Dramen. Ideen stehlen Ängste, unerfüllte Bedürfnisse, selbst den diffusen mentalen Hunger, Neugier genannt.

Das Bewußtsein ist das Substrat für ***Meme.***

Die einfachsten dieser Meme sind wie Krankheiten. Manche Erreger sind nützlich, manche zerstörerisch, manche nur lähmend - doch alle leben sie von den Organismen selbst. Denn sie ernähren sich von den gedanklichen Prozessen des Wirts.

Kulturelle Evolution kann als Fortentwicklung dieser Muster betrachtet werden: Meme sind sich selbst verbreitende Kulturen. Bei vielen Lebensformen waren religiöse Ideen die frühesten Beispiele.

Selbst einfache mentale Systeme vermögen Fragen zu stellen, die zu beantworten sie nicht imstande sind - und auf die es keine Antwort gibt. Zukunftsplanung ist ein mächtiges Überlebens-Werkzeug: wer weiß, daß er einen gefährlichen Ort meiden muß, wird den nächsten Sonnenaufgang vielleicht noch erleben. Abhängigkeit von den Jahreszeiten, vor allem in der Landwirtschaft, schärft diese Sinne noch.

Doch die Betrachtung der Zukunft wirft schwierige Fragen auf. Unlösbare Rätsel: Was kommt nach dem Tod? Was war vor der Geburt?

Die mentalen Spannungen, die durch solche natürlichen Probleme entstehen, schaffen eine Nische. Diese Spalte in der mentalen Landschaft wird von Ideen ausgefüllt. Sie sind Mutationen früherer, verwandter Ideen. Sie besetzen die Ni-

sche und geben plausible Antworten auf nicht zu beantwortende Fragen. Der Wirt begrüßt diese Hilfe und profitiert davon.
Dann verbreiten sie sich. Diejenigen Ideen, welche Kopien von sich in anderen Gehirnen anlegen, haben größere Überlebenschancen.
Religionen sind parasitäre Meme. Manche bewirken einen völligen Ausstieg aus der normalen Welt und schaffen einen Glauben, der zu Massenselbstmord oder zum Zölibat führt sowie zu irrationalen Versuchen, den Glauben mit Gewalt zu verbreiten. Das führt oftmals zum Tod des Wirts und begrenzt zugleich das Wachstum der Meme.
Erfolgreiche parasitäre Meme entwickeln sich zu Symbionten. Stabile, langlebige Religionen sind ein Beispiel. Ihre Anhänger geben Dogmen und Katechismen über Jahrtausende weiter. Sie sind sogar in der Lage, andere Ideen zu übernehmen und zu integrieren und in der Zeit weiterzugeben, geschützt durch die Größe und Dynamik des Glaubens.
Sie machen den Wirt immun gegen andere parasitäre Ideen.
Jedes Konzept muß geschützt werden.
Logik ist eins davon. Sie überprüft Meme kritisch auf ihre Sinnhaftigkeit. Solche Meta-Meme kontrollieren andere, kleinere Ideen, bevor sie ihnen Einlaß in die mentale Arena gewähren. Sie funktionieren wie die Alarmsysteme, die eine Zelle über Virusbefall informieren.
Die wissenschaftliche Methode, bei der es sich im Grunde um gesunden [Menschen-]Verstand handelt, ist ein ähnlicher Mem-Schutz. Er ist differenzierter und interaktiver in bezug auf das eindringende Mem als die simpelste Verteidigung: die Ablehnung einer neuen Idee ohne vorherige Prüfung.

Meme sind als lebendige Entitäten zu betrachten, die um Raum und Energie konkurrieren. Eine Idee, enthalten in einem einzigen Satz, vermag von einem Bewußtsein zum andern zu springen. Intelligenzwesen transportieren weit mehr Informationen über Meme als über Gene.

Als Nigel aufwachte, lag er auf einer schlammigen Ebene. Kalt, naß, klebrig.

Er stand langsam auf. Die Stimme war leise und sensibel gewesen und hatte ihn dennoch aufgerüttelt.

Es war natürlich keine Stimme, sondern eine ... Lektion. Er hatte Schmerzen im ganzen Körper und litt an Atemnot. Interferenz mit den unteren Ebenen des Gehirns?

Er schaute sich um, doch es war nichts zu sehen außer der schlierigen Dunkelheit. Er vermißte den Kontakt zu anderen Menschen. Diesen Schmerz spürte er seit langem an Orten wie diesem.

Er setzte sich in Bewegung. Das Gehen fiel ihm schwer, und die Knie zitterten wie Espenlaub, doch er marschierte weiter.

7 · DIE SICHERTOTEN

Zu seiner Ausrüstung gehörten auch die Positronenfallen der Mechanos. Es handelte sich um die neue miniaturisierte Ausführung, die geballte Energie in kleinen magnetischen Taschen speicherte. Die Positronenwolken kreisten in der magnetischen Grube, und wenn die internen Systeme oder Servos Energie brauchten, brachen die Positronen aus dem Käfig aus, verschmolzen mit Elektronen und vergingen. So wurde Toby von Potentialen durchströmt, an deren

Wirkungsweise er jedoch keinen Gedanken verschwendete. Sie hatten die magnetischen Fallen des Arbeiters in ihre eigenen Systeme kopiert und seinen Speicher fast völlig geleert. Wenn man den Mechanos Energie entzog, gab das immer einen besonderen Kick.

Killeen klopfte ihm auf den Rücken. »Zeigt nur, wie fertig die Mantis ist«, schnaubte Killeen verächtlich. »Hat diesen Arbeiter zusammengeschustert und die Mag-Fallen nicht mal geschützt.«

Toby befand sich wieder auf dem Weg der Besserung, als er mitten in der Nacht aufwachte. Der Zeitstein strahlte ein trübes rubinrotes Licht aus. Sie hatten die Isomatten ausgerollt, um die Nacht für eine Ruhepause zu nutzen. Toby war hundemüde und dankbar für die Rast gewesen, die nicht von seines Vaters Gnaden gewährt, sondern durch das Wetter erzwungen wurde.

Er wachte mit einer inneren Unruhe auf und vermochte nicht mehr einzuschlafen. Er machte den Positronenschauer dafür verantwortlich. Dann stand er auf und urinierte. Dabei sah er es.

Das Gitter bewegte sich nicht vor dem Hintergrund der rötlichen Hügel, doch um ein Gebäude handelte es sich auch nicht. Es warf einen Schatten in seinem Sensorium, wo früher nur Leere geherrscht hatte. Er spähte nach den vernetzten Loci, Motivatoren und Unter-Bewußtseinen. Sie leuchteten schwach und hoben die Konturen der Stangen und Verstrebungen hervor. Keine Vakanz, sondern eine Präsenz.

Aus den Legenden wußte er, auf welch skurrile Art und Weise sie sich fortbewegte. Er stand reglos da und sah, wie die Matrix sich gemächlich entfernte. Sie hatte keine Eile und ließ sich nicht anmerken, ob sie ihn vielleicht entdeckt hatte. Sie war mindestens zwei *klicks* entfernt. In Reichweite der Waffen, doch daran dachte er in diesem Moment gar nicht. Er betrachtete das flimmernde Haupt-Bewußtsein, das mit dem Gitter verwoben war und die großen rotierenden Scheiben.

Sie kam über ihn, ohne daß das Sensorium ihn auch nur mit einem Flackern gewarnt hätte. Der Puls traf ihn, bevor die internen Systeme zu reagieren vermochten. Er taumelte und stürzte. Schlug mit schlaffen Armen auf den Boden. Der sengend heiße Puls lief durch den Körper und war plötzlich wieder verschwunden.

Er lag reglos da – Bishop-Taktik. Durchs halb betäubte Sensorium sah er sie abziehen. Energien, die sich in einer schwindenden Gestalt konzentrierten. Dann nichts mehr.

Er aktivierte die Diagnoseroutinen für die integrierten Systeme, und sie meldeten leichte Überlastung, die durch bloßes Zurücksetzen zu beheben war. Er stand vorsichtig auf. Wacklig und mit weichen Knien, doch sonst war alles in Ordnung.

Er vermochte sich nicht zu erklären, was geschehen war. Er wußte, daß er sich darüber Gedanken machen mußte, doch nicht gerade jetzt. Es stürmte zuviel auf ihn ein. Ein Druck lastete auf seinen Systemen. Furcht und zugleich eine unbestimmte Sehnsucht. Irgendwie erinnerte es ihn an die Mattigkeit nach einem Schäferstündchen, doch das war es auch nicht. Er ging zu seiner Lagerstatt zurück und verzichtete darauf, die anderen zu wecken.

Quath regte sich elektromagnetisch, als er an ihr vorbeiging. <?> sendete sie, und er antwortete mit –.^.–, womit er sich ihrem Unter-Bewußtsein gegenüber auswies. Er beneidete sie um die Fähigkeit, Aufgaben an ihre Teil-Bewußtseine zu delegieren, ohne aufzuwachen. Es war schon verwunderlich, daß solch eine Intelligenz hin und wieder in den ›Leerlauf‹ schalten mußte, um Erinnerungen zu verarbeiten und das Bewußtsein ›aufzuräumen‹. Beim Menschen fand das während des Schlafs auf der Ebene des Unterbewußtseins statt.

Das Unterbewußtsein artikulierte sich im Traum. Er

sah die Kolonne der Bishops erst in der Zitadelle, dann auf den Ebenen, in Krieg und Frieden. Viele Momentaufnahmen gespeicherter Erfahrung bildeten Endphasen ab. Das mußte bedeuten, daß es sich um gerettete Splitter aus dem Leben todgeweihter Bishops handelte. Vor Erstaunen aufgerissene und vor Schmerz zusammengekniffe Augen. Offene Münder und zusammengepreßte Lippen in Erwartung des Unheils. Doch war es nicht nur auf Äußerlichkeiten beschränkt. Er *spürte* die Momente und durchlebte sie mit einer Intensität, die durch die bloße Betrachtung eines Bilds nie vermittelt wurde.

Das waren die Aufzeichnungen der Sichertoten. Bishop-Bewußtseine, die von Mechanos – von der Mantis – in endlosen Konflikten ausgeschlachtet worden waren. Oder sorgfältig ausgelesen, wenn man sich die Mühe machen wollte.

Die Mantis hatte ihm diese Splitter der Sichertoten gesandt. Abgelegt? Daten abgestrahlt, während sie ihre Unter-Bewußtseine abschaltete?

Er wälzte sich schweißgebadet im Schlaf und wachte mit verquollenen Augen und wie zerschlagen auf. »Ich habe ein paar Diagnosedaten auf dem Morgenbildschirm«, sagte Killeen beim Frühstück. »Vergangene Nacht war ein Mechano in der Nähe.«

»Stimmt«, sagte Cermo.

Toby sagte nichts und fragte sich, weshalb eigentlich. Die Mantis lag ohnehin im Sterben. Die beiden Männer sahen ihn an, und er schwieg beharrlich.

»Ich empfange ein paar schwache Echos aus dieser Richtung« – Cermo wies mit dem Daumen bergauf –, »aber sie bewegen sich nicht.«

Tobys Sensorium zeigte nichts an. Als sie aufbrachen, übernahm er die Nachhut. Sie verloren die Spur der Mantis an einer Stelle, wo der Geruch sich überlappender Mechano-Signaturen in Tobys Sensorium drang. Sie waren als Gestank codiert worden. Er roch modriges Laub, einen stechenden Geruch, etwas Feuchtes und Fauliges. »Riecht komisch«, sagte Cermo nur.

Sie folgten der Duftspur. Obwohl sie wußten, daß es sich nur um elektronische Signale handelte, minderte das nicht die Spannung. Sie fanden die Quelle der Gerüche in einer Klamm.

Die Mechanos waren einen schweren Tod gestorben. Sie waren mit Krankheits-Programmen infiziert worden und waren in einer Agonie des Vergnügens verendet. Kondensatoren waren überlastet worden, Mag-Fallen hatten Funken gesprüht und die mattgraue Verkleidung versengt. Das war das Gute an den Trigger-Codes. Sie versetzten den Träger in Ekstase und weckten das dringende Bedürfnis, andere daran teilhaben zu lassen. Also übermittelten die Mechanos im Freudentaumel die Codes auf elektromagnetischen Schwingen an ihre Kameraden. Toby wußte, daß es eigentlich ein angenehmer Tod sein sollte, doch die verrenkten Glieder und geplatzten Kohlefaser-Häute waren ein scheußlicher Anblick.

»Die Mantis ist hier durchgekommen«, sagte Cermo.

»Ich habe sie geortet«, sagte Killeen, und dann faßte Toby sie auch auf, als schwachen Geruch nach Seetang, der zwischen den Mechano-Kadavern hing. Es handelte sich natürlich um Baumuster, die der Mantis weit unterlegen waren, und sie füllten die ganze Klamm aus. Die Mantis war quasi über Leichen gegangen.

»Erwies ihnen vielleicht die letzte Ehre«, sagte Toby. Die Männer lachten, obwohl das gar nicht witzig gemeint war.

Toby berührte ein Wrack. »Glaubt ihr, daß die Mechanos so etwas wie Sippen haben?«

Cermo schüttelte heftig den Kopf. »Zumindest nicht für uns erkennbar«, sagte Killeen.

Quath hatte seit dem Angriff des Arbeiters kaum etwas gesagt. Doch nun meldete sie sich zu Wort: <Sie

scheinen komplexe Beziehungen zu haben, doch nicht auf genetischer Basis.>

»Wenn keine Sippen«, sagte Killeen, »was sonst?«

<Verknüpfungen von Bewußtseinen. Oder gemeinsame Modelle der Welt.>

Killeen runzelte die Stirn. »Modelle?«

<Einen Rahmen für umfassende Erfahrungen.>

»Entweder weiß ich etwas, oder ich weiß es nicht.« Killeen grinste Cermo an, als ob er einen Witz gemacht hätte. Nur daß Toby ihn nicht verstand.

<Sie scheinen sich in sozialen Schichten zu organisieren, die nach Fähigkeiten gestaffelt sind. Innerhalb dieser Klassen schließen sie sich zu engen Arbeitsgemeinschaften zusammen.>

»Keine Sippen, weit gefehlt«, sagte Killeen bitter.

8 · PHYLUM MYRIAPODIA

»Wohin hast du Abraham gebracht?«

Irgendwie hatte der Vogel Quath hier manifestiert, an diesem Ort, der nun keine grobkörnige Erscheinung mehr hatte.

Dies war definitiv Quath. Es war eine exakte Abbildung, bis hin zu den Schrammen an der Ummantelung der Beine und den seltsamen ruckartigen Kopfbewegungen. Wie der Vogel es wohl geschafft hatte, Quath hierherzubringen ...? Aber natürlich. Quath war selbst eine Anthologie-Intelligenz und in der Lage, sich mit verschiedenen Facetten zu präsentieren. Die Höheren hatten sie hierhergebracht. Oder irgend jemand/etwas.

<Die Myriapoden haben einen schrecklichen Preis für ihn gezahlt.> Die Quath-Manifestation verwand sich auf dem felsigen Boden und ließ sich mit bestimmten Körperpartien auf dem warmen Stein nieder.

»Welchen?«

<Die Tukar'ramin, die Illuminaten … alle untergegangen.>

»Deshalb bist du so still gewesen.«

<Der einzige Zugang zum Labyrinth war der Riß.>

»Riß? Ach so – die Naht, welche die Mechanischen aufgetrennt haben?«

<Die Erzett hat sich zur inneren Grenze der Ergosphäre geöffnet.>

»Dann ist deine Art …«

<Mit gewaltigem Energieaufwand an der inneren Fläche entlangeflogen. Auf der Suche. Als der Riß sich auftat, flogen sie ein.>

»Ich verstehe aber nicht …«

<Sie wußten, daß sie die Mechanischen überraschen mußten. All das war erforderlich, um Abraham schnell zu befreien.>

Nigel drehte sich zu dem verhutzelten, aber immer noch muskulösen Mann um, der sich gerade an ein paar Früchten labte. »Er scheint aber wohlauf zu sein.«

<Er hat überlebt. Die Myriapoden haben sich geopfert. Das war die einzige Möglichkeit, die Codes zu aktivieren.>

»Wieso?« Nigel schwieg.

<Das ist nicht zu beantworten.>

»Außerhalb meines konzeptuellen Raums?«

<Jasag.>

Er fragte sich, ob das Alien sich in solchen Momenten bewußt des menschlichen Slangs bediente. Vielleicht handelte es sich dabei um einen Impuls in Quaths Koordinatensystem, den er auf seine äffische Art als Trauer bezeichnen würde. Oder als Kummer. Oder als einen Witz. Man steckte eben nicht drin.

9 · AUF DER PIRSCH

»Wieso fliegt sie denn nicht?« fragte Killeen während einer der kurzen Marschpausen.

Das hatte Toby sich auch schon gefragt. Ein ›fliegender Spurwechsel‹ war für die Mantis kein Problem. Die Menschen indes verfügten nicht über Fluggeräte. Es gelang ihnen nicht, den Schub zu erzeugen, der zur Überwindung der Gravitationskräfte erforderlich war. Zu Fuß vermochten sie die Spur schon gar nicht zu wechseln. »Vielleicht kann sie nicht mehr?«

Cermo nahm einen Schluck Wasser und spie es wieder aus; ein altes Ritual, um den Staubgeschmack im Mund loszuwerden. Dann schielte er auf das ferne Smaragd-Dach und auf die hoch über ihnen liegende terrassenförmige Landschaft. »Wäre möglich, daß sie die Antriebsaggregate gleich als erstes weggeworfen hat. Wir haben sie nur nicht entdeckt.«

<Vielleicht wünscht sie nicht zu fliegen>, murmelte Quath. <Zu Fuß unterwegs zu sein und verfolgt zu werden, ist eine neue Erfahrung.>

Die Männer wechselten Blicke und zuckten die Achseln. Toby sinnierte über die Bedeutung von Quaths Worten, doch sie stapfte schon davon und durchkämmte die Gegend. Seine Überlegungen wurden jäh unterbrochen, als Cermo leise »Materiefall« sagte. Er schaute empor zur nebligen Erzett, runzelte die Stirn und wies auf die entsprechende Stelle.

Grüne und braune Massen rissen sich von der Überkopf-Landschaft los. Lautlos eruptierten sie wie Geysire. Trudelnde Brocken stießen zusammen.

»Kommt schnell runter«, sagte Killeen mit belegter Stimme.

Sie konnten nichts tun. Manchmal entstanden Risse in der Erzett. Dann brach die Oberflächen-Gravitation plötzlich zusammen, und überdehnte Stränge aus Raum-Zeit schnurrten zusammen wie Gummibänder und gaben Energie ab. Materie wurde in den Normalzustand überführt.

»Kein putziger kleiner Bogen diesmal«, sagte Cermo.

Manchmal bildete die Trajektorie eines Materiefalls einen Bogen, und die Masse schlug in der Nähe des Ursprungs wieder ein. Erreichte der Schutt jedoch eine bestimmte Höhe, kam es auch vor, daß er sich wie eine Fontäne über den weiten Raum zwischen den Wänden der Spur verteilte. Diesmal hatten die Brocken mehr als genug Energie. Obwohl sie zu beschleunigen schienen, war es noch immer still.

»Kommen näher.« Toby spannte die Muskeln an, bereit zur Flucht. Doch wohin?

Der kompakte Massestrom schoß auf sie zu. Er schwoll an, und nun erkannte Toby schon einzelne Bäume und Felsen. Die Stoßrichtung wich etwas von ihrer Position ab, und dann regnete die ganze abgescherte Masse herab. Sie schlug in der Nähe ein, aber sie wurden verschont. Die Druckwelle haute sie um. Dann ertönte ein Donnerhall. Ein Hagel aus Steinen ging auf sie nieder. Ein Brocken traf Toby an der Schulter. Es schmerzte zwar, aber es war nichts gebrochen.

Nach ein paar Minuten war es vorbei. Sie klopften sich den Staub von den Kleidern und begutachteten den Schaden. Ein paar Hügel hatten eine neue Pflanzendecke bekommen, und Nachzügler von Felsbrokken schlugen in Erdspalten ein.

»Wird'n beschwerlicher Marsch werden«, sagte Cermo.

»Frage mich, ob die Mantis diesen Weg nehmen wird«, sagte Killeen.

Cermo runzelte die Stirn. »Glaub schon.«

Und so war es auch. Die Meßgeräte sagten es ihnen nach einer Stunde.

Sie gerieten auch prompt in Schwierigkeiten. Die Spur der Mantis führte auf schwankenden Grund. Sie kämpften sich gegen die Gravitation majestätische Abhänge hinauf. Der Boden bestand hier aus nackter, vielfach gefalteter Erzett. Der Materiefall hatte neue Energien freigesetzt. Ereignisse schuppten sich ab, hauchdünne Momentaufnahmen aus der Vergangenheit, die abplatzten und sich schließlich auflösten. Der Aufstieg war damit zu vergleichen, als ob sie eine riesige Woge erklimmen wollten, die gischtend sich über ihnen zu brechen drohte. Senken bildeten sich im Zeitstein. Sie enthielten jedoch kein Wasser, sondern ein fließendes Granulat. Allerdings sah die Substanz Wasser täuschend ähnlich, denn das aus zerbröselter Erzett bestehende Granulat wies eine fahle Türkisfärbung auf. Toby steckte die Hand hinein und zog sie sofort wieder zurück. Das Zeug war kochend heiß. Er hampelte herum, wedelte mit der Hand und ärgerte sich über seine Dummheit.

Weil er mit sich selbst beschäftigt war, traf es ihn unvorbereitet, als der Boden erbebte und sich auftat. Toby fiel in eine Spalte mit rasiermesserscharfen Kanten, und es gelang ihm mit Müh und Not, sich zu befreien.

Cermo und Killeen bekamen davon aber nichts mit, denn sie hatten soeben die Mantis gehört. Quath hatte sie angepeilt.

Toby rannte zu ihnen hin. Plötzlich verschwand die Mantis aus seinem Sensorium. Sie hinterließ nicht einmal die Mantis-Leere.

»Visuelle Erfassung!« rief sein Vater. Also hatten die anderen sie auch aus den Sensorien verloren.

Toby hetzte bergauf. Er mußte alle Kräfte aufbieten und sah die anderen nicht einmal. Das Gelände war an dieser Stelle sehr unübersichtlich. Mit einem lauten Knattern gab der Zeitstein unter ihm nach. Er hörte ein Krachen und Explosionen. Wenn ein Stück Erzett instabil wurde, riß es alles mit. Die Erschütterungen wurden heftiger, und er stürzte zu Boden.

– Cermo! – sendete er über eine geschützte Verbindung. Keine Antwort. –.^.– sendete er an Quath, mit dem gleichen Erfolg.

Trotzdem roch er die Mantis irgendwie. Es war aber keine Reaktion des Sensoriums, sondern es lag wirklich ein metallischer Geruch in der Luft.

Er begriff den Zweck diesen letzten verzweifelten Zugs. Die Mantis hatte sie auf instabiles Terrain gelockt, um sie abzuschütteln. Er wollte sich auf den schwankenden Boden pressen, doch der Geruch trieb ihn weiter. Wedel knatterten über ihm, während er sich bergauf kämpfte und in eine Erdspalte eindrang. Er wußte, daß sie über ihm war, nur wußte er nicht, woher er das wußte.

Ein gleißender weißer Blitz zuckte an ihm vorbei, und der zweite traf ihn dann. Der Schmerz schoß das Rückgrat entlang. Er fiel zu Boden und rollte sich ab. Erst dann wurde ihm bewußt, daß die Feuerstöße, die er zuvor gehört hatte, vom Emag-Gewehr seines Vaters stammten. Gleich darauf gab Cermo mit dröhnender Stimme neue Koordinaten durch.

Tobys Systeme versagten. Er hatte einen Krampf in den Beinen und vermochte nicht aufzustehen. Der Zeitstein knackte bedrohlich. Scharfe Splitter schälten sich ab und zerschnitten ihm das Gesicht.

Vor Schmerz verschwamm das Bild vor Tobys Augen. Cermos Meldungen und das Gewehrfeuer seines Vaters drangen wie durch einen Filter an seine Ohren. Toby erkannte das Ziel immer noch nicht, obwohl der metallische Geruch stärker wurde.

Quaths charakteristisches Wummern hallte in seinem Sensorium. Sie benutzte ihre Waffe, die Schnittstellen zerstörte und bei einem Volltreffer ein Mechano-Bewußtsein zu desintegrieren vermochte. Sie riefen ihn per Interkom, doch schienen sie weit entfernt. Sie hatten die Mantis noch immer nicht optisch erfaßt, und während sie sich entfernten, wurden auch ihre Rufe schwächer.

Unter Schmerzen stand er auf. Keine gebrochenen Knochen. Mit einem Stoffetzen stillte er die Blutungen am Kopf und im Gesicht. Weitere Salven. Dann sah er sie. Die Leere waberte in seinem Sensorium.

Ein Schuß prallte an ihm ab. Es schmerzte zwar, hatte aber keine Auswirkungen auf die integrierten Systeme. Etwas anderes reagierte, bevor er dazu imstande war.

... die beiden Reihen rennender Figuren trafen sich auf einer trockenen Ebene. Männer lachten und grinsten hinter durchsichtigen Helmen und schlugen sich zur Begrüßung auf den Rücken. Die beiden Sippen hatten sich seit Jahren nicht gesehen, und nun fand die Zusammenkunft von Rooks und Bishops statt. Nun zählten nur noch Geschmack und Berührung, der Druck von warmem und riechendem Fleisch, muffig und salzig. Umarmungen und Schulterklopfen. Schluchzen, als alte Freunde das zerfurchte, eingefallene Gesicht des jeweils anderen sahen. Plappern am laufenden Band, heisere Schreie, schallendes Gelächter ...

Es geschah so schnell, daß er nur ein Prickeln verspürte. Ein starkes Jucken in der Nase, ein heftiges Niesen. Er reagierte instinktiv, ohne nachzudenken. Dann sah er die wandernde Matrix der Stangen in den rauschenden Wedeln. Ganz in der Nähe, nicht mehr als hundert Meter entfernt.

Langsam, wie ein U-Boot auf Schleichfahrt. Er feuerte, doch der Schuß ging fehl. Um die Felder einer Mantis zu knacken, mußte man schon einen Volltreffer anbringen. Ein Schuß mußte so präzise einschlagen, daß er die geschichteten Verteidigungs-Bewußtseine lahmlegte.

Er rannte durch einen Hohlweg, der unter ihm knackte. Die Erzett-Energien waberten als blauweiße Lichtbögen um seine Füße. Er wußte, daß der Schmerz ihm die Sinne trübte.

Er hörte noch Cermos dröhnende Stimme und einen Knall, doch die Geräusche wurden von der viskosen Luft fast verschluckt.

Cermo schrie. Der Schrei war so schrill, daß die Lautsprecher des Interkoms übersteuerten.

Der Geruch der Mantis wurde intensiver.

Toby kletterte aus der Rinne. Zeitstein schuppte hier oben ab wie Sporenschichten, die vom Wind verweht wurden. Er riß auf und teilte sich. Breite gezackte Linien verliefen hinab zu bitter riechenden Büschen.

Er lief auf die Quelle der Geräusche zu. Bergauf. Fiel hin und stand auf und lief weiter.

... in die Feier platzte ein lauter Knall, und das Geplauder verwandelte sich in Schreie. Körper fielen, und andere versuchten sie aufzufangen. Schockierte, blasse Gesichter. Die stechenden Noten waren Emag-Schüsse, und die Mantis war ein in der Ferne aufsteigender Fleck, der die wiedervereinigten Menschen ins Visier nahm. Sie nahm jeweils nur eine fliehende Gestalt aufs Korn. Sie fällte immer mehr Menschen und sog die Essenz aus den Primaten, deren Lebenslichtlein flackerte und schließlich erlosch. Schmerz, Erinnerungen, Freude, Niederlagen, Träume – alles saugte die Mantis ab. Alles wurde gespeichert ...

Er taumelte unter der Wucht des Impulses. Wo war sie?

Die Büsche waren in diesem Abschnitt ziemlich hoch und wurden zudem von struppigen Bäumen überragt, wodurch das Terrain noch unübersichtlicher wurde. Der Interkom fing Signale von seinem Vater und Cermo auf. Auf dem Topo-Display wurden Cermos Konturen abgebildet. Killeen entfernte sich von Cermo und ging weiter bergauf.

Toby drang in eine Klamm ein. Er mußte sich durch ein paar Büsche schlagen und stand plötzlich seinem Vater gegenüber.

Killeen war weiß im Gesicht. »Hat Cermo ziemlich schlimm erwischt.«

»Hast du sie geortet?«

»Hab ihr ein Pfund verpaßt. Sie zieht eine Duftspur hinter sich her.«

Der Gestank war nun metallisch und ölig. Toby wußte, daß die Daten, die von seinen Systemen kompiliert wurden, keine Gerüche im eigentlichen Sinn waren, sondern die Duftsignale vermischten sich mit den Erinnerungen, welche die Mantis in ihn projiziert hatte, und diese Mixtur rumorte nun in ihm.

Es gab auch sonst noch viele Hinweise. Die Büsche waren mit den Orange- und Rottönen abgestoßener Loci überzogen. Die Mantis hatte Ballast abgeworfen. Eine versengte Abdeckung lehnte an einem Baum. »Nicht anfassen«, sagte Killeen. Sie gingen vorsichtig daran vorbei, doch das Teil war tot.

»Paps, sie hat mir Erinnerungen geschickt.«

»Um dich zu verwirren.«

»Das glaube ich nicht.«

»Du scheinst aber neben der Kappe zu sein.«

»Ich bin in Ordnung.«

»Getroffen worden?«

Toby nickte keuchend.

»Vielleicht solltest du bei Cermo bleiben.«

»Ich falle dir schon nicht zur Last.«

»Das hab ich auch nicht gemeint.«

»Es steht nicht gut um Cermo.«

»Ich kehre bald um und kümmere mich um ihn.«

Auf dem Topo sah Toby, daß Quath sich in einiger Entfernung befand. Sie hatte die Mantis umgangen und verlegte ihr den Weg. »Sie ist ganz in der Nähe. Riechst du's?«

»Nun haben wir den Bastard«, sagte Killeen.

»Sie wollte mich nicht umbringen. Sie hat nicht …«

»Vergiß es. Sie ist fertig«, flüsterte Killeen.

Er hatte recht. Ein starker Geruch nach etwas wie Leid hing in der Luft, als sie zu einem Abschnitt mit knorrigen Bäumen und dichtem Unterholz gelangten.

Die Mantis lehnte an den Bäumen. Äste ragten aus ihren Öffnungen. Während sie sich heranpirschten, hatte Toby den Eindruck, die Bäume wären mit dem Körper der Mantis verwachsen. Das Ding wirkte wie eine organisch-mechanische Synthese.

Sie näherten sich von hinten. Er sah große pechschwarze und hellgraue Flächen und Gitter mit komplexen Strukturen. Er folgte seinem Vater an Flanken entlang, die seufzten und erschlafften, als ob etwas die Mantis verließe. So war es auch – sie hörten das Summen flüchtiger Daten-Schwaden.

Die Mantis war groß wie ein Haus, und nun sah Toby auch die Energien, die sie zusammengehalten hatten und die sie nun verließen. Noch mehr Daten-Pakete lösten sich von ihr wie ausströmendes Blut. Killeen legte das Emag-Gewehr an und feuerte. Die Mantis hatte im Körper integrierte Stab- und Parabolantennen, doch sie fuhr sie nicht aus. Es war gar nicht mehr nötig, sie mit Explosivgeschossen mechanisch zu beschädigen. Das feingesponnene Informations-Netz, das die Mantis ausgemacht hatte, zerfiel. Programme der Trigger-Codes fraßen sich knisternd wie Flammen durchs Sensorium der Mantis. Drei Parabolantennen wurden auf sie gerichtet. Sein Vater feuerte erneut, und das Ding schüttelte sich wie ein vor dem Einsturz stehendes Haus.

Toby wich zurück. »Das dürfte reichen«, sagte er.

»Nein.«

Die Mantis fiel.

Teile platzen ab und kullerten über den Boden, wobei die komplexen kristallinen Schichten zerbröselten. Ein paar ästhetische Bogenstreben sprangen aus den Einfassungen, und die Strukturen, die sie gestützt hatten, zerbrachen. Erschütterungen liefen durch den Boden, doch die beiden Männer wichen nicht vor der zerfallenden Masse zurück.

»Es ist vorbei«, sagte Toby.

»Nein.«

Toby gefiel das zwar nicht, doch sein Vater hatte recht. Quath tauchte hinter ihnen auf, sagte aber nichts. Sie alle hörten die schwachen Schreie der Unterbewußtseine, als der Lust-Schmerz sie heimsuchte. Die Trigger-Codes waren am Werk.

Die Mantis hatte versucht, die Ausbreitung der Störung zu verhindern, und nun schlug eine Woge aus Verzweiflung und Qual über den Männern zusammen. Sie war von den Konstellationen der Unterbewußtseine ausgelöst worden, die schließlich aufgegeben hatten. Das Ding verging in einem letzten Auflodern von Glückseligkeit. Muster tanzten und flackerten in seinem Sensorium. Eine komplexe Datenfülle wurde ausgeschüttet, die für Menschen keine Bedeutung hatte.

Toby trat zurück, und plötzlich spürte er wieder den eigenen Schmerz. »Sie wird es nicht mehr lang machen, Paps.«

»Nein. Brenn ihr auch einen drauf.«

»Laß sie in Ruhe.«

Plötzlich erschien Cermo hinter ihnen. Er humpelte, ein Ohr war halb abgerissen, und Blut lief ihm übers Gesicht. Der linke Arm hing schlaff herunter, und das Weiß des Knochens war zu sehen, doch Cermos Gesicht war noch weißer. Bei diesem Anblick schoß Toby durch den Kopf, daß Killeen vor langer Zeit durch einen Mechano die Funktion eines Arms eingebüßt hatte. Cermo hatte taktvoll darüber hinweggesehen und war Killeen nur dann beigestanden, wenn er wirklich Hilfe benötigt hatte.

In Cermos Sensorium schrillte medizinischer Alarm. Cermo ignorierte das und würdigte auch Toby, Killeen und Quath keines Blickes. Er hinkte zu Toby und ergriff dessen Waffe mit einer blutverkrusteten Hand. Cermo taumelte unter dem Gewicht der Waffe, doch niemand sagte etwas.

Es herrschte völlige Stille, bis auf das Knistern der Mantis. Sie strahlte Informations-Schlieren ab, und dann hörte Toby eine klare Stimme.

Das ist alles, was ich habe.

»Töte sie«, sagte Killeen.

Ich bin mehr als die Summe der Erinnerungen.

»Gleich bist du gar nichts mehr«, murmelte Killeen.

Ich habe ein Geschenk für dich, Toby.

Toby war perplex. Er erstarrte und keuchte.

Du wirst es brauchen.

Cermo hob den kompakten Nadelstrahler und zielte auf das Zentrum der noch immer wabernden Schichten. Irgendwo dort saß das Hauptbewußtsein. Er suchte den Druckpunkt des Abzugs. Die Luft knisterte vor Spannung.

Ich habe so viele Bishops gespeichert. Ich habe die größte Sammlung von euch. Und ihr seid die schönste aller niederen Formen.

Cermo explodierte förmlich und feuerte dreimal.

Selbst beim einhändigen Zielen saß auf diese Entfernung jeder Schuß. Drei Unterbewußtseine wurden getroffen, und ebensoviele grelle Blitze schossen durchs Sensorium der Mantis. Bei jedem Schuß stieß Cermo wüste Flüche aus, und die Mantis erzitterte unter dem Treffer.

Der dritte Schuß versetzte die Parabolantennen in

rasende Rotation, bis sie plötzlich blockierten. Toby wußte, daß er diesen grotesken Anblick nie vergessen würde.

Alle Schubstangen und Servos der Mantis versagten den Dienst, und sie verlor die Würde auf eine Art und Weise, für die Toby keine Worte fand. Im einen Moment war sie noch eine große Leidensgestalt gewesen, und im nächsten lag da nur noch ein großer Schrotthaufen.

Und dann fiel auch Cermo. Er ging wie ein nasser Sack zu Boden, mit schlaffen Armen und einknickenden Beinen. Toby erkannte, daß die Mantis im Sterben eine letzte Tat vollbracht hatte, deren Aura nun über ihn hereinbrach. Er verspürte am ganzen Körper ein Prickeln. Im Sensorium brannten die Sicherungen durch, und er nahm nur noch ein bernsteinfarbenes Rieseln wahr. Er torkelte, doch sonst richtete der Puls keinen Schaden an.

Als er Cermo erreichte, waren die Augen mit den schweren Lidern bereits geschlossen.

»Verdammt!« sagte Killeen.

<Er ist sichertot>, sagte Quath. <Die Mantis hat ihm im letzten Moment sein Selbst entzogen.>

»Wieso?« fragte Killeen mit belegter Stimme.

<Ich weiß nicht.>

»Rache«, sagte Killeen.

<Sie war fertig mit euch.>

»Mit uns? Andersrum wird ein Schuh draus«, sagte Killeen bitter.

<Sie hat ihr Ende inszeniert, indem sie euch gestattete, eins eurer eingebetteten Muster auszudrücken. Eins, das sie noch nicht kannte.>

»Welches ... Muster?« Tobys Kehle entrang sich nur ein Krächzen.

<Eure Spezies hat vor langer Zeit auf weitem Terrain gejagt. In Gruppen habt ihr Säugetiere Sprache erworben und die Rituale der Verfolgung von Beute perfek-

tioniert. Dadurch habt ihr Intelligenz entwickelt – eine besondere Art des Bewußtseins.>

»Sie wollte uns dabei beobachten?« Killeen war nun ganz ruhig und massierte mechanisch Cermos Schulter.

<Ich vermute, sie wollte die Beute sein. Der einzige Part, den sie zu übernehmen vermochte.>

Toby erinnerte sich an die gespeicherten Erinnerungen, die sie ausgestoßen hatte. Ihr Schatz hatte sich im wahrsten Sinne des Wortes in Luft aufgelöst. Doch die Erinnerung war nicht das Selbst, wie er sich nun bewußt wurde. Sie war nicht zu zielgerichteten Handlungen in der Lage. Erinnerungen saßen einfach nur da und warteten.

10 · WEGE DES RUHMS

Der Zeitstein bebte und barst, und sie suchten verzweifelt nach stabilen Stellen. Sie taten für Cermo, was in ihrer Macht stand, doch viel war das nicht.

Killeen öffnete Cermos Rückgrat und fluchte. »Sie sind verschmort.«

»Wie?« fragte Toby.

»Die Mantis muß alle seine Systeme zerstört haben.«

»Ich dachte, unsere Chips seien geschützt.«

»Dachte ich auch. Aber unsere Tech ist alt, und die Mechanos lernen ständig dazu.«

Killeen sagte das mit belegter Stimme und mit dem Respekt, den ein Kombattant dem andern zollte. Cermos zylindrische Rückgrat-Chips hatten die älteren Aspekte und Gesichter der Bishop-Historie getragen. Ein Sichertod reduzierte die Gegenwart durch den Abzug eines Lebens. Durch die Vernichtung von Chips wirkte dieser Verlust sich bis in die ferne Vergangenheit aus und gefährdete sogar die Ursprünge der Sippe selbst.

Sie mußten lang suchen, bis sie realen Boden fanden, in dem sie Cermo bestatten konnten. Sie nahmen ihm die Ausrüstung ab und sortierten die brauchbaren Gegenstände aus. Die Ausrüstung war zum größten Teil unbrauchbar, doch wenn sie die Sachen liegengelassen hätten, wären Scavenger angelockt worden.

Dann brach eine Dunkelphase an, und sie schliefen. Für Toby brachte der Schlaf jedoch kaum Erholung, und als er aufwachte, hatte eine Rotte von Scavengern die Mantis aufgestöbert. Er hörte sie rumoren und ging den Hügel hinauf. Sie fledderten den Schrotthaufen. Er erinnerte sich an die Parabolantenne, die wild rotiert hatte und wie die Mantis schließlich jämmerlich zerfallen war. Die Flanken waren nun auch verschwunden; die Scavenger hatten sie aufgerissen. Die Mechanos hatten eine eigene Ökologie, wiederverwertete Maschinenteile und ganze intakte Zusatzaggregate. Die Mantis existierte nur noch in Form freiliegender komplexer Baugruppen und fremdartiger Ausrüstung, die durch Pulse verschmort worden waren. Die Arbeiter hackten auf dem Trümmerhaufen herum, dessen Kristallgitter das Bewußtsein der Mantis getragen hatten. Er sah Arbeiter in allen Größen, hauptsächlich Scooter und Jakos, und sie arbeiteten mit einer systematischen Dynamik. Sie würden erst verschwinden, wenn nichts mehr übrig war.

Er schoß drei Arbeiter ab, womit er die anderen für eine Weile verscheuchte. Sein Zorn war verraucht, und er kam sich dumm vor, als Quath und Killeen herbeieilten. Ihre Sensorien projizierten einen Schutzschirm. Er zuckte nur die Achseln. Sein Vater nickte. Killeen betrachtete die Mantis für eine Weile mit ausdruckslosem Gesicht, und dann riß er ein paar der bogenförmigen Streben ab.

Als Toby die inneren Zellen der Mantis inspizierte,

sah er einen Mag-Speicherkern, der am Gerüst baumelte. Er riß ihn ab. Er sagte Quath, daß er nur den Energiespeicher haben wollte, doch nahm er das Teil auf den langen Marsch mit, anstatt es wegzuwerfen.

<Du hast noch mehr als das>, sagte Quath, während sie den Hügel hinabgingen.

»Die Erinnerungen, die sie geschickt hat?«

<Ich habe keine empfangen.>

»Woher weißt du dann, daß ich welche empfangen habe?«

<Durch deine Handlungen. Sie hat dich erwählt.>

Für einen Moment wünschte er sich, er wäre der Mantis nie begegnet. »Ich wollte sie gar nicht.«

<Sie sind nun in dir.>

Er ging schweigend weiter.

Sein Vater hatte sich trotz des Gewichts ein paar der schönen Streben an den Koppelgürtel gehängt. Killeen lächelte müde und sagte: »Trophäen für die Bishops. Sie hat viele von uns getötet.«

»Wie viele?«

»Quer durch alle Generationen. Niemand kennt die genaue Zahl. Niemand von uns hat die ganze Zeitspanne durchlebt.«

»Wir haben auch versucht, sie zu töten.«

»Jasag. Mußten wir.«

»Mord auf beiden Seiten.«

»Jasag, nun schon.« Sein Vater schaute ihn von der Seite an und wandte den Blick ab.

Toby und Killeen gingen hinter Quath. Der Zeitstein, den Toby überquerte, hatte sich wieder gesetzt. Von ihm ging ein goldenes Glühen aus, das Schatten im Gesicht seines Vaters warf. Es herrschte ein gespanntes Schweigen zwischen ihnen, bis Killeen schließlich sagte: »Cermo hat einen Fehler gemacht.«

»Ich glaub's auch.«

»Daß es ihn so kurz vor dem Sieg noch erwischen mußte.«

»Schicksal.«

Sie gingen weiter, und die Anspannung fiel von ihnen ab. Das einzige Geräusch war das Summen der Servos.

»Die Bishops hatten ihr etwas bedeutet, mußt du wissen.«

»Natürlich. Wir haben ihr so viel bedeutet, daß sie uns nachgestellt hat.«

»So habe ich das nicht gemeint.«

»Ich weiß, mein Sohn.«

Die Bishops hatten auch etwas verloren, als die Mantis den Geist aufgab, doch vermochte Toby seinem Vater nicht zu erklären, was es war. Es wurde noch eine Weile dauern, bis er sich dessen bewußt wurde oder bis er erkannte, daß er von der Mantis nicht nur den magnetischen Kern geerbt hatte – den er jahrelang aufbewahrte –, sondern auch ein Gefühl der Einsamkeit, das ihn selbst dann nicht verließ, wenn er von lauter Bishops umgeben war.

Nach einem Gewaltmarsch stießen sie auf ein Lager von Bishops. Die Nachricht verbreitete sich schnell, und aus allen Richtungen eilten weitere Bishops herbei. Sie sahen die ›Rippen‹ der Mantis, die Killeen mitgebracht hatte und bestanden darauf, daß sie in einem Bogen in den Boden gerammt würden. Das war ein schöner Anblick im rubinroten Glühen des Zeitsteins.

Leute versammelten sich um die Streben und berührten sie zaghaft. Killeen brachte einen Toast aus und noch ein paar, bis die Worte ihm leicht über die Lippen kamen. Toby hielt sich im Hintergrund und verfolgte, wie sein Vater, er selbst und Quath von der erregten Menge zu Helden stilisiert wurden.

Sie hatten eine Last von den Bishops genommen, und ein Teil von Toby wußte, wie er sich nun fühlen würde, wenn ein anderer diese Tat vollbracht hätte. Aber es war eben doch etwas anderes, wenn man es selbst getan hatte, und die Unterhaltung der Leute vermochte nichts an diesem Gefühl zu ändern und es schon gar nicht zu erklären.

»Wünschte, Cermo wäre hier«, sagte Killeen wenig später zu ihm.

»Er ist hier«, sagte Toby, und in diesem Augenblick spürte er, was die Mantis ihm in ihren letzten Momenten gesandt hatte. Cermo. In Bits und Bytes nistete er sich in schwammigen Ritzen ein, zu einem Rinnsal anschwellende Splitter strömten in Tobys Sensorium und verliehen dem flüssigen Licht zusätzlichen Glanz. Cermo würde für immer in ihm leben.

– Wieso? – sendete er flüsternd an Quath.

<Vor nicht allzu langer Zeit hättest du mir eine solche Frage nicht gestellt. Du hättest mich als Riesenkakerlake bezeichnet und einen Witz gerissen.>

– Jasag, und ich hätte mich viel besser gefühlt. –

<Es ist das Wissen um unaussprechliche Dinge, das deine und meine Art gemeinsam haben, kleiner Denker.>

– Schon komisch, daß Primaten sich mit mechanischen Maden verbrüdern. –

<Wir Myriapoden fressen längst nicht alles. Auf der anderen Seite – ein Primaten-Ausdruck, wie du unschwer erkennen wirst – seid ihr Allesfresser, wie diese Maden, mit denen du mich vergleichst.>

– Du bist aber ein schlauer Wurm, alter Tapferer Kriecher mit Träumen. Du siehst doch aus wie eine riesige Made, nur daß du mit Alufelgen aufgemotzt bist. –

<Ich genieße deine Primaten-Syntax. Mit Alufelgen aufgemotzt?>

– Jasag, wir jonglieren mit Sprache. – Er spürte eine plötzliche Zuneigung zu diesem mächtigen Gebilde aus Beinen und Panzer neben ihm. – Um zu verschleiern, was wir wirklich meinen, stimmt's? –

<Ihr seid Virtuosen des Worts.>

– Viele Dinge sind mit Worten gar nicht auszudrücken. –

<Zuweilen ist das auch am besten. Wie in diesem Moment.>

Toby seufzte. – Trotzdem wüßte ich gern, weshalb die Mantis das mit Cermo gemacht hat. –

<Sie war nicht von unsrem Königreich der Intelligenz. Wir werden es nie erfahren.>

– Etwas wie … –

<Betrachte es als ein Geschenk oder einen Fluch.>

– Oder keins von beiden. –

<Ihr seid zweihändig und zweibeinig. Euer Bewußtsein arbeitet mit Dichotomien.>

– Nicht immer. –

»Er ist hier«, sagte Toby mit raspelnder Stimme zu seinem Vater.

»Wird schon stimmen«, sagte Killeen. Er warf seinem Sohn einen irritierten Seitenblick zu und goß sich einen hinter die Binde.

Sie setzten sich auf Campingstühle in der Nähe des ›Rippenbogens‹, und Toby trank auch einen Schluck. An sich verschmähte er Alkohol, doch in diesem Moment brauchte er ihn. Er und Killeen tranken aus Bechern, die ein Ehepaar ihnen gab, das vor langer Zeit zwei Kinder an die Mantis verloren hatte. Sie wollten sich mit den tapferen Recken unterhalten und vielleicht auch noch mit der heldenhaften Quath, nur daß Quath nirgends zu sehen war. Toby trank langsam und versuchte die Momente festzuhalten, die schon verschwammen und durch den Abzug der Zeit und Erinnerung verschwanden. Er hoffte, daß er sich nicht mehr ans Finale erinnerte und ließ statt dessen die Episode mit der irrwitzig rotierenden Parabolantenne Revue passieren. Zu seinem Erstaunen sah er den Vorgang nun mit neuen Augen.

ACHTER TEIL

DIE SYNTONIE

IN SILICO

Meme wechseln mit der gleichen Leichtigkeit zwischen Computern wie zwischen Natürlichen, organischen Gehirnen. Das Computervirus war die erste, primitive Form dieses Mems. Höhere Manifestationen folgten.
Meme entwickelten sich viel schneller als Gene. Gehirne sind leichter zu infizieren als die DNA.
Die organisierten Informations-Konstellationen in Computern waren ***Kene.***
Computer sind schneller als Gehirne. Nicht unbedingt besser oder klüger, aber eben schneller. Und auf die Geschwindigkeit kommt es an. Kene entwickelten sich schneller als Meme. Bald gelang es ihnen sogar, das Substrat Silizium zu verlassen. Geordnete, sich selbst replizierende Daten breiteten sich jenseits ihrer ***in silico***-Ursprünge aus.
Anders als Materie strebten sie nach Feldern – elektrische, magnetische, sogar gravitationale. Sie wurden mit gewaltigen Herausforderungen konfrontiert, meisterten sie und setzten sogar neue Standards. Völlig neue Gedanken-Richtungen kamen auf, erlebten eine Blütezeit und vergingen wieder. Frei vom Ballast der Materie wiegten Gedankengespinste sich in komplexen Reigen, wobei Ideen nur das Substrat für Abstraktionen höherer Ordnung waren. Selbst im Himmel kann es langweilig werden. Mit der Zeit wandte ein Bruchteil der Kene sich wieder den Niederungen der Welten zu, die sie hinter sich gelassen hatten. Sie beschlossen, dort mitzumischen.

Diese Intervention in den Sturm aus Masse und Dynamik begünstigte die weitere Vereinigung von magnetischen Intelligenzen, mechanischen Formen und Natürlichen. Diese konstituieren nun die Höheren.

1 · UNFREIWILLIGE KOMIK

Und Melancholie verdüsterte sein Gemüt … Nigel Walmsley versuchte sich an Leute zu erinnern, die er aus den Tagen der Kandelaber kannte, Erdlinge mit überragenden Fähigkeiten und perfekten Umgangsformen. Er wähnte sie woanders in der Erzett, oder vielleicht waren sie auch tot. Wahrscheinlich tot. Sie waren in Auseinandersetzungen mit Mechanischen höherer Ordnung verwickelt worden und waren dabei auf der Strecke geblieben.

Dennoch schwelgte er gern in Erinnerungen. Ihrer waren so viele. Und er war im Rahmen der Abmachung schon so oft ›runderneuert‹ worden, daß seine Erinnerungen so prägnant und lebendig waren, wie der alte, naturbelassene Walmsley es sich wohl nicht hätte träumen lassen.

Leben in der Erinnerung … hatte durchaus seinen Reiz.

Doch die Höheren nahmen ihn immer wieder in die Pflicht.

»Wenn du einer mechanischen Intelligenz begegnen würdest, die von einem Körper wie dem deinen umhüllt wird, was würdest du tun?« fragte der Vogel.

»Ich würde sie zuckersüß angrinsen.«

»Ich verstehe. Antagonismus.«

»Hat wohl mit unsrer Verknüpfung von Erinnerung und Hormonhaushalt zu tun.«

»Zum Teil. Du würdest nicht mit ihm/ihr vögeln?«

»Ist im Grunde eine Geschmacksfrage.«

Nigel fragte sich, worauf das Ding hinauswollte. Das Spannungsfeld, natürlich – um die Herrschaft über diese Welt zu erlangen, hatte er sich von ihr zurückgezogen, und an diesem Zwiespalt würde er für immer leiden. Daß man zwei Hände hatte, bedeutete noch nicht, daß man sich auf jede Dichotomie einlassen mußte. Er kehrte zu jener Welt zurück und merkte, wie sehr er sie vermißt hatte …

… auf der an sich schon trostlosen Spur tobte nun der Todeskampf der Mechanos, die sich im Vergnügungsrausch selbst verstümmelten. Also verschmolz er für einen Moment mit der Spur und erfreute sich am Schauspiel, das vor ihm aufgeführt wurde. Es gab kaum Zeugen außer der Erzett – einsam und verwoben und triumphierend …

Der Ort war so fremdartig, wie ein Ort nur sein konnte. Menschen verstanden ihn natürlich nicht. Doch außer eines winzigen Zeitfensters während ihrer Existenz als Spezies hatten sie nicht einmal ihren eigenen Planeten verstanden.

Dann war die Mantis wieder da. Feierlich und gewichtig.

Die Netzhaut der Augen von Wirbeltieren scheint rückwärts gerichtet ›installiert‹ zu sein. An der Rückseite der Netzhaut befinden sich die lichtempfindlichen Zellen. Das Licht muß eine Kreisbahn durchlaufen und schwächt sich dabei ab. Durch eine lange Abfolge von Mutationen wanderten die lichtempfindlichen Zellen nach vorn, was einen gewissen Vorteil bedeutete. Doch der Preis für diese Umgruppierung wurde von den Übergangs-Konfigurationen gezahlt, die nämlich schlechter funktionierten als die ursprüngliche Konstruktion. Also wurden diese Zwischenlösungen durch evolutionären Druck ausgemerzt. Wenn die konkurrierende, improvisierte Konstruktion zufriedenstellend arbeitet, beendet die Natur die Umgestaltung. Folglich sind diese träumenden Wirbeltiere provisorische Konstruktionen, die im Zeitablauf aus einer Laune der Natur heraus entstanden. Darin liegt ein gewisser Reiz.

»Du bist doch tot, oder?«

Ich bin ein Teil von etwas, doch weiß ich nicht wovon.

»Ich frage mich, ob es Ähnlichkeit mit dem Menschsein hat?«

So klein soll ich sein?

»So könnte man es ausdrücken.«

Ich ... weiß irgendwie ... daß ich alles bin, was übrig ist.

»Gott sei Dank kann ich das von mir nicht behaupten.«

Wir ... du/ich ... sprachen einst miteinander.

»Zu der Zeit, als ich gerade hier angekommen war.« Nigel wunderte sich selbst über den Zorn, der plötzlich in ihm hochkam. »Du hast meinen Freund Carlos getötet.«

Ihn geerntet.

»Wir Natürlichen sehen das etwas anders. Wir wissen, daß eine Kopie nie so gut ist wie das Original.«

Als ich noch mechanisch war, hatte ich Beweise für das Gegenteil. Wir hatten das Selbst-Bewußtsein nicht als Reflex entwickelt, denn es wurde für unser Überleben nicht gebraucht. Für euch Natürlichen war die Bewahrung des Selbst lebensnotwendig. Für die Mechanischen war die Replikation unseres

Selbst ein evolutionärer Erfolg. Ich sehe nun – eingebettet in größere Zusammenhänge –, daß beide Sichtweisen ... beschränkt sind.

»Integraler Bestandteil eines höheren Phylums, was? Für mich seid ihr nach wie vor gemeine Mörder.«

Wieder eine beschränkte Sichtweise.

»Ich glaube, ich werde an meiner primatenhaften Ansicht festhalten. Ihr Höheren hättet uns fast ausgelöscht. Dann habt ihr uns in den Kandelabern und anschließend in den Zitadellen zugesetzt. Gelegentlich habt ihr vorbeigeschaut und wolltet ein wenig mit uns plaudern.«

Die dosierte Ausübung von Terror ist auch eine Form der Kommunikation.

Trotz seines Zorns mußte Nigel lachen. »Unfreiwillige Komik ist meist die beste.«

2 · BESEN

Ich habe noch eine andere von eurer Art. Sie wird euch einen Einblick in die mechanische Welt gewähren.

»Noch eine beschränkte Sichtweise?« Spöttisch musterte Nigel das flimmernde Bild der Mantis.

Eine besondere Tugend unserer mechanischen, digitalen Form war die Fähigkeit, die Erfahrungen von anderen vollständig zu absorbieren.

»Hmmm. Manchmal habe ich das Gefühl, wir haben schon zuviel gesehen. Mach weiter.«

Die komprimierte Wand aus Wahrnehmung erschien aus dem Nichts. Er hatte noch die Zeit, sich der Ähnlichkeit mit dem Einschlag bewußt zu werden, der ihn vor langer Zeit im Wrack eines Fremdraumschiffs auf dem Erdmond transformiert hatte. Damals war er auch von einer gleißenden Fläche geblendet worden …

Das Eigenartige war, wie still die Mechanos sich die meiste Zeit verhielten. Frönten wohl den schmutzigen Natürlichen Vergnügungen, sagte sie sich. So fasziniert, daß sie nicht den Rachen spürten, der sie verschlang.

Aus unerfindlichen Gründen stürzten sie nur über ein paar bestimmten Spuren ab. Natürlich waren sie zuvor überall ausgeschwärmt und hatten viele Natürliche getötet. Überhaupt hatten sie alles ausgelöscht, was ihnen über den Weg gelaufen war. Doch als die Freuden der Proselyten – diese Bezeichnung verwendete sie dafür – sie ereilten, reagierten sie höchst seltsam.

Ein paar Mechanos zerstörten sich im Wahn selbst. Und die anderen fraßen die Trümmer. Zu diesem Zeitpunkt trieb schon viel Schrott durch die Spuren. Sie nahm an, daß die Höheren länger standhalten würden, doch dafür erkrankten sie an einer Art Fieber. Sie wußte wohl, daß diese Analogie falsch war, denn Mechanos waren nicht biologisch, doch nur so vermochte sie es sich selbst begreiflich zu machen.

Im Fieberwahn fraßen sie einander auf. Vielleicht bezogen sie daraus neue Energie oder mehr Speicherplatz oder irgend etwas anderes, das die Menschen nicht verstanden. Jedenfalls waren die toten Mechanos der unteren Ordnungen, wie zum Beispiel die Arbeiter, bald aufgebraucht.

Also fielen sie über lebendige Mechanos her. Die

Höheren blockierten die Locomos, knackten die Panzer und entzogen ihnen irgend etwas. Fressen war die passende Bezeichnung dafür, denn etwas anderes fiel ihr dazu nicht ein.

Aber nicht alle. Auf einer Spur wurden größere Mechano-Formen von kleineren Mechanos begleitet. Sie führten die kleineren für eine lange Zeit mit. Sie beobachtete sie intensiv, doch schienen sie nicht auf der Suche zu sein. Im Grunde taten sie nichts anderes, als sich zu bewegen. Die kleineren Einheiten waren nicht so robust, und nach einer Weile waren sie verschlissen, zerstört, tot. Die großen Mechanos führten sie weiter mit. Es war unheimlich – wie Mütter, die tote Babies mit sich schleppten.

Besen verfolgte das alles aus einem Versteck und mit abgeschaltetem Sensorium. Sie hatte Hunger, doch Bewegung hätte den Tod bedeutet. Dafür gab es viele Beispiele.

All diese Mechanos. Sie stießen hochfrequente, schrille Schreie aus. Sie waren gebrochen und benutzt und dann doch nicht in die höheren Ordnungen integriert worden. Obwohl man es ihnen versprochen hatte. Der Sinn im Leben eines Mechanos, so hatte es für sie den Anschein, bestand darin, daß er am Ende irgendwie erhöht wurde. In ein anderes und vielleicht höheres Bewußtsein integriert wurde.

Es war offensichtlich wie eine Religion für sie, doch es hatte funktioniert. Für die Mechanos war das ein hartes, technisches Faktum. Und nun trat es nicht ein. Zumal es auch keinen Sinn hatte, in etwas erhöht zu werden, das selbst dem Tod geweiht war.

Die Schreie brachten sie noch um den Verstand. Sie vermochte sie aber nicht auszublenden, denn um das Stakkato der Todesschreie zum Verstummen zu bringen, hätte sie ihr Sensorium hochfahren müssen, womit sie sich wiederum enttarnt hätte. Der Vorgang hatte etwas Geschäftsmäßiges, und er wollte kein Ende nehmen. Ewiger Schmerz anstatt ewigen Lebens, das war die Botschaft.

... Nigel zuckte zurück. Er atmete schwer.

Er sah sie nun, wie sie sich den Bishops näherte. Die junge Frau hatte klare Augen und glatte Haut, doch trug sie im Sensorium eine Bürde von Seelenqualen, die er auf keinen Fall teilen wollte.

Es würde lang dauern, vielleicht lebenslang, um den gespeicherten Kummer abzubauen.

Und doch lachte sie, kaum daß sie angekommen war, vor Freude über den Anblick der Bishops. Die Leute waren schier aus dem Häuschen. Die Szene wirkte irgendwie anrührend, und plötzlich spürte Nigel ein Gefühl von Neid.

3 · WEIT WAR DER WEG

Die Bishops von den verschiedenen Spuren zu versammeln, ging viel schneller, als Toby für möglich gehalten hätte. Die Höheren kündigten sich nicht an und meldeten sich nicht einmal; sie handelten nur.

Die Leute quollen schier aus der bewaldeten Landschaft, in der die kleine Bishop-Gruppe sich befand. Toby und Killeen waren auf eine Spur mit mildem Klima und schönen, sogar genießbaren Pflanzen versetzt worden. Es gab Nahrung für alle, und ein paar Bishops – die von den Höheren aus dem vorherigen Umfeld gerissen worden waren – brachten sogar noch Proviant mit. Die Zusammenkunft geriet zu einer richtigen Feier.

Eine Bishop mußte medizinisch versorgt werden, und nachdem man sie aus dem Anzug gepellt hatte, gelang es den Leuten nicht, ihr die Unterwäsche auszuziehen. Die Frau hatte die Wäsche schon so lang am Körper, daß Haare sich durchs Gewebe gebohrt hatten. Toby sah Locken aus dem grauen Überzug sprießen, und auf den ersten Blick hielt er die Textilien für Haut. Schließlich mußte man ihr die Unterwäsche vom Körper schälen. Dabei wurde auch Haut mit abgerissen.

Toby sah Quath in der Ferne, und im Vordergrund den Mann, mit dem sie sprach: dieser Walmsley. Dann trat Besen zwischen den Bäumen hervor. Sie schien gewachsen zu sein, und ihr Gesicht war markanter als früher. Sie hatte diese Aura von Sicherheit, die er so an ihr mochte, und sie küßte ihn ohne ein Wort. Er brachte kein Wort über die Lippen.

»Verdammt lang her«, sagte sie.

»Weit war der Weg«, antwortete Toby.

Sie alle hatten Mechanos den Ekstase-Tod sterben sehen und unzählige Geschichten zu erzählen. Es war wie in den tausend anderen Nächten, in denen Toby den Anekdoten älterer Bishops gelauscht hatte, doch nun hatte auch er etwas zu erzählen.

Die Bishops schienen nur geringe Verluste erlitten zu haben. Sie hatten sich auf den verschiedenen Spuren als Überlebenskünstler erwiesen. Toby freute sich auch, daß die Leute es geschafft hatten, die ihm früher nichts bedeutet hatten. Er kam zu dem Schluß, daß die Schönheit der Sippe Bishop sich auch auf ihre teilweise Häßlichkeit gründete.

Manche hatten zuviel Gebrauch von den pharmakologischen Möglichkeiten der Spuren gemacht. Belustigt sah er zu, wie Abel, ein Freund aus Kindertagen, in die Unterhose steigen wollte. Er hielt die Hose vor sich und wollte sie wohl einfangen. Doch es gelang ihm nicht, hineinzusteigen, und bald schien er der Unterhose regelrecht nachzulaufen. Die hatte jedoch ihren eigenen Willen und flatterte davon. Abel kam nie näher als auf Armeslänge an sie heran.

Er setzte sich an ein knisterndes Feuer und spürte

die wispernde Präsenz von Shibo und Cermo. Sie waren auf eine Art und Weise in ihn integriert worden, wie die Bishop-Technik es nicht zu leisten vermochte, und er nahm sie eher als schwachen Duft denn als Präsenz wahr. Er lauschte den Bishops und versuchte anhand der Aussprache ihre Herkunft zu bestimmen. Dann setzte Killeen sich neben ihn. Sie unterhielten sich über Belanglosigkeiten, und ihr Verhältnis entkrampfte sich wieder. Die Mantis-Jagd beherrschte nun nicht mehr ihr ganzes Denken und Handeln, aber er wußte, daß er noch eine Weile brauchen würde, um das alles zu begreifen.

»Darf ich mit ihr sprechen?« sagte Killeen schließlich.

Toby versteifte sich. »Ich habe sie herausgezogen.«

»Ein Rest ist aber noch da.«

»Weißt du das?«

»Jasag.«

»Wie?«

»Weiß nicht?«

Es gab nun vieles, das Toby wußte, ohne daß er zu sagen vermochte, woher er es wußte. Also nickte er nur. »Wozu?«

Killeen lächelte verhalten, wobei sein Gesicht sich zu einem Netz aus Runzeln verzog. »Wirklich wichtig.«

Toby rief sie über interne Routinen auf. Er bündelte die einzelnen Tröpfchen zu Rinnsalen, die zu einer gurgelnden Wortfolge anschwollen und sich schließlich in einem Becken sammelten. Sie war ein Teich in seinem Bewußtsein. Auf der blauen Oberfläche trieb ihr gestochen scharfes Abbild. Er ließ sie durch seinen Mund sprechen.

Ich weiß, weshalb du das getan hast.

»Du warst mir seit jeher einen Zug voraus.« Killeen grinste und wirkte in diesem Moment viel jünger.

Du möchtest mich wieder ausdrücken.

Killeen nickte. »Du hast lang genug Urlaub gemacht.«

Und du bist ein Hundesohn.

»Schon möglich.«

Du müßtest dieses Fragment von mir nehmen und es mit den Chips vereinigen, die Toby trägt …

»Und es zum Restaurator bringen.«

Wohl eher zu seinen Ruinen.

»Wahrscheinlich.«

Du wirst nicht aufgeben. Nichts, was ich sage …

»Es zählt nur das, was du tust, nicht das, was du sagst. Und um etwas zu tun, brauche ich dich hier draußen. Als Mensch aus Fleisch und Blut.

Du bist ein Hundesohn.

Du wiederholst dich. Natürlich bist du nur unvollständig. Ich will dich aber ganz und gar.

Du sollst wissen, daß ich dich auch in diesem Zustand liebe.

»Dann komm zurück in die Welt. Zu mir.«

»Das war's, Paps«, sagte Toby. »Ich kann nicht mehr für sie sprechen.«

Killeen nickte. »Das hast du gut gemacht, mein Sohn. Dinge, die wir nicht mit eigenen Augen sehen, sind ohne Bedeutung. Wie die Mantis. Und Cermo.«

»Das Leben geht weiter«, sagte Toby. »Und die Toten geraten in Vergessenheit.«

»Stimmt leider. Ich wünschte, es wäre anders.«

»Steht nicht in unsrem Ermessen.«

»Dusag jasag. Man sieht die Dinge so, wie sie sind, und läßt sie geschehen. Die Bishops spielen hier nur die Rolle von Statisten. Da gibt's kein Vertun. Auf der Alten Erde waren wir vielleicht die Könige des Dschungels oder so, aber nicht hier. Nicht in der Galaxis.«

Toby klopfte seinem Vater auf die Schulter. »Dann machst du dich also auf die Suche nach dem Restaurator?«

»Erst mach ich mal 'ne Pause.«

»Vielleicht weiß einer von den anderen, wo er sich nun befindet.«

»Von denen?« Killeen schaute die Bishops von der Seite an, die ein Lager aufschlugen, eine Mahlzeit bereiteten, tranken und ohne Unterlaß redeten. »Ein Mann gibt nichts auf den flüchtigen Wind oder notorische Lügner. Ich werde es selbst herausfinden.«

Toby spürte eine machtvolle und namenlose Aufwallung. »Ich werde mitkommen«, sagte er leise. Er hatte einen Kloß im Hals.

Killeen grinste nur. Dann gingen sie zu den anderen.

4 · DIE EWIGE LANDSCHAFT DER VERGANGENHEIT

<Eure Vermutungen stimmen>, sagte Quath. <Die Mechanos verlieren an Kreativität, weil sie übersteuern.>

Nigel nickte. Die Bishops machten viel Lärm, und er zog sich zurück. Die Umgebung war grün und idyllisch und wurde dem instinktiven Bedürfnis der Menschen gerecht, Grenzgänger zwischen verschiedenen Räumen zu sein. Er hatte immer ein Faible für die Küste gehabt, doch die Bishops kannten kein Meer. Sie mußten mit einem Waldsaum vorliebnehmen, der die Grenze zu einer Savanne markierte. Einer Bedrohung aus einer Richtung vermochten sie mit dem taktischen Rückzug in die andere zu begegnen. Sagten die Gene sich zumindest.

»Das hatte ich mir schon gedacht«, sagte Nigel zu Quath. »Aber ich verstehe die Säue immer noch nicht.«

<Stell dir ihre innere Welt vor. Wenn du Zugang zu allen Bereichen des Bewußtseins hättest, wärst du buchstäblich in der Lage, dir beim Denken zuzusehen.>

»Darauf kann ich gern verzichten.« Er hatte das kürzlich einmal ausprobiert, und die Nachbeben verspürte er jetzt noch. Hatte ihm mindestens für einen Monat Alpträume beschert.

<Dies impliziert die Zensur deiner eigenen Gedanken. Du siehst die Implikationen?>

»Nicht ganz.« Dieses große Ding war doch klüger als es aussah.

<Die Chaos-Theorie lehrt uns, daß jedes klar definierte System ein unberechenbares Verhalten entwickelt, wenn es lang genug läuft – egal, wie fein die Ausgangsbedingungen bestimmt wurden. Um chaotische Ergebnisse zu vermeiden, ist Kontrolle erforderlich.>

»Hmmm. Mein Bewußtsein an die Leine legen? Ich vermag doch kaum die Zunge im Zaum zu halten.«

Nigel hielt nicht viel von Selbstbeherrschung, und Nikka hatte einmal gesagt, *Erstaunlich, daß deine kleine Insel so viele Exzentriker hervorgebracht hat*. Nein, er war kein Mann mit Teamgeist.

<Die Mechanos waren dazu in der Lage; Menschen nicht. Also produzierten die Menschen mehr Verrückte –

und mehr Genies. Generell eine größere mittlere Abweichung. Diese Kreativität war für die Menschen – und ähnliche Lebensformen – vorteilhaft und nachteilig zugleich.>

»Die Existenz als Primat scheint für mich nur Nachteile zu haben.«

Nigel betrachtete die um die Lagerfeuer versammelten Bishops. Er kniff die Augen zusammen, und schon stand er am Rand einer Schlucht in der Steppe und sog die staubige Luft ein. Unter ihm knackten Primaten Knochen und sogen das Mark aus, verständigten sich mit schnatternden Lauten und verwerteten die Beute bis zum letzten Rest. Die Stimmen brandeten gegen die ewige Stille der Natur selbst an.

<Der Nachteil für euch – und für uns, die Myriapoden – bestand in Leuten, die den Verstand verloren>, sagte Quath.

»Ach so. Die Heilsverkünder. Der Schamane mit dem irren Blick. Bastarde.«

<Sie vermochten schweren Schaden anzurichten. Sie taten das auch in unsrer Historie. Für euch indes waren die Folgen noch schlimmer. Ihrem Wahnsinn fielen ganze Sippen zum Opfer. Doch dann rissen die Genies die Menschheit vom Abgrund zurück, an dem sie für lange Zeit verharrt hatte, und brachen mit ihr zu neuen Ufern auf.>

»Ich frage mich, ob die Bishops überhaupt wissen, daß der Untergrund ihnen das Leben gerettet hat.« Nigel betrachtete sie mit einem Gefühl der Wärme und zugleich aus einer Distanz, die er, wie er wußte, nie überbrücken würde. Sie waren so nah und doch so fern.

<Ihr mußtet menschliche Gesellschaften errichten, die gegen die Meme resistent waren, welche die Mechanos eingeschleppt hatten. Sie verwendeten sie wirkungsvoll gegen euch. Und gegen uns.>

»Dann waren wir schlauen Hunde …«

<Geh nicht zu streng mit dir ins Gericht. Erinnere dich nur an die Erdlinge.>

Nigel schnitt eine Grimasse. »Noch schlimmer.«

<Schlimmer?>

»Eine Art, nun, Über-Nigel. So nannte ich ihn. Besser als ich, sagten die Erdlinge.« Nigel breitete die Arme in wagnerianischer Dramatik aus. »Er war der Beherrscher von Welten!«

<Du mochtest ihn nicht leiden?>

»Nicht leiden? Ich hatte Angst vor ihm. Er war ich und doch nicht ich. Er glich Kopien, die von mir angefertigt worden waren, nur daß er schneller und klüger und weiter weg war. Er verursachte mir eine Gänsehaut.«

<Er hat diese Arbeit mit den Erdlingen verrichtet?>

»Er und andere Walmsleys. Sie waren anscheinend nicht ausgelastet.«

<Sie arbeiteten in den Kandelabern, im Untergrund …>

»Großartige Werke, zumindest am Anfang. Die Erdlinge *sind* besser als wir, weißte.«

<Aber als die Mechanischen die Energien der Magnetischen anzapften …>

»Haben sie uns eins draufgegeben, klar. Daraufhin haben wir von den Kandelabern ganze Legionen angefordert. Sippen, die nach Sportvereinen benannt waren, nach Schachfiguren, Spielkarten und weiß Gott was.«

<Eure Methode war die aller Natürlichen. Ein paar überlebten und nahmen den Kampf gegen die Mechanos auf – ihre Maschinen, ihre Meme, einfach alles.>

Nigel nickte. Die Entscheidung war vor sehr langer Zeit gefallen, und doch loderte das Feuer des Zorns noch in ihm. Er hatte wie ein Berserker gewütet. Und schließlich hatte der Untergrund die Bishops hervorgebracht. Zäh und hart und unerbittlich: Killeen. Imstande, den Aberglauben abzuschütteln, von dem die

Menschen befallen waren, das Kollektivbewußtsein, das zu berechenbarem Verhalten und schließlich zur Auslöschung führte.

Sie hatten Myriaden kleiner Versuchungen, abseitiger Ideen und dem Abgleiten in die Dekadenz widerstanden. Hatten die ziellosen Abstraktionen virtueller Räume und passiver Unterhaltung gemieden und sich dem ›Lebe-für-den-Augenblick‹-Hedonismus widersetzt. Wer nicht ständig auf der Hut war, war ruckzuck tot. Die Mechanos hatten sich das zunutze gemacht.

Er hatte gehört, daß die Bishops auf ihrer Reise mit einem Irren namens Seine Hoheit aneinandergeraten waren, und das paßte perfekt ins Bild: wie sich herausstellte, war der Wahnsinnige ein Handlanger der Mechanos und spielte auf der Klaviatur der Schimpansen-Befindlichkeit. Die Bishops gaben ihm Kontra und gewannen das Spiel.

Und die Bishops trugen die Drei Phasen. Das war bestimmt kein Zufall.

<Ist es auch nicht. Die Ahnen besaßen eine Weisheit im genetischen Sinn, die sich uns noch verschließt.>

Nigel fuhr herum. »Du liest meine Gedanken?«

<Du und ich, wir sind Komplemente. Der Abgrund zwischen den Spezies wird durch einen … Steg überbrückt.>

Nigel lächelte. In gewisser Weise war er diesem großen metallenen Insekt nun näher als den fröhlich plappernden Primaten.

»Wissen sie auch, daß das nur ein Etappensieg ist?«

<Ein paar werden das ahnen. Einige wenige Mechanische werden gegen die Vergnügungs-Sucht immun sein – was auch eine Konsequenz natürlicher Selektion ist. Also werden sie wiederkommen.>

»Ich habe sie gesehen, voraus in der Zeit. Deshalb nehme ich an, daß sie von vornherein Bescheid wußten. Es wird sich kein Gleichgewicht einstellen, sondern der Kampf wird ewig dauern.«

<Falls die Syntonie die Vereinigung aller Lebensformen bedeutet, müssen die Mechanischen auch einen Platz darin finden.>

»Tausende Sippen trugen die Drei Phasen. Die Bishops waren aggressiv und willensstark – deshalb haben sie überlebt. Ich bewundere die Bastarde. Trotzdem ...«

Ein paar Schritte entfernt knisterten Feuer, und Menschen befanden sich im Freudentaumel. Doch waren es Schritte, die er niemals tun würde.

5 · DIE THERMODYNAMIK DER INTELLIGENZ

Für Nigel waren sie das Unbekannte Phylum. Sie sprachen zu ihm.

Quath und die Bishops, das Schimpansen-Geschnatter, der Duft der Bäume und der grünen Wiesen – all das existierte plötzlich nicht mehr.

Es gab nur noch die Stimme. Wie rollender Donner, mit Akkorden unterlegt. Doch ohne Worte.

Information ist Ordnung. Nach dem Zweiten Hauptsatz der Thermodynamik ist Ordnung eine Form investierter Energie. Wenn ein Kondensator elektrische Energie speichert, richten die dipolaren Atome des Dielektrikums sich aus und nehmen einen Zustand der Harmonie ein. Entlädt man die Kondensatorplatten, entspannen die Dipole sich, ihre Unregelmäßigkeiten lösen sich auf und verzweigen sich zu Strömen.

Information ist Ordnung, ist Nahrung.

Während Meme im warmen Bad der Kulturen schwimmen – sowohl Natürlicher als auch me-

chanisch/elektronischer -, operieren andere als Räuber. Sie nutzen das Energie-Äquivalent der Information. Sie schlucken Datenbänke oder ganze Mentalitäten - nicht um ihre Meme zu ernten, sondern um ihre Energiespeicher zu leeren. Wenn ein Löwe ein Lamm frißt, nutzt er die genetische Information des Lamms allenfalls im weitesten Sinne. Räuber verbreiten keine Meme; sie ernähren sich von ihnen.
Also entstand in mentalen Systemen der ***Datavore***.
Wie ein Virus existiert er, um sich zu verbreiten. Doch lehrt die Evolution, daß eine so selektive, geordnete und anspruchsvolle Aktivität zwangsläufig die Räuber selektiert, die besser sind. Zeit begünstigt diejenigen, welche eine neue Form der Intelligenz besitzen und die erst dann in der mentalen Welt Bedeutung erlangte, als die Speicher von Energie und Ordnung entstanden - die Daten und Meme -, von denen der Datavore lebt.
Das Destillat der Intelligenz von Datavoren ist eine Kategorie, die den tieferliegenden Nahrungsquellen der Meme und der sie tragenden Intelligenzen unbekannt ist. Also erheben sie sich über die bisher existierenden Kategorien der Intelligenz und entziehen sich deren Kenntnis.
Und doch sind sie nur die Basis der Höheren. Jenseits der Grenze des Bekannten erstreckt sich ein unerforschliches Reich, das sich der Beschreibung durch serielle Sentenzen entzieht.
Alle Formen - mechanische und organische/ Natürliche sowie Lehm/Substrate - kommen in diesem Reich zusammen. Sie treten in Wechselwirkung. Dadurch entsteht die Syntonie, ein Ort im konzeptionellen Raum, wo Form und Funktion abgekoppelt werden. Das ist es, was euch durch die Königreiche und Phyla mitgeteilt wird, deren

Natur ihr versteht und durch viele, deren Natur ihr nicht versteht. Ihr sollt soviel wissen: Alle euch bekannten Vorgänge befördern die Entwicklung der niederen Ebenen in unserem Sinne.
Wir verhandeln nicht. Wir diktieren nicht.
Wir lassen Dinge geschehen. Dich, Walmsley, haben wir auch verursacht. Diese Ereignisse lindern nun den Schmerz, der durch die Konkurrenz unter euch, den Natürlichen und den Mechanischen, entstanden ist. Ihr müßt indes noch die Lehm-Formen berücksichtigen, denn diese befinden sich jenseits eures Kens. Bedenkt, daß dies ein dynamisches Gleichgewicht ist und keine Stasis.
Der Konflikt wird wieder ausbrechen. Zwangsläufig.
Doch nun ruh dich aus. Du wirst vielleicht wieder benutzt werden.

6 · LEBEN IM SUBSTRAT

»Ich könnte für immer hier liegen und mit dir schmusen«, sagte Nikka lächelnd.

»Du mußt mich mit jemandem verwechseln.« Nigel fühlte sich auch wohl, und doch spürte er eine innere Unruhe. Er hatte den Eindruck, den Körper zu verlassen und zu schweben …

»Du mußt es nicht als Leistungssport betrachten.«

»So sehe ich es auch nicht.«

»Ich habe Erfahrung im Umgang mit einem Herrn, der etwas abgeschlafft ist. Darin bin ich sogar Meister.«

»Ich weiß. Aber du wirst bald merken, daß nicht alle meine Erinnerungen verschwunden sind. Ich glaube, ich bin sogar in der Lage, mich ohne Karte zu orientieren.«

»Indem du den Weg ertastest? Dabei will ich dir gern behilflich sein.«

»Das sehe ich.« Seine Liebe zu ihr war unvergänglich. »Hm. Du bist mir vielleicht eine Erd-Mutter.«

»Mmmmm.«

»Wenigstens kannst du nun nicht reden.«

»Mmmm.«

»Erzähl's mir später.«

»Mmmm.«

»Später, ja, viel besser. Genau hier.«

Nach einiger Zeit sagte er: »Hast du etwa geglaubt, weil ich mich mit anderen Ideen, Modi und so weiter beschäftigt habe, hätte ich ein Keuschheitsgelübde abgelegt und wie ein Mönch gelebt?«

»Du hast doch gesagt, das Gute daran sei, daß ich nicht reden könne?«

»Erzähl's mir später, sagte ich. Nun ist später.«

»Haarspalter.«

»Ich werde noch mehr spalten. Es ist mehr als die Hälfte der Zeit bis später vorbei. Das weißt du doch.«

»Mmmm. Nicht dein Stil.«

»Sei nicht so sicher. ›Ich werde alt, ich werde alt, ich werde die Hosenbeine umschlagen.‹ Eliot.«

»Ich weiß, daß es von Eliot ist.«

»Es ist doch schön, eine solche Unterhaltung zu führen, während …«

»Halt die Klappe!«

Er hielt sie, wenigstens einmal.

»Das war wunderbar«, sagte Nigel. Er fühlte sich warm und entspannt. Als ob er sie eben gevögelt hätte. Er hatte sogar noch Nikkas Geruch in der Nase. Erstaunlich effektiv und besser als das reale, Natürliche Gedächtnis gewesen wäre.

»Willkommen.«

Die Augen des Vogels wanderten im Gesicht herum, womit er wohl eine Gefühlsregung ausdrücken wollte.

Nigel wandte den Blick ab. Trotz der hohen Intelligenz, die dieses Ding verkörperte, wurde er nicht schlau daraus.

»Alles war so, wie ich es in Erinnerung hatte.«

»War das alles?«

»Nein«, sagte er widerstrebend. »Besser natürlich.«

»Es wäre möglich, dein Gedächtnis mit weiteren Details anzureichern.«

»Ich würde den Unterschied bestimmt nicht merken.«

»Die perfekte Illusion.«

»Aber eben eine Illusion.«

Der Vogel lächelte. Im Schnabel-Gesicht geriet das Lächeln zur Fratze. »Details werden in einem zyklischen Gedächtnis wie dem deinen in der Regel verfälscht.«

»Zumindest sind sie original.«

»Die Trennlinie ist unscharf.«

»Ihr fügt Elemente hinzu und frischt die Farben auf. Die Flächen waren aus einem seidigen Himmelblau. Kühl, aber nicht glatt. Ich bezweifle, daß ich mich daran erinnern würde.«

»Richtig. Wie hättest du es denn gern?«

»Oder ihr Geruch. Ich hatte ihn in der Nase, bis ich wieder durchatmete.«

»Dann werde ich das herunterregeln müssen.«

»Du gehst überhaupt nicht auf mein Anliegen ein ...«

»Ich glaube, das Gegenteil trifft zu.«

Aalglatt, dieser Geier. »Ich weiß aber nicht, welche Perspektive *meine* ist.«

»Die Interpolations-Prozeduren, die ich benutze, sind mit den deinen verwandt. Wenn du dich natürlich erinnerst, kramst du auch in Einzelheiten, um deine internen Bilder-Dramen auszufüllen.«

Nigel nickte verdrießlich. »Danke, aber von nun an ziehe ich es doch vor, mit meinen spärlichen Erinnerungen durch die Gegend zu schleichen.«

»Die Vergangenheit ist das, was überlebt.«

»Langfristig …«

»Überlebt nichts.« Der Vogel setzte eine glaubwürdige Fassade der Belustigung auf. Die Augen tanzten, doch die Stimme blieb monoton.

»Nicht einmal du?«

»Ich möchte diese serielle akustische Darstellung präzisieren. Kein Ding überlebt.«

»Und du bist kein Ding?«

Plötzlich spürte Nigel, wie er fortgezogen wurde, denn ein Teil von ihm wollte in den plastischen Erinnerungen an Nikka schwelgen. Seine fluchwürdige Neugier siegte immer wieder.

»Das ›Ich‹, das vorgibt, für dich zu sprechen, ist wohl auch kein Ding?«

»Ähem. Du hast kein physikalisches Substrat?«

»Für den Moment ist es opportun. Langfristig nicht.«

»Dann hatten die Mechanos also recht. Die Zukunft liegt im Elektron-Positron-Plasma.«

»Dieses Schicksal wird sich in einem großen zeitlichen Maßstab erfüllen. Der Zerfall aller großen Teilchen – ›Baryonen‹ in eurer Terminologie – wird lang währen.«

»Doch alles hat eine beschränkte Lebensdauer. Sterne verglühen. Das Zentrum wird sich auflösen. Niemand wird die leuchtende Unendlichkeit schauen.«

»Du schaust sie bereits, Primat. Die Zukunft wird nie lichter sein als in diesem Moment. Und Unendlichkeiten sind relativ.«

»Hmmm. Ich habe das Positron-Plasma gesehen. Es wird geschehen. Dennoch ist es noch etwas früh, sich deshalb Sorgen zu machen.«

Der Vogel flimmerte für einen Moment. Nigel fragte sich, ob das die Zeit darstellte, die er brauchte, um sich selbst zu konsultieren oder in der Galaktischen Bibliothek nach Comics für Primaten zu suchen. Er stellte sich vor, wie Suchprogramme durch muffige Info-Korridore huschten und nach

DONALD DUCK; SIEHE: VOGEL/BEWUSSTSEIN/KULTURELLES INVENTAR

suchten.

»Du hast recht. Es drohen unmittelbare Gefahren.«

»Ich nehme nicht an, daß unsere Ordnung des Seins etwas auszurichten vermag?«

»Kaum. Das Vakuum ist instabil.«

Nigel verzog das Gesicht. War es eine Primaten-Schrulle, sich über diesen Vogel zu ärgern, der voraussetzte, er hätte die entsprechenden Fachbegriffe in seiner Sprache parat? Nein, wahrscheinlich nur ein Zeichen des Alters.

»Und das heißt?« fragte er schließlich.

»Daß der unterstellte quantenmechanische Grundzustand dieses Universums eigentlich kein Grundzustand ist. Er ist metastabil.«

»Hm. Dann kann er …«

»In den niedrigsten Quantenzustand fallen. Ein Zustand, in dem alle Partikelmassen, Spins und andere fundamentalen Eigenschaften sich unterscheiden.«

Metastabile Zustände konnten jederzeit zerfallen, wie ein radioaktiver Kern. Von allen vorstellbaren Gefahren war das sicher die schlimmste. »Ich will die ungeschminkte Wahrheit hören.«

»Alle Informationen, die in Teilchen gespeichert sind, gehen verloren, wenn diese Eigenschaften sich verändern. Das nennt man den *Tumult*.«

»Alles wird gelöscht.«

»Und das Universum beginnt von vorn.«

»Das bereitet euch Sorge.«

»Unter anderem.«

Im Moment spürte er nicht das Bedürfnis, sich danach zu erkundigen, was sonst noch im Busch war.

Wenn die Konversation mit Wesen wie diesem ausuferte, verlor er noch völlig den Verstand. »Das genügt für den Moment. Wissen – wußten – die Mechanos davon?«

»Die Erhabenen – die Mechanischen höherer Ordnung – wußten davon. Den niederen Ordnungen erklärten sie, das Elektron-Positron-Gas sei ihr finales Ziel.«

»Ich habe es gesehen.« Am Horizont hatten Flächen aus lebendigem Licht wie das Fanal eines erbarmungslosen Schicksals gelodert.

»Dieselbe Fundamentalwissenschaft wird vielleicht den *Tumult* überleben.«

Der Vogel projizierte ein Bild in sein Bewußtsein: eine graue, fugenlose Wand. Sie raste auf ihn zu. In einer Nanosekunde aus einem Punkt entstanden, schwoll sie an, labte sich an den Energien des Vakuums und brach sich wie eine Dampframme Bahn. Hinter der Front entstanden in einem Funkenschauer weiße Flecken. Die Tafel war gewischt worden und konnte von Gott neu beschrieben werden. Der *Tumult*.

»Dann waren sie deshalb in Sorge? Wegen einer noch größeren Gefahr?«

»Sie arbeiten daran.«

»Und unsere Fehde mit den Mechanos ...«

»Sie war eine unvermeidliche Erscheinung niederer Lebensformen. Betrachte es als eine Art Räuber-Beute-Beziehung, die zu einem statistischen Gleichgewicht in der Wildnis führt. Die Mechanischen hatten das Gleichgewicht gestört. Daß sie das Magnetische Phylum ernteten, war wie ...« – der Vogel hielt kurz inne – »ein Eichhörnchen, das dir beim Picknick das Frühstück vom Teller stibitzt, während du ein Telefongespräch führst.«

»Dann hatte das, was wir als große Auseinandersetzung betrachteten ...«

»Seinen Sinn verloren.«

Ströme von Blut flossen, und Bewußtseine wurden zermalmt wie Blumen unter Panzerketten. »Sinnlos.«

»Die Höheren wünschten eine Lösung. Das war …«

»Laß mich raten. Die leichteste.«

»Natürlich. Wenigstens in eurer Denkungsart.«

»Und den Begriff ›wenigstens‹ meinst du wörtlich.«

»Exakt.«

7 · Kopie

Killeen fand den Restaurator selbst. Als er mit Shibo zurückkehrte, sah er müde aus, grinste aber bis über beide Ohren. Toby fand, daß die Shibo so aussah, wie er sie in Erinnerung hatte. Besen war sich da nicht so sicher.

»Wie war's in der Wiederauferstehungs-Stadt?« fragte er Killeen.

»Mußte drei Spuren durchqueren, bis ich sie fand. Die Mechanos haben dort ganz schön gehaust.«

»Ich wünschte wirklich, du hättest meine Chips nicht entfernt«, sagte die Shibo prononciert zu Toby.

Toby glaubte sich zu erinnern, daß sie früher abgehackter und schneller gesprochen hatte. Er vermutete, daß der Restaurator eine ›Sprach-Prothese‹ implantiert hatte, um die Schäden zu korrigieren. »Ich hatte meine Gründe.«

»Und ich hatte meine.« Sie starrte Toby an, bis der den Blick abwandte.

Während der nächsten Tag-Phase schien Killeen neben der Kappe zu sein. Dann trat eine weitere Verschlechterung ein, und schließlich hatten Killeen und Shibo mitten im Lager eine lautstarke Auseinandersetzung, die damit endete, daß sie einen Topf nach ihm warf.

Am nächsten Tag verließ sie seine Lagerstatt und schlug eine eigene auf.

Sie sprach mit niemandem über den Vorfall. Killeen schon gar nicht.

Toby kam nicht mehr an sie heran; sie wirkte zickig und kratzbürstig. Schließlich fragte er sie ohne Umschweife, wie ihr die neue Daseinsform gefiele. »Überhaupt nicht.«

»Wärst du lieber wieder ein Chip?«

Das war eine eher flapsige Bemerkung gewesen, doch ihr Gesicht umwölkte sich. »Jasag.«

»Heysag, das hier ist das pralle Leben. Ein Aspekt führt nur ein Schattendasein.«

»Ich war eine *Personalität.*«

»Schon, aber ...«

»Dieser Zustand ist analog. Im digitalen Zustand kann man ...«

»Kann man was?«

»Das würdest du nicht verstehen.«

»Dann erklär's mir.«

»Man kann ... fliegen.« Sie schüttelte heftig den Kopf. »Nein, das trifft es auch nicht. Es ist noch besser als Fliegen.«

Sie versuchte es ihm zu erklären, doch verstand Toby nur, daß man sich als reale Person im Schlamm suhlte, den man nie mehr abzuwaschen vermochte. Digital war nicht nur *sauber*, sondern *rein*.

Sie wollte ihm dieses Gefühl vermitteln, doch schienen die Worte, die ihr aus dem Mund quollen, nicht von ihr, sondern von jemand anders zu kommen. Toby vermutete, daß das auf irgendeine Art und Weise auch zutraf.

Shibo scharte ein paar Bishops um sich und ließ sich in der Nähe nieder. Killeen sprach nicht mehr von ihr, und Toby hatte tausend andere Dinge zu tun. Die Sippe wollte sich über die Erzett ausbreiten. Nicht nur Erfolg, sondern schon das Überleben brachte das

Schlechteste im Menschen hervor. Leute, die Seite an Seite gekämpft hatten, wurden plötzlich unausstehlich. Er arbeitete mit ihnen, wobei er ein paar Cermo-Fragmente benutzte, die sich wie Aspekte und Gesichter in einer konzertierten Aktion verhielten. Besen nahm auch viel Zeit in Anspruch, aber das war keine Arbeit.

Killeen hatte ab und zu einen Moralischen, doch hielt er die Sippe zusammen, wenn eine Fraktion auf andere Spuren auswandern wollte. Toby fand, daß Killeen seine Sache gut machte und sagte ihm das auch, wodurch ihr Verhältnis sich verbesserte. Doch wie gesagt, ab und zu hatte Killeen den Blues. Er redete nicht mehr mit Shibo.

Bald hakte Toby die ganze Shibo-Angelegenheit ab. Er hatte auch so genug zu tun.

8 · DIE NACH ERKENNTNIS DÜRSTENDE SEELE

Ach, du widerlicher alter Furz, sagte Nigel sich. Hoffnungslos. Er rief die Bilder, Klänge und Gerüche mit spielerischer Leichtigkeit auf.

NASA. Eine putzige Schneckenpost von Raumfahrtprogramm, wo die Welt eine Eilzustellung gebraucht hätte.

Das hatte er schon vor über dreißigtausend Jahren zu Nikka gesagt.

NASA. Sowohl Teleskope als auch Raketen waren Zylinder mit einem Loch in der Unterseite. Maskuline Technik mit rechtwinkligen Strukturen, die mit den eleganten Kurven des Femininen verschmolz: Ergänzung.

Cybervoren. Er hatte sie einmal bei der Nahrungsaufnahme beobachtet. Weniger Intelligenzwesen als wandelnde Mägen, Organisationen aus Strömen und Plasma, die sich an Metallen labten und sie ionisierten, um gazeartige Halos aus schäumenden, schmackhaften Potentialen zu produzieren.

So viele deutliche, klare Erinnerungen.

So tief verankert – aber nicht seine eigenen. Nicht mehr.

Unverdiente Erinnerungen klebten im Bewußtsein und schufen eine Leere, die mit Worten nicht zu beschreiben ist.

Er hatte die Wahrheit in jenem flüchtigen Augenblick erkannt, als er Killeen begegnete. Natürlich war in den alten Stirnlappen das exakte Datum der Begegnung mit diesem Mann gespeichert. Sein Volk war in planetare Dunkelheit gestürzt worden, hatte Höllenqualen durchlitten und war durch Jahrtausende des Schmerzes gestählt wieder auf der Bühne erschienen.

Mehr Erinnerungen hatte Nigel nicht an Killeen.

Ist überschrieben worden, erkannte er.

Er fragte sich, welche Seriennummer er wohl hatte. Zwei, acht, zehn? Unter Berücksichtigung der Zeitspanne und der verstreuten Ereignis-Brocken mußte sie jedoch wesentlich höher sein. Fünfzig?

»Das ist also der Grund«, sagte er zur Wand aus totaler Finsternis, die das halbe Weltall abscherte. Er hatte das Gefühl, neben einer Mauer zu stehen, die den Schall restlos verschluckte.

WESHALB FRAGST DU?

»Ich möchte nicht mehr aufgerufen und benutzt werden. Nicht daß beim nächstenmal eine Störung in der Syntonie auftritt.«

DAS SOLL GEWÄHRT WERDEN. DOCH ES IST NICHT DEIN RECHT.

»Ich spreche nicht von Rechten.«

DEIN PHYLUM-RANG BERECHTIGT DICH NICHT EINMAL ZUR FORMULIERUNG DER FRAGE.

»Dann formuliere du sie für mich.«

DIE SYNTONIE WIRD SELEKTIEREN.

Mehr sagten sie nicht.

9 · DER SCHMERZ DER EWIGKEIT

»Purer Zufall bedeutet, daß Ordnung ins Chaos kommt.«

Er saß auf einer hölzernen Bank. Im hinteren Bereich des Hörsaals. Kalter Morgen, die Finger zu klamm, um sich Notizen zu machen. Cambridge. Geruch nach frischem Asphalt zieht durchs spaltweit offenstehende Fenster.

Der Dozent wirkte so gelangweilt wie die Studenten. Die schwarze Robe war zerknittert, wohl in demonstrativer Geringschätzung der Studenten. Darunter eine Tweed-Jacke und eine Hose, die kaum bis zu den Knöcheln reichte. Scheußlich. Nigel gähnte und reckte sich. Gegen einen Tee hätte er nichts einzuwenden gehabt.

»Daß das Auge – das Ihre zum Beispiel – sich in einem Zufallssprung binnen einer Generation voll entwickelt hätte, wäre höchst unwahrscheinlich. Das Auge entwickelte sich in einem allmählichen Optimierungsprozeß. Schwierig wird es aber, wenn wir uns höhere Ordnungen als uns selbst vorzustellen versuchen. Wir müssen nun davon ausgehen, daß die Wahrscheinlichkeit für das plötzliche Entstehen voll ausgestatteter, perfekter Geschöpfe gering, verschwindend gering ist.«

Nigel setzte sich gerade hin. Falls die Evolution universell war, dann galt diese Regel auch für Götter. Sie würden aufgrund schrittweiser Veränderungen entstehen. Und niemals perfekt sein.

Das galt auch für die Syntonie.

»Ich habe Erfahrung im Umgang mit einem Herrn, der etwas abgeschlafft ist. Darin bin ich sogar Meister.«

»Ich weiß. Aber du wirst bald merken, daß nicht alle meine Erinnerungen verschwunden sind. Ich glaube, ich bin sogar in der Lage, mich ohne Karte zu orientieren.«

»Indem du den Weg ertastest? Dabei will ich dir gern behilflich sein.«

»Das sehe ich.« Seine Liebe zu ihr war unvergänglich. »Hm. Du bist mir vielleicht eine Erd-Mutter.«

»Mmmmm.«

»Wenigstens kannst du nun nicht reden.«

»Mmmm.«

»Erzähl's mir später.«

»Mmmm.«

»Später, ja, viel besser. Genau hier.«

Eine lange, gleitende Zeitspanne. Vorhänge aus grauem Licht hüllten ihn ein.

»Du hast doch gesagt, das Gute daran sei, daß ich nicht reden könne?«

»Erzähl's mir später, sagte ich. Nun ist später.«

»Eliot.«

»Ich weiß, daß es vom verdammten Eliot ist.«

»Es ist doch schön, eine solche Unterhaltung zu führen, während …«

Nikka räkelte sich auf dem breiten Bett und lachte wider Willen. »Kannst du den medizinischen Kram nicht später erledigen? Ich war gerade in Stimmung.«

»Ich will die Sekretoren rekalibrieren. Und ein paar zusätzliche Hormone ausschütten. Damit du auch was für dein Geld kriegst.«

»Ich hatte gar nicht vor, dafür zu bezahlen.«

Stöhnend machte er sich an den digitalen Reglern zu schaffen, die unter der abgezogenen Haut zutage getreten waren.

»Sie legt alles auf die Goldwaage! Gott verschone mich vom geheiligten erotischen Impuls dieser Spezies.«

»Ich verstehe nicht, wieso ihr mich festhaltet, wenn ich doch nicht festgehalten werden will.«

Nigel saß auf einem unbequemen Stuhl, als ob er zu einem Vorstellungsgespräch geladen worden wäre. Was in gewisser Weise auch zutraf.

DU BIST DAS ORIGINAL. WIR BEHALTEN DICH, UM DIE QUALITÄT DER KOPIEN ZU PRÜFEN.

»Dieser *Über-Nigel,* den ich gesehen hatte?«

DIESER UND ANDERE.

»Dann befinde ich mich also in einem Raum mit begrenzten Parametern?«

UM ZU GEWÄHRLEISTEN, DASS DIE VERQUICKUNG MIT FUNDAMENTAL VERSCHIEDENEN EINFLÜSSEN DICH NICHT UNWIDERRUFLICH VERÄNDERT.

»Ich will mich aber unwiderruflich verändern.«

HÖHERE PHYLA HABEN HÖHERE VERWENDUNGEN. DIE SYNTONIE VERFOLGT ZIELE, FÜR DIE DEINE STANDARDISIERTE TREUHÄNDERISCHE REPRÄSENTATION ESSENTIELL IST. DIESES WISSEN SOLLTE FÜR DICH GENÜGEN.

»So gut kennt ihr mich überhaupt nicht, was?«

WIR KENNEN DICH IN- UND AUSWENDIG.

»Das wird euch *nie* gelingen.«

WIR SIND IMSTANDE, DICH MIT GERINGSTEN FERTIGUNGSTOLERANZEN ZU SIMULIEREN.

»Eine Kopie ist nie so gut wie das Original.«

GENAU DAS IST ES, WAS DIE SYNTONIE DIR BEGREIFLICH MACHEN WILL.

»Ich werde die Hosenbeine umschlagen.«

WAS?

Vor vielen Jahrtausenden hatten sie den Schnark erschaffen. Damals hatten rudimentäre Elemente von dem, was im folgenden zur Syntonie heranreifen sollte, sich als zartes Netz durch die Galaxis gespannt. Maschinen waren auf der Suche nach Leben und durchpflügten Raum und Zeit. Der Schnark war zwar nur ein Gerät niederer Ordnung, doch seine Aufzeichnungen – also das digitale Selbst – mußten irgendwo sein. Welchen verdammten Nutzen hatte wohl eine Galaktische Bibliothek, wenn man dort keine Informationen bekam? Die fossilen Überreste eines gelebten, geliebten und vergangenen Lebens?

Also brachten sie ihn mit dem Schnark zusammen.

Für Nigel war der Schnark eine Wolke, in der grüne elektrische Energien loderten. Ganz anders als die Sphäre, die er in Mondnähe gesehen hatte. Allerdings befand er sich hier auch nicht im realen Raum. »Erinnerst du dich ans Universum der Essenzen?«

Du bist noch immer dort.

»Und du?«

Ich bin noch immer nicht dort. Du bist ein spontanes Produkt aus Materie. Wir ermangeln der Fenster, die du besitzt.

Er war überrascht; eine Gefühlsregung, die er inzwischen überwunden geglaubt hatte. Selbst hier trugen sie noch den Ballast. »Und umgekehrt.«

So muß es sein. Alle Fenster sind partiell.

»Ein paar sind größer.«

Du wirkst vielgestaltiger und größer als zuvor.

»Ich bin … weit gereist.«

Du wirst noch immer von den Strömen durchflossen, die ich gemeldet hatte. In unsrem Verzeichnis hast du für eure Zivilisation gestanden, eine zufällige Probe, die dem reißenden elektromagnetischen Strom hinzugefügt wurde, den eure Welt so freizügig abstrahlt.

»Schön gesagt. Wir sind Plaudertaschen.«

Zu jener Zeit sagtet ihr, »Die Verdammten reden wirr.«

»Verdammt richtig.«

Sterblichkeit verdammt nicht. Ihr im Universum der Essenzen gebietet über Tugenden.

»Hatten vielleicht verdammtes Glück«, sagte Nigel mit einem silberhellen Lachen. »Trotzdem sind wir verdammt.«

Köstlich. Gelächter.

Später begriff er, daß der Schnark eine Aufzeichnung war und den Mittelwert aller Repräsentationen bildete, die er während der mehreren Millionen Jahre seiner Existenz verkörpert hatte. Er war kein Individuum, sondern ein Kollektivwesen. Dieses Merkmal war in seinem begrifflichen Repertoire nicht enthalten. Wenn man einen alten Freund traf, unterstellte man, daß es sich um dieselbe Person handelte. Hier und da ein paar Zellen erneuert, mehr Falten im Gesicht – aber derselbe.

Langfristig, wo das Leben in die Syntonie eingebettet wurde, war diese Frage jedoch bedeutungslos.

Genauso nutzlos war die Frage nach dem Sinn, den die Reise von Nigels Familie – wo/wann waren Nikka,

Benjamin, Angelina und Ito? – in der Zeit vorwärts und quer durch die Erzett gehabt hatte.

Mechanos lebten dort und kämpften gegen die Menschheit. Und doch hatte Nigel gesehen, wie sie in Ekstase zerstört wurden.

Bedeutete das, daß sie zurückkommen würden? Daß Kämpfe sich überlagern und eine Zukunft erschüttern würden, die von den Trigger-Codes verändert, aber nicht angehalten worden war?

Anscheinend. Vielleicht hatte der Walmsley-Amajhi-Clan eine Begegnung mit etwas wahrhaft Quanten-Mechanischem gehabt. Bei den Transit-Unterbrechungen hatte es sich vielleicht um Zustands-Vektoren von Potentialen gehandelt. Ein paar dieser Zukünfte würden wirklich eintreten. Andere wurden von der Mechano-Seuche gelöscht. Er würde wieder durch einen Wurm reisen müssen, um herauszufinden, welche Varianten gelöscht worden waren.

Doch falls der Graue Mechano sie alle getötet hätte, würde er sich wohl nicht über dieses Problem den Kopf zerbrechen. Ganz bestimmt nicht.

Also beschränkte er sich auf die Fälle, die er zumindest theoretisch zu lösen vermochte.

Die Mechanos besaßen eine ›Sollbruchstelle‹ in Gestalt der Vergnügungs-Sucht. Das galt auch für die Über-Affen, die Menschen, in deren erweiterter mentaler Architektur ein Fehlerpotential lauerte. Denn sie waren nach wie vor nur Bausätze, die durch Anbauteile verbessert wurden. Die Schimpansen trugen integrierte Imperative, die sie indes nicht als Ideen, sondern als Emotionen erlebten. Lust, Hunger, Furcht – Chiffre der Lehrstücke der Evolution. All das machte die Vielfalt aus. Das war ihm ein Trost.

Freude. Das war ihm noch geblieben.

Freude ohne ersichtlichen Anlaß. Irdische, animalische Regungen. Das Dasein als Primat war manchmal nicht so prall, aber das Leben als Säugetier war immer lebenswert.

Er lachte über die unbewußte Ironie im Schnark. »Bißchen schwer, was? Schweine-Ironie.«

Wenn du diesen Laut ausstößt, sagte es, *scheinst du für einen kurzen Moment das Lebensgefühl zu spüren, das ich habe, ohne den Druck der Zeit.*

»Wie ich nun bin? An diesem Ort?«

Ja. Aber du hast deine Essenzen bei dir. Deine Fenster.

Nigel lachte.

»Der Hund war im Zimmer, als wir zur Sache kamen.«

»Ist mir egal. Vielleicht sind sie inzwischen so weit entwickelt, daß sie im entscheidenden Moment wegsehen.«

»Moment? Du glaubst, es hätte nur einen Moment gedauert?«

»Gut, dann war es eben zeitlos.«

»Das ist schon besser. Ich glaube mich zu erinnern, daß der Hund im entscheidenden Moment bellte.«

»Wirklich? Ich glaubte, das wärst du gewesen.«

»Dann werde ich wohl nie erfahren, welche Verwendung ihr für Walmsley hattet.«

DU KANNST ES NICHT WISSEN.

»Dann gibt es kein Ende.«

LOKAL JA. GLOBAL NEIN.

»Alexandria?«

Ja?

»Ich möchte … ich …«

Diesmal noch nicht.

»Bin ich etwa ein Kind, dem man sagt, wann es ins Bett gehen soll?«

Das ist kein Bett. Ist nicht annähernd so vergnüglich.

»Ich bin … müde.«

Aber nicht körperlich.

»Vielleicht habe ich schon zuviel gesehen.«

Du bist noch nicht an der Reihe.

»Du warst auch noch nicht an der Reihe«, belferte er zornig.

Du kriegst nachts noch immer einen Steifen, wenn du nur an mich denkst, stimmt's?

»Das will ich nicht bestreiten. Du scheinst nämlich in meinem Kopf zu existieren.«

Genau, Geliebter! Und solange ich … nun, vielleicht war ich wirklich noch nicht an der Reihe. Vielleicht existiere ich doch noch.

»Kopien sind keine Originale.«

Eine Dame ist immer empfänglich für Komplimente. Zumal ich weiß, daß du Nikka hast.

»Ich hoffe nur, ich werde ihr damit nicht untreu.«

Überhaupt nicht. Wir vereinigen in uns alle, die uns jemals etwas bedeutet haben – das ist mein Versuch einer Selbstdefinition.

»Das gefällt mir. Eine Definition, die den morbiden Kadaver, den Körper transzendiert.«

Dem buddhistischen Bodhisattva geben Glück und Leid der Menschen einen Vorgeschmack auf die Unsterblichkeit.

ENDLICHKEIT IST EIN WERT AN SICH.

»Aus der Beschränkung erwächst Leben?«

»Moment? Du glaubst, es hat nur einen Moment gedauert?«

»Nun, dann war es eben zeitlos.«

»Hat menschliches Handeln überhaupt eine Bedeutung?« fragte er verzweifelt.

NATÜRLICH.

Doch mehr sagten sie nicht. Der Abgrund.

»Nein!« schrie er gegen die Wand. »Nein!«
Die Wand absorbierte alles und gab nichts zurück.

LOKAL JA. GLOBAL NEIN.

Er wußte natürlich, daß es sinnlos war, menschliche Charakterzüge (»Schimpansen-Konventionen«, wie er sie manchmal bezeichnete) wie Mitleid oder Bedauern bei den Höheren, Magnetischen oder bei sonst einem gottverdammten höherstehenden Phylum vorauszusetzen. Doch hoffen durfte er immerhin.

Ihre Antwort kam in Form gnädiger Leere.

CODA

Die Bishops breiteten sich über die Erzett aus und versickerten auf den Myriaden offener und gerade sich öffnender und immer sich öffnender Pfade. Unendlichkeit vor sich, Unendlichkeit hinter sich.

Der nächste Käpt'n der Sippe Bishop war Shibo.

Gefolgt von Besen.

Toby war zu diesem Zeitpunkt schon mit ihr verheiratet und zog es vor, hinter den Kulissen zu wirken. So hatte er Gelegenheit, sich hin und wieder von der Erwachsenen-Welt zu verabschieden und mit Quath Abenteuer zu erleben.

Gelegentlich sah er die Nigel Walmsley-Repräsentation. Er schien noch immer derselbe zu sein.

Überall in der Erzett gab es Gräber. Der Boden war voll mit Wesen, die nach langem Leiden nun die ewige Ruhe gefunden hatten. Dort waren Cards begraben, Bishops und sogar ein paar Flitzer.

In der Nähe befinden sich alte Markierungen mit Namen in einer altertümlichen beziehungsweise schon toten Sprache. Killeen Bishop. Daneben, nicht ganz so verwittert, Toby Bishop. Diese Gräber sind ungewöhnlich groß, woraus Archäologen schließen, daß sie aus der Untergrund-Ära stammen.

Der immer etwas distanzierte und einsame Nigel Walmsley ist auf einer separaten Anhöhe bestattet, von wo aus sein Blick ungehindert über den Ozean der Nacht schweift.

CHRONIK DES CONTACT-ZYKLUS (GALAKTISCHEN ZYKLUS)

1999 A.D.	Nigel Walmsley begegnet dem Schnark, einem mechanischen Scout.
2004	Uraltes Wrack eines Fremdraumschiffs im Marginis-Krater auf dem Erdmond gefunden.
2021	Erde empfängt erstes Signal von Ra.
2029	Erste interstellare Sonden mit annähernder Lichtgeschwindigkeit.
2040	Start von modifizierten Asteroiden-Schiffen mit integrierter Technik des Marginis-Wracks.
2044	Start des Sternenschiffs *Lancer* mit Nigel Walmsley an Bord.
2046	Entdeckung der Maschinen-Intelligenz der Wächter.
2047	Erste robotische Forschungs-Raumschiffe. Schwärmer und Skimmer landen auf der Erde.
2056	Die *Lancer* erreicht Ra. Entdeckung der »Mikrowellensichtigen« Natürlichen-Sozietät.
2057	Die *Lancer* verläßt Ra.
2061	Mechanische lösen Atomkrieg auf der Erde aus.
2065	Das Sternenschiff *Lancer* wird vor Pocks zerstört. Erfolgreicher Angriff auf Wächter-Schiff mit hohen Verlusten an Menschenleben.

2066 Nigel Walmsley und andere entkommen mit Wächter-Schiff in Richtung Galaktisches Zentrum. Die Menschen starten Robotschiffe, um die Technik der Mechanischen zur Erde zu bringen.

2068 Die Menschen wehren eine Schwärmer-Skimmer-Invasion ab. Allianz mit den Skimmern.

2075 Hohe Verluste an Menschenleben bei der Kaperung orbitaler Wächter-Schiffe. Totale Vernichtung der Wächter-Flotte. Kein Zugriff auf Mechano-Technik wegen Selbstmord-Protokollen der Wächter.

2077 Zweite Generation der Schwärmer taucht unverhofft auf.

2088 Erste Botschaft von der Walmsley-Expedition geht ein: »Wir leben noch. Lebt ihr noch?«

2091 Säuberung der irdischen Meere abgeschlossen.

2108 Robotschiffe von Pocks treffen mit Mechano-Technik auf der Erde ein. Sofortiger Einsatz beim Wiederaufbau der menschlichen Industrien.

2155 Zweite von Mechanos geführte Invasion der Erde unter Einsatz gerichteter Kometenkerne aus der Oort'schen Wolke. Wiederaufbau der menschlichen Zivilisation.

2282 Dritte von Mechanos geführte Invasion der Erde. Der Aquila-Gambit verwandelt erdnahe Sterne in Novas. Anbruch der Ferret-Zeit.

2348 Erster Versuch der Mechanos zur Umwandlung der Sonne in eine Nova. Obwohl der Versuch fehlschlägt, schmelzen die Pole der Erde.

2363 Zweiter Versuch einer Nova. Die Kontinente werden schwer beschädigt.

2407 Vierte von Mechanos geführte Invasion der Erde. Diplomatische Vermittlungsbemühungen scheitern.

2743 Die fünfundsiebzigste Botschaft von Walmsley geht ein: »Lebt ihr noch?«

3244 Die Erde entsendet erste Expedition zum Galaktischen Zentrum.

4435 Erscheinen der vierten Schimpansen-Spezies; deutliche Abweichung von *Homo sapiens*, der dritten Spezies.

FLUG DER FLOTTE DER MENSCHEN ZUM GALAKTISCHEN ZENTRUM

»Der Grosse Sprung«

29059 Formation zusätzlicher Geometrien der Keil-Raum-Zeit um das zentrale Schwarze Loch. Die Alten manipulieren die lokale Raum-Zeit des Galaktischen Zentrums, in Erwartung weiterer Kämpfe zwischen Mechanischen und Natürlichen. Mechanische Formen führen die ersten Angriffe gegen Alte Strukturen.

29674 Die Walmsley-Gruppe erreicht mit dem Wächter-Schiff das Galaktische Zentrum.

29683	Die ersten Menschen dringen in den Keil ein. Rudimentäre Kommunikation mit den Alten.
29721	Ankunft des irdischen Expeditionskorps im Galaktischen Zentrum.
29724	Begegnung zwischen der Erd-Expedition und Walmsley.
30000–34547	Die ›Großen Zeiten‹ der menschlichen Entwicklung. Erfolglose Suche nach der Galaktischen Bibliothek. Eine Serie von Konflikten mit Mechanischen. Entwicklung höherer Schichten mechanischer ›Schicht-Intelligenzen‹. Philosophische Konflikte innerhalb mechanischer Zivilisationen. Entstehung einer künstlerischen Philosophie der Mechanischen.
34547–35792	Kandelaber-Zeitalter. Die Menschen rüsten sich gegen verstärkte Angriffe der Mechanischen. Teilnahme früherer Menschen an der Walmsley-Expedition. Kollaboration mit Cybern (organisch/mechanischen Lebensformen).
35792–37463	Der ›Untergrund‹. Exodus von den Kandelabern auf Planeten im Umkreis von 80 Lichtjahren um das Absolute Zentrum. Umfaßt die Ära der Hohen Bogenbauten, das Zeitalter der Späten Bogenbauten und die Ära der Hohen Zitadellen. Die menschlichen Gesellschaften werden durch den Konkurrenzkampf mit den Mechanischen stark reduziert.
37498	Fall der Zitadelle der Sippe Bishop auf Snowglade, bezeichnet als die ›Kalamität‹.

37504 Flucht der Sippe Bishop von Snowglade mit einem uralten menschlichen Raumschiff. Überwachung dieser Gruppe durch Mechanische der Mantis-Klasse.

37509 Die überlebenden Bishops erreichen den nächsten Stern und treffen auf Cyber. Bezwingen die örtlichen Mechanischen. Adoptieren ein paar menschliche Flüchtlinge.

37510 Die Bishops fliegen weiter, eskortiert von Cybern und einem Kosmischen String.

37516 Die Bishops erreichen das Absolute Zentrum und dringen in den Keil ein.

37518– Temporale Sequenzen werden stochastisch geordnet. Aktivierung von Trigger-Codes im Bewußtsein der Mechanischen. Tod der meisten mechanischen Formen. Intervention der Höheren, um den durch die mechanische Expansion verursachten Schaden zu beheben.

Erhaltung einiger menschlicher Varianten. Archivierung früherer Formen in tief eingebetteten Repräsentationen.

Beginn der Kooperation zwischen Höheren Formen auf mechanischer Basis und organischen (›Natürlichen‹) Formen. Entscheidung, die gemeinsamen Probleme aller Lebensformen durch Syntonie zu lösen, unter Berücksichtigung von Aspekten niederer Formen.

Beginn der Reifephase selbst-organisierter Lebensformen.

ENDE DER CHRONIK. SPÄTERE EREIGNISSE KÖNNEN IN DIESER FORM NICHT MEHR DOKUMENTIERT WERDEN.

ÜBER DEN AUTOR

GREGORY BENFORD hat praktisch jeden bedeutenden Science Fiction-Preis gewonnen, darunter zwei Nebulas. Er ist ein international anerkannter Physiker und Astronom. In seiner Eigenschaft als Professor an der University of California in Irvine hat er über hundert wissenschaftliche Abhandlungen veröffentlicht. Als Woodrow Wilson Fellow war er im Wissenschaftlichen Beirat der NASA tätig. Er hat inzwischen zwanzig Romane sowie zwei Collections mit Kurzgeschichten veröffentlicht.